PROJET MÉDUSE

Officier de réserve de l'American Air Force, conseiller en aviation pour la télévision américaine, avocat spécialiste du droit aérospatial, John J. Nance est aussi pilote sur Alaska Air Lines. Il est l'auteur de plusieurs autres ouvrages de fiction ou documentaires en rapport avec l'aviation comme *L'Horloge de Pandora.* Il vit actuellement à Tacoma, État de Washington.

JOHN J. NANCE

Projet Méduse

ROMAN TRADUIT DE L'AMÉRICAIN PAR BERNARD COHEN

ALBIN MICHEL

Titre original :

MEDUSA'S CHILD

Publié avec l'accord de Doubleday,
une filiale de Bantam Doubleday Dell
Publishing Group, Inc.

A mes filles et à mon fils,
dont je suis infiniment fier,
Dawn Michelle Nance
Bridgitte Cathleen Nance
Christopher Sean Nance.

[illegible]

[illegible] le [illegible] génie [illegible]

[illegible]

[illegible] Tour à tour, le Calife [illegible]

[illegible]

[illegible]

1) [illegible] 1889 [illegible] de [illegible]
[illegible]

La Maison Blanche

NOTE

DE : Le Conseiller à la Sécurité nationale

A : M. le Président

SUJET : Recommandations urgentes quant au lancement d'un programme destiné à renforcer la surveillance et les capacités de détection de matériaux nucléaires de type militaire dans les aéroports des USA.

Monsieur le Président,

Conformément à votre demande, je me suis penché sur la saisie de 265 grammes de plutonium 239 enrichi par le FBI à Portland (Oregon) le mois dernier, ainsi que sur la découverte par les autorités allemandes de matériaux similaires en 1994, en provenance de Russie selon les hypothèses alors fréquemment avancées[1].

Tout d'abord, les Allemands ont largement exagéré la menace en soutenant que la Russie avait perdu le contrôle de vastes stocks de matériaux nucléaires militaires, puisque les saisies effectuées à Munich et à Tengen concernaient des matériaux fissibles loin de pouvoir être utilisés à des fins agressives. Si nous ne devions faire face qu'à ce type de matériaux illégalement transportés, les risques seraient mineurs.

Ce qui a été découvert par hasard à Portland, cependant, est une tout autre affaire. Il s'agit en effet d'un matériau nucléaire de type militaire hautement enrichi, et qui plus est de fabrication spécifique, c'est-à-dire non recyclé à partir d'une charge militaire subtilisée ou désactivée. Aucune « empreinte » particulière dans le mélange de composants n'a permis de détecter son origine, ni même de désigner un pays suspect. Force nous est donc d'admettre

1. A) Munich, 10 août 1994, saisie de 350 grammes de plutonium. B) Tengen, 10 mai 1994, 5, 6 grammes.

l'hypothèse que quelqu'un, en dehors de notre territoire, a réuni l'équipement et le savoir-faire nécessaires à la fabrication d'isotopes de grande capacité explosive et difficilement détectables, matériaux qu'il est en mesure de vendre ou de céder au plus offrant. En d'autres termes, il s'agit d'une menace très concrète, immédiate, d'autant plus dangereuse que nous sommes virtuellement dépourvus de tous moyens de détection fiables, pour l'instant. A l'évidence, il serait très insuffisant de compter sur quelque informateur ou sur un coup de filet préventif quand la possibilité d'une détonation nucléaire à l'intérieur de nos frontières est ainsi ouverte.

RECOMMANDATION : 1) Emettre une instruction présidentielle définissant comme urgence absolue pour les services concernés la mise au point d'une détection directe et infaillible de tout matériau fissible introduit sur le territoire américain. 2) Ordonner le lancement immédiat d'un tel programme destiné à perfectionner les systèmes de détection actuels (« renifleurs à neutrons ») dans tous les principaux points d'accès au territoire déjà équipés.

1

Miami, Floride

— Vivian ? C'est pour vous. Votre ex-mari.

La propriétaire du petit magasin de compositions florales, qui avait posé le combiné contre son épaule pour transmettre le message, fut stupéfaite du soudain changement de physionomie qu'elle constata chez son assistante. Celle-ci, grande, élégante, à peine la soixantaine, s'était figée sur place, le poing crispé autour d'une douzaine de roses, les traits altérés par l'angoisse.

— Tout va bien, ma belle ?

Les yeux fixés sur le téléphone, Vivian Henry recula de quelques pas maladroits et se cogna contre le plan de travail, faisant tomber un vase vide qui se fracassa au sol. Même le bruit ne la fit pas détourner son regard affolé de l'appareil.

La propriétaire, une dame menue aux cheveux argentés, contempla les débris à terre puis revint à son assistante :

— Il faut croire que vous ne voulez pas lui parler, c'est cela ?

Les pupilles dilatées, Vivian secoua vigoureusement la tête en murmurant d'une voix altérée :

— Pourquoi m'appelle-t-il ? Que veut-il ?

— Je ne sais pas. Je lui demande ?

Vivian approuva du chef avant de se raviser et de faire un signe de dénégation. Lentement, elle se rapprocha et tendit la main pour prendre le combiné, qu'elle posa contre son oreille en fermant les yeux.

— Qu'est-ce qu'il y a, Rogers ? finit-elle par demander.

Après trois ans d'un silence béni, la voix familière la replongea dans une peur panique qu'elle ne connaissait que trop bien, réveilla en elle cette impression d'être piégée, tétanisée. Elle sentit un frisson descendre dans son dos lorsqu'il lui demanda d'un ton dégagé :

— Comment va, Vivian ?

Il paraissait calme, sinistrement amical, comme cela avait toujours été le cas en prélude à l'une de ses impitoyables agressions verbales. Pourtant, elle ne décela aucune trace de sa fureur passée, des menaces téléphoniques dont il l'avait accablée durant des mois lorsqu'elle l'avait quitté. Non, elle avait maintenant affaire au circonspect Dr. Rogers Henry, au maître manipulateur qui, de toute évidence, poursuivait un but connu de lui seul. Son étonnante pondération lui donnait la chair de poule.

— Rogers... Tu n'as pas téléphoné ici pour prendre des nouvelles de ma santé. Que veux-tu ?

Il ne faut pas ! L'avertissement résonna dans sa tête alors même qu'elle venait de succomber à l'idée qu'elle l'apaiserait peut-être en acceptant de lui parler. Toujours la même erreur, commise au long de trente ans de mariage, ou plutôt de captivité dans la geôle de sa volonté impitoyable, dans l'enfer de son autorité abusive.

— Qu'est-ce qui te fait dire que je « veux » quelque chose ?

— Mais alors...

Elle hésitait déjà, consciente des remontrances

qu'une réponse inadéquate déclencherait inévitablement.

— ... Que pourrais-tu avoir à me dire, après tout ce temps ? Que... qu'est-ce que tu pourrais avoir à ajouter, après toutes ces menaces, par un biais ou par un autre ?

Il n'avait rien perdu de son calme lorsqu'il répondit :

— Tu n'as même pas pensé que j'avais peut-être envie, simplement, de m'excuser ? Ecoute, j'ai besoin de cinq minutes pour m'expliquer. Tu me les donnes, Vivian ?

Il y avait comme de la vulnérabilité dans sa voix, sans rien de son agressivité habituelle. Elle se demanda ce qui n'allait pas, tout en se promettant de ne plus jamais s'en soucier, de ne plus jamais materner son bourreau. Mais c'était plus fort qu'elle. Quelque part, au fond de ce cœur noir et implacable, il devait y avoir l'ombre aimante du jeune chercheur plein de charme qu'elle avait épousé des lustres auparavant. Ou du moins, c'était ce qu'elle se racontait. Espoir aussi vain que tenace, qui avait causé si souvent son malheur et qu'elle découvrait avec horreur encore vivace, prêt à lui susurrer que cette fois, enfin, tout serait différent...

— Vivian ? Tu es toujours là ?

Elle hocha la tête avant de se rendre compte que c'était sans effet, au téléphone.

— Oui.

— Bien. J'ai quelque chose à te donner, quelque chose d'une grande valeur. Il faut vraiment que je te voie. Je... Je veux faire amende honorable, avant qu'il ne soit trop tard.

Trop tard ? Au fond de son cerveau, une voix lui criait de ne pas l'écouter, de ne pas céder une nouvelle fois.

— Tu es... souffrant, Rogers ?

Il y eut un silence à l'autre bout de la ligne.

— Je vais mourir, Vivian. Cancer du pancréas. Quelques semaines, au plus.

— Je suis désolée, dit-elle sans émotion.

— Viens, s'il te plaît. Rien qu'un instant. Cette maison, je te la laisse. Sans conditions. Le principal c'est que je te voie, une dernière fois. Tu sais, j'ai eu le temps de penser à beaucoup de choses...

Vivian ferma les yeux, perdue. La seule réponse raisonnable était : « Non, au revoir. » Après ces années passées à essayer d'oublier leur vie commune, à redécouvrir par elle-même et par d'autres son identité propre, il était inconcevable de se retrouver en sa présence, ne fût-ce qu'un bref moment. Et s'il était resté le même ? Mais la maladie avait émoussé sa brutalité, c'était évident. Elle surprit en elle le besoin de vérifier de visu si l'impossible s'était finalement produit, s'il avait changé pour de bon. Elle voulait, elle devait savoir. Et soudain, elle s'entendit répondre :

— D'accord, Rogers. Cet après-midi, cela te convient ?

Dans l'épouvantail décharné qui lui ouvrit la porte de leur maison au sud de Miami, ou plutôt de ce qui avait été son foyer, elle eut du mal à reconnaître le scientifique de renommée internationale qui, au centre de recherche nucléaire de Los Alamos, avait repris le flambeau de pionniers tels qu'Oppenheimer ou Teller. Devant ce teint cadavérique, ces yeux caves, cette silhouette voûtée, Vivian s'immobilisa sur le porche, atterrée, confuse aussi d'avoir immédiatement pensé que ce vieillard rabougri n'avait que soixante-deux ans.

Il en paraissait trente de plus.

— Je suis content que tu sois venue, Vivian, prononça-t-il sur le même ton résigné tout en lui tenant la porte.

L'ambiance était encore plus sombre, plus oppressante que dans ses souvenirs. Les rideaux tirés, la lumière anémique d'une lampe esseulée donnaient au bureau la tristesse accablante d'une morgue. Il flottait une odeur de moisi et de tabac froid. Elle s'assit lentement sur le canapé défraîchi, assaillie d'émotions contradictoires tandis qu'il se traînait péniblement vers un fauteuil et s'y laissait tomber, face à elle.

— Tu as parlé d'excuses, Rogers, risqua-t-elle.

— Je préfère les actes aux paroles. Voilà, je t'avais dit que tu n'aurais jamais cette maison. C'était une erreur. J'ai modifié mon testament.

D'un geste, il lui montra une enveloppe posée sur une table basse près du canapé. Elle l'ouvrit, aperçut le nouvel alinéa qu'il avait coché dans la marge. Il laissait à son ex-épouse la demeure dont le jugement de divorce l'avait reconnu seul propriétaire.

— Et ce n'est pas tout, ajouta-t-il alors qu'elle relevait la tête, sans avoir lu jusqu'au bout. A condition que tu accomplisses une dernière besogne pour moi, la police te revient.

— La police ?

— Mon assurance-vie. Des années de cotisation. Trois cent mille dollars.

Elle eut un mouvement exaspéré.

— Mais tu t'étais juré de donner cet argent à je ne sais quelle fondation religieuse ! « N'importe qui, sauf toi. » C'est ce que tu disais quand...

Elle cherchait une remarque acerbe, mais Rogers Henry, réprimant une grimace d'agacement, se leva pour gagner avec effort le coin-bibliothèque à l'autre bout de la pièce.

— Si tu accomplis ce travail, tout est à toi, répéta le moribond.

— Et je suis censée faire quoi ? s'enquit-elle calmement.

Il resta un long moment sans répondre, mais lorsqu'il se retourna vers elle une étincelle était apparue dans ses yeux.

— J'y suis arrivé, Vivian ! La Méduse ! C'est fait. L'onde est réalisable, désormais. J'ai tout mis au point !

Il regardait avec satisfaction la stupeur envahir les traits de son ancienne femme, qui chercha ses mots pour continuer :

— Comment... Toi, tout seul ? Mais comment ? Tu as eu une équipe de quarante chercheurs qui ont travaillé là-dessus pendant... Dix ans, plus ?

— Après mon départ forcé à la retraite, il m'a fallu dix-huit ans, Vivian, mais j'y suis parvenu. Et quand je disparaîtrai, c'est toi qui iras porter le prototype à Washington.

— Moi qui vais quoi ? Je ne comprends pas...

— J'ai réalisé une maquette. C'est une simulation, bien sûr, mais tout est là, prêt à fonctionner, il ne manque que le plutonium. Voilà ce sur quoi je me suis épuisé pendant toutes ces années, dans mon labo. Nouveau type de détonateur, nouveau système... Tout est révolutionnaire, là-dedans.

Il revint en traînant les pieds à son fauteuil, les sourcils animés de soubresauts, jetant des coups d'œil nerveux en direction du garage qu'il avait jadis transformé en laboratoire privé.

— Mais pourquoi parles-tu de Washington, Rogers ? Pourquoi pas Los Alamos ?

— Parce que les vils salopards qui ont fait capoter mon programme, qui m'ont empêché de continuer, où sont-ils maintenant ? Au Pentagone. Je veux qu'on leur mette cette maquette sous le nez, qu'ils puissent la voir, la sentir, en mesurer l'importance avant de l'expédier à Los Alamos pour qu'elle y soit étudiée sous toutes les coutures. Car c'est ce qu'ils vont faire, crois-moi...

Il se rassit, le souffle court.

— Mais... ça fonctionnerait ?

— C'est inimaginable, Vivian. En résumant très grossièrement, plus besoin de kilomètres d'altitude pour obtenir une radiation électromagnétique aux effets dévastateurs. Il suffit qu'une seule Méduse explose au sol pour paralyser toute une société industrielle, avec une perturbation électromagnétique secondaire couvrant un rayon de trois mille kilomètres ! Tout ce que j'avais promis en 1973 est là, point par point !

— Et moi, il faudrait que...

— Que tu l'embarques dans un avion-cargo, et que tu surveilles qu'elle parvient bien au Pentagone.

— En échange de l'argent de ton assurance, c'est cela ?

Il hocha la tête et hésita, comme s'il se demandait jusqu'où il pouvait aller.

— Je pense qu'il est trop tard pour te le demander au nom de l'amour que tu as pu éprouver pour moi, non ?

Elle le fixa longuement, cherchant un rictus sardonique sur son visage, mais il était impassible.

— L'amour, Rogers ? Tu as tué l'amour que je te portais la première fois où tu as levé la main sur moi. — Avec un grognement irrité, il se remit debout. Dans son dos, elle insista. — Je croyais que tu voulais faire amende honorable ?

Il fit quelques pas lentement, tête baissée, puis s'immobilisa.

— Voilà le marché, Vivian. Toutes les instructions sont là, sur la table près de toi. Il y a aussi les clés du labo. — Il releva les yeux vers elle. — Suis mes consignes à la lettre, et la personne chargée d'administrer le petit fonds que je laisse derrière moi te le versera entièrement. Si tu refuses, ou si tu n'accomplis pas la mission jusqu'au bout, tu n'en verras pas la couleur. Bon, tu auras la maison, et du même coup les traites pour finir de la rembourser, d'ailleurs, mais tu devras te débrouiller sans les trois cent mille dollars.

Elle se leva d'un bloc.

— Je suis désolée que tu sois mourant, Rogers. — Elle fit un pas vers la porte, hésita avant de se retourner. — Je n'ai pas besoin de ton argent. Trouve-toi quelqu'un d'autre.

— RASSIEDS-TOI ! — Il lui avait hurlé son ordre en la regardant en face, les yeux emplis de cette rage démente qu'elle lui avait vue si souvent. — J'aurais dû m'attendre à une réaction aussi minable, aussi stupide ! — Les jambes flageolantes, Vivian se rassit sur le canapé tandis qu'il s'interrompait soudain en se mordant les lèvres. — Désolé, Vivian... Excuse-moi d'avoir crié. — Elle inclina la tête, le regard fixé sur le tapis. Il revint lentement vers elle. — Je sais que j'ai été un mauvais mari. Je me rends compte que je t'ai mené une vie impossible, que je suis un salaud et que je brûlerai certainement en enfer, bientôt... Mais j'ai réalisé au moins une bonne chose et je veux en faire profiter mon pays, et je veux que l'honneur de la lui offrir te revienne. C'est une découverte qui va changer le cours de l'histoire, Vivian ! — Il se rapprocha encore. En calculant la distance qui la séparait de la porte, elle sentit l'adrénaline affluer dans ses veines. — Alors, Vivian ? Que décides-tu ? Tu acceptes ?

Sa voix était redevenue calme, presque suppliante. Elle releva les yeux.

— Quoi, tu confierais l'œuvre de ta vie à une femme minable et stupide ? demanda-t-elle posément.

— Je ne le pensais pas, se défendit-il en secouant la tête. Je parle trop, tu sais bien, j'ai toujours trop parlé. Beaucoup de menaces, de grands mots, de vacheries... Je regrette tout ça.

Le pont fragile qu'il avait réussi à lancer vers elle n'avait pas résisté à la rebuffade, il le voyait. Brusquement, il tomba à genoux, se retenant à la table basse par la main droite, son corps pitoyable secoué de sanglots.

— Vivian... Je n'ai jamais voulu te faire souffrir. Excuse-moi d'être un tel salaud !

Ses mots lui parvenaient étouffés car il avait plongé son visage entre ses mains. Elle perdait à nouveau sa résolution.

— Si tu la leur apportes toi-même, ils la prendront au sérieux. Sinon, ils feront comme si elle n'existait pas... C'est toute ma vie, tu comprends ? La seule bonne chose que j'aie réalisée. S'il te plaît !

Une partie d'elle-même la pressait de s'enfuir, de tourner le dos à cette maison sinistre et à cette ombre à peine vivante qui la suppliait de pallier son impuissance. Mais si ce qu'il racontait était vrai, la portée de sa découverte était vertigineuse. Vivian avait elle-même travaillé assez longtemps dans la recherche nucléaire pour en être consciente...

Et puis, un sentiment de pitié intense balaya sa tendance naturelle à se protéger. Après tout, il souffrait, il allait mourir, et cette réalité suffisait à effacer le souvenir de sa brutalité passée.

Presque machinalement, elle le prit dans ses bras et pressa la tête du mourant contre son sein tandis qu'elle laissait couler ses propres larmes.

— D'accord, Rogers, d'accord, je le ferai. Mais l'argent ne compte pas. Je le ferai pour toi.

Il la raccompagna sur le perron, prit sa main dans les siennes avant qu'elle ne s'en aille, sans autre parole. Par la fenêtre, il vit sa voiture disparaître au bout de la rue. Alors il se redressa et un mince sourire apparut sur ses lèvres, un sourire de triomphe et de satisfaction qui ne le quitta pas tandis qu'il se rendait d'une démarche épuisée au double garage transformé en laboratoire et refermait soigneusement la porte derrière lui.

Dans ces locaux sans fenêtre régnait une atmosphère glaciale, humide. Après avoir allumé plusieurs rampes pour contempler sa création, il se dirigea lentement vers un capot ouvert sur le flanc de l'énorme masse métallique rectangulaire, déjà installée sur un socle de bois. Celui-ci occupait près de la moitié de la surface du laboratoire et constituait la base d'une gigantesque caisse de transport. Oblong et entièrement lisse, l'objet ne présentait qu'une seule ouverture, cette trappe de contrôle d'environ soixante centimètres carrés qu'il inspectait maintenant. Là, l'épais doublage plombé de la cavité intérieure était visible. Rogers Henry l'inspecta minutieusement avant de fermer et de verrouiller le compartiment. Il mit en route un petit ordinateur interne, régla la minuterie puis, à l'aide d'un chalumeau, scella soigneusement la boîte.

La partie supérieure de la lourde caisse d'expédition était suspendue à une poutre métallique du plafond. Au prix de pénibles efforts, il entreprit de la faire glisser à l'aplomb de la plate-forme. Une fois alignée, il la fit descendre en jouant sur le câble. C'était si épuisant pour lui qu'il dut s'asseoir et reprendre son souffle durant dix minutes avant de terminer l'opération. Quand tous les bords furent en place, il se reposa à nouveau puis assembla le fond aux côtés au moyen de gros boulons.

Encore une dernière chose, se rappela-t-il. Même à l'intérieur de la caisse fermée, les batteries internes de l'objet devraient être alimentées en permanence grâce à une série de panneaux solaires disposés sur le toit du garage. Pour ce faire, il brancha le fil à une prise située à l'arrière de la caisse et attendit de voir un clignotant de charge se mettre en marche pour se redresser et jeter un coup d'œil final à son ouvrage.

Dès qu'on déplacerait la caisse, le cordon d'alimentation se déconnecterait et se rembobinerait automatiquement dans le mur, sans que personne ne le remarque. Il vérifia qu'il était bien tendu et se remit debout en grimaçant de douleur.

Tout était prêt. Enfin prêt.

Au fond de son réfrigérateur attendait depuis des années une petite bouteille de champagne qu'il avait achetée le jour où, inspiré par la fureur dans laquelle l'avait plongé la désertion de Vivian, il avait conçu son plan pour la première fois. C'était maintenant l'heure de la sortir, de la déboucher délicatement et de remplir une des coupes à filets d'or qui provenait du service en cristal que Vivian avait hérité de sa mère. La dernière, en fait, épargnée pour son seul usage, car, après la séparation, il avait réduit l'ensemble en miettes à coups de marteau, puis lui avait expédié les débris dans une boîte à chaussures.

Verre en main, il alla dans son bureau et retrouva son fauteuil de relaxation. Faisant tourner la coupe entre ses doigts, il repassa en détail le stratagème qu'il venait de mettre en route. Un sourire macabre déforma ses traits tandis qu'il vidait le reste du champagne. Puis il projeta le verre contre la cheminée de briques et savoura le fracas irrémédiable du cristal.

En évoquant la manière dont elle l'avait pris dans ses bras juste une heure auparavant, son sourire s'élargit. Tout s'était déroulé comme prévu, exactement.

Et le temps était venu, maintenant.

Le Dr. Rogers Henry tendit la main vers le tiroir de la table d'angle et en retira un boîtier en bois poli. Ensuite, il saisit le téléphone et composa le 911.

— C'est pour une urgence ? demanda aussitôt une voix féminine apparemment désireuse de ne pas perdre de temps.

— Vous voyez mon adresse sur votre écran, n'est-ce pas ?

— Evidemment ! coupa la préposée. C'est pour une urgence à cette adresse ?

— Non.

Il ouvrit le boîtier, sortit de son lit de velours un Magnum 44 chargé.

— C'est pour un suicide.

Miami, un mois plus tard

La sonnerie du téléphone tira Vivian du sommeil agité qui était désormais son lot. Cette fois, elle était en train de revivre l'enterrement, variation effrayante au cours de laquelle Rogers se relevait de son cercueil en plein éloge funèbre et se jetait sur elle avec un couteau à découper.

Emergeant peu à peu du cauchemar, elle décrocha et reconnut aussitôt, non sans étonnement, la voix de l'avoué chargé de l'exécution du testament de son ancien et défunt mari. Il désirait savoir quand elle se rendrait à Washington, de sorte qu'il puisse transférer la maison à son nom, conformément aux dispositions.

— Jamais, répondit-elle sans hésiter.

— Pardon ?

Elle n'avait pas été vraiment étonnée de découvrir le « détail » que Rogers avait omis de lui apprendre : tant que la Méduse n'aurait pas été livrée à qui de droit, le changement du titre de propriété ne se ferait pas.

— Mrs. Henry, vous comprenez que je ne peux rien faire avant trois ans, sauf si vous répondez à ses volontés ?

— Oui, oui.

— Et je ne peux non plus vous laisser occuper la maison. Il faudrait que je paie pour les réparations, l'entretien du jardin, et bien entendu le remboursement du prêt afférent à ce bien...

— Je vous ai dit que j'avais compris ! Faites ce que vous avez à faire, c'est tout.

— Mais alors... vous perdez les trois cent mille dollars !

Vivian passa une main sur son front et ferma les yeux.

— Mr. Wallace, mettez la maison à mon nom quand vous serez prêt, ou jamais, ça m'est égal. J'ai un travail. J'ai la pension de mon ex-époux que le jugement de divorce m'a accordée. Je n'ai besoin de rien d'autre.

Elle raccrocha et se frotta les paupières, ragaillardie par la décision qu'elle avait prise dès les jours qui avaient suivi les funérailles : elle ne se laisserait plus manipuler. Quand la maison passerait en sa possession, elle la vendrait, au plus vite. L'idée de vivre dans des lieux si chargés de haine et de mort lui était tout bonnement insupportable.

Et il y avait encore la maquette, bien sûr. Elle la ferait détruire.

L'univers ne contenait-il pas déjà assez d'armes pour ne pas lui en ajouter une autre ?

2

Central City, Colorado. Deux ans plus tard, le 12 septembre

Scott McKay reposa le combiné et resta un long moment silencieux devant son bureau. Son large visage, presque carré, s'était illuminé d'un coup. Cet appel était providentiel, le mot n'était pas trop fort. Le soulagement le revigorait comme une cascade exubérante, le lavait de la tension monstrueuse qu'il venait de vivre ces dernières semaines, tandis que sa petite affaire courait droit à la faillite.

Avec le nouveau contrat public qu'elle venait de passer, la compagnie de transport aérien qu'il avait baptisée ScotAir, et dont la flotte se résumait à un seul et unique avion-cargo, allait pouvoir s'en sortir.

Bondissant sur ses pieds, il attrapa son blouson. Il fallait fêter ça. N'importe où. La ville de montagne avait plus que son lot de bars. Et à force de rester assis, tout seul à broyer du noir, il avait besoin de se rattraper.

Comme pour accompagner son brusque regain d'optimisme, le soleil avait refait son apparition. En ouvrant la porte du second étage de cet immeuble vieux d'un siècle, il s'immobilisa un instant : oui, il croyait se rappeler que l'éclaircie s'était profilée derrière la grisaille orageuse au moment même où on lui avait annoncé l'excellente nouvelle. Il laissa son regard flotter sur la rue principale de Central City, toujours envahie par la foule des touristes de l'arrière-saison, qui allaient de boutique en boutique en un flux incessant, telles des feuilles aux couleurs criardes balayées par le vent à travers cette vallée pratiquement dépourvue d'arbres.

Quant à lui, le spectacle de cette fièvre commerciale lui donnait immanquablement la chair de poule. Mais là, tout à coup, il ne semblait plus si repoussant. Soudain, il se sentit presque capable de comprendre pourquoi son père avait tant aimé cette maison, et cette ville.

A l'évocation du solide manager emporté deux ans plus tôt par une brutale crise cardiaque, Scott se sentit submergé par une vague de tristesse familière. Il avait appris sa mort alors qu'il était encore au large, en Méditerranée, aux commandes de son F-14, à quinze jours de quitter l'US Navy et de rentrer au Colorado. Il avait fallu retarder les funérailles de près d'une semaine pour lui donner le temps de revenir y prendre part.

Deux ans, mais pour lui c'était hier. Fils unique, il avait déjà eu à surmonter le traumatisme de perdre sa mère à l'âge de dix ans, dans un accident de voiture alors que la famille vivait près de Wichita, dans le Kansas. Le décès de son père, pourtant, l'avait encore plus secoué : du jour au lendemain, il s'était retrouvé seul au monde, littéralement.

Il jeta un coup d'œil au portrait de son père, accroché au-dessus de l'âtre de pierre. L'avisé McKay avait économisé des centaines de milliers de dollars dans l'espoir de fonder une nouvelle compagnie et d'y associer son fils, diplômé d'Annapolis, lorsque celui-ci aurait quitté la Navy. Il se souvenait de la correspondance pleine de vie qu'il avait entretenue avec lui, envisageant de créer les sociétés les plus diverses, dans tous les domaines imaginables. Il ne lui avait jamais avoué qu'en réalité il se voyait dans l'avenir pilote de ligne, et non brasseur d'affaires.

Scott se décida enfin à dévaler les escaliers quatre à quatre. Il ouvrit la porte d'entrée et laissa un instant l'air vif le saisir au visage et ébouriffer ses cheveux couleur sable. Le délicieux parfum du vieux pin d'Oregon qui se dressait devant la maison parvint à ses narines, en concurrence avec l'odeur d'ail venue du restaurant italien installé au coin de la rue.

Mais il oubliait quelque chose. Dans son effort pour réveiller sa mémoire, il se figea sur le seuil, les sourcils froncés. Il y avait des formulaires fiscaux en souffrance, ainsi qu'une enquête du Département des Transports à remplir. Il ferait peut-être mieux de refermer cette porte et de retourner au travail. La semaine précédente, il s'était senti trop déprimé pour avancer dans quoi que ce soit.

Une petite fille passa sur le trottoir en gambadant d'allégresse, un ballon de papier alu flottant derrière elle avec une cocarde de joyeux anniversaire. Elle lui rappela que le sien était imminent. *Trente et un ans*, pensa-t-il, *et quel bilan jusqu'ici ?*

Il avait du mal à admettre ce constat : s'il avait créé ScotAir après avoir quitté l'armée, c'était parce que les grandes compagnies aériennes avaient suspendu l'embauche précisément à cette époque. Les années fastes passées, la seule solution pour piloter avait été de fonder sa propre affaire, et il s'y était résolu sans hésiter.

Il aurait pu attendre, évidemment, chercher une place dans une compagnie régionale en attendant que United Airlines ou d'autres recommencent à embaucher. Mais non, il avait préféré investir la quasi-totalité de la fortune paternelle dans un modeste avion-cargo avant même de décrocher le moindre contrat, un choix qui, sous les projecteurs implacables de la rétrospection, lui paraissait maintenant peu malin, d'autant qu'il avait désormais deux employés fidèles dont les revenus dépendaient entièrement de lui...

Merde, Jerry et Doc sont en train de se ronger les ongles devant leur téléphone !

Rentrant précipitamment, il saisit le combiné sur la console de l'entrée pour annoncer la nouvelle à son copilote et à son mécanicien navigant. Sur une ligne, il lança la numérotation automatique pour Doc Hazzard, à Colorado Springs, sur l'autre il composa le numéro de Jerry Christian, à Dallas. Encore une simple commande et les deux lignes furent réunies pour un appel-conférence.

— Les gars, on a eu le contrat ! On va s'en tirer !

— Super ! s'exclama Doc.

Scott entendit un jet gronder au-dessus de l'appartement de l'ancien pilote de la Pan Am, juste au sud de l'aéroport de Colorado Springs. Le fracas noyait presque la musique classique qui lui parvenait en fond sonore, un concerto pour violon, peut-être un des disques que Doc avait enregistrés avec l'orchestre symphonique de sa ville. Longtemps violoniste de niveau professionnel, cette passion n'avait jamais été pour lui un gagne-pain.

— Dieu merci ! soupira Jerry avec un soulagement très perceptible. Alors on le fait quand, ce job ?

— Jeudi, annonça Scott à ses deux interlocuteurs. Départ pour Miami, à vide. Vendredi matin, on embarque la première cargaison. C'est du matériel scientifique prioritaire, qui arrivera à Miami de quelque part au sud de... Enfin, tout au sud de l'Amérique du Sud !

— Ça fait beaucoup de sud, ça, le taquina Doc, qui jubilait pourtant de savoir qu'après avoir travaillé dur pendant un an sous les ordres d'un patron de trente ans son cadet il avait maintenant une chance d'en recueillir les fruits.

— Okay, au sud du Chili, corrigea Scott tout en remarquant que, derrière Doc, le concerto avait laissé la place à un solo de violoncelle, ce qui l'amena à se demander si son copilote avait de la compagnie chez lui. Bon, en tout cas, c'est le matos d'une expédition en Antarctique qui s'est terminée plus tôt que prévu. Pendant les deux mois qui viennent, on va le transporter à Denver, et en novembre...

— En novembre on doit bosser pour Nissan, c'est bien ça ? demanda Jerry. Ce contrat tient toujours, hein ?

— Un peu, oui !

Depuis des semaines, le cauchemar de Scott avait été de réussir à payer les factures jusqu'en novembre, quand ce nouveau et juteux contrat de trois ans concernant des pièces détachées automobiles démarrerait enfin. Au bout d'un mois, avait-il calculé, ils seraient assez en fonds pour prendre un second appareil en leasing et embaucher un autre équipage.

Au ton qu'avait Jerry, il comprit que la question avait dû l'empêcher de dormir plus d'une fois :

— Scott... On était vraiment tout près, non ?

— Comment ça ?

— De la catastrophe. De se retrouver sans un rond.

Scott resta un instant silencieux, réfléchissant à ce qu'il pouvait dire à un homme dont la situation financière était aussi périlleuse que la sienne. Avec trois enfants et une épouse difficile qui exigeait une belle maison au nord de Dallas sans vouloir savoir si les temps étaient durs ou pas, le mécanicien navigant vivait au bord du gouffre. Il ne pouvait rien mettre de côté. Plus de travail, et il était perdu.

— Eh bien, on s'en est tirés d'un cheveu, mon vieux. Nous avons une traite de trente mille dans dix jours, et jusqu'à aujourd'hui je n'avais pas le premier dollar.

— Tu ne me l'avais pas dit, remarqua Jerry d'une voix calme.

— Parce que je comptais bien obtenir ce job, et maintenant c'est fait. Ça va marcher, les gars ! En janvier, vous serez les seniors de deux équipages !

Avec un grand sourire, John T. Hazzard, dit « Doc », raccrocha. Planté devant la fenêtre en direction de l'aéroport de Colorado Springs, où le Boeing 727 de ScotAir était basé, il se gratta la poitrine, plongé dans ses pensées. La vie a du bon, conclut-il, et peut-être encore plus depuis que Pan Am a capoté. A soixante-trois ans, en effet, il n'aurait plus eu le droit de piloter des avions de ligne, de toute façon.

— Hé, Doc, se pavaner à poil devant les fenêtres, c'est une habitude, chez toi ?

Doc se retourna vers le canapé, d'où lui était parvenue la voix féminine. Son sourire s'élargit encore lorsqu'il vit la belle jeune femme blonde qui s'y tenait, elle-même vêtue en tout et pour tout d'un mince collier de perles. Elle avait posé son violoncelle contre le mur, et il jeta un coup d'œil au bureau sur lequel se trouvait son violon, pour s'assurer qu'il ne risquait pas de tomber. En allant vers elle, il fit glisser par terre quelques partitions en équilibre sur un chevalet mais ne se donna pas la peine de les ramasser.

— Absolument, répondit-il en affectant une pose d'hercule de foire. Un corps pareil, ce serait dommage de le cacher, non ? C'est toi-même qui le dis !

Elle secoua la tête d'un air faussement sévère.

— Je laisserai passer cette crise de narcissisme. D'ailleurs, figure-toi que le plus remarquable, chez toi, ce sont les doigts, pas le reste.

— Tu veux dire, ce qu'ils sont capables de faire sur mon crincrin ?

— Oui, ça aussi, admit-elle avec un sourire provocant. Bon, tu viens d'apprendre une bonne nouvelle, j'ai l'impression...

Il lui parla brièvement du répit miraculeux qu'ils venaient d'obtenir.

— Alors, tu t'arrêteras quand, Doc ?

— Arrêter quoi ? D'enseigner aux jeunettes insatiables les ressources de la sexualité ?

— Non, arrêter de voler. Quand vas-tu cesser de te disperser dans tous les sens ? En plus de tes multiples talents et... — elle lui adressa un clin d'œil — de ton corps de rêve, tu es un grand violoniste, tu sais ? Bien plus qu'un amateur doué.

— Et toi, une violoncelliste hors pair. Grâce à quoi on s'est rencontrés, si je me rappelle bien : coup de foudre dans la fosse d'orchestre !

— Non, sérieusement ! insista-t-elle. Quand vas-tu rester un peu en place et te consacrer à la musique ? Tu pourrais peut-être devenir un permanent de l'orchestre ? Passer un peu plus de temps avec moi, aussi ?

Il l'embrassa, caressa sa chevelure dorée.

— Rester en place, je ne peux pas me le permettre,

Karen. Vois-tu, j'ai trois divorces heureux derrière moi, et mes ex attendent leur argent tous les mois !

— Et tu es le divorcé le plus étrange que je connaisse ! On dirait que ça te fait plaisir !

— Oui, je les aime toutes, encore.

— Un jour ou l'autre tu seras forcé de ralentir un peu, Doc.

La saisissant par les épaules, il la pencha légèrement en arrière pour l'amener à le regarder droit dans les yeux.

— Mon ange, je compte bien mourir actif. C'est ce que je me suis toujours promis. Pour l'instant, j'apprécie vraiment de voler avec un jeune type qui veut à tout prix réussir mais qui n'a pas réellement d'expérience en matière de gros avions. Il a besoin de la mienne, plus qu'il ne s'en rend compte. Ce n'est pas seulement pour l'argent, c'est pour relever le défi... Et puis aussi, je le reconnais, parce que c'est toujours fantastique d'enfourcher son cheval et de partir droit devant, comme dit un vieux dicton de chez nous.

— Oh, pour les vieux dictons, tu es une encyclopédie vivante, c'est sûr !

— Oui, et en voici un autre, annonça-t-il très sérieusement : le jour où je tomberai raide, que mon corps continue sur sa lancée au moins une semaine !

Miami, le 12 septembre

Dans sa boîte aux lettres, sous une pile de factures et de rappels, Vivian Henry remarqua immédiatement la simple enveloppe blanche, avec au coin gauche une mention qui lui noua l'estomac : Cour d'appel des Etats-Unis.

Son sort se trouvait là, dans ce papier. Sa dernière chance de voir rétablie la pension que l'administration lui avait supprimée après le suicide de Rogers Henry, revenu mensuel sur lequel elle avait compté pour terminer ses jours.

Si la lettre infirmait la décision précédente, elle pourrait non seulement payer toutes ces factures, mais peut-être même trouver un endroit moins déprimant pour vivre. Mais si elle avait perdu...

Les jambes en coton, le cerveau embrumé, elle monta les deux étages jusqu'à son petit appartement, en revivant le cauchemar du procès devant un tribunal administratif de Washington, assise en silence tandis que son jeune avocat se décomposait devant les questions péremptoires des trois juges fédéraux. Selon eux, l'Etat américain n'avait pas à faire les frais de l'erreur commise par son avoué lors du jugement de divorce, des années auparavant. Une phrase, une seule phrase mal ficelée l'exposait maintenant à sombrer dans la pauvreté : s'il stipulait clairement que la moitié de la retraite de Rogers Henry lui reviendrait tant qu'il serait vivant, le document n'avait pas explicitement indiqué que l'administration aurait à lui verser la même somme après son décès.

Un mois après l'enterrement de son ex-mari, les versements s'étaient arrêtés brutalement. Deux années de démarches inutiles et de précarité avaient suivi. Il lui restait encore un modeste compte d'épargne, ainsi que trois cents dollars mensuels des services sociaux, point final.

Vivian entra dans son appartement impersonnel, alluma et s'assit à la table de la cuisine, posant d'un côté les factures, de l'autre la lettre fatidique.

Si j'ai perdu, je ferai quoi ? se demandait-elle, sans espoir. Deux ans encore et la maison lui reviendrait, mais elle ne tiendrait jamais tout ce temps avec ses seuls maigres revenus. Pourtant, elle préférait l'idée de devoir trouver un appartement encore plus modeste et d'écorner ses économies à celle, répugnante, de se plier au dernier diktat de Rogers afin de recevoir les trois cent mille dollars. Même quand son amie qui l'employait à mi-temps à la boutique de compositions florales avait été emportée par une crise cardiaque, la privant de ce salaire d'appoint, elle s'était dit qu'il faudrait seulement se serrer un peu plus la ceinture en attendant la reprise des versements.

Les paroles de cet incapable d'avocat résonnaient dans son esprit : « Ensuite, il n'y aura plus aucun recours, madame. Quelle que soit la décision de la cour d'appel, il faudra s'arrêter là. »

L'enveloppe était là, devant elle, telles les marches menant à la potence. Il ne servait à rien de tarder plus longtemps. Elle la saisit, l'ouvrit d'un geste, déplia les feuillets. Ses yeux tombèrent presque aussitôt sur le mot qu'elle avait espéré, malgré tout, ne pas lire : « Confirmé. »

Vivian reposa lentement la lettre sur la table. Deux mille cinq cents dollars mensuels, jusqu'à la fin de sa vie, venaient de s'envoler à jamais. Et elle devait désormais faire face à d'incontournables réalités : pas d'emploi, bientôt plus d'économies.

Elle n'avait plus le choix.

Elle se leva, se dirigea vers le plan de travail exigu de sa cuisine, feuilleta son calepin à la recherche d'un numéro qu'elle composa. Elle se rassit, tenant le combiné d'une main et pressant son front de l'autre. A l'autre bout de la ligne, l'avoué de son ancien mari décrocha.

3

Aéroport international de Miami, zone de fret,
le 19 septembre, 9h45[1]

— Vous êtes le commandant McKay ? demanda une voix féminine, coupante mais non sans séduction.

Un genou au sol sous le nez de son 727, Scott McKay était en train d'inspecter le pneu gauche du train avant. Il se retourna, la main en visière pour observer malgré le soleil la jeune femme qui se tenait derrière lui, les poings sur les hanches. Elle était vêtue d'une combinaison kaki et arborait une expression irritée.

— Exact, oui, répondit-il en se relevant.

Il prit le temps d'épousseter son pantalon avant de se redresser et de la regarder bien en face. Ce qu'il découvrit lui plut tout de suite.

— Votre OMN est un âne bâté, commandant, annonça-t-elle sans l'ombre d'un sourire.

Suivant la direction de son regard, Scott aperçut au loin Jerry Christian, son « officier mécanicien navigant », en conversation avec le chauffeur d'un chariot élévateur. En découvrant à son tour Scott et la jeune femme, Jerry commença à s'avancer vers l'avion.

— Le grand type, là-bas ? demanda Scott.

— Oui, lui ! Il refuse de prendre ma cargaison. Enfin, bon, je sais que vous êtes ici pour transporter autre chose, mais vous êtes affrétés par la NOAA, or moi aussi je suis NOAA ! Et en plus, il vous reste beaucoup de place...

Scott sourit.

— Ce n'est certainement pas un âne, madame.

1. Toutes les heures sont données en « Eastern daylight time », l'heure d'été sur la côte Est des Etats-Unis. (*N.d.T.*)

C'est un excellent collaborateur, et je vous assure que c'est aussi un charmant garçon.

— J'ai dit qu'il se conduisait comme un âne bâté ! se défendit-elle, toujours fâchée.

Scott eut un gloussement amusé tandis qu'il contemplait le bout de ses chaussures. Puis il releva la tête et, tendant la main à la jeune femme :

— On pourrait peut-être reprendre du début, si vous n'êtes pas contre. Bonjour. Scott McKay. Et vous êtes... ?

Passant ses doigts dans la chevelure de jais qui lui arrivait aux épaules, le Dr. Linda McCoy consentit à abandonner sa mine sévère pour un léger sourire. Elle haussa les épaules et accepta la poignée de main.

— Okay... Bon, d'accord, désolée.

— Très bien.

— Je suis le Dr. Linda McCoy, de la National Oceanic and Atmospheric Administration. J'ai un programme très serré, je suis en route depuis des jours et des jours, retour d'Antarctique, et franchement je n'ai ni le temps ni la patience pour des discussions oiseuses. Je suis arrivée du Chili à quatre heures ce matin, il faut que mes palettes soient à Boulder ce soir au plus tard. Il y a du matériel scientifique très sensible là-dedans, vous comprenez ? Or, je sais qu'un ouragan est en train d'arriver sur la côte est et tout le trafic aérien va être bloqué, alors j'ai envie de me tirer d'ici au plus vite.

D'un geste, Scott montra Jerry qui s'était approché.

— Et vous dites que mon mécano ne veut pas embarquer vos affaires ?

— Oui. Il m'a dit et répété que si ce n'était pas sur son devis de poids, vous ne pouviez pas le prendre. C'est idiot ! Vous allez à Denver, vous travaillez pour la NOAA, j'ai des palettes de la même organisation qui ont la même destination. La solution est quand même simple, non ?

— Qu'est-ce qu'on peut faire, Jerry ? demanda Scott en lui lançant un coup d'œil.

— Ecoute, d'après le contrat nous ne devons prendre que le matériel indiqué dessus, le sien n'a rien à voir là-dedans. Ce que nous transportons, c'est ça, là-bas, ce qu'ils s'apprêtent à charger à l'arrière...

— Au diable le contrat ! coupa Linda McCoy. En tant que cadre de la NOAA, je prends cette responsabilité et je vous...

D'un signe, Scott rappela la jeune femme à la patience.

— Vous n'avez pas l'air de comprendre, docteur. Ces contrats de fret officiels sont supervisés par des bureaucrates incroyablement tatillons. Si nous commettons la moindre erreur, nous perdons ce job. Je ne suis pas prêt à prendre ce risque.

Elle se rapprocha presque imperceptiblement de Scott, plongea ses yeux dans les siens.

— N'avez-vous pas envisagé, commandant, que le fait de ne pas embarquer mon fourbi pouvait précisément constituer l'erreur que vous voulez éviter ? Je vous garantis que si vous partez sans moi, ces fameux bureaucrates vont en entendre parler, et ce sera par la bouche d'une chef de mission de la base de Boulder, épuisée et scandalisée !

La tête penchée, Scott ne put dissimuler une grimace désapprobatrice.

— Ecoutez, ma jeune dame, ce n'est pas avec des menaces que vous parviendrez à vos fins !

Aussitôt, il vit ses yeux lancer des éclairs. Se rapprochant encore, elle lança sèchement :

— C'est moi que vous appelez « votre jeune dame » ?

— Je... j'essayais seulement d'être poli avec une charmante jeune femme. Pour moi, c'est une formule de respect.

— Ah oui ? De la manière dont vous l'avez dit, je trouve ça insultant.

Jerry fit un pas prudent en arrière, peu désireux de se voir mêlé à l'algarade. Scott, pour sa part, enfonça ses mains dans ses poches, détourna la tête quelques secondes puis reporta son regard sur la jolie furie avec un bref haussement d'épaules.

— Bien. Je regrette de vous avoir offensée, docteur. Je ne voulais pas me montrer sexiste. En tout cas, je ne peux pas embarquer votre chargement sans autorisation.

Elle demeura un instant à l'observer, les mains sur les hanches. Ses yeux glissèrent vers le petit bureau du fret, au bord de la piste, avant de revenir à Scott.

— Alors, qu'est-ce qu'on fait ?

Le commandant prit une profonde inspiration puis jeta un coup d'œil à sa montre. Ils avaient à peine une demi-heure avant le départ.

— Si vous me laissez quelques minutes, docteur, je vais appeler Washington pour voir ce qui est faisable.

— Okay. En attendant, dites à votre mécano de charger mes palettes, de sorte qu'on ne perde pas de temps après.

— Euh, docteur McCoy..., commença Scott en réfléchissant à plusieurs reparties possibles, mais elle le coupa sans appel :

— Quoi, ça vous pose un problème ?

Sa tendance naturelle aurait été de contre-attaquer, mais il parvint à se dominer. Après tout, c'était elle, la cliente. Il ne servait à rien de la contrarier davantage.

Il lui sourit, remarquant comment la colère agrandissait encore les immenses yeux noisette de la jeune femme.

— Aucun problème. On va les embarquer.

Aéroport international de Miami, le 19 septembre, 11h45

En examinant pour la troisième fois la bande de papier millimétré, le technicien sentit son sang se glacer dans ses veines. Aucune erreur possible.

Le faisceau de neutrons de son scanner était spécialement conçu pour émettre une courte décharge de rayons gamma s'il venait à entrer en contact avec n'importe quel type de matière nucléaire pouvant entrer dans la composition d'une bombe. Et il avait parfaitement rempli son rôle : pendant une bonne partie de la matinée, « quelque chose » situé dans le périmètre de l'aéroport de Miami avait fait réagir ainsi, à chaque tour, le pinceau de particules.

Et puis, une heure auparavant, alors que son supérieur et lui étaient allés avaler un taco avant le test prévu pour l'après-midi, le niveau de rayons gamma était soudain tombé à zéro.

Oh, non, on a merdé ! se dit-il, catastrophé. Quelque inspecteur, de l'armée ou peut-être de la Commission de contrôle nucléaire, avait dû se balader avec une mallette plombée et bourrée de plutonium afin de vérifier la fiabilité de l'appareil qu'il avait aidé à mettre au point, lui. Et au lieu de se tenir sur leurs gardes dès le matin, son collègue et lui s'étaient focalisés sur l'exercice de l'après-midi !

Il entendait, non loin, son supérieur, un officier de la Marine américaine, vanter les capacités de détection dont disposait la Navy à trois délégués de la FAA (l'administration fédérale de l'aviation civile) qui enquêtaient sur la protection des aéroports américains face à un éventuel acte de terrorisme nucléaire. Une directive présidentielle à ce sujet avait secoué le train-train habituel, avec pour première conséquence l'arrivée à Miami de leur équipement mobile, réputé infaillible...

— Au moment même où ne serait-ce qu'une infime parcelle de corps fissible franchit les limites d'un aéroport tel que celui-ci, expliquait le commandant d'un ton important, dans la valise d'un terroriste ou de toute autre manière, nous la repérons sur-le-champ.

Ouais, mais seulement si on regarde ! pensa le technicien en montrant du menton à son chef la bande de papier qui ondulait sur la table tel un serpent venimeux, preuve malveillante de leur négligence au pire moment possible.

Le commandant, réagissant avec un calme surprenant, se tourna immédiatement vers l'équipe de la FAA, la bande à la main.

— Tenez, on ne nous avait pas prévenus qu'il fallait commencer dès ce matin, mais nous avions tout de même lancé l'enregistrement ! Eh bien, on dirait que vous avez voulu nous tester, non ?

Son sourire forcé se figea quand il remarqua la stupéfaction des trois experts, qui lorgnèrent tour à tour le mince tracé. Le sous-directeur de la sécurité à la FAA fut le premier à rompre le silence.

— Euh, donc... Donc nous verrions quelque chose de ce genre si un explosif nucléaire pénétrait réellement dans l'enceinte d'un aéroport ?

— Oui ! C'est exactement ce que vous verriez. En fait, c'est ce que nous « avons » vu, nous-mêmes ! — Son doigt suivit la courbe, s'arrêta à son point le plus haut. — Voilà, un composant de base pour fabriquer une vraie bombe nous balançait ces rayons gamma, comme vous devez parfaitement le savoir... A propos, qui a introduit ce machin ici pour vous ?

Le trio échangea des regards inquiets mais garda le silence. Le commandant de la Navy, un peu vexé par ces cachotteries inutiles, insista :

— Ecoutez, nous travaillons sur du matériel top secret, et nous savons très bien que, pour produire une réaction pareille, il a fallu utiliser du vrai de vrai : un isotope quelconque d'uranium ou de plutonium militaire. De quoi vous donner des frissons. Alors je ne vois pas pourquoi vous me cacheriez la manière dont vous vous y êtes pris pour nous tester.

Comme les représentants de la FAA gardaient un silence obstiné, l'officier perdit patience :

— Bon, concrètement ! Il y a encore une heure, il se trouvait dans ce terminal assez de plutonium pour fabriquer une méga... bombe...

Il ne termina pas sa phrase, décontenancé par la réaction de ses interlocuteurs. Le principal responsable de la FAA l'avait saisi par le bras et, désignant de l'autre main le terminal, lui demandait d'une voix altérée :

— Commandant... Vous êtes en train de me dire que c'est un véritable enregistrement ?

— Mais oui ! Pourquoi ?

— Parce que nous n'avons organisé aucune simulation ! Vous comprenez ce que je suis en train d'essayer de vous dire ? Si un corps fissible a bien été détecté ici, ce n'est pas nous qui l'y avons mis !

A bord de ScotAir 50, à 200 kilomètres au sud-est de La Nouvelle-Orléans, altitude 10 500 mètres, le 19 septembre à 12h15

Scott McKay, le commandant du vol ScotAir 50, se tourna vers la porte du cockpit en entendant son mécanicien navigant surgir dans son dos, l'air perturbé. Sans prêter la moindre attention à la passagère assise sur le siège-service installé derrière celui de son patron, Jerry Christian se pencha pour chuchoter à l'oreille de Scott.

— Un problème ? s'inquiéta McKay, redoutant déjà la réponse : le mécano n'avait jamais l'air très gai, mais il l'avait rarement vu préoccupé.

De son pouce droit, Jerry Christian fit un geste nerveux en direction de l'arrière. Vingt-cinq ans durant, le fidèle Boeing 727 avait transporté des passagers sous les couleurs de plusieurs compagnies successives, puis la cabine avait été démontée et réorganisée en compartiment à marchandises. Trois palettes de matériel scientifique s'y trouvaient, dont deux embarquées à la demande insistante de la spécialiste de la biosphère présentement carrée derrière le commandant.

— Oui, Jerry, quoi ? insista celui-ci.

— La palette numéro trois. Je faisais une vérification de routine quand je me suis aperçu que le numéro ne correspondait ni au devis de poids ni au contrat. En fait, rien ne correspond, Scott ! Je regrette, mais je crois qu'on s'est trompés de chargement.

McKay parut atterré par la nouvelle.

— C'est impossible, bon sang ! C'est un transport ultra-prioritaire. Tu auras mal lu.

Christian vit une ombre angoissée passer sur les traits du jeune commandant de bord, qui reprit aussitôt après son expression déterminée. A sa droite, Doc Hazzard, le copilote, occupé à régler les radios de navigation, intervint à son tour :

— Allons, Jerry, on a vérifié tous les numéros avant de charger. Tout collait. Pas d'erreur possible.

Jerry Christian secoua lentement la tête. Avec son mètre quatre-vingt-quinze, il lui était impossible de se tenir droit dans le cockpit. Il se pencha encore plus au-dessus de la console centrale, se mordit les lèvres et contempla un moment la masse menaçante de gros nuages en train d'apparaître sur la côte de la Louisiane, au loin.

— Le manutentionnaire a dû se tromper de palette *après* qu'on a tout vérifié et signé les papiers. Pourtant, je lui ai fait garer son élévateur en face de celle qu'il nous fallait, je n'arrive pas à comprendre comment il s'est débrouillé, mais en tout cas ce qui est fait est fait. La palette numéro trois n'est pas la nôtre. Le numéro est différent. Il faut croire que... Je n'ai pas dû vérifier à nouveau après l'embarquement. Désolé, Scott.

Celui-ci avait déjà détaché sa ceinture de sécurité et regardait par-dessus son épaule la séduisante jeune femme assise derrière lui.

— Docteur, est-ce que je peux vous demander de ranger vos jambes de côté un instant, s'il vous plaît ? Il faut que je recule mon siège.

— Vous ne parliez pas de mon matériel, là ? demanda Linda McCoy en jetant un coup d'œil inquiet à Jerry Christian qui s'était reculé vers l'entrée du cockpit pour leur laisser de la place. J'ai tout contrôlé après l'embarquement. Ces deux-là sont à moi, j'en suis certaine.

— Non, non, répondit Christian. Le problème concerne l'autre, la palette de l'arrière. Pas les vôtres, docteur.

Quand McKay quitta son fauteuil en jetant un coup d'œil à Doc Hazzard, le solide copilote, de trente ans son aîné, lui adressa un signe d'assentiment.

— Je surveille la radio, Scott, annonça-t-il avant de placer son masque à oxygène sur le visage, précaution réglementaire lorsqu'un des deux pilotes s'absentait du cockpit.

Suivi de Christian, le commandant se dirigea vers l'arrière, plongé dans de sombres pensées : si le chargement qu'ils devaient livrer en toute priorité à Denver était resté sur la piste, à quelque soixante-dix minutes de vol, sa petite compagnie était en mauvaise posture. Avec un début aussi catastrophique, le contrat providentiel risquait fort d'être annulé.

Au milieu de la carlingue, à environ cinq mètres de la porte du poste de pilotage, les trois palettes étaient alignées, chacune lourdement chargée d'équipements retenus par une épaisse enveloppe de plastique et des filets d'arrimage. Au-delà, sur environ vingt et un mètres, un vide obscur s'étendait jusqu'à la queue de l'appareil. Les deux hommes se glissèrent dans l'étroit passage entre le chargement et la paroi gauche du Boeing, en fibre de verre moulée. Ils se retrouvèrent bientôt devant la troisième et dernière palette, indifférents au bruit produit par le fuselage en aluminium fendant l'air à quatre-vingts pour cent de la vitesse du son.

— Une seule putain de palette, Jerry ! Il fallait seulement trimbaler ça de Floride au Colorado pour recevoir le premier versement et se sortir du bain. Comment est-ce qu'on a pu tout foutre en l'air dès le début ?

Parfaitement conscient de la gravité de la situation, le mécanicien sortit le bon d'expédition d'une petite pochette en plastique accrochée au flanc de la charge et la tendit rapidement à Scott. Ce dernier compara une nouvelle fois les chiffres mais il savait déjà que c'était sans espoir : outre ses capacités de mécanicien peu communes, Jerry Christian était un esprit méticuleux, si scrupuleux qu'il n'aurait jamais sonné l'alarme en vain. Ses connaissances en pilotage étaient restées limitées de sorte que la compagnie aérienne pour laquelle il avait travaillé quinze ans durant n'avait pu le garder en tant que copilote lorsque les postes de mécanicien de bord avaient été supprimés. Mais si Northwest avait renoncé aux talents de Christian, Scott McKay, lui, savait qu'il avait eu de la chance de le trouver.

Evitant le regard de Jerry, Scott lui rendit les papiers. Il était très conscient de ce que cet emploi représentait pour son échalas de mécano, recruté par petite annonce un an auparavant et devenu non seulement un fidèle collaborateur mais aussi un ami. Rejeté par les grandes compagnies, Christian avait abordé le terrain hasardeux des vols charter, une fraternité un peu miteuse d'outsiders sous-payés, convoyant sur des avions vieillissants les chargements les plus improbables vers de peu habituelles destinations.

Mais c'était aussi, et Scott se le rappelait maintenant avec amertume, un monde de clients exigeants, parfois aussi désagréables et impitoyables que les représentants de l'administration lorsque qui que ce soit échouait.

Il sentit une boule d'angoisse grossir dans son estomac, la même appréhension que la première fois où il avait raté un atterrissage de nuit, sur un porte-avions, aux commandes de son F-14. L'*Eisenhower* se trouvait trop loin des côtes pour se rabattre sur une piste. S'il voulait s'en sortir vivant, il lui fallait se poser sur le navire, autrement ce serait la mort : son seul choix était de tenter une autre approche. Les pieds mal assurés sur les pédales de commande, tendu à l'extrême dans une descente erratique, il avait échoué encore une fois. Il lui restait à peine assez de carburant pour une troisième et dernière tentative.

Il se rappela comment, dans son cockpit, il s'était hurlé à lui-même de ne pas céder à la panique. Les pilotes de chasse de la Navy n'étaient jamais censés avoir peur et pourtant, à cet instant, il était terrorisé. Mais il avait peu à peu réussi à reprendre ses esprits, à raffermir sa prise sur les commandes tandis que les feux de position du porte-avions grossissaient dans son pare-brise. Cette fois, comme par miracle, l'horizon artificiel pour atterrissage à vue — l'appareil que les chasseurs, dans leur jargon, appellent « la boule » — s'était bien centré, et il avait entendu ses roues toucher le pont tandis que le crochet de son empennage attrapait le câble numéro trois.

A nouveau, c'était un combat mental pour trouver coûte que coûte une solution. Il fallait réparer l'erreur avant que ses commanditaires ne s'en rendent compte à Washington car, à ce moment-là, la situation lui échapperait complètement. Il essaya de ne pas penser à ce qui était en jeu : le contrat, le paiement, leur dernière chance de rester à flot.

Désignant du doigt le poste de pilotage, il annonça à Jerry :

— On ferait mieux de joindre l'agent sur le téléphone de bord. Il va sans doute falloir retourner à Miami.

Christian tendit la main pour arrêter son patron.

— Euh, Scott... Cette Linda McCoy, elle ne va pas apprécier. Son chargement est prioritaire, lui aussi.

— Elle n'est pas notre commanditaire, coupa le commandant en regrettant aussitôt la sécheresse de son ton. Elle nous a tellement pompés qu'on a fini par embarquer ses affaires, et puis elle avait raison, notre contrat nous autorisait à prendre des charges additionnelles.

Un silence gêné s'établit, puis Jerry glissa :

— Dès qu'il y a une jolie fille quelque part, tu te fais toujours avoir !

Il avait espéré lui arracher un sourire, mais sa tentative tomba à plat : Scott était ailleurs, écrasé par l'idée que leurs efforts d'une année entière menaçaient de s'écrouler comme un château de cartes. Pourquoi cette stupide décision de lancer une compagnie indépendante, bon sang ? Tout le capital laissé par son père serait englouti, et il ne pourrait qu'assister, impuissant, à la débâcle. Soudain, il releva la tête :

— Quoi, qu'est-ce que tu disais ?

— Rien, s'empressa de répondre Jerry. Je remarquais juste qu'en faisant demi-tour, euh... on ne va pas faire plaisir au Dr. McCoy.

Scott fit un signe d'assentiment. Il se tournait pour rejoindre le cockpit lorsque ses yeux surpris tombèrent précisément sur la jeune femme, qui se tenait à l'autre bout de l'étroit passage à gauche de la carlingue. Le commandant estima qu'elle n'avait pu les entendre de là où elle était, mais il ne s'en sentit pas moins embarrassé, surtout lorsqu'il passa à côté d'elle pour regagner le poste de pilotage et dut se faufiler entre elle et le fuselage, ce qui lui permit de constater involontairement la générosité de ses formes féminines. En d'autres circonstances, il aurait sans doute été amusé, et charmé, par ce contact forcé. Mais il était obnubilé par l'erreur commise et ses conséquences prévisibles.

— Pardon, docteur, il faut que je passe un coup de fil urgent, expliqua-t-il, les yeux baissés.

— Je peux être d'une utilité quelconque ? interrogea-t-elle en se plaquant contre la paroi afin d'empêcher leur rencontre de prendre un tour encore plus intime.

Scott fit non de la tête et se hâta vers l'avant tandis que la haute silhouette de Jerry Christian émergeait de l'obscurité. Le mécanicien suivait son ami des yeux, conscient des affres qu'il était en train de traverser.

Près de ses palettes, barrant le chemin, Linda McCoy se tourna vers Jerry et attrapa son regard quelques secondes, cherchant à lire ses pensées.

— C'est grave à quel point ?

Jerry hésita, mal à l'aise. Elle avait imposé sa présence à leur bord avec un tel entêtement... Et il leur avait fallu une demi-heure pour localiser au téléphone le fonctionnaire de Washington chargé de superviser l'acheminement. Celui-ci avait donné entièrement raison à la jeune femme.

— La NOAA peut ajouter ce qu'elle veut au chargement initial, avait-il lancé à Scott, au grand embarras de ce dernier. C'est stipulé dans le contrat. Vous n'aviez qu'à le lire. C'est ce qu'on fait, quand on est professionnel.

En retrouvant la même détermination implacable dans les yeux de Linda McCoy, Jerry se retint pour ne pas détourner la tête.

— Eh bien..., commença-t-il.

— Je n'avais encore jamais entendu parler de votre compagnie, le coupa-t-elle en regardant vers le cockpit. C'est lui, le boss ?

Jerry approuva d'un signe de tête tandis que son regard revenait sur lui et qu'elle l'observait avec une expression indéchiffrable.

— Il est plutôt jeune, non ?

— Scott a trente et un ans, mais c'est un ancien de la Navy. Lieutenant-colonel, même. Il a volé sur des Tomcat. C'est un fantastique pilote.

— Et vous avez combien d'appareils ?

— Euh, un seul... Celui-là. On l'a en leasing. On est vraiment très petits, vous savez.

— Ça se voit, oui... Et c'est pour cette raison qu'il a fait tant d'histoires pour charger mes palettes ?

— Il ne voulait pas prendre de risques avec ce contrat. Pour nous, c'est... C'est très important.

D'un coup, Jerry Christian se sentit ridicule. Passant une main dans sa tignasse ébouriffée, il jeta un coup d'œil au chargement de la jeune femme.

— Vous faites quel genre de recherches, docteur ?

Sans lui répondre, elle s'appuya contre la carlingue et resta à le fixer, sa main droite jouant machinalement avec la fermeture à glissière de la poche de sa combinaison, qu'elle ouvrait et refermait. Jerry fit une autre tentative :

— Enfin, je vous ai entendue parler de l'Antarctique, alors...

Elle tourna à nouveau la tête en direction du cockpit, puis ses yeux revinrent droit sur ceux du mécanicien.

— Il n'a pas l'intention de faire demi-tour, j'espère ?

— Eh bien..., tenta Jerry qui était maintenant sur des charbons ardents.

— Je comprends que vous soyez embêtés de ne pas avoir pris le bon chargement, mais avant quoi que ce soit vous devez me laisser à Denver. Mes équipements fonctionnent sur des batteries qui sont en train de se décharger à vitesse grand V.

— Euh, je ne suis pas le commandant, moi... Je veux dire que ce n'est pas moi qui prends ce genre de décisions.

Elle hocha la tête et laissa un sourire peu commode flotter sur ses lèvres.

— Très bien. Alors c'est comme tout à l'heure : on ferait mieux d'aller parler avec celui qui les prend.

4

Aéroport international de Miami, 12h30

Dans la station de contrôle mobile où la tension ne cessait de monter, le technicien qui avait découvert une concentration alarmante de rayons gamma se tenait coi. Il n'était pas tant effrayé par l'hypothèse que des isotopes nucléaires militaires se promènent dans l'enceinte d'un terminal bondé que par l'impression très nette d'avoir agité un chiffon rouge devant un troupeau de buffles affolés qui allaient tout écraser sur leur passage, lui y compris.

Les cinq téléphones cellulaires qui équipaient la station étaient occupés, ainsi que les trois portables utilisés par les représentants de la FAA et par un agent du FBI qui venait d'arriver sur les lieux. Le technicien ne comptait plus les fois où il avait expliqué le tracé de son détecteur aux personnes présentes ou à une bonne douzaine d'interlocuteurs à Washington. Il l'avait aussi faxé sur une ligne protégée au QG de la Navy, au Pentagone. L'aviation et l'armée de terre avaient également été alertées, de même que le Conseil de sécurité nationale, la Commission de contrôle nucléaire, les services secrets et la direction des douanes. Personne n'avait remis en cause ses conclusions, l'attention générale se concentrant fébrilement sur une seule et unique question : où la source de rayonnement repérée un moment à Miami avait-elle pu aller ? Or, dans la tranche horaire en question, pas moins de vingt-deux vols commerciaux avaient quitté l'aéroport...

— Qu'est-ce qu'ils vont faire ? avait-il demandé à son supérieur. Donner ordre à tous ces avions de revenir ici ?

— Eh bien, avait répliqué posément le commandant de la Navy, c'est ce qu'ils essaient de faire, oui, mais plusieurs se sont déjà posés à destination, et même ceux qu'on pourrait encore intercepter... — Il avait haussé les épaules. — Il n'y a nulle part de détecteurs comme le nôtre déjà en place. Et un simple compteur Geiger ne servirait sans doute à rien, parce qu'à tous les coups la charge nucléaire est sous protection blindée. Autant chercher une aiguille dans une botte de foin.

Auparavant, un des hommes de la FAA avait ajouté une autre éventualité :

— Ce truc n'est pas forcément parti dans un avion ! Ça pourrait être dans un camion, un bus, que sais-je...

Et comme pour les accabler davantage, un expert en terrorisme nucléaire, au téléphone, avait complété :

— Il faudrait même contrôler la moindre bagnole sortie des parkings !

Pourtant, personne n'avait osé formuler la question qui les inquiétait le plus : quelle était la destination de ce matériau fissible ? Dans quel but avait-il transité par le terminal de Miami ? Au fur et à mesure que le temps passait, les occupants de la station mobile furent assaillis par de terribles souvenirs : l'image de l'immeuble officiel d'Oklahoma City volatilisé par un explosif composé d'ingrédients aussi rudimentaires que du fertilisant et du fuel, et dont la puissance ne représentait qu'une infime fraction de celle dégagée par une déflagration atomique.

Siège de la NOAA, Washington, 12h30

Alors qu'un ouragan très sérieux menaçait la côte atlantique et que la capitale américaine était déjà soumise à des vents violents, le responsable de la logistique à la National Oceanic and Atmospheric Administration avait attendu toute la matinée la consigne espérée : la fermeture anticipée des services officiels. Le sort de sa petite maison de vacances à Chesapeake Bay, à une centaine de kilomètres de Washington, le rendait fou d'inquiétude. S'il n'arrivait pas à temps là-bas pour fermer les volets, le vent, qui selon la radio soufflait déjà à plus de quatre-vingts kilomètres à l'heure près de la mer, allait tout casser. Le téléphone, qui n'arrêtait pas de sonner, l'empêchait de suivre la succession alarmante des bulletins météo. Il en était venu à caresser l'idée de le laisser décroché lorsqu'un appel de Floride ajouta à son exaspération.

Pourquoi, lui demandait le représentant de leur organisation à l'autre bout de la ligne, l'appareil loué par la NOAA dans le but de transporter un chargement ultra-prioritaire jusqu'à sa base du Colorado était-il parti sans le prendre à son bord ?

Avec un soupir excédé, le responsable pivota devant son ordinateur et se mit à pianoter furieusement sur son clavier. Oui, ce devait être ce Boeing de ScotAir.

— Le type m'a appelé il y a quelques heures, expliqua-t-il en revenant au téléphone, et je l'ai autorisé à embarquer deux palettes de chez nous en plus.

— Ouais, mais ils ont oublié le principal, la livraison hebdomadaire en provenance de Punta Arenas ! Ce pour quoi on leur a confié le job ! J'ai déjà une heure de retard sur mon horaire, il faut qu'ils me dégagent ce truc d'ici ! Dites à ce foireux de revenir sur-le-champ ! Et quand vous l'aurez au bout du fil, prévenez-le aussi que le chef des expé ici a deux mots à lui dire. Apparemment, ils ont chargé le matos de quelqu'un d'autre à la place du nôtre, et à Miami ils sont tous fous de rage !

Essayant de surmonter une envie pressante d'allumer la cigarette défendue, le responsable de la logistique sortit une autre tablette de chewing-gum tout en cherchant le numéro du téléphone de bord de ScotAir sur son ordinateur et en reprenant le combiné de l'autre main.

A bord de ScotAir 50, 12h33

Scott McKay raccrocha lentement son Flitephone et laissa son regard errer à travers la vitre, sans voir la masse grise de La Nouvelle-Orléans qui passait sous son appareil à quelque dix mille mètres en contrebas. Désespéré, il semblait flotter dans un autre monde, même s'il était conscient des trois paires d'yeux guettant, dans le cockpit, ses moindres réactions.

Piloter ce 727 allait lui manquer.

Oh, arrête un peu ! se reprit-il aussitôt. *Il n'a pas cassé le contrat, il m'a seulement traité de tous les noms...*

— Commandant ? Il faut qu'on parle.

La voix féminine qui s'était élevée juste derrière lui le fit sursauter. Il avait oublié la présence de Linda McCoy.

— Oui, une seconde, répondit-il en se tournant vers son copilote. Doc, appelle le contrôle, s'il te plaît. Demande-leur le OK pour un retour immédiat sur Miami.

Hazzard avait déjà le doigt sur le bouton de transmission.

— Non !

Le cri de la jeune femme, pratiquement dans l'oreille du commandant, fit hésiter le copilote. Scott jeta un coup d'œil par-dessus son épaule.

— Juste une seconde, docteur McCoy. Je vais vous expliquer.

— Il n'y a rien à expliquer. Il faut que j'arrive à Denver. Il est hors de question de faire demi-tour.

— Je... Je n'ai pas le choix. Nous devons rattraper cette erreur, au plus vite.

— Commandant...

Elle s'interrompit, prit sa respiration tout en essayant vainement d'accrocher le regard de Scott qui, les yeux baissés sur la console, les mains jointes, paraissait se préparer à subir un nouveau sermon.

— Ecoutez, commandant. En tant que représentante de votre commanditaire, je vous demande de maintenir votre cap. C'est un ordre. Déposez-moi à Denver, ensuite vous irez à Miami ou ailleurs, peu m'importe.

Scott gardait les yeux rivés sur une petite éraflure à la surface de la console centrale, près du transpondeur. Cette McCoy était exactement le genre de femme qui l'attirait et le hérissait en même temps : énergique et féminine à la fois, avec un visage au doux ovale, d'immenses yeux noirs, des cheveux coupés au carré et rejetés derrière les oreilles, une combinaison de parachutiste grise qui, malgré son apparente sévérité, était très bien taillée et dessinait un corps harmonieusement musclé. Malgré son attitude revêche depuis le début, il n'avait pu s'empêcher d'être séduit par le léger et subtil parfum qu'elle exhalait. Brusquement, il se rendit compte qu'il aurait aimé être capable de l'amener, par son seul charme personnel, à plus de compréhension envers lui.

Maintenant, il était évidemment trop tard pour de tels regrets. La seule personne au monde qu'il voulait calmer était ce bureaucrate agressif qui venait de l'appeler de Washington.

Il finit par se retourner afin de lui faire face, s'efforçant de ne la considérer que comme une cliente.

— Vous n'avez pas l'air de comprendre, docteur. A Miami, nous avons laissé la livraison pour laquelle nous sommes payés. Vos palettes sont à bord, oui, mais c'est seulement un extra, un geste de courtoisie.

— Vous n'aurez qu'à repartir après m'avoir conduite à Denver.

— Non. Denver est encore à plus de deux heures devant nous. Pour refaire toute la route jusqu'au point où nous nous trouvons à cet instant, il faudrait au moins six heures.

Elle secoua la tête si vigoureusement qu'il sentit la pointe de ses mèches frôler son visage.

— Votre charge n'est pas aussi périssable que la mienne, commandant !

— Désolé, docteur.

— Si vous faites demi-tour, je veillerai personnellement à ce qu'on vous retire ce contrat de malheur !

Scott baissa à nouveau les yeux, en proie à des sentiments partagés. Cette séduisante inconnue ne se rendait pas compte de leur situation, mais il aurait été gêné de lui avouer que leurs finances étaient aussi catastrophiques. Et puis, la tentation de ne pas laisser son agressivité sans réponse était trop forte. Il reporta sur elle un regard à la fois ironique et vindicatif.

— Vous le feriez annuler, c'est cela ?

— Sans hésitation, si vous ne changez pas d'avis.

— Eh bien, docteur, c'est une menace qui tombe complètement à plat. Et vous savez pourquoi ? Parce que si je ne fais pas demi-tour, justement, je le perds, ce contrat ! L'appel que je viens de recevoir était d'un de vos ronds-de-cuir à Washington. Il a été assez gentil pour me prévenir que si nous n'étions pas de retour à Miami dans les deux heures il nous retirait le job. Je n'ai pas le choix. Mais je vais vous dire ce que je me propose de faire, moi, et je serais désolé que vous n'en soyez pas satisfaite : sitôt à Miami, on décharge, on refait le plein, on embarque le bon colis et on vous conduit droit à Denver... Mais pas avant. De toute façon, ce sera peut-être bien notre dernier vol sous nos couleurs. Parce que je ne suis pas du tout certain qu'ils nous pardonnent cette erreur.

Tandis que Jerry Christian poussait un soupir très audible, la jeune femme parut stupéfaite.

— Comment ça, votre dernier vol ?

— Sans les revenus assurés par ce contrat, nous n'avons plus qu'à mettre la clé sous la porte. — Il lui en coûtait terriblement de faire cet aveu, mais c'était aussi sa dernière chance. — Si je n'ai pas de quoi couvrir la prochaine traite pour cet appareil, tout est à l'eau. Or, actuellement, je n'ai pas cet argent. Je comptais sur le chèque de votre organisation mais, pour parler franchement, j'ai l'impression que ce gus, à Washington, ne va pas laisser passer cet incident. Quelque chose dans sa voix me dit qu'il nous a déjà rayés de la carte, et ça me rend...

— Scott ! coupa Doc Hazzard d'un ton réprobateur. On ne doit pas jeter l'éponge aussi vite !

— Ah bon ? Tu as trente mille dollars en trop à m'avancer ?

Le commandant, qui s'était tourné vers son copilote, regretta immédiatement le ton sur lequel il lui avait parlé. Doc ne méritait pas d'être traité ainsi.

Alors que Linda McCoy observait un silence gêné, le copilote confirma la nouvelle route sur sa radio et commença à faire basculer le 727 en direction du sud-est.

Les yeux dans le vide, Scott se laissa aller dans son fauteuil, dressant déjà le bilan de sa défaite. Le plus rageant allait être de supporter les sourires entendus de ceux qui, depuis le début, avaient tourné son projet en dérision, notamment certains banquiers aucunement impressionnés par ses diplômes ni par son apport initial de trois cent mille dollars, « une misère » selon eux lorsqu'il s'agissait de constituer un capital de départ. Tout l'argent que lui avait laissé son père était désormais parti en fumée, alors qu'il avait rêvé de le transformer en millions...

L'image du visage paternel flotta dans son esprit, des traits sévères, opiniâtres, mais aussi pleins de compréhension et d'amour, et qui s'illuminaient parfois d'un sourire aussi resplendissant qu'un rayon de soleil après l'orage. Pour faire naître de tels sourires, Scott n'avait jamais épargné ses efforts. Sa réussite, même alors que son père n'était plus là, visait ce but.

Mais peut-être y avait-il encore un espoir ? Peut-être se laissait-il trop aller au pessimisme ? Après le soulagement des derniers jours, l'ombre de la faillite n'en paraissait pourtant que plus écrasante. Il se demanda s'il resterait à Central City au cas où il devrait liquider son affaire. Il présenterait sans doute une nouvelle fois sa candidature à United Airlines. Cela finirait par marcher, qui sait ?

Surprenant du coin de l'œil l'expression accablée de Jerry Christian, il oublia son sort pour méditer sur celui de ses deux amis et employés. Il ne se faisait pas trop de soucis pour Doc. L'ancien commandant de la Pan Am — trente-trois ans durant ! — saurait toujours retomber sur ses pattes, avec immanquablement une femme ravissante à ses basques. Un type prodigieux. Mais Jerry, lui, avec une famille à charge et aucune base arrière... Il ferait son possible pour l'aider à retrouver du travail. Avec ce qu'il lui resterait d'économies, il pourrait prendre en charge le loyer de Jerry et le sien pendant quelques mois, le temps de voir venir.

— Commandant, je suis vraiment navrée, finit par dire Linda McCoy d'une voix moins péremptoire qu'à l'accoutumée. Je n'imaginais pas que c'était aussi grave. Je... Je vais me débrouiller pour attendre que vous puissiez repartir. — Il hocha la tête sans se retourner, mais elle se pencha en avant pour le regarder de côté. — C'est ce contrat ou rien, n'est-ce pas ? Vous n'avez pas d'autre issue ?

— Pas que je sache, répondit-il en reprenant le combiné du téléphone de bord.

Sortant une carte de visite froissée de la poche de sa chemise, il composa le numéro sur le clavier digital. La perspective de se confronter au chef du service du fret d'Universal à Miami n'avait rien d'encourageant, mais il arriverait peut-être à le convaincre de se calmer. Il avait déçu déjà assez de monde pour la journée.

Au siège de la NOAA, Washington, 12h45

Un seul coup de téléphone au commandement central du transport de l'US Air Force avait suffi au chef de la logistique de la NOAA pour trouver une solution plus satisfaisante que d'attendre le retour du Boeing de Scot-Air à Miami. Un gros porteur militaire C-141-B allait repartir à vide de Fort Lauderdale, en route vers la côte ouest et servi par un équipage de réservistes toujours prêts pour une mission rémunératrice. Leurs supérieurs avaient autorisé l'énorme avion-cargo à faire un détour par Miami afin de récupérer la palette oubliée au sol. Cette bonne nouvelle était arrivée au même moment que la consigne tant attendue : en raison des conditions atmosphériques de plus en plus inquiétantes, tous les fonctionnaires travaillant au centre de Washington avaient reçu l'ordre de fermer leurs bureaux et de rentrer dare-dare chez eux.

Avant de s'exécuter, l'homme de la NOAA se réservait pourtant un dernier petit plaisir, qu'il savourait à l'avance. Il allait régler son compte au commandant de ScotAir 50, dont l'inconséquence lui avait causé tant de soucis et qui, manifestement, n'était pas digne de travailler pour le formidable appareil d'Etat américain. Aussi, pour la seconde fois en un quart d'heure, saisit-il son combiné afin d'appeler ce pilote irresponsable...

Direction du fret d'Universal, aéroport de Miami, 12h50

Depuis plusieurs heures déjà, le chef des expéditions savait qu'il pourrait être tenu personnellement responsable de l'erreur de chargement du vol ScotAir 50. Il n'était pas question pour autant de le reconnaître, bien entendu. Ayant achevé sa conversation avec le pilote concerné, il raccrocha avec un soupir de satisfaction : puisque l'équipage croyait que la faute leur revenait, il n'allait certainement pas les en détromper !

Comme il manquait de personnel pour la vacation du matin, il avait remis à plus tard le soin de limoger un employé particulièrement incapable et décidé de le laisser travailler jusqu'à la pause du déjeuner. Mais un contremaître trop bavard avait donné à entendre à l'intéressé que le couperet allait tomber. A onze heures, le chef des expéditions découvrait que celui-ci avait systématiquement saboté tous les chargements qui lui avaient été confiés. Grâce à une mobilisation exceptionnelle de ses effectifs, il avait réussi à réparer le gâchis, à une exception près : peu avant midi, le Boeing de ScotAir s'était envolé en direction du Colorado avec la mauvaise palette.

La cliente à laquelle cette palette appartenait s'était rendu compte de la confusion à peu près au même moment que le représentant de la NOAA. C'était une dame d'un certain âge, qui avait demandé à accompagner son chargement sur le même vol, preuve qu'il s'agissait là, sans nul doute, d'une cargaison de valeur. Cette déduction ajoutait encore à la nervosité du chef des expéditions, d'autant que la cliente ne pouvait en aucun cas partager la responsabilité de ce méli-mélo : sa lourde charge avait été livrée sur place avant neuf heures, elle-même s'était présentée peu après pour remplir les formulaires nécessaires et régler la facture. Elle s'était certes absentée quelques minutes avant l'arrivée de son avion, mais était revenue suffisamment en avance pour constater que la palette avait disparu.

Dès le début, elle avait manifesté un calme, une assurance et une retenue qui faisaient immanquablement perdre ses moyens au chef des expéditions. Et quand elle avait posément évoqué un possible recours en justice, il avait compris sur-le-champ qu'elle ne parlait pas en l'air. Dans ce cas, il pouvait déjà dire adieu à sa carrière à Universal.

Il avait d'abord fallu déterminer l'appareil dans lequel sa cargaison s'était envolée, puis trouver le moyen de joindre l'équipage, toute une histoire puisque le numéro pour joindre ScotAir dont il disposait, dans le Colorado, déclenchait à chaque fois l'habituel message enregistré, exaspérant de banalité. Mais le vrai casse-tête, c'était de rendre sa palette à la cliente et de les acheminer ensemble à Washington alors que, sur CNN, les spots d'information à propos de l'ouragan menaçant la capitale se succédaient à une cadence effrénée. Matériellement, il ne voyait pas comment le 727 de ScotAir aurait le temps de revenir à Miami. D'ailleurs, en auraient-ils encore l'intention, puisqu'il venait d'apprendre qu'un gros porteur de l'armée se disposait à charger la cargaison abandonnée ? Il ne savait plus quel choix faire, jusqu'au moment où le commandant de ScotAir l'avait appelé.

L'idée de détourner l'équipage de ScotAir sur Tallahassee pour y prendre leur cliente imprévue lui revenait entièrement. Elle avait jailli dans son esprit tel un éclair de génie, se disait-il fièrement, même si la première réaction du pilote du 727 avait été négative. Pour lui, la seule solution était de revenir à Miami et de débarquer la palette de cette femme. Mais le chef des expéditions, prenant son courage à deux mains, était revenu à la charge :

— Bon, si vous voulez éviter des poursuites judiciaires, vous feriez mieux de la retrouver quelque part en chemin. Moi, je propose Tallahassee. Voyez-vous, commandant, cette dame est folle de rage et ira jusqu'au procès si son chargement et elle ne sont pas en sécurité à Washington avant que le cyclone ne se pointe pour de bon. En revenant jusqu'ici, vous n'avez aucune chance d'y arriver.

Il s'était bien gardé de parler de torts partagés dans cette affaire.

— Mais... comment peut-on arranger ça aussi vite ?

— Tout est organisé. Elle est déjà au terminal passagers, elle n'attend que mon feu vert pour embarquer. C'est nous qui payons son billet, bien entendu.

Après avoir arraché l'accord de ScotAir, l'homme d'Universal transmit aussitôt par radio la consigne à son assistant qui attendait en salle d'embarquement :

— Luis ? Bon, vas-y, tu mets Mrs. Henry comme prévu sur le vol de Tallahassee. Et tiens, donne-lui vingt dollars en plus, pour qu'elle prenne un taxi entre l'aéroport et la zone de fret à l'arrivée. Là-bas, elle doit chercher un Boeing 727, ScotAir 50. Compris ?

Cette tâche achevée, il consulta sa montre. Quelques minutes plus tôt, un inspecteur de la FAA avait fait irruption dans son bureau, exigeant d'un ton affolé la liste de tous les avions de transport qu'ils avaient traités durant la matinée. Avec ses propres soucis, il n'avait pas eu le temps de vérifier le document établi par une secrétaire. Ni de se demander pourquoi la FAA était si excitée. Certainement pas à cause de la vengeance imbécile de l'employé qu'il venait de licencier, une simple péripétie, pour eux... Non, il devait se passer quelque chose d'inhabituel à l'aéroport.

Il avait besoin de souffler, et de toute façon il était amplement l'heure de déjeuner. Il se promit de vérifier l'exactitude de la liste après s'être restauré. Quant aux raisons pour lesquelles les fédéraux étaient dans tous leurs états, ce n'était pas son problème.

5

Tallahassee, Floride, 14h10

En sortant de son avion, Vivian Henry marqua un temps d'arrêt, se demandant si quelqu'un — un représentant d'Universal, par exemple — aurait eu la correction de l'attendre pour l'escorter jusqu'à la zone de fret.

Mais personne ne semblait s'intéresser à elle.

Le vol entre Miami et Tallahassee s'était déroulé comme dans un rêve. Elle avait trop de sujets de préoccupation, y compris la révoltante négligence d'Universal, pour penser à quoi que ce fût d'autre. Elle était ulcérée par la perte de « sa » cargaison, qui prenait les proportions d'une nouvelle insulte, après tant d'autres. En apprenant qu'un service officiel était derrière la méprise, alors qu'elle venait de perdre deux ans à batailler avec l'administration à propos de sa pension de veuvage, elle s'était d'abord laissée aller à l'indignation : *« Ils » continuent à me torturer !* Mais en découvrant qu'il s'agissait en fait d'une agence météorologique, et que la responsabilité de l'erreur pesait entièrement sur Universal, elle n'avait plus laissé ses émotions prendre le pas sur la logique.

Vivian passa rapidement le portique de sécurité et se dirigea vers la sortie. Sans prendre garde à un passager élégamment habillé qui retenait une porte battante pour elle, elle en poussa une autre. L'inconnu hésita, eut un léger haussement d'épaules et la regarda s'éloigner : une femme de haute taille, très chic avec son tailleur bleu nuit et ses talons hauts qui mettaient en valeur sa silhouette et son allure altière, l'ample chevelure noisette coiffée en arrière. Il lui donna la cinquantaine, sans savoir que sa prestance l'avait abusé de dix ans par rapport à son âge véritable.

Elle alla droit à la file des taxis. Ces derniers mois, elle avait recommencé à se sentir fière de son apparence, consciente d'attirer souvent l'attention masculine. Pourtant, obscurément, elle désirait rester aussi anonyme que possible pendant ce voyage et elle se sentit soulagée en notant que l'homme qui lui avait tenu la porte, sans insister, s'était éloigné avec un petit sourire. Oui, elle avait honte, honte de devoir se soumettre encore une fois aux diktats de Rogers, honte d'avoir été acculée à cette mission à cause de l'argent.

Le chauffeur qui la prit fut hautement contrarié en apprenant qu'elle n'allait qu'à la zone de fret, à moins de deux kilomètres de là. « Après avoir fait la queue tout ce temps, une course aussi minable ! », maugréa-t-il avant de donner un coup de poing à son compteur et de démarrer en trombe sous une petite pluie, ajoutant quelques grommellements dans une langue qui ressemblait au persan.

Tiens, c'est bizarre, de l'avion je n'avais pas remarqué qu'il pleuvait, se dit-elle.

Elle se força à se concentrer sur la suite de son voyage. Même si le Boeing promis était déjà là, elle s'attendait à des difficultés bien plus sérieuses à son arrivée à Washington. De Miami, elle avait téléphoné pour déplacer le rendez-vous avec le camion de transport, mais elle n'était pas certaine qu'ils tiennent leur engagement. Et puis, son interlocuteur au Pentagone avait paru réticent : il n'arrivait pas à comprendre pourquoi elle voulait absolument remettre sa caisse directement au centre de stockage dans les sous-sols du Pentagone, au lieu de l'expédier vers la base de l'US Air Force la plus proche ou tout autre centre de transit.

— C'est une question qui relève de la Sécurité nationale, lui avait-elle rétorqué, suivant à la lettre le scénario établi par son ancien mari.

— D'accord, avait-il finalement accepté. Je peux vous attendre jusqu'à dix-huit heures, pas plus.

Ils n'ont pas la moindre idée de ce que je leur apporte, pensa-t-elle. *Personne n'imagine même qu'il ait pu réussir...*

Evidemment, il se pouvait encore qu'il ne soit jamais allé au bout de ses recherches, que la Méduse ne soit rien d'autre qu'une dernière provocation de Rogers Henry, une maquette inutile envoyée comme un camouflet à la face de ceux qui l'avaient contraint à l'exil d'une retraite anticipée. Rogers était très capable d'avoir conçu une telle farce, de les conduire à étudier cette boîte sous toutes les coutures pendant des mois, des années, avant de comprendre qu'ils avaient été bernés. Elle n'était sûre de rien, mais elle ne pouvait s'empêcher de trouver absurde l'idée qu'il ait mis au point tout seul, dans son garage, une arme comme la Méduse. Eux, ils n'auraient d'autre choix que d'inspecter cette maquette au prix d'innombrables heures de travail et de millions de dollars, voire d'en réaliser une version réelle et de l'expérimenter, avec un budget astronomique, dans quelque coin perdu de la planète.

Le chauffeur prit un virage brutal en dérapant sur la chaussée mouillée, ravi de malmener sa passagère sur le siège arrière. Il fit vrombir son moteur pour qu'elle comprenne le message, puis dévala une allée de service en direction du centre de fret, jetant un coup d'œil dans le rétroviseur. A son grand désappointement, il constata qu'elle était toujours plongée dans ses pensées, indifférente à ce gymkhana.

En fait, Vivian était en train d'imaginer, avec effroi, la manière dont Rogers aurait réagi si un chauffeur s'était avisé de le traiter ainsi : il l'aurait agressé verbalement, l'accablant d'une rhétorique bien au-delà de la compréhension d'un simple conducteur de taxi. Le souvenir de ses sorties tonitruantes la mettait encore au supplice. Son ancien mari n'avait jamais répugné à agonir de paroles blessantes qui que ce fût, y compris sa propre épouse.

Non, « surtout » sa propre épouse, se corrigea-t-elle.

Et ce traitement lui avait laissé assez de cicatrices psychologiques pour prouver qu'elle avait raison.

A nouveau, elle fut surprise et révulsée par sa réaction : elle n'arrivait pas vraiment à reconnaître que Rogers était mort et enterré depuis déjà deux ans. Par un étrange caprice de l'esprit, elle se surprenait à penser que la lourde caisse en bois était son véritable cercueil. Mais du moins, en la remettant aux militaires, serait-elle sans doute délivrée de cette présence obsédante...

Soudain, elle découvrit que la voiture était à l'arrêt et que le chauffeur lui avait ouvert la portière, sans aucune courtoisie d'ailleurs.

— Six cinquante, annonça-t-il avec son accent prononcé, pressé de repartir au plus vite au terminal pour trouver une course plus lucrative.

Sans un mot, elle déposa le compte exact dans sa main — pas question d'un pourboire avec un pareil goujat — puis se dirigea vers l'entrée principale, les mains en coupe au-dessus de sa tête afin de se protéger de la pluie. Elle entendit à peine la portière se refermer brutalement derrière elle et les pneus hurler quand le taxi quitta le parking en trombe.

Comme prévu, le triréacteur de ScotAir attendait en travers de l'aire de stationnement. Sous son aile gauche, un technicien était en train de retirer le tuyau d'alimentation en carburant.

A l'entrée des bureaux, un jeune homme aux cheveux très blonds, la chemise ornée des quatre galons de commandant de bord, faisait les cent pas. De taille moyenne mais athlétique, les épaules carrées, une large bouche prête à sourire, un beau visage. Elle eut l'impression, certes vague, qu'elle l'avait déjà vu quelque part.

En la voyant entrer, les traits du jeune pilote s'éclairèrent. Avant de remarquer quelques rides autour de ses yeux, elle lui donna d'abord vingt-quatre ou vingt-cinq ans, puis se reprit : *Non, environ trente-cinq... En tout cas, assez jeune pour être mon fils.*

La main tendue, il avança rapidement vers elle.

— Mrs. Henry ?

— Oui.

— Je suis terriblement navré pour cette erreur de chargement, commença-t-il tout en consultant sa montre. A vrai dire, je ne pense pas que ce soit de notre faute, cela pour mettre les choses au clair. Mais enfin, si nous devons nous poser à Washington, nous ferions mieux de décoller sans tarder. J'imagine que vous êtes au courant du cyclone qui se prépare là-bas. Nous n'avons qu'un créneau très serré.

— Et vous êtes ? demanda-t-elle, un peu choquée par le fait que, dans sa hâte, il ait oublié de se présenter.

— Oh, pardon. Scott McKay, le... commandant.

Il s'était retenu de ne pas ajouter « et directeur de

ScotAir », conscient de s'adresser à quelqu'un qui avait menacé de le traîner en justice. D'ici une semaine, ce titre ne signifierait plus rien. Non, mieux valait la laisser croire qu'il n'était qu'un simple employé.

— Des bagages ? s'enquit-il poliment.

— Non, juste ce sac de voyage... A propos de cet ouragan, commandant, combien de temps avons-nous devant nous, exactement ?

Scott pinça les lèvres en jetant un œil à la liasse de papiers, couverts de chiffres, qu'il tenait à la main.

— Eh bien, je dirais que, si nous décollons d'ici vingt minutes, nous pourrons être à l'aéroport national de Washington dans une heure et quarante minutes. Ensuite, je compte quarante-cinq minutes pour débarquer votre palette, vérifier que tout est en ordre pour vous, refaire le plein et repartir. Donc, un peu moins de deux heures et demie en tout, alors qu'ils prévoient des vents de trente nœuds... enfin, soixante kilomètres/heure dans la zone d'ici deux heures, si l'ouragan n'arrive pas plus vite, évidemment ! Donc, nous sommes très juste.

Il lui montra d'un geste la porte d'accès à la piste, vers laquelle elle marcha sans plus attendre. Dehors, elle se tassa sous le parapluie qu'il lui avait ouvert.

— D'après ce que j'ai entendu, c'est un ouragan assez exceptionnel, non ?

Les moteurs d'un autre appareil, qui se mirent à rugir non loin, les obligèrent à continuer leur conversation en criant.

— JE N'EN AI JAMAIS VU DE PAREIL !

Comme elle hochait la tête, il poursuivit :

— ILS L'ONT APPELÉ SIGRID. IL FAIT PLUS DE MILLE TROIS CENTS KILOMÈTRES DE DIAMÈTRE ! AU CENTRE, LES VENTS ATTEIGNENT...

— QUOI ?

— LES VENTS DÉPASSENT LES DEUX CENTS NŒUDS AU CENTRE !

Tenant toujours le parapluie, Scott lui fit grimper la passerelle peu stable qui avait été installée à la porte avant. Il attendit qu'elle soit entrée pour se glisser derrière elle.

A l'intérieur, au calme, Vivian lui demanda de répéter ce qu'il venait de dire.

— Donc, les vents sont terribles au centre, plus de deux cents nœuds, soit près de trois cent soixante-dix kilomètres/heure. Si l'œil de ce cyclone atteint la côte du Delaware, il va démolir Rehoboth Beach et tout ce qu'il y a au nord.

— Mais nous serons à Washington assez tôt ?

Elle ne dissimulait pas son inquiétude. C'était une course contre la montre, mais aussi contre les plus redoutables forces de la nature.

— Je ne peux rien promettre, madame, mais on va faire tout ce qu'on peut.

— S'il vous plaît... — Elle hésita, comme si elle cherchait des mots déjà appris. — Je préfère... Je préfère ne pas entrer dans les détails, mais je vous demande de comprendre qu'il est de la plus vitale importance que je sois cet après-midi à Washington, avec mon chargement.

Comment lui expliquer à quel point je voudrais que tout cela soit fini ?

Frappé par la visible anxiété de sa cliente, Scott McKay en oublia de se montrer professionnellement rassurant. Sa réponse manquait nettement de fermeté lorsqu'il reprit la parole.

— On va... On fera tout notre possible, Mrs. Henry.

Washington, 14h25

A midi, les services du gouvernement fédéral commencèrent à fermer devant l'arrivée annoncée de l'ouragan Sigrid. Cette mesure d'urgence ne concernait cependant pas le personnel du Conseil de sécurité nationale, accaparé par une masse de travail de plus en plus écrasante.

Dès qu'il eut obtenu la confirmation qu'une menace d'attaque nucléaire terroriste avait été détectée à Miami, Stanley Shapiro, le conseiller adjoint du Président pour la Sécurité nationale, décida de se transférer de l'aile ouest de la Maison Blanche aux bureaux du Conseil, installé dans l'immeuble administratif adjacent. Comme le chef de l'Etat était déjà en route pour un sommet économique international, il fallait tenir informé en permanence Air Force One, l'avion présidentiel. Alors qu'il quittait l'aile ouest, Shapiro se fit arrêter au détour d'un couloir par le secrétaire de la Maison Blanche, désireux d'en savoir plus.

— Pour l'instant, c'est la pagaille, lui expliqua le conseiller. Vous êtes au courant de ce que cette station de détection de la Navy dit avoir découvert, n'est-ce pas ? Okay. Alors, maintenant, la CIA se concentre sur *qui* serait derrière ça, le FBI travaille avec le Pentagone et la FAA pour découvrir *où* l'attaque pourrait se produire, et le Conseil de sécurité étudie le *quoi*, la nature de la charge détectée. Mais au bout du compte, le problème, c'est qu'il est peut-être déjà trop tard. Il est possible que nous ayons perdu la piste.

— On m'avait dit que tous les avions étaient rappelés à Miami...

Quand l'ancien professeur de Princeton secoua négativement la tête, son nœud papillon battit des ailes, spectacle que le digne et rigide secrétaire avait toujours trouvé horripilant.

— Ils ont donné l'alerte trop tard. Certains appareils s'étaient déjà posés, d'autres auraient dû reprendre du carburant avant de retourner à Miami, ce qui aurait permis de faire descendre la charge au sol... A ma connaissance, huit avions sont revenus à Miami et ont été soumis au détecteur, sans résultat. Mais la charge radioactive aurait pu aussi bien se trouver dans un camion, une voiture, et nous ne sommes même pas sûrs d'avoir comptabilisé tous les avions concernés ! C'est une goutte d'eau dans la mer.

Le secrétaire de la Maison Blanche s'adossa contre le mur et contempla un moment le sol à ses pieds avant de risquer une question :

— Personne n'a pensé à embarquer cette station de détection dans un avion et à lui faire survoler tout le pays ?

— D'après ce qu'on m'a dit, sans un équipement spécial que nous n'avons pas le temps de mettre au point, elle ne peut pas fonctionner en altitude. Il paraît qu'une version aéroportée avait été étudiée il y a plusieurs années, mais qu'on l'a abandonnée à la faveur d'une réduction du budget militaire. Et il n'y en a pas non plus sur satellite.

— Naturellement, le Pentagone ne manquera pas de profiter de cette histoire pour revenir à la charge ! Bon, où en est-on, alors ? Que faisons-nous, concrètement ?

— A mon avis, personne ne sait vraiment ce qu'il *faudrait* faire, rétorqua le conseiller à la Sécurité nationale avec une moue contrite. Tout le monde est dans le coup maintenant, même le Département de la justice ! Pour l'instant, ça ne se tire pas trop dans les pattes, mais ça ne se coordonne pas des masses non plus. En fait, tout le monde est sidéré de découvrir que c'est absolument le pire qui nous pend au nez. On me dit que l'enregistrement du détecteur confirme sans appel au moins une certitude : quelqu'un se promène avec une quantité suffisante de matière fissible de type militaire pour fabriquer une bombe thermonucléaire. Et il nous faut admettre l'hypothèse qu'ils ont aussi les ressources et le savoir-faire pour la faire exploser.

— Mais oui, bon sang ! s'emporta le secrétaire : même Tom Clancy a déjà expliqué à tout le monde comment s'y prendre ! C'était dans un de ces bouquins qu'il sort à la chaîne. Non pas que je lise ça, moi...

— Conclusion ? Nous devons considérer que quelqu'un, quelque part sur notre territoire, a l'intention de faire exploser une charge nucléaire. A Langley, les gens de la CIA confirment que c'est une hypothèse valable.

— Grand Dieu ! Et jusqu'à quelle puissance faut-il envisager ?

— Dieu seul le sait, répondit le conseiller adjoint. Du kilotonne à plusieurs mégatonnes, c'est tout ce que l'on peut me dire. Assez pour rayer de la carte n'importe quelle ville des Etats-Unis. Il n'y a aucun précédent à une menace pareille. Enfin... Si, il y en a un, d'une certaine manière. Vous avez entendu parler de cet Iranien que le FBI avait arrêté à Dallas avec une mallette pleine de matière radioactive, dans les années quatre-vingt ?

— Oui. Du moins, j'ai su qu'ils avaient saisi assez de matière fissible, comme vous dites, pour fabriquer une bombe, et aussi un détonateur plutôt performant. Mais pour la cible, elle, on n'a jamais su, n'est-ce pas ? — Le secrétaire secoua la tête d'un air navré avant de continuer : Je me rappelle aussi avoir mis en garde contre ce type de danger bien avant cette arrestation à Dallas. Il y a des années, en fait, du temps où j'étais encore sénateur. Dans une de mes interventions, j'avais souligné que la prolifération nucléaire faisait inévitablement courir le risque qu'une de nos villes soit un jour transformée en enfer nucléaire au nom de telle ou telle cause démentielle. C'était une mise en garde volontairement effrayante, destinée à frapper les esprits alors que certains de mes collègues voulaient réduire le budget alloué au FBI. Mais vous savez quoi, Stanley ? — Shapiro haussa les sourcils d'un air interrogateur. — En vérité, je n'y croyais pas moi-même ! Je ne pensais pas que nous aurions un jour à faire face à ce genre de choses, dans la réalité !

Aéroport international de Miami, 14h30

Devant la station de contrôle mobile de la Navy, une nouvelle voiture vint se garer dans un grand crissement de pneus. L'agent du FBI qui était au volant acheva la conversation sur son téléphone cellulaire puis le déconnecta. Il sortit du véhicule et entra en trombe dans la caravane.

— Bon, les gars, ça y est ! On a vérifié tous les avions qu'on pouvait. Les autres sont hors de portée, maintenant. Résultat : zéro. Toutes les propositions constructives sont les bienvenues !

Un des occupants de la caravane se retourna :

— Quoi, le vol de Salt Lake City aussi, ils l'ont inspecté ?

— Oui, à l'arrivée. Ils n'ont rien trouvé. A supposer que nos hommes sachent vraiment ce qu'il faut trouver, bien entendu.

Installé à une table amovible, sur le côté, l'officier de la Navy officiellement responsable de la station leva la tête, salua rapidement le représentant du FBI, désormais en charge des opérations, puis se repencha sur les papiers étalés devant lui. Il semblait chercher en vain quelque chose, ce qui expliquait son air crispé.

L'agent du FBI se rapprocha discrètement et jeta un rapide coup d'œil sur les documents que l'autre étudiait. En haut de la pile, il y avait la liste, établie à la hâte, des vols commerciaux ayant quitté Miami depuis le moment approximatif où les rayons gamma étaient revenus à zéro. A côté, les devis des compagnies de fret indiquaient ce qui avait été expédié depuis ce même moment.

— Vous butez sur quelque chose, capitaine ? demanda l'homme du FBI.

Relevant les yeux, l'officier de la Navy fronça légèrement les sourcils en se grattant une joue et montra les feuillets devant lui :

— Il y a un truc qui cloche, oui. — Il se leva, prit la liasse et la plaça sous le nez de l'agent. — Un chargement de la NOAA, très urgent, devait partir pour la zone de Denver sur un 727. Mais si j'en crois les notes prises par le type qui a parlé au chef des expéditions d'Universal, c'est un C-141 de l'armée de l'air qui est venu prendre la livraison, finalement. Ce vol-là, vous avez pu l'intercepter, je le sais.

— Oui, on l'a fait se poser à la base militaire Richards-Gabaur, près de Kansas City. Et on n'a rien trouvé, rien à part ce transport pour la NOAA, évidemment. L'équipage a confirmé qu'on leur a refilé le job parce que la compagnie sous contrat n'avait pas assuré. Ils n'étaient pas très contents de se faire immobiliser au sol, d'ailleurs.

Pendant toute l'explication, le capitaine avait hoché la tête, presque en rythme, confirmant chaque phrase d'un : « Exact, exact. » Il se rassit et prit d'autres papiers sur la table. L'agent s'installa à califourchon sur une chaise pliante qu'il avait tirée près de son interlocuteur.

— Eh bien, qu'est-ce qui vous tracasse ?

— Je peux... Je me trompe peut-être mais, d'après moi, il y a eu un autre vol de fret en partance de Miami qui n'apparaît pas sur la liste.

— Comment ce serait possible ? s'étonna l'agent

en suivant du regard le doigt que l'homme de la Navy faisait courir sur le document transmis par la tour de contrôle.

— Oui, hein ? Voilà : la compagnie de fret, dans son rapport de la matinée, mentionne une deuxième expédition pour le compte de la NOAA, toujours pour le Colorado, avec deux palettes cette fois. Bon, la première mission, on la connaît, c'est celle du C-141. Mais brusquement ce mystérieux envoi de deux palettes disparaît des documents. Où sont-elles allées ? Ont-elles jamais existé ? Et si c'est le cas, s'agissait-il réellement de matériel NOAA, ou de « quelque chose » embarqué sous le couvert de l'ordre d'expédition de la NOAA ? — L'agent du FBI se pencha un peu plus sur les documents tandis que le capitaine poursuivait : Là, vous voyez la liste fournie par la tour de contrôle ? Ici, le vol Northwest 994 est porté deux fois, et puis il a été barré une fois, comme si l'aiguilleur s'était rendu compte qu'il l'avait signalé à deux reprises, par erreur. A la minute ou presque, cela correspond au moment où notre détecteur est revenu à zéro. Bon, maintenant, supposez que ce vol barré corresponde en fait à un autre départ, celui d'un avion de fret avec les deux fameuses palettes ? Le contrôleur se serait-il simplement trompé de code appareil ? Ce sont des êtres humains, après tout, il leur arrive de commettre des erreurs...

Le responsable du FBI se tourna aussitôt vers un inspecteur de la FAA qui se tenait non loin d'eux.

— Charlie ? Vous pouvez vérifier s'il y avait un plan de vol pour décollage de Miami d'un avion de fret, demandé pour l'heure que vous voyez ici, mais dont le code n'apparaît pas sur la liste des départs ?

— Ils ont certainement ça dans leur ordinateur. Laissez-moi quelques minutes pour appeler le centre de gestion du trafic. Et si ça ne marche pas, nous pourrons toujours reprendre les enregistrements des communications de la tour et les écouter.

— Faites-le, voulez-vous ? Au cas où la tour aurait omis de signaler ce vol, il faut que nous sachions au plus vite de quel appareil il s'agit, et où il se trouve actuellement.

Le capitaine de la Navy quitta à nouveau son siège, très tendu.

— Vous savez, deux palettes de fret, ça pourrait facilement...

— Contenir une charge de plutonium ? termina l'agent à sa place. Capitaine, une simple mallette suffirait amplement !

Moins de cinq minutes plus tard, l'inspecteur de la FAA raccrochait son téléphone en faisant signe au représentant du FBI.

— Vous aviez raison !

— Quoi, vous avez trouvé quelque chose ? demanda le responsable de la station mobile.

— Un vol qui nous avait échappé, oui. Un Boeing 727 appartenant à une toute petite compagnie de transport aérien, basée à Colorado Springs. ScotAir, ça s'appelle. Ils sont partis exactement à la même heure que ce vol de Northwest indiqué deux fois.

L'homme du FBI héla un de ses assistants :

— Appelle la boîte qui s'occupait de l'expédition pour la NOAA, demande-leur ce qu'ils ont embarqué sur ce 727.

Puis, revenant à l'inspecteur de la FAA :

— On sait où il allait ?

— Tout à fait. Denver, Colorado.

— Dans le mille !

6

Aéroport national de Washington, 15h30

En sentant l'avion freiner encore et quitter la piste principale pour s'engager dans le taxiway, Pete Cooke poussa un soupir de soulagement. L'atterrissage avait été si brutal qu'il aurait pu trouver sa place sur l'échelle de Richter, mais les pilotes du McDonnell-Douglas MD-80 avaient contre eux les vents annonciateurs de l'ouragan Sigrid et ils s'en étaient remarquablement tirés. Pilote lui-même, Pete savait que les deux hommes, à l'avant, avaient eu à lutter contre des éléments particulièrement déchaînés. Et ils étaient maintenant sains et saufs, à terre.

Tandis que l'appareil allait se garer au sud du terminal, le reporter du *Wall Street Journal* vit les arbres qui bordaient le Potomac s'agiter follement dans la tempête. De son siège, il vit aussi la piste sur laquelle ils venaient de se poser à la casse-cou — la numéro trente-six —, ainsi qu'un petit avion de liaison régionale qui approchait en oscillant dangereusement pour tenter à son tour l'atterrissage.

C'était un frêle Jetstream, un bimoteur que le vent secouait rudement. Pete se pencha pour mieux l'observer à travers son hublot, pensant aux malheureux passagers qui, là-haut, devaient sans doute se recroqueviller au-dessus de leurs sacs vomitoires. Alors que le jet venait de franchir le bout de la piste, une bourrasque déséquilibra soudain ses ailes à quarante-cinq degrés avant qu'elles retrouvent tout aussi brusquement leur alignement. Pete s'attendit à le voir décrocher pour tenter une nouvelle approche.

Mais, à sa stupéfaction, le pilote poursuivit la descente, résolu à se poser malgré le vent de côté qui l'empêchait de se maintenir au centre de la piste. Il semblait en passe de réussir lorsque l'appareil dégringola les trois derniers mètres et toucha brutalement la piste en se déportant sur la gauche. Le train d'atterrissage, de ce côté, vola aussitôt en éclats, ce qui déstabilisa encore plus l'appareil, toujours lancé à plus de cent soixante kilomètres/heure. Sous la lancée, les trains avant et droit cédèrent à leur tour. L'appareil glissa sur le ventre pendant quelques centaines de mètres et finit par s'immobiliser en plein milieu de l'intersection des pistes trente-six et trente-trois, paralysant du même coup l'aéroport tout entier.

N'en croyant pas ses yeux, Pete Cooke vit les portes et les issues de secours de l'avion sinistré s'ouvrir précipitamment, les passagers puis l'équipage se précipiter dehors. Malgré les gerbes d'étincelles produites par les trains, aucun incendie ne s'était déclaré. *Dieu merci !* se dit-il en fouillant sa sacoche à la recherche du nouveau scanner radio dont il ne se séparait plus. Dès qu'il l'eut retrouvé dans son fouillis, il se connecta sur une fréquence préprogrammée, celle du contrôle aérien de Washington. L'épave du Jetstream bloquait désormais le trafic, alors que des dizaines de vols étaient attendus. Il allait falloir les dérouter, en mettre d'autres en attente, et c'était un branle-bas de combat aéronautique que ni le journaliste ni le pilote en lui n'avaient envie de rater : avec un épouvantable ouragan en vue, comment les contrôleurs aériens de Washington allaient-ils faire face à une telle pagaille ?

A bord de ScotAir 50, 15h45

Le Boeing de Scott McKay n'était plus qu'à soixante kilomètres du Beltway de Washington, le périphérique de la capitale américaine, lorsqu'un aiguilleur du ciel les prévint que l'aéroport intérieur était fermé.

— Pour combien de temps ? interrogea Doc Hazzard.

— On n'a pas d'infos là-dessus, ScotAir. Je vous préviendrai dès que je saurai. Pour l'instant, je peux vous donner une position d'attente ou bien vous dérouter sur l'aéroport international, ou sur Baltimore.

Installé dans le fauteuil gauche, Scott McKay était atterré par ce nouveau contretemps. *Je me dis que ça ne pourrait pas être pire et vlan, le pire arrive !* Pour Doc, il articula le mot « attente ». Le copilote, avec un signe d'assentiment, réappuya sur le bouton de transmission :

— On va prendre l'attente, contrôle. Il faut qu'on se pose chez vous aussi vite que possible, mais on a assez de carburant pour patienter.

— Message reçu, ScotAir 50, vous êtes autorisés à vous mettre sur la balise de Georgetown pour l'attente convenue, à un-zéro mille pieds[1], en tournant sur la droite.

Voulant régler le volume de la communication radio, Doc tourna un bouton et maugréa aussitôt :

— Bordel, il faut absolument qu'on change ces tableaux, Scott ! Je me suis encore trompé de bouton !

Le commandant porta son attention sur les deux tableaux de radio VHF, conçus en réplique symétriquement inversée par Jerry à partir des pièces dont il disposait lorsque le vieil équipement du 727 avait rendu l'âme. Chacun était muni de deux variateurs de volume, l'un pour le contrôle aérien, l'autre, en général maintenu sur zéro, destiné à vérifier les signaux de navigation. Mais alors que, sur le tableau un, le volume était à gauche, c'était le contraire sur le tableau deux. Ils avaient eu plus d'une fois la surprise, à cause de cette inversion, de se retrouver sans contact avec les

1. Soit trois mille mètres. En langage aéronautique, on utilise généralement les unités de mesure anglaises (pied — c'est-à-dire 30,4 cm —, mile — 1 609 mètres —, nœud — 1,85 km/h). *(N.d.T.)*

contrôleurs pendant vingt minutes parce que le bouton essentiel avait été fermé, situation plutôt embarrassante...

— Okay, Doc, pardon pour ça. On va y faire quelque chose dès qu'on aura le temps.

Jerry se pencha en avant, entre les deux pilotes :

— A propos de ce circuit d'attente, les gars ? Nous avons un poids total de quatre-vingt-six tonnes, ce qui signifie une vitesse moyenne de deux cent quarante nœuds.

Après avoir transmis les données, Doc se brancha sur la balise radio indiquée tandis que Scott faisait tourner l'avion vers la gauche et réduisait la vitesse, comme proposé par Jerry, tout en essayant de ne pas se laisser envahir par la lassitude. Il avait envie de terminer ce vol au plus vite, de se retirer dans un coin pour y panser ses plaies : l'effondrement imminent de son entreprise, c'est-à-dire la fin de son rêve, le hantait.

Dans le ciel, leur circuit était une boucle immatérielle. Ils volaient dans un sens pendant une minute, obliquaient à cent quatre-vingts degrés sur la droite, reprenaient la même trajectoire inversée pendant une minute, tournaient, et répéteraient ces allées et venues tant qu'ils auraient assez de carburant.

Justement, Jerry venait de tendre à Scott, par-dessus la console centrale, une feuille détaillant leurs ressources. A Tallahassee, ils avaient fait le plein pour huit mille dollars, et, assez miraculeusement mais sans doute pour la dernière fois, la carte de crédit de ScotAir avait été acceptée, ce qui leur permettrait au moins de rentrer dans le Colorado.

— Il nous reste vingt-deux tonnes de carburant, précisa Jerry, soit à peu près une heure et demie en attente avant de devoir mettre le cap sur Denver. Mais si nous choisissons une destination plus proche, Louisville par exemple, on peut tourner autour de Washington encore plus de quatre heures.

— Pas question, trancha Scott. On ne va certainement pas s'attarder ici tout ce temps, vu la vitesse à laquelle se pointe l'ouragan !

— Je viens de faire un point météo avec la base de Dover, un peu à l'est de notre position, sur la côte, intervint Doc Hazzard. C'est pas brillant, les gars ! Ils ont déjà des vents qui dépassent les soixante-dix nœuds.

Il jeta un coup d'œil à leur nouvelle passagère, installée juste derrière Scott. A Tallahassee, en voyant monter cette inconnue qui mesurait bien quinze centimètres de plus qu'elle, Linda McCoy avait décidé sur-le-champ de lui céder le siège rabattable à l'arrière du fauteuil du pilote, se contentant de la deuxième place supplémentaire, un strapontin exigu au fond du cockpit. Très calme, mais avec une expression inquiète sur le visage, Vivian Henry écouta attentivement les explications que lui donnait le copilote à propos de la fermeture temporaire de l'aéroport national de Washington, puis interrogea :

— Donc, la piste pourrait être rouverte d'ici une heure trente ?

— Oui, confirma Doc en forçant quelque peu son optimisme, dès que la FAA et le service de sécurité donneront l'autorisation de dégager l'avion sinistré, et je ne pense pas qu'ils vont traîner, avec ces prévisions...

Linda McCoy, qui n'avait pas l'habitude de dissimuler ses sentiments, avait l'air franchement préoccupée lorsqu'elle se pencha entre le siège du mécanicien et celui de la nouvelle passagère pour intervenir :

— Je ne suis pas météorologue de profession, mais à mon avis vous ne devriez pas sous-estimer cet ouragan. Les vents vont se renforcer très vite, au sol. C'est un phénomène qui n'a rien d'habituel, d'après ce que j'ai compris.

La gravité de son ton poussa Scott à se tourner vers elle.

— Que voulez-vous dire, docteur ?

— C'est un type d'ouragan inédit, un des effets du réchauffement global de la planète. Là, c'est ma partie et je peux vous dire que des tempêtes de ce genre sont produites par le réchauffement des mers. Plus l'océan contient de chaleur, plus les ouragans sont violents. Vous avez dû remarquer que c'était le cas, ces dernières années ? Nous avons des ouragans et des cyclones de plus en plus sévères, et le pire est encore à venir.

— Docteur McCoy, vous me donnez la chair de poule ! voulut plaisanter Doc Hazzard.

— C'est bien mon intention, répliqua la jeune femme très sérieusement. Un monstre de cette taille, avec un diamètre de treize cents kilomètres, cela représente une puissance terrible. Donc, je n'aimerais pas que vous preniez ça à la légère, d'autant plus si vous avez l'intention d'atterrir au milieu de ce cyclone. Je suis prête à serrer les fesses, mais pas à ce point !

Jerry Christian tenta de réprimer un sourire, les yeux fixés sur le commandant : il connaissait son Scott par cœur et savait que le jeune homme ne pourrait pas s'empêcher d'accompagner d'une remarque piquante cette évocation du postérieur bien dessiné de Linda McCoy, même au risque de passer pour sexiste. Du coup, il en oublia l'angoisse qui le hantait depuis plusieurs heures tant il était curieux d'entendre ce que son compagnon allait répliquer. Etonnamment, Scott resta silencieux, ce qui ranima puis redoubla l'appréhension du mécanicien. Soudain, il se sentit aussi désespéré que le jour où, à Minneapolis, il avait quitté le simulateur de vol les jambes flageolantes, sachant qu'il venait de perdre à jamais l'occasion de devenir copilote pour Northwest Airlines. Sans quitter du regard les traits juvéniles du « patron », il essaya d'analyser pourquoi son absence de réaction le plongeait dans un tel abattement : si Scott McKay avait perdu son sens de la repartie, c'était que tout était fichu, définitivement.

Se dévissant le cou pour tenter de faire face à Vivian, le pilote finit par émerger de son silence :

— Mrs. Henry ? Au cas où vous voudriez changer de destination, nous pourrions sans doute nous poser tout de suite à Dulles...

En entendant évoquer le terminal international de Washington, Vivian Henry fut aussitôt assaillie par l'image du camion à plate-forme qui devait attendre son fardeau.

— J'ai déjà eu beaucoup de mal à trouver un transporteur pour m'attendre à l'aéroport national. Je préférerais ne pas avoir à modifier le programme.

— D'accord... Mais s'ils ne rouvrent pas les pistes, là-bas ? Il nous faut envisager cette hypothèse, aussi.

Elle s'efforça de réfléchir le plus rapidement possible. Aller à Dulles était en effet une solution. Mais trouver un autre camion lui demanderait sans doute un jour de plus.

— Je crois... Ce que j'aimerais, c'est que nous attendions de voir si l'aéroport national est rouvert à temps. A condition, bien sûr, que cela ne vous fasse pas prendre trop de risques.

Après quelques secondes, Scott hocha la tête. Il pouvait bien brûler encore un peu de carburant pour sa cliente, au point où il en était.

— Okay, donc on se donne quarante-cinq minutes, disons. Si nous ne pouvons pas aller au National, à ce moment-là, je vous poserai à Dulles et je vous aiderai à trouver un transporteur avant que nous repartions pour Denver.

Vivian le remercia d'un faible sourire, les mots de

son interlocuteur au Pentagone résonnant encore dans son cerveau : « Je peux vous attendre jusqu'à dix-huit heures, pas plus. »

Les consignes laissées par son ex-mari étaient très précises : « Dès que la cargaison sera à Washington, avait-il écrit, elle devra être portée au Pentagone dans l'heure suivante. *C'est de la plus haute importance !* Une question de sécurité absolument vitale ! » Elle ne s'était même pas demandé pourquoi, prenant comme toujours ses affirmations pour paroles d'Evangile. Ce réflexe remontait aux premiers jours où ils s'étaient connus, quand elle était une jeune collaboratrice des laboratoires Lawrence-Livermore étudiant les techniques d'assemblage de missiles, flattée et intimidée d'être courtisée par le jeune prodige local, l'étoile montante de la physique théorique. Lorsque l'époux plein d'attentions s'était mué en un tyran domestique résolu à faire régner sa loi par tous les moyens, il avait été trop tard pour rompre avec cette longue habitude d'obéissance aveugle.

Et là, en plein ciel, elle frissonna en se découvrant toujours soumise à la volonté implacable de Rogers, même après sa mort.

Aéroport international de Miami, 15h50

Dans la station mobile de la Navy, l'agent du FBI responsable du QG de crise improvisé ne cachait pas son mécontentement. Il avait fallu un temps impossible pour apprendre finalement que le vol ScotAir 50, objet de tous ses soucis, ne s'était pas posé à Denver comme prévu. Alors qu'il s'était rongé les sangs en se demandant comment on pourrait inspecter leur chargement là-bas, et ce qu'il faudrait faire au cas où une partie de ce qu'ils avaient transporté de Miami avait déjà quitté le terminal de Denver, personne n'avait envisagé une simple éventualité : le Boeing ne s'était pas rendu à sa destination initiale !

Et ce manque de clairvoyance, se disait-il maintenant, était aussi de son fait...

Plongé dans ces sombres pensées, il remarqua qu'un des hommes de la FAA, en train de parler au téléphone, lui faisait signe.

— Oui, oui, je comprends... Nous allons sans doute avoir besoin de lui parler, oui. Vous pouvez me trouver la ligne directe de ce contrôleur ? Bien sûr, je patiente !

— Quoi ? l'apostropha le représentant du FBI. Qu'est-ce qu'ils racontent ?

— Euh... — L'inspecteur de la FAA paraissait sidéré. — Vous n'allez pas me croire, je parie.

— Dites toujours !

— D'après vous, où est-il, cet avion de malheur ?

— Je ne sais pas, parlez !

— Eh bien, l'appareil que nous soupçonnons de transporter une charge atomique se trouve actuellement en circuit d'attente au-dessus de Washington, ni plus ni moins !

A bord de ScotAir 50, 16h00

Dégageant avec une étonnante facilité ses membres musclés de l'étroit fauteuil, Doc Hazzard annonça qu'il allait prendre l'air à l'arrière :

— Tourner en rond comme ça finit par vous porter sur les nerfs ! Je fais une pause.

Moins d'une minute plus tard, pourtant, il était de retour dans le cockpit, des rides inquiètes plissant son front tanné.

— Dites-moi, docteur McCoy... Il y a quelques heures de ça, vous avez dit que certains de vos équipements étaient branchés sur piles, vrai ?

La jeune scientifique le dévisagea avant de répondre :

— Oui. Pourquoi ?

— Parce que je suis désolé de vous annoncer ça, mais il y a une alarme qui s'est déclenchée.

Répondant par une mimique perplexe au regard de Scott, il repartit dans la cabine, Linda sur ses talons. Comme les réacteurs du Boeing tournaient à faible régime, le bip électronique fut audible avant même qu'elle fût arrivée près de ses palettes. Tout en s'approchant, elle fouillait sa mémoire à la recherche de ce qui, dans la cargaison réunie par son équipe à la base polaire de McMurdo, aurait pu produire un tel son. Sans résultat.

— Ça vient de votre deuxième palette, je crois.

— Je ne vois vraiment pas ce que ça pourrait être, avoua-t-elle, la tête penchée, essayant toujours d'identifier cette sonnerie aiguë, presque assourdissante maintenant.

Tandis que Doc Hazzard collait une oreille à l'enveloppe en plastique, elle fit quelques pas vers l'arrière, intriguée.

— Hé, Doc ! Ça ne vient pas de mon matériel ! C'est là-bas que ça sonne !

Ensemble, ils contournèrent la palette appartenant à Vivian Henry. Au moment où Linda, déséquilibrée, se retenait à une des sangles, la sonnerie intermittente s'accéléra en un hululement trépidant qui les fit sursauter tous les deux.

— Qu'est-ce que c'est, ce truc ? souffla la jeune femme.

— Attendez-moi ici, lui demanda Doc après un instant d'étonnement.

En quelques foulées, il disparut dans l'étroit et sombre passage. Elle le vit resurgir quelques dizaines de secondes plus tard, escortant Vivian Henry qui marchait comme dans un rêve, le regard aimanté par l'énorme caisse solidement arrimée à sa plate-forme.

— Madame Henry ? interrogea le copilote d'une voix ferme. Qu'y a-t-il là-dedans ?

Posant sur Doc des yeux hagards, elle resta un moment silencieuse avant de revenir à la réalité.

— Je... Je ne sais pas. Je ne comprends pas ce qui peut faire un tel bruit.

— Mais ce chargement, c'est quoi ? insista Doc.

— Mon mari m'a recommandé de l'emporter à Washington, sous ma vigilance. C'est... c'est quelque chose dont je ne suis pas autorisée à parler, mais qui est très important pour notre armée... pour notre pays, je veux dire.

Doc Hazzard se rapprocha un peu d'elle, tentant d'accrocher son regard.

— A votre connaissance, il devait y avoir un appareil quelconque en train de fonctionner là-dedans ?

— Non, affirma-t-elle en reprenant son souffle. Ce n'est qu'une maquette. Une réplique.

— Votre mari pourrait-il nous le dire, si vous le joignez par téléphone ?

— Il est... Il est décédé.

— Et dans quoi il travaille... il travaillait, madame Henry ?

— Il était chercheur pour l'Etat, avant de prendre sa retraite.

— Chercheur dans quelle branche ?

— En physique, répondit-elle d'une voix mal assurée.

Brusquement, Doc se sentit envahi par une lourde vague d'inquiétude, comme si ce mot à lui seul signifiait que cette bâche en plastique pouvait recéler de sinistres secrets. Luttant pour garder son calme, il s'efforça de rester sur le terrain de la rationalité :

— Travaillait-il avec quelqu'un qui pourrait savoir ce dont il s'agit ?

Toujours fascinée par la mystérieuse cargaison, Vivian fit non de la tête, d'abord lentement, puis avec une sorte de rage impuissante. Linda, qui avait observé ses moindres réactions, était convaincue qu'elle ignorait entièrement le contenu de la palette. Ou bien... Ou bien elle jouait la comédie à la perfection. Et dans ce cas, que voulait-elle leur cacher ? A cette idée, un frisson glacé descendit le long du dos de la jeune femme. D'une voix posée, Doc conclut :

— Très bien. Dans ce cas, on ferait mieux de l'ouvrir, je pense.

— *Non !* — La réaction avait été immédiate, brutale presque, mais elle n'avait pas détaché les yeux de son chargement. — Il a laissé des instructions formelles, il...

Sans la laisser terminer, Doc posa ses mains puissantes sur les épaules de Vivian Henry, l'obligeant à le regarder en face.

— Madame Henry, quelque chose émet un signal d'alerte dans votre palette. Pour nous alerter de quoi, je n'en sais rien, mais nous sommes dans un avion civil, en plein vol. Alors, à moins que votre mari ait clairement indiqué ce qu'il fallait faire au cas où vous entendriez cette alarme, nous devons découvrir ce qu'elle signifie. D'accord ? — Elle lui rendit un regard inexpressif. — D'accord ?

Baissant les yeux, elle se résigna :

— D'accord.

D'un geste, il invita Linda à l'aider. Pendant qu'elle détachait les sangles, il tailla avec un canif dans l'épais revêtement en vinyle, faisant apparaître l'armature en bois de la caisse.

— Une seconde, je reviens.

A nouveau il repartit vers l'avant, dont il resurgit armé d'un levier métallique. En pesant sur la première planche dont les clous grincèrent en cédant, il s'efforçait de ne pas s'abandonner à une idée angoissante :

l'alarme, qui avait encore augmenté en intensité, paraissait réagir contre son intervention. Enfin, le panneau arrière se détacha et tomba lourdement au sol, les obligeant à s'écarter tous les trois tout en leur révélant le contenu de la caisse.

C'était un grand container rectangulaire en acier inoxydable, aux bords arrondis, large d'environ deux mètres. Sur la surface polie, on n'apercevait aucun signe, aucune marque : il y avait seulement, en haut de la face gauche, ce qui semblait un petit panneau coulissant.

Lorsque Linda McCoy tendit une main vers cette apparente ouverture, l'alarme varia une nouvelle fois, reprenant son rythme et sa tonalité initiaux dès qu'elle la retira.

— Ce truc est muni d'un détecteur de champ magnétique qui réagit à notre présence ! expliqua-t-elle aux deux autres. Pour quelle raison, je me le demande !

Elle jeta un bref coup d'œil à Vivian, qui paraissait pétrifiée sur place. Bravant les réactions de l'étrange machine, Doc s'approcha du panneau, assujetti par quatre vis cruciformes qu'il retira facilement à l'aide d'un petit tournevis dont il ne se séparait jamais. Le couvercle dissimulait un écran de taille réduite, qui se mit à luire faiblement dans la pénombre de la cabine, ainsi qu'un clavier escamotable, comme celui d'un ordinateur portable. Se penchant un peu, le copilote découvrit sur l'écran un message qui lui recommandait d'appuyer sur la touche « enter ».

Il s'exécuta et l'alarme se tut immédiatement tandis qu'une ligne de texte apparaissait :

CET ENGIN SE TROUVE ACTUELLEMENT À 38 DEGRÉS, 52,5 MINUTES LATITUDE NORD, 77 DEGRÉS, 03,5 MINUTES LONGITUDE OUEST.

En voyant les chiffres affichés se modifier légèrement tandis que le Boeing glissait au-dessus de la surface terrestre, Doc en conclut que la boîte hermétique devait contenir un quelconque système de navigation inertiel.

Et puis, sans préavis, un autre message apparut sous la localisation annoncée.

ATTENTION ! IL A ÉTÉ CONSTATÉ, ET INSCRIT EN MÉMOIRE, QUE CET ENGIN SE TROUVE MAINTENANT DANS LE PÉRIMÈTRE PHYSIQUE DU PENTAGONE. **TOUTE TENTATIVE DE L'EN RETIRER, ET/OU DE LE DÉSACTIVER, ENTRAÎNERA UNE DÉFLAGRATION INSTANTANÉE !**

7

A bord de ScotAir 50, 16h05

— ScotAir 50 ? On vient de me communiquer un numéro à Miami que vous devez appeler tout de suite. Vous avez un téléphone de bord ?

Plus encore que par le ton coupant du contrôleur aérien de Washington, Scott McKay fut désarçonné par l'objet de sa requête : il n'avait encore jamais entendu une tour de contrôle exiger d'un pilote en vol qu'il passe un appel téléphonique... Déplorant l'absence de Doc dans le cockpit, il appuya sur le bouton de transmission.

— Euh, message reçu, ScotAir 50 a un téléphone à bord. Qui a fait cette demande ?

— Je n'en sais rien, ScotAir, mais vous devez rappeler tout de suite. C'est urgent, on m'a dit.

S'attendant à d'autres surprises tout aussi consternantes que celles qui se succédaient depuis le début de la journée, le commandant composa le numéro que le contrôleur venait de lui donner. En entendant son interlocuteur se présenter comme un représentant spécial du FBI, il eut l'impression que son cœur s'arrêtait de battre.

— Ça fait un moment qu'on essaie de vous joindre, ScotAir ! Voilà, ce matin vous étiez à Miami au moment précis où un chargement dangereux, non enregistré, a transité par ici. Il est possible qu'il ait été embarqué à bord de votre appareil.

Un soupçon irrépressible envahit son cerveau : cette Linda McCoy, qui avait fait tant d'histoires pour leur imposer ses palettes... Ils n'avaient même pas vérifié son identité ni le contenu de sa cargaison, rien ! Dans un brouillard, il entendit les derniers mots de l'agent du FBI :

— Il faut que vous vous posiez immédiatement !

L'image du chargement de la palette de Mrs. Henry flotta à son tour dans l'esprit de Scott. Il en savait encore moins sur son compte... Soudain, il s'aperçut que l'autre avait continué à lui parler.

— Désolé... Vous pouvez répéter ?

— Je disais que nous avons prévu une équipe de gens compétents pour inspecter votre chargement dès que vous serez au sol. Depuis votre départ de Miami, vous n'avez rien débarqué, n'est-ce pas ?

Un inexplicable sentiment de culpabilité l'envahit. Certes, ils n'avaient commis qu'une erreur bénigne en se trompant de cargaison. Mais pourquoi le FBI était-il après eux, maintenant ?

— Non, monsieur, rien. Mais... Je dois être au courant ; si ce que vous recherchez est vraiment à bord, courons-nous un risque quelconque ? — Il y eut un blanc sur la ligne. — Allô ? Vous m'entendez ?

Scott entendit distinctement l'homme du FBI faire passer le combiné d'une main dans l'autre, puis répondre en pesant prudemment ses mots :

— Ecoutez, commandant, je ne pense pas qu'il y ait

de danger, là, tout de suite, mais je ne peux pas le... le garantir. Si le... euh, le colis que nous cherchons est dans votre avion, tout dépend de la manière dont il est, comment dire, emballé.

Un enchaînement logique défila comme un éclair dans son esprit : Miami, la route de la drogue... Des produits cancérigènes entrant dans la composition de drogues dures... Et s'il était en train de transporter des stupéfiants ?

Il s'entendit acquiescer, mécaniquement :

— D'accord. Où voulez-vous que nous nous posions ? Nous sommes en attente sur Washington National, mais l'aéroport est toujours fermé, pour l'instant.

L'hésitation qu'il perçut à Miami ainsi qu'un brouhaha de voix étouffées autour de l'agent n'avaient rien de rassurant.

— Okay, pour l'instant vous maintenez votre circuit d'attente. Vous m'avez appelé sur quel téléphone ? — Scott lui ayant donné le numéro de son Flitephone, l'homme du FBI poursuivit : Bon, gardez cette ligne libre, je vous rappelle dès que nous aurons décidé où vous faire atterrir.

— Vous êtes conscient qu'un ouragan est en train d'arriver ici ?

— Si je... Un moment, commandant. — Scott entendit quelqu'un parler derrière son interlocuteur. — Oui, commandant. Qu'est-ce que vous disiez ?

— Je disais qu'un ouragan arrive sur Washington. Donc, quel que soit le choix retenu, il faut se décider vite. Un de mes clients veut que son chargement soit livré à l'aéroport national, mais s'il ne rouvre pas rapidement il faudra qu'on quitte la zone sans tarder.

— Attendez... Vous n'avez qu'une seule cargaison à bord, c'est bien ça ?

— Non, monsieur, deux. La première est pour Denver. La seconde a été embarquée par erreur ce matin, c'est celle que nous devons livrer à Washington.

Tout en percevant de nouveaux conciliabules à Miami, Scott se rendit brusquement compte qu'il était sorti de son circuit d'attente. Sa main droite se porta aussitôt sur le pilote automatique pour engager l'appareil dans une boucle à droite. Même à trois mille mètres et à une vitesse d'à peine cinq cents kilomètres/heure, le vieux 727 était la proie de turbulences de plus en plus violentes, contre lesquelles il luttait avec obstination.

Lorsque son interlocuteur reprit la parole, il y avait une lassitude perceptible dans sa voix :

— Okay, commandant, il va falloir passer au peigne fin tout ce que vous transportez. Pour l'instant, nous envisageons de vous faire poser à la base d'Andrews. Dès que j'ai confirmation, je vous rappelle.

Au moment même où il raccrochait, la porte du cockpit s'ouvrit à la volée dans son dos.

— Scott ! — Doc Hazzard avait posé une main impérieuse sur son épaule, l'obligeant à se retourner. — Scott, on a un problème.

Il remarqua que Linda McCoy se tenait dans l'embrasure, le visage cendreux. Vivian Henry, elle, restait invisible.

— Quoi, encore ?

Doc se glissa sur son siège, boucla sa ceinture.

— Le Dr. McCoy va te montrer. Moi je surveille le zinc. Je ne sais pas quoi faire avec ça.

— Avec ça quoi, Doc ? De quoi tu parles, bon sang ?

Attrapant le palonnier dans sa main droite, le copilote se tourna vers lui.

— Ce signal d'alarme... Ça vient du chargement de Mrs. Henry. Un container en métal, en acier inoxydable, on dirait. J'ai ouvert une trappe là-dedans, il y a un écran de télé avec un message... Oh, il faut que tu voies par toi-même ! Ecoute, il se pourrait qu'il y ait une bombe, dans ce machin. Et un système de navigation inertiel qui a l'air de ne pas fonctionner correctement. Enfin, il sait où il se trouve, mais il ne le sait pas vraiment...

— Doc ! Moins vite, bon Dieu ! Répète. Tu dis qu'on a derrière un container qui émet un message, et que ça pourrait être une bombe ?

Les yeux rivés aux instruments, comme s'il voulait s'assurer d'au moins une certitude, le copilote secoua la tête, renonçant à expliquer.

— Tu comprendras quand tu l'auras vu.

— Et cette histoire de système de navigation, c'est quoi ?

— Il croit que nous sommes dans l'enceinte du Pentagone. Ou plutôt non, il croit qu'il y est, lui !

— Bon, on est passés au-dessus du Pentagone avant de prendre notre circuit d'attente, mais je ne vois pas en quoi ça regarde ce... truc.

Mais un autre mot commençait à prendre une affreuse résonance dans son cerveau : une bombe.

Dans les yeux de Doc, il découvrit une peur authentique. Huit mois durant, il l'avait toujours vu imperturbable, solide comme un roc, et maintenant...

— Dis-moi, Mrs. Henry, elle sait ce qui se trouve dans son chargement ?

— Rien du tout ! Elle a dit que son mari était un savant qui travaillait pour l'Etat et que c'est lui qui a construit cet engin. A part qu'il est mort, et qu'il lui a demandé de transporter ce machin au Pentagone, je n'ai rien pu en tirer d'autre. Tout ce qu'elle est capable de répéter, c'est que c'est une maquette, une simulation, mais elle a l'air morte de trouille.

A son tour, Linda McCoy attrapa Scott par l'épaule avec une force surprenante :

— Commandant, venez avec moi derrière, je vous en prie. Je n'aime pas du tout ça.

Sa voix, tendue, angoissée, dissuada Scott de poser

d'autres questions. Il se dégagea en hâte de son siège pour suivre Linda dans la cabine.

Pour résister aux trous d'air, Vivian Henry s'était agrippée à une main courante fixée sous les hublots, mais elle l'avait fait machinalement, son attention tout entière accaparée par le lourd container en acier devant elle. En voyant le visage de Linda McCoy se décomposer, puis le copilote réagir de la même manière face à ce qu'ils venaient de découvrir, elle s'était à son tour penchée sur l'écran. Il n'y avait que du texte, pourtant c'était comme si elle avait entendu la voix sardonique de son ex-mari, comme si le disparu l'accablait encore de sa cinglante supériorité.

« Déflagration » ? Qu'est-ce qu'il veut dire par là ?

A la recherche d'explications rassurantes, elle avait pensé qu'il s'agissait seulement d'une protection antivol, ou d'un message assez menaçant pour empêcher quiconque de faire sortir sa création du Pentagone une fois qu'elle y serait entrée. *Oui, ça doit être ça ! Un stratagème pour les forcer à s'occuper de sa maquette !* En regardant à nouveau l'écran, elle se dit que la mise en garde était toute formelle, que rien n'allait exploser. Elle savait que Rogers avait toujours été animé d'un farouche patriotisme. Il n'aurait jamais conçu de porter atteinte à la sécurité de son pays.

Restée seule, elle ne put cependant lutter contre une terreur ancienne, montée du plus profond d'elle, à laquelle se mêlait curieusement une résignation désespérée. Une fois de plus, sa volonté implacable l'acculait dans une impasse. Cette vieille, effrayante sensation d'être le dos au mur avec, trop souvent, les mains de son époux abusif serrées autour de son cou... Jusqu'au jour où elle avait eu assez de courage pour s'en aller, elle s'était à maintes reprises abandonnée à l'idée qu'il pouvait la tuer, qu'il allait la tuer et qu'elle n'avait aucun recours, qu'elle devrait subir ce sort.

Cette fois, pourtant, elle n'était pas seule en jeu, et cette idée la poussait à combattre un assaut de fatalisme d'autant plus révoltant qu'elle avait commencé, récemment, à échapper aux cauchemars revenus nuit après nuit la harceler, depuis des années. Mais elle avait du mal à ne pas déceler, dans cette boîte sombre, énigmatique, le sadisme acharné de Rogers, la haine tenace qu'elle avait si souvent lue dans ses yeux, deux pointes acérées qui la tétanisaient sur place et annihilaient en elle presque tout instinct de survie.

C'est dans ces transes qu'elle aperçut Linda et le commandant de bord, arrivés derrière elle, qui examinaient l'écran. En surprenant la respiration précipitée du pilote, Vivian fut envahie d'une soudaine conviction : ils allaient la croire complice des menaces de son ancien mari. Ils allaient penser qu'elle avait tout manigancé, elle, surtout lorsqu'ils apprendraient qu'elle aussi avait travaillé jadis au centre de recherche de Los Alamos.

Tour de contrôle de l'aéroport national de Washington, 16h15

Des mois plus tôt, alors qu'il préparait une enquête sur la manière dont les grandes sociétés utilisaient leurs jets, Pete Cooke avait programmé son scanner radio portable de manière à pouvoir intercepter les fréquences utilisées par les téléphones de bord dans les liaisons air-sol. En surprenant la communication de la tour de contrôle demandant à ScotAir 50 d'appeler un numéro à Miami, le journaliste ne put que s'en féliciter : il était maintenant en mesure d'entendre une conversation qui promettait d'être des plus intéressantes.

Debout près d'une baie du hall d'arrivée, un écouteur miniature contre le tympan, il suivit donc attentivement l'échange entre l'avion de transport et le représentant du FBI à Miami, puis resta un moment plongé dans ses pensées : que pouvaient donc rechercher si anxieusement les services de sécurité ?

L'appareil concerné était toujours en attente, quelque part dans les nuées menaçantes qui s'amoncelaient au-dessus de Washington. Obéissant à son instinct de reporter, Pete décida d'oublier pour l'instant les raisons premières de sa venue dans la capitale fédérale et de se concentrer sur cette « histoire ».

D'un pas précipité, il se rendit devant l'entrée des locaux occupés par les aiguilleurs du ciel. Devant l'interphone, il déclina son identité, expliqua qu'il était un pilote homologué désireux de visiter les installations de la FAA à Washington. Le fonctionnaire de garde le laissa entrer et, après avoir vérifié ses papiers, le conduisit sur sa demande vers la console du contrôleur aérien en charge de ScotAir 50.

— Il attend que nous puissions rouvrir les pistes, lui expliqua ce dernier en réglant son haut-parleur afin que Cooke puisse suivre les communications.

— Je sais, je vous ai entendu lui donner un numéro de téléphone et j'ai écouté leur conversation, annonça le journaliste en brandissant son scanner radio.

— Quoi, vous avez le droit ?

— C'est sur les ondes publiques, ça n'a rien d'illégal.

Lui faisant signe de patienter une seconde, l'aiguilleur donna quelques instructions à un autre vol sous sa responsabilité, puis revint à son interlocuteur :

— Alors, cet appel, c'était à propos de quoi ?

— Il va certainement vous demander un vecteur pour la base d'Andrews d'ici peu. J'ignore ce que le FBI croit qu'ils transportent, mais ils ont l'air de vouloir mettre la main dessus au plus vite.

— Vous pensez à quoi ? Drogue ?

Pete n'eut pas le temps de répondre, le contrôleur était à nouveau accaparé par les appareils dont il suivait le vol. Son hypothèse était certes la plus évidente, mais pourquoi le FBI se donnerait-il la peine de prévenir l'équipage s'ils le soupçonnaient de contrebande ? Et dans ce cas, ce ne serait pas au FBI d'intervenir, mais à la DEA, le service de répression du trafic des stupéfiants... Non, la piste de la drogue ne tenait pas.

Relâchant la touche de transmission, l'aiguilleur répéta sa question :

— C'est une affaire de drogue, vous croyez ?

— Non, répondit Pete Cooke. Quelque chose me dit que c'est beaucoup plus sérieux.

Siège central du FBI, Washington, 16h15

Depuis que l'agent du FBI à Miami avait pris les rênes sur place, quelques heures plus tôt, la petite salle de conférence adjacente au bureau du sous-directeur des services fédéraux s'était peuplée d'un nombre grandissant d'enquêteurs et de secrétaires. Une équipe de crise s'était formée presque spontanément à la nouvelle que l'appareil suspect était un Boeing 727 survolant désormais le cœur de l'appareil d'Etat américain. Après la conversation entre l'agent de Miami et le commandant de ScotAir 50, il devint clair que le FBI se trouvait dans cette crise en première ligne.

Dans la pièce envahie de téléphones et d'ordinateurs portables connectés en ligne, Tony DiStefano, le sous-directeur, improvisa un rapide briefing :

— Okay. La Navy nous a prévenus qu'ils disposaient d'un autre détecteur à neutrons à leur base de Patuxent River, pas loin au sud de Washington. C'est important parce que, sans un nouveau passage aux neutrons, nous ne pourrons pas déterminer si la charge nucléaire repérée à Miami se trouve réellement dans ce 727. Il y a maintenant un groupe de gens à nous, qui mettent en place une sorte de cellule antiterroriste : tous nos experts vont converger là-bas, c'est plus pratique que chez nous, à Quantico. Le hic c'est que, sur cette base, la Navy n'a pas de gros-porteur capable de transporter le détecteur à Andrews. Nous parlons d'une machine qui pèse facilement la tonne. Alors ils vont l'expédier par convoi routier spécial. Ça devrait prendre une heure et demie, à peu près. George, vous avez parlé avec la base d'Andrews ?

Un agent aux cheveux poivre et sel, assis à l'autre bout de la table, approuva d'un signe de tête :

— Ils attendent le camion et l'escorte à l'entrée secondaire. Le stationnement pour le 727 est prévu.

— Monsieur, il y a un autre problème !

Une jeune femme d'une trentaine d'années, un combiné téléphonique contre son épaule, levait un stylo pour attirer l'attention de DiStefano.

— Oui, Donna ?

— La CIA est en train de faire tout un raffut en disant qu'on ne peut pas exclure une menace étrangère et que donc ils doivent être dans le coup... Une escouade de Langley va arriver ici. L'Agence de contrôle nucléaire harcèle le Conseil de sécurité nationale pour participer aussi, la FAA clame que c'est à elle de décider où cet avion doit se poser, même le Contrôle des alcools, tabacs et armes insiste pour être de la partie, ils affirment qu'ils ont eux aussi des experts en terrorisme nucléaire.

Avec une mimique excédée, le sous-directeur du FBI répliqua d'un ton sans appel :

— Envoyez-les se faire... C'est nous qui menons le truc. On va faire poser cet appareil, le passer au détecteur et établir s'il transporte ce que nous pensons ou pas. Après, mais seulement après, les autres pourront se livrer à leurs petits micmacs.

Un jeune agent en manches de chemise, très absorbé par sa conversation téléphonique, bondit soudain sur ses pieds en agitant le combiné.

— Monsieur ?

— Oui !

— J'ai en ligne le commandement de l'aviation au Pentagone. Un certain général de division Goddard, je crois. Il dit qu'il a l'approbation entière du Président pour vous annoncer ceci : vous oubliez tout de suite l'idée de faire poser cet avion suspect à Andrews, ou nulle part ailleurs dans le coin !

A bord de ScotAir 50, 16h15

La cabine du 727 devenant décidément trop bruyante, Scott McKay préféra ramener ses deux passagères dans le cockpit avant de parler. Alors que Linda McCoy restait debout près de lui dans l'étroit passage, il attendit que Vivian Henry reprenne sa place sur le siège-service. A trois mille mètres d'altitude, ils ressentaient de plus en plus fortement les remous provoqués par l'arrivée du premier front de l'ouragan Sigrid au-dessus de Washington, et le pilote comme la jeune femme devaient lutter pour ne pas perdre l'équilibre.

— Madame Henry, c'est inquiétant, commença le commandant.

Le bras gauche posé sur le dossier du fauteuil de pilotage, elle approuva d'un signe de tête, confirmant d'une voix calme :

— Je sais.

— Pendant que vous étiez derrière...

— ... Vous pouvez m'appeler Vivian.

— D'accord. Vivian. Donc, pendant que vous étiez à l'arrière, j'ai reçu l'appel d'un agent du FBI à

Miami... Docteur McCoy, vous n'êtes pas au courant non plus.

— Linda.

— Bien... Donc, Vivian, Linda, nous transportons des cargaisons pour chacune d'entre vous. Je ne sais pas ce que la vôtre contient, Linda, mais vous, vous le savez. Quant à vous, Vivian, vous avez dit que vous ignoriez ce qu'il y avait dans la vôtre, mais nous avons tous vu ce message sur l'écran, là-bas... Or, le FBI m'annonce qu'ils ont cherché toute la matinée un chargement très dangereux qui a transité par Miami au moment où nous y étions. Apparemment, ils sont convaincus qu'il se trouve dans notre avion.

Scott se tourna vers Linda, dont les yeux étaient dilatés par l'inquiétude. Elle se raidit comme s'il venait de l'accuser.

— Pas avec moi ! Je ne transporte absolument rien de dangereux, je suis formelle. Qu'est-ce qu'ils cherchent ?

— Je ne sais pas. Il n'est pas entré dans les détails, je pense qu'il n'avait pas envie de le faire sur un radiotéléphone... Mais pendant un moment, avant que vous veniez m'alerter au sujet de la cargaison de Vivian, je me suis dit que Miami, bon, cela rime souvent avec drogue et produits chimiques...

— Hors de question ! Tout mon matériel est resté sous ma surveillance personnelle depuis le départ de notre base en Antarctique.

— Vivian, poursuivit Scott en revenant à sa cliente, il faut que vous me disiez tout sur ce que votre mari a pu mettre au point, et en premier lieu les raisons pour lesquelles vous êtes ici. Pourquoi apportez-vous cet... appareil à Washington ? De quoi pourrait-il s'agir ? Pourquoi est-il question du Pentagone ?

Vivian Henry soutint le regard du jeune commandant tout en entendant Linda surenchérir :

— Je vous ai bien observée tout à l'heure, Vivian.

J'ai l'impression que vous n'avez pas la moindre idée de ce dont il s'agit. Est-ce que je me trompe ?

— Je... croyais... Je pensais que c'était quelque chose d'autre. Je ne m'attendais pas à ce qu'il fonctionne, ni à ce qu'il y ait un ordinateur dedans.

Un brusque trou d'air envoya Scott en avant. Il se rétablit et reporta les yeux sur Vivian, insistant.

— Tout de même, savez-vous ce qu'il y a là-dedans ?

— Je... Ce n'est qu'une hypothèse, mais il se pourrait que mon ex-époux ait conçu un complot insensé... et m'ait prise au piège dedans.

— Un « complot » ? s'exclama Scott, stupéfait. Que voulez-vous dire par là ? D'ailleurs, qui était-il ? Dans quelle branche travaillait-il ?

Il sentait que Doc, à sa droite, s'était penché pour mieux entendre la réponse. Jerry Christian, lui, avait fait pivoter son siège pour faire face à Vivian Henry. A part un bref coup d'œil à travers le pare-brise quand les turbulences s'aggravaient, il ne la quittait pas du regard.

— Très bien, commença la passagère en prenant son souffle. Je vais essayer de vous dire ce que je sais réellement... Voyez-vous, pour l'instant, j'ai du mal à garder la tête froide, parce que... je suis tellement confuse de voir que ce que j'ai fait inquiète tant de monde ! Et maintenant, on dirait qu'il y a de vraies raisons de s'inquiéter. Moi-même, je commence à avoir peur. — Elle regarda Linda, puis de nouveau Scott avant de reprendre d'une voix où l'embarras était perceptible : Mon mari, commandant, était un savant nucléaire... C'est lui qui a découvert l'existence théorique d'un phénomène qu'il a appelé « l'effet de la Méduse », une onde d'énergie électromagnétique capable de secouer un continent entier. Une onde aux conséquences destructrices.

— Hein ?

Scott consulta du regard son copilote et Jerry, qui paraissaient aussi abasourdis que lui.

— D'après ce que prétendait Rogers, il s'agit d'une impulsion électromagnétique, une EMP comme disent les scientifiques, mais d'une puissance sans précédent, capable d'anéantir d'un coup l'ensemble des communications, des circuits électroniques et informatiques d'une société moderne.

— EMP, j'ai déjà entendu parler de ça, intervint Jerry. « Electromagnetic Pulse. »

— Oui, renchérit Scott, dans la Navy, ils ont toujours essayé de protéger les équipements électroniques contre les EMP que les Soviétiques seraient susceptibles de déclencher.

— C'était dans les années soixante, remarqua Vivian Henry avant de basculer dans un silence accablé, les yeux maintenant fixés au sol, la tête basse. Pardonnez-moi, mais tout cela m'épuise.

Linda McCoy posa une main réconfortante sur son épaule.

— S'il vous plaît, Vivian, continuez. Il faut que nous sachions.

Elle essaya de former un faible sourire pour la remercier, rassembla ses forces.

— Rogers était très en avance sur son temps. Il avait compris que nous finirions par dépendre entièrement des ordinateurs et des codes informatiques... que les Etats-Unis devaient être les premiers à maîtriser la Méduse, sans quoi nous risquions d'être un jour paralysés, ou soumis à un chantage incontournable.

— Alors, voulut l'aider Scott, ce que nous avons ici serait une sorte de générateur d'onde électromagnétique ?

— Oui et non, répondit Vivian. C'est seulement une maquette, mais je crois qu'il a organisé autour toute une mise en scène, et qu'il a voulu me faire souffrir une dernière fois.

— Pourquoi aurait-il voulu ça ? s'étonna Jerry.

Elle posa un regard absent sur le mécanicien, supputant ce qu'elle pouvait se permettre de confier à propos du génie despotique qui, pour elle, avait été pendant si longtemps à la fois époux et bourreau.

— Il... Il lui arrivait d'être très cruel avec moi.

— Est-ce que cette chose sort d'un laboratoire secret, quelque part ? demanda Scott.

Elle fit non de la tête.

— D'où, alors ?

— De notre garage. Laissez-moi vous expliquer. En 1977, on a supprimé les crédits pour son programme de recherche, près de Denver. On a dissous son équipe et, comme il refusait de renoncer à mettre au point la Méduse, on l'a décrété mentalement instable. Ils l'ont fait partir à la retraite de force. Nous avons déménagé en Floride, mais il gardait son idée fixe et il a installé son propre labo dans notre garage. Je pense que cette maquette a été construite là.

— Et c'est une maquette de « quoi », alors ? insista Scott.

— Du but de toute une vie de travail. La simulation de l'appareil destiné à créer l'effet de la Méduse.

— Et il a exigé de vous que vous la remettiez au Pentagone, vous, en personne ?

Il y avait une nuance d'incrédulité dans la voix de Scott qui surveillait du coin de l'œil les réactions de Linda. Celle-ci se contentait d'observer attentivement la femme élégante dont ils attendaient les explications. Après un rapide regard vers l'arrière de l'avion, Vivian Henry répondit :

— C'est un peu plus compliqué que cela.

— Vivian, rétorqua le commandant, je n'ai toujours pas eu de réponse à une question fondamentale : quel type d'appareil produit ce que vous appelez l'effet de la Méduse ? Est-ce une bombe ? Après tout, l'ordinateur fait planer la menace d'une déflagration. C'est ce que fait une bombe, que je sache.

— Je ne peux vous répondre précisément. C'est quelque chose d'horriblement compliqué, que je n'ai jamais été capable d'assimiler tout à fait. J'ai une formation d'ingénieur nucléaire, mais il s'agit ici de physique théorique ! La seule chose dont je sois certaine, c'est... c'est ce qui permet de déclencher toute la réaction.

— Oui ?

Elle resta silencieuse.

— Vivian ?

Elle releva la tête brusquement, prit sa respiration.

— Pour créer l'effet de la Méduse, il faut d'abord une explosion thermonucléaire.

8

Siège central du FBI, Washington, 16h20

Dans la salle de conférences, il y avait maintenant seize hommes et femmes affairés autour des téléphones et des terminaux d'ordinateur. L'un d'eux, combiné en main, se tourna soudain vers le coordinateur de cette fébrile compagnie.

— Ça y est, je l'ai ! Ligne trois, monsieur !

Un pouce levé en signe de satisfaction, Tony DiStefano, le sous-directeur du FBI, attrapa le premier téléphone à sa portée.

— ScotAir ?

— Oui.

— Vous êtes bien... — il consulta une note écrite à la hâte — ... le commandant McKay ? Scott McKay ?

— Oui. Et vous ? — DiStefano se présenta, ajoutant que le QG central du FBI était désormais en charge de toute l'opération. — Très bien. Qu'attendez-vous de nous, alors ? Puisque vous vous trouvez à Washington, vous avez dû remarquer que le vent devient de plus en plus sérieux.

— Oui, oui, commandant, mais vous allez bientôt vous poser à la base aéronavale de Patuxent River. Vous voyez où ça se trouve ?

A la mention du centre d'essais aériens de la Navy à Chesapeake Bay, à moins de quatre-vingt-dix kilomètres au sud-est du centre de la capitale, Scott avait sursauté. C'était encore plus proche de l'ouragan en préparation que la destination précédemment proposée...

— Oui, je connais bien, mais pourquoi Pax River ?

— Parce que c'est la seule piste à votre portée qui dispose de l'équipement nécessaire pour inspecter votre chargement.

Pendant les quelques secondes de silence qui suivirent, le responsable du FBI se prépara au feu roulant de questions qui, il s'en doutait, allaient suivre.

— Euh... monsieur DiStefano, c'est bien cela ?

— Oui, le sous-directeur. Juste après le vice-directeur.

— Okay... Eh bien, votre homme à Miami a dit que vous étiez sur la piste d'une cargaison potentiellement dangereuse. Maintenant, vous nous demandez de risquer d'être pris dans cet ouragan parce que vous avez l'équipement adéquat à Pax River. Alors, de quel genre d'équipement s'agit-il, monsieur ? Et pour évaluer quoi ? Qu'est-ce que nous avons à bord, d'après vous ?

— Commandant, je préfère ne pas...

— ... Ah non, merde ! Je dois savoir à quoi j'ai affaire, moi ! Je n'ai pas vérifié la météo à Pax River, mais il doit déjà y avoir un vent épouvantable là-bas.

Alors, avant même de tenter un atterrissage, je veux une réponse claire et nette : vous pensez que nous transportons quoi, dans cet avion ?

Dans le cockpit de ScotAir 50, McKay retenait son souffle. Linda McCoy se tenait près de lui, essayant de ne rien perdre de la conversation téléphonique.

De toute évidence, le FBI était maintenant persuadé que la cargaison de Vivian Henry présentait un danger, mais un danger de quelle ampleur ? Si, comme le soutenait sa cliente, il n'y avait là qu'une maquette destinée à régler un vieux compte, pourquoi les services de sécurité étaient-ils sur les dents ?

Ou bien étaient-ils sur la piste de produits illicites transportés dans les palettes de Linda à l'insu de cette dernière ? Après tout, n'avaient-elles pas été chargées en Amérique du Sud ?

Quand le téléphone avait sonné, répondant à un signe de la jeune femme, Scott avait légèrement écarté le combiné de son visage afin qu'elle puisse approcher son oreille et suivre l'échange tant bien que mal. Debout l'un contre l'autre, malmenés par les turbulences, ils ne pouvaient éviter que leurs joues se touchent de temps à autre. Sans en prendre réellement conscience, le pilote se sentait rassuré par cette présence féminine, par la caresse fugitive de sa chevelure sur sa pommette.

S'il frissonnait intérieurement, pourtant, c'était d'appréhension. Il avait du mal à garder son sang-froid alors qu'il devenait de plus en plus évident que la situation lui échappait. En toute logique, il aurait dû informer DiStefano de la présence du container, de l'écran, des messages menaçants, mais il avait d'abord et avant tout besoin d'apprendre ce qui, entre mille éventualités, avait mis le tentaculaire FBI en ébullition.

Les collaborateurs de Tony DiStefano connaissaient bien les signes qui trahissaient chez leur patron une intense agitation intérieure : quand il se mettait à tapoter son crâne chauve, quand il se frottait le front... Cette fois, ils le regardaient à la dérobée se pincer nerveusement la paupière tandis qu'il envisageait en quelques secondes la meilleure façon de traiter avec un pilote volant dans la tourmente au-dessus de la capitale.

Si j'attends de ce type qu'il coopère à fond avec nous, je ne peux pas me permettre de biaiser...

Reprenant sa contenance, il répondit enfin :

— Sur la base de ce qu'un appareil très perfectionné a détecté ce matin à Miami au moment où vous en partiez, commandant, nous pensons que vous avez à bord un matériau extrêmement dangereux... Nucléaire, voilà.

Le sous-directeur entendit à l'autre bout de la ligne une voix de femme murmurer quelque chose avant que la réaction du commandant ne lui parvienne :

— Monsieur DiStefano... Hum. Quand vous parlez de matériau nucléaire, vous envisagez par exemple, disons, du plutonium ?

DiStefano jeta un coup d'œil à l'expert convoqué d'urgence qui écoutait la conversation sur un autre poste et attendit que celui-ci lui adresse un signe d'assentiment pour répondre :

— Oui, commandant, c'est exactement ce dont nous parlons. Vous êtes familier de ce genre de choses ?

— Les notions de base, c'est tout.

D'un geste, DiStefano invita un de ses hommes à reprendre le combiné de l'expert et à se munir d'un papier et d'un stylo.

— Oh, à propos, commandant, pourriez-vous me donner l'identité complète de toutes les personnes à bord, y compris vos deux passagers ?

Les cinq noms communiqués par Scott furent entrés en ordinateur, d'autres assistants du sous-directeur s'attelant aussitôt aux recherches. DiStefano, qui avait meublé la pause d'un léger raclement de gorge, poursuivit :

— Parfait. Maintenant, gagnez la base de Pax River aussi vite que possible. A votre arrivée, vous serez attendus par un de nos hommes et un officier de la Navy. Je vous remercie de collaborer pleinement avec eux.

— Euh, monsieur DiStefano ?

— Oui ?

— Il y a... autre chose encore. Il faut que... il faut que vous soyez au courant. Il nous arrive quelque chose de bizarre ici.

Le pilote marqua un moment d'hésitation. *Et maintenant, qu'est-ce que je fais ? Je lâche le morceau, je lui dis que nous avons peut-être avec nous une arme thermonucléaire capable d'exterminer des millions de personnes en quelques secondes, et de rayer Washington de la carte par la même occasion ?*

— Allez-y, commandant, je vous écoute.

— Okay. Ecoutez-moi bien, s'il vous plaît. C'est très, très étrange.

Tour de contrôle de l'aéroport national de Washington, 16h20

Retranché aussi discrètement que possible derrière la console, Pete Cooke n'avait rien perdu de la deuxième communication entre ScotAir 50 et le FBI. Griffonnant des notes à l'insu de l'aiguilleur du ciel occupé à son micro, il avait conclu que l'affaire était vraiment sérieuse, puisque les plus hautes instances des services de sécurité y étaient maintenant impliquées. En entendant parler de plutonium, il tressaillit mais poursuivit son écoute clandestine.

Au fur et à mesure que le pilote les donnait à son interlocuteur, le journaliste inscrivit le nom des occupants du Boeing. Celui du Dr. Linda McCoy ne lui était pas inconnu et, alors qu'il se creusait la tête pour se rappeler où il l'avait déjà vu, il faillit perdre le fil de ce que disait le commandant de bord.

Celui-ci était en train de décrire un chargement qu'il avait à l'arrière de son avion. Un container en métal, un écran sur lequel s'était affiché un message qu'il répétait maintenant mot pour mot...

Comment ?

Pete enfonça encore plus le minuscule écouteur dans son oreille, s'efforçant de noter minutieusement ce qu'il entendait. Puis, espérant que sa technique sténographique ne s'était pas trop dégradée durant les dernières années, il relut ce qu'il venait de jeter sur le papier.

« **ATTENTION !** IL A ÉTÉ CONSTATÉ, ET INSCRIT EN MÉMOIRE, QUE CET ENGIN SE TROUVE MAINTENANT DANS LE PÉRIMÈTRE PHYSIQUE DU PENTAGONE. **TOUTE TENTATIVE DE L'EN RETIRER, ET/OU DE LE DÉSACTIVER, ENTRAÎNERA UNE DÉFLAGRATION INSTANTANÉE !** »

Déflagration ! Bon Dieu, qu'est-ce que cela signifie ?

Sans bruit, il vint se placer dans le dos du contrôleur aérien, comparant la position du Boeing de ScotAir sur son écran avec celle du Pentagone telle qu'il se la figurait grosso modo.

Rien à voir !

L'avion avait peut-être survolé le siège du haut commandement militaire américain précédemment, mais il se trouvait désormais en circuit d'attente à une bonne quinzaine de kilomètres de là, sinon plus. Or, le mystérieux container qu'il transportait ne semblait pas l'avoir remarqué.

Il retourna à sa place, le cerveau en émoi : *Pluto-*

nium... Un message d'avertissement... Déflagration... Le FBI mobilisé...Un gros container en acier... Grand Dieu, on a une bombe nucléaire à retardement qui flotte au-dessus de la capitale !

La tentation de se précipiter sur le premier téléphone pour appeler sa rédaction était forte, très forte. Etait-ce la meilleure solution, pourtant ? L'histoire était en train de se développer là, devant lui, mais la prochaine édition de son journal ne paraîtrait que dans quatorze heures. Pour les télévisions ou les radios, cela serait par contre un scoop incroyable, seulement il était pratiquement certain qu'aucun autre de ses collègues ne soupçonnait même ce qui était en train de se passer...

Se passer quoi, d'ailleurs ?

Soudain, le reporter sentit son cœur battre plus vite. L'atmosphère de la salle, quoique maintenue à basse température par le système d'air conditionné, lui paraissait maintenant étouffante.

Et si c'était un simple exercice ? Et si je déclenchais une panique mondiale en faisant bêtement croire qu'une soi-disant bombe atomique plane au-dessus de la Maison Blanche ? Quelque chose m'a peut-être échappé...

Les conséquences d'une telle bévue étaient trop effrayantes pour qu'il se permît ne fût-ce que de les imaginer.

Venue du haut-parleur proche, la voix de l'un des pilotes de ScotAir le rappela à la réalité, confirmant du même coup qu'une partie au moins de ce qu'il avait surpris existait bel et bien :

— Contrôle Washington, ici ScotAir 50. Il nous faudrait un vecteur immédiat pour la base aéronavale de Patuxent River... Merci de nous donner aussi le dernier relevé météo là-bas.

L'aiguilleur du ciel leva des yeux surpris vers son hôte, qui se rapprocha et expliqua posément, d'un ton qu'il voulait aussi dégagé que possible :

— Le FBI leur a donné l'ordre d'aller se poser là, c'est tout.

Avec un hochement de tête, le contrôleur se mit aussitôt à établir un parcours autorisé pour le Boeing et à rechercher les conditions météorologiques sur Patuxent River.

— Message reçu, ScotAir 50. J'ai bien votre demande. Un moment, s'il vous plaît.

A bord de ScotAir 50, 16h25

A l'instant même où le trajet vers la base aéronavale était transmis au Boeing, les occupants du cockpit entendirent une nouvelle alarme électronique se déclencher à l'arrière. Doc et Jerry restèrent en charge de l'appareil tandis que Scott et Vivian suivaient Linda à l'intérieur de la cabine. Le bip était cette fois beaucoup plus insistant, d'une tonalité différente aussi.

Faisant le tour du container, Linda se pencha sur l'écran. Scott, sur ses talons, faillit perdre l'équilibre à une brusque embardée de l'avion.

Lorsqu'elle posa sa main sur l'écran, la sirène s'arrêta immédiatement.

— Tiens, le message change, remarqua-t-elle.

Scott se faufila à côté pour lire en même temps qu'elle.

ATTENTION ! CETTE ARME N'EST PAS ENTIÈREMENT ACTIVÉE, MAIS TOUS LES DISPOSITIFS ANTI-DÉSARMEMENT ONT ÉTÉ LANCÉS. UNE SEULE PERSONNE, MRS. VIVIAN HENRY, EST HABILITÉE À LA DÉSACTIVER, À CONDITION QU'ELLE LE FASSE ELLE-MÊME ET DANS LES QUINZE MINUTES QUI SUIVENT. DANS LE CAS CONTRAIRE, LE COMPTE À REBOURS FINAL COMMENCERA PASSÉ CE DÉLAI.

Les chiffres 00 :15 : 00 apparurent aussitôt et les secondes commencèrent à défiler inexorablement.

Scott invita sa cliente à s'approcher pour qu'elle prenne à son tour connaissance du message, qui se modifia encore dès qu'elle se plaça devant le petit ordinateur :

LA PRÉSENCE DE VIVIAN HENRY A ÉTÉ DÉTECTÉE.

Elle recula d'un bond.

— Comment ? Comment sait-il que je suis là ? s'exclama-t-elle d'un ton oppressé, où l'on percevait aussi de l'indignation.

Linda posa une main apaisante sur son bras.

— Il... je veux dire cet appareil ne fait peut-être que bluffer.

Sans préavis, une voix masculine retentit dans la carlingue, emplissant Vivian d'une terreur surnaturelle.

« Vivian ! Comme tu le vois, j'ai senti que tu étais là. Tu veux savoir comment ? »

Une main sur la bouche, les yeux exorbités, elle restait clouée sur place. Linda consulta du regard le pilote qui examinait le container, sourcils froncés.

— Il doit y avoir un haut-parleur là-dedans, raisonna-t-il. C'est ou bien une cassette, ou bien un enregistrement digital.

— Est-ce la voix de votre mari, Vivian ? demanda Linda.

Elle acquiesçait lentement de la tête lorsque « l'homme » se fit entendre à nouveau, d'un ton plein dc suffisance et d'amère ironie. Si c'est une voix synthétique, pensa Linda, elle a été conçue par un programme très perfectionné.

« Vivian, ma chère, veux-tu te placer bien devant l'écran ? Au cas où tous ceux qui t'entourent voudraient que tu désactives cette arme, ce dont je ne doute pas, il te suffit de taper

quelques chiffres. Facile, n'est-ce pas ? Même une triple buse comme toi en est capable. »

Vivian ne bougea pas. Maintenant plus emportée, la voix s'éleva encore :

« Approche, Vivian ! Je sais que c'est toi. Le pacemaker que ton médecin t'a implanté en 1991 a été modifié par mes soins. Il contient un transpondeur spécial qui me permet de te localiser à tout instant. Je sais que tu es là, je saurai si tu essaies de t'en aller. Et dans ce cas, cet appareil produira une déflagration instantanée. »

— Ce n'est qu'une voix préenregistrée, Vivian ! intervint Scott.

Couvrant toujours sa bouche d'une main, elle semblait pétrifiée.

— Ce n'est pas votre mari, renchérit Linda. Juste une machine qu'il a programmée.

Se détachant de la jeune femme, elle prit sa respiration puis vint lentement se placer devant l'écran. Elle n'était plus qu'à une trentaine de centimètres quand la voix reprit :

« Vivian, tu es la seule à pouvoir éviter que le moindre ordinateur, la moindre banque de données, le moindre central téléphonique ou de communications, tout ce qui utilise le moindre circuit électronique dans un rayon de quatre mille kilomètres soient mis hors service. Si tu commets le moindre faux pas, tu condamnes à la ruine Washington, le Pentagone, Arlington, et l'économie des Etats-Unis tout entière. Pour désarmer cet appareil, il suffit de poser la main sur le clavier au-dessous de l'écran et de taper le code à quatre chiffres de notre compte en banque commun. »

Tandis que le code familier résonnait en écho dans son cerveau, Vivian Henry obéit comme à contrecœur, se forçant à appuyer fermement sur les quatre touches.

Tout près, Linda McCoy l'observait en se demandant quel but avait poursuivi le savant disparu. Si sa menace était réelle et s'il permettait maintenant de la dissiper, pourquoi cette mise en scène ? Pour quelles raisons forcer son ex-épouse à se souvenir d'un vieux code bancaire, avec une déflagration nucléaire pour punition si elle se trompait ?

Pourquoi, sinon pour continuer à la manipuler, à la torturer...

— Vivian ! hurla-t-elle soudain en faisant un pas vers elle. Arrêtez, arrêtez tout de suite !

— Comment ?

Vivian Henry se retourna, étonnée, mais elle avait déjà tapé le dernier chiffre.

— Il veut vous faire tomber dans un piège !

Un mugissement électronique à percer les tympans éclata, suivi d'un nouveau bip d'alerte et de la voix de Rogers Henry, menaçante :

« Tu as entré un mauvais code, Vivian, donc le compte à rebours va commencer. Tout cela est de ta faute, Vivian. »

Elle fit face à l'écran dans un mouvement de rage irrépressible. Il avait réussi, une fois encore ! Jusque dans sa tombe, il s'était arrangé pour faire retomber sur elle tout le blâme, comme toujours, et avec les ficelles les plus grossières ! Un cri guttural montant dans sa gorge, elle se jeta sur le monstre d'acier et se mit à le marteler de ses poings :

— Non, non, non, non, non !

Linda fit un pas vers elle.

— Vivian !

— Un, six, cinq, cinq ! Je ne me suis pas trompée ! C'est le bon code, salopard !

« Si tu ne m'avais pas abandonné, Vivian, il aurait été plus facile de faire connaître mon invention, plus facile de châtier les stupides ronds-de-cuir qui ont voulu m'empêcher de la réaliser. Oh, à propos, je te présente la Méduse : cette version expérimentale est une arme nucléaire d'une puissance

de vingt mégatonnes, que j'ai spécialement conçue pour cette occasion. Donc, au cas où certains ne comprendraient pas ce qui est en train de se passer, je précise : le complexe militaire américain a annulé mon projet de recherche, et moi, maintenant, avec l'aide de mon idiote d'ex-femme, je me propose d'annuler le complexe militaire américain, de l'extirper du cœur de la nation afin que celle-ci puisse repartir sur de nouvelles bases. A compter de cet instant, vos généraux-bureaucrates ont exactement trois heures et trente minutes pour évacuer Washington et les environs, dans le rayon de quarante-cinq kilomètres que cette bombe va réduire en poussière. S'ils s'exécutent sur-le-champ, ils peuvent sauver plus d'un million de vies humaines. J'attends bien de la Méduse, cependant, qu'elle en emporte des millions d'autres, pour la plupart celles de fonctionnaires parasites, certainement. Evidemment, il n'y aura aucun moyen de se prémunir contre l'effet électromagnétique qu'elle va produire, ni d'empêcher au moins un autre million de personnes de succomber aux retombées radioactives dans les prochains mois. Enfin, peut-être les générations futures te remercieront-elles d'avoir déclenché la Méduse, Vivian : le Pentagone et tout Washington n'ont-ils pas prouvé depuis longtemps qu'ils ne servaient plus à rien ? Tiens, on peut même voir là un moyen, certes radical, de "réduire le poids de l'Etat". Un thème à la mode, n'est-ce pas ? »

Scott et Linda, de chaque côté, l'entraînèrent en arrière, comme s'ils voulaient la soustraire à cette réincarnation maléfique de Rogers Henry. Aussitôt, la voix résonna à nouveau dans la carlingue :

« *Tu t'es légèrement éloignée, Vivian, cela ne m'a pas échappé. Si tu recules encore à plus de quatre mètres, la déflagration se produira instantanément. Ainsi, tu auras provoqué la mort d'un million supplémentaire de victimes innocentes, qu'autrement tu aurais pu épargner. C'est à toi de choisir, Vivian : ou tu restes à ta place, et tu mourras dans moins de trois heures et trente minutes, ou tu essaies de t'en aller et tu meurs maintenant, en assassinant encore plus de gens. Tu choisis ? »*

— Laissez-moi rester ici. Je vais rester, murmura Vivian à ses deux compagnons en s'affaissant sur le sol en métal du 727.

Scott n'en croyait pas ses yeux.

— Mais vous disiez que c'était une maquette ! Rien qu'une maquette ! Et c'est sans doute le cas, non ?

Comme elle ne répondait pas, Linda s'agenouilla près d'elle, saisie aussitôt par le froid glacial des plaques métalliques.

— Vivian ? Si vous voulez vraiment rester ici, je vais vous trouver des couvertures.

— Je n'ai pas le choix, expliqua-t-elle lentement. Il a pensé à tout. Il a gagné, une fois de plus. Il disait toujours que je ne pourrais jamais m'éloigner de lui. Il disait qu'il préférerait me tuer. Et voilà, c'est ce qu'il va faire.

— Pour le pacemaker, c'est vrai ? lui demanda Linda.

— J'en ai un, oui. Et la date qu'il a donnée est exacte. Un émetteur dedans, cela expliquerait bien des choses que je n'arrivais pas à comprendre.

A son tour, Scott s'agenouilla à côté d'elle.

— Vivian, il s'est déjà trompé au moins une fois ! Il a promis que son truc exploserait s'il sortait du Pentagone, or nous sommes à plus de quinze kilomètres de là, en mouvement constant... Ce doit être une maquette, rien de plus !

Les yeux sur le container, elle secouait la tête, incrédule.

— Non, c'était se bercer d'illusions, malheureusement. Je vous ai donné de faux espoirs.

Linda et Scott se regardèrent. Avec effort, le pilote articula :

— Qu'est-ce... Qu'est-ce que vous voulez dire par là ?

Elle fixa le jeune commandant droit dans les yeux.

— Trente ans durant j'ai été mariée à cet homme, Rogers Henry. Jamais je ne l'ai vu bluffer, jamais.

9

Aéroport national de Washington, 16h30

Alors que le vol ScotAir 50 se préparait à quitter son circuit d'attente en direction de la base de Patuxent River, Pete Cooke sortit en hâte de la tour de contrôle de l'aéroport national de Washington. Il tenait le scoop de sa vie, il fallait qu'il soit sur place quand l'avion se poserait. Mais comment y parvenir ? Il avait besoin de calme, et d'un téléphone, pour trouver la solution. Un salon ferait parfaitement l'affaire. Sortant sa carte de membre, il se hâta vers l'Admiral's Club, l'espace réservé aux meilleurs clients d'American Airlines, son scanner portable toujours discrètement relié à son oreille et branché sur les fréquences des téléphones de bord.

Si jamais il lui prend de se servir d'un cellulaire, là-haut, je suis fichu ! L'idée lui était venue en marchant, et en effet son scanner n'était pas en mesure d'intercepter les fréquences des portables cellulaires.

En quelques minutes, sur la ligne gratuite du *Wall Street Journal*, il avait réuni autour du même téléphone de conférence à New York sa secrétaire, deux documentalistes et un autre reporter. Plus difficile était de se persuader qu'il n'était pas la proie d'un délire paranoïaque.

— Quelqu'un en train de tourner au-dessus de Washington avec une bombe nucléaire activée ? Mais il n'y a rien de tel sur les Télex, Pete ! C'est quoi, ta source ?

— Tout ce qui arrive dans le monde n'est pas sur les Télex, Hillary. Ma source ? Simplement, les conversations entre le FBI et cet avion. Je les ai écoutées, toutes. — Il laissa passer un brouhaha de réactions stupéfaites. — Bon, écoutez-moi, vous autres. Ce n'est peut-être rien, mais c'est peut-être aussi une histoire incroyable sur laquelle je suis tombé par hasard. Il me faut le maximum de doc, au plus vite. J'ai besoin de tout ce que vous pourrez trouver à propos d'un chercheur, un certain Rogers Henry. Mort à Miami il y a deux ans. C'est tout ce que j'ai sur lui. Ah, si, sa femme s'appelle Vivian Henry. Il me faut aussi des infos à propos d'un Dr. Linda McCoy. Je ne sais rien sur elle non plus, mais son nom me dit quelque chose... — Il eut à peine le temps de dicter les autres identités : son scanner l'alertait d'une nouvelle conversation sur la fréquence sélectionnée. — Bon, faut que j'y aille. Il y a un autre appel en provenance de l'avion. Dès que vous avez un résultat, vous me prévenez sur mon portable.

Siège central du FBI, Washington, 16h40

Attrapant le combiné qu'on lui tendait, Tony DiStefano reconnut sur-le-champ la voix de son interlocuteur.

— Commandant McKay ? Alors, quoi de neuf ?

— Eh bien, monsieur, j'allais juste quitter notre circuit d'attente quand...

— Laissez tomber le « monsieur », okay ? Appelez-moi Tony.

— D'accord. Eh bien, Tony, la bombe... Ah, dit comme ça, ça paraît hallucinant, mais... la bombe a commencé un compte à rebours avant explosion.

Trois heures et trente minutes, au départ. Ce qui nous donne, voyons... Vingt heures une. Il y a aussi une voix préenregistrée là-dedans, qui parle d'une charge de vingt mégatonnes, prête à tout raser dans un rayon de quarante-cinq kilomètres. Vous vous rappelez la menace dans le cas où on essaierait de l'enlever du Pentagone ?

— Oui, bien sûr ! Mais vous souligniez vous-même que votre circuit était à plus de quinze kilomètres de là. Si cette... bombe disait vrai, vous seriez déjà partis en fumée. Donc, elle ne sait pas que vous n'êtes plus au-dessus du Pentagone, c'est clair !

— Mais, Tony... Admettons que ce machin tolère une marge de, disons, quarante kilomètres... si je reste dans cette marge, c'est bon, si je la dépasse, ça explose ? Je n'arrive pas à me décider à m'éloigner. Enfin, ce qui est en jeu, ce sont des millions de vies, la capitale réduite en cendres ! Que l'explosion se produise pendant que nous sommes en vol et les dégâts seront encore plus terribles, sans parler de tous ceux qui perdront la vue s'ils ont le malheur de regarder en l'air à ce moment...

— Du calme, Scott, du calme. Reprenons les choses point par point, voulez-vous ?

— J'essaie, mais cette saleté me flanque une trouille monstrueuse ! Oh, je n'ai pas peur de mourir, ce que je ne supporte pas, c'est l'idée d'être responsable de la destruction de millions de gens et de deux cents ans d'histoire de ce pays ! Si nous nous éloignons trop, cela risque de déclencher l'explosion...

— Doucement, doucement, mon vieux ! Nous ne sommes même pas certains qu'il s'agisse bel et bien d'une bombe... — Brusquement, il repensa au début de leur échange. — Hé, Scott, une minute ! Qu'est-ce que vous entendiez par « elle a commencé un compte à rebours » ? Racontez-moi exactement ce qui s'est passé.

Tout en écoutant le récit détaillé du commandant, il couvrit de sa paume le micro du téléphone pour chuchoter à un de ses adjoints :

— C'est bien du terrorisme ! Compris ? Nous sommes maintenant officiellement en alerte contre un acte de terrorisme intérieur, avec moyens nucléaires !

Les baies de la salle où ils se trouvaient furent soudain secouées par une brutale rafale de vent qui attira tous les regards au-dehors. En contrebas, les arbres se tordaient sous la bourrasque. La pluie assaillait les vitres de gifles crépitantes, annonçant l'arrivée du premier front de l'ouragan.

Tony DiStefano ferma les yeux un court instant, concentrant ses esprits. Il ne pouvait ni devait penser aux conséquences humaines possibles. Il fallait traiter la crise sans se laisser dominer par les émotions.

— Est-ce que cette machine a mentionné encore une fois sa position ?

— Non, répondit immédiatement le pilote. Mais ce qui est évident, maintenant, c'est que l'un des buts recherchés par ce fou était de se venger de sa femme. Elle est à l'arrière, à l'heure où je vous parle. L'appareil prétend qu'il explosera si elle s'éloigne de lui à plus de trois mètres. Son cinglé de mari a transformé son pacemaker en une sorte de transpondeur, de sorte que l'ordinateur sait toujours où elle est.

— Son pacemaker ? — DiStefano se pinçait la paupière. — Dites, Scott, ce machin n'arrête pas de lancer des menaces, hein ? Mais il a l'air de tenir davantage à savoir qu'elle est près de lui qu'à connaître sa position exacte, je me trompe ?

— Non, c'est apparemment ça.

— Alors je crois que vous pouvez y aller sans crainte. Je reconnais que c'est facile pour moi de dire ça... — Il s'interrompit à l'idée qu'en cas de déflagration la communication serait coupée, puis qu'ils apercevraient un éclair de lumière d'une intensité incroyable, puis... En quelques secondes, lui et tout le bâtiment du FBI seraient littéralement pulvérisés par l'onde de choc. Il ne devait pas se laisser entraîner par ses émotions, se rappela-t-il. — Euh, Scott... Sincèrement, je pense que, s'il disait la vérité, « vous m'enlevez du Pentagone et je fais tout sauter », enfin, vous voyez le genre, cela se serait produit depuis longtemps. Faites-vous confirmer votre route vers le sud-est par le contrôle aérien, d'accord ? Et ne revenez pas au-dessus du centre-ville parce que, bon...

— Compris, juste au cas où vous vous seriez trompé, hein ? Vous m'appelez de Washington centre, non ?

— Ce n'est pas le problème, Scott. Mais enfin, oui, j'y suis.

Le sous-directeur du FBI attendit le cœur serré la réplique du commandant, qui tardait à venir.

— Je veux croire que ceux qui nous attendent à Pax River sont prêts pour ça, hein, Tony ? Je veux dire, pour désactiver ce truc ?

— On y veille, Scott, on y veille. Dépêchez-vous d'y arriver sans prendre trop de risques.

A nouveau, le commandant hésita avant de poursuivre :

— Tony, vous avez déjà entendu parler de l'effet de la Méduse ?

— L'effet quoi ?

— Mrs. Henry, son ancienne épouse, nous a expliqué qu'il travaillait sur une arme appelée la Méduse, ou l'effet de la Méduse. Quelque chose capable de produire une perturbation électromagnétique d'une amplitude sidérante. L'appareil que nous avons à bord affirme que c'est ça.

— On va vérifier, Scott. De toute façon, j'ai du mal à imaginer ce qui serait pire qu'une tête de vingt mégatonnes explosant au-dessus de la Maison Blanche. Vous restez en ligne avec moi, d'accord ?

— Si c'est vous qui payez la facture, pas de problème, plaisanta le pilote. Bon, oui, on reste en ligne. C'est Jerry, mon mécanicien, qui va s'en charger. Il vient juste d'avoir la météo à Pax River, d'ailleurs. Il y a quelques minutes, il y avait des pointes de vent à cent vingt kilomètres à l'heure.

— Vous pouvez quand même vous poser dans des conditions pareilles, n'est-ce pas ?

— Si les vents de travers n'atteignent pas un maximum trop élevé, je pense que oui. Mais ça va être du sport !

— Qu'entendez-vous par « du sport », Scott ?

— Eh bien, risqué, disons.

— A quel point ?

L'hésitation du commandant de bord était très perceptible.

— Si nous avons des vents de travers vraiment sérieux... vous savez, même un Boeing 727 a ses limites.

Base aéronavale de Patuxent River, Maryland, 16h45

L'officier en charge de la base connue par les initiés sous le nom de Pax River sentit son énervement monter d'un cran en apprenant un nouveau changement de plan. Il ne se rappelait pas avoir jamais vécu une journée aussi éprouvante : il avait dû non seulement préparer son personnel au pire ouragan que ce centre militaire ait connu dans toute son histoire mais encore accepter une consigne ahurissante venue du FBI : accueillir chez lui un avion civil suspecté de transporter des substances nucléaires non identifiées, sous prétexte que des experts du service fédéral se trouvaient par hasard en conférence à la base. Il n'avait reçu aucune directive de ses supérieurs de la Navy, le FBI assumant l'entière responsabilité de ce choix et ne s'étant d'ailleurs même pas embarrassé de lui demander son approbation. Et lui, afin d'éviter les polémiques entre services, s'était diplomatiquement résigné à les aider.

Or, ce que lui annonçait maintenant son aide de camp, qui ne cachait pas sa stupéfaction, c'était que l'avion suspect pouvait contenir quelque chose d'encore plus dangereux que du plutonium volé ! Debout devant la fenêtre de son bureau, où il regardait de gros nuages noirs s'amonceler au-dessus de la base, le commandant sursauta, n'en croyant pas ses oreilles.

— Quoi, qu'est-ce que vous dites ?

— Ils ne sont pas sûrs à cent pour cent, au FBI, mais ils disent qu'il y a peut-être à bord de cet appareil une arme atomique en état de fonctionner.

Qu'est-ce que cela signifiait, concrètement ?

— Bon sang de bon sang, l'armée s'est fait voler une tête nucléaire ou quoi ?

— Non, mon commandant. Visiblement, quelqu'un l'a construite tout seul. Et il se pourrait qu'elle soit activée.

— Mais comment donc ! Et au Pentagone, ils ont des ordres à ce sujet ?

— Non, mon commandant.

— Donc, la décision me revient ?

— Oui, mon commandant.

— Bien. Vous allez rappeler ce type du FBI avec lequel vous venez de parler. Dites-lui que l'autorisation d'atterrissage est annulée. Ce zinc ne se posera ici qu'en passant sur mon cadavre. A Pax River, les têtes nucléaires prêtes à péter, on n'en veut pas !

L'aide de camp, soulagé, approuva énergiquement du bonnet.

— Oui, mon commandant !

Admiral's Club de l'aéroport national de Washington, 16h45

Après avoir transmis à son équipe new-yorkaise la dernière conversation entre le FBI et le pilote de Scot-Air 50, Pete Cooke s'installa à une table du salon. Son ordinateur portable, devant lui, était branché sur une ligne téléphonique. En deux minutes, il avait lancé une recherche sur Internet à propos d'un savant atomiste nommé Rogers Henry et d'un phénomène répondant à l'énigmatique sobriquet d'effet de la Méduse. Alors qu'il attendait de voir ce qui tomberait dans son filet, son téléphone cellulaire sonna. C'était Ira, la plus chevronnée des documentalistes qu'il avait lancées sur la piste à New York.

— Pete ? Je viens juste de vous envoyer par e-mail un gros dossier sur les armes EMP et le projet Méduse. Vous pouvez regarder ?

— Oui, j'ai le message « nouveau courrier ». Faites-moi un résumé rapide, en attendant que je lise ça, d'accord ?

— Eh bien, je ne sais pas si vous réalisez sur quoi vous êtes tombé, mais c'est à dresser les cheveux sur la tête !

— Mais encore ?

— Bon, pour commencer, vous avez une idée de ce que produirait une explosion de vingt mégatonnes au-dessus de Washington ?

— Vaguement...

— A l'instant, vous seriez rayé de la carte, vous et plusieurs millions de personnes. Toute la ville serait inhabitable pour des années et des années, les gens continueraient à mourir à cause des radiations. A Hiroshima, il y a eu des milliers de morts-vivants, atroce ment brûlés. Là, ce serait des millions. Et des centaines de milliers d'autres, dans toute la région, perdraient la vue à cause du rayonnement de l'explosion en altitude. Avec cet ouragan qui arrive, les retombées radioactives toucheraient tout le sud des Etats-Unis. Et puis, évidemment, cela signifierait la destruction de l'appareil d'Etat américain en tant que tel.

— Seigneur !

— Ce serait... inimaginable, Pete. Mais ce n'est pas tout. Vous m'avez dit que ce Rogers Henry prétendait avoir découvert le moyen de produire un effet de la Méduse ? Eh bien, c'est fort possible. Il a en effet dirigé un projet scientifique top secret sur les perturbations électromagnétiques pendant plusieurs années, jusqu'à l'annulation du programme en 1977. Il y a encore des éléments restés confidentiels, mais c'est fou ce qu'on peut déjà trouver là-dessus en se baladant dans les banques de données !

— Okay, alors, cet effet Méduse, c'est quoi, exactement ?

— Ah... Pour aller vite : toute explosion nucléaire crée une perturbation électromagnétique, d'accord ? Le projet Méduse, lui, visait à concevoir une bombe qui en déclencherait une d'ampleur inédite, une onde secondaire capable d'immobiliser tout ce qui marche électriquement et électroniquement à l'échelle d'un continent entier. Des trillions de puces informatiques fichues en moins d'une seconde ! En admettant la possibilité théorique d'une telle arme, il y aurait de quoi mettre à genoux l'Europe entière, ou l'Amérique du Nord.

— C'est-à-dire que toutes les données stockées sur ordinateur seraient perdues ?

— C'est-à-dire dix fois pire, oui ! En fait, il faudrait remplacer tous les circuits, tous les disques durs, tous les modems, tout le hardware informatique, sans parler de tous les téléphones cellulaires et de toutes les montres digitales... Tout ce qui contient une puce en silicone, bref. Pfft, tout ça, pétrifié ! C'est pour cette raison qu'ils ont surnommé ce phénomène la Méduse : n'importe quelle puce la voit et hop, elle est transformée en caillou. Et même si une partie du hardware y échappe, l'onde de la Méduse serait en mesure de paralyser n'importe quel programme en activité au moment où elle se produirait, parce qu'elle perturberait les codes informatiques.

— Mais encore ?

— Oh, de nos jours, on voit déjà la fragilité des systèmes informatiques géants. Vous vous rappelez la panique, il y a quelques années, quand presque toutes les communications téléphoniques avaient été stoppées sur la côte est ?

— Oui, bien sûr. En 1991, non ? Mais, à moins que je me trompe, c'était à cause d'une erreur de programmation, pas d'une perturbation électromagnétique venue de je ne sais où !

— Exact. Dans son bureau du Texas, un informaticien a ajouté par erreur trois lignes — trois lignes ! — à un programme qui en comportait plusieurs millions, et d'un seul coup le réseau téléphonique de la moitié du pays s'est retrouvé en carafe.

— D'accord, mais que...

— Et vous savez comment ils ont fait pour redémarrer le système ?

— Non.

— Comme rien d'autre ne marchait, ils ont fini par retirer ces trois malheureuses lignes rajoutées au programme. Du coup, c'est reparti, mais personne n'a pu expliquer pourquoi. Leur système opératif faisait appel à un langage informatique tellement complexe, avait atteint une taille tellement monstrueuse, qu'il était devenu indéchiffrable. Aujourd'hui, c'est encore pire, et il n'y a pas que les compagnies de téléphone !

— Bon, et quel est le rapport ?

— La vulnérabilité, Pete ! La plupart des systèmes de communication, de production, de programmation bancaire, sont écrits avec des millions de lignes de codes informatiques de ce genre, codes eux-mêmes tellement modifiés de partout qu'une chatte n'y retrouverait pas ses petits... Il suffit de rajouter quelques 1 ou quelques 0 de-çi de-là et c'est comme tripatouiller dans l'ADN d'un être humain : Dieu seul sait ce qu'on risque d'obtenir !

— Vous êtes en train de me dire qu'une arme de ce type est capable...

— ... capable non seulement de tuer plusieurs millions d'Américains, de transformer tout Washington en terrain vague, y compris bien entendu la Maison Blanche et le Capitole, de semer la mort dans tout le pays... bon, mais en plus de ces petits inconvénients, elle peut paralyser d'un seul coup toutes les places boursières, volatiliser les archives informatiques de toutes les banques, ruiner tout ce qui de près ou de loin a besoin d'un ordinateur pour fonctionner ! Plus de distributeurs de billets, plus d'ascenseurs, les hôpitaux paralysés, plus d'avions puisque aucune compagnie aérienne ne peut les faire voler sans leur équipement informatique. Plus de téléphone non plus, ce qui nous empêchera de nous pleurer dans l'oreille réciproquement ! Plus rien. Et même en admettant que toutes les données puissent être récupérées, il faudrait au moins *six mois* pour relancer les systèmes informatiques. Ce que je veux vous dire, Pete, c'est que si cette bombe existe réellement, elle peut exploser au-dessus de l'océan sans carboniser personne, mais cela ne l'empêchera pas de mettre à genoux tout le pays.

— Bon Dieu !

— N'est-ce pas ? Mais il y a plus. Le système financier international, c'est devenu un vrai château de cartes, non ? Sans ordinateurs, tout le truc s'effondre. Et plus question pour l'oncle Sam de ramener un peu d'ordre là-dedans ! En théorie, nous envisageons ici un krach mondial, définitif. Oh, Pete, dites-moi que c'est seulement une mauvaise blague !

— Pas du tout, Ira. J'aimerais mieux, vraiment ! D'accord, nous ne savons pas si ce machin peut réellement se déclencher...

— Vous feriez mieux de prier pour que cela ne se produise pas, et nulle part, mon grand, à moins que vous n'ayez envie de retourner à l'âge du troc.

— Ira, s'il vous plaît, veillez à ce que tout cela ne sorte pas de notre équipe, d'accord ? C'est sérieux. Je ne voudrais pas me retrouver responsable d'une panique générale.

— Mais si c'est vrai ? Si ce malade a réussi à mettre au point un truc pareil ?

— Il n'empêche, je ne veux pas semer la panique.

— C'est déjà fait ! Moi, je panique ! Dès que je raccroche, je descends au premier distributeur de billets et je vais me planquer dans la cave la plus profonde de toute la ville.

— Je ne veux pas être méchant, mais vous, ce n'est pas la question...

— Compris, Pete, compris. Mais puisque le gouvernement n'alerte pas les gens, est-ce qu'on ne devrait pas le faire, nous ? Ils devraient au moins faire évacuer le district de Washington, je ne sais pas... Et si on prévenait nos amis dans les télés ?

— Pourquoi, on a des amis dans les télés ?

— Euh...

Ayant désarçonné la documentaliste par sa question sarcastique, le reporter réfléchit quelques secondes. Il tentait d'imaginer la réaction du public en apprenant l'existence d'une telle menace.

— Il faut d'abord que nous soyons sûrs, Ira. Entièrement sûrs.

A bord de ScotAir 50, 16h50

— Doc ? Je te remplace un peu, si tu veux te dégourdir les jambes...

Avec un hochement de tête reconnaissant à l'intention de Scott, le copilote lâcha son palonnier.

— Il est à toi. On est en pilotage automatique sur le vecteur prévu, deux-zéro-zéro, altitude plus ou moins trois mille, avec toutes ces turbulences !

— Super.

— Je vais aller voir un peu Mrs. Henry. Fais une annonce si tu as besoin de moi.

— Dis...

Scott jeta un coup d'œil à son aîné qui était en train de se dégager de son fauteuil tandis que le Boeing continuait à être malmené par les trous d'air.

— Oui ?

— Si elle doit rester derrière, on ferait mieux de l'attacher quelque part, non ?

Doc approuva d'un signe. Arrimer une passagère avec une courroie de charge n'était pas très élégant, mais il était impossible de la laisser risquer un accident alors que les turbulences augmentaient et qu'ils se préparaient à un rude atterrissage.

— J'y avais pensé moi aussi, Scott.

Au passage du copilote, Jerry Christian se retourna.

— Un coup de main ?

— Non, non, ça va aller, le rassura Doc en posant la main sur son épaule. — Puis, remarquant la lueur interrogative dans les yeux de Linda McCoy, assise sur le siège repliable : Docteur, ne vous dérangez pas. Avec tout ce chahut, inutile de se déplacer pour rien. Vous êtes attachée ?

— Non, répondit-elle en baissant son regard sur la ceinture de sécurité qui traînait au sol.

— Eh bien, ce serait une bonne idée.

Traversant la cabine en chancelant, Doc parvint à

côté de Vivian Henry. Elle était assise en tailleur sur le plancher métallique, les yeux toujours fixés sur la face lisse de la « chose », perdue dans ses pensées. Percevant la masse imposante du copilote se rapprocher, elle sursauta légèrement puis le regarda avec l'expression d'un être plongé dans la souffrance qui reconnaît soudain une présence amie.

Doc se sentit étrangement remué par ce spectacle. Venu de sa lointaine enfance, du temps où il avait passé plusieurs étés chez elle, le souvenir de sa grand-mère maternelle éveilla en lui des images pleines de tendresse. Jenny, l'âme de Rockport, dans le Maine, le pilier indestructible autour duquel sa famille avait réussi à se souder et à affronter les dures années de la Grande Dépression, avant sa naissance... Les épreuves n'avaient entamé ni sa dignité ni sa féminité, et la vue de Vivian Henry venait lui rappeler cette femme d'une rare beauté serrant dans ses bras son petit-fils alors âgé de six ans. Il avait vécu, depuis, et bien vécu, mais Jenny lui manquait toujours, il regrettait souvent sa chaleur, son humour incisif. Et pourtant, malgré la ressemblance, c'était une inconnue qu'il découvrait là, prostrée à terre telle une prisonnière, quelqu'un d'à peu près son âge, et seulement un ou deux ans plus jeune que l'image, à jamais inscrite dans sa mémoire, de sa grand-mère disparue.

— Comment vous sentez-vous ?

Il regretta aussitôt d'avoir posé une question aussi stupide : comment aurait-elle pu se sentir, en de pareilles circonstances ?

— Si je pouvais arriver à l'arrêter, le plus vite possible, prononça-t-elle comme un simple constat, le regard à nouveau aimanté par l'objet qui semblait devenu son geôlier.

— Rien de nouveau ?

Elle secoua la tête. Après l'avoir informée de leur

nouveau plan de vol et des difficultés qui les attendaient à l'atterrissage, il se risqua :

— Vivian, vous savez, nous n'avons pas de ceinture de sécurité dans cette... euh, cabine, donc je vais... Je vais devoir me servir d'une courroie pour vous attacher. Vous risquez d'être pas mal secouée, voyez-vous.

Brusquement, ses yeux se fixèrent dans ceux de Doc.

— Il n'y aurait pas un endroit où vous pourriez nous conduire et nous débarquer, moi et ce... monstre, et puis repartir de votre côté ?

Le copilote posa un genou au sol, risquant une main sur son bras.

— Je... je ne sais pas, Vivian. Pour l'instant, il faut que nous arrivions à joindre quelqu'un qui sache comment désarmer ce système.

— Il est mort.

— Pardon ?

— Le seul qui en soit capable c'est Rogers, et il est mort. Croyez-moi, je sais de quoi je parle. J'ai travaillé avec lui pendant des années à Los Alamos. Moi j'étais ingénieur, j'aidais son équipe à concrétiser les bizarreries qu'ils inventaient, mais en matière de détonateurs il en savait plus que nous tous réunis. Il connaissait tout sur ce rayon. S'il a décidé que son appareil ne devait pas être désarmé, personne n'y arrivera...

Elle essayait de garder son calme, pourtant sa voix s'altéra et elle réprima un bref sanglot tout en luttant pour reprendre le contrôle d'elle-même. Doc préféra réagir comme s'il n'avait rien remarqué.

— Vivian ? J'ai réfléchi à une chose qui me tracasse depuis le début. Je n'arrive pas à comprendre comment la batterie qui alimente cette machine ne s'est pas déchargée, en deux ans. Enfin, je veux dire, elle doit être alimentée par piles...

Elle inspira nerveusement.

— La semaine dernière, je suis entrée dans son atelier pour la première fois de ma vie. J'ai vu un branchement dans le mur et j'aurais dû me poser des questions, mais j'ai été tellement habituée à tout accepter de lui... D'ailleurs, jusqu'à aujourd'hui, je n'y pensais plus. C'était certainement un câble d'alimentation. Sur le coup, je ne sais même pas ce que j'ai cru.

Un silence gêné s'installa, que Doc chercha à rompre après avoir laissé passer une nouvelle turbulence particulièrement forte. Enfin, il se racla la gorge.

— Voyez-vous, d'après moi ce ne peut être que du bluff, tout ça. Parce que, pour sa Méduse, il avait besoin de plutonium, non ? Et que je sache, ça ne se trouve pas à tous les coins de rue, du plutonium !

Sa bravade tomba à plat. A nouveau, ils restèrent silencieux un moment. Vivian Henry, dont les traits exprimaient maintenant une angoisse qu'elle ne pouvait plus dissimuler, se força à murmurer :

— Je l'ai dit au commandant.

— Comment ?

— Je l'ai dit à votre commandant, reprit-elle plus fermement en le regardant droit dans les yeux. Rogers n'a jamais, jamais bluffé. Le fait est que, oui, il pouvait se procurer du plutonium. Ce qui signifie... Ce qui signifie que nous avons ici une bombe thermonucléaire activée, capable d'exterminer des millions d'innocents. Oh, je n'arrive pas à imaginer les ravages qu'elle pourrait faire... Même si l'effet de la Méduse ne marche pas.

Doc Hazzard en resta pétrifié. Jusqu'alors, jusqu'à ce que venait de dire Vivian Henry, le danger — l'horreur — était resté pour lui sinon impensable, du moins improbable. Et là, en quelques secondes, toutes ses certitudes, toute son assurance vacillaient.

— Vivian, vous avez dit vous-même que c'était seulement une maquette ! Vous en étiez convaincue...

— Oui... J'*étais* convaincue, oui. Mais je me trompais.

10

Siège central du FBI, Washington, 16h55

Il faut reprendre les choses en main, tout de suite !

Le message d'alerte résonnant dans son cerveau, Tony DiStefano contemplait d'un air incrédule les trois agents qui gesticulaient devant lui, tentant d'attirer son attention sans se rendre compte qu'ils parlaient en même temps.

— Hé ! Hé ! HÉ !

Levant une main pour les faire taire, il attendit que tous les yeux dans la pièce convergent sur lui, que toutes les conversations se soient arrêtées net.

— Si on ne s'y prend pas avec un peu de méthode, on va tout foirer !

Le responsable du FBI marqua encore une pause puis, désignant successivement du doigt les deux hommes et la jeune femme qui se tenaient devant lui, muets maintenant :

— Bill, vous d'abord. Qu'est-ce que vous aviez pour moi ?

— Le bulletin météo pour Pax River. C'est de pire en pire.

— Okay. Donna, vous m'apportez quoi, vous ?

— Des informations au sujet du couple Henry. C'est à n'y pas croire...

— Pas de sensationnalisme, Donna. Bon, et vous, Jim ?

— Jake.

— Pardon. Alors, Jake ?

— La Navy. Ils ont décidé que l'avion ne pouvait pas se poser là-bas.

— Où, là-bas ? Où est-ce qu'il ne pourrait pas se poser ?

— A Pax River. Le commandant de la base interdit l'atterrissage.

— Ah, au diable ! Okay, Bill, Donna, un moment. Jake ? Qui vous a raconté *ça* ?

— L'état-major de la Navy au Pentagone. Ils sont toujours en ligne.

— Passez-les-moi.

Tendant un combiné à son supérieur, l'agent appuya sur un bouton qui clignotait sur le standard téléphonique. Après un échange aussi bref que tendu, Tony DiStefano raccrocha et se tourna vers le dénommé Jake.

— Appelez le bureau du directeur. Janie, sa secrétaire. Dites-lui que j'arrive. Il faut que le patron contacte la cellule de la Maison Blanche, le Conseil de sécurité, le secrétaire à la Défense. Qu'ils obligent la Navy à rouvrir cette base. Nous n'avons pas de temps à perdre en conneries ! — Il pivota sur ses talons pour s'adresser à ses deux autres adjoints. — Donna ? Joignez le Boeing, je vous prie. Dites au commandant, il s'appelle McKay, dites-lui de demander au contrôle aérien de les placer en attente pas trop loin de Pax River, et d'attendre la suite.

— Je lui annonce qu'ils ont fermé la base ?

— Oui. Mais dites-lui aussi que je compte bien régler ça dans quelques minutes. Ensuite, trouvez la ligne spéciale de la cellule du Président et faites-leur un topo.

Il se dirigea à grands pas vers la porte, se retourna à nouveau.

— Euh... Bill ?

— Oui ?

— Faites un bout de couloir avec moi, vous me parlerez de cette météo.

L'agent sauta sur ses pieds pour rejoindre son chef.

— En deux mots : ça va être la cata !

Aéroport national de Washington, 17h01

A travers les baies du salon d'American Airlines, le rugissement étouffé de plusieurs avions parvint à Pete Cooke, annonçant la réouverture des pistes. Le reporter du *Wall Street Journal* s'approcha des vitres, étonné. La pluie s'était un peu calmée, mais les rafales de vent se renforçaient régulièrement, secouant sans ménagement plusieurs appareils en train de reculer pour quitter leur stationnement.

Avant d'apprendre que la base avait été fermée, Pete avait essayé sans succès de trouver un moyen d'arriver dans les temps à Pax River, tentant même dans ce but d'affréter un hélicoptère. Finalement, il avait décidé de rester à l'aéroport et d'y poursuivre son enquête en espérant que son scanner continuerait à intercepter les communications destinées au 727.

Son portable plaqué sur l'oreille, il maugréa entre ses dents :

— Allez, allez, j'ai pas toute la vie, moi !

Après avoir épluché une masse d'archives au siège new-yorkais du journal, Ira lui avait déniché le numéro d'un certain Dr. William Barker, un physicien à la retraite qui avait jadis travaillé avec Rogers Henry. Le téléphone sonna longtemps chez lui — une maison d'une zone résidentielle du Maryland, d'après l'adresse — avant qu'une voix de femme ne lui réponde, hésitante, méfiante même. Enfin, il eut le scientifique en ligne et se présenta rapidement, ajoutant qu'il enquêtait sur Rogers Henry.

— Oui, Henry... J'ai travaillé avec lui pendant plus de dix ans. *Pour* lui, plutôt. Mais il est mort, vous savez ?

— Oui. Il y a deux ans, si mes informations sont exactes.

— Exact. Cancer du pancréas. Moins de neuf mois après le diagnostic, il a été emporté. Pourquoi vous intéressez-vous à lui ?

Les paupières closes, le journaliste décida de jouer son va-tout.

— Docteur, j'ai besoin que vous m'aidiez à comprendre quelque chose qui est en train d'arriver en ce moment même au-dessus de Washington, à l'heure où je vous parle. Il se trouve que j'ai des raisons de croire qu'avant sa mort Rogers Henry a eu le temps de construire une version opérationnelle de l'arme sur laquelle vous avez travaillé avec lui.

— *Comment ?*

— Oui. Je suis aussi fondé à penser que cette arme se trouve actuellement dans un avion au-dessus de Washington, qu'elle est activée et sur le point de... d'exploser.

Son interlocuteur ne répondit rien.

— Docteur Barker, vous êtes là ?

— Vous avez dit... Vous dites que vous êtes du *Wall Street Journal*, c'est cela ?

— Oui.

— Et vous vous appelez Cooke ?

— Pete Cooke, oui.

— A votre rédaction, ils connaissent le numéro depuis lequel vous me parlez ?

— Oui, mais je...

— Je vous rappelle.

Sidéré, le reporter l'entendit raccrocher, se demandant s'il devait rappeler lui-même ou accorder cinq minutes au physicien.

Bien sûr ! C'est un vieux réflexe, il ne dira rien au téléphone si ce n'est pas lui qui appelle ! Il va d'abord vérifier à New York qui je suis.

Aussitôt, il joignit Ira pour lui demander de donner au scientifique le numéro du salon d'attente dès qu'elle l'aurait en ligne.

Les secondes lui parurent interminables jusqu'à ce qu'il entende la sonnerie retentir.

— Pete Cooke ?

— Oui.

— Parfait. Ici Bill Barker à nouveau. Maintenant, je sais qui vous êtes. Alors, que savez-vous à propos du projet Méduse ?

— Rien que ce nom de code, et le fait qu'il s'agissait de produire une sorte de... perturbation électromagnétique.

— Perturbation, mon œil ! Ça, n'importe quelle bombe atomique minable peut y arriver. Non, nous on mettait au point l'arme imparable pour un conflit moderne, une bombe capable d'en finir à elle seule avec n'importe quelle puissance informatisée.

— Et vous y êtes arrivés ?

A l'autre bout de la ligne, le silence dura si longtemps que Pete craignit d'avoir été coupé.

— On parle sur quelle base, en ce moment ? Je peux avoir votre parole d'honneur que tout ceci restera entre nous ?

— Si vous ne voulez pas être cité, docteur Barker, pas de problème, vous avez ma parole.

— Ecoutez, monsieur Cooke, j'ai prêté serment, vous comprenez, et je ne tiens pas à me retrouver en prison, mais très honnêtement je ne sais pas ce qui est encore secret défense et ce qui ne l'est plus. Bon, à propos du *comment,* je ne vous dirai rien, bien sûr. Ce que je peux vous dire, c'est que « nous », nous étions persuadés d'être pratiquement arrivés à une découverte d'une importance capitale au moment où ils nous ont coupé les vivres.

— Et pourquoi l'ont-ils fait ?

— Parce que Jimmy Carter avait décidé de faire une fleur aux Soviétiques. Lui, il n'était pas persuadé, et donc il n'avait pas envie de continuer à jeter de l'argent par les fenêtres. Le paradoxe, c'est que les Sovs, eux, étaient convaincus que nous étions capables d'y parvenir. Ils en avaient une trouille bleue, même, alors ils ont mené une vie impossible à Carter pour que le projet soit arrêté. Et lui, cette lavette, il a capitulé. Parce qu'on y était, vous me suivez ? A deux doigts. Il aurait suffi de quelques mois de mises au point supplémentaires, d'une mini-campagne d'essais pour vérifier ne serait-ce que le début d'un effet secondaire, et tout le travail théorique se trouvait confirmé !

— Rogers Henry aurait-il pu finir seul, alors ?

— Oui ! Si le présupposé théorique est exact, la réponse est oui. Quand ils nous ont congédiés comme des malpropres, ils ont gardé tous nos dossiers, mais je suis sûr que Rogers avait des doubles. A mon avis, il n'a jamais respecté les règlements sur ce point. Et il ramenait du matériel chez lui, même. Vous comprenez, pour lui, la Méduse, c'était *son* enfant. Il avait tout entre ses mains, tout sauf les essais qui auraient confirmé l'ensemble. Pourtant, s'en passer, c'était prendre trop de risques... Mais dites, monsieur Cooke, il est mort depuis deux ans, déjà ! Alors, qu'est-ce que vous me racontez avec vos histoires de bombe planant au-dessus de Washington ?

Le journaliste lui raconta ce qu'il avait appris, y compris la réaction troublante de l'appareil qui semblait se croire dans les locaux du Pentagone. Il sentit que son interlocuteur retenait son souffle avant de pousser un long soupir.

— Mon Dieu ! Après tout ce temps, j'aurais cru...

Enfin, je ne comprends pas comment il aurait pu... Quoi, il est mort depuis deux ans, je répète.

— Ah, intéressant, répliqua Pete. Je croyais que vous alliez dire qu'il n'aurait jamais pu se procurer le plutonium nécessaire...

Il obtint un petit rire sec.

— Allons, allons, monsieur Cooke ! Laissez-moi vous dire que Rogers pouvait avoir tout le plutonium qu'il voulait. C'était lui le patron, vous me suivez, le responsable d'un énorme programme. Non, la vraie question, c'est « pourquoi » il aurait voulu construire seul une arme utilisable. Ça, je n'arrive pas à y répondre. Quelles motivations aurait-il pu avoir ?

— C'est précisément ce que je vous demande. Nous savons également que c'est son ex-femme qui s'est chargée du transport de cette... arme.

A cette nouvelle, le physicien ne chercha pas à dissimuler sa stupéfaction.

— Hein ? Vous dites que Vivian est dans le coup ?

— Exact.

— Mais comment ?

— Elle est dans cet avion et, si j'ai bien compris, la bombe est programmée pour exploser si elle s'éloigne de plus de deux mètres. Visiblement, sa mort fait partie du plan.

— Oh, doux Jésus... Il était sérieux, alors !

— A propos de quoi, docteur ?

— De... De tuer son ancienne épouse. La dernière fois que je lui ai parlé, c'était il y a trois ans. Rogers m'avait appelé pour me poser des questions impossibles, il voulait savoir où nous nous étions procuré certaines pièces du temps du projet. Je me rappelle avoir trouvé ça bizarre, je me suis même retenu de lui demander s'il était en train de construire cette satanée bombe en modèle réduit, parce que l'humour et lui... Par contre, j'ai commis l'erreur de lui demander des nouvelles de Vivian. Une très belle femme, beaucoup de chien... Elle travaillait chez nous, à Los Alamos, quand ils se sont rencontrés. Moi, j'ai toujours pensé qu'il la martyrisait, qu'elle finirait par ne plus le supporter et par s'en aller. Qu'est-ce que je n'avais pas fait en lui demandant ça ! Il m'a fallu une heure pour me débarrasser de ce maboul. Il m'a déversé dessus toute sa haine, tout ce qu'il avait contre elle pour l'avoir quitté, tout ce qu'elle avait manigancé dans le but de briser sa carrière. Un tissu d'absurdités. En tout cas, il rêvait de la voir morte.

— Donc, il a... il avait des raisons de lui vouloir du mal, docteur Barker ?

— Dans sa tête malade, oui ! Il m'a raconté carrément comment il voulait la tuer, à petit feu, en lui faisant le plus de mal possible. Il en rêvait. J'ai cru que ce n'était que du vent, ou plutôt je l'ai espéré, qu'il faisait des mots et rien d'autre. Ecoutez, nous parlons d'un chercheur de très haut niveau, tout de même ! Penser qu'il pourrait essayer de faire sauter tout Washington juste pour liquider son ex, c'est plus que surréaliste !

— Ça m'amène à une autre question, docteur : pensez-vous qu'il en aurait été capable, justement ? Capable de diriger une arme atomique contre son propre pays ?

— Oh, grand Dieu...

L'exclamation, où perçaient le dégoût et l'indignation, fut suivie d'un silence. Pressé par le temps, Pete insista :

— Enfin, je veux dire, pensez-vous qu'il était déséquilibré à ce point ?

— Vous me demandez s'il aurait pu tendre un piège nucléaire à sa femme en ignorant les affreuses conséquences pour le reste de l'humanité ? résuma le Dr. Barker d'une voix sourde, pensive. Non, j'en doute. Il était très conscient de ce qui s'était passé à Hiroshima, il a toujours soutenu que les Japonais n'avaient pas mérité un tel massacre, même s'ils ont tant tardé à se rendre. C'est justement Hiroshima qui l'a déterminé à construire une bombe conçue pour détruire l'économie d'un pays, pas ses habitants ! Mais ça, c'était avant l'annulation de notre programme, avant qu'il ne se mette à se comporter si bizarrement...

— Donc, il était capable de tuer, de tuer des masses de gens ?

— Comment pourrais-je être certain d'une chose pareille, moi ou n'importe qui, bon sang ? Je sais qu'il haïssait Vivian, et le Département d'Etat, et le Président Carter, que nous appelions tous « Demi-portion », d'ailleurs... Mais en admettant qu'il ait réussi à mettre au point sa Méduse, il aurait été conscient des ravages forcément provoqués par l'explosion nucléaire initiale, et a fortiori des conséquences incalculables pour la vie de ce pays ! Il aurait pertinemment su que l'enjeu n'était pas seulement de réduire en poussière les bureaucrates dans leur planque de Washington ! — Il marqua une pause. — Vingt mégatonnes, vous m'avez dit... Vous vous rendez compte de ce qui se passerait avec une explosion pareille en altitude, non ?

— Si.

— Et ils sont maintenant au-dessus de la capitale ?

— En fait, ils ont été envoyés vers la base aéronavale de Patuxent River, à une centaine de kilomètres au sud.

— C'est encore trop près ! Il faut faire dégager ce zinc le plus loin possible, tout de suite !

— Mais... mais vous ne pouvez être certain qu'il était capable d'une chose pareille, c'est bien cela ?

William Barker ne tarda pas à répondre, d'un ton dont la gravité fit frissonner le reporter :

— Vous m'avez mal compris, monsieur Cooke. Si, je peux parfaitement l'imaginer. Et c'est pour cela que j'ai une trouille bleue, maintenant ! Quand je me rappelle la haine qu'il y avait dans sa voix, je me dis que cet homme n'avait plus sa raison, je me dis... Oui, malheureusement, il en était bien capable.

Siège central du FBI, Washington, 17h05

Dans le brouhaha affairé de la salle de conférences transformée en QG de crise, personne ne remarqua qu'un jeune agent s'esquivait discrètement, gagnait son bureau et refermait avec soin la porte avant de composer un numéro sur son portable.

Il avait pris sa décision en apprenant que le vol Scot-Air 50 était détourné vers la base de Patuxent River, où vivaient sa sœur et ses deux nièces, ignorantes de l'horrible sort en train de fondre sur elles et d'autant plus vulnérables qu'il savait son beau-frère, un lieutenant de la Navy, actuellement en mission à Rota, en Espagne.

On décrocha à la quatrième sonnerie.

— Jolene ? C'est Tom. Ecoute, j'ai très peu de temps. Les deux filles sont avec toi ?

— Oui, mais pourquoi tu parles si bas, Tom ?

— Ecoute-moi bien. Il faut que tu mettes les filles dans ta voiture et que tu t'en ailles de la base. IMMÉDIATEMENT !

Elle se récria : alors que l'ouragan se rapprochait, partir sur la route, sous cette pluie ? Et pour quelle raison...

— JOLENE ! Arrête, pour l'amour de Dieu ! Fais ce que je te dis. Tout de suite. Pars au nord. Va dans notre maison du New Jersey, tiens. Mais vite !

Il se sentait de plus en plus nerveux : n'importe quel autre service du FBI était en mesure de surprendre une conversation sur un téléphone cellulaire. C'était à peine moins risqué que d'utiliser la ligne de son bureau. Mais il comprenait aussi qu'elle ne bougerait pas sans avoir obtenu une explication. En quelques mots, il lui expliqua ce qui se préparait. Les protestations s'arrêtèrent d'un coup.

— Quoi, elle est ARMÉE ? Mais pourquoi on ne nous a pas prévenus, Tom ?

— Ils ne peuvent pas évacuer tout le district de Columbia... Allez, Jolene, on perd du temps, là ! Prends les filles et dépêche ! Et sans parler à personne, hein ? S'il te plaît !

— Okay. Okay, on y va...

— Et branche ton téléphone dans la voiture, ajouta-t-il.

Mais elle avait déjà raccroché.

Silver Spring, Maryland, 17h10

Ecoutant à peine les remerciements de Pete Cooke, William Barker venait de reposer son combiné, atterré. Rogers Henry. Comment avait-il pu achever la mise au point de la Méduse seul ? Et, pire que tout, concevoir de l'utiliser au prix d'un massacre ?

Le physicien jeta un regard nerveux dans la pièce, comme s'il craignait d'être observé. Que faire ? Alerter les autorités ? Elles l'étaient déjà. Appeler les médias ? Mais Pete Cooke *était* les médias ! Ou bien, plus modestement, chercher un moyen de protéger au plus vite ses disques durs ?

La perspective d'une déflagration nucléaire au-dessus de la capitale, ou près de Patuxent River, était trop monstrueuse à imaginer. Quant à l'effet de la Méduse... Même de faible ampleur, il rendrait toute opération informatique impossible. A commencer par les transactions bancaires. Il fallait sortir tout ce qu'il avait en banque, avant qu'il ne soit trop tard... Il se morigéna, furieux de s'être autorisé à envisager ce qui ne pouvait, ne devait pas être.

Une bribe de son échange avec le journaliste lui

revint en mémoire, obsédante. Quand celui-ci lui avait demandé s'il croyait possible de désamorcer la bombe de Rogers Henry, il avait répondu, sans hésitation : « Non, impossible. Il connaissait toutes les ficelles possibles et imaginables. »

Or le compte à rebours avait commencé...

La sonnerie du téléphone finit par le sortir de ses pensées. Surpris, il reconnut la voix d'un autre scientifique qui avait jadis fait lui aussi partie du projet Méduse.

— Tu as vu ce que je t'ai envoyé par e-mail il y a une vingtaine de minutes ?

— Non, pourquoi ?

— Quelqu'un sur Internet s'est mis à bombarder le Web de questions à propos de notre programme et de Rogers. Tu n'as pas une idée de ce qui se passerait ?

— Tu ne me croirais pas...

— Oh, c'est ce que tu nous sortais toujours, au labo d'Albuquerque ! Et ma réponse n'a pas changé non plus : dis voir quand même !

Siège central du FBI, Washington, 17h10

Après avoir remercié son directeur, Tony DiStefano, satisfait de la manière dont le houleux débat avec la cellule de crise de la Maison Blanche venait de s'achever, se disposa à retourner à son poste. La question, envisagée sous toutes ses coutures sur une ligne téléphonique protégée, était d'une terrible simplicité : fallait-il croire ou non que ScotAir 50 avait à son bord une arme nucléaire susceptible d'exploser ?

— Alors, on y croit ou on n'y croit pas ? avait demandé Tony tandis que le directeur du FBI raccrochait.

— On y croit. D'après la Maison Blanche, c'est le cas, et si les super-experts de Pax River n'arrivent pas à la désamorcer, ça sera « vraiment » le cas... Enfin, ce ne sera pas juste sur la capitale, mais si ce foutu truc se déclenche pendant qu'ils travaillent dessus...

— Donc, le commandant de la base doit s'incliner ?

— Le commandant de la base est grillé s'il s'avise encore de se mettre en travers. Ses chefs ont finalement décidé de lui clouer le bec.

DiStefano avait déjà la main sur la poignée de la porte lorsque le directeur l'arrêta.

— Encore autre chose, Tony.

— Oui ?

— D'après le Conseil de sécurité nationale, officiel donc, nous devons être encore plus inquiets du risque d'un effet de la Méduse.

— Réellement ? Je ne sais pratiquement rien de ce machin, moi !

— Ils nous envoient un topo par fax à ce sujet. Ça vient du Département de l'énergie, d'après ce que j'ai compris. Nous ne sommes pas certains que cela existe, mais il faut faire comme si... Le principal, c'est que cette Méduse semble avoir été conçue pour démolir n'importe quelle société dépendant fortement de l'outil informatique.

— Et nous, évidemment...

— Oui. Nous, sans ordinateurs, nous sommes fichus. Le Conseil dispose d'une étude sur les conséquences possibles de cette arme, qui remonte aux années soixante. Déjà à cette époque, c'est-à-dire avant le développement des ordinateurs personnels, le tableau n'était pas réjouissant. Alors maintenant... Dans les années soixante-dix, il y avait eu des mesures contre le risque de ce qu'ils appellent des perturbations électromagnétiques, et puis ça s'est relâché, quoi.

— Et... c'est toujours le FBI qui est en charge de cette crise ?

Le directeur soupira.

— La guerre des services fait rage, évidemment, mais pour l'instant c'est nous qui menons la danse, oui. Par contre, dès que vous aurez fait poser le Boeing à Pax River, je suis certain que nous devrons passer la main au Conseil de sécurité, à la Maison Blanche et au Pentagone...

A bord de ScotAir 50, 17h10

Scott McKay parcourut le bulletin météo que venait de lui tendre Jerry Christian. En voyant son copilote apparaître dans le poste de pilotage, il le mit rapidement au courant :

— Les vents sont à trois-six-zéro degrés, à quarante-huit nœuds, avec des pointes à soixante nœuds, vent de travers à quarante degrés sur la piste 32, mais à soixante sur la 6.

— Et la 2, alors ? Par rapport au vent, elle est dans l'axe idéal.

— Elle est fermée.

Les yeux fixés sur la masse de nuages noirs qui semblait foncer vers eux, Doc se glissa dans son fauteuil et ajusta sa ceinture de sécurité. Il observa l'écran du radar chargé de détecter les grosses formations pluvieuses et les turbulences sur leur route vers Pax River, maintenant à une vingtaine de kilomètres à l'est. Le 727 tanguait tellement qu'il n'était pas facile de lire les instruments de bord.

— Scott, je ne sais pas, mais... — Le commandant, malgré le bruit que faisait la pluie sur leur pare-brise, l'entendit soupirer. — ... Ça ne va pas être facile de le poser.

— Ouais, Jerry et moi, on était en train de voir comment les vents se présentent. C'est limite, mais faisable. Ce que je me disais, c'est que si je prends un angle contre le vent sur la 32, au lieu d'essayer d'atterrir juste en plein milieu, on arrivera avec une vitesse au sol tellement réduite que je pourrai sans doute l'arrêter sans problème.

— Et sinon ?

— Sinon on se retrouvera dans l'herbe, c'est-à-dire qu'on ne pourra probablement pas bosser la semaine prochaine.

Doc émit un reniflement désabusé : la semaine prochaine, ils seraient sans travail, de toute façon...

— Et si on secoue ce truc à tel point qu'il nous pète dans la figure ? Et si on se crashe ? Ça va exploser ?

— Je ne pense pas...

— Alors on se pose à, disons, cent vingt nœuds et quelques ?

— Eh, on pèse soixante-quinze tonnes, intervint Jerry. Pour un atterrissage normal avec les volets à trente, ça signifie une vitesse d'approche de cent quarante nœuds !

— Okay, approuva Scott en faisant un signe de remerciement au mécano. Cent quarante moins environ cinquante de vent debout, ça nous donne du cent nœuds et quelques. J'ai déjà conduit des karts à cette vitesse.

— Mais pas avec deux passagères mortes de peur et une bombe atomique activée, coupa Linda McCoy.

Surpris, Scott se démancha presque le cou pour la regarder. Il avait complètement oublié qu'elle était toujours assise derrière lui. Et elle n'avait pas l'air de plaisanter.

— Linda, c'est assez lent pour éviter la casse, même si on sort de la piste.

Doc se carra dans son siège, les mains calmement posées sur le palonnier.

— De toute façon, on n'a pas le choix, si ? — Il se tourna pour dévisager Scott. — Prêt, commandant ?

Sur un hochement de tête de Scott, il brancha son micro afin d'annoncer que le ScotAir 50 se préparait à une approche aux instruments sur la piste 32. A ce moment, le 727 entra dans un orage de grêle. Les impacts sur la carlingue d'aluminium devinrent si assourdissants qu'ils rendaient toute conversation impossible.

Soudain, un bruit sec et déchirant, comme une détonation d'arme à feu amplifiée une bonne douzaine de fois, les fit tous sursauter. Il y eut une lumière aveuglante. Dans son dos, Scott sentit la jeune femme se tétaniser. Surmontant l'afflux d'adrénaline dans ses veines, il parvint à croasser à son intention :

— C'est la foudre ! Ce n'est pas dangereux !

— Non, juste de quoi crever de peur, ajouta Doc, pince-sans-rire.

Aussi brusquement qu'il était arrivé, l'orage s'arrêta.

— Prends à droite, Scott, il y a une méchante formation à cinq kilomètres devant nous.

— Okay, dis au contrôle qu'on va intercepter par le sud la finale d'une approche classique.

Le copilote s'exécuta au moment où un deuxième éclair agressait leurs yeux et leurs oreilles.

Rédaction d'ABC Télévision, New York, 17h10

Ce fut un ami de Columbia University, à quarante rues de son bureau, qui lui donna le tuyau. Sans plus tarder, le grand reporter d'ABC trouva sur Internet un « forum de discussion » appelé U-235. La cyberconversation était déjà bien lancée.

ATOMPOUCE : Oh, EMC ? Le projet MÉDUSE, il a foiré, n'oublie pas ! Existe pas, la MÉDUSE. Science sans conscience, ETC.

EMC : Faux, à la minute même ! ! ! On est tous menacés par son PROTOTYPE, là, tout de suite ! ! ! Ceci n'est pas une blague ! ! !

A3 : Qui ça, on ?

EMC : N'importe qui près de Washington, pour commencer, et aussi nous tous sur la côte est, et si le protoT remplit son rôle AMERICA, AMERICA ! Là, je suis à Boston, mais il va me griller mon disque dur aussi bien !

A3 : On peut savoir qui raconte des trucs pareils ?

EMC : Moi. Le truc est à bord d'un cargo en vol au-dessus de Washington. Il est activé, programmé pour exploser dans quelques heures. L'Etat essaie de garder ça secret, mais en cas d'explosion l'outil de communication dont on se sert là sera liquidé, en même temps que, disons, cinq millions de gus !

ATOMPOUCE : Okay, je vais essayer de m'en tirer. Mais pourquoi faire tout ce tintouin ?

A3 : Oh ! Il est en train de t'annoncer que ta babasse va se faire dégommer !

EMC : En dehors de la zone d'impact, le principal résultat, oui, c'est la destruction de toutes les puces informatiques. Tous les codes basiques vont morfler, à commencer par tout ce qui est ROM.

ATOMPOUCE : Dis voir, EMC, comment se fait-il que tu sois le seul au courant ?

EMC : Je viens juste de parler à l'un des chercheurs du programme initial, à Sandia. Il se trouve que c'est un ami, pigé ? Il y était, il y a bossé, il a le T-shirt, quoi ! Mais je ne sais pas si je me suis bien fait comprendre : cet effet électromagnétique va être déclenché par une EXPLOSION ATOMIQUE, je répète, ATOMIQUE ! L'Apocalypse, quoi ! Je n'arrive pas à comprendre pourquoi ils n'ont pas déjà envoyé ce zinc au-dessus de l'Atlantique.

A3 : Alors, c'est pas des vannes ?

EMC : Zéro vanne.

A3 : Bon. Je vis à Baltimore, moi, mais c'est déjà du passé !

Le reporter d'ABC se mêla au débat, tapant le nom

de code qu'il utilisait habituellement dans les forums d'Internet.

RECHERCHE-R-US : Pardon, messieurs, mais l'un d'entre vous aurait-il l'amabilité de m'expliquer ce que signifient les termes de « Projet Méduse » et d'« effet Méduse » ?

Pendant une minute environ, rien ne bougea sur l'écran. Troublé dans leur dialogue cybernétique, le trio avait-il préféré se déconnecter ? Pourtant, une ligne de texte finit par surgir.

EMC : Votre nom ne me dit rien, mais si vous donnez votre numéro je vous appelle.

Le journaliste tapa aussitôt le numéro gratuit d'ABC, suivi de son poste, puis attendit. L'esprit occupé par ce qu'il connaissait de Los Alamos et de ses secrets, il eut une soudaine illumination qui lui arracha un cri de rage : comme un imbécile, il n'avait pas pensé que l'énigmatique EMC, en s'apercevant qu'il aboutissait au standard d'une chaîne de télévision, allait raccrocher sur-le-champ. Il avait peut-être envie de parler, mais certainement pas à la presse !

Il se repenchait sur son ordinateur, prêt à proposer un appel direct en « collect », lorsque son téléphone sonna. Il décrocha en hâte.

— Alors, ABC veut tout savoir à propos de la Méduse, je vois ! Pas trop tôt, hein ?

11

A bord de ScotAir 50, 17h15

Les éclairs se succédaient presque sans interruption, illuminant sous eux un sombre paysage de forêts noyées de pluie où serpentaient de longues traînées de phares, ceux des cohortes de voitures en train de se diriger vers le nord.

Alors qu'ils entraient dans une nouvelle zone de turbulences, Linda McCoy planta ses ongles dans les accoudoirs de son siège, incapable de détourner les yeux des deux pilotes qui luttaient pour empêcher le 727 de piquer du nez. L'estomac noué, elle découvrit avec stupeur que la tempête la terrifiait encore plus que la bombe qu'ils transportaient à l'arrière.

Elle regarda Scott qui, de la main droite, poussait à fond les trois manettes des gaz tandis que l'appareil, une fois de plus, perdait brusquement de l'altitude. Même s'il ne voulait pas le montrer, la frayeur était visible sur ses traits. Il a peur, conclut-elle, donc moi je suis morte de peur !

La voix du contrôleur annonçant que l'atterrissage à Pax River leur était maintenant autorisé résonna soudain comme une douce musique à ses oreilles. A peine quelques minutes auparavant, on leur avait dit que la base était fermée... S'armant de patience, elle essaya d'oublier la bile qui remontait désagréablement dans sa gorge. L'épreuve allait s'achever, ils se poseraient dans peu de temps.

Malgré son habitude des coucous de brousse, des trajets en hélicoptère dans les coins les plus perdus du monde, le fait était là : elle ne s'était jamais sentie aussi mal de sa vie. Comme pour souligner ce constat, le 727 entra à cet instant dans une colonne d'air ascendant qui le fit plonger en vacillant vers le bas, toute sa carlingue ébranlée par le choc. Elle se dit que ce vieil avion n'en supporterait pas beaucoup plus.

Sois lucide, ma grande : tu ne vas peut-être pas t'en sortir vivante !

Elle pensa à sa maison, dans le Colorado, où elle aurait dû déjà se trouver si tout s'était déroulé normalement. A son chat. A ses parents. A Christa McAuliffe. La cosmonaute de la tragique navette Challenger avait-elle éprouvé la même panique, au moment de l'explosion ?

La voix du commandant de bord la fit brusquement revenir à la réalité. A moitié couverte par le bruit infernal d'une nouvelle averse de grêle, il venait de lancer brusquement :

— Volets à quinze !

— Volets à quinze, confirma instantanément Doc, dont la main gauche exécutait déjà la commande. Dégivrage moteur branché. J'ai entré le repérage de course, Scott.

— Il nous laisse descendre à trois mille pieds ?

— Exact, trois mille.

— On sort les trains, alors. Checklist d'atterrissage. Volets à vingt-cinq.

Aussitôt, Linda vit le copilote pousser une manette vers le bas et entendit le bruit que l'air faisait sous leurs pieds en s'engouffrant dans la trappe du train avant. A quelque vingt mètres plus loin vers l'arrière, les deux trains principaux n'allaient pas tarder à sortir eux aussi.

Ses yeux passèrent de Doc au commandant, puis à Jerry. Ils paraissaient si calmes... Il fallait qu'elle retrouve son sang-froid, elle aussi. Mais avec ce bruit et ces épouvantables soubresauts, elle se dit qu'ils contrôlaient à peine leur appareil, et cette idée la submergea d'une terreur encore plus violente.

La voix du contrôleur aérien retentit dans le haut-parleur.

— ScotAir 50, maintenez votre trajectoire actuelle, vous êtes autorisés sur la piste 32, restez à deux mille cinq cents pieds jusqu'à l'approche finale, et contactez la tour maintenant.

— ScotAir 50 en approche à deux mille cinq cents pieds jusqu'à finale, répéta Doc. C'est bon, Scott.

— Bien reçu. Tu me mets sur la course finale maintenant, c'est-à-dire trois-trois-zéro. Je vais garder un supplément de trente nœuds pour la résistance du vent.

— A mon sens, il vaudrait mieux un peu plus, disons quarante nœuds, suggéra Doc.

Scott lui jeta un coup d'œil, puis observa Jerry par-dessus son épaule. Linda n'osait pas bouger, mais elle sentit que le mécanicien avait approuvé la suggestion de Doc.

— Okay, plus quarante, approuva Scott en tendant la main pour changer la position du petit curseur en plastique blanc sur son indicateur de vitesse.

Lorsque le copilote reprit contact avec la tour, la voix du contrôleur arriva chargée de l'électricité statique provoquée par l'orage.

— ... risés à l'atterrissage. Vents variables à, euh, trois-cinq-cinq, de cinquante-cinq à soixante nœuds, avec des pointes supérieures de vingt nœuds encore. La piste est à vous, ScotAir, mais c'est à vous de décider le moment.

— Compris, Patuxent, répondit Doc qui se pencha pour lire ses instruments et ajouta, criant presque pour se faire entendre tant la tempête se déchaînait sur la carlingue : Okay, Scott, on est à mille cinq cents pieds, encore cinq miles. On est prêts pour approche finale, on peut descendre à quatre cents pieds.

De son siège, Jerry Christian annonça posément :

— La radio de navigation réagit Okay. Piste en vue à environ dix heures.

— Mais il y a un vent de travers dément ! constata

Scott d'une voix tendue, tout en activant sans relâche le palonnier afin de maintenir l'appareil dans la trajectoire requise. On dévie de près de trente degrés par rapport à la piste !

— Scott ? Tu devrais te préparer à faire un tour, conseilla Doc. Ne te presse pas ! On a tout le carburant qu'il faut.

Linda avait l'impression d'être une poupée de chiffon dans une machine à laver. Elle remarqua l'appréhension que trahissait Doc en énonçant les paramètres à un débit presque ininterrompu.

— On a quarante-cinq nœuds de plus. Tu es prêt pour les volets ?

— Ouais. Volets à trente.

— Bien reçu. Volets à trente.

— Vitesse finale, maintenant. Je continue jusqu'à l'altitude minimale. La base est droit devant. Bon, on atterrit à vue, si on peut dire...

— Tu veux les essuie-glaces, Scott ? demanda le copilote en ajustant le levier des volets sur la position finale.

— Ouais.

Le bruit des balais sur les vitres était si fort que Linda les entendit à peine répéter la checklist en six points. Ils la terminaient lorsqu'un gigantesque éclair balafra le ciel devant eux.

— Il est tombé sur la tour ! entendit-elle Jerry crier.

— L'enfoiré ! ajouta Doc qui brancha immédiatement la communication radio. Pax River, vous êtes là ?

Pas de réponse.

— Huit cents pieds, et tu es à quarante nœuds au-dessus de la vitesse requise, annonça Doc à l'intention de Scott.

— Ils répondent ? demanda ce dernier, les yeux rivés sur ses cadrans.

— Non, mais on a déjà l'autorisation d'atterrir !

— Okay.

— Tu es à six cents pieds maintenant, trente-huit nœuds en plus.

— D'accord.

— Plus trente-quatre, et... Appel d'air, Scott ! Dix, voire vingt nœuds... Non, plus !

— Oui, je le sens !

Doc posa sa main sur ses commandes au moment où Scott s'apprêtait à ramener les manettes de gaz en arrière.

— Pas trop ! Ne ralentis pas trop !

— Quelle est ma vitesse ?

— On est à cent vingt mètres, à plus... euh, presque cinquante nœuds !

— Il faut que je ralentisse.

— Scott...

Le copilote s'interrompit, écoutant le son, plus fort à chaque seconde, des masses d'air se ruant contre la carlingue.

— ... C'est peut-être une mini-tornade, Scott !

A peine avait-elle surpris cette exclamation que Linda sentit le 727 entrer d'un coup en plein milieu d'une colonne d'air descendant. En un instant, le vent debout de quarante nœuds se transforma en vent arrière de la même force, privant les ailes de leur portée initiale. De toute sa masse, plus de soixante-dix tonnes, l'avion commença à tomber.

Agrippée à son siège, au bord de la nausée, Linda guetta en vain le moment où elle allait sentir le 727 reprendre de l'altitude, comme les fois précédentes. Non, maintenant ils s'abattaient vers le sol.

Elle entendit un cri inarticulé sortir de la gorge de Scott, aperçut le regard convulsé de Doc sur la main du commandant qui poussait les manettes de gaz à fond, avec une telle force qu'elles vinrent choquer contre les butoirs.

— PLEINS GAZ, PLEINS GAZ ! REMONTE !

C'était Jerry.

— Oui, oui..., articula Scott.

— Scott, on tombe ! hurla Doc.

— Je sais !

— Six cents mètres-minute !

— Pleins gaz ! répéta Scott.

Doc vérifia ses propres manettes, asservies à celles du pilote. Elles étaient déjà à fond. Il scruta l'altimètre, voulant vérifier leur altitude exacte par rapport au sol. L'aiguille avait chuté vertigineusement.

— Trente mètres, Scott ! REDRESSE !

— C'est ce que je fais !

La piste arrivait à toute vitesse dans leur champ de vision. Tirant le palonnier de toutes ses forces, Scott obtint un sursaut de l'avion qui s'inclina violemment de côté. Le tarmac et l'herbe bordant la piste apparaissaient maintenant dans le pare-brise à un angle de quarante-cinq degrés à gauche. *Si on touche le sol comme ça,* pensa Linda, *on explose sur le coup !*

— REPRENDS ! REPRENDS-LE À QUINZE DEGRÉS !

Scott réagit par un petit signe de tête à la supplique de Doc. Il était incapable de parler. Pris par la bourrasque, le Boeing partait encore sur la droite, tanguant si fort que les instruments de pilotage paraissaient désormais incapables de se faire obéir.

— Je... J'essaie !

Dans la tour de contrôle, les deux aiguilleurs militaires venaient de se relever, les jambes flageolantes. Sans comprendre comment, ils s'étaient retrouvés au sol lorsque l'impact de la foudre, accompagné d'une décharge lumineuse hallucinante, s'était produit. Ensemble, ils virent les feux de position de ScotAir 50 surgir de la masse sombre des nuages.

— Les radios sont coupées ! constata l'un des hommes, penché sur sa console.

— Mais qu'est-ce qu'ils fabriquent ? s'exclama au

même moment son collègue, les yeux fixés sur le bout de la piste.

Le Boeing en approche semblait foncer droit sur le bâtiment, aucunement aligné par rapport à la piste, entièrement à la merci du vent contraire. Et puis, d'un coup, il se mit à perdre de l'altitude à une vitesse effrayante, le nez anormalement relevé.

— Mais qu'est-ce qu'ils..., commença l'un des contrôleurs en attrapant un micro et en appuyant de toutes ses forces sur la touche de transmission.

Dans sa panique, il avait oublié que les radios étaient hors d'usage.

— ScotAir, redressez ! DÉCROCHEZ !

Sidéré par la vue de l'avion, plus cabré que jamais et dont les réacteurs lancés à plein régime laissaient une traînée furibonde, son compagnon s'exclama sur un ton horrifié :

— Mais... mais il va se crasher !

Scott sentit enfin la poussée des réacteurs du 727 le plaquer contre son fauteuil. Fasciné par l'altimètre en face de lui, il éprouvait maintenant un calme irréel, comme s'il s'était détaché de lui-même et observait cet « autre » lutter de toutes ses forces pour maintenir l'avion en l'air.

— Trois mètres, Scott !

La voix de Doc semblait flotter dans un halo de silence. Il voyait des arbres loin devant, un bâtiment à sa gauche, il discernait même l'herbe sur le bord de la piste. Trois mètres ? Aussi bien, quelques centimètres.

— Cent trente nœuds et ça augmente ! cria Jerry.

A ce moment, une puissante rafale les attaqua par la gauche, surprenant Scott. Instantanément, l'aile droite se déroba tandis que le Boeing tournait telle une girouette dans le vent. Un fracas assourdissant emplit le cockpit, le bruit d'une masse de métal raclant le béton. Le bout de l'aile avait touché la piste, produisant une pluie d'étincelles.

Ne pensant qu'aux litres de kérosène qui risquaient de prendre feu, Scott actionna instinctivement le gouvernail vers la gauche afin de relever l'extrémité de l'aile droite. Il y parvint, mais les pneus des deux trains d'atterrissage touchèrent alors rudement le sol, à un angle de près de quarante degrés. L'impact entraîna le nez de l'appareil vers la gauche dans une sorte de convulsion structurelle que Scott n'avait encore jamais éprouvée sur un avion.

Une seconde plus tard, le train avant touchait la piste. Sentant le vent s'engouffrer maintenant sous l'aile droite, le pilote tira à nouveau sur le palonnier aussi fort que sa raison l'y autorisait, tentant de dégauchir dans un hurlement de pneus malmenés. A son tour, le bout de l'aile gauche s'affaissa, menaçant de s'enfoncer dans la terre meuble à l'extérieur de la piste.

Il fallait décrocher, ou ce serait le choc final et l'explosion. N'obéissant qu'à ses réflexes, Scott fit tout peser à droite, le palonnier tiré à fond contre lui, et sentit soudain sa machine se détacher du sol en vacillant. La carlingue vibrait de toutes ses pièces, sans cesser de tanguer.

— Scott ! Reprends à droite !

Le cri de Doc fit écho au commandement qui résonnait déjà dans son cerveau. Pris dans des forces contradictoires, le Boeing planait en effet droit vers la tour de contrôle, sur leur gauche, qui grandissait rapidement dans le parc-brise. A son compteur et à la pression qu'il éprouvait dans son fauteuil, Scott comprit cependant que l'avion reprenait de la vitesse, plus de cent trente nœuds. Mais il lui fallait davantage, pour reprendre de l'altitude, pour s'arracher de l'effet de sol, pour avoir le temps de virer avant de percuter la tour...

— Trains relevés, ordonna-t-il. Si seulement ils n'ont pas trop souffert...

Pendant que Doc actionnait le levier, Scott s'efforça de virer encore plus à droite sans empêcher le Boeing de grimper au plus vite. L'avion franchit finalement les superstructures pour foncer à travers un mur de pluie, de grêle et d'éclairs : la tempête qui approchait la base par l'est.

— Scott, on a un signal d'alerte pour le train principal gauche, mais je crois qu'il est quand même rentré. A mon avis, on peut faire avec, pour l'instant.

— C'est la trappe, ou le train lui-même ?

— Le train. Il y a un truc possible pour voir s'il est vraiment hors service, après. D'ici là, je le maintiens rentré, avec la pression il tiendra...

— Oui, faisons comme ça pour le moment.

Portant son micro devant ses lèvres, Doc jeta un regard interrogateur au jeune commandant de bord :

— Où tu veux aller, maintenant ?

— Qu'ils nous donnent une route vers l'ouest, n'importe où mais loin d'ici ! Dès qu'on sera stabilisés, je vais dire deux mots à ce type du FBI. Je ne sais pas où on peut aller ; ce que je sais, c'est que je ne veux surtout pas recommencer *ça* une seconde fois !

Dans leur dos, Jerry Christian s'exclama :

— Amen !

— Très bien, approuva Doc en actionnant la radio. Contrôle Washington ? Ici ScotAir 50. Vous m'entendez ?

Le copilote jeta un coup d'œil à Linda McCoy. Restée silencieuse pendant toute la tentative d'atterrissage, cramponnée aux accoudoirs, livide, elle n'eut même pas la force d'ébaucher un sourire. D'un bref battement de cils, il chercha à la rassurer :

— Ça va aller, docteur.

La respiration coupée, les oreilles bourdonnantes, elle l'avait à peine entendu. Elle dut déglutir péniblement avant d'articuler à l'intention de l'homme qui semblait s'inquiéter de sa pâleur :

— Quoi... qu'est-ce que vous dites ?

— Je dis que ça va aller. Détendez-vous. On est toujours en l'air.

Et elle, les yeux braqués dans les siens, d'un ton où aucune ironie n'était perceptible :

— C'est justement ça, le problème...

Siège central du FBI, Washington, 17h15

Le Boeing de ScotAir n'avait pas encore commencé son approche dramatique sur Pax River que les agents du FBI sur place avaient déjà reçu par téléphone des instructions précises à propos de ses occupants : dès leur arrivée, ils devraient être mis en état d'arrestation et sévèrement gardés, selon les procédures réservées habituellement aux pirates de l'air. L'hypothèse de travail était que le (ou la) terroriste se faisait peut-être passer pour un des passagers ou pour un membre de l'équipage. Le tri entre « bons » et « méchants » serait opéré par la suite.

Ces dispositions prises, et alors que l'avion n'était plus qu'à quelques kilomètres de la piste, Tony DiStefano se laissa tomber sur une chaise pour écouter les derniers rapports préparés par ses collaborateurs.

— Allez, Donna, dites-moi ce que vous avez trouvé.

Elancée, pleine de vivacité, la jeune femme avec laquelle le sous-directeur du FBI travaillait depuis des années sortit ses lunettes et s'assit près de lui en consultant un bloc-notes couvert d'une écriture serrée.

— Bon, pour Rogers Henry, d'abord : pas de grandes révélations, Tony.

Elle retraça brièvement sa remarquable carrière dans la recherche nucléaire, à Los Alamos pour le projet Manhattan puis dans les centres de Sandia, de Denver, de Lawrence-Livermore, l'historique du programme Méduse et de son annulation précipitée, les enquêtes de moralité impeccables que conservait à son sujet l'Agence à la sécurité nationale, l'organisme officiel chargé d'évaluer la fiabilité des personnes travaillant dans des secteurs « sensibles ».

— C'est tout ?

— A Miami, après son départ à la retraite, la police a eu un petit dossier sur son compte. Deux interventions pour violences présumées contre sa femme, en 1986 et 1988. Les deux fois, elle a refusé de porter plainte. Deux excès de vitesse, aussi. A part ça, rien d'autre.

— Et sa femme ?

— Oh, elle, c'est différent, très différent... Lui est mort il y a deux ans, n'est-ce pas ? Mais elle, elle est toujours en vie et elle se trouve dans l'avion.

— Oui, et puis ? Il y a quelque chose de spécial à son sujet ?

Il leva un sourcil en voyant un sourire entendu apparaître sur les lèvres de sa collaboratrice.

— Pas de casier judiciaire, pas une seule infraction au code de la route, mais écoutez bien ceci : elle a rencontré son futur mari aux laboratoires Lawrence-Livermore, en Californie, où elle était ingénieur nucléaire. Quand ils se sont mariés, elle travaillait à Los Alamos. A Lawrence-Livermore, sa spécialité était les méthodes d'assemblage, à Los Alamos la production de détonateurs. En d'autres termes, cette fille est une pro des armes atomiques !

— Et alors, intervint Tony avec une mimique un peu désappointée, où ça nous mène, tout ça ?

— Son mari est mort il y a deux ans. Il est hors du coup, donc. Il n'a plus de raisons de menacer son pays avec ce que nous soupçonnons être une bombe...

— En effet.

— Elle, si.

— Que voulez-vous dire ? s'étonna Tony en se penchant vers elle.

— Des raisons d'en vouloir à mort à l'Etat, et peut-être aux militaires, cette dame en a à revendre. Voilà, il y a cinq ans, elle obtient un divorce qui lui donne la moitié de la pension de retraite de son ex, plus une pension de veuvage, très confortable. Elle vit plutôt bien jusqu'à la mort de Henry. Là, elle réclame la pension de veuvage, à peu près la même somme que ce qu'elle recevait jusqu'alors. Mais ces grands humanistes de la Direction des ressources humaines, comme ils disent, vont chercher la petite bête dans le jugement de divorce, la trouvent, évidemment, et refusent de payer. J'ai eu affaire à ces gens-là, moi aussi, je les connais : des incapables, et en plus méchants. Donc, ils lui coupent le veuvage et, puisque le mari est décédé, pas question d'obtenir une révision du jugement : pas un rond, en bref ! Elle se bat contre cette décision inique, elle se démène pendant deux ans. Rien. La cour d'appel rejette sa requête sans explications. Il y a une semaine, elle met leur maison en vente, sans doute parce qu'elle ne peut même plus payer la taxe foncière. Et aujourd'hui, hop, elle se retrouve dans un avion au-dessus de Washington avec un mystérieux colis qui est soi-disant une bombe atomique, activée en plus !

— *Soi-disant* ? Eh, Donna, vous oubliez le détecteur à Miami !

— Pas du tout. Une charge nucléaire a été détectée là-bas, et nous « présumons » qu'elle se trouve dans ce Boeing. Mais comme vous l'avez dit vous-même, ce n'est pas l'unique possibilité : plusieurs autres avions n'ont pu être vérifiés, sans parler de tous les camions qui ont quitté l'aéroport à ce moment-là. Conclusion ? On a peut-être choisi le mauvais cheval ! Imaginez la coïncidence : la divorcée frustrée qui monte un chantage à l'explosion atomique aérienne et juste en même temps un groupe terroriste lambda qui fait transiter du plutonium par Miami. Coup de chance, ou de malchance plutôt...

— C'est vraiment tiré par les cheveux, Donna !

— Alors c'est peut-être vrai. C'est peut-être une vraie bombe, je veux dire. Qu'elle aurait avec elle.

— Enfin, Donna, ça ne tient pas debout ! Vous voyez une veuve qui n'a plus de ressources consacrer ses dernières économies à essayer de faire sauter la planète ? Non, je ne la vois pas du tout suspecte.

Rapprochant son visage de celui de son chef, elle affecta l'accent de Brooklyn pour railler :

— Eh, bonjour, Tony ! Le mari est mort et enterré, okay ? Depuis deux ans ! Le seul être vivant qui ait un mobile, c'est qui ? C'est Vivian Henry.

Amusé, le sous-directeur contempla un instant le bout de ses chaussures avant de relever les yeux.

— Très bien mais, dans ce cas, pourquoi ne réclame-t-elle pas une rançon ? Je n'ai rien entendu de tel, moi !

Donna se redressa, le regard toujours étincelant mais la voix plus posée.

— Peut-être que ça va venir. Peut-être a-t-elle une « vraie » bombe et se prépare-t-elle à un suicide qu'elle fera payer très cher au gouvernement américain ? Allez savoir...

— D'accord, d'accord, la calma Tony en levant une main. Admettons qu'elle ait un mobile. Mais nous ne savons pas si elle a aussi la détermination, la capacité...

— Ah, la capacité, sans problèmes ! Je vous l'ai dit, c'est une ancienne de Los Alamos, certainement capable de construire un prototype de bombe. J'ai parlé aux gens de l'inspection nucléaire, ils cherchent encore dans son dossier mais, d'après eux, une femme de ce niveau, qui en plus a été l'épouse d'un physicien hors pair, est même tout à fait apte à en mettre au point une vraie. Ça se tient, Tony ! En plus, nous avons un ordinateur parlant dans ce zinc, or nous savons que c'est une accro d'informatique !

— Et comment savons-« nous » ça aussi ?

— Bah, le truc élémentaire : elle est abonnée à CompuServe et à America Online, elle se connecte tous les jours. On a vérifié ses relevés, c'était facile.

Tony DiStefano se leva et alla vers la fenêtre, les mains profondément enfoncées dans ses poches. Depuis le début, il avait pensé que les occupants du Boeing étaient des victimes. Avec la théorie de Donna, il fallait reconsidérer la crise sous un angle entièrement neuf : si la criminelle était à bord, jouant à la victime, quelles étaient ses motivations ? L'argent ? Ou un accès de folie suicidaire ?

Il se retourna vers son assistante.

— A-t-elle déjà proféré des menaces ?

— On ne sait pas encore. Nous sommes en train d'éplucher son dossier à la Direction des ressources humaines. S'il y a une trace écrite, je vous le dirai bientôt. Sinon, de toute façon, nous essayons de mettre la main sur des fonctionnaires de la Direction qui ont traité directement avec elle ces dernières années.

— Okay, soupira Tony en revenant vers elle, mais reste un hic. Cette bombe se croit au Pentagone. Il y a deux minutes, on m'a appris qu'elle avait retenu un semi-remorque pour acheminer sa cargaison, cette bombe, donc, de l'aéroport au Pentagone. Or la Direction des ressources humaines est en plein centre-ville, à deux pas de la Maison Blanche. Question : si je voulais les bomber, eux, pourquoi est-ce que j'expédierais ma bombe au Pentagone ?

Un autre agent, qui les avait écoutés en silence, fit quelques pas en avant et leva un doigt pour demander la parole.

— Je pense avoir une réponse pour ça.

— Allez-y, Bill, accepta Tony DiStefano en penchant légèrement la tête de côté.

— J'ai un peu pioché dans son histoire personnelle, moi aussi. A la fin des années soixante-dix, Vivian Henry s'est démenée, discrètement mais avec beaucoup d'insistance, pour persuader le Département de l'énergie et la Maison Blanche de redonner une chance au projet scientifique de son mari. Elle a écumé les couloirs du Capitole, bombardé de lettres les rédacteurs en chef de plusieurs revues de défense... Il y a au moins une coupure de presse dans les archives qui prouve qu'elle prenait très mal la façon dont son génie d'époux avait été envoyé sur les roses.

— D'accord, mais je répète : pourquoi le Pentagone ?

— Parce que le jeune conseiller du Président qui avait obtenu à l'époque le gel du programme Méduse a son bureau au Pentagone. Devant une commission du Sénat, d'après ce que j'ai retrouvé, Vivian Henry l'a traité d'imposteur machiavélique, mais il est connu sous un autre titre, aujourd'hui.

— Ah oui ? Lequel ?

— Eh bien... Secrétaire à la Défense !

Frappé par cette révélation, Tony réfléchit un moment.

— Evidemment, une explosion nucléaire au Pentagone réglerait son compte du même coup à la DRH... sans parler de nous tous.

— C'est sûr, approuva Bill. « Les feux de l'enfer... »

Se rappelant soudain la présence de Donna, il s'arrêta, confus. Mais elle poursuivit à sa place la citation avec un sourire narquois :

— « ... sont moins terribles qu'une femme dédaignée. » C'est ce que vous vouliez dire, n'est-ce pas ?

Le jeune homme hocha la tête. Il ne savait plus où se mettre. Et elle, d'un ton sardonique :

— Sacrément vrai, ça !

12

Washington est, 17h25

Assise à la table de sa cuisine, une fonctionnaire de la Direction des ressources humaines de l'administration américaine écoutait le vent secouer les fenêtres peu solides de son modeste appartement en se demandant pourquoi son chef avait pris la peine de l'appeler à son domicile. Blanchie sous le harnais administratif, elle avait toujours refusé de travailler en dehors des heures légales, et puisque l'ouragan qui approchait avait fermé les bureaux plus tôt que d'habitude... Moins elle voyait ses collègues, un ramassis de tire-au-flanc et de cancaniers, mieux elle se portait. En particulier son chef de service, qu'elle était loin de porter dans son cœur. Il lui suffirait d'inventer une excuse le lendemain, dire qu'elle était allée rendre visite à sa mère par exemple.

Pourtant, la voix de ce couard, sur son répondeur téléphonique, était encore plus geignarde qu'à l'accoutumée. Et elle le savait très capable de se retourner contre elle en cas d'ennuis. La sagesse voulait donc qu'elle le rappelle, comme il l'avait demandé dans son message.

Avec une mimique excédée, elle composa le numéro du service, prête à contre-attaquer sur-le-champ s'il s'avisait de lui demander de revenir au travail : elle connaissait aussi bien le règlement que lui !

— Allô, ici Doris. Vous m'avez appelée.

— Doris, grâce à Dieu ! Ecoutez, le FBI veut vous parler immédiatement, à propos d'un dossier de pension pas très ancien. Une minute, je vous donne le numéro.

Sans aucun commentaire, il lui dicta le téléphone et le nom de l'agent à contacter, puis raccrocha, la laissant aux prises avec une appréhension grandissante.

Qu'est-ce que j'ai fait, moi ? Pourquoi le FBI veut-il me parler, maintenant ?

Elle n'avait jamais eu affaire à eux. Elle était certaine de n'avoir rien fait de mal, pourtant elle avait peur, inexplicablement. Et si quelqu'un cherchait à la faire tomber dans un piège ?

« Immédiatement », avait dit le grand manitou...

Une voix de femme lui répondit poliment, se présentant sous le nom qu'elle venait d'écrire. A son tour, elle se nomma.

— Merci de nous avoir contactés, madame. Voilà, nous avons urgemment besoin d'informations à propos d'une certaine Vivian Henry. Je comprends que vous m'appelez de chez vous, mais vous vous en souvenez peut-être.

Tout en écoutant le résumé d'une longue polémique autour d'une pension de veuvage, Doris se passa une main fébrile sur son front, comme pour stimuler sa mémoire.

Vivian Henry. A tous les coups, une de ces divorcées qui rêvent de vivre aux crochets de l'Etat ! Elle en avait soupé, de ces éternelles quémandeuses qui passaient leur temps à pleurnicher au téléphone, qui s'inventaient toujours de bonnes raisons pour exiger d'être traitées à part. Certaines avaient réellement besoin d'aide, elle ne le niait pas, mais la plupart ne pouvaient que s'en prendre à elles-mêmes si elles avaient épousé des ruffians et choisi des avocats minables, incapables de rédiger correctement un jugement de divorce. Est-ce qu'elle demandait des faveurs, elle ? Eh bien, ces petites chochottes n'avaient qu'à rentrer leurs mouchoirs et se trouver un travail honnête, comme elle avait dû le faire, elle ! Et qu'elles aillent se faire voir, toutes !

Son interlocutrice du FBI la tira de ces sombres méditations.

— Ce nom vous dit-il quelque chose ? Votre supérieur m'a indiqué que vous vous étiez chargée de son dossier, que vous lui aviez parlé directement...

Des noms, des visages, il n'en manquait pas. A chaque fois, cela signifiait des contestations, des recours en justice, et pour elle une besogne plus ardue encore, puisqu'il fallait préparer des arguments imparables à l'intention des avocats de l'administration. Car la Direction des ressources humaines ne pouvait se permettre de perdre en appel face aux contestataires. Même quand elle avait manifestement tort...

— Non, je ne vois pas. Vous savez, des dossiers, il en passe.

— Euh... Et si cette femme vous avait menacée un jour, vous vous le rappelleriez ?

Menacée ? Ah, là c'était autre chose !

Les traits convulsés d'une snobinarde en manteau de fourrure, outrageusement gâtée à l'évidence, surgirent dans sa mémoire. Son air condescendant, méprisant presque, alors qu'elle se levait après avoir essuyé un refus. Qu'avait-elle dit, exactement ?

« Vous allez le regretter, croyez-moi ! » Désarçonnée par cette attaque, Doris n'avait pu articuler qu'une question outragée : « Quoi, qu'est-ce que vous dites ? » Et la furie, désignant d'un geste dégoûté le box étroit dans lequel Doris passait ses journées, puis lançant dédaigneusement sur son bureau la liasse de courrier administratif qu'elle avait reçu d'elle : « Vous n'êtes qu'une souillon inculte ! Ça ne sait même pas écrire correctement une lettre, ça n'est même pas allé jusqu'à l'université, je parie, ça ne comprend pas un mot de ce que je raconte, et ça prétend interpréter un jugement dont mon avenir financier dépend ! Non, mais il y aurait presque de quoi en rire ! Laissez-moi vous expliquer la situation en deux mots : ou bien vous approuvez sans aucune réserve ma réclamation, ou bien vous allez entendre de mes nouvelles ! »

Doris se rappelait s'être levée de son siège, les jambes tremblantes, cherchant ses mots, bouillonnante de colère et de honte. Elle, qui détestait les conflits, aurait volontiers quitté les lieux si l'autre ne lui avait barré la sortie. « Si je vous dis, moi, que votre réclamation n'est pas recevable, eh bien... eh bien c'est comme ça et pas autrement, et peu importe que vous me trouviez intelligente ou pas. Le règlement c'est le règlement, et moi je m'y tiens. » A ce moment, la plaignante s'était approchée d'elle pour n'être entendue de personne d'autre, et elle avait martelé, dans un chuchotement exaspéré : « Avisez-vous d'annuler ma pension, triple buse, et moi je vous annule, vous ! Et du même coup je volatilise ces bureaux infects ! — Vous... Vous me menacez ? » avait répliqué Doris en essayant vainement de l'intimider. « Ce n'est pas une menace, c'est une promesse ! » Et la harpie, remettant son coûteux manteau, avait tourné les talons en la laissant bouche bée.

Ce doit être elle qu'ils cherchent !

— Madame

— Hein... Oui ?

— Je vous demandais si on vous avait déjà menacée.

— Menacée, comme par exemple : « Si vous ne faites pas ce que je veux, vous allez le payer » ?

— Voilà.

— Oui.

— Vous voulez dire que cette femme vous a bel et bien menacée ?

— J'ai été menacée, oui !

— Par Vivian Henry, précisément ?

Doris réfléchit. Sa mémoire des noms n'était pas excellente, mais le souvenir de l'affront, lui, était vivace.

Henry. Vivian Henry. Oui, tout à fait. Cette garce. C'est elle !

Le nom lui évoquait maintenant un dossier précis. Un jugement de divorce, avec une formulation maladroite sur laquelle il lui avait été facile de s'appuyer.

— Oui. Par Vivian Henry.

— Racontez-moi ce qu'elle vous a dit. En détail, je vous prie.

L'employée de bureau prit un air épanoui. Pour les humbles abeilles ouvrières comme elle, l'heure de la revanche ne sonnait pas souvent.

Rédaction d'ABC Télévision, New York, 17h30

L'ouragan qui s'abattait maintenant sur toute la côte est, du New Jersey à la Caroline du Sud, devait accaparer la majeure partie du bulletin d'informations du soir. Au studio de mixage, les reportages de terrain étaient édités au fur et à mesure qu'ils parvenaient à la station, de même que les interviews de météorologues et d'autorités scientifiques en matière de réchauffement de la planète.

La rédaction d'ABC, cependant, était en train de reporter son attention sur une rumeur venue du bureau de Washington, selon laquelle la Maison Blanche faisait secrètement face à une crise encore plus grave que la tempête sans précédent qui menaçait une large partie du pays. Un nombre grandissant de journalistes et d'assistants s'étaient regroupés autour du téléphone sur lequel, amplificateur branché, le correspondant politique d'ABC dans la capitale tenait informé son interlocuteur new-yorkais.

— Pour l'instant, nous n'obtenons que les démentis habituels. Mais une de nos meilleures sources à la Maison Blanche confirme qu'une cellule de crise est en plein travail. Apparemment, il s'agit d'une menace terroriste intérieure.

— On n'a qu'une source, donc ?

— Deux, en fait, mais encore très prudentes : on me dit qu'il y a quelque chose de grave dans l'air, qu'il pourrait s'agir, je dis bien *pourrait*, d'une sorte de chantage nucléaire.

— Et la concurrence ?

— Ils n'ont rien. Il faut dire qu'on a une sérieuse avance, grâce à... à un coup de pot. Les téléphones cellulaires changent brusquement de fréquence, des fois, tu sais ça. Et tu te retrouves en train d'écouter une autre conversation...

— Oui, ça m'est arrivé !

— Eh bien, un assistant du sénateur Campbell a appelé il y a un quart d'heure un copain à lui, un gars de chez nous, pour lui demander si nous étions au courant d'une alerte nucléaire à la base aéronavale de Patuxent River. En fait, il a surpris un appel plutôt paniqué de quelqu'un à Washington qui disait à une femme de cette base d'embarquer ses filles en voiture et de filer au nord. Bon, on a vérifié, il y a effectivement une opération d'évacuation en cours là-bas. Aussi, il y a juste quelques minutes, un avion civil a tenté un atterrissage à Pax River, mais il a dû laisser tomber à cause du vent. Les officiels de la base confirment qu'ils évacuent : à cause de l'ouragan, d'après eux.

— C'est plausible, ça ?

— Tu parles ! Ils étaient prévenus depuis hier, ils avaient toute la journée pour évacuer. Commencer alors que la tempête est déjà là, ce n'est pas très logique, pas du tout, même !

— Vous êtes équipés pour écouter les fréquences de l'aviation civile, chez vous ? On a repéré sur Internet une histoire de bombe atomique en train de se balader au-dessus de Washington, maintenant tu me parles d'une tentative d'atterrissage d'un zinc civil sur une base aéronavale... Il faudrait savoir s'il est toujours dans le coin. Au cas où il y aurait vraiment une bombe, c'est une affaire de vie ou de mort pour des millions de personnes, dis !

— J'en suis très conscient, figure-toi, d'autant plus que je fais partie des millions dont tu parles ! Ouais, on a un scanner, on écoute ce qu'on peut. Je te tiens au courant. Et à New York, qu'est-ce que vous avez trouvé ?

Un producteur chevronné du magazine d'informations du soir se glissa silencieusement sur une chaise près du journaliste, lui faisant signe de poursuivre sa conversation.

— On a un chercheur atomiste à la retraite qui a travaillé pour le projet Méduse. Il nous a tout raconté. D'après lui, un de ses potes de l'époque a eu en ligne, il y a une demi-heure, un type du *Wall Street Journal*, qui dit avoir écouté les liaisons téléphoniques de ce fameux zinc. On essaie de le dénicher. Enfin, toute cette histoire commence à devenir aussi crédible qu'effrayante... Tu as reçu le récapitulatif que je t'ai envoyé en e-mail ?

— Je l'ai sous les yeux. Et au cinquième, qu'est-ce qu'on dit ?

La référence à l'étage directorial du bâtiment d'ABC fit échanger des regards entendus à tous ceux qui suivaient l'échange.

— Aucune décision, pour l'instant. Ils attendent. Il faut évaluer les risques pour le pays, tu comprends ? Si besoin est, on a tout préparé pour un flash en direct.

A bord de ScotAir 50, 17h30

Reconnaissante à Doc Hazzard de l'avoir solidement arrimée au plancher, Vivian Henry avait vécu la périlleuse manœuvre du 727 les yeux fermés, sans comprendre ce qui se passait. Lorsqu'elle avait entendu les trains d'atterrissage rentrer dans la carlingue, pourtant, elle avait déduit qu'un nouveau changement de programme venait de se produire.

Elle ne se trouvait pas assez près de l'ignoble invention de son mari pour lire les chiffres affichés sur l'écran, mais d'après ses calculs il leur restait environ deux heures, deux heures pendant lesquelles chaque minute allait compter.

Il fallait convaincre l'équipage de se poser quelque part, de se mettre à l'abri et de la laisser seule avec la Méduse. Elle devrait aussi empêcher quiconque d'essayer de désamorcer la bombe, car le résultat n'était que trop prévisible.

Elle se tenait déjà en tête-à-tête avec la menace, d'ailleurs, quand bien même l'un des pilotes finirait par venir prendre de ses nouvelles. Elle n'avait pas le droit de s'écarter de plus de quatre mètres. Et elle n'en avait nullement l'intention.

Siège central du FBI, Washington, 17h35

Plongé dans la lecture d'un rapport, Tony DiStefano leva les yeux pour découvrir Donna de retour devant lui, l'air très agité.

— Il faut que vous écoutiez ça, Tony, tout de suite ! Le commandant du Boeing veut vous parler sur la ligne quatre, mais avant il faut que vous écoutiez ça !

— Allez-y.

Elle se posa sur la première chaise à côté de lui et entama son récit à un débit vertigineux :

— Nous avons retrouvé une fonctionnaire de la DRH qui s'est occupée du dossier Henry. Elle confirme que Vivian Henry l'a menacée, explicitement.

Tony se carra dans sa chaise, scrutant les yeux de la jeune femme.

— Quand ? Quand cela s'est-il passé ?

— Il y a un peu plus d'un an. Elle se rappelle que c'était à peine quelques semaines après le rejet définitif de son pourvoi. Vivian Henry a débarqué dans son bureau comme une tornade.

— Cette fonctionnaire, elle est fiable ?

— A cent pour cent. Avec le savon que l'autre lui a passé, elle n'a pas eu besoin de se creuser beaucoup la cervelle pour s'en souvenir !

Le sous-directeur laissa échapper un long soupir.

— Donna, vous croyez vraiment que cette femme a tout manigancé ? Tout, l'avion, la bombe ?

Elle répondit d'un hochement de tête vigoureux.

— Très bien, conclut Tony en tendant la main vers le combiné le plus proche. A partir de maintenant, Vivian Henry est l'ennemi numéro un. Et comme il est possible qu'elle entende nos conversations, je ne peux rien dire au commandant !

— Il sait peut-être déjà tout. Si elle les a pris en otages...

Il allait se connecter à la ligne quatre lorsqu'elle le retint d'un geste.

— Quoi encore ? demanda-t-il, impatienté.

— En ce qui concerne ScotAir, on vient juste d'apprendre qu'ils ne se poseront pas à Pax River. Ils ont failli y rester en essayant une première fois. Maintenant, ils demandent à s'éloigner vers l'ouest. Ils ont eu chaud, d'après ce qu'on m'a dit.

Avec un nouveau soupir et une grimace exaspérée, Tony DiStefano enfonça une touche sur le cadran téléphonique.

Aéroport national de Washington, 17h35

La main crispée sur son écouteur dans l'attente d'une prochaine conversation entre le FBI et le vol ScotAir, Pete Cooke saisit de l'autre le téléphone qui s'était mis à sonner devant lui, sans même se demander qui pouvait bien l'appeler sur cette ligne.

— Pete Cooke ?

— Oui. Qui est à l'appareil ?

Au moment où son correspondant se présentait comme un journaliste d'ABC, il entendit dans son oreille gauche la voix d'une jeune femme qui demandait au commandant du Boeing de patienter.

— ABC ?

— Oui.

— Qu'est-ce que vous... Pourquoi vous m'appelez ?

— Visiblement, vous travaillez sur la même histoire que nous. On a nos sources, vous avez les vôtres, mais c'est une très grosse histoire et elle n'attend pas... On voudrait recouper.

— J'aimerais comprendre de quoi vous parlez exactement, feinta Pete tout en devinant d'instinct la réponse qui allait venir.

— Il semble qu'une bombe nucléaire activée se trouve actuellement dans l'espace aérien de Washington, une arme nouvelle qui risque de détruire toutes les ressources informatiques du pays, sans parler des quelques millions de victimes de l'explosion initiale. Vous venez d'en discuter avec un chercheur à la retraite, qui vous a donné plein de détails. Vous en avez peut-être encore d'autres... Ecoutez, Pete : vous êtes presse écrite, nous télé. Votre deadline, c'est demain. Nous, c'est tout de suite. On a besoin de confirmer certains points, et vous aussi, certainement. Si on s'entraidait ?

Prenant le combiné dans sa main gauche, le reporter du *Wall Street Journal* se passa l'autre sur le visage.

Voilà, il y avait déjà eu une fuite. Mais comment, bon sang ? Quelqu'un de son journal n'avait pas su tenir sa langue, à New York ?

Sa rage s'éteignit aussitôt. Le « confrère » d'ABC avait parlé de « confirmation ». Or, qu'avait-il dit à Ira ? Qu'ils devaient être sûrs avant de lancer quoi que ce soit. Qui sait, les fouineurs cathodiques avaient peut-être obtenu l'élément qui corroborerait sa découverte ?

— Dites d'abord ce que vous savez, vous, lança-t-il. Si ça colle, je partage.

— Ça me paraît correct. Vous avez un stylo ?

— Oui.

— Bon, on commence par une info bizarre, en provenance de Pax River...

13

A bord de ScotAir 50, 17h40

Etendant au maximum son bras pourtant long, Jerry Christian posa doucement une main osseuse sur l'épaule de son commandant de bord. Scott, qui venait d'achever sa conversation avec le FBI, était en train de se battre avec le combiné du téléphone de bord pour le faire rentrer dans son socle. S'ils avaient échappé aux pires turbulences, le Boeing continuait à osciller en s'éloignant vers l'ouest, loin du plus fort de l'ouragan mais pour une destination incertaine. Le clignotant d'alarme indiquant qu'un des trains d'atterrissage était défectueux baignait leurs visages d'une lumière rouge intermittente.

— Scott, il nous reste douze tonnes cinq de kérosène. Ce qui veut dire pas plus de trois heures d'autonomie, en fonction de la route que tu prends, mais encore moins si on reste à faible altitude.

Le pilote se tourna vers Jerry pour lui adresser un signe d'acquiescement.

— Et nos amis du FBI, qu'est-ce qu'ils racontent ? intervint Doc Hazzard. Si j'ai bien compris, ils étaient plus que chagrinés d'apprendre que nous n'avions pas pu nous poser à Pax River...

— Okay. Nos amis du FBI, comme tu dis, nous proposent de nous rendre à la base aérienne de McGuire, dans le New Jersey, de prendre un circuit d'attente et de patienter le temps que leur fameux groupe d'experts arrive de Pax River. La Navy va les embarquer dans un de leurs appareils et les expédier là-bas. Je leur souhaite bon courage, avec ce vent ! — Du coin de l'œil, il aperçut le mécanicien qui secouait la tête d'un air incrédule. — Qu'est-ce qu'il y a, Jerry ?

— Pourquoi avoir choisi McGuire, Grand Dieu ? s'exclama celui-ci d'un ton révolté. C'est trop près de New York et de Philadelphie... Quant aux conditions météo, elles ne sont certainement pas meilleures qu'à Pax River. Enfin quoi, même si cet effet de la Méduse ou je ne sais trop quel nom est de la pure fantaisie, on se trimbale une bombe atomique capable de décimer dix, vingt millions d'individus ! Ils ont perdu la boule, dites ?

— Ils ne pensent pas que nous allons exploser, si je comprends bien, raisonna Scott.

— Mais tu imagines un peu ce qui est en jeu, là ? — Les yeux de Jerry lançaient des éclairs. — Que feront-ils si ce machin se déclenche pendant qu'on survole le New Jersey ? Rien qu'avec les radiations, les cancers se chiffreront par millions, il naîtra des enfants anormaux pendant des décennies, que sais-je encore... Et si en plus ça risque de provoquer l'onde dont ils parlent, pour quelles raisons nous envoyer près de New York, c'est-à-dire de la principale place bancaire du pays ?

— Très juste, approuva Doc, penché sur ses instruments, alors qu'il avait fait grimper le Boeing à quatre mille huit cents mètres et s'apprêtait à le garder à cette altitude.

La voix du contrôleur de Washington dans le haut-parleur vint interrompre leur discussion.

— ScotAir 50, je vois que vous vous stabilisez à seize mille pieds. Merci de vous placer maintenant à trois-zéro-zéro degrés et d'énoncer vos intentions.

Le commandant, qui avait attrapé son micro, marqua un temps d'arrêt pour lancer un regard à son copilote.

— Suggestions, Doc ? — Ce dernier soupira et fit non de la tête. — Jerry ?

— N... non, répondit le mécanicien. On est forcés de collaborer avec eux, non ? Mais McGuire... Décidément, je ne comprends pas leur logique. Tu ferais peut-être bien de les rappeler, après...

Ayant demandé une route pour la base de McGuire, Scott entra les nouveaux vecteurs tandis que le copilote faisait basculer le 727 sur la droite et branchait le pilote automatique. Il devinait que Scott voulait maintenant faire le point avec eux deux, aussi pivota-t-il légèrement dans son fauteuil en caressant pensivement son crâne un peu dégarni. Dans cette position, il ne pouvait qu'apercevoir le siège que venait d'abandonner Linda. Dès que le Boeing avait repris de l'altitude, et malgré ses mises en garde à propos des turbulences, la jeune femme avait préféré s'esquiver à l'arrière, annonçant qu'elle allait voir Vivian Henry. Brusquement, Doc se rendit compte que la présence de la jeune femme lui manquait, comme si elle rendait leur situation moins accablante. Et il n'était pas le seul à éprouver cette sensation, car il surprit le regard de

Scott posé sur le siège vide. Après quelques secondes de silence, le pilote prit la parole.

— Je... j'ai l'impression que nous sommes embarqués dans une galère qui nous dépasse totalement, vous savez. Est-ce qu'on peut y faire quelque chose ? Je ne vois pas. Il m'est arrivé de piloter des avions équipés de têtes nucléaires, mais me retrouver avec une bombe activée dans mon dos, à mon insu, ça, jamais... Et je ne parle même pas de la responsabilité de Dieu sait combien de millions de vies humaines qui sont à la merci de ce que nous allons faire, du moins en partie. Ce qui me hante, c'est ce qui va se passer s'ils n'arrivent pas à la désamorcer. Qu'est-ce qui nous restera, dans un cas pareil ?

— Essayons de récapituler, Scott, intervint le copilote pour tenter de mettre de l'ordre dans les esprits, y compris le sien. Premièrement, l'appareil que nous avons derrière n'est peut-être qu'une maquette, mais personne, ni les autorités ni nous, ne veut prendre le risque d'agir comme si. Deuxièmement, en admettant qu'il s'agisse d'une véritable bombe, il reste moins de deux heures et demie avant qu'elle n'explose. Et alors, à moins d'avoir mis une bonne centaine de kilomètres entre elle et nous, nous sommes morts, nous aussi.

— Troisièmement, coupa Scott, aucun d'entre nous ne sait comment désamorcer cet engin, donc notre seule chance est d'arriver assez vite quelque part où un expert pourra intervenir, à condition qu'il soit capable d'arrêter le compte à rebours. Vous êtes d'accord ? Parce que, étant entendu qu'on ne peut pas larguer une cargaison d'un 727 en vol, la seule autre possibilité est de se poser quelque part et de transborder la bombe sur un C-141 ou un C-130 qui, lui, pourra la lâcher en mer. S'il n'y avait pas ce fichu ouragan, ce serait faisable, mais là, dans ces conditions, chaque minute qui passe rend cette solution plus impossible. Et nous, nous sommes quasiment des terroristes si nous continuons à survoler la côte est ! Vous imaginez ce que le clampin moyen penserait de nous, maintenant, s'il savait ce qu'on est en train de transbahuter au-dessus de sa tête ?

— Excellente publicité pour notre petite compagnie, non ? plaisanta Doc.

— N'est-ce pas ? Non, sérieusement, comment vous réagiriez, vous, si vous appreniez qu'un avion survole votre ville avec dans sa soute de quoi carboniser le moindre être vivant à au moins cinquante kilomètres à la ronde ? En fin de compte, je me fous de cette Méduse ! Une explosion nucléaire, c'est assez pour me ronger les sangs.

— Et dans le cas où on se pose à McGuire mais où les experts n'arrivent pas à la désamorcer ? renchérit Jerry. Tu as toi-même envisagé cette possibilité, Scott. Ou si on n'arrive pas à la charger sur un autre avion ? Eh bien, nous serons à jamais le maudit équipage qui l'aura placée à portée de New York, de Philadelphie...

Doc se redressa d'un bloc dans son fauteuil, choqué, tandis que Scott ajoutait d'un air pensif :

— Il y a une autre possibilité... Ils peuvent faire sauter l'avion, avec la bombe dedans. Rien qu'en l'incendiant, ça marcherait, je le sais.

— Comment ça ? protesta Doc qui n'en croyait pas ses oreilles. Mais ça revient exactement au même, voyons !

— Non, non, ça ne déclencherait pas la réaction en chaîne. En fait, c'est ce que prévoient les militaires pour empêcher l'ennemi de s'emparer d'une tête nucléaire. J'ai eu des topos là-dessus, dans la Navy. Il suffit de la faire brûler, ou de placer une charge d'explosifs surpuissants qui détruisent ceux de la bombe. L'idée, c'est de neutraliser les détonateurs avant que la réaction atomique proprement dite ne commence. Le hic, c'est qu'on ne peut plus contrôler la radioactivité, dans ce cas. Le cœur de la charge n'est plus protégé, alors il y a dissémination, évidemment. Avant qu'ils le fassent, il faudrait qu'on soit déjà loin de la base, nous...

— Mais oui, alors ! s'exclama Jerry, tout à coup soulagé. S'ils n'arrivent pas à la désamorcer, ils peuvent toujours la faire sauter ! — Il eut un petit rire, sans paraître pour autant amusé. — A condition qu'on se soit posés et qu'on ait quitté l'avion, bien sûr...

— Eh, vous oubliez quelque chose, vous deux, lança Doc d'une voix accablée.

— Quoi ?

— Et Vivian, alors ? Qu'elle s'éloigne de quelques mètres et tout pète.

Les trois hommes restèrent un moment silencieux. Ce fut Jerry qui se lança le premier.

— Bon, on n'est pas entièrement certains que son mari dise... ait dit la vérité là-dessus, non ? C'est peut-être vrai, c'est peut-être faux ! Pourquoi prendre ses menaces au pied de la lettre ?

— Oui, mais est-ce qu'on peut tenter le coup ? interrogea Scott. On sait que le système détecte ses mouvements, mais on ne sait pas s'il nous accordera encore un avertissement...

Après avoir vérifié d'un coup d'œil que le pilote automatique fonctionnait normalement, Doc donna son avis :

— Je crois que si. Ouais. Ce salaud voulait la torturer, il a tout prévu pour. Il va continuer et continuer avec ses avertissements, juste pour la rendre dingue.

— Donc, compléta Jerry, au cas où le désamorçage serait impossible, on pourrait tester sa réaction en éloignant progressivement Vivian de la bombe ?

Scott surenchérit, maintenant séduit par l'idée :

— Le système ne s'est pas rendu compte qu'on était très loin du Pentagone, après tout ! On est à des kilomètres et on est toujours vivants.

Comme s'il venait de se rappeler quelque chose, Doc les coupa soudain :

— Scott, l'un d'entre nous devrait aller voir comment ça se passe, derrière. Vivian, je l'ai attachée, mais je n'aime pas trop que le Dr. McCoy se promène seule dans la cabine.

Le commandant détacha aussitôt son harnais et sa ceinture de sécurité.

— Je vais jeter un œil. Tout à l'heure, on lui a flanqué une trouille bleue, à Linda...

— Tout à l'heure, on s'est flanqué une trouille bleue, à nous tous ! corrigea Doc.

Jerry Christian, lui, n'était pas d'humeur à plaisanter.

— Avant que tu t'en ailles, Scott, j'aimerais qu'on envisage encore une hypothèse, nous trois.

Scott s'arrêta net. Il reconnaissait le ton que venait de prendre son mécanicien, une nuance subtile qui, chez cet homme plutôt flegmatique, exprimait une réelle inquiétude.

— Oui, Jerry ?

— Ça m'embête beaucoup de dire ça, mais... mais à force de voir en Vivian une victime, on a tous négligé une autre possibilité.

— Quelle autre possibilité ? s'étonna Scott qui ne voyait pas où le mécanicien voulait en venir.

— J'aime bien Vivian, j'espère que je me trompe, et pourtant...

— Et pourtant quoi, Jerry ? s'impatienta Scott.

Doc lui aussi s'était tourné et scrutait les traits contractés du mécano.

— Bon. Supposons... supposons, je dis bien, que ce n'est pas son ex-mari qui est derrière tout ça, mais elle, elle seule. Parce que enfin il est mort il y a deux ans, hein ? Sous cet angle, ça vous paraît comment ?

— Complètement idiot, celui-là ! protesta Doc avec une moue scandalisée.

— Attends, attends ! lança Scott en levant une main pour tempérer son copilote. Tu veux dire que d'après toi elle pourrait avoir tout monté, elle ? Mais dans quel but, Jerry ? Pour parvenir à quoi, nom d'un chien ?

— Je n'ai pas de réponse. Je n'instruis pas un procès, vous comprenez ? Je voulais seulement évoquer une hypothèse que nous n'avons pas considérée, jusqu'ici.

Doc et Scott échangèrent un regard perplexe. Le silence tendu qui s'installa fut presque immédiatement rompu par la sonnerie du téléphone de bord.

C'était Tony DiStefano, avec lequel Scott échangea quelques phrases avant de raccrocher, l'air franchement sidéré.

— Qu'est-ce qu'il y a ?

— Enième changement de cap, annonça le pilote. Apparemment, ils se sont aperçus que Jerry avait raison, que McGuire est trop près de New York et de Philadelphie. Du coup, on va au sud maintenant, à la base aérienne Seymour-Johnson, en Caroline du Nord.

— Très bien, commenta Doc d'un ton dégoûté, comme d'habitude nos responsables ont de la suite dans les idées ! Rien d'autre ?

— Il m'a posé une question vraiment bizarre, poursuivit Scott en cherchant le regard de Jerry : il voulait savoir si Vivian Henry pouvait entendre notre conversation. Je lui ai demandé pourquoi mais il n'a pas voulu répondre...

Washington est, 17h40

Doris avait raccroché depuis cinq bonnes minutes lorsque sa mémoire se réveilla subitement. Ce n'était pas de sa faute : se faire interroger par le FBI lui avait brouillé momentanément les esprits. Maintenant, elle revoyait le nom écrit au marqueur sur le dossier posé devant elle, le nom de la harpie en manteau de fourrure qui avait menacé de poser une bombe dans les locaux de la DRH. Ce n'était pas Henry, mais Watkins.

Elle resta un long moment assise sur le canapé élimé de son living, encore plus anxieuse qu'avant l'interrogatoire téléphonique, essayant de réfléchir posément. Il fallait sans doute rappeler la femme du FBI, lui avouer qu'elle s'était trompée de personne. Mais si l'autre se fâchait, déclenchait des représailles ? Car elle avait fait plus que se tromper, elle avait menti. Ils pourraient parfaitement la licencier.

Oui, mais ils n'en savent rien, tant que je ne leur dis pas !

Cette Vivian Henry était à tous les coups une autre divorcée, tout aussi imbuvable. Même si elle n'avait pas formellement menacé son service, elle avait dû y penser, ce qui était presque aussi grave ! Elle avait fait appel à la décision prise par elle, Doris, ce qui en faisait une ennemie. Elle avait contesté les décisions de l'administration, leur avait coûté un temps inutile, avait été enfin déboutée sans aucune ambiguïté par la justice. Oui, elle se souvenait de l'arrêté de la cour d'appel, maintenant, de la satisfaction qu'elle avait éprouvée à le lire. Une semaine s'était écoulée, depuis, et elle pensait toujours que cette pimbêche avait eu ce qu'elle méritait, à vouloir jouer aux plus malignes avec elle.

Le poste de téléphone, sur une petite table voisine, paraissait la narguer. « Tu es dans de beaux draps, avait-il l'air de proclamer, si tu annonces au FBI que tu leur as menti, tu vas voir ! »

Pour l'autre, les conséquences seraient minimes, de toute façon. La veuve Henry n'allait certainement pas se retrouver en prison pour avoir menacé une simple fonctionnaire comme elle ! Ce serait trop beau, même : à la DRH, ils récoltaient des insultes toute la journée, mais personne n'était puni pour autant...

Si je rappelle, j'aurai des ennuis, moi, raisonna-t-elle. *Si je me tais, rien ne se passera, ni pour elle ni pour moi.*

La logique était impeccable. Et elle n'allait pas s'inquiéter pour quelqu'un qui avait osé traîner son service devant les tribunaux !

Elle attrapa la télécommande de la télévision, pressa la touche « on », et se laissa captiver par le premier programme minable sur lequel elle tomba.

Rédaction d'ABC Télévision, New York, 17h48

Avec les informations fournies par Pete Cooke, qui complétaient le puzzle et ne laissaient plus place à l'hésitation, la direction de la chaîne avait donné son feu vert à un flash sur la crise en cours. A travers l'ensemble du pays, tous les programmes furent interrompus pour l'intervention en direct de Peter Jennings, des studios new-yorkais.

L'apparition sur l'écran du présentateur vedette figea dans un silence de mort les rédactions des chaînes concurrentes comme les officiels réunis dans le Bureau ovale et à la cellule de crise de la Maison Blanche.

« Un drame se produit actuellement dans le ciel agité de la côte est des Etats-Unis, un drame impliquant un avion de transport civil qui pourrait, d'après nos informations, être porteur d'une arme nucléaire. Cet appareil, un Boeing 727 volant aux couleurs d'une petite compagnie du Colorado, ScotAir, devait initialement se poser à l'aéroport national de Washington. Il y a moins d'une heure, cependant, le FBI lui a donné l'ordre de rejoindre une base aéronavale au sud de la capitale, Patuxent River. En raison des perturbations dues à l'ouragan Sigrid, l'avion a été contraint au dernier moment de renoncer à l'atterrissage. Il se dirige actuellement vers une autre destination, que nous ne connaissons pas pour l'instant, toujours sur la côte est.

« La Maison Blanche et d'autres services du gouvernement

ont immédiatement démenti ces informations, mais certaines de nos sources, qui ont été en mesure d'écouter les liaisons téléphoniques entre l'appareil et les responsables officiels, confirment que la tentative d'atterrissage à la base de la Navy était destinée à permettre à une équipe de spécialistes de désamorcer une bombe atomique, apparemment contenue dans la cargaison du Boeing. En ce moment même, la rédaction d'ABC tente d'apprendre... où a été envoyé l'avion. Selon nos informations, l'équipage pense qu'un compte à rebours a commencé, qui déclenchera automatiquement l'explosion de l'arme dans moins de trois heures maintenant.

« Nous avons pu obtenir des détails sur la nature de cette bombe. Il pourrait s'agir d'une arme que des experts américains ont essayé de mettre au point dans les années soixante et soixante-dix, une arme conçue non seulement pour tuer mais aussi, plus spécifiquement, pour paralyser entièrement une société développée telle que la nôtre en empêchant de fonctionner tous ses systèmes informatiques d'échanges financiers, de communications, et jusqu'à la chaîne de télévision que vous recevez à cet instant. »

Le flash se poursuivit par une description détaillée de l'effet de la Méduse, et des spéculations scientifiques à propos de sa faisabilité. Dans toutes les rédactions concurrentes, le branle-bas de combat avait sonné afin de rattraper le retard pris sur ABC. Un quart d'heure plus tard, la stupéfiante nouvelle avait été relayée par les télévisions et la plupart des radios du pays. Le long de la côte est battue par les vents, on se mit à regarder le ciel et à chercher à deviner, malgré les nuées menaçantes, où l'avion messager de mort pouvait se trouver.

Siège central du FBI, Washington, 17h51

Le visage gris de contrariété, Tony DiStefano raccrocha rageusement le téléphone, à la grande surprise des agents qui l'entouraient.

— Donna, trouvez une télé et allumez-la. Un enfoiré a balancé cette histoire à la presse !

Et il lança le stylo qu'il tenait dans sa main contre le mur.

— Qu'est-ce qui se passe ? demanda quelqu'un.

— ABC vient d'annoncer qu'une bombe atomique va exploser au-dessus de nos têtes dans à peine trois heures !

— Tony... c'est la vérité, finalement.

— Je sais ! Mais il ne fallait surtout pas provoquer la panique générale ! Or c'est exactement ce qui se passe là-bas — il montra d'un doigt vengeur le combiné qu'il venait de reposer —, à la Maison Blanche !

— Ils nous reprennent les rênes ?

— On tient tant que ça à les garder ? s'exclama avec une amère ironie le sous-directeur tout en se laissant tomber sur une chaise pivotante.

Il contempla un instant la fenêtre en face de lui. Depuis une heure, c'était le même spectacle de lourds nuages noirs, de rafales de pluie venant attaquer les vitres, de silhouettes d'arbres convulsées au loin.

— Si jamais cette bombe explose près d'une zone peuplée, n'importe où... Grâce à Dieu, on les a fait s'éloigner, mais même en Caroline du Nord, même s'il n'y a pas d'effet de la Méduse, les pertes seront... Vous savez ce qui vous arrive si vous avez le malheur de regarder dans la direction d'une explosion atomique au moment où elle se produit ? Vos rétines brûlent. Instantanément.

— Et avec l'effet Méduse ?

— Alors tout le pays est fichu... — Il se releva d'un bond. — Allez, ne nous dispersons pas. Voici où on en est : à la demande insistante de la Maison Blanche, l'avion a été envoyé vers la base aérienne Seymour-Johnson. Là-bas, ils se préparent à évacuer les lieux, pour ne laisser qu'un petit contingent de police militaire, avec des armes lourdes. Le Pentagone travaille en ce moment à un plan pour larguer la bombe en mer au cas où on n'arriverait pas à la désamorcer. Quel plan exactement, je n'en sais rien. Ce n'est pas notre rayon. Nous, notre boulot, c'est de s'assurer que le Boeing se dirige bien vers la base puis, une fois au sol, de garder un œil sur l'équipage et d'arrêter Mrs. Henry afin de l'interroger. Les experts ne devront pas perdre une seconde pour essayer de désamorcer la bombe, alors on doit surtout éviter que cette femme fasse du chantage en restant avec et en menaçant de la faire exploser... Si c'est vraiment ce qu'elle a en tête. — Les yeux de Tony DiStefano passèrent d'un visage à l'autre devant lui, s'arrêtant sur celui de Donna. — Je précise que je ne suis toujours pas convaincu qu'il faille la considérer comme responsable. Je n'arrive pas à voir ce qu'elle aurait à y gagner, à part rendre la vie impossible au gouvernement de son pays.

— La vengeance, Tony, intervint Donna. Elle veut se venger.

— Elle est peut-être prête au suicide, renchérit Bill. Pourquoi tiendrait-elle à la vie, maintenant ? Avec tout ce qu'elle a déjà fait, elle n'aurait pas la moindre chance devant n'importe quel jury.

— Alors il faut qu'on découvre ce qu'elle veut, concrètement, et il nous reste à prier pour que cela soit dans la mesure de nos moyens, ou pour que nous puissions faire comme si ça l'était. Donna, continuez les recherches sur les autres personnes qui se trouvent dans cet avion, d'accord ? On pourrait tomber sur quelque chose qui nous aide.

— Tony, je peux faire une suggestion ? demanda un des agents.

— Bien sûr. J'écoute.

— Quelqu'un a-t-il eu l'idée de passer sa maison de Miami au compteur Geiger ? Ça pourrait répondre à pas mal de questions. Manipuler des matériaux fissibles sans laisser de traces, c'est impossible.

Tony le contempla quelques secondes sans rien dire.

— Je... je reconnais que je n'y ai pas pensé, et c'est regrettable. Vous pouvez vous occuper de ça ? Nos gars à Miami auront besoin d'un mandat de perquisition, le plus vite possible.

— Je m'en charge.

— Et s'il n'y a pas de radiations ? reprit le sous-directeur, comme s'il s'interrogeait à voix haute.

— C'est qu'il n'y a sans doute pas de bombe non plus !

14

Siège central du FBI, Washington, 17h55

Quand Donna réapparut, elle tenait une nouvelle liasse de fax à la main.

— Vous êtes prêt ? J'ai des infos sur deux membres de l'équipage.

— Allez-y, soupira Tony en s'asseyant lourdement et en recommençant à se masser le front.

— Le copilote, d'abord. Un John Turner Hazzard, dit « Doc », soixante-trois ans, né à Conway, dans l'Arkansas, fils d'un prêtre méthodiste. Engagé dans les Marines, guerre de Corée, bons états de service. Quitte l'armée en 1953, se paie des cours de pilotage avec les subventions octroyées aux GI, entre à la Pan Am en 1956 après avoir gagné sa vie en pilotant. Commandant de bord jusqu'à la faillite de la Pan Am dans les années quatre-vingt. Diplôme de Southern Illinois

University en 89, maîtrise à Syracuse en 92. Marié trois fois, divorcé trois fois. Pas de dossier de violences conjugales. Pas de violation des règlements de la FAA. Quelques amendes dans les dernières années, des gratinées pour stationnement illégal en 83, mais rien de plus sérieux. Pas de dossier chez nous, pas de casier, rien. Avant la Pan Am, il a occupé tellement d'emplois dans l'aviation que la FAA n'a pas tout gardé. Vit seul, à Colorado Springs.

— Difficile à soupçonner, celui-là. Gabarit ?

— Un costaud. A la dernière visite médicale de la FAA, un mètre quatre-vingt-onze pour quatre-vingt-sept kilos.

— Et ancien marine, hein ? Bon. Qui d'autre ?

— J'ai eu le mécanicien. Un Gerald Donald Christian, dit « Jerry », quarante-trois ans, né à Topeka, dans le Kansas, rien sur sa famille. Sorti diplômé de Kansas University en 75, licence de pilote privé même année, confirmé mécanicien aéronautique en 76, entre aussitôt à Northwest. Contrat de travail terminé en 85 pour résultats insuffisants aux examens de promotion. La FAA signale un accident sur petit avion en 83, sans conséquences graves. Pour le reste, impeccable. Pas de dossier chez nous, pas de trace de lui à l'armée, pas de casier, pas d'amendes, etc. Marié, trois enfants, habite Dallas avec eux. En 89, il a eu de sérieux problèmes d'argent.

— Et le commandant ?

— Militaire il y a peu de temps. Ça vient. Donnez-moi encore un quart d'heure.

La Maison Blanche, 17h56

Un étage au-dessus de la cellule de crise de la Maison Blanche, le conseiller à la Sécurité nationale et le chef de l'état-major adjoint s'étaient retirés dans un couloir discret pour échanger quelques mots loin des oreilles indiscrètes. Le général, quatre étoiles, venait juste d'arriver du Pentagone. Il dominait de trente bons centimètres le conseiller qui, malgré cela, le jaugea avec toute l'autorité que lui conférait son statut de proche collaborateur du Président.

— Ici, on sera tranquilles. Eh bien, John, je vous écoute.

— Nous avons trouvé un équipage des Forces spéciales pour évacuer cet avion au cas où nous ne pourrions pas désamorcer l'arme, mais...

— Vous voulez dire l'amener au-dessus de l'océan et la faire exploser en l'air d'une manière ou d'une autre ?

— Oui, l'armée de l'air a prévu de l'installer sur un missile de croisière pour contrôler sa chute. Parce que autrement, vous comprenez, les Bermudes ne sont pas loin, avec je ne sais combien de cargos qui transitent par là... Nous avons même un porte-avions qui est en train d'essayer de contourner l'ouragan par le sud. Question météo, c'est vraiment le pire moment !

— Bon, d'accord, alors où est le problème ? Pourquoi vouliez-vous me parler seul à seul ?

— Ecoutez, Stanley... Cette arme, il nous la faut.

Comme si elles l'empêchaient de bien voir son imposant interlocuteur, le conseiller retira ses lunettes.

— *Quoi ?* Je ne vous suis pas.

— En admettant que le scientifique en question ait réellement réussi à trouver comment produire un effet de la Méduse, nous devons apprendre ce que cette arme a dans le ventre, comment elle fonctionne. Au lieu de la faire exploser ou de la larguer en pleine mer, il faut absolument que nous arrivions à la désamorcer afin de pouvoir l'étudier. Concrètement, cela signifie expédier ce Boeing au-dessus de l'Atlantique avec au moins une heure de battement avant l'explosion programmée. Nous aurons à peu près besoin du même temps pour la désamorcer, d'après nos estimations.

Le haut fonctionnaire de la Maison Blanche n'en croyait pas ses oreilles.

— Vous voulez dire... vous voulez dire que vous êtes prêts à prendre des risques avec une arme atomique activée, juste pour voir ? Vous vous rendez compte de la chance que nous avons eue, déjà ? Enfin, cette bombe aurait pu exploser à la verticale de votre bureau ! Vous imaginez les pertes humaines qui sont en jeu ? La catastrophe historique qui risque de se produire si nous commettons la moindre erreur ?

— J'en suis parfaitement conscient.

— Je n'en suis pas si sûr. Est-ce que vous savez, aussi, que les médias sont maintenant sur le coup ? Je suppose que vous comprenez aussi très bien que nous ne pourrons pas cacher très longtemps à la presse ce que nous voulons faire de cette bombe, non ?

— Bien sûr que si. Mais il y a un enjeu capital pour la Défense nationale, dans cette histoire !

— Je suis bien placé pour le savoir ! Mais attendez, attendez... Expliquez-moi un peu ce que vous, les militaires, avez prévu au cas où vous ne pourriez pas la désamorcer ! Vous avez l'intention de la faire sauter au dernier moment, comme dans un James Bond ?

— Ça, c'était *Goldfinger*, Stanley ! 1964 ! Un très bon film, mais Bond ne fait pas sauter la bombe en plein Fort Knox, quelqu'un d'autre arrive et la désactive. Nous, en cas d'échec, pouvons la détruire dans les dix minutes qui suivent sans déclencher une réaction en chaîne.

— Et si vous vous trompez ?

— Ecoutez, ce sont des procédures que nous avons mises au point depuis des années pour les têtes nucléaires qui échapperaient à notre contrôle ! L'incinération est plus aléatoire, donc nous avons déjà prévu les explosifs nécessaires, ils seront bientôt à la base. Pendant que les artificiers tenteront de débrancher l'horloge interne de la bombe, on les connectera à la bombe.

— Et si cette horloge dit n'importe quoi ? Supposez qu'elle explose plus tôt que prévu, qu'elle ravage l'économie de notre pays, qu'elle extermine un bon million de personnes en Caroline du Nord, sans parler de vos hommes à vous ! Alors que nous aurions pu l'éloigner en toute sécurité, très loin de la côte... Allons, John, ne me dites pas que vous êtes prêts à prendre cette responsabilité pour la seule raison que cette arme vous intéresse !

— C'est la vérité, pourtant. D'après nous, il s'agit d'une technologie absolument vitale pour notre pays.

— Vitale ! Pourquoi ça ? Au cas où vous ne l'auriez pas remarqué, nous ne sommes en guerre avec personne !

Avec un soupir, le général inspecta les environs avant de répondre en pesant soigneusement ses mots, décidé à en dire le moins possible :

— Okay, Stanley, pour résumer : à la fin des années soixante-dix, nous avions deux quasi-certitudes. La première, c'était que nos principales installations, militaires ou civiles, étaient correctement protégées contre les perturbations électromagnétiques déclenchées par une éventuelle explosion nucléaire ennemie. La seconde, c'était que l'effet de la Méduse, pour reprendre son nom de code, n'existait et n'existerait pas.

— Et depuis, vous avez changé d'avis ?

— Depuis, deux décennies ou presque se sont écoulées. La société s'est profondément transformée : pratiquement toute l'activité économique mais aussi la plupart des foyers américains dépendent de l'informatique. Les efforts que nous avions déployés dans les années soixante et soixante-dix paraissent maintenant dérisoires : sans même parler de la Méduse, il suffirait d'une EMP très ordinaire pour perturber tous nos ordinateurs. Avec les conséquences que vous imaginez, en premier lieu pour notre système financier.

— Vraiment ? J'ignorais. J'ai lu des rapports là-dessus il y a des années, mais je pensais que c'était une affaire réglée. D'après ce que vous dites, si c'est un effet Méduse qui est en jeu, un cataclysme nucléaire serait le cadet de nos soucis ? Mais c'est effrayant !

— Effrayant, oui. Et je ne veux même pas imaginer ce qui se passerait si cette technologie tombait entre des mains mal intentionnées...

— D'accord, John, mais pourquoi décider tout d'un coup que cette invention était possible, après l'avoir décrétée infaisable ? Bon sang, c'est l'armée qui a fait supprimer ce programme de recherches il y a vingt ans, non ?

— Il y a vingt ans, personne n'affirmait avoir conçu un prototype opérationnel. Par ailleurs, il y a eu plusieurs études top secret, dans les années quatre-vingt, qui ont rouvert le débat en revenant sur la faisabilité de l'effet Méduse. Mes prédécesseurs n'en ont rien su, mais nous, aujourd'hui...

— Donc, pour résumer, si cette arme n'est pas la Méduse, vous n'avez rien à en tirer et nous pouvons la faire exploser au large ; dans le cas contraire, il faut que nous la gardions sur notre territoire pour l'étudier et empêcher que quiconque nous menace avec dans l'avenir... Un peu paradoxal, non ? — Le conseiller à la Sécurité nationale eut un petit rire hésitant. — Nous n'avons même pas besoin d'ennemis, là : nous créons nous-mêmes la menace ! Il y a encore une question à laquelle j'aimerais que vous répondiez, John.

— Je vous écoute.

Ce savant a-t-il réellement pu se procurer des matériaux fissibles ? Je croyais que nous pouvions compter sur vous autres pour empêcher que le plutonium se balade n'importe où !

Le général soupira à nouveau, cette fois d'un air

plus abattu. Le souvenir d'un briefing ultra-confidentiel, réservé au seul chef de l'état-major adjoint des Etats-Unis et qu'il avait donc suivi en accédant à ce poste, hantait sa mémoire. Un secret militaire si capital que même la présidence n'en avait pas su la teneur, un bilan sans concession de décennies de production de matériaux nucléaires militaires dans ce pays : en fait, le Pentagone n'était pas en mesure de déterminer combien il en avait été fabriqué exactement, ni où ils se trouvaient. Et il soupçonnait le Département de l'énergie, sur le versant civil, de nager dans une incertitude identique.

— Ecoutez, Stanley, disons que nous devons considérer cette hypothèse comme possible. Dès que l'élément humain intervient, rien n'est absolument vérifiable, n'est-ce pas ? Ce Rogers Henry était chef de projet, il avait accès à tout ce qu'il voulait. Ses supérieurs ont-ils vérifié la destination de la moindre molécule passée entre ses mains ? C'est à eux qu'il faudrait le demander.

Le cou plié pour dévisager le militaire, le conseiller fit une grimace entendue, signifiant que le message implicite de ce constat avait été perçu.

— Très bien, John. Je vais transmettre vos recommandations au Président. Je pense qu'il va vouloir s'entretenir avec nous tous, d'ici peu. Votre groupe doit quitter Pax River quand ?

— D'un moment à l'autre, répondit le général en consultant sa montre. Ils doivent être tout juste en train de décoller.

Base aéronavale de Patuxent River, Maryland, 17h58

Aux commandes d'un bimoteur Grumman S-3, le jeune lieutenant de la Navy n'en menait pas large. Il se rappelait comment, deux mois plus tôt, il avait effectué un décollage à partir du porte-avions *John F. Kennedy* alors que la tempête balayait le pont à quelque quatre-vingts kilomètres à l'heure : combiné à la vitesse du navire, il s'était confronté à un vent de plus du double. Mais contrairement à ce qu'il expérimentait maintenant en se préparant à quitter la base de Patuxent River, il avait alors bénéficié de l'aide rassurante de la catapulte. Cette fois, il ne pouvait compter que sur ses hélices pour affronter l'ouragan. Perspective peu encourageante, qui lui paraissait plutôt suicidaire.

Lorsque, dans la salle de garde, il avait reçu par téléphone l'ordre de transporter d'urgence quelques personnes à la base Seymour-Johnson, en Caroline du Nord, il n'avait même pas essayé d'apprendre le but de cette mission : l'amiral qu'il avait en ligne n'aurait jamais répondu, de toute façon. Il avait objecté que les conditions climatiques rendaient tout décollage extrêmement périlleux, mais son supérieur n'avait rien voulu entendre. Sans savoir pourquoi, donc, il était en train de risquer sa vie, en même temps que celle des cinq officiers de la Navy et des deux représentants du FBI qui avaient embarqué dans son appareil.

Le roulage, à lui seul, avait été éprouvant : résistant aux rafales qui menaçaient de balayer l'avion hors du tarmac, il avait cependant pu gagner le bout de la piste en utilisant simultanément les freins et la puissance motrice. Désormais aligné, avec un vent qui soufflait furieusement sur sa droite, il ne pensait plus qu'à mettre les gaz et à s'élever au plus vite dans les airs. Plus rapidement il quitterait le sol, se disait-il, moins il risquerait un accident.

— Prêt ? demanda-t-il à son copilote qui lui répondit d'un regard résigné, où la peur était visible.

Le lieutenant lança les gaz, vérifia que les deux hélices restaient dans le bon alignement et débloqua les freins. Il eut l'impression que l'avion partait de guingois en avant puis se soulevait brusquement. Le pilote garda le plus longtemps possible le nez de l'appareil abaissé, afin d'accumuler assez de vitesse réelle. Ils foncèrent droit dans la tourmente, fouettés par la pluie tandis que l'aiguille de l'altimètre oscillait rapidement vers la droite.

— Trains rentrés, commanda-t-il.

Il fit basculer le Grumman sur la gauche, en direction du nord. Le radar météo ne leur était d'aucune utilité : l'écran n'était qu'un amas de taches rouges, signalant une accumulation de perturbations qu'aucun navigateur sensé n'aurait essayé de traverser. Avant le décollage, il avait renoncé à les décrypter, se résignant à ignorer une étrange formation en forme de crochet, de taille réduite, qui apparaissait au nord de la base. Soudain, elle fut sur eux.

Avec une sidérante brutalité, la tornade fondit sur l'appareil, qu'elle prit dans un étau de vents qui se déchaînaient à plus de cinq cents kilomètres à l'heure. Abasourdis par le vacarme, les deux pilotes sentirent que l'avion était littéralement soufflé de côté. Soumise à une pression plusieurs fois supérieure à sa résistance maximale, la structure céda instantanément : dans une volée de pièces métalliques, les ailes et la queue furent arrachées du fuselage. Tout aussi brutalement, le moteur droit se détacha, venant déchirer de son hélice la carlingue en plusieurs endroits avant d'être happé par le vide. Transformé en épave volante, le Grumman se désintégra en une noria d'éclats d'aluminium, expédiant ses occupants tels des projectiles inanimés au cœur de la tornade. En moins de deux secondes, un aéronef perfectionné avait été transformé en une pluie de débris qui s'abattit au nord de la base.

Sur le radar de la tour de contrôle, le vol spécial s'était scindé en une série de points lumineux qui disparurent en même temps que le transpondeur de l'appareil. Depuis la tour, la visibilité en direction du nord était nulle. Après plusieurs appels radio infructueux, les aiguilleurs, consternés, durent se résoudre au bout de trois minutes à l'idée que le Grumman et ses neuf passagers n'existaient plus.

Alors que les haut-parleurs de la salle de contrôle commençaient à répercuter la sonnerie lancinante d'une balise de localisation, l'officier de service prit son téléphone pour donner l'alerte.

A bord de ScotAir 50, 18h01

Linda McCoy revenait au cockpit lorsqu'elle aperçut le commandant de bord en train de se diriger vers l'arrière du Boeing.

— Scott ! — Elle l'agrippa par le bras, montra d'un signe de tête le fond de la cabine. — Il y a un nouveau message. Il faut que vous voyiez ça.

Il lui emboîta le pas jusqu'à la troisième palette, derrière laquelle ils trouvèrent Vivian Henry, debout, bras croisés, les yeux fixés sur l'écran mais restant à distance, comme si l'idée même de frôler la monstrueuse machine lui répugnait. Elle fixa Linda et Scott avant d'annoncer d'une voix hésitante :

— Il n'arrête pas de répéter le même avertissement, maintenant. Mais je n'y comprends rien.

Le pilote se pencha en avant pour lire les lignes qui scintillaient dans la pénombre :

JE SAIS QUE DES TENTATIVES SONT ACTUELLEMENT EN COURS POUR DÉPLACER CET APPAREIL. J'AI PRÉVU TOUTES LES ÉVENTUALITÉS À CET ÉGARD. MON INVENTION EST CONÇUE POUR DÉTECTER TOUT MOUVEMENT. DANS QUELQUE DIRECTION QUE CE SOIT. ELLE EST DÉPOURVUE DE LA MOINDRE COMMANDE PHYSIQUEMENT ACCESSIBLE QUI VOUS PERMETTRAIT D'INFLUER SUR SON FONCTIONNEMENT OU DE LE CONTRARIER. SI VOUS TENTEZ DE LA CHANGER DE PLACE, LA DÉFLAGRA-

TION SERA IMMÉDIATE, SANS AUTRE AVERTISSEMENT PRÉALABLE. JE PRÉCISE AUSSI QU'IL EST INUTILE D'ESSAYER DE NEUTRALISER SON DÉTONATEUR EN AYANT RECOURS AU FEU OU À DES EXPLOSIFS SURPUISSANTS. IL NE S'AGIT PAS D'UNE TÊTE NUCLÉAIRE CLASSIQUE. SI BESOIN EST, LE DÉTONATEUR SE DÉCLENCHERA AVANT QUE L'ENVELOPPE DE LA CHARGE NE SOIT ATTEINTE. VOUS DISPOSEZ ENCORE D'UNE HEURE ET CINQUANTE-NEUF MINUTES POUR PROCÉDER À L'ÉVACUATION DU PENTAGONE ET DE WASHINGTON.

Scott McKay se redressa avec une expression où la stupéfaction se mêlait à l'angoisse.

— Vous voyez ce que je voulais dire ? renchérit Vivian. — N'obtenant pas de réponse du commandant de bord, fasciné par l'écran, elle se tourna vers Linda. — Ce qui me dépasse, c'est qu'il... c'est que le système prétend pouvoir détecter n'importe quel mouvement, alors que depuis le début nous ne faisons que cela, bouger ! Monter, descendre, partir dans un sens puis dans l'autre...

— Grand Dieu !

Scott, qui l'avait coupée, lança aussitôt un regard d'excuse aux deux femmes.

— Eh bien quoi ? interrogea Linda, qui avait sursauté.

Une brusque turbulence la déséquilibra, l'obligeant à se rattraper à une sangle de la palette tandis que Scott manquait tomber en s'élançant à l'aide de Vivian Henry, qui avait été dangereusement projetée sur la droite. Lorsque l'avion reprit une course plus calme, le pilote se tourna vers sa passagère.

— Non, rien, Linda. Une idée seulement.

— Vous pourriez peut-être nous la faire partager ?

— D'accord, admit Scott après les avoir dévisagées l'une et l'autre. Ce machin se prétend capable de détecter tout changement de position. Il est évident que c'est faux. Par ailleurs, il pense être encore au

Pentagone. Je parie ce qu'on veut qu'il y a un système de navigation inertiel là-dedans, et que le programme a dû se bloquer d'une manière ou d'une autre lorsqu'il a détecté que nous passions à l'emplacement du Pentagone.

— Et donc ? interrogea Linda, tout ouïe.

— Donc, on pourrait aussi bien jeter cette boîte de malheur par-dessus bord, ou l'emmener là où ça nous chante : ça lui ferait le même effet. — Scott braqua ses yeux dans ceux de Vivian. — J'ignore si votre ex-mari a voulu bluffer ou non. Vous avez dit que ce n'était pas son genre, vous avez peut-être raison. Il est possible que son invention ait mal fonctionné. Ce qui est certain, en tout cas, c'est que ce fichu truc n'a pas la perception du mouvement. Sur ce point, vous raisonnez juste, Vivian.

D'un geste impulsif, cette dernière se rapprocha de l'écran qu'elle considéra un moment avant de porter un regard indéfinissable sur le pilote.

— Toutes ces années... toutes ces années j'ai cru le moindre mot qui sortait de sa bouche, uniquement parce qu'il le voulait ainsi. Maintenant... Oui, il est temps que cela cesse.

A pas lents, elle revint vers Scott et Linda puis continua vers l'extrémité de la cabine. Elle s'éloignait lorsque le commandant de bord comprit ce qu'elle était en train de faire.

— Vivian ! Pour le pacemaker, c'est autre chose !

— Je refuse de le croire, c'est tout, affirma-t-elle d'un ton étonnamment énergique et audible.

Les yeux de Linda allèrent de la bombe à Vivian Henry dans un aller-retour clairement paniqué. Elle était à plus de trois mètres, maintenant. Sans hésitation, elle dépassa la limite fatidique. Scott retenait son souffle.

L'objet imaginé par Rogers Henry ne réagit pas : ni alarme ni message. Scott se souvint de l'hypothèse de Doc : le chantage au pacemaker était peut-être, lui aussi, une supercherie.

Vivian était arrivée au bout de la cabine, non loin des toilettes de l'arrière.

Encore un mensonge ? Dans ce cas, tout ne serait donc qu'une sinistre blague ? Un instant, Scott se prit à imaginer ce que serait sa réaction si une telle conclusion s'imposait. Penser qu'ils avaient tenté un atterrissage à Pax River au péril de leur vie pour rien, à cause du seul caprice d'un maniaque...

Une main posée sur le levier de la porte arrière, Vivian Henry se retourna vers eux. De loin, elle semblait sourire, le premier sourire que Scott se rappelait lui avoir vu depuis qu'elle était montée dans son avion. Il prit sa respiration. Linda, à côté de lui, émit un petit gloussement nerveux.

Comme si elle saluait les acclamations de son public, Vivian écarta gracieusement les bras et ébaucha une sorte de révérence.

— Bien vu ! cria Scott.

Son exclamation résonna dans la partie postérieure de la cabine, presque vide. Mais elle fut aussitôt couverte par une autre voix, métallique, tonnante. La voix du savant disparu.

« Vivian Henry s'est éloignée plus qu'il ne lui était permis, au mépris de mes ordres ! Vous étiez prévenus. Pour éviter une déflagration immédiate, elle doit toucher cet appareil dans les cinq secondes qui suivent ! »

La malheureuse ne se donna même pas le temps de la surprise. Elle s'élança en avant, courut à toutes jambes, passa comme une flèche devant Scott et se précipita contre la face de métal, le visage décomposé par la terreur. Elle n'avait eu que le réflexe de croiser ses bras devant elle pour se protéger du choc.

« Ton retour a été détecté, Vivian. »

La voix numérique s'éleva presque simultanément à l'impact.

« Mais tu as désobéi. La déflagration va se produire maintenant dans trente secondes. Médite sur les millions de morts que ton entêtement va causer, Vivian. Tu as commis une dernière erreur, une erreur fatale. »

Une autre voix inhumaine, sortie de l'ordinateur, entama un compte à rebours inexorable. Linda et Scott se regardaient, écrasés par le désespoir.

« Vingt-huit, vingt-sept, vingt-six... »

Comme en contrepoint, Vivian Henry répétait en sanglotant :

— Non ! Non ! Salaud !

« Vingt-trois, vingt-deux, vingt et un... »

D'un bond, Linda fut devant l'écran. Repoussant Vivian de côté, elle se mit à faire courir des doigts affolés sur le clavier, formant toutes les combinaisons qui lui venaient en tête, guettant vainement une réaction de la machine.

« Dix-neuf, dix-huit, dix-sept... »

Dans le cerveau de Scott, les idées se télescopaient à une vitesse qui transformait ce sursis en éternité. Ils avaient commis une erreur fatale, oui. Trop sûrs d'eux-mêmes, ils avaient poussé à bout cette invention diabolique. Il était trop tard pour revenir en arrière. Et personne avec qui argumenter, à qui demander grâce... La mort était une réalité qui se dressait devant lui, à cet instant. Doc et Jerry ! Puisqu'ils allaient tous mourir, il devait les alerter, au moins ! Il aurait peut-être le temps de les prévenir, certainement pas de leur expliquer. S'il courait au cockpit, tout de suite...

Et puis, brusquement, les mots que Doc avait prononcés une demi-heure plus tôt vinrent le frapper comme la foudre : « Ce salaud voulait la torturer, avait affirmé le copilote, il a tout prévu pour. Il va continuer et continuer avec ses avertissements, juste pour la rendre dingue. »

En voyant Vivian Henry tomber à genoux, les traits noyés de larmes, martelant de ses poings impuissants la coque d'acier de la machine infernale, tandis que Linda continuait à taper sur le clavier sans espoir, Scott se dit que tout était en train de se passer conformément aux plans de Rogers Henry.

« *Quinze, quatorze, treize...* »

Soudain plein de calme et de détermination, Scott tendit le bras à travers la fente et écarta du clavier la main droite de Linda. Elle lui jeta un regard atterré, comme s'il était devenu fou, alors que le décompte continuait, imperturbable.

« *Dix, neuf, huit...* »

— Qu'est-ce qui vous arrive ? Laissez-moi, enfin !
— Il ne se passera rien, Linda !

« *Six, cinq...* »

— Il faut l'arrêter ! hurla la jeune femme en essayant de dégager sa main.

« *Quatre, trois, deux...* »

— Linda, c'est bidon !

« *Un.* »

Le silence se fit. Les yeux hagards de Linda passaient de Scott à la Méduse, puis à Vivian, toujours à genoux, toujours sanglotante.

Durant une trentaine de secondes, il n'y eut d'autre bruit que celui du fuselage fendant l'air tourmenté. Et puis la voix de Rogers Henry, plus sardonique que jamais :

« BOUM ! »

Sans sommation, l'écran se vida pour reprendre le compte à rebours initial, une série de chiffres digitaux : 01.57.

Les paupières closes, Linda tomba contre la poitrine du pilote, s'agrippa à ses épaules. Il la soutint timidement un instant avant de l'écarter un peu et de lui tapoter le dos. Lorsqu'elle appuya sa tête sur lui, il sentit qu'elle tremblait de tout son corps. Mais elle se ressaisit et reprit son aplomb, prenant discrètement la main de Scott entre ses paumes.

— J'ai tellement honte...

— Il ne faut pas, répliqua doucement Scott. Moi aussi j'ai cru que c'était la fin, pendant un moment. Vous avez essayé de l'éviter.

Elle le regarda droit dans les yeux.

— Comment avez-vous... compris ?

— Grâce à une remarque de Doc, un peu plus tôt. Comme d'habitude, il avait vu juste.

Ils restèrent un moment sans bouger, la main de Scott toujours prise dans celles de la jeune femme, avant d'aider Vivian Henry à se remettre debout et, comme elle en exprimait la volonté, à se réinstaller sur la couverture qu'elle occupait auparavant.

— Vous voyez ? souffla-t-elle une fois assise. Il ne bluffait pas. Il a toujours le dernier mot.

— Mais non ! protesta Scott qui, avec Linda, s'était agenouillé près d'elle. La preuve, c'est que nous sommes toujours en vie !

— Pour le pacemaker, en tout cas, il ne mentait pas. Il veut toujours ma mort. Il veut juste savourer l'instant.

Linda lui prit le visage entre ses mains, l'obligea à la considérer en face.

— Ecoutez-moi, Vivian ! Rogers Henry ne peut rien savourer du tout. Il est mort, vous comprenez ? Il a programmé cette machine, d'accord, mais nous sommes plus forts qu'elle ! Elle n'est pas infaillible, nous le savons, Vivian ! C'est un point faible, plus le fait que nous connaissons le véritable but de cet homme : vous faire souffrir jusqu'au bout. Tout cela nous laisse nos chances.

Avec un pâle sourire, Vivian lui pressa la main et

détourna les yeux, sans remarquer l'air interloqué de Scott : que voulait-elle dire par « nous laisser nos chances » ? Que pouvaient-ils faire de plus ? Ils dépendaient entièrement de ce que les experts venus de Pax River seraient capables de trouver...

D'un geste décidé, Linda replaça la courroie autour de la prisonnière.

— Il faut qu'on retourne devant, Vivian, mais on va revenir très vite.

Siège central du FBI, Washington, 18h05

Tony DiStefano et son équipe étaient sous le choc. A la nouvelle de l'accident de Patuxent River, une armada de fonctionnaires et de responsables militaires s'étaient lancés à la recherche d'une solution, mais les femmes et les hommes du FBI savaient que l'expertise nécessaire au désamorçage d'une arme aussi inédite que la Méduse était des plus rares, et que dans l'épave du Grumman gisait sans doute leur dernière chance.

— Qu'attendez-vous de nous maintenant, Tony ? demanda, dans un silence de mort, un des agents lorsque le sous-directeur les eut mis au courant.

DiStefano soupira, un bras tendu dans la direction du Potomac.

— Le directeur vient juste de me contacter : afin d'unir toutes les forces, pour reprendre ses termes, le Pentagone prend la direction des opérations. C'est à eux de jouer, désormais. Nous, nous nous contentons de suivre et d'aider dans la mesure de nos moyens.

— Ce qui signifie quoi ? s'étonna Donna. Que nous sommes responsables de cette tornade et de la perte du Grumman ?

Sans dissimuler son irritation, le sous-directeur voulut couper court à toute polémique.

— La guerre des services, vous ne connaissez pas ? Si c'est une bombe, c'est l'affaire des militaires, point.

— Et pour les soupçons qui pèsent sur Mrs. Henry, ils sont au courant ?

— Vous n'allez pas manquer de le leur expliquer, n'est-ce pas, Donna ?

— Si... si c'est la consigne, oui.

— Ça l'est, oui... — Tony DiStefano lança un regard circulaire sur l'assistance. — Voilà, nous sommes toujours chargés de placer cette femme en état d'arrestation dès que possible. La bombe, elle, revient aux cracks de l'armée.

— Vous pensez qu'ils vont foirer ? demanda Bill tout de go.

Le sous-directeur observa une brève pause.

— Vous avez fait l'armée ?

— Dans l'aviation.

— Bon... puisque vous savez d'expérience à quel point le tempérament militaire se caractérise par sa subtilité et son goût de l'innovation, je vous laisse apprécier leur capacité à gérer une crise qui constitue sans doute le plus grave danger qu'aient jamais couru les Etats-Unis d'Amérique.

— Je vois ce que vous voulez dire, approuva Bill en hochant tristement la tête. Mais on peut encore espérer qu'il ne s'agit pas d'une vraie bombe...

— Non, on ne peut pas !

A cette interruption, tous les présents se tournèrent vers l'agent qui venait de surgir, un carnet de notes à la main.

— Tony, je viens juste d'avoir l'équipe de Miami au téléphone. Ils ont passé la maison et l'atelier des Henry au compteur Geiger, en combinaisons protectrices.

— Alors ?

— Ils ont trouvé des traces de plutonium. Ainsi qu'une cache plombée, dans le sol en béton, là où ce Dr. Henry a certainement dû en stocker. Ils ont découvert aussi un container avec le sigle de la Commission de contrôle nucléaire, et deux détonateurs pour charges atomiques, modifiés par Henry. Très trapues, les modifications, d'après eux. Ils ont vérifié le numéro de série du container : normalement, il devait être dans la réserve souterraine d'Hanford, en Virginie. Et selon toute probabilité, il est vide...

— Grand Dieu !

— Je le savais ! s'exclama Donna en bondissant sur ses pieds. Ces deux-là en avaient les moyens. Les moyens, et l'intention. C'est une vraie bombe !

Avant que DiStefano ait eu le temps de le lui suggérer, elle attrapa un combiné pour appeler le Pentagone.

15

A bord d'Air Force One, en route vers Tokyo, 18h05

Quittant sa couchette pour attraper l'interphone qui reliait sa cabine au cockpit du 747 officiel, à une trentaine de mètres à l'avant, le Président des Etats-Unis renonça à prendre quelque repos. Si son épouse avait pu échapper aux appels téléphoniques qui n'arrêtaient pas depuis le début de la crise en enfouissant sa tête sous un oreiller, il ne pouvait, lui, en faire autant.

Le commandant d'Air Force One, un colonel, répondit sur-le-champ.

— Jim ? Nous allons devoir faire demi-tour. Vous nous ramenez à Washington, aussi vite que possible.

— Bien, monsieur. Nous allons devoir effectuer une escale technique au nord de Juneau, pour le carburant.

— S'il le faut... Combien de temps pour revenir, en tout ?

— Je dirais un peu plus de neuf heures et demie, monsieur. Actuellement, nous survolons l'extrémité occidentale de la chaîne des Aléoutiennes.

— Ce sera tard, très tard, Jim ! On vous a mis au courant, au sujet de ce 727 ?

— Oui, monsieur.

Après avoir raccroché, le Président leva les yeux sur l'écran qui indiquait la position de l'avion. Le petit symbole animé était déjà en train de basculer vers l'est.

Se passant une main dans les cheveux, il prit un téléphone et se connecta à une ligne satellite réservée.

— Voilà, Stanley. On rentre à la maison. Réunissez tout le monde dans la suite Star, je vous y retrouve d'ici dix minutes. Le temps de m'habiller, vous comprenez ?

— Bien sûr, monsieur.

Huit minutes plus tard, un chef de l'Etat décemment vêtu mais non rasé entrait dans l'aire dite Star, pour Standard Teleconferencing Array Room, un espace de cinq mètres sur quatre, lambrissé de panneaux de noyer, situé au pont inférieur du 747 et qui, comme son nom l'indique, est destiné aux téléconférences que le Président en voyage peut tenir à tout moment, en tout endroit, grâce à un équipement technologique ultraperfectionné. Le Secrétaire d'Etat américain, l'ambassadeur des USA au Japon et plusieurs assistants l'y attendaient déjà. A l'autre bout de la longue table en bois poli et repoli, il aperçut le conseiller à la Sécurité nationale, son adjoint, le chef de l'état-major adjoint et quatre autres personnes, qui se tournèrent à son entrée et inclinèrent respectueusement la tête.

En réalité, une moitié seulement de la table se trouvait à bord d'Air Force One : l'autre moitié et les hommes qui se tenaient debout autour n'étaient là que par la magie d'une projection semi-holographique assurée par transfert massif de données au travers de plusieurs satellites de communication jusqu'au 747 présidentiel. L'illusion d'optique était totale, mais cette partie de l'assistance attendait en fait à neuf mille kilomètres de là, dans une salle en tout point similaire récemment installée dans les sous-sols de la Maison Blanche, juste à côté des locaux réservés aux cellules de crise.

Une fois encore, le Président eut une moue incrédule en rencontrant directement le regard de son conseiller à la Sécurité nationale :

— Renversant, Stanley. C'est tellement parfait que je me retiens toujours de vous tendre la main à travers... l'écran, si c'est le terme approprié !

— N'est-ce pas ? Moi aussi, je jurerais que nous sommes dans la même pièce...

— Je suis rudement content que nous ayons un outil pareil en de telles circonstances, constata le chef de l'Etat en invitant d'un signe tous les présents à s'asseoir. Eh bien, mes amis, ne perdons pas de temps : que savons-nous exactement, quelles mesures prenons-nous, quels sont les points qui demandent une décision de ma part ?

Chacun prit une chaise, à l'exception du général qui, une liasse de papiers en main, entreprit de récapituler les hypothèses à propos de l'effet de la Méduse et le film des événements, en exposant finalement les préparatifs en vue de l'arrestation de Vivian Henry et du désamorçage de la bombe sur une base de Caroline du Nord. Son rapport terminé, le haut responsable militaire leva les yeux pour découvrir ceux du Président fixés sur lui, inquisiteurs.

— John, pourquoi la Caroline du Nord, bon sang ? On ne peut pas trouver une destination plus éloignée ? Nous avons réussi à mettre Washington à l'abri, mais ce n'est pas pour faire courir un tel danger à d'autres concentrations urbaines !

— L'ouragan Sigrid se fait aussi sentir sur la base en question, monsieur, mais nos autres possibilités étaient ou bien encore plus exposées à la tempête, ou bien trop à l'ouest pour que l'avion puisse les atteindre dans le temps qui nous reste. Je vous rappelle que le compte à rebours qu'indique cette bombe, d'après ce qu'en dit l'équipage, réduit terriblement nos marges de manœuvre.

— Combien de temps avons-nous, précisément ?

— Une heure et quarante-six minutes, répondit le général en consultant sa montre digitale.

— Et d'ici l'atterrissage prévu à Seymour-Johnson ?

— Environ trente minutes, monsieur.

— Et... et le temps de désamorcer cette saleté ?

Le général marqua une hésitation qui éveilla aussitôt la suspicion du chef de l'exécutif.

— Parce que vous n'êtes pas certains d'être en mesure de la désamorcer, c'est cela, John ?

— Eh bien, non, monsieur, et c'est normal. Nous avons apparemment ici une bombe de fabrication, euh, non pas artisanale mais pas orthodoxe non plus ! Tant que nous ne l'avons pas examinée, il est évident que nous ne pouvons pas déterminer le temps qu'il faudra.

— Et dans ce crash à Pax River, vous avez perdu ceux qui étaient le plus à même de le faire, exact ?

Le chef d'état-major eut un bref haussement d'épaules.

— Nous avons perdu des experts spécialement entraînés à ce genre d'interventions, oui. Mais nous en avons trouvé d'autres qui connaissent parfaitement leur affaire.

— Quels sont les risques d'un déclenchement accidentel pendant qu'ils tripatouilleront dedans ?

— Selon nous, il n'y en a pas, monsieur. La plus grande prudence leur a été recommandée. Ils ont aussi été informés des aptitudes du Dr. Henry et de celles de sa femme, qui visiblement accomplit là les dernières volontés de celui-ci tout en voulant se faire passer pour une victime.

— Et si vous n'arrivez pas à la désamorcer, l'idée est maintenant de la faire sauter sur place, avec l'avion ?

— Effectivement, monsieur. A la seconde où nous serons maîtres du Boeing, nous connecterons à la bombe des explosifs surpuissants. En fait, il est impossible qu'une arme nucléaire explose accidentellement. Vous comprenez que le système de...

Le Président leva une main pour interrompre le cours magistral qui s'annonçait.

— John ! J'ai servi dans l'Air Force, j'ai commandé des C-141 aussi bien en active que de réserve, ne l'oubliez pas ! Transporter des armes atomiques m'est arrivé plus d'une fois. Alors les briefings sur les mesures d'urgence à prendre en cas d'incident grave, je connais.

— Pardonnez-moi, monsieur, j'avais oublié.

— Continuez.

— La base et les habitations voisines sont en train d'être évacuées, mais s'il faut la faire exploser le résultat ne dépassera guère plus les effets d'une bombe conventionnelle d'une demi-tonne. Par contre, il nous faudra quelques jours pour récupérer tout le matériau nucléaire dispersé.

— Et cette femme, Mrs. Henry ? On m'a dit que l'appareil réagissait dès qu'elle s'éloignait de plus de cinq mètres.

— Le FBI estime que c'est un montage, un alibi

qu'elle se donne. De toute façon, nous sommes prêts à dupliquer le moindre signal qui pourrait venir de son pacemaker, et à leurrer ainsi la bombe. Si ce qu'elle prétend est fondé, évidemment...

— John, vous croyez vraiment qu'elle a pu concevoir un montage pareil ? Mettre au point seule l'effet de la Méduse ?

Le chef d'état-major lança un regard prudent autour de lui avant de répondre en pesant ses mots :

— Nous n'avons pas d'opinion arrêtée en ce qui concerne Mrs. Henry. Nous pensons seulement qu'il vaut mieux prendre cette bombe au sérieux.

— Vous vous couvrez avec beaucoup d'habileté, John, mais j'aimerais avoir votre opinion sur elle. Votre avis personnel, pour être tout à fait clair.

— Je n'en ai pas, rétorqua le général, sur la défensive.

— Faites-vous-en un, alors ! Vous savez pertinemment ce que je dis toujours à propos de la responsabilité personnelle de chaque représentant de l'Etat, n'est-ce pas ? Et des conneries bureaucratiques ? J'espère que personne ici ne croit que ce sont juste des mots en l'air...

Tous les assistants, virtuels ou non, secouèrent la tête d'un air gêné. L'attention du Président se reporta sur le militaire.

— Très bien. Donc, John, ce sont vos idées, à vous, que je veux entendre. Puisque j'ai donné mon accord pour que vous repreniez la gestion de cette crise au FBI, vous risquez fort d'avoir à décider du sort de cette femme s'il se révèle impossible de l'éloigner de la bombe. Vous, personne d'autre. Croyez-vous qu'elle ait pu concevoir une telle monstruosité dans le seul but de prendre en otage l'administration américaine ? Bon, je sais qu'on lui a retiré sa pension, qu'elle a fait du foin à la DRH. Le FBI m'a raconté tout ça au téléphone il y a dix minutes. Mais au point d'en arriver là...

Il laissa sa phrase en suspens, visiblement très sceptique.

— En effet, je trouve cela difficile à croire, admit le général.

— Et moi aussi. D'après moi, la manière dont ce chercheur a programmé son invention dans le but d'intimider sa femme a quelque chose de très bizarre. Donc, est-ce qu'il y a autre chose derrière ?

— Je... j'ai peur de ne pas bien vous suivre, monsieur le Président.

Ce dernier se leva d'un bloc et se mit à faire les cent pas le long de la table qui se trouvait à bord d'Air Force One.

— J'essaie d'anticiper ce que nous risquons de découvrir dans cet avion. Pour l'instant, nous avons deux profils, radicalement différents, de la même femme. D'un côté, une divorcée aigrie, pleine de haine à l'égard de son pays et de son gouvernement, qui a concocté une vengeance terrible, éventuellement suicidaire. De l'autre, l'ancienne épouse d'un despote domestique qui l'a insidieusement attirée dans un piège, l'obligeant à transporter jusqu'au Pentagone une arme programmée pour la terroriser, voire pour la tuer, en fin de compte. Bien... Le FBI pense que la Mrs. Henry première version se cache derrière la Mrs. Henry seconde version. Le bourreau jouant à la victime. Si c'est le cas, il va nous falloir jouer très serré à Seymour-Johnson. Elle pourrait par exemple arrêter sa comédie et annoncer qu'elle a le doigt sur le détonateur, qu'elle fera tout sauter si nous tentons d'intervenir. Si c'est le contraire, nous nous exposons à perdre un temps précieux en basant toute notre tactique sur elle alors qu'il suffirait de demander à l'équipage d'ouvrir leurs portes. Nous sommes en face d'une menace énorme, sans précédent. Je ne veux pas que nous soyons retardés d'une seule seconde à cause de présupposés erronés. Et c'est exactement pourquoi je m'attarde sur ce point. A mon avis, nous tirons des conclusions trop rapides.

Il se rassit pesamment dans son fauteuil. Le conseiller à la Sécurité nationale, qui était en grande conversation avec le chef du service de presse, s'interrompit et bondit sur ses pieds.

— Ah, monsieur le Président...

— Un instant. J'avais encore une question, général. Au début, d'après ce que j'ai entendu, le plan était de faire sortir l'équipage, de confier le Boeing à des pilotes militaires munis de parachutes, d'emporter ce machin le plus loin possible au large, de brancher le pilote automatique et d'évacuer l'avion en le laissant exploser. Maintenant, nous parlons seulement de tentative de désamorçage. Ma question est : avons-nous besoin de cette technologie au point que nous devions prendre le risque d'une explosion à terre ? Est-ce que ça en vaut la peine, Dieu du ciel ?

Le chef d'état-major faisait déjà non de la tête.

— Nous ne pensons pas qu'il y ait le moindre risque de détonation accidentelle, mais c'est quitte ou double, monsieur le Président : si c'est bien de la Méduse dont nous parlons, nous *devons* obtenir cette technologie, avant toute autre chose. Sinon, il sera temps de la larguer en mer, sans péril pour la sécurité du pays.

— Général... — Le Président avait froncé les sourcils. — Vous parlez d'effet électromagnétique, moi je pense à la mort de millions d'Américains, à la Caroline du Nord dévastée, aux gens qui vont perdre la vue, contracter des cancers, à la tragédie de toute une nation... Je sais qu'un éventuel effet de la Méduse aurait des conséquences encore plus terribles sur notre société, mais j'espère que vous avez mesuré le coût humain, au cas où vous vous tromperiez et où cette saleté exploserait.

— Je ne voulais pas dire que...

— Attendez ! Vous avez dit que nos impératifs stratégiques exigent que nous tentions de désamorcer cette bombe. Je souhaite que vous ayez raison, je prie pour que vous ayez raison, mais je vous demande de ne pas négliger la deuxième option. En clair, je veux que vous ayez à Seymour-Johnson un C-141, un C-5 ou un C-7, moteurs allumés, prêt à décoller. Si le désamorçage se révèle impossible, au lieu d'essayer de la faire sauter, emportez-la et larguez-la en mer. — Il se pencha vers l'autre bout de la table, à neuf mille kilomètres de là. — Tout gros-porteur de ce type, comme vous le savez, peut ouvrir sa porte arrière en vol et parachuter une charge. Si les experts estiment que c'est trop compliqué, arrêtez tout et faites-la partir au large. Si par contre cela paraît possible, continuez à travailler avec les explosifs branchés, mais franchement je préférerais la voir s'éloigner du territoire aussi vite que possible. — Ses yeux se posèrent rapidement sur le visage du conseiller à la Sécurité nationale avant de revenir au général. — John, c'est faisable ?

— Tout à fait, monsieur. Nous allons faire décoller immédiatement un C-141 de Charleston. Mais il y a encore un autre problème...

— Oui ?

— Si nous la faisons sauter sur la base, nous n'aurons pas d'onde de la Méduse. Mais si la bombe explose en tombant en mer, il est tout à fait possible que la Méduse se déclenche avec toute l'amplitude pour laquelle elle a été conçue !

Le Président le dévisagea quelques secondes, avant de se tourner vers son conseiller.

— Okay, Stanley, quoi d'autre ?

— Eh bien, monsieur, il y a un mouvement de panique qui se développe, ici. Les médias parlent de bombe volante, d'apocalypse nucléaire. Il faut que nous disions quelque chose.

— Jusqu'ici nous avons tout démenti en bloc, c'est ça ? interrogea le Président en se tournant vers le conseiller de presse.

— Oui, mais ils ont enquêté sur cet effet Méduse, et ils insistent sur les dégâts que provoquerait l'explosion elle-même dans la population civile. La panique porte beaucoup là-dessus, d'ailleurs, mais ils font aussi du raffut à cause de responsables de grosses sociétés qui demandent que l'on protège leurs ressources informatiques.

— Et qu'est-ce que vous leur répondez ?

— Pas grand-chose, à vrai dire. Officiellement, le problème n'existe pas.

— Bon, eh bien, à partir de maintenant, si. Avons-nous quelqu'un qui puisse nous fournir du conseil en matière de protection informatique ? — Les responsables observèrent un silence gêné. — C'est notre principal point faible, n'est-ce pas ?

Du côté de Washington, un jeune homme en nœud papillon se racla la gorge. Le conseiller à la Sécurité nationale fit un geste dans sa direction.

— Monsieur le Président, j'ai invité le docteur Ralph Jensen, ici présent, à se joindre à nous. Il appartient au Bureau d'expertise technologique et il est spécialisé dans les flux électromagnétiques. — Puis, se tournant vers l'intéressé, qui semblait assez intimidé : Docteur ?

— Bienvenue, docteur Jensen, intervint le Président, et merci d'éclairer un peu notre lanterne. En admettant que nous nous apprêtions à subir une telle onde, que va-t-il nous arriver, et quels conseils donner aux gens pour essayer de limiter les dégâts ?

Scrutant les visages de part et d'autre de la téléconférence, le jeune expert s'éclaircit deux ou trois fois la gorge avant de répondre sur un ton étonnamment assuré :

— En deux mots, monsieur le Président : si c'est bien une onde dite de la Méduse dont il est question, une onde d'ampleur continentale, il n'y a pratiquement rien à faire. Il faudrait installer un blindage renforcé autour de chaque système informatique, ce qui est matériellement impossible en si peu de temps. Dans la plupart des cas, les puces en silicone seront irrémédiablement détruites. Si le système n'est pas en train de tourner à l'instant critique, s'il n'y a pas de connexion en cours, sa mémoire par contre ne sera pas touchée, pour l'essentiel. Il faudrait demander à tous ceux qui opèrent sur un système important ou très étendu, banques ou places boursières par exemple, de tout arrêter immédiatement et de mettre à l'abri leurs bandes et leurs disques. Si elles ne sont pas en cours d'utilisation à l'instant critique, ces ressources seront probablement épargnées. Le hardware, en revanche, c'est autre chose : il faudra tout remplacer.

— Quand vous dites « tout », docteur, qu'entendez-vous exactement ?

— Je veux dire que tout ce qui fonctionne à base de silicone sera mis définitivement hors d'usage par une onde de ce type. Je parle ici des circuits intégrés, comme par exemple... Eh bien, vous comprenez que les avions de la dernière génération risquent de connaître une panne moteur immédiate et de devoir atterrir en catastrophe. A ce propos, je conseille de rappeler immédiatement au sol tous les appareils dotés d'une propulsion contrôlée par informatique, ce qu'on appelle les FEDAC. Y compris Air Force One, donc, puisque c'est son cas, je crois...

Il s'arrêta, regarda le chef de l'exécutif qui se penchait vers lui sans perdre un instant :

— Continuez, je vous prie. N'hésitez pas à tout

nous dire. Vous avez la parole, et nous avons besoin de vos conseils.

— Merci, monsieur. Eh bien, j'ai en effet préparé une liste de tout ce qu'il faudrait arrêter préventivement... Elle atteint une longueur assez effrayante, à vrai dire. C'est incroyable à quel point notre société est devenue dépendante des puces informatiques. Pour prendre un autre exemple, les trains et les métros... Là, j'insiste sur un point. Si un véhicule quelconque est sous contrôle informatique, au moment où il est atteint par une perturbation électromagnétique qui va le détruire, durant un millième de seconde, les ordinateurs émettront des instructions erronées et la folie s'installera, aiguillages perturbés, signaux inversés... ports paralysés, grues se mettant à tourner dans n'importe quel sens, etc. Bref, tout ce qui combine gestion informatique et équipement lourd doit être arrêté sur-le-champ. Bateaux, ponts mobiles, barrages et écluses, et notamment centrales nucléaires, parce que leur système de refroidissement peut d'un moment à l'autre devenir incontrôlable. Les ascenseurs, aussi, qui risquent de se trouver bloqués entre deux étages. Les stations d'épuration peuvent provoquer des épidémies gravissimes si elles ne contrôlent plus le flux des eaux usagées et des eaux filtrées. Il y a une exception : les navires militaires à propulsion nucléaire qui, eux, ont été entièrement protégés contre cette menace.

— Quoi, c'est la seule chose qui sera épargnée ? s'exclama le Président d'une voix effarée.

— Oui, monsieur. Dans tous les hôpitaux du pays, il faut prévoir de ramener en contrôle manuel les fonctions essentielles et de suspendre les interventions médicales délicates, sauf en cas d'urgence absolue, bien sûr... On peut s'attendre aussi à une paralysie complète du système électrique, non parce que l'onde aurait des effets directs sur la distribution du courant mais parce que cette dernière dépend désormais de toute une série de contrôles et de relais informatiques. — Il passa à une autre page de son calepin criblé de notes. — Euh, je recommande la fermeture de toutes les industries lourdes aux Etats-Unis et au Canada, en premier lieu celles qui traitent des produits dangereux, raffineries, usines chimiques... Mais également les autres, aciéries, industrie automobile, alimentaire, parce qu'elles sont informatisées à presque tous les niveaux de la chaîne. Tout ce qui utilise des robots industriels, ces derniers pouvant devenir très dangereux pour les opérateurs humains... La liste est sans fin. Ah, il y a encore les pipelines, notamment ceux de gaz naturel.

Le Président s'était lentement renfoncé dans son fauteuil.

— Dieu du ciel... Il faut arrêter tout le pays, c'est cela, docteur, et d'ici deux heures, en plus ?

— Même moins, monsieur. D'après moi, les systèmes d'information sensible devraient être stoppés immédiatement, à commencer par ceux des marchés financiers. Et je n'ai pas encore parlé des télécommunications.

— Et dans ce cas, combien de temps faudrait-il pour tout remettre en route ?

— Pour ce qui peut s'opérer manuellement, quelques heures. Mais pour ce qui dépend entièrement de l'informatique il faudra des semaines, des mois, peut-être jusqu'à un semestre : vous comprenez, tant que le hardware n'a pas été remis en état, relancé et testé, ce serait trop risqué. Même si nous ne nous exposons pas à l'effet de la Méduse proprement dit, une perturbation électromagnétique créée par une explosion nucléaire « habituelle », si j'ose dire, suffirait à paralyser durablement toute la côte est, du moins les équipements non protégés. Je doute même qu'il y ait assez de puces en stock dans le monde entier pour remplacer, en six mois, ce qu'une onde de la Méduse nous ferait perdre dans l'ensemble du pays. Et je ne parle pas du coût...

— Vous vouliez ajouter quelque chose, si j'ai bien compris ?

— Oui, monsieur le Président. Les communications. C'est vital. Bon, la plupart des communications militaires sont protégées, mais tout le reste est extrêmement vulnérable : les satellites géostationnaires, les relais télévisés, l'essentiel des systèmes téléphoniques satellitaires, les centraux de réseaux...

— Pas trop de détails, s'il vous plaît, docteur. Le résultat final, c'est ce qui m'importe.

— Oui. Eh bien, il ne faudra plus compter sur la quasi-totalité des liaisons téléphoniques et cellulaires, des radios non militaires, des contrôles télémétriques... En bref ? A part l'armée, nous nous retrouvons sourds et muets pendant des semaines entières.

L'index posé sur son menton, le Président demeura un moment sans parler, comme écrasé par l'ampleur du péril. Puis il se ressaisit :

— Okay, récapitulons les choix qui nous restent. Stanley, vous d'abord.

Stanley Shapiro se lança prudemment.

— En premier lieu, je pense que nous devons considérer qu'il s'agit bel et bien de... la Méduse. Dans ce cas, je suis d'accord avec le général : nous avons besoin de cette technologie car, si elle est réalisable, cela signifie que quelqu'un d'autre travaille déjà dessus et finira par réussir, lui aussi. Avec ce présupposé, j'estime que c'est un risque raisonnable à prendre que d'essayer de désamorcer cette bombe afin de pouvoir l'étudier. Le général nous dit même qu'il n'y a aucun risque, qu'au pire ses hommes pourront la faire exploser comme une arme conventionnelle ou la larguer en mer. En admettant que nous ayons assez de temps pour l'une comme pour l'autre option, ce que j'accepte, il reste un problème : une explosion provoquée à Seymour-Johnson n'entraînera pas d'onde de la Méduse, alors qu'en mer c'est possible. Donc, en admettant encore qu'une explosion accidentelle en Caroline du Nord soit exclue, le choix de la larguer en plein océan est beaucoup plus hasardeux. Par ailleurs, que faut-il dire au public ? La vérité, en lançant un appel pour que le maximum d'équipements importants soient arrêtés à temps ? Ou bien nous mentons, nous parlons de fausse alerte, nous concoctons un communiqué RAS alors même que nous nous torturons la tête à essayer de désamorcer ce machin ?

— C'est un condensé de la situation, ça ! Mais vous, Stanley, qu'est-ce que vous proposez ?

— Moi, j'essaierais de la désamorcer et, en cas d'échec, je la ferais sauter sur la base Seymour-Johnson. La larguer en mer est vraiment trop dangereux.

— Et on ordonne une fermeture générale des ordinateurs ou non ?

— Non, monsieur. Je pense qu'une telle mesure créerait plus de problèmes qu'elle n'en résoudrait. D'ailleurs, nous ne sommes même pas sûrs qu'elle serait efficace au cas où le pire se produirait...

— L'opinion du Pentagone, général ?

— Nous avons la conviction que cet engin peut être désamorcé ou neutralisé sans créer d'onde électromagnétique, ainsi que Mr. Shapiro vient de le dire. Avec une telle certitude, il semblerait imprudent de déclencher une panique nationale.

— A part le Dr. Jensen, quelqu'un est-il partisan de mesures préventives radicales ? — Le Président considéra attentivement chacune des personnes présentes et réfléchit quelques secondes avant de poursuivre. — Très bien, messieurs. J'accepte l'expertise du Pentagone selon laquelle les possibilités d'explosion accidentelle sont nulles. Nous tenterons de désamorcer la bombe ou nous la ferons sauter si cela se révèle impossible, et nous nous abstenons de sonner l'alerte générale à travers les médias. Mais si quelque chose de nouveau se produit, je pourrais reconsidérer ma position. — Il tendit un doigt vers le conseiller de presse. — Très bien, Joe, mettez au point avec le Dr. Jensen ce que nous pouvons déclarer à la presse. Pas la destination de l'avion, évidemment. Et insistez sur le fait que cet engin, même s'il est tel que nous le supposons, va être désamorcé en toute sécurité.

Chacun commençait à repousser son siège et à quitter la table lorsque le Président fit signe au chef d'état-major.

— Ah, encore un point, John.

— Monsieur ?

— S'il y a la moindre raison de penser que vos tentatives deviennent trop risquées, le moindre indice que l'opération risque de mal tourner, je veux que cette bombe soit immédiatement larguée en mer. Plus vite vous vous en rendrez compte, le plus loin de nos côtes vous serez en mesure de l'emporter. Est-ce clair ?

— Tout à fait, monsieur. Vous avez demandé qu'il y ait un gros-porteur en stand-by. Ce sera fait.

— Et à l'instant même où le risque deviendra tangible, je veux que nous arrêtions certaines activités par précaution, discrètement, sans tapage inutile. Vingt minutes avant l'échéance finale, faites stopper les trains et tout le trafic aérien sur la côte est. Trouvons un moyen d'alerter directement les industries dangereuses, les compagnies d'électricité et de télécommunications. Nous avons très peu de temps, alors mettez en place un dispositif qui puisse être lancé sur un seul signe.

Le conseiller de presse se risqua, au dernier moment :

— Monsieur le Président... Avez-vous réfléchi à notre responsabilité juridique, dans cette affaire ?

Les apartés cessèrent d'un coup. Depuis Air Force

One, le chef de l'Etat lança un regard étonné au haut fonctionnaire.

— Que dites-vous, Joe ?

— Je parle de la responsabilité juridique que prend l'Etat en exprimant ces recommandations ou ces directives, surtout si nous alertons certaines compagnies et pas d'autres. Nous ne pourrons être tenus responsables si nous ne proposons rien. Mais si nous commençons à donner des instructions et que cet engin n'explose pas ou ne produit pas l'effet redouté...

— Attendez ! Nous sommes un cabinet-conseil privé, ici ?

— Non, évidemment, mais...

— Nous sommes le gouvernement des Etats-Unis, non ?

— Oui, monsieur.

— Alors je ne comprends même pas que vous souleviez cette question. Le gouvernement d'un pays n'a pas à se soucier de poursuites judiciaires possibles lorsqu'il se confronte à une crise pareille. En aucun cas ! Nous ferons tout pour rester dans le cadre de nos lois, mais si par la suite d'aucuns veulent contester nos décisions devant les tribunaux, eh bien les tribunaux sont là pour ça ! Désolé de vous tomber dessus personnellement, Joe, mais c'est une occasion pour moi de rappeler que ce genre de raisonnement ne sera jamais toléré sous mon autorité, qu'aucun organisme officiel, aucun fonctionnaire, ne pourra invoquer ce type de prétexte pour se dérober à ses responsabilités. Compris ?

— Oui, monsieur.

— Bien. Appelez le Premier ministre canadien, son ministre des Transports, mettez-les au courant, dites-leur que je leur parlerai plus tard. Nous avons besoin qu'ils soient avec nous, ne leur cachez rien. Idem pour les autorités mexicaines. Et puis... Est-ce que les médias savent où nous avons dirigé cet avion ?

— Je... Nous ne pensons pas, monsieur. Mais ils ont découvert presque tout le reste.

— D'accord. Préparez-moi une courte déclaration, prévenez les télés que je vais parler dans dix minutes, en direct d'ici, d'Air Force One. Je veux rassurer tout le monde, mais sans abuser personne : oui, nous allons désamorcer cette bombe, mais nous pensons qu'elle est bien réelle. Et demandez à l'Administration des transports de mettre en place le plan d'urgence. S'ils pensent qu'il vaut mieux commencer dès maintenant à ralentir le trafic, donnez-leur le feu vert.

— Avions, trains, autoroutes ?

— Tout ce qui prend le plus de temps à mettre à couvert. Si on se rend brusquement compte qu'il va falloir la larguer en mer, je ne veux pas d'avions ou de trains impossibles à protéger. — Le Président revint au général. — John, où est-il actuellement, le Boeing ?

— Au sud de Richmond, monsieur. — Appuyant sur un bouton devant lui, le militaire fit apparaître une projection vidéo reproduisant le déplacement de l'appareil sur une carte qui semblait flotter dans l'air. — Ils entament la descente sur Seymour-Johnson. Ce cercle que vous voyez autour du symbole du 727, c'est la zone d'impact direct en cas d'explosion, un diamètre de quarante-cinq kilomètres. Il existe toujours une menace pour la population civile, mais elle se déplace vers le sud.

A ces mots, le Président sursauta.

— John, vous veniez juste de m'assurer qu'il n'y avait pas de risque d'explosion accidentelle !

— Oui, monsieur, dans le cadre de nos efforts pour la désamorcer. Mais il n'en reste pas moins qu'il s'agit d'une charge nucléaire, qui pourrait être mise à feu pour d'autres raisons.

Pendant un instant, le Président se contenta de

tapoter nerveusement la table du bout de son stylo, un regard peu amène fixé sur le responsable militaire, avant d'enchaîner :

— Bon, et les retombées, alors, au cas où cette éventualité par ailleurs exclue se produirait ?

— Grâce à l'ouragan, elles seraient rapidement entraînées vers le sud-est puis au-dessus de l'océan. Charleston et une partie nord-occidentale de la Floride seraient partiellement touchées, mais ce ne serait pas par des radiations très dangereuses.

— D'accord, trancha le Président en se levant une seconde fois. Maintenez la communication Star, prévoyez une liaison permanente avec Seymour, y compris vidéo à partir de la tour de contrôle si c'est faisable, et tenez-moi informé. Général, vous avez le commandement des opérations à Seymour, mais servez-vous des gens du FBI pour les négociations avec Mrs. Henry. Informez-les de mes remarques à son propos.

— Bien, monsieur.

— Et, John, j'insiste, nous allons tous prier pour que vos hommes arrivent à la désamorcer sans la déclencher, mais au premier, tout premier signe négatif, vous l'embarquez et vous l'expédiez au fond de l'Atlantique. C'est un ordre explicite du commandant en chef des forces armées que je suis. Je me fiche de l'importance de la technologie en question. J'accepte cette tentative uniquement parce que vous m'avez certifié qu'elle était sans danger majeur. Je reste pourtant sceptique, quant à moi. Donc, dites-leur de ne pas aller un centimètre plus loin que la prudence le demande, entendu ?

— Oui, monsieur.

Le chef de l'Etat se tassa dans son siège, méditatif. Il essayait d'imaginer ce qui se serait passé si la bombe avait explosé tandis qu'elle survolait Washington. Il n'en avait rien dit à personne, mais il avait éprouvé un immense soulagement à savoir son épouse et ses deux filles près de lui, très loin de la capitale américaine.

Siège central du FBI, Washington, 18h07

Une fois encore, Donna avait surgi telle une apparition devant Tony DiStefano. Elle était porteuse de nouvelles informations.

— Les manquants ? interrogea le sous-directeur, un sourcil levé.

— Oui. Le pilote et la scientifique.

— Allez-y, dit-il en s'adossant au chambranle de la porte.

— Okay. La deuxième. Linda Ann McCoy, trente-trois ans, née à Austin, Texas, d'un père médecin et d'une mère professeur d'université. Spécialiste de la recherche atmosphérique et notamment du phénomène de réchauffement de la planète. Une chercheuse de niveau international, avec une kyrielle de publications et de diplômes. Actuellement, appartient au Centre national de recherche atmosphérique de Boulder, dans le Colorado, qui dépend du département de recherche de la NOAA, lui-même installé à Boulder. Elle est des nôtres, en deux mots ! Vit à Boulder, célibataire. Cette année, elle a dirigé la mission de la NOAA en Antarctique destinée à l'étude du trou dans la couche d'ozone. Elle rentrait de là-bas lorsqu'elle a embarqué sur le Boeing de ScotAir à Miami, ce matin.

— Je parie qu'elle va porter plainte contre son agence de voyages, ironisa DiStefano.

Levant les yeux de son calepin, Donna prit un air féroce :

— Vous voulez dire qu'elle pourrait invoquer facilement l'homicide avec circonstances atténuantes, même ! — Puis, retournant à ses notes : Je ne vais pas vous surprendre, le Dr. McCoy n'a pas de casier, un dossier impeccable... à part qu'elle semble extrêmement speedée.

— Hein ?

— Quatre amendes pour excès de vitesse dans les dernières années. La police de la route du Colorado la connaît bien !

— Bon... Et le commandant ?

— Scott David McKay. Trente et un ans, enfant unique d'un couple originaire de Hutchinson, Kansas, où il est né et a grandi. Officier de la Navy sorti d'Annapolis troisième de sa promo, lieutenant-colonel après neuf ans d'active. Pilote de F-14 sur le porte-avions *Eisenhower,* c'est sa dernière affectation. Versé à sa demande dans le cadre de réserve, il y a juste deux ans. Mère décédée, père, directeur de société, également. Jamais marié, a obtenu un diplôme d'ingénieur pendant qu'il était à l'armée. Il y a un an, avec de l'argent légué par son père, il a monté sa propre compagnie aérienne. Il vit à Central City, dans le Colorado. Pas fiché au FBI, dossier impeccable à la FAA. Pas de casier, pas de problèmes avec la police ni avec les banques. Excellent citoyen, bon soldat, accès aux secrets militaires toujours autorisé...

— Et pour Vivian Henry, nous avons déjà tout. Alors, qu'en pensez-vous, Donna ?

— Bons bougres, mauvais trip. A part Mrs. Henry, évidemment.

— Alors, Donna, à moins d'une intervention divine...

— Notre heure à tous a sonné.

16

A bord de ScotAir 50, 18h11

Linda McCoy sur ses talons, Scott entra dans le cockpit et, non sans se cogner le mollet dans la console centrale, reprit rapidement sa place devant les commandes du 727 qui tanguait plus que jamais dans les masses d'air perturbé.

— Où on en est, les gars ?

Doc brandissait le téléphone de bord.

— On se faufile entre les orages à environ quatre-vingt-dix kilomètres au nord de Goldsboro, niveau deux-huit-zéro. Et ce type, DiStefano, veut te parler.

Suivant du coin de l'œil Linda qui reprenait sa place sur le siège derrière lui, Scott boucla son harnais de sécurité et attrapa le combiné.

— Tony, vous êtes là ?

— Oui, Scott.

— Il faut qu'on parle sérieusement, Tony, annonça le pilote en se sentant d'un coup hors d'haleine et le cœur battant.

— C'est bien pour ça que j'appelle. Où est Mrs. Henry ?

— Toujours à l'arrière, à côté de la bombe. Elle a essayé de s'éloigner... elle est allée au fond de la carlingue. Mais ce n'était pas du bluff, il sait exactement où elle est ! Pendant une seconde, là-bas, j'ai cru que c'était la fin. Maintenant je continue à me demander si tout ça n'est pas un mauvais canular, vous voyez ? Bon, elle dit que son mari était capable de se procurer du plutonium pour fabriquer une bombe, mais est-ce que c'est plausible ? D'après moi, on ne barbote pas du plutonium comme ça...

— Scott...

— Je suis convaincu que ce saligaud a tout fait pour

que nous « croyions » à son engin. C'est un génie de la manipulation, il se débrouille très bien pour téléguider nos réactions, mais si j'avais un compteur Geiger sous la main je parie que l'aiguille ne bougerait pas d'un poil.

— Scott, écoutez-moi, je vous prie. Nous avons inspecté la maison des Henry à Miami. Nous avons trouvé son labo, dans le garage et, oui, il y a des traces de plutonium... C'est incontestable. Il y en avait une quantité résiduelle dans un petit coffre plombé dissimulé sous le béton. Ainsi que le blindage nécessaire, des instruments de mesure très perfectionnés, des pièces de détonateurs pour charges nucléaires, la totale, quoi.

— Vous dites... vous dites qu'il n'y avait pas assez de plutonium pour fabriquer une bombe ?

— Non, Scott, je dis qu'il y en a eu assez, au contraire, avec de quoi assembler les détonateurs adéquats. Malheureusement, ce que vous transportez à l'arrière est une vraie bombe, en état de marche.

Scott avait toujours eu un sourire sceptique en entendant la formule conventionnelle : « Le sang s'est glacé dans ses veines. » A cet instant, pourtant, la révélation de DiStefano lui fit l'effet d'une décharge d'azote liquide dans les veines. Il se rendit aussi compte qu'il n'osait pas regarder Doc dans les yeux, alors que son copilote l'observait attentivement. Il se sentait honteux, furieux d'avoir tant cherché à croire qu'il s'agissait seulement d'une sinistre farce imaginée par un savant aigri.

— Euh, Tony... Bon Dieu, je ne m'attendais certainement pas à ça.

— Je m'en doute, Scott. Moi non plus. Mais nous avons mis au point un plan qui doit marcher. La base Seymour-Johnson est ouverte pour vous, les vents sont encore tolérables, le personnel a été évacué. On va tenter de la désamorcer, sinon on s'en débarrasse.

Le commandant resta silencieux un long moment. Doc le vit devenir pâle comme un linge. Jerry, lui aussi penché en avant, s'aperçut que Linda, la tête collée à celle de Scott pour suivre la conversation téléphonique, avait une main crispée sur l'épaule du pilote.

— « Débarrasser »... Ça signifie la faire exploser ?

Tony DiStefano hésita avant de répondre, avec un petit rire forcé :

— J'ai votre bio devant moi, Scott. Evidemment, j'aurais dû me rappeler que vous connaissiez la procédure, puisque vous êtes de la Navy. Oui, vous avez compris, vous risquez d'y perdre votre avion.

— Ne tournons pas autour du pot, Tony. J'y avais déjà pensé, voyez-vous, je me disais qu'on serait peut-être forcés d'en arriver là. — Se massant la tempe de la main gauche, il déplaça de la droite le combiné afin de permettre à Linda d'écouter plus aisément. — Donc, si je vous suis bien, au cas où les experts de Pax River n'arrivent pas à la désamorcer, l'armée va entourer la bombe d'explosifs surpuissants pour la détruire avant que le détonateur ne déclenche la charge nucléaire. Correct ?

— Ecoutez, Scott, ça m'embête terriblement de parler de tout ça sur une ligne non protégée. Notre impression, c'est que la panique médiatique qui est en train de se développer est partie justement de quelqu'un qui a écouté nos conversations sur ce téléphone. Mais bon, en effet, c'est le plan. Procédure classique de neutralisation d'une tête nucléaire.

— De tête nucléaire *militaire*, Tony.

— Oui, effectivement. Pourquoi ?

— Parce que là on a un gros, gros problème : cette bombe n'est pas une tête nucléaire militaire.

— Oh, ça ? Rien de grave, c'est grosso modo le même principe...

— Non, écoutez ! Tony, écoutez-moi bien, s'il vous plaît.

— J'écoute, Scott, j'écoute.

— Tout à l'heure, il y a eu un autre message sur l'écran. Avant l'histoire avec Vivian que je vous ai racontée.

— Oui ?

— Eh bien, ce message précisait que la bombe a été conçue justement pour « ne pas » ressembler à une tête militaire.

— Oui, et...

— Donc, il nous a avertis que si quiconque tentait de la neutraliser avec des explosifs, c'est-à-dire selon la procédure normale, que Rogers Henry connaissait parfaitement, un détonateur spécial déclencherait quand même la réaction nucléaire à temps. En d'autres termes, il faut qu'on trouve une autre parade, parce que celle-ci a été prévue. Si le désamorçage se révèle impossible, il n'y a pas deux solutions : il faudra l'embarquer sur un avion et la larguer en mer au plus vite.

— D'accord, Scott, maintenant...

— Tony, je vous répète ce que cet engin de malheur a dit, okay ? Et je suis bien obligé de le croire, cet enfoiré ! Dès qu'on s'en sera tirés, je vais retrouver sa tombe, sortir sa carcasse pourrie et la réduire en miettes, mais pour l'instant, ici et maintenant, je dois considérer que ce fils de pute dit la vérité. On ne la fera pas exploser, à moins de déclencher et une explosion thermonucléaire et l'onde de la Méduse !

— D'accord, Scott, je vais repasser cette info au commandant des opérations à Seymour-Johnson.

D'instinct, le pilote sentit que la voix du responsable du FBI sonnait faux. Les yeux perdus à travers la vitre du Boeing, il essaya d'analyser ce que DiStefano pouvait essayer de lui cacher.

— Tony, vous avez un contrôle sur ce qu'ils font, *eux*, vrai ?

— Qu'est-ce que vous voulez dire, Scott ?

— Vous êtes toujours en charge de cette histoire, hein ?

— Nous... nous assurons la coordination, Scott. Il y a plein d'autres services impliqués, vous pouvez l'imaginer. Même le Président suit la crise depuis Air Force One. Nous, nous coordonnons les choses jusqu'au moment où vous serez au sol.

— Okay... Et après ?

— A Seymour ?

— Oui. C'est une base militaire, donc c'est l'armée qui va mener la danse ? Qui ?

Il entendit un murmure de voix, puis à nouveau le sous-directeur.

— Je ne peux pas vous donner un nom et un grade avec certitude, mais on me dit que ce sera un général deux ou trois étoiles, sous l'autorité directe des gros bonnets du Pentagone.

— Bon. Je veux sa promesse que personne ne tentera d'utiliser des explosifs avec cette bombe. Son engagement personnel. Mon avion, je m'en fiche : il est en leasing, il y a une assurance, de toute façon dans une semaine je mets la clé sous la porte ! Mais ils ne doivent pas essayer de faire sauter ce machin, sous aucun prétexte.

— Scott...

Le pilote entendit sa propre voix enfler, prendre une intonation menaçante :

— C'est clair et net ! On ne pourra pas la faire exploser sans provoquer une catastrophe nucléaire ! Vous avez dit vous-même que c'était une vraie bombe !

— C'en est une, Scott. Les traces de plutonium dans son labo le prouvent assez. Mais pour la neutralisation, c'est seulement ce que prétend un type mort depuis deux ans, non ?

— Je veux cette promesse, Tony. Je suis toujours un officier de la Navy, ma responsabilité est engagée. Et je connais, très bien, même, l'état d'esprit des militaires.

— Scott, qu'est-ce que vous feriez dire à votre bombe si vous étiez à la place de ce type ?

— Je n'y suis pas.

— Non, mais si c'était le cas vous vous débrouilleriez pour persuader tout le monde qu'elle est invulnérable, non ? Je comprends la tension que vous subissez, mais ne nous laissons pas avoir ! Vous êtes en train de prendre au pied de la lettre les affirmations de Rogers Henry, exactement comme il l'a voulu !

— Vous ne pouvez pas être certain du contraire. Vous jouez quitte ou double !

— Mais vous aussi, bon Dieu ! hurla Tony. Ecoutez, gardons la tête froide.

Scott soupira, luttant pour reprendre son calme.

— Qu'il l'ait équipée ou non d'un détonateur spécial, Rogers Henry aurait rentré cet avertissement dans son programme, de toute façon. Ce message ne prouve rien, en effet. Il peut bluffer, il peut dire vrai. D'un côté comme de l'autre, on fait un pari, donc il faut choisir le moins risqué, qui est de penser qu'il dit la vérité.

— Je vais transmettre vos exigences, Scott. C'est tout ce que je peux faire.

— Ou j'obtiens la promesse de cet officier, sa parole d'honneur, ou je ne me pose pas à Seymour-Johnson. Okay ?

— D'accord. Je vais voir ce qui est faisable.

— Les artificiers ont-ils déjà quitté Pax River ?

DiStefano s'était longuement préparé à cette question, afin de ne trahir aucune hésitation lorsque viendrait le moment d'y répondre. Il prit soin de conserver un ton aussi détaché que possible.

— Tout à fait, et une autre équipe arrive, d'ailleurs. On va bien s'occuper de vous.

— Une seconde, Tony.

Se tournant vers le mécanicien de vol, Scott résuma rapidement sa théorie à propos du fait que la machine infernale de Rogers Henry avait été incapable de constater qu'ils n'étaient plus au-dessus du Pentagone.

— Qu'est-ce que tu en penses, Jerry ?

— Exactement la même chose, figure-toi ! approuva le mécano avec enthousiasme. Il a dû rentrer une latitude et une longitude données dans son programme, mais comme il n'a jamais envisagé que nous puissions « ne pas » nous poser à Washington, il a écrit son software de manière à ce qu'il n'accepte plus de relevés de position une fois les coordonnées du Pentagone enregistrées. Je parie tout ce qu'on veut que le détecteur fonctionne toujours là-dedans, balance ses infos comme un malade à un programme qui s'en contrefiche ! Son job, c'était de constater qu'il était arrivé au Pentagone, point ! On pourrait aussi bien l'amener sur la Lune qu'il ne verrait pas la différence.

Rassuré, Scott condensa l'explication pour son interlocuteur au sol, en concluant :

— Tout ça pour vous dire que, d'après moi, on pourra la sortir de l'avion sans danger, si besoin est.

— Très bien. On m'a signalé que tout était prévu pour ça sur place, chariot élévateur, etc.

— Autre chose, Tony. Les deux autres palettes sont du matériel scientifique très important appartenant au Dr. McCoy, qui est à bord avec nous. Les artificiers peuvent se mettre au travail pendant qu'on les débarquera. De toute manière, elles gênent le passage. Vous pouvez les prévenir de ça ?

— Facile.

— Et je veux que Linda McCoy, mon copilote et mon mécano soient immédiatement évacués en lieu sûr, à plusieurs kilomètres de la base. Moi, je resterai sur place jusqu'à ce que Mrs. Henry puisse s'éloigner de la bombe sans danger. — Silence à Washington. — C'est pigé, Tony ?

— Oui, Scott. A propos, vous m'avez dit que Mrs. Henry était à l'arrière ?

— Exact.

— Est-ce que... est-ce qu'elle exerce une influence quelconque sur ce que vous me dites ? Des suggestions... des ordres ?

Scott jeta un regard ébahi à Doc.

— Il demande si Vivian nous dicte ce que nous devons faire !

Le copilote prit un air inquiet. Linda, qui avait directement entendu l'étrange question de DiStefano, s'exclama :

— C'est quoi, ce délire ?

Scott replaça le combiné devant sa bouche :

— Bien sûr que non, Tony ! Vous voulez en venir où ?

— Une simple précaution, Scott. Euh... je dois aussi vous demander : est-ce qu'elle transporte une arme ?

— Une arme ? Une *arme* ? Non, Tony, à part une bombe atomique de rien du tout, je ne vois pas ! Vous pensez à quoi, un couteau suisse, ou peut-être une cartouche de gaz paralysant ? Qu'est-ce qui se passe, là ? Ce sont les casse-bonbons de la FAA qui veulent vérifier si j'ai contrôlé les sacs à main de mes passagères ?

— Du calme, Scott, du calme ! Ce sont des questions que je dois vous poser dans l'hypothèse d'une action terroriste.

— D'accord, mais le terroriste est mort depuis belle lurette ! C'est le fruit de son cerveau malade qui nous menace !

— Est-ce qu'elle a évoqué son problème de pension de veuvage ? demanda DiStefano sans transition.

Scott observa Linda qui s'était rejetée sur son siège, le front plissé, avant de répondre :

— Oui, Tony, elle en a parlé, mais quel rapport avec la situation présente ?

— A-t-elle mentionné un désir de se venger, de régler des comptes ?

— Mais non, enfin ! Qu'est-ce que vous allez chercher ?

La voix de Jerry retentit soudain dans le cockpit.

— Des chasseurs ! Scott, à environ dix heures, deux F-16 !

Doc sursauta. N'en croyant pas ses oreilles, Scott regarda à sa gauche. Exposant leur ventre gris fer dans un impeccable tonneau réalisé conjointement, les deux avions d'attaque de l'US Air Force venaient de se placer en formation à la gauche du Boeing, légèrement en avant. Scott, qui avait demandé au sous-directeur de rester en ligne, reprit son téléphone.

— Tony, vous nous avez prévu une petite escorte ?

A sa réponse négative, il décrivit le spectacle qu'ils avaient maintenant devant eux.

— Je vais me renseigner, Scott... Non, attendez, on vient de me passer une note à ce sujet. Oui, en effet, deux appareils sont partis de la base de Shaw pour vous escorter et vous assister. Ils sont sur 338.2, si c'est une fréquence que vous pouvez capter.

— Il se trouve que oui. A tout hasard, je m'étais fait installer la haute fréquence. 338 mégahertz, c'est amplement dans nos cordes. On va leur passer un petit appel. Quand même, j'aurais préféré qu'on me prévienne de leur arrivée...

— Désolé, c'est de ma faute. Je n'avais pas vu cette note.

— Tony, pour en revenir à vos questions sur le compte de Vivian Henry, vous ne m'avez pas expliqué...

— Simple routine, Scott, je vous l'ai dit. Moi aussi j'ai une checklist, vous comprenez, alors je m'y tiens.

Ça, c'est sûr, pensa le commandant de ScotAir. *Et tu viens juste de prouver que tu étais un sacré menteur !*

Siège central du FBI, Washington, 18h19

Moins de cinq minutes après la fin de son éprouvante conversation avec Scott McKay, Tony DiStefano vit qu'on lui tendait un autre appareil téléphonique. Un colonel du Pentagone voulait lui parler.

— Quatre individus dans le cockpit. Trois de sexe masculin, une de sexe féminin. C'est tout ce qui est visuellement décomptable. Nos gars ont eu un sacré choc quand le commandant du Boeing les a appelés sur leur radio. Les simples pékins ne sont pas équipés d'UHF, d'habitude ! Enfin, ils restent en contact avec lui.

A bord de ScotAir 50, 18h19

Tout en débranchant son micro, Scott McKay laissa son regard errer sur le fuselage poli du F-16 de tête. La voix du pilote de chasse lui avait paru rassurante. Plus jeune que lui, estima-t-il, mais avec déjà cette nuance du professionnel se sentant absolument sûr de sa machine, sentiment venu de longues heures d'entraînement et qui lui rappela son passé dans la Navy.

Son attention fut à nouveau accaparée par les questions aberrantes que lui avait posées DiStefano à propos de Vivian Henry. Pourtant, il ne pouvait détacher les yeux des deux avions de chasse, laissant son esprit tourner et retourner une seule interrogation : quel était le but réel de leur mission, de leur présence aux côtés du Boeing ?

Ils allaient certainement rester tout près jusqu'à l'atterrissage même si, logiquement, il s'attendait à les voir prendre un peu de champ pendant la descente, par sécurité. Ah, si seulement il avait été possible de braquer le vieux 727 droit vers l'Atlantique et d'évacuer ses occupants dans l'un de ces avions aux formes épurées... Des appareils dont l'air gracile cachait un potentiel de vitesse impressionnant et... une énorme puissance de feu !

Il approcha son visage de la fenêtre gauche pour observer plus attentivement la silhouette du F-16 qui dirigeait la formation. Il se souvenait de lui avoir demandé, en forme de plaisanterie, s'il était armé, et d'avoir obtenu un « Négatif ! » facétieux.

Mais, sous son aile droite, il discernait maintenant deux missiles air-air Sidewinder. Et autant du côté gauche ! Scott savait à quoi ressemblaient les répliques de missiles utilisées pendant les exercices. Ceux-ci étaient d'authentiques Sidewinder.

Une nouvelle fois, il eut la désagréable impression qu'un flot d'azote liquide se ruait à travers ses veines.

Aéroport national de Washington, 18h19

A l'arrière du taxi qui fonçait, malgré une pluie diluvienne, en direction du siège de la Direction centrale du trafic aérien, à Roslyn, en Virginie, Pete Cooke attrapa son téléphone cellulaire et le colla contre son oreille. Son scanner, désormais inutile puisque l'avion de ScotAir était hors de portée, dormait dans son attaché-case.

Son équipe new-yorkaise d'enquêteurs lui avait signalé un vrai mouvement de panique dans les milieux industriels et financiers de la côte est, alors que le Boeing et sa charge effrayante étaient dirigés vers la base militaire de McGuire dans le New Jersey, c'est-à-dire droit vers les forces déchaînées de l'ouragan Sigrid.

— Pete ? Il ne se passe rien, à McGuire, annonça pourtant Ira quand il l'obtint en ligne.

— Je le savais ! J'ai perdu leur fréquence juste au moment où on leur a donné une nouvelle destination.

McGuire, c'est du passé. Mais où ils vont maintenant, pas la moindre idée... Bon, qu'est-ce que ça donne à la télé, à la radio, dans les agences ?

— C'est l'info principale partout, Pete. Depuis que ABC a lancé son scoop, ils restent dessus en direct, NBC et CBS ont suivi, et CNN fait du zèle. Ils rament pour avoir de l'image, mais tout le monde ne parle plus que de ça.

— Sur quoi ils insistent, en gros ?

— Trois points. Un, quelle zone précise l'avion met-il directement en péril ? Deux, que se passe-t-il dans ce périmètre si la bombe explose ? Trois, qu'arrive-t-il au pays en cas d'effet de la Méduse ? Ils ont rameuté des experts de partout. Incroyables, la quantité de savants que nous avons et leur goût du détail macabre lorsqu'il s'agit de décrire ce que devient un corps humain après une explosion atomique ! Ils ont cherché et passé la moindre image d'archives sur Hiroshima, vous savez, types calcinés mais encore vivants, ce genre d'horreurs... En ce qui concerne la Méduse, ça discute ferme, certains affirment que l'Amérique va se retrouver plusieurs siècles en arrière, mais il y a aussi beaucoup de bêtises qui se racontent.

— Ira, pardon... Hé, attendez ! — Furieux, Pete se pencha vers son conducteur. — Il faut prendre à gauche, là ! Pas tout droit ! A gauche, tout de suite !

Electrisé, le chauffeur braqua brutalement, coupant quatre files sur la chaussée détrempée pour rattraper in extremis la bonne sortie. A cet instant, poussée par la bourrasque, une grosse poubelle surgit en roulant follement. Au prix d'un nouveau coup de volant et de hurlements de pneus, le taxi parvint à l'éviter. Les yeux au plafond, le reporter imagina l'état de nerfs dans lequel devaient se trouver toutes les patrouilles de police de la côte est.

— Pffff !

— Toujours vivant ? s'inquiéta Ira.

— Ouais, plus ou moins. Où on en était ?

— Je disais que c'est dingue le nombre de scientifiques qui étaient au courant de la possibilité théorique de créer une onde de la Méduse. Seulement, ils avaient décidé que c'était infaisable. Eh bien, maintenant ils chantent le contraire, et pour cause ! Tout en essayant de se mettre à couvert face à ce qui nous arrive dessus...

— Il y a beaucoup de choses qui s'arrêtent, dans votre coin ?

— Quoi, vous n'avez pas entendu la déclaration du Président ?

— Non ! C'était quand ?

— Il y a cinq minutes, pas plus, depuis Air Force One. Il a pratiquement donné sa parole que les militaires allaient arriver à désamorcer la bombe. Le plus révélateur, c'est ce qu'il n'a pas dit...

— Mais encore ?

— Il n'a pas dit que l'effet de la Méduse était impossible, ni que les gens n'ont pas à arrêter leurs systèmes informatiques. Et il n'a pas démenti non plus ce que vous voulez vérifier tout de suite : l'ordre d'interrompre le trafic aérien sur l'ensemble du pays. A propos, Pete, je voulais vous demander : vous en avez vraiment entendu parler, de cet ordre, ou c'est juste une déduction ?

— Je suis pilote moi-même, Ira, d'accord ? Ça me paraît une mesure logique. Seulement, je ne sais pas s'ils vont me laisser rentrer, à la FAA. Au cas où j'aurais raison, ça doit déjà être l'hystérie complète, là-bas !

— En tout cas, ils sont aussi en train de stopper les trains et les métros, Pete ! J'ai un copain qui travaille à la direction du secteur nord, ici à New York, et il vient de me prévenir. A la gare centrale, on nous signale une pagaille noire. Et aucun numéro d'Amtrak ne répond. On nous informe aussi de navires qui ont reçu l'ordre de s'immobiliser et de jeter l'ancre, mais évidemment ce pourrait être à cause de l'ouragan !

— J'en doute.

— Moi aussi. Bon, la Bourse de New York avait déjà fermé, mais on nous dit que les avis d'échéances ont été repoussés à plus tard et que même les écrans ont été éteints dans le bâtiment...

— Je suis arrivé, Ira. Il faut que j'y aille.

— D'accord... Pete, sans vous décourager, il n'y aura pas de journal demain si jamais cette onde se produit dans les deux prochaines heures. Qui dit journal dit transmission satellitaire des plaques, on est devenus entièrement tributaires de ça... Et on ne pourra plus se servir de nos portables, non plus.

— J'ai toujours des carnets de notes avec moi, Ira. Et je vous conseille de tailler quelques crayons, au cas...

— Des crayons ? C'est quoi, ces choses-là ?

Passer au travers du filtrage paranoïde installé à l'entrée des locaux de la FAA se révéla moins ardu qu'il ne l'avait prévu. Des années de travail scrupuleux et d'amitiés soigneusement cultivées au sein de cette administration, ainsi qu'une liste des téléphones personnels de plusieurs de ses hauts responsables lui permirent de s'en sortir haut la main. Le seul nom de Pete Cooke était un vrai sésame, ici. En moins d'un quart d'heure, il se fit conduire à la salle de contrôle central où l'un des principaux artisans de l'opération vint l'accueillir à la porte.

— Vous ne rappelez au sol que les avions équipés de systèmes informatisés, c'est ça ? lui demanda Pete.

— Nous faisons poser tout le monde, sans exception. C'est la consigne que vient de nous donner le Département des transports. Ce serait trop compliqué de faire un tri. Tout le monde a des ordinateurs de-ci de-là, maintenant, même les jets privés, les hélicoptères ou les appareils de ligne plus anciens. Bien sûr, à cause de l'ouragan, le trafic a déjà été forcément réduit dans plusieurs régions.

— Et cela concerne tout le pays ?

— Oui. Et le Canada participe. Pour le Mexique, je ne sais pas encore. Bon, nous devons aussi nous soucier de tous les vols transatlantiques et transpacifiques. On les fait se poser partout où c'est possible : Gander, Terre-Neuve, Anchorage, l'Islande...

— Dans combien de temps ce sera fini ?

Le responsable jeta un coup d'œil à l'intérieur de la salle. Le col de sa chemise était ouvert, sa cravate desserrée.

— Encore une heure, disons. Je pense qu'on sera dans les temps. Mais relancer tout le trafic ensuite, ce sera une autre paire de manches !

— Et en ce qui...

— Si vous voulez regarder, monsieur Cooke, je vous en prie, faites. Vous êtes pilote vous-même, je le sais. Moi il faut vraiment que je me remette au travail. Et puis... mais c'est entre vous et moi, n'est-ce pas ?

— Bien entendu.

— Eh bien, entre vous et moi, j'espère que le Président sait ce qu'il fait, je l'espère sacrément ! Il va y avoir des milliards de passagers fous de rage bloqués un peu partout pendant une bonne semaine, sans parler des équipages, le temps que nous démêlions un peu ce merdier. Evidemment je n'ai jamais rien dit de tel.

— Et je ne l'ai pas entendu non plus. Merci pour tout. Je vais jeter un œil, si c'est okay pour vous.

Le contrôleur prit rapidement congé et revint en hâte à la console centrale. Le reporter se fondit dans un coin, aussi discret que possible, sortit son téléphone cellulaire et rappela sa rédaction sur le numéro gratuit du *Wall Street Journal*.

Base aérienne Seymour-Johnson, Caroline du Nord, 18h19

Malgré l'arrivée en force d'agents du FBI et d'experts nucléaires vingt minutes plus tôt, le commandant en titre de la base Seymour-Johnson faisait son possible pour conserver calme et stoïcisme : il restait le seul maître à bord, se répétait-il. Mais à observer le général de brigade Wally Walch debout dans le vent, qui contemplait d'un air abasourdi les préparatifs sur la piste, son aide de camp, le major Dillingham — une femme officier —, pensa qu'il paraissait de plus en plus dépassé par les événements. Son expression, constata-t-elle secrètement, n'était pas sans rappeler celle d'un daim pris dans les phares d'une voiture.

Walch apercevait au bout de la piste principale sa propre voiture de fonction, réquisitionnée dix minutes auparavant par l'envoyé spécial du Pentagone, un certain colonel Peters, qui était arrivé de la base aérienne de Shaw à une vitesse supersonique, installé dans le siège arrière d'un F-15 en version biplace, déjà sanglé d'une combinaison de vol verte. Un autre avion de ce type se préparait à atterrir, transportant un technicien atomiste venu de l'institut Wright-Patterson, dans l'Ohio.

Le général de brigade Walch fit un geste nerveux en direction du colonel Peters.

— Il doit me briefer sur le plan en cours ! A part les grandes lignes, on ne nous a donné aucun détail !

Le major Dillingham hocha la tête, ses courts cheveux blonds soulevés presque parallèlement au sol par un vent acharné. De grosses gouttes de pluie tombaient de temps à autre autour d'eux, mais pour l'instant la piste était encore sèche. D'énormes cumulus noirs qui grossissaient à l'horizon annonçaient cependant un vrai déluge.

— Je vais lui demander de venir vous voir, annonça-t-elle en partant d'un pas décidé vers le petit groupe de responsables du FBI et d'officiers de l'US Air Force qui entouraient le colonel.

Après un échange animé, le commandant de la base la vit revenir vers lui en compagnie du grand manitou.

— Désolé, mon général, mais ça a été la course ! Je m'excuse de réquisitionner votre base de cette manière. Le représentant principal du FBI va nous rejoindre dans une seconde. L'appareil en question se trouve maintenant à quatre-vingt-dix kilomètres d'ici, il va entamer sa descente dans dix minutes. Si on peut éviter de le placer en attente, ce sera l'idéal. Quant à l'autre... — le colonel se tourna pour plisser les yeux en direction du F-15 attendu de l'Ohio —, il devrait être là d'ici peu. Il nous amène le seul expert nucléaire qualifié pour ce genre d'opérations qui nous reste, du moins le seul qu'il a été possible de faire venir dans les temps.

Le commandant opina gravement du bonnet.

— Colonel, on m'a prévenu de l'arrivée d'un C-141 de la base de Charleston, qui devra se tenir à votre disposition.

— Ah, très bien. — Il lança un regard au groupe du FBI qui poursuivait une conversation animée à distance puis, certain que personne d'autre ne pouvait l'entendre, se pencha vers le commandant Walch. — On m'a demandé de faire venir ce gros-porteur et de le garder prêt à repartir. Au cas où nous déciderions de larguer cette bombe plutôt que de la désamorcer. En théorie, on peut l'embarquer dans ce C-141 et l'expédier à la baille. Mais voilà, il se trouve que, bon, le C-141 en question va rester en circuit d'attente dans le coin de Charleston. — Il décocha un clin d'œil à Walch, qui demeura coi. — Laissez-moi vous dire, mon général, que cette bombe n'est pas près de quitter votre base. On va lui régler son sort ici même, d'une manière ou d'une autre.

Le commandant de Seymour-Johnson se raidit encore plus.

— Mais je croyais que les consignes présidentielles étaient explicitement de la larguer en mer si la tentative de désamorçage échouait !

— Il se trouve que j'ai eu un briefing avec le Pentagone juste comme notre chef d'état-major sortait d'une téléconférence avec le Président. Il y a eu des discussions, au cours desquelles le Président a suggéré que nous envisagions cette solution dans le cas où nous jugerions qu'il ne reste plus assez de temps pour la désamorcer sans danger. Mais mes ordres, à moi, sont de conserver cette bombe à tout prix, ce qui signifie s'employer jusqu'à la dernière seconde à la désamorcer. Sans se raconter d'histoires, il est clair que nous n'aurions pas le temps de l'emporter où que ce soit si, pour une raison ou une autre, il le fallait, puisque notre gars va travailler dessus jusqu'à l'extrême limite ! En cas de conclusion négative, bon, nous sommes prêts à la faire sauter ici.

— Charmante perspective, colonel, persifla le général Walch. Mais il y a un hic : moi aussi j'ai eu le Pentagone en ligne, et d'après ce que j'ai compris ce C-141 devait se trouver ici, prêt à décoller d'urgence... Vous mesurez, je présume, que l'interprétation que vous venez de me donner pourrait être considérée comme une violation des ordres du Président.

— Général ! — Le colonel Peters avait pris un ton menaçant à l'encontre du commandant, pourtant d'un grade supérieur au sien. — Nous accomplissons en ce moment une mission top secret de l'US Air Force, hein ? Vous et moi sommes de la même maison, non ? Deux officiers de l'armée de l'air, qui reçoivent directement leurs ordres du Pentagone. Moi, ma mission, c'est de désamorcer et de conserver cette bombe. Elle ne consiste *pas* à tenter de lire dans l'esprit confus de l'intrigant politicard actuellement pensionnaire de la Maison Blanche, ni à me torturer le cerveau à déchiffrer ses états d'âme. Et pour cette mission, excusez-moi de devoir le préciser, je suis placé sous l'autorité directe du général Billings, de l'état-major.

Le commandant le fixa longuement avant de demander d'une voix sourde :

— Puis-je vous être utile en quelque chose, colonel ?

— Pas vraiment, pour l'instant, trancha celui-ci en haussant les épaules. Contentez-vous de poursuivre l'évacuation de votre base, et prévoyez un avion pour vous et votre staff, dans lequel vous embarquerez si le désamorçage ne s'est pas conclu positivement vingt minutes avant l'heure prévue pour la déflagration.

— Nous avons ce KC-10 déjà prêt pour ça, annonça le commandant en tendant le bras vers un des appareils de transport, version militaire du DC-10, stationné devant la tour de contrôle.

Derrière lui, trois autres avions similaires constituaient la dernière vague de l'évacuation massive déclenchée peu de temps auparavant.

Le colonel avait tourné les talons et se disposait à s'éloigner lorsqu'il se reprit.

— A propos, général, que je vous donne quand même mes dernières informations ! Nous avons affaire à un terroriste, une terroriste plutôt, une Américaine. Le FBI pense la neutraliser sans grabuge, c'est ce qui va être tenté. Nous sommes cependant autorisés à employer des mesures extrêmes contre elle. Le problème, c'est que nous ne pourrons pas l'éloigner de la bombe tant que nous n'aurons pas analysé et reproduit les signaux radio qu'émet son pacemaker. Dès qu'elle sera maîtrisée et qu'on aura vérifié qu'elle n'a pas un détonateur télécommandé sur elle, nous commencerons l'intervention sur la bombe proprement dite. Pendant ce temps, une autre équipe la connectera à des explosifs surpuissants. Si nous ne pouvons pas la descendre du 727, et si par extraordinaire nous n'arrivons pas à la désamorcer, en dernier ressort donc, on la fera sauter, Boeing compris.

— Et si cette femme manifeste une résistance quelconque, colonel ?

— C'est pour cette raison que je vais avoir besoin de vos gars de la PM, mon général. Le FBI va faire l'impossible pour la dégager de l'avion, parce qu'il ne faudrait surtout pas qu'elle prenne le 727 en otage, avec la bombe dedans. Nous ne savons pas exactement non plus si elle n'a pas des complices parmi l'équipage, donc il va falloir les mettre en confiance jusqu'à l'évacuation complète du zinc. En deux mots, la consigne, c'est : on les rafle tous et on désarme ce foutu engin !

— Et s'il explose plus tôt que prévu, avec une réaction nucléaire ?

Les yeux du colonel s'arrêtèrent sur lui, passèrent au major Dillingham, puis revinrent se poser sur le visage du général Walch.

— Bon... Sincèrement, si c'est ce qui se passe, eh bien nous ne serons plus de ce monde pour le savoir ! A moins d'avoir eu le temps de mettre une bonne cinquantaine de kilomètres entre vous et cette bombe de malheur !

La jeune femme porta instinctivement une main à sa gorge avant de reprendre contenance. Le général, lui, n'avait pas bronché. Observant les trois hommes en costumes sombres qui se tenaient toujours près de la voiture, il laissa tomber sèchement :

— Je crois que le FBI vous attend, colonel.

— En effet, mon général. Il ne vous reste plus qu'à nous souhaiter bonne chance. Et à dire quelques prières... — Il baissa les yeux au sol, prit sa respiration, comme s'il hésitait à ajouter quelque chose, puis releva soudain la tête pour fixer le major Dillingham. — On m'a affirmé que cette bombe pouvait paralyser le pays tout entier, en plus d'anéantir toute la zone. Je vous certifie que je ne laisserai pas ça arriver.

Son regard passa au commandant, qui esquissa un sourire énigmatique et désigna d'un geste la ligne de ses épaules :

— Vous aurez bientôt une étoile par là, certainement, hein, colonel ?

— Pardon ?

— C'est fou ce qu'il ne faut pas faire pour devenir général, de nos jours. Bonne chance, colonel Peters.

Saisissant le bras de la jeune femme, le commandant de la base se retourna et partit avec elle vers le bâtiment principal. Le colonel Peters était conscient d'avoir subi un grave affront, mais il ne trouvait rien à répliquer. Il se contenta de regarder le dos des deux officiers qui s'éloignaient rapidement.

17

A bord de ScotAir 50, 18h23

Alors que le Boeing entamait sa descente, Linda McCoy partit à l'arrière mettre au courant Vivian Henry, qu'elle vit au bord des larmes.

— Encore dix minutes, lui annonça-t-elle en arrangeant autour d'elle la couverture qui la protégeait du plancher glacial.

Vivian lui tapota affectueusement la main.

— C'est gentil d'être venue prendre de mes nouvelles.

— Que vous deviez rester seule ici, je trouve ça affreux.

— Et moi, Linda, je suis si désolée d'avoir entraîné

dans ce cauchemar des gens aussi bien que vous et les autres, devant. Vous comprenez, je n'imaginais...

— Ne vous inquiétez pas pour nous. Sincèrement. L'important, c'est que nous fassions front ensemble, jusqu'à ce que ce soit terminé. D'accord ?

— D'accord.

— Parfait. — Rejetant ses cheveux derrière les oreilles, Linda s'agenouilla près de Vivian. — Maintenant, voici le dernier point de la situation. Notre jeune commandant a passé un temps fou au téléphone avec le FBI. Ils ont enregistré que vous ne pouviez vous éloigner à plus de cinq mètres, mais ils ont prévu de leurrer le système avec une radio sur laquelle ils vont reproduire les fréquences émises par votre pacemaker. Dès que ce sera au point, ils vous feront sortir de là. La bombe ne verra pas la différence.

— Vous avez dit que nous allions nous poser en Caroline du Nord, près de Goldsboro, c'est cela, Linda ? Il ne faut pas que cet engin explose sur le continent, nulle part, et surtout pas près d'une agglomération ! Les officiels ont compris que c'était une explosion nucléaire qui générait l'onde de la Méduse, n'est-ce pas ?

— Apparemment, oui. Ecoutez, je vais être très franche là-dessus, Vivian, même si c'est dur à entendre. Scott n'a pas arrêté de les dissuader d'essayer de faire sauter la bombe en la brûlant ou avec une charge explosive. Il leur a parlé du message que nous avons lu nous aussi, vous et moi. Mais il a terriblement peur que les militaires n'en fassent qu'à leur tête. Nous sommes aussi convaincus que vous que cette machine ne bluffe pas. Alors, si vous vous souvenez maintenant du moindre détail que je pourrais leur donner, un indice, quelque chose pour les convaincre que votre ex-mari a pu installer un flotteur piégé sur son invention...

— Un flotteur... piégé ?

Brusquement, Vivian détourna la tête tandis qu'un pâle sourire se dessinait sur ses lèvres.

— Comment ? s'étonna Linda.

— C'est... l'image ! s'exclama-t-elle de manière sibylline, en désignant la bombe d'un large geste qui semblait vouloir exorciser une apparition visible d'elle seule. Je... Oh, pardon, vraiment ! Mais vous m'avez rappelé une image idiote !

— Ah bon ? Laquelle ? Expliquez-moi, demanda Linda, toujours stupéfaite.

— Rogers a été un bourreau avec moi, sans pitié, un vrai monstre dans les dernières années. C'est vrai. Mais au tout début de notre mariage, il pouvait être follement drôle, aussi. Un humour pince-sans-rire, mais irrésistible. C'est un peu pour cela que je suis tombée amoureuse de lui, même.

— Bon, et qu'y a-t-il de si drôle, maintenant ?

— C'est quand vous avez parlé de « flotteur piégé ». Je n'ai pas pu m'empêcher... Voilà, c'est exactement ainsi qu'il appelait mes soutiens-gorge !

A la mimique ébahie de sa compagne, elle retrouva son sérieux.

— Que leur dire, vous m'avez demandé, Linda... Dites-leur de rechercher dans les papiers de mon mari, au cours des années soixante, soixante-dix. Ils s'apercevront qu'il a mis au point, à cette époque, le détonateur nucléaire qui fait depuis autorité mais qu'au même moment il a rédigé une contribution dans laquelle il affirmait qu'on pouvait modifier n'importe quel mécanisme de détonation dans le but de déclencher une réaction en chaîne quand on essayait de le détruire à l'explosif conventionnel. Il avait découvert le moyen, dites-le à Scott, et dites-lui qu'il a raison : s'ils essaient de faire sauter sa bombe, ils provoqueront une onde de la Méduse.

— Okay.

— Ce n'est pas tout, Linda, poursuivit-elle en la

retenant par le bras. En essayant de la désamorcer, ils ne feront que perdre leur temps. Non seulement ils n'y arriveront pas, mais s'ils insistent trop ils vont tous nous réduire en cendres, en plus de libérer la Méduse. Il n'y a rien que Rogers Henry ait laissé au hasard, rien ! La chemise est hermétiquement fermée, et à la moindre tentative de l'a...

— Vivian, vous vous entendez ?

L'exclamation incrédule de la jeune femme la fit sursauter.

— Hein ? Quoi ?

— Là, tout de suite, vous étiez en train de vous exprimer exactement comme les messages et les avertissements dont votre ancien mari a bourré cet ordinateur !

Vivian la dévisagea, puis tourna les yeux vers la bombe avant de reconnaître d'une voix lasse :

— Oui, c'est possible... C'est parce que je sais qu'il ne raconte pas d'histoires.

— Mais quand il se vante de détecter le moindre mouvement, il bluffe, non ?

— Non et non ! Ce n'est pas un bluff. Juste une erreur quelque part. Quelque chose qui n'a pas fonctionné comme prévu. C'est tout à fait différent ! Ne vous faites pas d'idées, il n'y en aura pas d'autres. Il ne faut pas compter là-dessus.

— D'accord, mais pourquoi êtes-vous tellement persuadée que cette unique erreur ne nous fournit pas un moyen de percer à jour son système ?

— Quoi, ils ne comprennent pas ? Evidemment qu'il s'attendait à ce qu'on essaie de la désamorcer, par cent, par mille moyens ! Il savait pertinemment que les militaires n'allaient pas attendre, les bras croisés, de voir si son invention allait rayer le Pentagone de la carte et livrer le pays à la Méduse, du même coup ! Il *sait* qu'ils vont essayer de farfouiller dedans pour interrompre sa programmation. Il y a sans doute encore des douzaines de messages de mise en garde, mais au bout du compte il la fera exploser plutôt que de leur permettre de la neutraliser.

— Comme il l'a fait quand vous vous êtes éloignée, tout à l'heure ?

A nouveau, Vivian lui jeta un regard étonné, où se lisait un vrai désarroi.

— Il... C'était peut-être autre chose. Il veut me faire du mal. Me terroriser.

— Exactement. Et dans ce cas, pourquoi voudrait-il qu'elle explose ? Réfléchissez, Vivian. D'un coup ce serait la fin, donc la fin de vos souffrances et de son chantage, aussi ! En bluffant, il entretient la menace, il vous torture, il vous tue à petit feu ! Une explosion, et sa vengeance tourne court.

— Il y a une limite, Linda. Rogers se rendait compte qu'il commencerait à perdre son avantage dès que quelqu'un parviendrait à percer l'enveloppe de la bombe pour l'arrêter. Il doit, il veut rester maître de la situation. Il préférerait déclencher l'apocalypse plutôt que de ne pas avoir le dernier mot. Ce que j'ai essayé tout à l'heure n'était qu'un défi mineur, pour lui. Mais s'il se rend compte...

— Si le système détecte, vous voulez dire ! Rogers Henry est mort, je vous le rappelle !

— D'accord. Si le système détecte qu'on cherche à le désamorcer, il se déclenchera.

— Logique, en effet, reconnut Linda.

— Croyez moi. Vous devez convaincre Scott ainsi que tous ceux susceptibles de prendre des décisions dans cette affaire que le seul moyen d'éviter un dénouement affreux, c'est de profiter de la seule erreur que Rogers ait commise : cette bombe ne connaît pas sa position, c'est vrai. On ne peut discuter avec ce... terroriste, puisqu'il est mort. On ne peut pas désamorcer sa bombe. Mais ce qui reste possible, c'est de l'envoyer au-dessus de l'Atlantique et de la larguer.

Si l'explosion se produit à une profondeur suffisante, ce devrait être assez pour éviter un effet Méduse.

— Il faut d'abord qu'on vous tire de là, vous !

— S'il nous reste assez de temps et si nous trouvons un moyen de le faire... Autrement, il faudra que je parte avec. C'est moi qui suis responsable de tout, depuis le début... Le principal, c'est que l'armée de l'air y arrive, sans perdre une minute.

— Vivian, Scott a tout arrangé pour que mon matériel soit débarqué et pour que Doc, Jerry et moi soyons placés à l'abri dès notre arrivée. Lui, il ne bougera pas tant qu'on ne vous aura pas libérée de ce... de ça, mais si vous voulez, je peux rester, moi aussi.

Vivian secoua énergiquement la tête.

— C'est hors de question. Prenez ces trois garçons avec vous et filez, filez le plus loin possible. Même Scott, il ne faut pas qu'il reste !

— J'ai la nette impression que vous ne le convaincrez pas.

— Cela ne servira à rien qu'il demeure avec moi. Je n'ai pas besoin qu'on me tienne la main. Du fond du cœur, je me sentirai mille fois mieux en vous sachant tous les quatre à des kilomètres de là.

— Et moi, je me sentirai mille fois mieux avec cette bombe désamorcée pour de bon, et hors d'état de nuire !

Vivian approuva poliment, cependant Linda avait deviné qu'elle avait la tête ailleurs. D'une simple mimique, elle la pressa d'en dire plus.

— C'est bizarre, tout de même...

— Quoi, qu'est-ce qui est bizarre ?

— Eh bien je dirais que vous avez... Combien, trente-deux ans ? Scott, lui, doit à peine avoir dépassé la trentaine. Et pourtant, il y a un instant, vous l'avez appelé « notre jeune commandant ». Pour ma part, je le trouve plutôt remarquable, quel que soit son âge...

— Mais... moi aussi, approuva Linda avec une

expression un peu embarrassée. — Elle jeta un coup d'œil vers l'avant de l'appareil. — Vous savez, Vivian, j'étais assise derrière lui pendant cette affreuse tentative d'atterrissage, tout à l'heure, et je l'ai vu, je l'ai vu se battre contre les éléments, j'ai vu les veines sur ses bras et ses mains tandis qu'il luttait pour empêcher l'avion de lui échapper... Ce matin, il m'a un peu énervée, pour plusieurs raisons, mais maintenant je pense qu'il est... très à la hauteur. Même, je lui fais confiance et vous savez, pour moi, ce n'est pas évident.

— De faire confiance à quelqu'un ?

— A un homme. A un mâle de l'espèce humaine. N'importe lequel. — Elle eut soudain un sourire radieux pendant qu'elle fixait Vivian de ses grands yeux. — L'histoire complète, ce sera pour plus tard. Enfin, les hommes, je les aime, je les aime, mais les croire... Vous connaissez le truc : impossible sans, impossible avec ! Et ils sont trop obstinés pour apprendre quoi que ce soit.

— J'adorerais que vous me racontiez vos expériences, Linda. Si seulement nous avions le temps...

— On l'aura, Vivian. Ce soir, tenez ! Mais je vous préviens, ce sera assez guimauve. Genre mauvais feuilleton télé...

Après avoir vérifié la courroie passée autour d'elle, Linda la serra dans ses bras puis repartit au cockpit. Doc était en train d'égrener des coordonnées et de régler sa radio sur une nouvelle fréquence lorsqu'elle revint à son siège et s'attacha. Le copilote intercepta son regard.

— Vous n'avez rien remarqué, docteur ?

Elle leva des sourcils étonnés, cherchant des yeux un indice.

— A part notre escorte, vous voulez dire ?

— Ouais. La radio, vous l'avez entendue, récemment ?

— Non, répondit-elle, remarquant que Doc ne paraissait pas du tout plaisanter.

— Ils ont demandé à tous les avions de se poser, par mesure de précaution. La consigne vaut pour l'ensemble du pays. Si bien que c'est de plus en plus calme, question fréquences.

Scott avait légèrement pivoté afin de lui parler.

— Linda, nous sommes à une trentaine de kilomètres de la destination. Je pense qu'ils vont nous laisser atterrir direct, sans circuit d'attente. Dès qu'on sera posés et immobilisés, pendant que nous arrêterons tout ici, j'aimerais que vous déverrouilliez la porte avant droite, juste après le cockpit, que vous passiez sur la position automatique et que vous l'ouvriez, en faisant bien attention à ne pas tomber dehors. Ensuite, vous aiderez les gens du sol à mettre la passerelle en place. A ce moment, Doc et Jerry vous auront rejointe. Tous les trois, vous piquerez un sprint à travers la piste jusqu'aux gus du FBI. Et ensuite, hop, vous dégagez à toute allure. On s'occupera de votre matériel aussi vite que possible.

— Compris. Je ne veux pas être désobligeante, mais il me tarde d'être à des kilomètres de cet avion. Seulement, et vous, alors ? Et Vivian ?

— Moi, ça va aller. Sitôt qu'on aura rendu cette bombe inoffensive, je ne serai pas loin derrière vous. Ce sera, tout simplement, « taille la route et ne te retourne pas » !

— Avec Vivian ?

— Oui, avec Vivian... J'espère.

— Comment ça, vous espérez ?

Scott pointa du doigt son téléphone de bord.

— Ça ne me plaît pas du tout, il me semble que le FBI la considère beaucoup plus impliquée dans cette affaire qu'elle ne l'est. Ils risquent de vouloir échanger plus que deux mots avec elle.

— « Impliquée », c'est quoi, dans votre esprit, Scott ?

— A mon avis, ils ne sont pas convaincus qu'elle est une simple victime. Vous avez plus ou moins entendu les questions que posait DiStefano tout à l'heure, n'est-ce pas ?

Agrippant le dossier du pilote, Linda se pencha en avant, guettant les réactions de Scott et de Doc Hazzard.

— Je pensais que c'était un questionnaire tout prêt, qu'ils sortent en cas de détournement d'avion ! Maintenant, vous m'annoncez qu'ils soupçonnent Vivian ?

— Je n'en suis pas certain, avoua le commandant. En tout cas, ça m'a mis très mal à l'aise, cet interrogatoire. — Doc hocha la tête à l'attention de Linda tandis que Scott poursuivait. — C'est effrayant, mais ils ont l'air de s'être mis dans la tête que Vivian nous tenait tous en otages. Aberrant, d'accord, seulement n'oubliez pas qu'ils ne la connaissent pas, et finalement c'est elle et personne d'autre qui s'est chargée de porter cette bombe au Pentagone... Avec son passé dans la recherche nucléaire, avec le mari qu'elle a eu, je suis sûr qu'ils se font des idées très, très négatives. Ce que je ne voudrais pas, c'est qu'un de leurs as de la gâchette rêve de faire un carton sur elle dès qu'on sera au sol...

Linda méditait ces sombres paroles lorsque la voix du copilote retentit dans le poste de pilotage.

— Okay, Scott, on descend maintenant à une base de six mille mètres, altimètre à neuf-six-deux.

— Neuf-six-deux, répéta Scott en ajustant les deux altimètres sur le tableau de commande.

— Le sale temps nous arrive dessus, Scott, intervint Jerry en lui tendant une plaquette translucide couverte de traits au crayon gras. Le vent forcit, mais à côté de ce que nous avons eu à Pax River c'est de la rigolade : dix-huit nœuds à trois-cinq-zéro, avec des pointes à vingt-deux. Et des averses légères.

— Merci, Jerry.

— Scott...

Linda, qui venait de l'appeler, fixait un point sur la console centrale avec une telle intensité que le pilote, machinalement, suivit son regard avant de conclure aussitôt qu'il n'y avait rien de particulier à voir.

— Oui ?

Lorsqu'ils rencontrèrent les siens, les yeux de la jeune femme le firent presque sursauter.

— Scott, si c'est vraiment ce qu'ils pensent, Vivian risque d'avoir de gros ennuis.

— Comment ça ? intervint Doc de sa place.

— Je veux dire que la seule preuve permettant d'établir si c'est elle ou son mari qui a tout manigancé, c'est la bombe elle-même, et le programme que ce fou a entré dedans.

— Linda, je ne vous suis pas, là.

Renforçant sa prise sur le fauteuil, elle se pencha encore plus en avant. Scott sentit la bouche de la jeune femme frôler son oreille, ce qui réveilla en lui des sensations qu'il n'avait pas le temps d'analyser mais qui lui plaisaient, indubitablement.

— Je ne suis pas juriste...

— Et nous vous en respectons d'autant plus, docteur, la coupa Doc avec une moue ironique.

— ... Je ne connais pas bien la loi, poursuivit-elle en ignorant la plaisanterie, mais j'ai eu quelques expériences avec, et je sais que tout tourne autour des preuves. Or, des preuves que Vivian Henry a délibérément embarqué cette bombe dans un avion civil pour exercer un odieux chantage sur le gouvernement de son pays, on peut en trouver à la pelle, si c'est ce qu'on cherche à démontrer. S'il s'agit bien d'une charge nucléaire, comme j'en suis persuadée maintenant, elle a cent fois de quoi être condamnée au maximum. Et s'ils n'arrivent pas à la désamorcer, s'ils la font sauter, accidentellement ou pas, Vivian perd la seule preuve de son innocence, la preuve que c'est son mari qui a tout inventé.

— Vous parlez du programme informatique qui est là-dedans ? demanda Scott.

— Oui. Enfin, bon, même ça elle aurait pu le créer elle, mais avec tous les éléments entre leurs mains elle pourra sans doute leur prouver que c'est lui le responsable, pas elle.

— Mais pourquoi, Linda ? Pourquoi aurait-elle fait tout ça ? Quel motif aurait-elle pour...

Scott s'interrompit, frappé par une nouvelle idée.

— Quoi ? le pressa Linda.

— Je me disais...

— On passe à trois mille mètres, intervint Doc. Je ralentis à quatre cent cinquante kilomètres à l'heure, Scott : il y a pas mal de retours sur le radar droit devant nous, mieux vaut les éviter.

— Bien reçu. Doc, tu veux bien t'occuper des radios un instant ?

— Bien sûr, vieux.

Scott se tourna un peu plus vers Linda.

— Elle l'a, le motif ! En tout cas, pour le FBI, c'est clair. Vous vous rappelez cette histoire de pension de veuvage ? Vous avez entendu, quand DiStefano m'a demandé si j'étais au courant ?

— Non, pas ça. Je n'arrivais pas à tout entendre.

— Il me l'a demandé, oui. Et sur un ton plutôt soupçonneux !

Linda McCoy laissa échapper un long soupir.

— Cette femme est une victime, Scott, j'en mettrais ma main au feu... Je crois que nous sommes tous d'accord là-dessus, nous quatre. Mais croyez-vous que notre témoignage suffira à la tirer d'affaire ? Nous, nous avons entendu cet ordinateur la menacer de toutes les horreurs possibles...

— Oui, et l'autre biffin à Miami jurera sur la Bible qu'il a entendu Vivian Henry me passer un savon terrible pour que je fasse demi-tour et que je revienne prendre sa cargaison ! C'est elle qui a réservé l'avion, les transports routiers... Elle a très bien pu inventer l'histoire selon laquelle son mari l'aurait forcée à agir ainsi. Même les consignes qu'il lui aurait laissées, elle les a peut-être écrites elle-même !

— Absurde !

Scott sentit la jeune femme se raidir sur son siège.

— Linda, il se peut qu'un avocat voie ou présente les choses autrement, il se peut qu'il y ait d'autres preuves à Miami que nous ne prenons pas en compte, mais dans tout ce que nous avons vu, entendu, éprouvé à bord de cet avion, techniquement parlant, il n'y a rien qu'elle n'aurait pu concocter elle-même.

— Pas du tout ! Tout prouve au contraire qu'elle n'est qu'une victime innocente !

— Oui, pour moi ! Pour vous ! Mais est-ce qu'un procureur quelconque pensera de même ? Bon sang, Linda, le pays tout entier est mort de trouille, en ce moment ! Même s'il ne se passe rien, ils exigeront une punition exemplaire, comme après la boucherie d'Oklahoma City. Ils ne peuvent pas traîner un mort devant les tribunaux, alors ils se rabattront à tous les coups sur sa femme.

— Dans le pays dont vous parlez, personne n'a l'air de prendre ça au sérieux, la violence conjugale. Je les vois déjà raisonner : « Si elle a vraiment subi tout ce qu'elle dit, si son mari était l'ignoble individu qu'elle décrit, pourquoi s'est-elle empressée de lui obéir, même après sa mort ? » Enfin... — Elle soupira à nouveau. — A condition que nous n'y restions pas tous, elle risque de devenir une monstrueuse erreur judiciaire.

— Seulement *si* cet engin est détruit.

— Oui, c'est ce que j'ai dit. Qu'est-ce qu'on fait, alors ?

Scott secoua la tête d'un air navré.

— On se pose, on coupe les gaz, on prie pour qu'ils arrivent à désamorcer cette bombe. Et on se met à l'abri dès que possible.

— Je ne peux...

Le pilote la coupa d'une voix autoritaire, que contredisait son regard attristé, plein d'une sincère compassion.

— Linda ! Linda, écoutez-moi, s'il vous plaît ! Ne brûlons pas les étapes. Nous défendrons Vivian du mieux que nous pourrons. Mais pour l'instant, la question vitale, pour tout le monde, c'est que les spécialistes puissent se mettre au travail sur cette bombe. Nous ne devons pas oublier la puissance démentielle de ce que nous transportons à l'arrière.

— Scott ?

— Oui, répondit le commandant en reprenant une position normale dans son fauteuil et en se tournant vers son copilote.

— On fait ça ensemble, d'ac ? J'ai esquivé cette formation orageuse à gauche, là, mais il faudrait qu'on descende davantage, maintenant.

— Pas de problèmes. Je m'occupe des radios.

Après avoir vérifié la fréquence, il demanda à la tour de contrôle l'autorisation de gagner une altitude inférieure, tout en révisant leur procédure d'approche, une combinaison de vecteurs radar relativement simple pour un atterrissage aux instruments, dont la base Seymour-Johnson avait déjà été informée.

Il contrôla l'indicateur de distance. Ils n'étaient plus qu'à treize kilomètres.

— Compris, ScotAir 50. Prenez à un-six-zéro degrés, vous descendez à six cents mètres et vous vous y maintenez.

Pendant que Doc prenait le cap indiqué, Scott régla

l'alarme de configuration sur six cents mètres. Il lui restait encore à s'acquitter d'une tâche importante.

— Doc, tout est bon pour une approche ILS. — Il se tourna brièvement vers Linda pour expliquer : C'est une approche aux instruments, une procédure que nous pouvons contrôler très précisément, même sans visibilité. — Puis, revenant à Doc : Tu surveilles la radio, hein ? Il faut que je joigne le responsable des opérations en bas.

— Vas-y, mon grand. Mais ne me laisse pas seul trop longtemps !

Le pilote actionna le sélecteur de fréquence sur l'émetteur UHF de type militaire installé au milieu de la console centrale.

— Commandant opérationnel à Seymour-Johnson, ici ScotAir 50. Vous me recevez ?

On lui répondit presque immédiatement.

— Bien reçu, ScotAir 50. Ici le colonel Peters, je vous écoute.

— Colonel, notre interlocuteur au FBI, Tony DiStefano, vous a-t-il fait part de mes observations ?

— Affirmatif, commandant.

Après le confort du téléphone de bord, Scott ne put s'empêcher de trouver fastidieux le système de l'émetteur-récepteur UHF, ce contacteur sur lequel il fallait appuyer à chaque fois qu'il reprenait la parole dans son micro.

— Il vous a bien dit qu'avec cette bombe il était exclu d'employer la procédure de neutralisation prévue pour les têtes nucléaires militaires ?

— Laissez tomber le jargon, commandant. Oui, il m'a prévenu que, d'après vous, ce machin exploserait si on essayait de le faire sauter ou de le cramer.

— Et vous n'êtes pas convaincu ?

— Dites, commandant, nous savons ce que nous faisons, d'accord ? Vous n'êtes pas un expert en nucléaire, pas plus que moi, mais moi j'en ai un ici sous la main, alors c'est lui que j'écoute.

Scott se retint de presser tout de suite le bouton de transmission. Jusqu'où devait-il placer ses exigences ? Il aurait voulu se montrer catégorique, mais en vérité il était parti d'une simple supposition. Les spécialistes qui les attendaient savaient évidemment mieux que lui comment se débarrasser sans danger d'une charge atomique...

Il imagina déjà la piste devant lui. Dans quelques minutes, ils seraient au sol, le cauchemar serait — presque — terminé. Son avenir professionnel, la faillite probable de sa compagnie, tout cela semblait désormais négligeable. L'important, c'était qu'il allait bientôt être soulagé du poids énorme qui pesait sur lui depuis des heures... Eux, ils trouveraient le meilleur moyen.

Hé, une minute ! pensa-t-il soudain. *Ce type a dit qu'il en avait « un » avec lui. Un seul expert, alors qu'il avait toujours été question d'un groupe d'artificiers.*

— Mon colonel, l'équipe de Pax River est bien arrivée ?

Debout au bord de la piste, à quelques kilomètres de l'avion en approche, le colonel Jeff Peters crut entendre une sonnerie d'alarme se déclencher dans son cerveau. L'équipage de ScotAir n'avait pas été mise au courant des conséquences de l'accident ?

— Il n'y a pas eu de survivant dans le crash, commandant.

Le long silence qui suivit renforça son malaise. Il n'aurait peut-être pas dû leur dire.

— Vous pouvez répéter, mon colonel ? De quel crash vous me parlez ?

— Celui... celui de Pax River. Les gars qui devaient intervenir sur la bombe, leur avion s'est écrasé tout à l'heure. Mais on en a fait venir d'autres.

— Les experts ? Ils sont morts ?

— Affirmatif, commandant.

— Qui vous avez, alors ?

— Soyez tranquille, commandant. Il y a un as de Wright-Petterson qui vient juste de se propulser jusqu'ici. Il est déjà dans les starting-blocks.

Un, un seulement ? Scott en aurait hurlé de rage.

— Euh, Scott, risqua Doc. Je peux le faire en solo, mais vraiment je préférerais qu'on soit ensemble...

— Ouais, juste une seconde, Doc. Continue la descente.

— Bien reçu.

Un malheureux technicien face à une bombe dont l'inventeur avait sans doute envisagé, des années durant, toutes les parades qui la rendraient intouchable... Et quel homme pourrait aborder seul une mission aussi délicate, aux conséquences aussi effrayantes ?

Surveillant les tremblements qu'il sentait monter dans sa voix, Scott joua sa dernière carte.

— Colonel, il me faut votre parole d'honneur qu'il n'y aura aucune tentative de faire exploser ou de brûler cette arme. Si je ne l'ai pas, si je n'obtiens pas cette garantie, je n'atterrirai pas.

La réponse fusa dans ses écouteurs.

— Vous l'avez, commandant, vous l'avez ! Nous avons un C-141 tout chaud ici, prêt pour emporter la bombe si besoin est.

— Ah, bien ! s'exclama Scott en plaçant à nouveau son micro sur émission. Compris. On se pose dans un instant. Vous avez prévu un véhicule d'accompagnement, je présume ?

— Sûr. Il vous attend.

Scott passa sur la fréquence de la tour de contrôle tandis que Doc demandait les volets à cinq degrés.

Au loin, la piste commençait à apparaître.

La fin du cauchemar, ou presque.

Poste de commandement de la base Seymour-Johnson, Caroline du Nord, 18h23

Un bref instant, le jeune sergent de permanence qui répondait au téléphone ne comprit pas qui pouvait être cet étrange appelant : « Signaux Maison Blanche. » Et puis il percuta.

— Oui, monsieur !

— Nous avons besoin de mettre au point un faisceau retour de plusieurs fréquences radio pour relayer sur Air Force. Vous me suivez ?

— « Relayer »...

— Vous allez ouvrir les oreilles, l'ami. Je vous demande de réserver au moins quatre de vos lignes téléphoniques, sans compromettre votre fonctionnement général. Chacune devra supporter l'échange audio, c'est-à-dire répercuter en permanence un canal radio différent : une pour la fréquence de votre tour de contrôle, une pour les opérations au sol, une pour la fréquence militaire qu'utilise votre commandant, et une dernière connectée directement à votre officier en charge, au cas où il y aurait une demande urgente.

— Je... C'est faisable, je pense. Mais dans quel but ?

— Dans le but de permettre au Président des Etats-Unis d'Amérique de suivre tout ce qui se passe chez vous. Et le délai d'installation qu'il a donné, c'était hier. Pigé ?

— Absolument, monsieur.

— Bien. De combien de temps avez-vous besoin ?

Le sergent leva les yeux vers son supérieur, un major qui le surveillait d'un air plus qu'intrigué. Il lui fit signe de patienter.

— Oh, dix minutes, monsieur. Il suffit de brancher des receveurs ici, au poste de commandement.

— Le plus vite sera le mieux. Merci. Je vous donne les numéros.

Il lui dicta quatre numéros commençant par le code

de Washington centre, ainsi qu'un autre au cas où les lignes seraient déconnectées.

— Il faut que j'explique à mon comman..., risqua le sergent.

— ... Non ! Vous vous mettez au travail tout de suite. Passez-le-moi, je vais lui parler.

— Bien, monsieur.

Le jeune sous-officier se tourna vers le major, jubilant secrètement de la supériorité que cet appel inattendu venait de lui donner.

— Major ? La Maison Blanche veut vous dire un mot. Ligne cinq.

Ravi de voir l'expression paniquée qui avait envahi les traits de son chef, il se pencha sur sa console, prêt à se lancer dans cette tâche peu habituelle : installer volontairement des écoutes téléphoniques sur son propre système...

A bord d'Air Force One, 18h26

Vingt-cinq minutes après avoir quitté la salle de téléconférence, le Président y était de retour : à la demande pressante de son chef de cabinet, une nouvelle réunion avait été convoquée afin de faire le point sur le développement alarmant de l'ouragan Sigrid.

— Très bien, mes amis, je suis prêt à continuer la série « Catastrophes & Cie », annonça-t-il sans l'ombre d'un sourire.

— Nous avons prévu une liaison directe avec le Centre national météorologique de Miami, monsieur, lui annonça le responsable. Cette tempête est en train de causer des ravages sur la côte atlantique, comme nous n'en avons jamais vu. Et ce n'est pas fini, vous le comprendrez en consultant les dernières photos par satellite. De notre côté, nous avons tout préparé pour décréter toute la côte zone de catastrophe naturelle.

— D'accord. Mais avant tout, je voudrais un point sur le 727.

Arrachant les écouteurs qu'il avait sur les oreilles, un assistant s'avança vers la table, les yeux rivés sur le papier qu'il avait entre les mains.

— Euh, monsieur le Président, l'appareil est signalé en approche finale à Seymour-Johnson. Deux F-16 l'accompagnent. La base est elle aussi soumise à l'avancée de Sigrid, mais elle se trouve sur le front déclinant, donc les vents sont encore raisonnables là-bas. Ils ont évacué la base... Enfin, les derniers avions de transport sont juste en train de partir... Et on me dit que l'expert-artificier vient d'arriver sur place.

— Il sera à la hauteur ? demanda le Président à brûle-pourpoint.

— On ne peut rien affirmer, monsieur. Au moins, il est là-bas.

— Vous écoutez les échanges radio sur la base ?

— Oui, monsieur. La tour, les opérations au sol, le PC, plusieurs autres canaux... Pour une liaison vidéo, cela risque d'être difficile, mais on tient le reste à votre disposition.

— Dès que nous en aurons fini avec l'ouragan.

— Vous êtes prêt, monsieur le Président ?

— Rappelez-moi d'abord combien de temps jusqu'à la déflagration ?

— A peu près une heure et trente-cinq minutes, annonça l'assistant en consultant sa montre.

Le Président ne chercha pas à dissimuler son soupir.

— Et avec les médias, comment ça se passe ?

— En un mot, le pays est terrorisé, monsieur. On nous signale de partout des entreprises qui arrêtent leur système informatique, des transactions bancaires de dernière minute... Les centraux téléphoniques sont débordés. Sans parler du désordre provoqué par la paralysie du trafic aérien, ferroviaire, etc.

— Mon petit discours n'a pas eu beaucoup d'effets, alors ?

— Au contraire, monsieur le Président ! s'immisça le conseiller de presse. Il a été très utile en ce qu'il a indiqué très clairement que la menace était réelle, qu'il n'y avait plus de doute là-dessus. Mais je dois dire qu'à part à Washington, où les gens sont encore sous le choc d'avoir eu une bombe atomique au-dessus de leur tête, la population semble bien plus paniquée par la possibilité d'une onde de la Méduse que par ce qui se serait passé s'il y avait eu une explosion nucléaire sur la capitale...

— Si elle explose au-dessus d'une zone habitée, n'importe laquelle, ce sera cinquante fois Hiroshima ! protesta le Président. Même sans onde de la Méduse ! Je l'ai déjà dit, il ne faudrait pas oublier cette terrible éventualité, au cas où ce ne serait qu'une simple bombe nucléaire... Grand Dieu, je m'y laisse prendre, moi aussi ! « Une simple » bombe nucléaire... — Il réfléchit quelques secondes, les yeux fermés, puis se tourna vers son chef de cabinet. — Bon, passez-moi Miami.

La partie de la salle située à Washington disparut dans une myriade de points électroniques avant de réapparaître, un décor identique où de nouveaux participants avaient pris place autour de la table, parmi lesquels le directeur du Centre météorologique national, Peter Ronson, qui se présenta rapidement.

— Docteur Ronson, je ne vous mets pas sur la sellette, d'accord, mais il y a quelques heures on me certifiait que cet ouragan allait passer au nord sans nous toucher de la moindre manière... Et là, le voilà qui s'abat en plein sur nos côtes, avec une telle force qu'on prévoit des dégâts sans précédent dans notre histoire ! Qu'est-ce qui s'est passé ? Si j'avais su que cela serait si grave, j'aurais renoncé à ce voyage au Japon !

— Monsieur le Président, les ouragans de grande taille changent parfois de direction sans que l'on puisse le prévoir, et c'est exactement ce qui s'est passé : nous n'aurions jamais pensé qu'il allait partir si brusquement à l'ouest. C'est une tempête d'une importance et d'une puissance sans précédent, oui. Un ouragan de niveau cinq. Pire, il n'y a pas. D'après nos mesures, la masse nuageuse couvre un diamètre de mille six cents kilomètres ou presque, avec un noyau actif de quelque mille trois cents kilomètres, quelque chose de monstrueux. Au centre, les vents approchent maintenant les trois cent soixante-dix kilomètres à l'heure. Nous avons déjà vu des formations également très perturbées au centre, mais de cette ampleur et de cette violence, jamais ! Au cœur, la pression atmosphérique se situe en dessous des cinquante-neuf centimètres cinq millimètres de mercure. A mon humble avis, monsieur, nous avons là une conséquence du réchauffement global de l'atmosphère. C'est le résultat d'une température des océans plus élevée que la normale.

— J'ai compris que c'était un phénomène exceptionnel, docteur, mais concrètement, qu'est-ce qu'il peut nous infliger ?

Actionnant une télécommande, le directeur fit apparaître une carte satellitaire en couleurs qui, après mise au point, restitua en trois dimensions la réplique réduite de l'ouragan observé depuis l'espace, ses strates de lourds nuages parfaitement visibles.

— Quelle précision ! s'émerveilla le Président. C'est en direct, là ?

— Oui, monsieur. Les images nous parviennent en permanence de Nimbus Huit, un satellite que nous avons lancé l'an dernier. Pour l'instant, l'eau a monté de près d'un mètre sur la côte nord du New Jersey, un mètre dix au sud. La zone de Cape May à Atlantic City est sinistrée, jetées détruites, milliards de dégâts dans les propriétés du front de mer, sans parler des ports, des ferries, des flottilles de pêche... Delaware Bay risque d'être complètement submergée, toutes les stations balnéaires jusqu'au Maryland sont sérieusement touchées. L'œil de l'ouragan se dirige maintenant droit sur l'île de Chincoteague, en Virginie. Si sa vitesse augmente encore, et c'est ce à quoi nous nous attendons, les vents vont frapper le pays à plus de trois cents kilomètres à l'heure, cent quatre-vingts en moyenne à Washington où le temps est déjà très mauvais, mais où c'est encore peu de chose en comparaison de ce que subit la côte centrale. Même New York va connaître des vents terribles, à moins que Sigrid ne dévie vers le nord...

Accablé, le Président se renfonça dans son fauteuil.

— Et le trafic maritime ?

Un fonctionnaire du Centre s'avança près du directeur.

— Au cœur de l'ouragan, les creux atteignent les deux mètres, monsieur le Président. On a signalé deux cargos en détresse, les gardes-côtes craignent qu'ils aient déjà coulé. Un troisième, battant pavillon panaméen, ne donne plus signe de vie. Les Bermudes ont été dévastées, les Anglais envoient de l'aide. En ce qui concerne notre flotte, le porte-avions USS *Eisenhower* a essayé d'esquiver la tempête par le sud mais ils se sont fait rattraper et doivent maintenant se confronter à une mer très, très difficile.

Sur la carte, un point laser était apparu au sud de la zone communément appelée triangle des Bermudes.

— Comment ça va se passer dans le coin de Goldsboro, en Caroline du Nord ?

— Ils auront des vents forts, dans les cent dix kilomètres, mais le principal danger là-bas ce sont les tornades. Et gros risque d'inondations pour demain.

Les participants à la réunion, de Miami, observèrent le chef de l'Etat perdu dans ses pensées, distant de quelque huit mille kilomètres mais qui leur paraissait si proche qu'ils sursautèrent tous lorsqu'il se pencha soudain au-dessus de la table.

— Messieurs, je vous remercie de la qualité de vos informations. Oh, encore une chose, docteur Ronson.

— Oui ?

— Vous êtes au courant, pour cette bombe embarquée dans un avion ?

— Oui, monsieur.

— Et on vous a dit qu'il va se poser à la base Seymour-Johnson, près de Goldsboro ?

— Oui, monsieur.

— Okay...

Le Président hésita, les yeux baissés sur ses mains agrippées au bord de la table. Le directeur prit l'initiative de rompre le silence :

— Vous voudriez connaître la trajectoire des retombées, dans le cas où une explosion se produirait, c'est cela, monsieur ?

Le chef d'Etat releva un visage que la fatigue et la tension avaient tout d'un coup marqué.

— Exactement.

— Sud, au-dessus de la Caroline jusqu'à Charleston, ensuite vers l'est, pour se disperser finalement au-dessus de l'océan.

— Ah, c'est au moins une chose...

— Ça risque de mal tourner, monsieur ? interrogea le directeur du Centre à voix basse. Il se pourrait qu'elle ne soit pas désamorcée à temps ?

Le Président se leva, un sourire las à peine esquissé.

— Disons qu'il ne serait pas superflu de prier un peu... Et même très bienvenu.

18

A bord de ScotAir 50, 18h26

Jerry Christian venait juste de terminer la partie de la checklist pré-atterrissage qui lui incombait lorsqu'il vit soudain le commandant de bord se retourner et se pencher vers lui.

— Jerry ? Vraiment désolé de te demander ça, mais il faut que tu vérifies quelque chose pour moi. Retourne à l'arrière et regarde encore si tu ne trouves aucun moyen de franchir la protection de la bombe sans avoir à la percer au foret ou au chalumeau. Une trappe, un panneau... Moi, à part l'ouverture de l'écran, je n'ai rien vu.

— Mais la plus grande partie est encore dans la caisse, objecta le mécanicien.

— Je sais ! Fais vite, j'ai besoin de ton avis.

— Pourquoi, Scott ?

— Pas le temps ! Vas-y, s'il te plaît !

Jerry sortit en hâte du cockpit tandis que le triréacteur, à vitesse réduite pour l'approche finale, tanguait un peu dans le vent.

En son for intérieur, Scott pestait contre lui-même : *A force de me répéter qu'ils avaient toutes les réponses, tous les experts possibles et imaginables, j'ai oublié de faire marcher ma tête ! Et maintenant, ils vont tout foutre en l'air...*

— Trains sortis, checklist, volets à vingt-cinq, récita Doc.

Machinalement, Scott posa la main sur les leviers de commande des trains et les avait abaissés quand il se souvint du signal d'alarme qui s'était allumé tout à l'heure.

— Doc ! On avait oublié...

Un choc soudain et le son étouffé de pièces de métal en train de se tordre lui coupèrent la parole.

Les yeux des deux pilotes se portèrent sur les voyants concernés. Ceux des trains avant et droit étaient verts, ce qui indiquait qu'ils étaient baissés et verrouillés.

Le voyant du train gauche, lui, était rouge.

— Oh, merde, je n'y pensais plus ! s'exclama Doc. On a dû vraiment l'abîmer, tout à l'heure.

— Et si on le rentrait pour essayer de le faire sortir correctement, Doc ?

— Attends ! cria Doc. Ça peut être encore pire... Eh, mais les F-16, là, ils pourraient jeter un coup d'œil et nous dire !

— Bonne idée ! Où ils sont passés, ces deux-là ?

— Je les ai vus dégager à droite.

Scott saisit le micro de sa radio UHF.

— Ici ScotAir pour patrouille F-16. Vous êtes toujours là, les gars ?

— Bien reçu. Parlez, ScotAir.

— On a un voyant négatif pour notre train principal gauche. Vous pourriez passer par en dessous et voir ce qui lui arrive ? On va garder ce niveau en approche basse, droit devant à trois cents mètres d'altitude, disons.

Le pilote du chasseur donna son accord et décrocha aussitôt sur la gauche, tandis que Doc stabilisait l'avion à l'altitude annoncée et que Scott prévenait la tour de Seymour-Johnson. Le F-16 disparut en contrebas. Il s'écoula trente secondes avant que la voix de l'officier revienne à la radio.

— ScotAir ? Votre train gauche semble intact, visiblement dans la même position que le droit. Son capot, par contre, le capot gauche donc, est dans un sale état : il tient à peine sur sa charnière, on dirait qu'il s'est fait bouffer par un chien enragé.

— Il y a aussi deux autres capots sur le ventre, plus grands. Ils sont fermés, ces deux-là ?

— Affirmatif. Ils ont l'air, en tout cas. Celui dont je

parle, c'est celui qui est juste à côté du support de train.

Jerry, revenu sur ces entrefaites, reprit silencieusement son siège et boucla son harnais de sécurité avant de se pencher en avant pour chuchoter :

— Scott ? On s'occupe d'abord de ce train, okay ?

Avec un hochement de tête, le commandant du 727 expliqua au chasseur ce qu'ils s'apprêtaient à faire et ce qu'il devrait surveiller depuis sa position.

— Trains relevés, Doc. — Il actionna le levier, déclenchant à nouveau un clignotant rouge pour celui de gauche. — Trains sortis.

Ils entendirent à nouveau le même bruit inquiétant.

— Vous êtes comme avant, commandant, annonça le pilote du F-16. Il paraît bien sorti, positionné comme celui de droite.

— Mais alors, remarqua Doc en montrant du doigt le voyant, pourquoi il indique toujours un problème ?

Scott se tourna vers Jerry.

— Au pire, qu'est-ce qui se passe ?

— Il cède à l'atterrissage et on a du mal à garder notre direction. Mais à mon avis il ne doit pas y avoir de risques, Scott. J'ai vraiment eu l'impression qu'il se verrouillait normalement. C'est peut-être le circuit électrique de l'alerte qui a morflé.

— On tente le coup, alors ?

— Ouais. Simplement, pesez plutôt à droite et préparez-vous à ce qu'il lâche.

— Compris.

— Scott, pour ce qui est de la bombe...

— Une seconde. Doc, dis à la tour qu'on demande l'accès exclusif, en visuel, avec un tour à droite avant de réaligner sur la piste. — Le copilote prit son micro pour relayer l'information. — D'accord, Jerry, dis-moi ce que tu as vu.

— Voilà : à part cette ouverture pour l'écran et le clavier, tout le foutu truc est hermétiquement soudé, sans rivetage apparent, rien. La seule solution serait de l'attaquer au chalumeau ou à la perceuse... C'est de l'acier trempé, visiblement, on peut y aller au chalumeau mais la chaleur dégagée sera très repérable et je parierais que ce diable d'homme a aussi prévu des détecteurs pour ça ! Il devait s'y attendre, tu comprends ?

— Donc, un technicien opérant au sol ne peut pas percer la chemise sans se faire repérer. Tu confirmes ?

— Ouais. Il y a encore ce message de mise en garde sur l'écran. Pas de désactivage possible, je ne me rappelle pas les termes exacts mais il mentionne un détonateur nucléaire...

Se mordant les lèvres, Scott observa le copilote qui entamait le tour à droite au-dessus de l'aéroport, puis ses yeux revinrent sur Jerry.

— Je crois que nous devons admettre qu'il dit la vérité. Toute tentative signifiera la mort, pour nous et des milliers d'autres. Ce qui ne laisse qu'un seul choix : la larguer en mer.

— C'est ce qu'a dit Vivian, aussi ! intervint Linda.

— Et s'ils ne veulent pas, en bas ? interrogea le mécanicien.

— Dans ce cas-là, mon vieux, on est tous fichus.

Siège central du FBI, Washington, 18h26

Couvrant le combiné téléphonique de sa main, Tony DiStefano adressa une grimace effarée à sa collaboratrice, qui sursauta et tendit l'oreille pour l'entendre chuchoter :

— Que Dieu nous vienne en aide ! Vous savez qui va représenter le FBI à Seymour-Johnson ? Attila en personne !

— Hein, qui ? s'étonna Donna, dont le regard passait de Tony à Bill Watsons, l'agent qui assistait en permanence le sous-directeur.

— Harold Hanks, agent super-spécial, lui expliqua Bill avec une moue dégoûtée. Quoi, tu n'as jamais entendu parler de lui ?

— Non, pour autant que je le sache...

— Oh, tu t'en serais souvenue, c'est sûr. Tu prends beaucoup des grands airs de Douglas MacArthur, pas mal de la parano aiguë de J. Edgar Hoover, la langue de vipère de William F. Buckley, et tu obtiens l'abominable Harold Hanks.

— Jésus-Christ !

— Oui, tiens, lui aussi...

— Le parfait bureaucrate imbuvable, quoi ?

— Voilà ! « Je comprends que couic, mais je suis Monsieur J'Ordonne. »

Ils virent leur supérieur serrer les mâchoires et déployer des efforts surhumains pour retrouver une voix amène en replaçant le téléphone contre son visage :

— Harold, c'est vous ? Que...

Il s'arrêta, les sourcils froncés, les traits à nouveau assombris par une colère difficilement maîtrisable.

— Oui, je comprends bien que l'agent Hanks est occupé, mais auriez-vous l'obligeance de lui dire que sa direction veut lui parler, si ce n'est pas trop vous demander ? C'est bien pour ça qu'on vous a payé à tous des téléphones cellulaires, non ? — Il écouta, puis écarta le combiné pour l'examiner d'un air où l'incrédulité le disputait à la fureur. — Eh, c'est la direction du F-B-I, ici ? Vous pigez, vous arrêtez votre frime avec moi, hein ? Je vais peut-être vous surprendre, mais regardez bien votre carte d'accréditation dans votre portefeuille, vous verrez ce qu'il y a écrit : F, B, I, pas Agence Harold Hanks ! Alors voilà, je suis désolé d'insister mais j'ai vraiment besoin de parler à ce grand monsieur pour régler quelques fastidieux détails, pour qu'on se mette d'accord, si j'ose dire. En d'autres termes, si vous ne voulez pas que votre carrière dans cette boîte s'arrête aujourd'hui même, VOUS ALLEZ IMMÉDIATEMENT PASSER CE FOUTU TÉLÉPHONE À HANKS !

Cramoisi, maugréant un « Mais c'est pas Dieu possible ! » à l'intention de ses collaborateurs, il patienta encore, se laissant tomber sur une chaise pivotante.

— Harold ? Ici Tony DiStefano à Washington. Désolé de vous prendre en plein boulot, mais j'ai besoin de m'assurer que nous sommes bien sur la même longueur d'onde, okay ? Donc, premièrement, où est maintenant le Bo... En approche finale, bon. Il va falloir que vous la jouiez très, très finement, Harold. Nous ne pensons pas que Vivian Henry soit dans le cockpit, et... Oui, Harold ! Je sais que vous avez déjà été briefé, à ma demande, mais là, maintenant, je vous explique en personne, ça ne vous dérange pas trop ? Nous pensons que vous pouvez communiquer en clair avec le pilote, soit par radio, soit sur le téléphone de bord... Hein ? J'ai dit « VOUS POUVEZ » ! Vous avez le numéro du Flitephone ? Bien, ça pourrait servir. Ma grosse préoccupation, c'est celle-ci : j'ai l'impression que l'équipage sympathise avec Mrs. Henry, qu'ils ne mesurent pas la haine qu'elle a accumulée contre l'administration. J'ai peur qu'ils la croient incapable de déclencher elle-même cette bombe, ce qui risque de nous créer de sérieux problèmes si elle se met à faire des embrouilles. Ils pourraient même essayer de s'interposer en voyant que nous voulons l'arrêter. Votre job... Oui, Harold, d'accord ! « Notre job », c'est d'aider l'équipe de l'armée à atteindre la bombe aussi vite que possible. Faites ce que vous avez à faire, ne vous empêtrez pas dans de faux problèmes, ne perdez pas de vue l'objectif essentiel. — Il ferma les yeux et posa un coude sur la table pour se masser nerveusement le front. — Je ne sous-entends rien du tout, Harold !

Ecoutez, nous avons déjà eu cette discussion dans le passé. Je ne peux pas vous encadrer, vous me le rendez bien. C'est comme ça. Mais c'est ma responsabilité de vous demander de ne pas vous enliser dans des schémas préétablis, de tout subordonner à la réussite des hommes de l'US Air Force. On reste en contact... Ouais, bonne chance.

Tony DiStefano se leva, tenant le combiné d'une manière qui fit penser aux autres qu'il allait le projeter contre le mur le plus proche. Il lança à ses assistants un regard glacial, insondable, avant de laisser apparaître un sourire comiquement égaré sur ses lèvres et d'écarter les bras d'un geste théâtral.

— Bonne chance, tu parles... Vous savez, dans le temps je trouvais que ce personnage de *M*A*S*H*, comment il s'appelait déjà ?... le major Frank Burns. Oui, je trouvais qu'il était trop poussé, caricatural. Dans la réalité, personne ne pouvait être aussi puant, aussi stupidement imbu de lui-même. Mais non, je me trompais, ça existe, et c'est « ça » qui a été chargé d'accomplir la mission la plus difficile que cette boîte ait jamais eu à se coltiner.

— Si je vous suis bien, vous êtes en train de nous dire..., risqua Donna.

— Qu'on va probablement tout foirer.

Base aérienne Seymour-Johnson, Caroline du Nord, 18h31

Une fois la piste bien en face, Scott McKay donna une accélération au 727 puis coupa les gaz, privilégiant légèrement les trains avant et droit. Quand il eut actionné les freins de roulage et les rétrofreins, puis constaté que les roues de gauche résistaient, il leva les yeux de ses contrôles pour regarder ce qui se passait sur la base.

— On roule jusqu'au bout de la piste, Doc.

— Bien reçu.

Le ciel était menaçant, avec de brusques rafales de pluie, mais ici l'ouragan Sigrid ne se faisait pas encore sentir dans toute sa brutalité et la visibilité au sol restait correcte. A une vitesse de roulage maintenant de huit kilomètres à l'heure, les balises rouges de fin de piste apparurent bientôt en contrebas de l'avion.

Sur les instructions radio de la tour, Scott braqua le train avant à gauche pour faire pivoter l'appareil en direction de la piste de roulement où un *follow-me* les attendait, son signal bleu les invitant à le suivre, et démarra lentement en direction des installations principales de la base.

Au lieu de lui emboîter le pas, cependant, Scott freina encore et immobilisa sans à-coup le 727.

Les hommes du *follow-me* s'arrêtèrent à leur tour, surpris. L'un d'eux sortit de la cabine pour faire signe à l'avion de continuer.

Mais Scott n'avait pas l'intention de bouger, du moins pour l'instant.

— Allô, base Seymour ? Ici, ScotAir 50. On va rester un moment à cette position, le temps de régler un petit problème. Rappelez tous vos véhicules et votre personnel. Merci.

Après avoir obtenu confirmation, le pilote se brancha sur la fréquence UHF qu'il avait utilisée auparavant.

— Colonel Peters, vous êtes toujours là ?

Un bref silence.

— Euh... Affirmatif, ici Peters.

— Dites, mon colonel, où avez-vous prévu de nous faire stationner, exactement ?

— Ils vont vous y conduire, ScotAir. On a dégagé une place pour vous dans un endroit, disons, bien protégé. A l'ouest de la piste. C'est la zone de sécurité de la base.

De sa place, Scott pouvait voir ce dont l'officier parlait. Et cela ne lui plaisait pas du tout : il croyait comprendre pourquoi ils avaient choisi un tel emplacement.

— Colonel, ce que nous faisons, c'est essayer de désamorcer cette bombe, exact ?

— Tout à fait.

— Et vous me garantissez qu'on ne cherchera pas à la faire exploser, exact ?

— J'ai dit... j'ai dit que nous allions tout faire pour la désamorcer, commandant.

— Mon œil, oui ! Vous m'avez certifié, mot pour mot, qu'il n'y aurait pas de tentative d'utiliser des explosifs. Mais maintenant vous nous envoyez dans un endroit spécialement conçu pour l'utilisation d'explosifs en prévention ! Si la réaction atomique se déclenche, ça sera rayé de la carte, tout aussi bien ! Donc, je suis obligé de constater que vous avez décidé d'ignorer mes objections et de faire sauter cette arme.

— Commandant... Ecoutez-moi, commandant. Nous suivons là une procédure classique pour matériaux dangereux. On m'a dit que vous étiez un ancien d'active, vous devez donc comprendre ce dont il est question ! Et depuis le temps, vous auriez pu aussi piger que si nous voulons à tout prix la désamorcer c'est parce que nous avons besoin d'étudier ce qu'elle a dans le ventre !

— Ce qu'elle a dans le ventre ? Je vais vous le dire, moi, ce qu'elle a dans le ventre ! UNE SALETÉ DE BOMBE THERMONUCLÉAIRE, voilà ! C'est clair ?

— Vous n'allez pas nous faire perdre un temps précieux, hein ? On vous demande juste de comprendre que votre pays DOIT savoir comment fonctionne ce machin, point final !

— C'est vous qui parlez de temps ! Vous n'en avez pas assez pour la désamorcer sans risque. Il vous reste à peine de quoi la récupérer et l'envoyer au fond de l'Atlantique !

— La décision ne vous revient pas, ScotAir. C'est nous qui décidons, ici. La larguer en mer reste un choix possible, effectivement, en dernier recours.

— Ah oui ? — Scott se retenait pour ne pas hurler dans son micro. — Alors, où est le C-141, colonel ? Je sais de quoi ça a l'air, figurez-vous, mais je ne vois pas l'ombre d'un C-141 ici...

— Il est annoncé, commandant, il va se poser dans quelques minutes.

— Vous m'aviez dit qu'il était déjà au sol, en attente !

— Oui, désolé, commandant. On a été débordés pour préparer votre arrivée et je me suis un peu trop avancé, d'accord. Bon, le temps passe et nous n'en avons pas beaucoup. Maintenant, vous allez suivre ce camion et vous rendre là où on pourra travailler sérieusement.

Linda vit Scott faire non de la tête, si préoccupé qu'il en oublia presque de réappuyer sur le bouton de transmission.

— Je veux parler à l'artificier qui va intervenir sur la bombe.

Il y eut un flottement, puis Scott entendit le colonel jurer à voix basse.

— Commandant McKay ? Ici l'agent spécial Harold Hanks, FBI. A compter de votre atterrissage, votre appareil et tout ce qu'il contient sont sous la juridiction directe des autorités fédérales. Je suis muni des mandats nécessaires. Vous allez respecter à la lettre les instructions du colonel, sans plus tarder.

Scott jeta un coup d'œil à Doc qui, dans un souffle, chuchota :

— Voilà, ça y est.

— Quoi ?

— Nous n'avons plus à rien à dire, maintenant. Et si jamais ils ont décidé de ne pas tenir compte de nos mises en garde...

Scott serra le micro dans sa main.

— Bien. Expliquez-moi, en détail, ce que vous attendez de nous une fois que nous serons au parking.

— Cette bonne femme n'est pas avec vous dans le cockpit, on est bien d'accord ? répliqua l'agent Hanks. Sinon, si elle est là mais qu'elle ne m'entend pas, faites-moi un appel de phares et abaissez vos volets au maximum.

— Mon Dieu ! Je m'en doutais, s'exclama Linda. Ils ont décrété que Vivian était une dangereuse terroriste, on ne les fera pas changer d'avis !

Scott leva une main en l'air pour réclamer le silence.

— Non, elle ne se trouve pas avec nous, elle n'entend rien.

— Compris. Ne la prévenez de rien. Il suffit que vous ouvriez la porte avant gauche dès que vous serez parqués, nos hommes monteront à bord et l'appréhenderont.

— Hanks, je m'exprime en tant que commandant de bord, okay ? Mrs. Henry n'est pas, je répète, n'est pas derrière tout ça. Elle n'est qu'une victime. Il est complètement inutile de lui tomber dessus, de la considérer comme une ennemie potentielle.

Jerry se pencha soudain au-dessus de la console centrale.

— Dis-lui qu'il ne nous reste plus qu'une heure et vingt-sept minutes...

— D'ac, approuva Scott. Hanks, il faut que je parle à l'artificier. Tout de suite. Il nous reste moins d'une heure vingt-sept minutes avant... Avant une explosion nu-clé-aire, vous comprenez ?

— Commandant ? A nouveau Peters, ici. Vous lui parlerez à destination. Pour l'instant, on n'a pas le temps.

Le pilote remarqua deux voitures officielles qui descendaient le taxiway dans leur direction, suivies à distance d'un véhicule de transport de troupes.

— Non, colonel, pas question. Tant que les réacteurs de cet avion ne sont pas coupés et que les portes n'ont pas été ouvertes, c'est moi qui commande ici, et vous allez m'écouter. C'est vous qui perdez du temps ! Passez-moi l'expert, tout de suite !

— Nom de Dieu, mais c'est incroyable ! Je vous ordonne, compris, je vous ordonne de rappliquer ici et de nous laisser l'accès à la bombe !

— Lui d'abord, colonel, ou bien...

— Ou bien *quoi*, commandant ? Vous nous menacez, maintenant ?

Guetté par trois paires d'yeux inquiets, Scott attendit un moment qui parut une éternité à ses compagnons avant d'appuyer à nouveau sur le bouton d'un geste décidé.

— Voilà, j'ai derrière moi un engin qui peut plonger tout le pays dans la confusion la plus totale pendant des mois, en plus de tuer un million de personnes autour de nous et de faire de la Caroline du Nord un coin plus radioactif que l'enfer. D'après ce que je sais, même le Président se rend compte du risque. Mais vous, vous êtes des gros malins et vous vous croyez capables de jouer aux plus fins avec moi ? C'est à prendre ou à laisser, compris ? C'est *mon* avion, c'est moi qui décide ! Le règlement aérien ne dit pas le contraire. Jusqu'à ce que j'en juge autrement, vous autres, vous n'êtes que des correspondants non authentifiés sur une fréquence radio non protégée. Et vous ferez quoi, après ? Vous expliquerez à vos chefs que tout a pété parce que vous aviez envie de rouler les mécaniques ? Je parie ce que vous voulez que quelqu'un est en train d'écouter tout ce qu'on dit, en ce moment même, et qu'on ne vous fera pas le moindre cadeau, si vous sabotez le truc ! Alors, assez discutaillé. Exécution, *tout de suite !*

Un bruit confus lui parvint, comme si, à l'autre bout, un nouvel interlocuteur peu familier de ce genre d'appareil s'escrimait avec l'émetteur-récepteur.

— Allô ? Sergent Bill Clevenger à l'appareil, monsieur. Vous vouliez me parler ?

— Sergent, quelle expérience avez-vous en matière de neutralisation d'armes nucléaires non militaires utilisées dans des actions terroristes ?

— Euh... — Scott l'imaginait bouche bée, essayant de saisir ce que les deux autres devaient lui souffler. — Ma spécialité consiste à intervenir sur tous types de têtes nucléaires militaires, monsieur. Je... je n'ai jamais eu l'occasion de travailler sur d'autres systèmes, mais je connais toutes les procédures basiques et je suis qualifié pour désamorcer tout engin incendiaire, monsieur !

— Bien répondu, les gars. Seulement, ce que vous ne voyez pas, c'est que cette bombe est munie d'une enveloppe d'une seule pièce, sans rivetage ni rien. Et je suis persuadé qu'elle est équipée de détecteurs de chaleur, de systèmes de protection qui la rendent invulnérable. Ce qui ne nous laisse qu'une seule possibilité : la sortir de mon zinc, l'embarquer sur un C-141 et aller la larguer en mer. C'est ce que je me tue à vous répéter. Le seul problème, c'est que vous m'avez menti à propos du C-141 et que maintenant il est trop tard pour en fabriquer un !

Là-bas, le colonel, qui avait repris le micro, affectait un ton conciliant, bonhomme.

— Tenez, j'ai une idée, commandant ! On va garder au sol un des KC-10 affectés à l'évacuation de la base, ça fera parfaitement l'affaire...

Sous le regard atterré de Linda, les deux pilotes émirent de concert un ricanement désabusé. Scott reprit la transmission.

— Colonel, vous nous prenez pour des imbéciles ?

On ne peut pas larguer une charge en vol d'un KC-10, pas plus que d'un 727 ! Au cas où vous ne l'auriez pas remarqué, la porte de chargement est sur le côté, pas derrière...

— Ah oui, pardon ! Bon, j'essayais de trouver une solution. En tout cas le 141 est en route, je vous en donne ma parole, commandant.

— Votre parole ne vaut plus très cher, à ce stade. A propos, dites aux véhicules qui s'approchent de nous de ne pas continuer. IMMÉDIATEMENT !

Le colonel ne répondit pas, mais ils virent les trois voitures s'arrêter brusquement. Le souffle court, Doc demanda :

— Qu'est-ce que tu en penses, Scott ?

Le souffle court, le front maintenant baigné de sueur, le commandant de bord réfléchissait.

— Je... je ne sais pas, Doc. Ce dont je suis sûr, c'est qu'ils se contrefichent de notre avis. Ils peuvent promettre et encore promettre, mais tout ce qu'ils seront capables de faire, si on va là-bas, c'est de se jeter sur Vivian avec des menottes, de merdoyer à la recherche d'une faille dans la bombe, et puis ils feront sauter le zinc et ils déclencheront et une explosion atomique et l'onde de la Méduse ! Eux, nous, Goldsboro, en fumée !

Jerry se pencha entre ses deux amis, les sourcils froncés.

— Quoi que tu décides, Scott, je suis avec toi.

— Moi aussi, approuva Doc.

Scott les regarda quelques secondes avant de se tourner vers la jeune femme.

— Bon. Voilà ce qu'on va faire. Linda ?

— Oui ?

— On va descendre l'escalier arrière. Vous et Jerry, vous allez sortir par là. Toi aussi, Doc.

— Tu peux te toucher ! tonna le copilote. Oh, excusez le langage, Linda.

— Même chose pour moi, prévint le mécanicien.

Les yeux presque clos, les lèvres sèches, Scott serra les poings.

— Ecoutez-moi, bon sang ! Je ne vois pas d'autre moyen...

La voix de l'agent du FBI à la radio le coupa en pleine phrase.

— Commandant, nous perdons du temps ! Si vous refusez de rejoindre le stationnement qui vous a été assigné, nous allons devoir tous vous inculper d'obstruction aggravée à l'action des forces de l'ordre, de complicité avec un acte de piratage aérien, de violation des règlements de la navigation, de... tout ce qu'on pourra trouver pour vous mettre dans le trou ! Si vous ne voulez pas finir votre existence au bagne, faites bouger cet avion, tout de suite !

La tête inclinée en direction de la base, Scott affecta un air impressionné :

— Ah, voilà quelqu'un qui sait se montrer persuasif, non ?

— Un impudent saligaud, oui ! s'exclama Doc. Piratage aérien ? Comment on pourrait détourner notre propre avion ?

Jerry hochait vigoureusement la tête.

— Quel est votre plan, Scott ?

La voix de Linda fut comme une éclaircie dans un ciel d'orage, un don apaisant de sérénité féminine qui permit au pilote de reprendre son calme. Il la regarda, tandis que l'homme du FBI vociférait encore à la radio :

— Commandant, vous obtempérez maintenant ou je fais arraisonner votre appareil !

A l'adresse de la jeune femme, Scott expliqua :

— Je n'ai pas de tendances suicidaires, mais il va falloir qu'on s'en charge nous-mêmes. Je ne peux pas laisser une bombe atomique exploser à cause de leur bêtise sans nom. On arrivera peut-être à négocier avec eux si on est à nouveau en l'air.

— ScotAir 50, ici Hanks ! Que voulez-vous, exactement ? Si vous avez des revendications, veuillez les formuler, je vous prie.

Scott serra le micro dans ses doigts.

— Des « revendications » ? Ah oui, j'en ai ! Je veux l'engagement formel du FBI, de l'US Air Force, du Président et du gouvernement des Etats-Unis que vous n'essaierez pas de faire exploser cette bombe. Vous comprenez ça ? Vous vous rendez compte que vous allez provoquer une catastrophe majeure, bande de clowns ?

Harold Hanks répondit aussitôt, d'un ton où perçait le sarcasme.

— Vous mettez en doute l'avis de nos experts, commandant ? Je crois que nous sommes assez capables de prévoir ce que fera et ce que ne fera pas cette arme...

— « Vos experts » ? Eh, on parle d'un petit sergent plein de bonne volonté mais à qui il faudrait six mois rien que pour analyser le revêtement de ce truc ! Et je ne devrais pas mettre en doute « ça » ?

— Je ne vous donne qu'une seule garantie, commandant, c'est que notre homme sait ce qu'il fait. Nous allons nous charger de la bombe. Cela ne relève plus de votre responsabilité, désormais.

— Là, vous vous trompez lourdement !

— Arrêtez de jouer les cow-boys, McKay ! Avec votre attitude, c'est vous qui serez tenu responsable si par malheur nous n'arrivons pas à...

L'agent Hanks ne termina pas sa phrase : Scott avait éteint la radio.

Linda, elle, avait déjà fait son choix. Elle connaissait la mentalité des hommes auxquels cette mission avait été confiée, elle était intimement convaincue que Scott avait raison, elle savait aussi que Vivian Henry ne pourrait jamais faire valoir sa bonne foi dans un tel climat. Toujours aussi calme, elle rapprocha ses lèvres de l'oreille de Scott pour lui murmurer :

— Pour l'escalier, laissez tomber. Dégageons d'ici au plus vite !

Le pilote jeta un rapide coup d'œil à Jerry.

— Carburant ?

— C'est bon, confirma le mécanicien en vérifiant ses cadrans.

— Mais je ne peux pas vous entraîner là-dedans, je...

Sans lui laisser le temps de terminer, Linda fit voler sa main droite sur les manettes de gaz et les poussa à moitié en avant.

— Si ! Vous pouvez et vous devez !

Il la contempla, abasourdi.

— Vous êtes sûre ?

— Complètement.

— Linda, je ne sais pas comment on va pouvoir se débarrasser de ce machin. Vous n'avez aucune responsabilité dans cette histoire, donc...

— Assez de parlotes, DÉCOLLEZ !

Il hésita une seconde, les yeux dans ceux de la jeune femme.

— Okay. On est partis.

Le transport de troupes avait redémarré, seul, et avançait vers eux. Il était probable qu'ils avaient une mitrailleuse à l'intérieur. Avec ordre de tirer dans les pneus.

Les réacteurs lancés, Scott actionna le gouvernail à gauche, faisant pivoter le nez de retour sur la piste. Il avait posé sa main sur les manettes de gaz, attendant de se retrouver dans l'axe de décollage.

— Dis-leur qu'on roule jusqu'en milieu de piste et qu'on sort là-bas.

— Hein ?

— On gagne du temps, comme ça.

— Pigé ! approuva Doc avec un grand sourire. — Il appela la tour en affectant un ton résigné et laconique, bien loin de la tension que tous les occupants du cockpit ressentaient. — Okay, tour Seymour-Johnson, ici ScotAir 50, nous redescendons la piste pour rejoindre le stationnement prévu. Merci de prévenir le pick-up de nous attendre à la sortie en milieu de piste.

— ScotAir 50, on préférerait que vous preniez le taxiway...

— Non, la piste, c'est mieux pour nous.

— D'accord, demande acceptée.

Ils virent le transport de troupes s'immobiliser à nouveau. Scott imagina la confusion qui devait régner, les ordres contradictoires, le colonel et le caïd du FBI voulant croire qu'ils avaient enfin gagné la partie...

— Puissance maximum, ordonna Scott. Jerry, estime l'EPR !

— Deux-virgule-un-trois ! cria le mécanicien qui avait déjà calculé la puissance requise pour un décollage d'urgence, l'*engine pressure ratio* en jargon aéronautique, c'est-à-dire le rapport de compression.

Le Boeing s'ébranla. L'effet de surprise allait jouer, se persuada Scott. Le colonel se douterait du subterfuge quand ils auraient atteint les quatre-vingt-dix kilomètres à l'heure.

— Cent cinquante kilomètres heure ! annonça Doc.

La tour se manifesta à ce moment précis.

— ScotAir 50, vous n'êtes pas autorisés au décollage ! Interrompez, interrompez ! La piste n'est pas libre !

— Ouais, tu parles, maugréa Scott.

— V Un, V R, annonça Doc tandis que le pilote tirait sur le palonnier et arrachait l'appareil du sol.

En bas, ils allaient se ruer sur leurs armes, peut-être quelque inconscient tenterait-il de faire usage d'un FM, mais le Boeing les avait pris de court.

— Vario positif, trains relevés.

— Trains relevés ! confirma Doc, sa grosse main sur les leviers de commande.

— Doc, je vais foncer dans les nuages au sud, ensuite j'oblique à gauche, presque cap à l'est, et je descends un peu pour échapper aux radars. Vérifie que le transpondeur est coupé.

La voix affolée du contrôleur leur parvenait encore.

— ScotAir 50, vous avez effectué un décollage non autorisé ! Vous faites immédiatement demi-tour ! Confirmez !

— Change cette satanée fréquence, Doc !

— Avec plaisir.

— Le décompte sur la bombe est à une heure et vingt minutes, Scott ! intervint Jerry. Et il nous reste une tonne cent soixante-dix de kérosène, soit environ deux heures de vol de croisière, avec un peu de basse altitude.

— Scott ? Juste une petite question...

— Oui, Doc ?

— Où on va, exactement ?

Scott regarda son copilote et s'ébroua.

— Direction l'Atlantique. Aussi loin que possible de ces cinglés.

19

A bord d'Air Force One, 18h42

L'officier responsable des communications à bord de l'avion présidentiel prévint le chef de l'Etat qu'il était attendu dans la suite Star, la salle de téléconférence : comme demandé, les liaisons multiples avec la base Seymour-Johnson avaient été dûment établies. Depuis dix minutes déjà, le commandant de l'armée de l'air et le représentant du FBI sur place attendaient, en ligne, que le Président ait achevé sa conversation téléphonique avec un Premier ministre canadien extrêmement préoccupé. Lorsqu'il entra, tous se raidirent : quelques secondes auparavant, la tour de contrôle de Seymour-Johnson avait enjoint au Boeing 727 de revenir se poser, sans succès.

Après un coup d'œil au mur vidéo occupé par une carte de la zone concernée, le Président considéra ses collaborateurs.

— Bon, qui me met au courant ? On dirait que vous venez de voir un spectre, tous !

De sa voix rauque, moins posée qu'à l'habitude, le Secrétaire d'Etat commença :

— Cette menace de bombe a définitivement relégué l'ouragan Sigrid au second plan. L'armée de l'air et le FBI avaient presque mis la main sur le pilote quand il a pris la mouche et décidé de n'en faire qu'à sa tête, apparemment. Il a décollé sans autorisation et il ne répond plus à la radio, maintenant.

Le chef de l'Etat se glissa dans son siège.

— Pourquoi ça s'est passé ainsi, exactement ?

— Parce que le gars du FBI, avec la subtilité d'un SS à cran, s'est mis à glapir qu'il allait arrêter la bonne femme et décortiquer la bombe ! Parce que celui d'Air Force a refusé d'entendre ses objections quant à un vrai risque d'explosion nucléaire, et lui a menti effrontément, comme il vous a menti, à vous aussi !

— Comment, « menti » !

— Menti, oui. Vous leur aviez demandé de prévoir un C-141 en stand-by, exact ?

— Absolument.

— Et le chef de l'état-major adjoint vous l'a promis, et un quart d'heure plus tard nous avons reçu un message de confirmation. Et le fameux commandant a juré ses grands dieux au pilote du Boeing que le C-141 était déjà arrivé, en fait il était quelque part dans les airs en train de tourner en rond ! A seulement quatre-vingts kilomètres au nord de Charleston, pour être précis. C'est visiblement une des raisons qui ont conduit le gars de ScotAir à lever le pied, quand il a constaté ça.

— Quoi, qu'est-ce que vous dites ?

— Il a tout l'air d'être convaincu que la seule mesure sensée est de la larguer en mer. Ah, et ce n'est pas tout ! Je viens juste de parler avec le commandant en titre de la base, un général de brigade. Il a fait un foin pas possible, donc j'ai dit aux gens des transmissions de me le passer. Vous savez ce qu'il m'a raconté ?

— Non, mais laisser ce C-141 en attente tant qu'ils ne sont pas prêts au transbordage ne me paraît pas absurde. Quoi, il voulait justifier cette décision ?

— Le malheureux ne prend plus aucune décision, lui ! C'est l'autre, le colonel tout feu tout flamme, qui fait la pluie et le beau temps sur la base.

— Oh, il y a de la rancœur dans l'air, c'est ça ?

— Peut-être. Mais il a dit qu'il n'était pas loin de la retraite, qu'il savait bien qu'il n'allait pas se faire des amis dans la hiérarchie en appelant la Maison Blanche en direct, seulement il voulait vous informer au plus vite des confidences que lui a faites il y a peu notre cher colonel catapulté. Elles font apparaître que le Rambo de service n'a jamais eu l'intention de se servir d'un C-141, donc d'envisager une évacuation en mer, contrairement à vos ordres explicites. Vous voudriez entendre dans quels termes il a déclaré ça ?

— Un peu, oui !

Le Secrétaire d'Etat consulta ses notes.

— Je cite textuellement, ou presque, d'après ce général : « Ma mission ne consiste pas à tenter de lire dans l'esprit confus de l'intrigant politicard actuellement pensionnaire de la Maison Blanche, ni à me torturer le cerveau à déchiffrer ses états d'âme. » — Le Président ne chercha pas à dissimuler le rictus de haine qui lui était venu. — Bref, si vous voulez obtenir quoi que ce soit du Pentagone, encore faut-il qu'ils décident si vous savez vraiment ce que vous voulez...

— Nom d'un chien !

Le Président tendit la main vers l'interphone alors que le Secrétaire d'Etat continuait sur un ton de conspirateur :

— C'est exactement ce que je ne cesse de vous répéter depuis six mois. Ils sont devenus totalement incontrôlables, ils sont prêts à vous raconter n'importe quoi. Vous vous souvenez de mes cours à l'université de Georgetown il y a des années ? A vous et à vos camarades, qu'est-ce que j'expliquais ? Qu'à partir du moment où le militaire estime qu'il est de son devoir de tromper, voire de manipuler le civil, dans un but que lui seul croit justifiable, il ira jusqu'au bout.

— Je m'en souviens comme si c'était hier.

— Ce sont devenus des professionnels du mensonge. Mais vous n'avez pas voulu me croire, quand je vous ai prévenu. Voilà, vous avez aujourd'hui l'exemple type.

L'officier des transmissions était au bout du fil.

— Jim, connectez-nous tout de suite à la cellule de crise à Washington, et trouvez-moi le chef de l'état-major adjoint, ainsi que le commandant en chef des unités stratégiques Air Force. Vite. — Il se renfonça dans son siège, pianotant férocement la table de ses doigts. — Et ces pauvres bougres, Dieu sait où ils sont partis avec cette bombe, maintenant ! Qu'est-ce qu'ils croient pouvoir faire ? Comment agir, nous, dans le peu de temps qui nous reste ? Bon, il faut d'abord qu'on trouve une réponse à ces questions. Après, il y a quelques bonzes de l'armée à qui je vais couper les vivres, la retraite, voire la tête !

Le Secrétaire d'Etat resta coi. Malgré son intense satisfaction, il se garda bien de manifester à quel point il savourait sa revanche.

A bord de ScotAir 50, 18h45

Scott laissa le Boeing virer sur la gauche, aux instruments.

— Jerry, j'ai une question pour toi.

— Vas-y.

— Tu crois qu'il y aurait un moyen de bidouiller la porte cargo pour la faire s'ouvrir en plein vol ?

Il avait conscience du regard expectatif que Doc faisait peser sur lui, ainsi que de l'expression déconcertée du mécanicien, plus circonspect que jamais.

— Même si j'y arrivais, ce dont je doute, elle se détacherait à tous les coups, en emportant la dérive au passage. Une fois fermée, elle fait bloc avec la structure du fuselage, tu comprends ? Je ne suis même pas certain qu'on puisse rester en l'air si elle s'ouvre.

— Hé, tu te souviens de ce 737 d'Aloha Airlines, en 1987, avec la moitié du haut arrachée ? Une vraie décapotable, et pourtant ils s'en sont bien tirés !

Jerry hocha la tête, mais ses yeux trahissaient une vive inquiétude.

— On ne pourrait pas l'ouvrir sans s'exposer à de gros pépins, Scott. Bon, en admettant qu'on puisse encore voler après l'avoir détachée, je ne suis pas outillé pour. C'est lourd, ces portes !

— Okay, dit Scott en se tournant vers Doc, sors les cartes, veux-tu ? Vois s'il y a un aéroport où on pourrait se poser et improviser quelque chose, enlever cette porte, déposer le chargement de Linda et repartir... Jerry, tu veux y réfléchir, voir si ce serait faisable rapidement ?

— Mais le temps presse, objecta Doc. Tu as dit que ce serait plus facile de négocier avec eux une fois en l'air. C'est peut-être ce qu'il y a de mieux à faire, maintenant ?

— Si je peux me procurer quelque part un kit de survie et un parachute, je vous pose, je repars, je mets cap à l'est avec le pilote automatique et je saute du zinc.

— Hein ? Mais tu n'arriverais même pas à passer la porte, protesta Jerry.

— Si, si ! Je ne tenterai pas une issue latérale, évidemment, je passerai par les escaliers de derrière. Et ne me dis pas que c'est impossible à ouvrir en vol, je sais pertinemment qu'il faudra faire sauter la sécurité à coups de marteau, d'accord, mais c'est faisable ! Sauter de là ne pose pas de problèmes. Si DB Cooper l'a fait, pourquoi pas moi ?

— Qui ? demanda Linda.

— Un pirate de l'air, dans les années soixante-dix, lui expliqua Doc. Avec son butin et un parachute, il s'est jeté de l'arrière d'un 727 de la Northwest, pas loin de Seattle. C'est à cause de lui que tous les escaliers arrière sont équipés d'une sécurité sur les 727, depuis, pour empêcher quiconque de recommencer. D'ailleurs, le coup de Cooper, plus personne ne l'a réussi.

— Doc, quelle est l'altitude minimum possible, là où on se trouve ?

— Huit cent quarante mètres, indiqua le copilote après avoir consulté l'une de ses cartes aéronautiques et vérifié plusieurs chiffres. Disons neuf cents pour ne pas avoir de mauvaises surprises.

— Bon, je descends juste au-dessus des arbres.

— Parce que tu crois que les fermiers du coin ne vont pas remarquer un Boeing en train de surfer sur les bois ?

— Ce ne sont pas les fermiers qui m'inquiètent, mais les deux F-16 qui se sont posés avec nous à Seymour. Je les ai vus, ils étaient en train de refaire le plein. On les a pris au dépourvu, mais ils doivent déjà nous donner la chasse.

— Et alors ?

— Et alors tu n'as pas vu leurs missiles air-air, Doc ? Ils étaient armés, mon vieux !

— Ben ça... — Doc secoua la tête à cette révélation. — Non, je n'avais pas remarqué.

Scott fit partir le lourd appareil en rase-mottes, à une vitesse de quatre cent cinquante kilomètres à l'heure. Des bouquets d'arbres et des champs détrempés défilèrent devant eux tandis qu'il gouvernait le Boeing vers l'est, face à un vent de plus en plus violent et à de fortes rafales de pluie. Au-dessus d'eux, le plafond avait encore baissé, menaçant. Scott se dit qu'il faudrait bientôt remonter à couvert des nuages et naviguer au radar, en espérant que la trace du 727 se fondrait parmi les perturbations orageuses sur les écrans de contrôle.

— On aurait dû penser à réclamer des parachutes là-bas, à Seymour, remarqua soudain Jerry.

— Ils auraient préféré nous tirer dans les pneus, ou dans les réacteurs, répliqua Scott. Et je ne pouvais pas les menacer pour qu'ils cèdent, parce qu'ils nous auraient aussitôt désignés comme des terroristes.

— C'est déjà le cas, nota sobrement Doc.

— Scott ! appela Linda, presque dans sa nuque. Ils ont dit qu'ils avaient un C-141 pas loin. Je sais qu'on peut larguer une charge en vol, depuis un avion de ce genre. S'ils n'ont pas menti sur ce point, s'il y a vraiment un C-141 dans les parages, ne pourrait-on pas l'attirer sur une piste de la côte et effectuer le transfert là-bas ? Dans un endroit où les autres ne nous attendraient pas du tout, où ils n'auraient pas le temps de nous organiser un comité de réception ? Et même s'il est trop tard pour transférer la bombe dessus, je suis presque sûre qu'ils auront des parachutes, eux.

— Bonne idée, Linda, approuva Doc.

Scott acquiesça.

— Attendez, j'ai leurs fréquences de bord, annonça

Jerry. Laissez-moi voir si je peux contacter ce type, en admettant qu'il soit bien là...

— Sur la radio haute fréquence ?

— Ouais, Scott. Bon, j'y vais.

— Okay... Dites, il faudrait que quelqu'un tienne Vivian au courant de tout ça.

Linda, qui s'était immédiatement portée volontaire, quitta en hâte le cockpit pendant que Scott effectuait une passe serrée à gauche puis à droite afin d'éviter une chaîne de collines.

A nouveau proches du front de l'ouragan, ils sentaient les turbulences s'accentuer à chaque minute, un désagréable roulis qu'ils ne connaissaient déjà que trop. Un doigt pointé vers le pare-brise, Doc avertit le pilote :

— A cette altitude, on s'expose à un vrai coup de tabac. N'oublie pas qu'on revient en plein sur l'ouragan...

— Oui, je sais. Mais avant de redevenir une cible sur leur radar, il faut qu'on ait mis le maximum de distance entre eux et nous.

— Ils savent qu'on va vers l'océan, Scott ! Pas besoin d'être un génie pour déduire ça.

Scott esquiva encore brusquement, cette fois à droite, puis reprit le cap à l'est et pivota à moitié vers Doc.

— Cherche-nous un terrain d'atterrissage sur la côte, même un peu en bas de la Caroline du Sud. N'importe quoi avec une longueur de béton suffisante pour se poser quelques minutes. Jerry, essaie de joindre ce C-141.

Le copilote se battait avec les plis d'une autre carte lorsque Linda réapparut dans le cockpit. Scott s'aperçut qu'elle se tenait le coude droit.

— Que s'est-il passé ?

— Rien. Pas très facile de rester sur ses jambes dans un avion qui a la danse de Saint-Guy ! A part ça, Vivian est bien. Morte de peur, comme nous tous, mais bien. L'écran, derrière, indique qu'il reste une heure et quatorze minutes.

— Merci, Linda. Voilà, on va trouver une piste où atterrir, ouvrir l'issue de chargement, balancer vos palettes dehors et tenter de retirer la porte. Il faut seulement que je trouve deux parachutes. Dites, votre cargaison ne risque pas de trop souffrir ?

Elle eut un pâle sourire.

— Comparé à ce qui resterait de mes équipements après une explosion atomique, une chute de trois mètres, c'est de la plaisanterie... Non, ça va aller.

— Linda, là-bas, vous resterez à terre, avec Doc et Jerry. Je lancerai l'avion vers l'est et on s'éjectera avec Vivian en parachute. En espérant que la fichue bombe s'indigne de sa disparition assez longtemps pour ne pas exploser trop près de nous... Vous préviendrez les gardes-côtes pour qu'ils nous repêchent. Je prendrai droit sur zéro-neuf-zéro magnétique, en essayant de quitter le bord à une trentaine de kilomètres au-dessus de la mer, pas plus.

— Compris ! Je répète en clair, d'accord ? Vous allez sauter d'un 727 au beau milieu d'un ouragan, à peine deux heures avant la nuit noire, et sans canot. C'est tout ce que vous avez trouvé, McKay ? — Entre ironie et colère, elle conclut : Et moi qui pensais que vous aviez un plan...

Scott sursauta. Il semblait surpris, heurté presque, en tout cas aucunement sensible à l'humour de la jeune femme.

— Je... Mais, Linda, c'est vous qui...

Elle posa une main apaisante sur le dossier du pilote.

— Je plaisantais, Scott ! Mais il faut qu'on trouve une solution moins suicidaire. Je commence à m'habituer à votre nuque, savez-vous ? Je n'aimerais pas du tout savoir qu'elle est en mille morceaux, au fond de l'Atlantique !

A bord d'Air Force One, 18h48

Raide comme une souche, le chef de l'état-major adjoint des forces armées américaines se tenait sous le regard assassin que son commandant en chef et par ailleurs Président dardait sur lui à plusieurs milliers de kilomètres de distance. L'algarade fut menée avec un tel déploiement de décibels que la retransmission en téléconférence semblait presque superflue. Lorsque le Président s'arrêta, rouge de fureur, le général baissa les yeux vers la table, à Washington, puis les releva.

— Puis-je parler en toute sincérité, monsieur ?

— Vous ne serez plus qu'un civil lambda dans moins de dix secondes si vous ne parlez pas en toute sincérité, John !

— Bien, monsieur le Président. J'ai retransmis les ordres aussi précisément qu'ils m'avaient été donnés. J'assume évidemment la responsabilité de ne pas avoir eu ce C-141 au sol comme prévu, mais de vous à moi, monsieur, je suis aussi atterré et furieux que vous.

— Alors réparez cette connerie, bon sang ! La priorité des priorités, c'est de regagner la confiance du pilote de ce 727 avant qu'il ne pulvérise tout notre système économique et lui-même par l'occasion, ainsi que Dieu sait combien d'Américains ! Je ne vois pas comment vous pouvez vous en sortir, mais débrouillez-vous, et tenez-moi informé minute par minute... Ah, et puis, John ?

— Monsieur ?

— Quand tout ceci sera terminé, n'essayez pas de m'apporter la tête d'un obscur sous-off pour faire passer la pilule ! N'oubliez pas que je suis un ancien de l'US Air Force, moi aussi. Ces foutaises de fraternité secrète, je connais, et le coup des boucs émissaires choisis parmi le menu fretin, je connais aussi !

— Monsieur, je...

— Vous vous rappelez l'affaire de l'hélicoptère irakien abattu en 1994 ? Cette fois-là, le Président s'est fait rouler dans la farine. Il a cru qu'un vague commandant d'Awacs portait l'entière responsabilité du gâchis, alors qu'une bonne douzaine d'officiers supérieurs mentaient effrontément pour dissimuler leurs *vraies* conneries ! A moi, vous ne la ferez pas, merde ! Ce colonel qui plastronne à Seymour est relevé, cassé et radié, à cet instant même ! Bon, il y a un commandant de base qui va recevoir une promotion pour avoir brisé l'engrenage du mensonge, mais les autres, le moindre gradé qui savait de près ou de loin que mes ordres à propos de ce C-141 étaient traités par-dessus la jambe, je veux leur peau, professionnellement parlant, bien entendu. Et le premier qui essaie de couvrir un petit copain passe à la caisse aussi sec, c'est clair ?

— Comme de l'eau de roche, monsieur.

A bord de ScotAir 50, 18h49

En entendant Jerry parler avec animation dans sa radio, les deux pilotes se retournèrent. Le mécanicien leva un pouce triomphant à l'adresse de Scott.

— Je l'ai ! annonça-t-il rapidement avant de revenir à son micro : Action Deux Six Six, ici ScotAir 50. Ecoutez attentivement, s'il vous plaît. — Puis, désignant à Scott la radio UHF : Vas-y, prends-les. Ils sont là.

Doc dévisagea les deux hommes, sidéré.

— « Action » ? C'est quoi, ce truc-là ? Je croyais que le code pour les C-141, c'était « Mac » ?

— Oui, confirma Scott en haussant les épaules, mais un crétin de galonné a décidé de le changer. Il trouvait qu'« Action », ça faisait plus classe ! — Il appuya sur le bouton de son micro. — Action Deux Six Six, vous vous dirigez sur Seymour-Johnson, c'est bien cela ?

— Affirmatif, ScotAir.

— Okay, on a modifié votre mission. Vous deviez nous rejoindre, exact ?

En attendant la réponse qui tardait à venir, Scott se mordit la lèvre inférieure si fort qu'il sentit un peu de sang couler.

— Ah, oui, ScotAir, vous êtes concerné par notre mission, en effet.

— Bien reçu. Et vous avez un équipage réduit pour prendre à votre bord notre cargaison et la larguer à l'est, correct ?

Le jeune pilote du Lockheed C-141 hésita à nouveau, mais il s'était apparemment fait une raison : son étrange interlocuteur était très au fait de son ordre de route.

— Affirmatif, ScotAir.

— D'accord, alors écoutez-moi, Action. Nous n'avons ni le temps ni le carburant nécessaires pour revenir à Seymour. Je présume que vous êtes équipés de kits de survie et de parachutes, oui ?

— Mais... oui.

— Parfait. Tout ce dont nous avons besoin, c'est de deux de chaque. On va envoyer ce zinc au-dessus de la mer et l'évacuer en parachute. Il faut seulement qu'on se donne rendez-vous sur une piste. Vous avez une idée, Action ? Allez, il faut cogiter vite. L'heure tourne.

— Eh bien, la zone de Myrtle Beach, ce n'est pas trop au sud, non ?

— Oui, oui, approuva énergiquement Jerry. Il y a un aéroport civil au nord de Myrtle qui fera parfaitement l'affaire. Grand Strand, ça s'appelle. Une piste d'environ deux kilomètres, avec plusieurs taxiways. Et juste sur la côte, en plus.

Scott reconnecta son micro.

— On pourrait dire Grand Strand, si vous voyez où c'est...

— Oui, on le connaît, celui-là. ScotAir, vous patientez ? On vous rappelle.

Et maintenant, il va contacter son commandement pour recevoir des instructions, raisonna Scott. Désormais, leur sort dépendait entièrement de cette réponse.

20

Commandement central des forces aériennes au Pentagone, Washington, 18h51

Pris entre un Président qui les surveillait tel un Zeus tonnant depuis Air Force One et un chef d'état-major adjoint également furieux qui faisait les cent pas devant les consoles de communication dans les sous-sols de la Maison Blanche, deux hommes aux traits défaits s'entretenaient à voix basse dans un coin de la « salle de Guerre » du Pentagone, un énorme espace lambrissé de bois. A travers les murs épais, le mugissement de l'ouragan parvenait au secrétaire à la Défense et à celui de l'Armée de l'air, mais leur esprit était accaparé par la tempête qui faisait rage dans les plus hautes sphères de l'appareil d'Etat, et par les tentatives, jusqu'ici restées vaines, de joindre l'équipage du Boeing de ScotAir.

La nouvelle du limogeage fracassant du colonel Jeff Peters avait tétanisé tous les occupants de la salle. Peu après, trois autres officiers supérieurs avaient dû quitter les lieux, appelés sur une ligne protégée par le chef d'état-major adjoint qui, de la Maison Blanche, désirait les interroger en personne sur cette lamentable affaire. Mais lorsque les haut-parleurs commencèrent à répercuter la voix hachée du commandant du C-141, qui venait juste de parler avec le pilote du 727, tous les apartés cessèrent comme par miracle.

— Euh, oui, monsieur, effectivement, ScotAir vient de nous appeler sur UHF. Il veut que nous nous retrouvions sur l'aéroport de Grand Strand, au nord de Myrtle Beach, en Caroline du Sud. Il demande des parachutes et des kits de survie. Il se propose de diriger son appareil vers l'est et de l'évacuer en vol. J'attends vos instructions, monsieur. Que dois-je lui répondre ?

Le chef du commandement central, un général quatre-étoiles répondant au nom de Ralph Kinney, fit signe à ses subordonnés d'attendre, tout en décrochant un téléphone pour informer de ce nouveau développement le chef d'état-major à la Maison Blanche.

— Qu'attend précisément de nous le Président dans cette situation ? demanda-t-il après avoir résumé les informations en provenance du C-141. Les engueulades, j'en ai eu mon compte pour aujourd'hui, alors qu'est-ce qu'on fait ?

— Ce qu'on fait, Ralph ? Mais on le lui demande, à lui ! Allez à votre salle Star.

En moins d'une minute, la suite Star de l'avion présidentiel se trouva reliée à ses deux répliques exactes au Pentagone et à la Maison Blanche. Le triplex pouvait commencer.

— Où en est-on, avec le compte à rebours ? interrogea d'emblée le Président.

— Un peu moins d'une heure et dix minutes, monsieur, répondit le général Kinney.

— S'il se pose sur une piste de la côte, avons-nous

le temps et les moyens de transférer la bombe sur le 141 ?

Les deux cadres militaires consultèrent rapidement leurs assistants avant que le général Kinney ne reprenne la parole :

— On me dit que le C-141 a un petit chargeur hydraulique à bord, mais ils ne sont pas du tout certains de pouvoir opérer le transfert dans les temps. La réponse est donc non, probablement.

— Compris. Alors que suggérez-vous, tous les deux ?

— Monsieur le Président, déclara le général Kinney, nous nous fondions sur la quasi-certitude qu'il était possible de détruire cette arme à l'explosif sans déclencher de réaction nucléaire. Le commandant de l'appareil civil ScotAir 50 certifie que son mécanisme interdit ce type d'intervention. Il est convaincu, dans un tel cas, que nous provoquerons une explosion nucléaire, et c'est semble-t-il pour cette raison qu'il a préféré quitter la base Seymour-Johnson...

D'un geste agacé, le Président le coupa.

— Tout cela, je le sais ! Mais maintenant, que faisons-nous ? Il nous reste à peine plus d'une heure ! Reste-t-il une possibilité de la désamorcer, comme c'était notre intention au départ ?

— Monsieur, je répète, ce pilote soutient que la bombe est scellée, piégée, équipée de détecteurs, et qu'il est donc impossible de parvenir à cette fin dans le laps de temps qui nous reste.

— Oui ! Et alors, il a raison ?

— Il... C'est bien possible, monsieur. Nous ne disposons que d'un seul expert, et...

— Vous n'auriez pas pu vous rendre compte de tout ça plus tôt ?

— Monsieur, nous faisons de notre mieux, nous...

— Ce que vous venez de dire, là, pourquoi ne pas

l'avoir reconnu il y a déjà une demi-heure, sacré bon sang ?

Fixant le chef de l'Etat que l'indignation congestionnait, le général Kinney abattit soudain sur la table le calepin relié de cuir qu'il tenait en main. Il ne dissimulait plus son énervement.

— Honnêtement, je l'ignore, monsieur le Président. Si je le savais, je vous répondrais. Ce que je sais, par contre, et avec tout le respect que je vous dois, c'est que nous sommes en train de perdre un temps précieux en jugements rétrospectifs et en interférences permanentes !

— Ralph ! s'exclama le chef d'état-major, fusillant du regard l'image électronique de son subordonné.

Ignorant cette intervention, le Président fit pivoter son fauteuil pour se retrouver face à face avec l'officier supérieur du Pentagone.

— Général, je crois comprendre que vous désapprouvez mon degré de participation dans le traitement de cette crise. Allez-y, exprimez-vous.

D'un air inquiet, le chef d'état-major chercha encore à s'interposer.

— Oh, monsieur le Président, je ne crois pas que...

— Laissez-le parler, John ! Je ne blâme jamais personne de se montrer trop franc. Allez, général.

— Monsieur, je sais que vous avez été pilote chez nous, et que vous êtes colonel de réserve mais, avec tout le respect que je vous dois, vous n'avez jamais été cadre d'active de l'état-major de notre arme et, très franchement donc, je ne pense pas que vous mesuriez par quoi nous en sommes passés, par quoi nous en passons.

— Vous avez raison, mon général, répliqua le Président, penché en avant : nous perdons du temps, donc je ne m'étendrai pas là-dessus. Comme tout gradé de la forteresse Pentagone, vous en êtes arrivé à estimer que personne ne peut comprendre votre travail, surtout pas ces écervelés de civils, et parmi eux surtout pas les infâmes politiciens. J'apprécie votre sincérité, mais écoutez attentivement ceci : j'ai une vision de tout ce qui se passe à votre niveau bien meilleure que la vôtre, parce que j'ai fait partie de votre clan et parce que j'ai constaté, moi, à quel point la rigidité hiérarchique de votre système l'empêchait de fonctionner correctement. Pour entrer dans votre sacro-saint état-major, il faut plus que de la discipline : il faut un renoncement volontaire au moindre libre arbitre, une disposition constante à mentir au chef suprême des armées, ainsi qu'une adhésion aveugle à la certitude que les militaires sont autorisés à tromper l'opinion publique, le Congrès, et jusqu'au Président, toutes les fois qu'ils le jugent nécessaire pour continuer à agir comme ils l'entendent.

— Monsieur, je pense que ce sont des affirmations excessives et diffamatoires.

— Mais elles ne sont que trop vraies. Je suis votre bête noire, n'est-ce pas, général ? J'ai suivi toutes les formations militaires supérieures, collège de guerre, école des officiers et ainsi de suite. J'appartiens de droit à votre fratrie, dont je connais tous les petits secrets, toutes les simagrées, mais dont j'ai rejeté la loi du silence. Puis-je vous rappeler, une fois encore, que le Président de ce pays est aussi le commandant en chef des forces armées ? Moi, je considère la forêt, vous, vous en tenez aux arbres. Voilà pourquoi notre liberté dépend étroitement d'un contrôle incessant du pouvoir civil sur la machine militaire. Et il se trouve que je suis le premier depuis quarante ans à occuper ce poste en ayant l'expérience d'un militaire professionnel capable de comprendre les deux versants. Vos bévues collectives dans cette affaire, on les examinera plus tard. Pour l'instant, général, contentez-vous de savoir que non, je n'« interfère » pas : je suis simplement le premier Président depuis Eisenhower que vous ne pouvez pas faire tourner en bourrique.

Réfrénant sa rancœur, le général Kinney baissa les yeux, se carra dans son siège, releva enfin la tête.

— Vous vouliez entendre nos recommandations, monsieur le Président ?

— En effet.

— Je recommande d'abandonner tout espoir de désamorcer la bombe et de nous efforcer au contraire d'aller la jeter en mer aussi loin que faire se peut. A cet égard, nous avons deux pilotes prêts à Seymour-Johnson, des anciens des opérations spéciales. Ils sont déjà à bord d'un KC-10, avec des parachutes et des kits de survie. On peut les envoyer rejoindre le commandant du 727 là où ce dernier le demandera. Ils se sont portés volontaires, l'un d'eux a même une expérience des Boeing 727.

— Quoi ? s'exclama le chef de l'Etat avec une feinte surprise. Vous voulez dire que c'est un minable réserviste ?

Le général avala sa salive avant de répondre :

— Oui, monsieur. Un pilote de ligne.

— Ça alors ! insista le Président, un sourcil levé, impitoyable. La réserve qui sert à quelque chose, pour une fois ! — Il se pencha et, redevenu très grave, ajouta d'un ton menaçant : Je vous garantis que vous y ferez appel de plus en plus, aux réservistes ! Continuez.

Luttant pour garder son calme, le général obéit.

— Notre plan, si on peut appeler ça « notre plan », consistait à transférer la bombe sur le C-141, mais cela nous demanderait beaucoup trop de temps. Donc, on pourrait faire sortir les civils de l'avion et confier à nos hommes la tâche que le commandant du 727 voulait réaliser : partir à l'est et sauter une fois à distance suffisante de la côte.

— Il n'y avait pas une histoire de pacemaker ? Celui de la femme, Mrs. Henry ?

— Le FBI estime que c'est du bluff.

— La prestation du FBI ne m'a pas beaucoup impressionné, elle non plus. Ils peuvent se tromper, non ?

— Eh bien... L'équipage pourrait la prendre avec eux et l'évacuer en même temps.

— Mais si ce n'est pas un bluff, la bombe ne va-t-elle pas exploser dès qu'elle aura sauté par la porte du Boeing ?

Un assistant chuchotait à l'oreille du général Kinney, qui écouta et se redressa brusquement.

— On me dit que le FBI avait prévu une réplique des signaux radio émis par le pacemaker. Dans la confusion à Seymour-Johnson, on avait oublié ça, semble-t-il.

— Ils emporteraient ce leurre avec le reste, c'est ça ?

— Eh bien... — Le général consulta à voix basse le lieutenant-colonel de l'US Air Force qui venait de lui rappeler ce point. — Oui, en fait ils ont déjà tout embarqué sur un autre KC-10, ils sont en vol et attendent que nous leur communiquions le lieu de rendez-vous. Il y a aussi les deux F-16 de tout à l'heure. Armés, au cas où il faudrait abattre l'avion après l'évacuation.

— Okay, conclut le Président en hochant la tête. Au travail, vite. Réquisitionnez toute aide supplémentaire dont vous aurez besoin. Pour être bien clair, la décision est la suivante : arrêtez de vouloir faire joujou avec cet engin du diable, emportez-le au-dessus de l'Atlantique et larguez-le avant qu'il explose. Essayez d'atteindre l'autre côté du plateau continental, au moins. Veillez à la sécurité de tous les occupants du Boeing, y compris la femme. On verra plus tard qui a fait quoi.

L'instant d'après, il avait quitté la salle de téléconférence, laissant les deux généraux se dévisager à douze kilomètres de distance, celle qui sépare le Pentagone de la Maison Blanche.

— Vous l'avez entendu, Ralph, avertit le chef de l'état-major adjoint. Si vous avez besoin de moi, je suis ici. A regarder l'épée de Damoclès au-dessus de votre tête.

Le général Kinney se contenta d'opiner du bonnet, puis repartit au poste de commandement où les nouvelles consignes étaient déjà mises en application.

A bord de ScotAir 50, 18h55

Lorsque le pilote du C-141 revint en ligne au bout de six longues minutes, il s'exprima d'un ton plus circonspect qu'auparavant.

— ScotAir ? Confirmation d'un rendez-vous possible à Grand Strand. Il y a assez de béton pour nous deux.

— Super, répondit Scott. La météo là-bas, vous avez une idée ?

— On va se renseigner. C'est vraiment là que vous voulez vous rendre ?

— On n'a pas le temps de jouer au plus fin, Action. Je sais que vous avez eu votre commandement. Ils vont vous laisser nous aider, oui ou non ?

— J'ai, euh... j'ai ordre de vous venir en aide aussi vite que possible.

Scott lança un coup d'œil à Doc.

— C'est du lard ou du cochon ?

— Il a des ordres, mais il est mort de trouille, expliqua le copilote.

— Oui, c'est ce qui me semble aussi. — Scott parla à nouveau dans son micro. — Action, vous me donnez les coordonnées de Grand Strand ?

Doc entra aussitôt dans l'ordinateur de vol la longitude et la latitude que dictait le pilote du C-141.

— Compris, notifia Scott. Si vous y allez immédiatement, nous aussi. Tenez-vous prêt sur place avec les parachutes, les kits. On n'a presque plus de temps.

— ScotAir, c'est maintenant le poste de commandement de l'US Air Force au Pentagone qui contrôle la situation. Ils m'ont dit de vous prévenir que nous avions un chargeur hydraulique à bord. Donc, on pourrait avoir le temps de transférer la... la bombe et de la larguer depuis notre appareil. Ça éviterait de sacrifier votre Boeing, et que vous preniez trop de risques. Vous trouvez ça raisonnable ? A vous.

Doc opina du bonnet, Jerry fit le signe de la victoire et Scott, lui, sentit l'allégresse l'envahir : un chargeur hydraulique, exactement ce dont ils auraient eu besoin à Seymour-Johnson pour dégager les palettes de Linda et transférer la bombe sur un gros-porteur ! En travaillant vite, cela paraissait encore faisable...

Linda sourit timidement. Depuis leur atterrissage manqué à Pax River, l'angoisse n'avait cessé de lui nouer l'estomac mais là, pour la première fois, un rayon d'espoir se mettait à briller... A un détail près.

— Ça se tient ! affirma le commandant de bord.

— Un instant, Scott, réclama la jeune femme. On a oublié, encore ! Si la bombe est larguée sans le pacemaker de Vivian, elle risque d'exploser avant de toucher la mer.

Scott appuyait déjà sur le bouton émetteur.

— Action, vous a-t-on informé du problème que nous avons avec une de nos passagères, qu'elle ne peut pas s'éloigner de la bombe ?

— C'est cette histoire de... euh, pacemaker, affirmatif ?

— Affirmatif.

— ScotAir, ça baigne. On m'a demandé de vous dire que l'équipement radio nécessaire est en route.

Avec un soupir de soulagement, Scott se tourna vers Linda :

— Vous prévenez Vivian, d'accord ? Ils vont dupliquer son bip, comme on en avait parlé au début.

Linda se leva sans tarder et disparut à l'arrière. Gouverné par Doc, le Boeing virait dans la direction de l'aéroport choisi.

— Vous êtes où, ScotAir ? interrogea le C-141.

Scott hésita, pensa consulter ses deux coéquipiers, mais la perspective d'un dénouement proche était trop tentante. Après avoir vérifié sur l'ordinateur leur position, établie par le réseau satellitaire, et malgré l'air surpris de son copilote, il se hâta de répondre.

— Compris, ScotAir. Si vous vous maintenez à quatre cent cinquante kilomètres à l'heure, on va arriver pratiquement en même temps.

— Bien reçu, Action. Vous vous posez d'abord, okay ?

— Comme vous voudrez, ScotAir.

Doc le fixait, inquiet.

— Tu es sûr que c'est sage, Scott ? Là, tu viens juste de donner notre position à n'importe quel chasseur qui se trouverait dans les parages. En plus, l'équipage de ce C-141 fait partie de la même bande qui a essayé de nous piéger tout à l'heure...

— J'y ai pensé, oui. Mais en admettant qu'ils cherchent vraiment à nous descendre, ils n'oseront pas : ils ne peuvent pas garantir que l'impact détruira la bombe sans déclencher de réaction nucléaire, tu comprends ? Et ça, même s'ils croient toujours pouvoir le faire avec des explosifs, au sol.

— Qu'est-ce qui te rend si sûr qu'ils ont décidé de se comporter autrement ? insista Doc. Il y a une demi-heure, ils voulaient garder cette bombe intacte par tous les moyens, jeter Vivian en tôle, ils se contrefichaient de tout ce qu'on leur disait ! Ce revirement, c'est pourquoi ? Parce qu'on leur a échappé ?

— Je... je n'en sais rien, Doc.

Jerry, qui s'était penché sur la console centrale pour suivre la discussion, intervint d'un ton décidé :

— Doc a raison. D'un coup, on se met à leur faire drôlement confiance ! Ils peuvent très bien être en train de nous tendre un nouveau piège. Et si là, une fois posés, on se retrouve coincés : piste bloquée, flingues partout, et plus de temps devant nous, de toute façon ? En ce moment même, ils sont capables de faire rappliquer leurs foutus explosifs de Seymour-Johnson. La seule différence, c'est que Goldsboro s'en tirera, cette fois. Mais nous et Myrtle Beach, pfff, dans un champignon, et tout le pays dans le caca !

Doc approuvant chacun de ses mots d'un signe de tête, Scott attendit qu'il ait fini pour soupirer :

— Alors, les gars, quel autre choix avons-nous ? — Jerry nota un tremblement dans sa voix, mais le pilote, non sans jeter des coups d'œil préoccupés à travers sa vitre, ne voulait surtout pas perdre son calme. — On va la larguer ailleurs ? Sans parachutes, c'est un suicide, point final. Je... je n'ai aucune envie de mourir, mais s'ils ne nous aident pas je ne vois pas d'autre solution que de vous déposer quelque part et de repartir seul. Ce serait stupide, d'y aller tous. Enfin, je veux dire que ce n'est pas forcément une mission kamikaze ! Il y a une chance, même petite, même infime, que le compte à rebours s'arrête et qu'il ne se passe rien...

— Allons, allons, Scott, le coupa Doc. Nous savons tous que c'est exclu. Ils ont retrouvé des traces de plutonium, tu as oublié ? A l'aéroport de Miami d'abord, chez Henry ensuite. On ne bourre pas de plutonium une simple maquette, voyons !

— Bon, d'accord. — Il raffermit sa voix. — Il faut que vous m'aidiez, alors. On est face au mur, là. On s'en va ou on les croit ?

Linda, revenue se couler dans son siège, fut frappée par le silence tendu qui régnait dans le cockpit. Sans un mot, elle contempla l'expression résignée sur les traits de Jerry, puis la douloureuse hésitation qui se lisait aisément sur les traits burinés de Doc. Finalement, le mécanicien s'humecta les lèvres :

— C'est toi qui as raison, Scott. Sans leur aide...

— Mais s'ils nous piègent, même si on arrive à dégager, nous, ces imbéciles sont très capables de la faire péter en la tripotant.

— Tu votes quoi, Doc ? demanda Scott doucement.

Le copilote partit d'un rire sec, philosophe.

— Eh, toi, il y a plein de choses que tu ne m'as pas dites quand tu m'as fait rentrer dans ta boîte !

— Ouais, reconnut Scott avec un sourire, je suis un salaud de patron, un ignoble exploiteur, mais réponds à la question : on file ou on joue le jeu ?

— On n'a pas le choix, reconnut Doc, les yeux fixés dans ceux de Scott. On est obligés de les croire.

— A moins..., commença Jerry.

— Oui ?

— A moins qu'on s'aperçoive tout de suite qu'ils vont nous couillonner. Tu lui as dit de se poser en premier, Scott. Tournons un peu à distance, si le plafond le permet, restons bas et hors de radar. On verra bien si ce C-141 est au sol.

— Parce que sinon, c'est un piège, et dans ce cas on se tire. Oui, bonne idée, approuva Scott.

— On dégage, oui, confirma Jerry. Où, je n'en sais fichtre rien, mais on s'en va.

L'air maintenant très sérieux, Scott se tourna vers Linda qui, fermant les paupières, leva une main en signe d'assentiment :

— J'ai entendu. Je comprends. Je suis d'accord.

— On vous fera descendre de cet avion, Linda. Je ne pourrais pas supporter de vivre...

— Si vous me faites mourir avec vous ? compléta-t-elle avec un petit gloussement. Dans ce cas, je veillerai à ce que mon employeur n'utilise plus jamais les services de votre compagnie !

A ces mots, Scott pivota presque entièrement dans son fauteuil. Doc surveillait les réactions du 727 aux correctifs progressivement apportés par le pilote automatique. Ils traversaient de nouvelles turbulences, leur radar indiquant d'autres formations orageuses devant eux, mais ils venaient tous de vivre une telle tension qu'ils en avaient oublié le mauvais temps.

Les yeux de Scott croisèrent ceux de la jeune femme. Ils se regardèrent longuement, comme s'ils venaient juste de se rencontrer. Une multitude d'images, de souhaits, de rêves, les traversèrent alors que, chacun de son côté, ils devaient toujours en revenir à cette évidence partagée : *dans moins d'une heure, peut-être, c'est en compagnie de cette personne que je disparaîtrai...*

Doc se pencha un peu plus sur ses commandes, Jerry sur ses cadrans. Ils avaient senti tous deux, d'instinct, le lien secret qui venait de s'établir entre leur pilote et la séduisante jeune femme assise juste derrière lui.

A contrecœur, Scott finit par détacher son regard et par se replacer face au palonnier. Il sentait son cœur battre plus vite, soudain.

21

Poste de commandement de l'US Air Force au Pentagone, Washington, 19h01

Assis près de la console de communication, le général Ralph Kinney se disposait à entendre le dernier rapport préparé par ses adjoints. Autour de lui, contrôlant une multitude d'écrans vidéo, de téléphones et de cartes, de jeunes militaires d'active s'affairaient sous les ordres d'une escouade d'officiers dont les prérogatives répondaient à un partage complexe. A ses côtés, un major de l'US Air Force, d'un blond presque blanc, sanglé dans un uniforme impeccablement repassé, se tenait debout, un grand cahier de notes entre les mains.

— Le KC-10 avec la relève des deux pilotes va se poser le premier, mon général. Le C-141 les suivra de quelques minutes, et ce sera ensuite le tour du deuxième KC-10 avec l'équipement radio nécessaire.

— Et les F-16 ?

— En approche sur Grand Strand. Nous n'avons toujours pas de trace radar de ScotAir 50, mais d'après les coordonnées qu'il nous a données il se trouve sans doute par là. — Le major désigna un point sur la carte aéronautique qui s'étalait devant eux. — Ils devraient arriver à peu près en même temps que le C-141.

— L'équipage du 141 sait qu'ils n'ont qu'un créneau de dix minutes pour transborder ?

— Oui, mon général. Leurs techniciens de bord jurent que c'est faisable. Ils devront passer par-dessus toute la réglementation d'usage, mais ils disent que c'est possible.

— Espérons qu'ils ne se trompent pas... A moins quarante minutes, il faut qu'ils soient repartis, que ce soit sur le 141 ou sur le 727.

— Dans le cas du 141, ce sera terriblement juste, mon général. A vitesse maximale, ils ne pourront parcourir que deux cent soixante kilomètres avant de devoir larguer la bombe. Et chaque minute comptera pour repartir à l'ouest, à pleins gaz.

Le général Kinney se leva et fit signe au secrétaire à l'Armée de l'air qu'il était prêt à retourner dans la suite Star. Une nouvelle téléconférence allait débuter.

Santa Fe, Nouveau-Mexique, 19h01

Alerté une heure plus tôt par un collègue de Washington qui n'en menait pas large, l'ancien responsable administratif du Programme Méduse de Rogers Henry se hâta d'aller fouiller parmi les vieux dossiers qui dormaient dans son bureau. A vingt ans de distance, voire plus, ses souvenirs ne pouvaient être que flous. A y réfléchir, pourtant, il se rappelait les requêtes passionnées dont le chercheur l'avait bombardé lorsqu'il avait été décidé de mettre fin au projet.

La dernière en date, il ne l'avait même pas ouverte, sachant déjà ce qu'il y trouverait : encore des récriminations, des spéculations théoriques dont plusieurs outrepasseraient à nouveau le devoir de réserve du scientifique. Il avait brûlé les précédentes, non sans rappeler à chaque fois au récalcitrant qu'il n'était pas autorisé à coucher noir sur blanc des secrets classés propriété de l'Etat, quand bien même ledit Etat avait décidé de les oublier. Scientifique lui-même, il avait mesuré le risque insensé que prenait Henry en se montrant aussi peu discret.

Il referma rageusement une troisième boîte de rangement. Rien ! Il n'en restait qu'une, qu'il ouvrit de ses mains impatientes tout en se raisonnant : logiquement, il ne devrait rien trouver de très précis à propos de l'arme que Rogers Henry, semblait-il, avait fini par mettre au point et que quelqu'un brandissait maintenant, deux ans après sa mort... Son ami de Washington, d'une voix oppressée, avait cependant insisté.

— Dans ton dossier Rogers Henry, il n'y a rien qui donne ne serait-ce qu'un indice sur le détonateur qu'il aurait voulu employer ?

En essayant de désamorcer cette arme mystérieuse, avait-il encore expliqué, les militaires risquaient de provoquer l'irréparable...

Il trouva enfin la chemise qu'il cherchait, pleine de

papiers jaunis qu'il retira de leur sarcophage de carton. Il se leva d'un coup, mais une brusque douleur dans les genoux et un léger étourdissement le rappelèrent à plus de prudence : autant il aimait Santa Fe et son parfum sucré de branches de pin brûlant dans mille âtres mexicains, autant il n'arrivait toujours pas à s'habituer à ses deux mille mètres d'altitude.

Il alla à son fauteuil favori et s'y laissa tomber en rompant le sceau encore intact apposé sur la grosse enveloppe que Henry lui avait jadis adressée. A l'intérieur, une autre enveloppe en kraft contenait un dossier fermé par cet épais adhésif métallique que les aviateurs collent parfois sur leur carlingue. Après s'être escrimé dessus, il extirpa une quarantaine de feuillets qu'il posa sur ses genoux en tâtonnant à la recherche de ses lunettes.

« Si vous avez lu ces lignes, vous devez me le faire savoir par un appel téléphonique, une lettre, un message quelconque ! avait écrit Rogers Henry. Dans le cas contraire, j'en déduirai que vous ne l'avez pas fait et je continuerai en conséquence. »

Qu'est-ce qu'il voulait dire par là ? se demanda-t-il. Etrange comme il avait deviné que je ne lirais plus rien de lui...

Le temps avait brouillé le souvenir de leurs échanges. Il avait peut-être averti un jour le chercheur qu'il ne se préoccuperait plus de sa prose, qui sait ?

Le premier feuillet s'en tenait aux jérémiades connues, mais tout de suite après il y avait une série de formules algébriques et de chiffres, entrecoupés de croquis qui l'intriguèrent aussitôt. En les étudiant de plus près, il découvrit, stupéfait, qu'il s'agissait en effet d'un projet de détonateur nucléaire dont la conception s'écartait radicalement des dispositifs habituels...

— Oh, mon Dieu !

Avec toute la hâte que lui permettaient ses soixante-douze ans, il se jeta sur le téléphone et déchiffra le numéro qu'il avait griffonné sur un calepin quelques minutes auparavant.

— Max ?

— Oui.

— Tu avais raison ! C'est Louis, à Santa Fe. Rogers m'a envoyé les plans de ce truc, il y a vingt ans. Je n'avais jamais ouvert son enveloppe. C'est ce que tu me disais, Max ! Ce dont il parlait sans cesse ! Et moi...

— Pas si vite, Louis, pas si vite. Tu veux dire un détonateur instantané ?

— Oui, oui ! Tu peux toujours l'entourer d'explosifs surpuissants, au plus près, ça ne l'empêchera pas de former immédiatement une masse critique ! De cette manière, c'est impossible à neutraliser !

— Je m'en doutais. Bon, il faut que j'arrive à joindre quelqu'un de sérieux au Pentagone. Heureusement, j'ai quelques connaissances, là-bas.

— Max, il y a encore autre chose ! Que tu dois leur apprendre, tout de suite.

— Oui ?

— J'ai bien regardé son schéma. Il y a un point faible sur ce détonateur, dont on peut se servir facilement si on dispose de l'équipement nécessaire. Pas question d'explosifs, de retardeurs, de rien de tout ça : il suffit de bloquer la polarisation magnétique du mécanisme en créant un champ magnétique suffisant, et il se retrouve hors d'état de fonctionner.

— Un champ magnétique ? De quelle ampleur ?

— Tu vois les gros aimants dont ils se servent pour récupérer les pièces métalliques dans les décharges ?

— Bien sûr.

— Si la chemise de la bombe n'est pas trop épaisse, ça doit suffire.

— Tu en es certain ?

— Ah, c'est une interprétation rapide de ce que j'ai sous les yeux, mais pour moi c'est évident : l'idée est excellente, seulement elle a une faille. D'ailleurs, il la reconnaît... il la reconnaissait lui-même dans les commentaires qu'il avait envoyés, mais d'après lui personne ne serait capable de la découvrir à temps !

A trois mille kilomètres de distance, le nommé Max, lui aussi ancien chercheur en énergie nucléaire, consulta sa montre et laissa échapper un soupir.

— Notre défunt collègue pourrait bien avoir raison, Louis : il ne reste plus qu'une heure.

A bord de ScotAir 50, 19h02

A chaque kilomètre franchi, le Boeing s'enfonçait un peu plus rudement à travers l'ouragan qui, dans l'après-midi, avait failli avoir raison de lui à Pax River. Esquivant de menaçantes concentrations magnétiques sur le radar, dont l'une, avec sa forme sinueuse, paraissait la signature d'une tornade, Doc avait gouverné à une altitude raisonnable en direction de l'aéroport de Grand Strand. Scott, lui, étudiait les cartes.

— Cinquante-neuf minutes, les gars, annonça Jerry de sa place. Et puis... Dieu sait si j'espère qu'on n'en aura pas besoin, mais je pense avoir trouvé un moyen d'ouvrir la porte latérale en vol. Absolument pas orthodoxe, mais qui marcherait. Et il resterait la solution de l'escalier arrière, au cas où je me serais trop avancé...

Le regard accaparé par l'écran du radar, Scott secoua négativement la tête.

— Merci, Jerry, mais finalement on ne devrait pas en avoir besoin. Ça m'avait paru une bonne idée, jusqu'au moment où tu m'as fait remarquer qu'on risquait de se retrouver sans empennage, au bout du compte !

— Oh, pour virer la porte, ça irait. Simplement, elle pourrait nous déséquilibrer salement, de quoi perdre le contrôle.

Sans se retourner, le pilote lui adressa un signe entendu.

— Pas de problème. On ne va pas le faire, de toute façon. Doc, l'aéroport à vingt-cinq kilomètres.

— Je sais. Je vais entamer une grande boucle à droite, en restant à moins de trois cents mètres. De quoi voir sans être vu.

Il réduisit légèrement la vitesse et abaissa le nez du Boeing pour perdre un peu d'altitude. La sonnerie d'alerte rappelant que les trains n'avaient pas été sortis retentit : cette « alarme de configuration », comme disent les pilotes, se met automatiquement en marche si elle n'a pas été coupée. En jurant à voix basse, Jerry actionna la manette pour faire cesser ce bruit entêtant. D'habitude, il mettait toujours un point d'honneur à la prévenir, mais ce vol n'avait rien d'habituel...

— Combien de radars nous surveillent, d'après toi ? demanda-t-il à Scott.

— Un tas, mais avec toutes ces perturbations le retour de notre fuselage ne peut être qu'intermittent, sinon complètement brouillé. Ils se disent peut-être que c'est nous, mais ils ne peuvent pas être certains. Cela dit, si j'avais le type de radar dont mon F-14 était équipé dans le temps, nous aurions pu repérer le C-141 à quatre-vingt-dix kilomètres, ou plus.

— A ta gauche, Scott, un trou dans les nuages, l'avertit Doc. Tu vois quelque chose ?

Un gros front orageux leur barra la route mais, une fois franchi le rideau de pluie le plus épais, ils eurent un aperçu de Grand Strand en contrebas, à gauche. Scott plissa les yeux.

— Je... Pas facile, Doc. Je vois la piste, mais je ne distingue rien sur le terrain.

— Je vais approcher un peu.

Telle une fugitive apparition, Scott aperçut un autre appareil au loin, qui disparut aussitôt dans les nuées.

— Attends, Doc. Je crois que j'ai vu nos amis droit

devant. Si c'est le cas, c'est qu'ils manœuvrent pour une approche en direct par le sud sur la piste 5.

— Je prends un peu à gauche, approuva Doc. Dès qu'on sera sortis de cette flotte, tu pourras regarder un peu mieux. Mais on ne sera plus qu'à cinq kilomètres, du coup.

Appuyant son menton sur le tableau de bord, Scott commença à inspecter méthodiquement les cieux, chargés de nuages et zébrés d'éclairs intermittents. Le gros de l'ouragan, cependant, était encore à venir, à plusieurs kilomètres au large de la Caroline du Sud.

Le reflet d'une carlingue le fit sursauter.

— Oui, c'est un gros zinc, Doc. Notre C-141, pas de doute.

— Et à gauche, en bas, rien ?

Scott porta son regard dans la direction que Linda, de sa place, inspectait déjà, le visage collé à la vitre. Le terrain d'aviation était maintenant bien visible. Au petit cri que poussa la jeune femme, les yeux du pilote le balayèrent en tous sens.

— Qu'est-ce que vous voyez, Linda ?

— Des bâtiments et, là... Deux petits avions à peu près à mi-chemin de l'aéroport, en bord de piste, côté sud-est.

Scott aperçut en effet deux appareils sur le taxiway, de taille modeste, avec des ailes aérodynamiques et un profil qu'il ne connaissait que trop bien...

Oh, non, non ! pensa-t-il. Mais il s'exclama :

— Ce sont des F-16, Doc ! Ils sont arrivés avant nous. Sans doute les mêmes que tout à l'heure... Doc ?

Surpris par le silence de son copilote, il pivota vers la droite pour découvrir Doc bouche bée, ses yeux exorbités braqués droit devant eux. En suivant son regard à travers les amoncellements de nuages, il découvrit sans peine, à quelques kilomètres, la silhouette d'un avion-cargo militaire qui se préparait indiscutablement à atterrir à Grand Strand.

Il entendit Doc déglutir avec peine, imité par Jerry qui lui aussi regardait à travers le pare-brise, comme hypnotisé. Son cœur s'arrêta, il eut l'impression que son estomac se contractait sous une vague de désespoir aussi soudaine qu'irréfutable.

Tous trois avaient parfaitement reconnu la forme de l'appareil et, s'il subsistait un doute, les lettres vertes et blanches sur la carlingue étaient désormais bien visibles.

C'était un KC-10. Pas un C-141, comme ils s'y attendaient, comme on le leur avait promis.

— C'est un piège, trancha Scott d'une voix dont le calme l'étonna lui-même.

Un silence accablé lui répondit, seulement troublé par le « Oh, mon Dieu ! » que Linda laissait échapper.

Scott se sentait glacé, moite, terrassé. Lui qui avait cru qu'ils ne lui mentiraient pas une deuxième fois. Quelle naïveté ! L'armée de l'air, le FBI, toutes les autorités du pays ou presque paraissaient résolus à examiner cette arme sous toutes les coutures, jusqu'à la dernière seconde, puis à la faire exploser vaille que vaille. Personne n'avait écouté ses mises en garde. Un KC-10 ne transporterait pas un chargeur hydraulique et ne le débarquerait pas sans un équipement dont un modeste aéroport civil ne disposerait jamais. Un KC-10 ne serait pas en mesure de charger la bombe, ni de la larguer en mer. Le C-141 était le dernier espoir, maintenant enfui. Ils allaient devoir supporter ce terrible fardeau tout seuls, jusqu'au bout, ne fût-ce que pour épargner à des milliers de concitoyens une mort atroce, sur le coup ou au fil des mois...

— Qu'est-ce que tu veux faire, Scott ? interrogea Doc à voix basse, surtout pour l'entendre dire tout haut ce que, dans son for intérieur, il savait déjà.

— Qu'est-ce qu'on peut faire ? On a tout essayé, non ? On ne peut pas laisser cette bombe sauter au sol, or c'est exactement ce que ces dingues s'apprêtent

à faire si nous nous posons. Il y a des villes tout près...
— Dans le cockpit, personne ne soulevait d'objections.
— Tirons-nous d'ici. On essaie de ne pas se faire repérer et on y va.

Il n'eut pas besoin de préciser là où ils allaient. Tous les quatre, ils le savaient.

D'un geste décidé, Scott éteignit la radio UHF qui avait été leur lien avec le C-141, avec le monde. Ils n'en auraient plus besoin.

Désormais, ils étaient seuls, complètement seuls.

A bord d'Air Force One, 19h08

Du Pentagone à la Maison Blanche, puis à travers le continent jusqu'à l'avion présidentiel sur le chemin de retour, le mot était passé en quelques secondes : un scientifique à la retraite venait d'informer les militaires de la manière de désactiver — et de ne pas désactiver — la machine infernale conçue par Rogers Henry.

Lancé à huit cents kilomètres à l'heure en haute altitude, le chef de l'Etat ne quittait plus la salle de téléconférence de l'US Air Force. Ulcéré, désespéré, il regardait les minutes s'écouler. A sa droite, une carte animée reproduisait la progression inexorable de l'ouragan Sigrid, dont il mesurait les ravages et dont il voulait combattre les conséquences. Mais son esprit ne pouvait se détacher du 727 esseulé dont les cinq occupants affrontaient un danger qui dépassait l'imagination, l'ombre de la Méduse planant sur le pays tout entier.

Alors que le général Ralph Kinney décrivait les efforts frénétiques déployés pour trouver un aimant de grande taille et le convoyer d'urgence à l'aéroport de Grand Strand, un jeune adjoint à l'air effaré apparut dans le champ de vision du Président et glissa un papier au général, qui baissa les yeux dessus et perdit aussitôt contenance. Même à une telle distance, le chef de l'Etat avait tout remarqué.

— Cette note, général, c'est quoi ?

Passant une main sur ses traits congestionnés, Kinney prit sa respiration.

— Le 727 ne répond plus aux appels radio, monsieur. Les gens du contrôle aérien pensent l'avoir repéré au sud de Grand Strand, mais se dirigeant à l'est, au-dessus de l'océan. D'après le rapport que j'ai sous les yeux, un témoin oculaire, à l'aéroport, a constaté la même chose. C'était il y a quatre minutes, environ.

Le Président bondit de son fauteuil.

— Comment est-ce possible ? Il était d'accord pour atterrir ! Le C-141 était bien là ?

D'un geste exaspéré, le général fit signe à plusieurs officiers de se rapprocher de lui.

— Une... juste une seconde, monsieur. — Après un rapide échange à voix basse, que le Président voyait de son avion mais ne pouvait entendre, il se retourna. — Monsieur, les deux F-16 étaient posés, un des deux KC-10 en approche a depuis atterri. Le C-141 est encore à une vingtaine de kilomètres.

Debout, le chef de l'Etat se taisait, essayant de concevoir ce que l'équipage du 727, déjà sur ses gardes, avait bien pu penser. Enfin, les yeux au plafond, se maîtrisant de son mieux, il siffla entre ses dents :

— Evidemment. Il a vu deux chasseurs et un KC-10. Pas de C-141... Vous l'aviez prévenu de l'arrivée des KC-10, n'est-ce pas ?

Il fallut attendre quelques conciliabules, ainsi qu'une vérification éclair auprès du pilote du C-141, pour que le général rende la réponse que redoutait tant le Président :

— Non, monsieur, il n'était pas au courant.

Le chef de l'Etat en retomba dans son fauteuil.

— Les malheureux inconscients... Ils ont cru que nous voulions encore les coincer là-bas. Ils sont partis vers l'est ?

— Oui, monsieur. Apparemment.

— Appelez-les ! Expliquez-leur ce qui s'est passé ! Faites-les revenir !

— Nous n'arrêtons pas d'appeler, monsieur, mais il garde le silence radio. Avec les conditions météo en cours, les contrôleurs ont du mal à suivre sa trace sur les radars, d'autant qu'il a éteint son transpondeur et qu'il volait à basse altitude. Mais selon les dernières déductions il se dirigeait au-dessus de l'Atlantique.

Le Président resta longtemps sans un mot, au grand malaise de l'assistance réunie au Pentagone, puis il s'exclama d'une voix sourde :

— Il va essayer de la larguer lui-même !

— Non, monsieur, répliqua le général, les yeux au sol.

— Comment, non ? Qu'est-ce qu'il pourrait avoir d'autre en tête ? Vous ne voulez tout de même pas me faire avaler qu'ils ont projeté un suicide collectif ?

— C'est un 727, équipé d'une porte cargo latérale. Tous les avis consultés sont formels, elle ne peut être ouverte en vol et, même en l'ouvrant, il serait impossible de jeter quoi que ce soit à travers.

— Alors où va-t-il, d'après vous ?

— A sa mort, visiblement, monsieur.

Malgré l'apparente sécheresse de ce constat, le général se sentait intérieurement déchiré. Etait-ce par crainte des représailles présidentielles après cette succession de dysfonctionnements, ou par pitié envers cette poignée de pauvres civils qui allaient se sacrifier, il n'aurait su le dire, mais il n'avait encore jamais éprouvé un tel accablement, une telle fatigue nauséeuse. Il pensa à son fils, jeune pilote de ligne basé à Seattle : lui aussi aurait pu se retrouver aux commandes de ce Boeing, prêt à donner sa vie pour épargner son pays. Car c'était ce qu'ils avaient décidé, sans aucun doute. C'était la seule explication plausible. Le commandant de ScotAir, un ancien de la Navy, mesurait parfaitement les conséquences d'une explosion nucléaire pour la population.

— Général, vous m'avez entendu ?

— Euh... non, monsieur, désolé, admit-il, brusquement arraché à ses sombres pensées.

— J'ai dit qu'il faudrait faire redécoller les F-16. Qu'ils le prennent en chasse, qu'ils essaient d'établir le contact. Vous ne croyez pas ?

— Si, monsieur, cet ordre leur a déjà été donné. Mais il faut aussi qu'ils se préparent à abattre le Boeing au cas où il reviendrait vers la terre et où nous n'aurions plus le temps de faire quoi que ce soit de la bombe.

Ce fut au tour du Président de se sentir pris de vertige. Abattre un avion civil, en plein vol ? Oui, il serait contraint de décider une telle atrocité s'ils n'avaient plus d'autre choix. Et les F-16 seraient trop proches de leur cible pour échapper à l'onde de choc provoquée par une explosion nucléaire. A cet égard, aucun doute ne subsistait : l'appel de l'ancien collègue et supérieur de Rogers Henry confirmait que, si explosion il y avait, elle serait atomique.

— Dites, général, cette idée d'aimant... peut-on en trouver un et le convoyer à Grand Strand ? Dans ce cas, si les chasseurs parviennent à faire revenir le Boeing et s'il nous reste encore un peu de temps, ne serait-ce que dix minutes, est-ce que ça pourrait marcher ?

— Points d'interrogation partout, monsieur. On va faire le maximum.

— Général ?

— Monsieur ?

— Combien sont-ils à bord du Boeing, déjà ?

Un représentant du FBI, vêtu d'un complet sombre, s'avança au milieu de tous les participants en uniforme.

— Cinq, monsieur, annonça-t-il avant de décliner leurs nom et profession, en précisant que le commandant était un ancien pilote de l'aéronavale.

— Merci, soupira le Président en se tournant vers le chef d'état-major qui se tenait maintenant à côté du général Kinney. Combien de temps nous reste-t-il ?

— Moins d'une heure, monsieur le Président. S'ils s'éloignent à plus de vingt minutes de la côte, il sera trop tard pour les faire revenir.

22

A bord de ScotAir 50, 19h10

— A propos de cette porte, Jerry ? lança Scott à brûle-pourpoint. Tiens-toi prêt à me reparler de ce qu'on pourrait faire avec.

— Quand tu voudras. J'ai déjà les manuels d'entretien ouverts devant moi.

— D'ac, un peu plus tard.

Le pilote fit virer le Boeing à gauche, un décrochage accentué vers le nord-est pendant deux minutes avant de reprendre à droite en direction du sud-est, de nouveau à une altitude de cent cinquante mètres.

— Scott, notre carburant n'est pas inépuisable, avertit Doc.

Jerry se pencha au-dessus de la console centrale, le cahier de performance du 727 en main.

— Si on veut franchir une distance correcte, il faut qu'on remonte plus haut, beaucoup plus haut. Il nous reste cinq tonnes six de kérosène, à peine de quoi voler quatre-vingt-dix minutes encore. Mais si on continue aussi bas il faut compter une heure maxi, et c'est la panne sèche.

— On a vu les chasseurs, là-bas, répliqua Scott d'une voix ferme. Ils étaient là pour nous empêcher de repartir, mais je parie ce que vous voulez qu'ils sont déjà à nos trousses. Et ils sont armés. S'ils nous retrouvent et qu'ils estiment qu'il n'y a plus assez de temps, ils auront l'ordre de nous descendre. C'est dément, mais c'est comme ça. Allez savoir ce que les branques du Pentagone ont en tête ! Alors on reste bas sur l'eau pendant au moins vingt minutes.

— Ce qui fait à peu près cent vingt kilomètres, droit dans l'ouragan. Ça va remuer dur, tu sais ?

— Je sais. Bon, cette porte. Comment on peut s'y prendre ?

Le mécanicien prit son souffle avant de répondre.

— Okay. Donc, normalement, pour qu'elle soit alimentée électriquement, il faut qu'on soit à terre. Autrement, la position « ouverte » ne peut pas s'enclencher en vol. Là, j'ai deux possibilités. La première, c'est d'intervenir sur le système hydraulique, en bidouillant l'alimentation des pompes de façon à shunter les relais détecteurs. C'est pas très propre, mais c'est faisable. La deuxième, c'est tout simplement d'ouvrir la porte arrière, qui a un sélecteur et un levier de pompe accessibles. Ouverture manuelle, le tour est joué.

— Oui, mais pour arriver jusqu'à la porte arrière il faudra dépressuriser la cabine, et je préférerais éviter ça le plus longtemps possible. Ton « bidouillage », il prendrait combien ?

— Dix minutes chrono. Mais le plus compliqué n'est pas là.

— Explique.

— Une fois les circuits déconnectés, il faut encore

deviner la vitesse appropriée : assez pour que la porte soit emportée de ses gonds, pas trop non plus car elle risque alors d'arracher le haut du fuselage en sautant.

— Tu veux dire comme ce 747 d'United qui a perdu sa porte cargo du côté d'Honolulu, avec neuf ou dix passagers du même coup ? En 1989, si je me rappelle...

— Ouais, ouais, voilà ! On a pourtant plusieurs avantages par rapport à eux, nous : par exemple, leur cabine était pressurisée quand ça s'est passé, ce qui a rendu le choc beaucoup plus violent. Nous, elle ne le sera pas. Secundo, leur porte était plus grande. Tertio, ils fonçaient à altitude maximale, tout le contraire de nous. Résultat des trois, au lieu de se détacher plus ou moins proprement, leur porte de secours est partie avec un morceau de carlingue, comme si on avait ouvert une boîte de conserve ! Si la même chose nous arrive à nous, je doute que la structure tienne. Théoriquement, il est possible que l'avion se casse en deux.

— Ce qui signifie qu'on est théoriquement morts, constata Linda. Charmante perspective !

— Le problème auquel on doit s'attendre n'est pas là, de toute façon, poursuivit Jerry : ou la porte nous cause des dégâts en se détachant, ou... elle ne s'en va pas.

— Je ne comprends pas, soupira la jeune femme. D'accord, que je comprenne ou pas, ça n'a guère d'importance...

— Mais si, Linda, la rassura Jerry. Il faut que vous saisissiez ce dont il s'agit, parce que nous allons avoir besoin de vous, à chaque étape de l'opération.

— Vous pouvez compter sur moi.

— Très bien. Ce que je disais c'est que, si elle ne se détache pas, elle va exercer un gigantesque effet de surface qui gênera le contrôle de l'avion. Les ailerons, les volets, la dérive, tout ça ne pèsera pas lourd à côté d'une plaque continuant à bringuebaler sur un de nos flancs. Imaginons qu'elle ne quitte pas ses gonds et se bloque à cinquante degrés par rapport au vent relatif... Gouverner dans ces conditions risque d'être impossible.

— Et si elle s'en va ?

— L'empennage pourrait être touché, ou d'autres avaries encore. En plus, des débris risqueraient de se retrouver dans l'un de nos réacteurs, ou dans tous, avec les pannes et les incendies qui s'ensuivraient...

— Quoi, c'est tout ? s'exclama Doc en grimaçant un sourire. Une partie de plaisir, hein !

Aéroport de Grand Strand, Caroline du Sud, 19h10

Moteurs vrombissant, le chef d'escadrille des F-16 était resté dans son cockpit à surveiller la radio, le second appareil à sa droite. De Seymour-Johnson à ce petit aéroport civil où on leur avait donné l'ordre de se rendre après la fuite inattendue du 727, le trajet n'avait pas été long, à vitesse supersonique. Mais ce faisant ils avaient brûlé beaucoup de carburant, constat qui ne manquait pas d'inquiéter les deux pilotes.

Un autre sujet de préoccupation, c'était que si le KC-10 s'était effectivement posé quelques instants plus tôt, ils ne voyaient venir ni le C-141 ni le fameux Boeing. Le major consulta nerveusement sa montre, se tourna vers son compagnon et leva une main paume en l'air, manière d'exprimer sa perplexité selon leurs codes de communication. Au balancement de ses ailes, il sentait que le vent avait forci, tandis qu'une pluie mêlée de grêle hachait plus violemment son pare-brise, avant-goût des difficultés à venir si on leur demandait de reprendre l'air tout de suite.

Il vérifia à nouveau ses jauges. Le terrain d'aviation ne disposant pas de l'équipement nécessaire pour relancer leurs réacteurs, ils avaient dû les garder en marche et chaque minute faisait baisser le niveau de leurs réservoirs.

— Squale Un, ici numéro Deux sur bouton trois.

— Oui, Deux ?

— On fait quoi, au juste ? Avec le jus qui nous reste, on n'ira pas très loin au large. A moins d'avoir un ravitailleur avec nous. Ils veulent toujours qu'on escorte ce C-141 au-dessus de l'océan ?

— J'en sais que dalle, Deux. On est peut-être là pour faire du « soutien moral », comme ils disent.

Poste de commandement de l'US Air Force au Pentagone, 19h12

— Impossible de contacter les F-16, monsieur, annonça le sergent-chef. Depuis qu'ils se sont posés à Grand Strand, ils ont perdu la liaison radio avec leur unité. Nous appelons les KC-10 pour qu'ils leur relaient les ordres.

Sous le regard interdit du sergent, le général deux-étoiles abattit son poing sur la table en ravalant une bordée d'obscénités.

— Bande de... Faites vite.

— Oui, mon général.

Redoutant un nouvel accès de colère de son supérieur, il se concentra sur les voyants et les manettes devant lui.

Un lieutenant-colonel, qui attendait depuis un moment dans le dos du général, profita de l'accalmie pour intervenir d'un ton affairé :

— Monsieur, nous avons trouvé une grue-aimant à Myrtle Beach, à une trentaine de kilomètres de l'aéoport. Elle est autopropulsée, seulement...

— Ah, enfin quelque chose qui ne foire pas !

— Oui, monsieur... Non, monsieur : elle ne peut pas avancer à plus de vingt kilomètres à l'heure. En prenant le problème dans tous les sens, je ne vois pas comment la faire arriver dans les temps. C'est une équation impossible.

Direction centrale du trafic aérien, Roslyn, Virginie, 19h12

Même s'il en avait très envie, son instinct de journaliste poussa Pete Cooke à ne pas quitter le bâtiment de la FAA. Dehors, entre les premiers effets de l'ouragan Sigrid et la panique provoquée par l'apparition d'une arme capable de déclencher à la fois le feu nucléaire et une catastrophe économique majeure, la nation entière était aux abois. *Ce doit être la folie,* se dit le reporter, *mais il faut que je reste ici.* Le nœud de son « histoire », en effet, c'était le Boeing de ScotAir, et la manière dont son pilote allait essayer de se sortir d'un cauchemar commencé maintenant depuis plus de deux heures.

Privé de l'aide de son scanner depuis que le 727 était parti au sud, hors de portée, il avait réussi à recueillir des bribes d'informations confidentielles auprès de responsables sur place et grâce aux appels incessants d'Ira, toujours aussi efficace à la rédaction de New York. Non, décidément, le QG opérationnel de la FAA constituait l'endroit idéal pour suivre l'odyssée du Boeing.

Hallucinant, pensa-t-il. Il regardait les employés se dépenser sans compter dans leur tâche surhumaine qui consistait à ramener au sol tous les avions survolant le continent en l'espace de quatre-vingt-dix minutes. *Je suis là, au milieu de la plus grave crise que l'aviation américaine ait jamais connue !*

Les rumeurs les plus sidérantes n'avaient cessé de circuler autour de lui. Au moment même où l'un de ses contacts lui affirmait que le 727 était attendu à la base Seymour-Johnson, il avait surpris des échanges affolés où il se disait que l'appareil avait brutalement changé de cap. Un appel téléphonique en provenance de Washington avait ensuite confirmé que l'US Air Force, au bord de la crise de nerfs, cherchait le 727 dans tous les sens.

Pour la centième fois dans la dernière demi-heure, Pete regarda sa montre digitale, qu'il avait réglée pour qu'elle lui donne le compte à rebours entamé par la machine infernale. Quarante-neuf minutes.

Il attrapa une chaise pivotante et s'assit pour réfléchir. La voix de Scott McKay résonnant encore dans sa tête, il se demanda ce qui pouvait être arrivé au pilote et à ses passagers. Posés ? Toujours en vol ? Mais vers où ?

— Pete ?

Il leva les yeux, surpris de découvrir devant lui un des directeurs du centre.

— Le Pentagone vient de nous prévenir qu'ils ont besoin d'aide pour retrouver la trace de ScotAir.

— D'après eux, il serait où ?

— Sur la côte, en direction du large. Ils pensent que le commandant va essayer de larguer la bombe lui-même. En gros, vu le temps qui reste, il pourrait mettre environ trois cents kilomètres entre son appareil et la terre avant l'explosion.

— C'est dans ses moyens ? Je veux dire, la larguer en vol, d'un 727 ?

— Aucune chance, mon vieux. Et pire encore : trois cents kilomètres, ça ne suffirait pas à nous mettre à l'abri d'une onde de la Méduse.

— Donc, vous continuez à arrêter tout le trafic aérien ?

— Pas d'autre choix. Quand ce machin va sauter, tout ce qui vole avec un ordinateur se retrouvera dans de sales draps.

— Vous y arriverez à temps ?

— Oui, j'en suis sûr. Par contre, si demain nous n'avons plus d'outil informatique pour tout remettre en route... alors ce sera avec l'aide de Dieu !

Aéroport de Grand Strand, au nord de Myrtle Beach, Caroline du Sud, 19h13

Deux minutes à peine après avoir reçu le signal de décoller, les deux F-16 étaient montés dans la tempête au nord de la piste 5 et arrivaient à reprendre directement contact avec leur unité.

Les ordres étaient simples : retrouver le 727, essayer d'établir une liaison radio, tenter de le convaincre de rebrousser chemin.

— En carburant, mon lieutenant, c'est très juste. On a moins d'une demi-heure d'autonomie.

— Pas de problème, Squale Un. Votre recherche est limitée à dix minutes. Si d'ici là vous n'avez pas pu le localiser et le conduire à faire demi-tour, il ne vous restera peut-être plus qu'un seul objectif : veiller à ce qu'il ne revienne pas.

A bord de ScotAir 50, 19h14

Linda McCoy détestait se répéter, mais une fois encore elle était obligée de rappeler aux trois hommes dans le cockpit une réalité qu'ils semblaient oublier dans leur plan : la condition de prisonnière de Vivian Henry, retenue par le spectre de son ancien mari près de la bombe.

— En admettant que le système ne détecte pas les mouvements, leur expliqua-t-elle, il réagira à l'absence de Vivian à ses côtés si on le jette par-dessus bord. Je ne suis pas experte en la matière, mais je sais qu'il faudra qu'on soit à soixante kilomètres au moins de l'explosion quand elle se produira. Le risque est que la bombe saute juste en dessous de nous.

— Oui, j'espérais... — Il s'interrompit en constatant que Linda, déséquilibrée par un trou d'air, se retenait au dossier de son siège. — J'espérais qu'il continuerait encore un peu à menacer et à bluffer avant l'explosion finale. Mais vous avez raison. On ne peut pas laisser ça au hasard.

Un bruit métallique s'éleva derrière la jeune femme, qui se retourna, interloquée. Jerry Christian était allongé sur le plancher, ses longues jambes inconfortablement repliées afin qu'il puisse atteindre, dans cet espace exigu, un panneau inférieur qu'il venait de retirer. Muni d'une lampe électrique et de gants isolants, il examinait soigneusement le fouillis de câbles électriques devant lui.

— Ne me touchez pas, la prévint-il, même et surtout si je me prends une décharge. On ne sait jamais...

Les yeux de Linda revinrent sur les deux pilotes.

— Il n'y a aucun moyen d'utiliser un équipement radio pour découvrir sur quelle fréquence Vivian... émet ?

— Son pacemaker, vous voulez dire ?

— Oui.

A leurs pieds, Jerry lança d'une voix étouffée :

— Si j'avais un scanner, et plein de temps devant moi, peut-être. Mais là, non !

Scott se racla la gorge.

— Euh, Linda... Malheureusement, nous devons faire avec ce que nous avons. Avec ou sans le pacemaker près d'elle, cette bombe risque d'exploser en touchant l'eau. Dans ce cas, il n'y aura aucune alternative. Nous verrons une lumière intense, et puis plus rien.

Il y eut un moment de silence. Doc manœuvrait pour esquiver les plus grosses turbulences, toujours à cent cinquante mètres au-dessus de l'océan dont ils apercevaient de temps à autre les crêtes blanches, à travers les nuages.

— Je vais demander à Vivian si elle n'a pas une idée à propos de cette fréquence, annonça enfin Linda en détachant sa ceinture. Qui sait, ça pourrait nous aider ?

Elle enjamba Jerry, ouvrit la porte du cockpit. Elle

avait la sensation que Scott était en train de la regarder. Elle se retourna : avec un bref sourire, il lui fit signe, un pouce levé en l'air. Elle lui rendit son sourire et partit à l'arrière. Un calme surprenant l'avait envahie.

A bord de Squale Un, 19h18

Au début, les deux F-16 n'avaient eu d'autre choix que de recourir à leur postcombustion pour rattraper le Boeing. Droit vers l'est, la direction prévisible de l'appareil civil.

Habituellement, la portée de leurs radars était de trois cents kilomètres, mais avec l'ouragan devant eux et les énormes vagues qui déferlaient sur la côte de la Caroline, la réception était très perturbée. Le chef d'escadrille remarqua bien deux signaux au sud, des appareils de la garde côtière, mais aucune trace du 727. Ils avaient adopté une vitesse de croisière lorsqu'un écho isolé apparut sur leurs écrans, se déplaçant vers le nord puis vers le sud-est, visiblement à très basse altitude.

— Ça ne peut être qu'eux, affirma le major sur la fréquence de communication entre les deux chasseurs. Ils m'ont tout l'air de ne pas vouloir se faire repérer.

Il décida de la meilleure manière d'intercepter le Boeing : arriver au-dessus de lui, à une altitude de trois mille mètres, puis descendre et se placer en formation à ses côtés.

Il regarda sa montre. Dix minutes, lui avait dit son chef. Il leur en restait cinq.

Alors que le major entamait sa descente aux instruments, son coéquipier dans son aile, la cible changea encore de cap. Les monoréacteurs renâclaient un peu sous la violence du vent, mais c'était surtout la grêle qui les gênait : sur leurs pare-brise, elle crépitait comme le feu d'une mitrailleuse.

Parvenus à moins de trois cents mètres au-dessus de l'Atlantique, leur visibilité commença à s'améliorer, pas suffisamment toutefois pour ne pas continuer à surveiller consciencieusement leurs radars. Ils étaient maintenant à cinq kilomètres du Boeing.

Avec un signe de la main à Squale Deux, le major remit légèrement les gaz. Ils allaient arriver par la droite, un peu en contrebas.

A bord de ScotAir 50, 19h18

Linda ne s'attendait pas à retrouver Vivian Henry plongée dans une activité des plus insolites : toujours assise au sol derrière la bombe de son ex-mari, elle était en train d'écrire. Et elle avait déjà couvert plusieurs pages de son agenda d'une écriture rapide.

— Attendez, laissez-moi deviner ! Une lettre de protestation adressée à la compagnie : secouée comme un prunier, dîner infect, etc.

— Oui, le dîner, surtout ! — Son sourire était maintenant plus détendu. — Non, non, j'essaie de prendre les choses positivement. Voilà, je note tout ce qui s'est passé, point par point, pour en garder le souvenir le plus précis...

Après lui avoir expliqué le plan conçu à l'avant et leurs inquiétudes au sujet du pacemaker, Linda lui demanda si elle avait déjà envisagé que Rogers Henry ait pu le modifier à son insu.

— Non, jamais. Mais tout à l'heure je me suis rappelé un détail qui m'était entièrement sorti de la tête. La plupart des pacemakers ne font rien de spécial aux télés, n'est-ce pas ? Eh bien, le mien, si !

— Aux télés ? Des interférences, vous voulez dire ?

— Pas toujours, mais de temps en temps, oui. Je

passais à côté d'un poste et brusquement il se mettait à crachoter, l'image vacillait un peu sur l'écran, avec une sorte de pulsation accélérée, vous voyez ? Et puis, j'ai repensé à la façon dont il me harcelait au téléphone. Il avait toujours l'air de savoir exactement quand j'étais rentrée chez moi... Et même où je me trouvais lorsque j'étais dehors. J'avais fini par me dire qu'il devait me suivre vingt-quatre heures sur vingt-quatre, ou qu'il avait engagé un détective...

— Alors que c'était grâce au signal de votre pacemaker, c'est cela ?

— Il semble, oui. Ça expliquerait pas mal de choses. Pourquoi je devais changer la pile si souvent, par exemple.

— Je ne suis pas... une... spécialiste...

Linda, qui avait posé un genou près de Vivian, fut projetée en arrière par un brutal sursaut du Boeing et se retrouva fort peu cérémonieusement les quatre fers en l'air. Elle se releva aussitôt, se massant le haut de la cuisse, là où elle aurait sans doute un gros bleu le lendemain, se dit-elle avant de corriger mentalement : le lendemain, s'il y en avait un pour eux.

— Ma pauvre petite ! Tenez-vous à ma courroie, Linda ! Vous alliez me poser une question ?

— Oui. Donc, parce que l'espoir fait vivre, n'est-ce pas, je me demandais si nous ne pourrions pas, nous, mettre en pratique ce dont les militaires se sont montrés incapables, c'est-à-dire accrocher à la bombe une radio qui émettrait le même signal que vous ?

— Pour que nous ayons assez de temps après l'avoir éjectée ?

— Voilà.

— Sur ce point, vous n'avez pas de soucis à vous faire, annonça Vivian d'une voix calme.

— Mais si, parce que cette fois la bombe ne se contentera peut-être pas de bluffer en constatant que vous n'êtes plus près d'elle. Elle...

La jeune femme s'interrompit et regarda Vivian de tous ses yeux. Elle venait d'entrevoir ce que l'ex-femme du savant avait voulu lui signifier. Celle-ci lui rendit son regard avec une expression décidée, farouche même.

— Il y a un moyen... plus simple, Linda.

— Vivian ! protesta-t-elle d'une voix frémissante. Comment... Quoi, vous croyez que nous vous laisserions sauter par-dessus bord, juste pour...

— Non, non ! Je n'envisage pas de me suicider ! Mais cette fois je ne me laisserai pas faire aussi facilement par ce monstre. Ce n'est pas ce que je voulais dire, Linda !

— Ah, bon ! Parce que... je ne l'aurais pas toléré, moi.

La prenant par le poignet, Vivian attira lentement la main de la jeune femme sur sa poitrine. Linda se raidit un peu, l'air soudain mal à l'aise, mais Vivian insista, tandis que, de la main gauche, elle commençait à déboutonner son chemisier.

— Le pacemaker, Linda. Je voudrais que vous le touchiez. Vous en avez déjà vu un ?

— Non, souffla-t-elle, encore gênée.

— Là. Ne soyez pas timide, voyons. Posez votre main dessus. Vous sentez le contour ? Vous sentez comme il est tout près de la peau ?

Linda obéit, puis retira sa main rapidement.

— Oui.

— J'ai eu cette idée un peu avant que vous ne reveniez. Il doit bien y avoir une trousse de secours, dans cet avion ?

— Je... Oui, certainement. Pourquoi ?

— Parce que vous allez pratiquer une mini-intervention chirurgicale sur moi. Vous allez me le retirer.

— Je vais... Quoi ?

— Vous m'avez entendue. Nous allons enlever ce pacemaker, puis l'attacher à la bombe de Rogers. Et quand ce stupide cerveau informatique va se faire expédier dans les airs, il sera convaincu que je subis le même sort !

Les yeux de Linda passèrent de Vivian à la masse sombre et polie.

— Vous croyez qu'on... qu'on peut ? Vous n'aurez pas de problème cardiaque, après ?

— Les risques d'infarctus seraient autrement plus sérieux en cas d'explosion atomique, plaisanta-t-elle presque gaiement. Non, ma chérie, tout ira bien. C'est une incision de rien du tout. Il va sortir tout seul, vous verrez. Je vous guiderai. Simplement, je ne peux pas le faire moi-même...

— Vivian, je n'ai pas de formation médicale.

— Vous avez bien suivi des cours de secourisme ?

— D'accord, mais la chirurgie, c'est autre chose !

— Vous avez déjà été confrontée à une mauvaise blessure, à une plaie grave qui demandait une intervention immédiate ?

— Oui. Mon petit frère a failli se couper un doigt, une fois, et j'étais la seule sur place.

— Et comment vous avez pris ça ?

— Bien, sur le coup. Après, je me suis trouvée mal.

— D'accord, donc là ce sera sans problème.

Peu à peu, l'expression effrayée de Linda fit place à un timide sourire. Elle posa sa main sur l'épaule de Vivian.

— Dans votre genre, vous êtes une dure à cuire, vous savez ?

Souriant elle aussi, Vivian accepta le compliment :

— Je commence à croire que oui, voyez-vous ! Après toutes ces années à me déprécier ! C'est fou, non ?

23

A bord d'Air Force One, 19h18

Depuis dix minutes, le Président n'avait cessé de faire les cent pas, provoquant l'agacement soigneusement déguisé de ceux qui se trouvaient avec lui dans la salle de téléconférence de l'avion officiel, mais aussi des responsables réunis à la Maison Blanche devant cette retransmission en simultané.

— C'est le mauvais côté de toute cette technologie ultraraffinée, susurra un haut fonctionnaire à l'un de ses collègues quand ils purent se faufiler hors du QG de la cellule de crise pour prendre un peu l'air dans le couloir : même quand le boss est à six mille kilomètres de là, on est obligés de le voir trépigner comme s'il se tenait à l'autre bout de la table !

Après un nouveau tour, le chef de l'Etat acheva ses allées et venues en se jetant dans l'un des confortables fauteuils dont le cuir portait l'écusson de la présidence. Il appuya sur la touche de l'interphone près de lui.

— Où nous trouvons-nous maintenant, colonel ?

— A environ cent soixante kilomètres à l'ouest de Skagway, et à une trentaine de minutes de notre rendez-vous avec l'avion de ravitaillement, monsieur.

— Merci.

Sur l'écran devant lui, il remarqua le militaire de permanence à la cellule de crise, un sergent-chef qui était en train de prendre une volée de notes, un casque sur la tête.

— Hé, chef, vos dernières infos, à vous, c'est quoi ?

L'officier, très réglementairement, bondit sur ses pieds en arrachant les écouteurs de son crâne.

— Les F-16 viennent de le repérer, monsieur. Ils

sont en train d'approcher au plus près pour essayer de lui parler à la radio.

— Où est-ce ?

— A cent trente kilomètres à l'est de la côte, approximativement, monsieur, répondit le sergent en consultant son carnet.

— Et il reste ?

— Quarante-trois minutes.

Le Président reprit sa place habituelle en bout de table et resta un instant pensif. A plusieurs fuseaux horaires de là, l'officier, toujours droit comme un I, le regardait fixement. Là où il se trouvait, dans les profonds sous-sols de la Maison Blanche, il n'aurait pu entendre le vent mugir dehors, mais la capitale commençait elle aussi à subir les assauts de l'ouragan. Partout, dans les quartiers défavorisés à quelques pas seulement du Capitole comme dans les rues les plus huppées de Georgetown, chacun avait barricadé ses portes, ses fenêtres, ses volets.

— Repassez-moi la suite Star au Pentagone, demanda soudain le chef de l'Etat.

Sa demande fut si rapidement satisfaite que les officiers supérieurs réunis là-bas, non prévenus du rétablissement de la connexion, virent avec effarement la silhouette présidentielle surgir devant eux comme s'il venait d'entrer dans la pièce. Tous tentèrent de dissimuler le choc qu'ils venaient d'éprouver.

— Dites à vos chefs de venir par ici, vous voulez bien ? demanda sans cérémonie le Président.

Apparurent un général deux-étoiles de l'Air Force, flanqué d'un colonel, et un trois-étoiles dans leur sillage.

— Messieurs, prévenez-moi si je ne sais plus lire ma montre, mais quand bien même nos chasseurs le feraient virer de bord à ce moment précis, le Boeing se trouve à vingt-cinq minutes de la piste de Grand... comment c'est, déjà ?

— Grand Strand, monsieur.

— De la piste de Grand Strand, oui. Vous êtes d'accord avec ce calcul ? Enfin, je compte jusqu'au parking, d'accord ?

Après avoir baissé les yeux sur leurs poignets et s'être consultés du regard, les trois acquiescèrent presque de concert :

— C'est une estimation raisonnable, monsieur.

— Okay. Ce qui veut dire moins de vingt minutes avant l'explosion. En admettant encore que vos deux pilotes puissent se jeter aux commandes du 727 et évacuer les civils en un clin d'œil, sans parler de la question du pacemaker, il faudrait combien pour qu'ils repartent ? Cinq minutes, disons. Restent quinze pour partir sur l'Atlantique. Vous saisissez ? Il est désormais exclu de l'éloigner assez loin des côtes dans les temps.

Il y eut de nouveaux coups d'œil échangés, puis le général Kinney s'avança.

— Nous le savons, monsieur. Mais nous n'avons pas été en mesure de trouver une autre solution. Ou si : les laisser continuer droit devant.

Un rictus douloureux sur les traits, le Président réfléchit une seconde avant de répondre :

— C'est une décision qui me révulse. Nous les envoyons à la mort, c'est presque certain. Mais il ne nous reste plus d'alternative, non ? — Il marqua encore une pause, puis se redressa dans son fauteuil. — Okay, je veux que vous contactiez les F-16 pour leur dire... pour leur dire qu'il est temps qu'ils fassent demi-tour. S'ils ont pu entrer en liaison avec le pilote, qu'ils lui demandent comment il compte s'y prendre. Et qu'ils lui souhaitent que Dieu soit avec eux.

— Bien, monsieur.

— Général, demandez-leur aussi de dire au commandant, s'ils peuvent, que... — Il se tourna vers un de ses aides de camp, un officier de l'Air Force. — Il n'y a pas moyen que je leur parle directement ?

A Washington, un des colonels présents fit un pas en avant.

— Avec le 727, vous voulez dire, monsieur ?

— Oui ! Que je sois relié avec eux !

Après une rapide série d'apartés, le colonel se remit face au chef de l'Etat.

— Monsieur, si vous nous donnez quelques minutes... Nos gars sont en formation avec le Boeing. On va peut-être réussir à établir une liaison par leur UHF et les fréquences du contrôle aérien.

A bord de ScotAir 50, 19h20

Doc Hazzard s'était lassé de scruter par la vitre les nuages défilant sans relâche et l'océan qui s'assombrissait un peu plus à chaque instant. L'arrivée de deux chasseurs au fuselage gris à la droite du Boeing était donc passée inaperçue dans le cockpit. Et puis, soudain, le copilote sursauta en découvrant le couple de F-16 qui volaient silencieusement côte à côte avec eux, à moins de trente mètres de l'appareil civil secoué par les turbulences.

— Merde ! Ils nous ont retrouvés, Scott !

— Hein ? cria le commandant de bord en se dévissant le cou pour regarder dans la même direction.

— Les F-16 ! De mon côté, un peu plus bas que nous. Il y en a un qui me fait des signes.

Se dégageant de son harnais de sécurité, Scott se leva pour se pencher devant la vitre du copilote. La gestuelle des pilotes de guerre lui restait familière : on leur indiquait un numéro de fréquence. En hâte, il se rassit et la composa sur sa radio haute fréquence.

— Ah, ça risque d'être... intéressant. Je ne vois pas de raison pour refuser de leur parler. Ils sont armés, ils savent où on est... Tu es d'accord, Doc ?

— Absolument, vieux. Un seul de leurs missiles et ils nous descendent en flammes !

Scott actionna le micro.

— Ici ScotAir 50. Vous êtes là ?

Il reconnut aussitôt la voix qui lui répondit. C'était celle du pilote qui les avait aidés à vérifier l'état de leur train d'atterrissage.

— Affirmatif ! Ici Squale Un, sur votre aile droite.

— Ah... Donc, vos ordres sont maintenant de nous forcer à faire demi-tour ou de nous liquider en plein ciel, c'est ça ? Brillantissime, le plan ! Grâce à vos supérieurs bouchés à l'émeri, on va devoir s'en charger nous-mêmes. Larguer la fichue bombe, je veux dire.

— ScotAir, nos ordres ne sont pas, je répète, ne sont pas de vous forcer à revenir ! Il ne reste plus assez de temps. Merci de confirmer que votre situation en ce qui concerne l'engin à votre bord est inchangée. Il indique quarante minutes et quelques avant déflagration ?

Linda, qui venait juste de reprendre sa place, regarda sa montre.

— Je viens de vérifier, Scott. Rien de changé. Et l'écran indique quarante et une minutes.

— Rien de changé. Quarante et une minutes, répéta Scott sur la radio.

— Monsieur, mon commandement et la Maison Blanche veulent que je vous demande quelles sont vos intentions, et s'il y a quelque chose... Bon, je sais que ça paraît un peu minable, mais ils voudraient que vous nous disiez s'il y a quelque chose que nous pourrions faire pour vous aider. Nous ne sommes pas là pour vous gêner.

Scott posa sa main sur le bras de Doc.

— Doc, je crois qu'on peut arrêter avec les zigzags, maintenant.

Le copilote leva les yeux au plafond et lâcha un petit rire.

— Pardon. Ça finissait par devenir automatique chez moi, toutes ces manœuvres d'esquive. On ne les a pas semés, d'ailleurs !

Il resta cap droit à l'est. Scott, de son côté, tardait à répondre, le regard dans le vague.

— Squale Un, vous parlez à un ancien de la maison, ici. Moi, c'était F-14. Il ne doit plus vous rester des masses de carbu, alors taillez la route et tirez-vous au plus vite.

— Nous avons encore dix minutes, monsieur.

— Bon, j'explique. Je sais que ce n'est pas de votre faute, alors voilà, puisqu'on nous a lâchés on va essayer de magouiller la porte cargo pour l'ouvrir en vol, en espérant qu'elle se détache. Ensuite on balancera la bombe dehors, en priant pour qu'elle n'explose pas en touchant la mer. Tout aurait été simple si on ne nous avait pas menti à Grand Strand, seulement la grandiose armée de l'air a préféré nous tendre un nouveau piège.

— Je ne comprends pas, ScotAir.

— Le C-141. Il devait être à Grand Strand, mais non, c'était encore du baratin ! Résultat, on se débrouille tout seuls, nous, avec pas mal de chances de griller sur place en éjectant cette bombe.

— Eh, pour le C-141, ils n'ont pas menti !

— Ah ouais ? Sur la piste, c'est un KC-10 qu'on a vu. Voilà pourquoi on a dégagé !

— Il y avait un KC-10, oui. Mais le C-141 s'est posé cinq minutes après. Je vous jure que c'est vrai !

Un silence pesant s'abattit sur eux. Ils s'étaient trompés dans leurs déductions, comprit Scott d'un seul coup. L'erreur était irréparable, maintenant. Les dés étaient jetés.

Il jeta un coup d'œil à Doc. Concentré sur le tableau de bord, il préférait visiblement ne pas réagir.

— Quoi qu'il en soit, vous feriez mieux de partir, Squale. En perdant le signal du pacemaker, la bombe risque d'exploser avant même de percuter la surface, si vous êtes au courant de ce que je veux dire.

— On l'est, monsieur. On a été briefés.

— Scott ?

La voix de Linda le rasséréna un peu. Il se retourna, les sourcils levés.

— Oui ?

— Ce problème-là est réglé. Le pacemaker part avec la bombe, sans Vivian.

Scott pivota sur son siège pour l'observer. Il se demandait si elle parlait sérieusement.

— Et... comment ?

— Elle m'a demandé de le lui retirer. Une simple incision, d'après elle, mais elle dit qu'elle ne peut pas s'en charger elle-même. Et qu'elle pourra se passer du pacemaker.

— ScotAir, vous êtes toujours là ? s'inquiéta le pilote du F-16 de tête.

— Oui. Une seconde, s'il vous plaît. — Il leva un bras vers la cabine. — Vous êtes sûre que ça marchera ?

Linda hocha la tête. Si Vivian en était convaincue, elle l'était aussi.

Scott voulut prévenir l'escadrille sans tarder.

— Squale, je crois que nous avons résolu le problème. On va lui retirer son pacemaker et le fixer à la bombe avant de la larguer. La seule inconnue reste l'impact sur la surface de l'océan, et le comportement de l'avion quand on va ouvrir la porte. Et puis il va falloir se débarrasser des deux palettes qui sont devant la bombe.

Il sentit que Linda retenait un petit gémissement derrière lui, mais il voulait se concentrer entièrement sur sa conversation à la radio, conscient que chacun de ses mots serait répété au Pentagone.

— Quand prévoyez-vous le largage, ScotAir ? A combien de la côte ?

Le pilote consulta Doc du regard. Celui-ci haussa les épaules, l'air perplexe.

— On... On n'a pas vraiment eu le temps de préciser tout ça, Squale. Disons dans environ deux cents kilomètres. Le plus loin possible. Il va falloir ouvrir cette porte au plus tôt, c'est la grosse difficulté.

— On a une demande, ScotAir.

— Ouais ? J'écoute.

— Pouvez-vous prendre cette fréquence UHF longue portée pour parler au contrôle à Washington ?

Scott s'exécuta aussitôt, en se disant que le pays tout entier semblait maintenant connaître leur position...

— Contrôle Washington, ici ScotAir.

— Bien reçu, ScotAir. Nous avons un radio relais sur cette fréquence. Veuillez patienter.

Scott fut étonné d'entendre un aiguilleur du ciel civil employer ce terme. Puis il y eut une autre voix, qui lui parut vaguement familière mais qu'il n'arriva pas à resituer.

— Est-ce que je parle au lieutenant de la Navy Scott McKay ? A vous.

— Oui. Enfin, je suis dans la réserve maintenant, mais c'est bien moi.

— Scott, ici Air Force One. Ici le Président.

Se retrouver en ligne avec le chef de l'Etat en personne avait quelque chose d'irréel, qui lui fit presque oublier le danger mortel qu'ils couraient à cet instant. En repensant à la succession d'erreurs et à l'incompétence des services officiels, cependant, il pensa que la démarche du Président était compréhensible : il voulait s'entretenir avec l'équipage qui, seul, prenait sur lui le fardeau menaçant les Etats-Unis.

— Oui, monsieur le Président.

— Scott, vous n'êtes pas au bout de vos difficultés, je ne veux pas vous retenir longtemps mais je tenais à prendre directement de vos nouvelles. Nous venons d'avoir la confirmation irréfutable que vous avez eu raison : l'intervention prévue à Seymour-Johnson n'aurait pu que déclencher une onde de la Méduse. Vous nous avez sauvés de notre propre aveuglement. Je déplore profondément qu'à cause de notre stupidité vous ayez été si peu aidés.

— Je... Merci de nous confirmer cela, monsieur.

— Je ne pense pas que nous puissions faire grand-chose pour vous à ce stade, sinon prier pour votre salut. Je reste en contact. Bonne chance, Scott. Vous avez l'infinie reconnaissance de votre Président et de votre pays. Vous tous.

— Alors cela concerne aussi Vivian Henry, monsieur. Elle n'a aucune responsabilité dans cette histoire. C'est une victime.

— Je comprends, Scott. Que Dieu veille sur vous.

Ils restèrent un moment silencieux, puis Scott reprit la fréquence des F-16.

— Squale ? Vous feriez mieux d'y aller, les gars. Merci pour le coup de main.

— Bonne chance, ScotAir.

Les deux chasseurs décrochèrent à droite et disparurent aussitôt dans l'épaisseur des nuages. Scott posa sa main sur les boutons de la radio.

— On ferait aussi bien de couper les radios, non ?

— Toutes, tu veux dire ? demanda Doc.

— On est au-dessus de l'océan, on sera bientôt hors de portée VHF de Washington, on n'a pas de haute fréquence longue portée... A quoi ça nous servirait ?

Doc réfléchit un court instant.

— A rien, mais moi je garderais une des VHF sur la fréquence de détresse, 121.5.

Avec un signe d'assentiment, Scott régla la radio comme le copilote l'avait préconisé, puis coupa la seconde VHF et l'UHF.

— Voilà, notre dernier contact avec le monde civilisé s'arrête...

— Civilisé, tu parles !... Bon, Scott, on ferait bien de reprendre un peu d'altitude.

— Exact. Ramène-nous à trois mille mètres. — Il se tourna vers l'arrière du cockpit. — Jerry, tu en es où ?

La voix du mécanicien parvint du panneau inférieur sous sa console.

— C'est branché. J'allais juste essayer un de mes coupe-circuit. Prêts ?

— Vas-y.

Il y eut un petit bruit, comme celui d'un clapet se déclenchant.

— Et voilà, annonça Jerry. Pas d'étincelles, pas de fumée. On peut y aller.

— Scott ? intervint Linda.

— Ouais ?

— Je... je n'y pensais plus, mais mes palettes... Elles sont dans le passage. On ne pourra pas larguer la bombe sans les déplacer, hein ?... Oui, je m'en doutais. Ecoutez, Scott, il y a là le résultat de deux années de travail. C'est impossible de les épargner ?

Le pilote contempla ses yeux, assombris par le pressentiment que la réponse serait négative.

— Linda, quand nous avons repris ce Boeing, nous avons supprimé les deux positions de palettes de l'avant. On se disait qu'on aurait peut-être à installer quelques rangs de fauteuils, vous comprenez ? Autrement, on aurait fait passer vos palettes devant pour dégager le passage... Mais là, il n'y a rien à faire. Je regrette. — Il regarda Jerry, qui venait de se relever et époussetait son pantalon. — Hein, Jerry, je ne me trompe pas ?

— Non, reconnut le mécanicien. Mais si vous voulez, Linda, on pourrait déchirer l'enveloppe plastique et retirer le plus important pour vous. On stockerait ça tout à l'arrière, en essayant de l'arrimer correctement.

— Ah oui, merci, Jerry ! Le reste, c'est trop gros, mais si je pouvais au moins sauver mes bandes informatiques et un ou deux instruments de mesure, ce serait génial... J'ai aussi une montre au césium, mais ça... Tant pis, je crois.

— Bon, mais faites vite ! trancha Scott. Il faut que cette porte soit ouverte d'ici, voyons, dix minutes maximum. Ce qui veut dire que vous en avez quinze pour mettre vos affaires à l'abri.

— Alors allons-y ! s'exclama Jerry en s'effaçant déjà pour laisser passer la jeune femme.

— Je viens vous aider dès que possible, lui lança Scott.

— Tu peux y aller, Scott, je me débrouillerai seul, annonça Doc. Tu veux qu'on reste à trois mille ?

— Ou plus haut, si besoin. Je te fais confiance, dis ! Tu pilotes ces zincs depuis sacrément plus longtemps que moi !

— C'est qu'on rentre de plus en plus dans l'ouragan, tu vois ? Je vais surveiller le radar météo, mais vous, derrière, faites attention ! Ça va secouer sec, alors tu leur...

Il se retourna, mais Scott avait déjà quitté le cockpit. Il se surprit à jeter un coup d'œil par la vitre, regrettant la présence réconfortante des F-16.

Okay, donc je stabilise à trois mille mètres, raisonna-t-il pour oublier un peu la sensation de solitude qui l'avait étreint. *Bon, me voilà pilotant en solo un Boeing en pleine tempête, avec une bombe atomique qui menace de sauter derrière ! Et moi qui me disais que je n'aurais pas d'histoires à raconter à mes petits-enfants...*

Des images de sa vie passée défilèrent. Betty, sa première femme, et leurs deux fils, sa seconde épouse et les gosses... Il n'arrivait pas à admettre qu'il ne les reverrait plus. Bien sûr, il allait manquer aux enfants, tout père courant d'air qu'il ait été... Il les adorait, il aimait toujours leurs mères, les divorces n'y changeaient rien. Lucy, sa troisième femme, surgit dans ses pensées. Grâce au ciel, elle n'avait pu concevoir : leur vie commune avait été dominée par le sexe, les aventures et les disputes, un enfant n'y aurait jamais trouvé sa place. Elle lui avait écrit la semaine dernière, un e-mail, plus exactement : elle était tombée amoureuse, pour la première fois depuis leur rupture. Il était heureux qu'elle aille bien, qu'ils soient restés amis, voire amants occasionnels, même si ces rencontres passionnées cesseraient le jour où elle se remarierait... Ou non ? Avec Lucy, allez savoir. C'était une femme qui ne s'en laissait pas conter, pour ne pas dire plus.

A cinquante kilomètres devant, le radar signala une importante formation orageuse. Doc obliqua à vingt degrés au sud pour éviter la tache rouge, si intense qu'aucun pilote doué de raison ne se serait frotté à ce déchaînement de vent, de grêle et de pluie.

Il consulta les données de l'ordinateur de bord. Ils avaient maintenant un vent arrière de plus de cent cinquante nœuds, deux cent soixante-dix kilomètres à l'heure, qui les poussait inexorablement vers le large. Si seulement... Si seulement la bombe attendait de s'abîmer en mer pour exploser, la masse de l'océan et la paroi du plateau continental protégeraient peut-être les Etats-Unis de la Méduse...

Prenant Jerry par le bras à la sortie du cockpit, Linda lui expliqua rapidement ce que Vivian Henry attendait d'elle et ce dont elle allait avoir besoin.

— Vous auriez tout ça ?

— Oui, on a une trousse bien équipée. Scott y tenait beaucoup. Juste dans le galley, là.

Il sortait une boîte métallique de bonne dimension lorsque le pilote apparut derrière eux.

— Je tenais beaucoup à quoi ?

— A la trousse de secours. Si je me rappelle, il y a un scalpel, de la Betadine, des pansements...

— Vous aurez besoin de combien de temps ?

— Je ne sais pas, répondit Linda. D'après elle, ce sera rapide. Cinq, dix minutes ?

— Et vos palettes, Linda ? Vous voudriez en enlever beaucoup, dessus ? Si ce n'est pas trop volumineux, on pourrait le faire passer à l'arrière de la bombe et sauver la majeure partie.

— Il y a des choses vitales, d'autres moins. Mais occupons-nous de Vivian d'abord !

— Non, Linda, ce n'est pas la bonne organisation. Prenez deux minutes pour nous montrer ce que vous voulez garder, Jerry et moi on s'y mettra pendant que vous vous occuperez de Vivian.

L'avion fit soudain une succession de plongeons et d'embardées qui les projetèrent en tous sens. Loin de se calmer, les turbulences se succédèrent sans discontinuer, tandis que de violents éclairs illuminaient la cabine à travers les hublots.

— Il faut faire vite, lança Scott. Jerry, attrape ce levier. Tu as quelque chose pour découper le plastique ?

— Ouais, des ciseaux et ce couteau.

Linda conduisit les deux hommes devant ses palettes puis partit en direction de l'arrière, la boîte de secours à la main.

— Juste une seconde. — Elle revint en effet très vite. — J'ai dit à Vivian de se préparer.

— Par où on commence ? interrogea Scott qu'un trou d'air envoya chanceler contre la jeune femme.

Celle-ci attrapa une courroie pour résister au choc.

— Ici. Il y a mes bandes informatiques dans un boîtier de protection, par là.

Scott dirigea le faisceau de sa lampe de poche dans l'ouverture que Jerry était en train de tailler, découvrant un empilement de cartons et de caissons métalliques.

— Alors on prend quoi, Linda ? Tout ?

— Non, pas tout... — Elle entreprit de dégager en

hâte les cartons. — Toutes ces petites boîtes en fer, là. Les cantines sont trop lourdes, laissez tomber. Mais tous les cartons que vous pourrez... La deuxième palette, ce n'est presque que du gros matériel, j'y renonce. Mais ici il y a vraiment des choses très importantes...

Le Boeing se trouva brutalement déporté sur le côté. Linda tomba droit dans les bras de Scott, qui la serra instinctivement contre lui et l'éloigna un peu de la palette. Ils restèrent ainsi les yeux dans les yeux, le cœur battant, quelques secondes qui leur parurent des heures.

Jerry détourna discrètement le regard, avant de lancer :

— Allez, vous deux, on y va !

Ils se détachèrent de leur étreinte, comme à regret. D'une voix un peu embarrassée, Linda annonça :

— Je... Je ferais mieux d'aller m'occuper de Vivian.

— Oui, approuva Scott.

— On va laisser un des côtés libre, pour que vous puissiez passer.

— Okay. Très bien.

La tête déjà dans l'enveloppe déchirée de la palette, Jerry héla le pilote :

— Tiens, attrapons d'abord cette grosse, là.

Linda s'en alla, cherchant confusément à comprendre ce qui lui arrivait. Elle avait entendu parler de coups de foudre survenus entre deux êtres confrontés ensemble à un grand péril, était-ce vraiment cela ? Ce n'est pas seulement Scott, corrigea-t-elle, c'est parce que nous sommes tous solidaires, dans cet avion...

En elle, une voix insistait cependant pour lui dire autre chose.

24

Direction centrale du trafic aérien, Roslyn, Virginie, 19h12

Pete Cooke arracha de sa ceinture son beeper, qui s'était mis à sonner avec insistance. Il appuya sur une touche pour lire le message inscrit sur le minuscule écran : VOTRE CELLULAIRE NE RÉPOND PAS ! RAPPELEZ VITE ! IRA.

Il composa sur le premier téléphone venu le numéro d'appel gratuit de sa rédaction. Avant toute autre chose, Ira voulut savoir pourquoi il avait éteint son cellulaire.

— Je ne veux pas créer d'interférences ici, dans un centre de contrôle aérien. Quoi de neuf ?

— On vient de recevoir un appel paniqué, à nouveau d'un ancien collègue de Rogers Henry. C'est ce chercheur de Silver Spring, vous savez, qui lui a donné votre nom. Lui, c'est Gene Mislowsky. Il avait l'air très pressé, et très flippé !

— A propos de quoi ?

— Je ne lui ai pas demandé. Vous devriez le rappeler, vite fait.

Au numéro qu'Ira lui avait donné, on décrocha à la première sonnerie.

— Docteur Mislowsky ? Ici Pete Coke.

— Ah, monsieur Cooke... Je me suis dit que vous pourriez peut-être faire quelque chose, vous ! D'après ce que j'ai compris, vous suivez les appels en provenance du Boeing, l'avion qui a la Méduse à son bord ?

— Je les suivais, oui. Mais ils sont hors de portée, maintenant.

— Un compte à rebours a commencé, c'est exact ?

— C'est ce qu'a répété plusieurs fois le pilote, oui.

— Et ils ne voient pas comment l'arrêter ?

Pete lui résuma ce qu'il savait : les tentatives infructueuses à Pax River et à Seymour-Johnson, la décision apparemment prise par l'équipage du 727 d'aller larguer la bombe dans l'océan.

Après l'avoir écouté, le scientifique à la retraite reprit :

— Monsieur Cooke, est-ce qu'à un moment ou un autre quelqu'un à bord a mentionné que la bombe était équipée d'un clavier relié à son ordinateur ? N'importe quel genre de clavier ?

Le journaliste fouilla dans ses souvenirs.

— Oui, en effet... Ils ont dit que Mrs. Henry avait « tapé » des numéros, à la demande de l'ordinateur. Ça prouve bien qu'il y a un clavier. Oui, oui, j'ai entendu ça, qu'elle avait tapé quelque chose !

— J'en étais sûr. Ecoutez, monsieur Cooke, ils n'ont presque plus de temps, mais il faut que je leur parle, immédiatement. Je sais comment arrêter le mécanisme.

Pete hésita, se demandant s'il avait compris ce que voulait dire son interlocuteur.

— L'arrêter, docteur ? L'ouvrir, parvenir jusqu'au détonateur et le stopper, c'est ça ?

— Non, non ! Se servir de ce clavier pour le mettre hors d'état de nuire avec une seule commande. Un chiffre, c'est tout !

L'hypothèse qu'il était en train de parler à un mythomane traversa l'esprit de Pete. Mais il lui suffirait d'un coup de fil pour que l'autorité de cet homme lui soit confirmée...

— Comment le savez-vous, docteur ? Vous avez participé à sa construction ?

— Oh que non ! On a travaillé là-dessus pendant dix ans, nuit et jour, mais on ne nous a pas laissés continuer jusqu'à l'assemblage d'un prototype ! Vous voyez, Rogers Henry avait une conception très spéciale des codes et des mots de passe. Nous, ses collègues, ne l'avons découvert qu'à la fin, après le démantèlement du projet, lorsqu'ils nous ont demandé de leur donner tous les mots de passe que nous avions utilisés. Celui de Henry était si simple que personne n'y aurait pensé. Il s'est bien payé notre tête, à tous !

— Et c'était quoi ?

— Il est presque trop tard, monsieur Cooke ! Il faut que je joigne le pilote immédiatement ! Comment dois-je faire, dites ? C'est pour cela que j'ai besoin de votre aide !

— Eh bien, au Pentagone, sans doute...

— J'ai déjà essayé ! Ils m'ont ri au nez. Ils ne veulent pas me parler tant qu'ils n'auront pas vérifié mon dossier à Los Alamos. Imbéciles ! De dangereux inconscients, même !

— Bon, j'ai peut-être un moyen qui marcherait. Dites-moi ce code.

— D'accord. Un. Mais je veux quand même parler directement à l'équipage.

— « Un » ? Un quoi ?

— Un, le chiffre un ! — Il poussa un soupir. — Aussi dingue que cela puisse paraître, c'était le code secret de Rogers Henry. Nous, on choisissait des formules hyper-compliquées, nous avions jusqu'à dix caractères pour nos codes, alors que lui avait décidé que personne ne penserait jamais à ce chiffre tout bête, un ! Et le plus fou, c'est qu'il a eu raison !

— Attendez, attendez ! Vous êtes en train de me dire qu'il leur suffirait d'aller jusqu'au clavier et de taper le chiffre 1...

— Et de faire « enter ». Oui.

— D'accord, « 1 » et « enter ». Et avec ça, cette saleté de bombe s'arrête ?

— Exactement.

— Mais comment pouvez-vous en être si certain ? Et si vous vous trompez ?

— Dans ce cas, rien ne se passera, le compte à rebours continuera. Ça vaut la peine d'essayer, non ?

On n'a rien à y perdre. Rogers se servait de ce code uniquement pour ouvrir des programmes ou désactiver des fonctions. Et en dix ans il n'a jamais eu le moindre problème avec, justement parce que c'était un code bête comme chou !

Pete ferma les yeux, partagé entre incrédulité et surexcitation. *Non, rien n'est jamais aussi simple ! Quoi, un simple chiffre et le cauchemar s'arrête ?*

— Restez près de votre téléphone, docteur. Je vous rappelle.

— Ne perdez pas une minute, monsieur Cooke.

En raccrochant, il s'aperçut que ses mains tremblaient. L'importance de l'information qu'il venait d'obtenir lui donnait le vertige, mais le poussait aussi à agir au plus vite. Un corollaire essentiel de la loi de Murphy, conclut-il : plus la solution est simple, plus elle est difficile à appliquer.

D'un regard affolé, il chercha un annuaire autour de lui. Rien. Il reprit le combiné pour appeler les renseignements à Washington. Une voix préenregistrée lui demanda d'entrer son code d'autorisation pour avoir accès à la ligne. Dépité, il appela le standard de la FAA, expliqua son problème.

— Désolé, monsieur, sans code d'autorisation je ne peux vous donner une ligne.

Fou de rage, il reposa violemment le combiné et sortit son cellulaire. Au bout d'une attente interminable, une opératrice revêche lui répondit :

— Service de l'annuaire. C'est pour quelle ville ?

— Washington, et c'est urgent ! Je voudrais s'il vous plaît le numéro central du FBI et par pitié, pas besoin de votre message vocal.

— Pas besoin de mon quoi ?

— Votre message vocal, pour dicter le numéro ! Vous pouvez me le donner directement.

— Il faudrait d'abord que je le trouve, ce numéro. Alors ?

— Okay, okay. Le standard du FBI, s'il vous plaît.

— Le quoi ?

— Le FBI, à Washington. Federal Bureau of Investigation. Leur siège central, enfin !

Il l'entendit tapoter paresseusement les touches de son ordinateur.

— C'est Federal Trade Commission, que vous me dites ?

— Mais non, merde ! Le F-B-I ! Elliott Ness, les Incorruptibles, J. Edgar Hoover, ça vous dit bien quelque chose ?

— Si vous me parlez sur ce ton, monsieur, je coupe, menaça l'opératrice en ralentissant encore le rythme de ses doigts sur le clavier. Voilà, au revoir.

— NON ! Pas besoin du message auto...

Mais elle avait déjà lancé la voix synthétique qui lui dicta les chiffres avec une lenteur exaspérante. Il coupa, composa le numéro du FBI en maudissant intérieurement la compagnie téléphonique et ses ronds-de-cuir. Le Boeing s'éloignait un peu plus du continent à chaque minute, il serait bientôt impossible à joindre.

Au FBI, la sonnerie continuait, continuait. Et personne ne répondait.

En plus de son téléphone de bord, le 727 ne doit avoir que les radios VHF habituelles, pensa Pete. *Pour le Flitephone ce sera bientôt trop tard, pour un cellulaire aussi. Mais jusqu'à quelle distance de la côte une VHF fonctionne-t-elle encore ?*

Enfin, un employé répondit. Parcourant ses notes en hâte, le reporter demanda à parler d'urgence à Tony DiStefano.

— Quel service, monsieur ?

— Je ne sais pas.

— Un moment, monsieur.

Je vais sans doute avoir l'air idiot en lui annonçant ça, mais si c'est vrai...

Parfaitement claire cette fois, une voix qui lui était désormais familière résonna dans son oreille.

— DiStefano à l'appareil.

— Bonjour, monsieur. Ici Pete Cooke, du *Wall Street Journal*. Ecoutez, il se trouve que j'ai un scanner radio et que je suis tombé par hasard, il y a quelques heures, sur vos conversations avec le commandant du vol ScotAir 50, Scott McKay. Depuis, j'enquête sur cette histoire, et...

— Vous êtes le salaud qui a balancé ça dans les médias ?

— Non, monsieur, c'est plus compliqué... Bon, je pense que j'ai bien fait, mais vous me tomberez dessus plus tard, si vous le voulez. Pour l'instant, je dois vous informer que je viens d'être contacté par un ex-collègue de Rogers Henry, un chercheur de Los Alamos lui aussi. Il dit connaître la combinaison qu'Henry a certainement utilisée pour protéger l'accès à son système.

— Comment ça, combinaison ?

— La commande d'annulation. Ce qui désactive la bombe. D'après lui, c'est forcément celle-là, parce que Rogers Henry l'utilisait pour ce genre de fonctions. Toujours d'après lui, il suffirait que l'équipage du Boeing la tape sur le clavier qui se trouve dans l'ouverture à l'arrière de la bombe pour que...

— Comment connaissez-vous l'existence de ce clavier, monsieur... Cooke ?

— Parce que je n'ai pas perdu un mot de ce que vous disiez à McKay, et vice versa ! C'est clair ?

— Oh oui, très clair, même !

— Ecoutez ! La montre tourne. Est-ce que vous pouvez transmettre cette information à l'équipage ? Au pilote ?

— Monsieur Cooke, nous ne sommes plus en charge de cette affaire, dorénavant. Je dois vous conseiller de...

— Tony ! Vous m'excuserez de vous appeler par votre prénom, mais nous n'avons pas de temps pour les politesses, n'est-ce pas ? Je vais vous donner le nom et le numéro de cet homme, vous vérifierez tout ce que vous voulez, mais je vous préviens, si vous ne joignez pas l'équipage au plus vite, il risque d'être trop tard.

— Et quel est-il, ce code ?

— Un.

S'attendant à moitié que DiStefano lui raccroche au nez, Pete se lança aussi vite que possible dans les explications, conscient de ce que le scepticisme du responsable du FBI ne serait pas facile à ébranler.

— Je n'ai jamais entendu un délire pareil, monsieur Cooke ! Un chercheur de ce niveau, utilisant un code que n'importe quel moutard pouvait trouver... Mais il aurait été saqué sur-le-champ, mon vieux ! Non, ça ne tient pas debout.

— Et si vous vous trompiez ? Et si c'est la bonne commande, et qu'on passe à côté ? Nom d'un chien, ça ne coûte rien d'essayer !

Tony DiStefano resta longtemps silencieux avant de répondre :

— D'accord, là vous marquez un point. Restez en ligne. Ne quittez surtout pas.

— Oh non !

Il s'appuya contre le bureau, laissant son regard errer dans la salle, reprenant le fil du raisonnement que son appel au FBI avait interrompu.

Est-ce qu'il est encore à portée radio du contrôle aérien, j'aimerais bien le savoir...

Pete fit un bond en l'air. Mais quel crétin il était ! Ils n'avaient pas besoin d'appeler le contrôle, puisqu'il s'y trouvait déjà, lui, et même en plein cœur ! Sans lâcher son cellulaire, il fit quelques pas et attrapa par l'épaule un chef de quart installé devant sa console.

— Vous pourriez appeler le centre de contrôle de

Washington et voir s'ils peuvent encore joindre le Boeing de ScotAir ?

L'homme savait vaguement que Pete était un journaliste dont la présence avait été tolérée dans les locaux névralgiques de la FAA. De là à ce qu'il lui donne des ordres, maintenant... Il se redressa lentement pour lui jeter un coup d'œil soupçonneux.

— Oui, je peux.

— J'ai le FBI en ligne, lui assena Pete en brandissant son cellulaire. Nous avons des informations capitales à leur communiquer avant qu'ils soient hors de portée. Je vous en prie !

A contrecœur, sans se départir de son air méfiant, le responsable s'exécuta. En quelques secondes, il rendit son verdict :

— Ils inspectent la zone. Ils ont eu un contact avec eux il y a une dizaine de minutes. Qu'est-ce que vous vouliez leur dire, exactement ?

Tony DiStefano revint en ligne.

— Cooke, vous êtes toujours là ?

— Oui, répondit Pete en faisant signe au responsable de la FAA d'attendre.

— Bon, j'ai repassé l'info à l'armée de l'air. Ils me disent que deux de leurs chasseurs accompagnaient le Boeing mais qu'ils ont décroché. ScotAir est injoignable depuis environ cinq minutes.

— Les chasseurs peuvent-ils le prévenir de chercher sur sa radio ?

— Oui, je crois que c'est ce qu'ils vont essayer. Mais je ne suis pas certain qu'ils soient convaincus que ce soit la solution. Je leur ai pourtant précisé qu'Henry avait utilisé ce même code des années durant.

— Tony, encore une fois, au point où on en est, qu'est-ce que ça risque, d'essayer ?

Il y eut un long silence à l'autre bout de la ligne. Du coin de l'œil, Pete se rendit compte que la patience de l'homme de la FAA commençait à s'épuiser sérieusement.

— A part déclencher l'explosion encore plus tôt, je ne vois pas, en effet. Tout de même, monsieur Cooke, le chiffre « 1 »... Cela paraît invraisemblable. N'importe quel crétin aurait pu le découvrir, ce code.

— Ah oui ? Visiblement ce ne sont pas des crétins, dans cet avion, et pourtant ils ne l'ont pas trouvé !

— Dans le mille, reconnut DiStefano.

— J'ai eu la même réaction que vous quand ce type m'en a parlé, continua Pete. Vous avez déjà vu un mot de passe protégeant un ordinateur composé d'un seul chiffre ?

— Jamais de ma vie !

— Vous voyez ? Eh bien, moi non plus. C'est justement pourquoi Henry y a pensé. Un expert en codes essaierait tout de suite des combinaisons de caractères, certainement pas un seul chiffre.

— C'est quand même trouvable, non ?

— Pas si vous avez une fenêtre avec cinq ou dix caractères en blanc sur l'écran, et qu'on vous demande de les compléter avant d'appuyer sur « enter »...

— Mouais, c'est vraiment une histoire de dingues...

Voyant que le responsable de la FAA regardait ostensiblement sa montre et levait les yeux au ciel, Pete le coupa.

— Tony, vous pouvez m'attendre trente secondes ?

— Mais comment donc, *Pete* ! Même trente et une...

Son cellulaire en main, le journaliste expliqua au technicien ce qu'il désirait. Celui-ci reprit son interphone, jeta quelques mots dedans et le lui tendit, sans daigner lui expliquer avec qui il allait parler.

— Oui, ici Pete Cooke, allô ?

Un homme à l'accent virginien très prononcé lui répondit.

— Monsieur Cooke, vous demandez à joindre ScotAir 50 ?

— Oui, monsieur. Il s'agit d'informations d'une importance cruciale. Je suis en ligne avec le FBI, ils ont prévenu l'Air Force, mais j'ai peur que l'avion ne se trouve déjà trop loin. Vous avez leur fréquence.

— Non, pas du tout. — Pete voyait tous ses espoirs s'écrouler. — Mais on le cherche. Restez en ligne avec moi. On va essayer plusieurs fréquences.

— Okay !

Dans le lointain, il entendit des conversations et la voix d'un contrôleur appelant ScotAir 50 dans le vide.

— Si on le trouve, que doit-on lui dire ?

— Dites au pilote qu'ils doivent aller devant le clavier et taper le chiffre « 1 », suivi de « enter ». Tout s'arrêtera, avec ça.

Nouveau silence.

— Vous parlez de la bombe qu'ils ont à bord ?

— Oui, je parle de la bombe !

— Je ne sais pas si je suis autorisé à transmettre un tel message, monsieur Cooke. Après tout, je ne vous connais même pas.

— Ecoutez, j'apprécie vos scrupules, mais je vous parle du QG de la FAA, on a contrôlé mes papiers, c'est un de vos confrères qui vous a appelé...

— C'est certain, c'est certain, mais cela ne suffit pas.

— Vous l'avez trouvé ?

— Pas encore.

— Donnez-moi un numéro de téléphone normal où vous joindre. Je vais dire au FBI de vous contacter. — Il replaça le cellulaire sur son oreille. — Tony ?

— Ah, Pete, mon cher représentant du quatrième pouvoir ! lança-t-il d'un ton grinçant. Oui, je suis là.

— Le contrôle de Washington lui court après, aussi. Ah, je ne vous ai pas dit, mais je suis au centre de la FAA, à Roslyn. Vous voulez bien noter ce numéro et l'appeler ? Parlez au chef de quart à Washington, dites-lui de répercuter l'info sur ScotAir, moi il ne me croit pas.

— Un instant, Cooke. Je ne sais même pas si *je* vous crois, figurez-vous !

— C'est notre seule, notre dernière chance.

— Je ne peux pas imposer quoi que ce soit à la FAA.

— Appelez le Dr. Mislowsky. Je vous en prie. Vérifiez avec lui, ensuite joignez la FAA. C'est une affaire de minutes, maintenant !

— Okay, admit DiStefano après une pause. Restez là.

Pete reprit l'interphone. D'autres cadres de la FAA s'étaient entre-temps rapprochés, un peu méfiants mais terriblement intrigués par ce qu'il était en train de tenter. Dans les locaux surchauffés, le mot était passé que le dernier espoir d'éviter la catastrophe se jouait ici, du moins en partie.

— Monsieur Cooke, vous êtes là ?

C'était son réticent interlocuteur du contrôle aérien à Washington.

— Oui. Vous l'avez trouvé ?

— Non. Il ne répond pas. On essaie encore. Il doit être vraiment à l'extrême limite de notre portée, et cet ouragan n'arrange rien. Savez-vous s'ils ont une radio haute fréquence, HF, comme nous disons, nous, ou une radio satellite ?

— Je suis pilote moi-même, je connais tout ça. Mais je ne peux vous répondre, je n'en sais rien.

— Nous allons essayer toutes les fréquences disponibles, y compris la 121.5, celle pour les urgences.

— Regardez aussi les fréquences militaires. Je sais qu'ils ont une UHF.

— D'accord. 343.0 ?

— Voilà.

— Un instant, monsieur Cooke. — Il fut bientôt de retour en ligne. — Quelqu'un du FBI vient de m'appeler pour confirmer vos dires. On va vérifier son appel, mais je crois que ça nous suffit. Vous comprenez les précautions que nous devons prendre, n'est-ce pas ?

— Bien sûr, répondit Pete, qui reconnaissait en effet que sa prudence était justifiée, mais qui piaffait d'impatience. Toujours pas de nouvelles du Boeing ?

— Non, monsieur. Mais si nous le trouvons je vous mettrai en ligne. Maintenant il faut attendre, là où vous êtes.

— C'est ce que je fais, maugréa-t-il, c'est ce que je fais.

Il consulta sa montre. Trente-sept minutes. *Est-ce que nous pourrons nous regarder en face si ces pauvres gens meurent dans un geyser de feu et si la Méduse paralyse tout le pays, alors que nous aurions pu l'empêcher avec un seul chiffre ? Est-ce que nous avons fait tout ce qui était possible ? Et moi ?*

Une autre question encore le tracassait, qu'il avait repoussée jusqu'ici mais qui l'emplissait d'une désagréable sensation de culpabilité. L'accueil peu amène que lui avait réservé Tony DiStefano avait renforcé ce sentiment. Avait-il eu raison de coopérer si volontiers avec ABC ? Aurait-il dû refuser son aide tant qu'ils n'étaient pas *sûrs*, ainsi qu'il avait pourtant mis en garde ses collègues à New York ? Les nouvelles diffusées par les médias avaient semé la panique, mais personne ne pouvait dire avec certitude que l'engin à bord de ScotAir 50 était capable de produire une onde de la Méduse. Et si ce n'était pas le cas ? Quelles seraient les conséquences, économiques et humaines, d'une fausse alerte ? D'accord, ABC avait remonté la piste avec ses propres moyens. Mais il avait prêté la main, voire plus. Il aurait à rendre personnellement compte de son rôle si tout cela se révélait une tragique erreur.

En esprit, il était à la fois dans le 727 perdu au-dessus de l'Atlantique et à sa rédaction, à New York. De l'interphone montait un murmure indistinct.

Les yeux dans le vide, il finit par conclure son douloureux débat intérieur. Non, il n'avait fait qu'agir en toute logique. Ses concitoyens devaient être tenus informés. C'était peut-être trop tard, mais du moins ne seraient-ils pas frappés par surprise...

25

Siège central du FBI, Washington, 19h25

Tony DiStefano ne s'attendait pas à ce que le poste de commandement de l'Air Force le rappelle. Philosophe, il savait que les militaires avaient désormais la charge exclusive de la crise. Même s'ils avaient royalement saboté toutes les chances de la résoudre.

Evidemment, la prestation du représentant du FBI à Seymour-Johnson ne lui donnait pas plus de raisons de pavoiser. Après une telle gabegie, il leur aurait été difficile de montrer du doigt le Pentagone...

— Monsieur DiStefano ? demanda l'homme, général de division.

— Oui, général ?

— C'est vous qui nous avez repassé cette information, à propos d'un code à un seul chiffre ?

— Oui, général, il y a quelques minutes.

— La teniez-vous d'un certain Dr. Jack Kravitz, d'Aspen, Colorado ?

— Non. Elle venait du Dr. Gene Mislowsky, par l'intermédiaire d'un journaliste, Pete Cooke. Du *Wall Street Journal* si je me rappelle bien.

— Incroyable.

— Pourquoi, général ?

— Que je vérifie. Le code d'annulation serait le simple chiffre « 1 », c'est cela ?

— Oui. Une déduction d'un ancien collègue de Rogers Henry, semble-t-il fondée. Mais pourquoi ? Qui est ce Jack Kravitz ?

— Le Dr. Kravitz est *aussi* un ex de Los Alamos, ayant travaillé avec le fameux Henry.

— Dieu, mais il en sort de partout !

— Visiblement ils étaient au moins trente, dans cette équipe.

— Et il vous a appelé au Pentagone ?

— Non. Il a contacté la Maison Blanche et réussi à avoir les responsables de la cellule de crise, qui l'ont aiguillé sur nous. On a vérifié les effectifs du labo à l'époque, il est bien dessus.

— Alors, qu'est-ce qu'il a dit, général ?

— Confirmation totale. D'après lui, sans aucun doute possible, Rogers Henry aurait rentré un « 1 » pour stopper sa machine.

— Recoupement irréfutable, donc ?

— Oui, à moins qu'il ne mente quand il certifie qu'il a complètement perdu de vue Mislowsky. Bon, en théorie, ils auraient pu se concerter pour mettre au point cette version. Mais il jure ses grands dieux que ce n'est pas le cas. Et nous n'avons pas le temps d'enquêter plus à fond, nous.

Tony sentit ses préventions s'évaporer d'un coup.

Juste ciel ! Un chiffre, et ils échappaient au cauchemar !

— Général, j'ai ce Pete Cooke sur une autre ligne. Il est à la FAA, d'après lui le contrôle aérien n'arrive pas à joindre ScotAir. Vous, vous pouvez ?

— Pas pour l'instant, mais on fait l'impossible.

Le sous-directeur du FBI se retint de demander ce qu'ils entendaient par « impossible », au Pentagone. A la place, il interrogea, très diplomatiquement :

— On peut vous aider, d'une manière ou d'une autre ?

— Oui, merci. Vous nous avez déjà apporté une aide précieuse en confirmant cette information. Mais si vous pouviez aussi lancer vos ordinateurs dans une petite vérification sur le compte de ces deux chercheurs, et nous tenir au courant, je pense que ça pourrait nous confirmer que nous avons choisi le bon cheval avec cette histoire de chiffre « 1 »... Evidemment, il n'y a pas tellement d'autres choix.

— Je vous rappelle, général.

— Le plus vite possible, ce serait parfait. Maintenant, il faut encore que nous arrivions à joindre ce satané pilote. Autrement, nous serons tenus pour responsables d'une catastrophe nationale sans précédent.

Poste de commandement de l'US Air Force au Pentagone, 19h26

Après avoir raccroché son téléphone, le général Ralph Kinney se pencha au-dessus de la table où deux de ses adjoints avaient étalé une carte de l'Atlantique couvrant une zone depuis la Caroline du Sud jusqu'aux Bermudes. Jamais encore le poste de commandement n'avait connu une telle tension. De partout affluaient des nouvelles faisant état de la confusion dans laquelle le spectre d'une perturbation électromagnétique majeure plongeait les milieux financiers et industriels du pays, du désordre régnant dans les aéroports, de la paralysie du système ferroviaire...

L'équipe réunie ici avait conscience de détenir maintenant la clé d'un dénouement heureux, et se sentait donc d'autant plus frustrée de ne pouvoir la transmettre aux principaux intéressés, aux seuls êtres en mesure de s'en servir : l'équipage du Boeing de ScotAir.

Le général observa attentivement la carte.

— Mais alors, ils foncent droit dans le triangle des Bermudes !

— Oui, mon général, bien que le triangle des Bermudes soit seulement une image...

— Bon, où on en est, nous ? Les F-16 ?

— Les deux chasseurs qui l'avaient localisé reviennent, mon général. Ils ne pourront pas repartir à l'est tant qu'ils n'auront pas refait le plein. Le temps qu'ils rejoignent le ravitailleur, il sera trop tard. Nous avons pensé envoyer des F-15 de la base de Shaw, mais ils ne décolleront pas assez vite, et ils ont un gros handicap : ils sont seulement munis de radios UHF. Il nous faut des appareils qui puissent émettre à la fois sur VHF et UHF.

— Et là, il n'y a pas d'autre trafic aérien ? interrogea le général en traçant du doigt une ligne qui partait de l'aéroport de Grand Strand et s'étendait à quelque six cents kilomètres au-dessus de l'océan.

— L'ensemble du trafic commercial avait déjà été détourné pour éviter l'ouragan, vous comprenez ? Ils sont tous beaucoup trop loin pour réussir un appel radio... A part celui-ci, peut-être. — Le lieutenant désigna un petit triangle posé sur la carte, portant un numéro d'identification de la Lufthansa. — Ce vol-là se dirige vers Miami et pourrait passer assez près de ScotAir. La compagnie est en train de les prévenir par téléphone satellitaire pour leur demander d'essayer.

— Je donnerais cher pour que ScotAir ait un satellitaire, eux aussi. Visiblement, leur équipement est assez sommaire, non ?

— Oui, mon général. Nous avons cependant encore une autre possibilité, la dernière.

— Laquelle ?

— En fait, ce sont deux possibilités. D'abord nous avons alerté la NASA, parce que la navette spatiale *Endeavor* doit passer dans le coin d'ici peu. Ils avaient prévu de photographier l'ouragan, on va voir comment ils pourraient nous aider. Ensuite, il y a un avion d'observation à très haute altitude, un Blackbird SR-71, qui se trouve dans les parages pour les mêmes raisons. Nous tentons de le contacter.

— Bien ! Quand je pense que certains voulaient mettre ce bijou au rancart, soi-disant pour faire des économies. L'avion le plus rapide du monde, celui qui monte le plus haut ! Enfin... Il a une radio VHF, lui ?

— Pas sûr, mais ça vaut la peine d'essayer.

Un major apparut derrière le général, l'air très préoccupé.

— Oui, quoi de neuf ?

— Mon général, la navette ne sera à portée que dans deux orbites. C'est-à-dire dans à peu près trois heures.

— Nom de... — Il secoua la tête, refusant de s'avouer vaincu. — Il *doit* y avoir une solution ! Il faut trouver un moyen de contacter ce zinc ! Allez-y, réfléchissez. Toutes les idées sont les bienvenues. Mais vite !

— Général !

Un lieutenant-colonel, à l'autre bout de la table, agitait un combiné en l'air.

— Oui, oui ?

— Le SR-71 a une VHF, c'est affirmatif ! Le pilote dit que si on lui prévoit un ravitailleur pour après, il pourra se dérouter vers le 727 et tenter de le joindre d'en haut.

— D'en haut, c'est-à-dire combien ?

— Il est à plus de dix-huit mille mètres, général. Son émetteur doit être quelque chose de sérieux !

— Où est-il, maintenant ? A quelle distance ?

Le général Kinney bondit vers le lieutenant-colonel, qui parla brièvement au téléphone avant de répondre :

— Il dit qu'il sera en vue de la zone demandée dans quatre minutes. Il fonce pleins gaz.

— Ouuui ! hurla le général en boxant l'air autour de lui, enthousiasmé. — Il pointa du doigt un de ses aides de camp, puis le colonel au téléphone. — Trouvez-lui un KC-10 déjà en l'air ou prêt à décoller dans le coin. Arrangez-vous ensemble.

Le colonel, qui écoutait attentivement son interlocuteur en ligne, demanda le silence d'un geste. Soudain il releva la tête vers le général :

— Il ne pourra pas nous relier directement au 727 quand il va répondre, s'il répond, bien entendu, alors il nous demande ce que nous avons de si important à lui dire.

Le général donna la procédure à suivre, telle qu'elle avait été expliquée par les deux scientifiques :

— Qu'ils tapent « 1 », c'est tout, sans zéro, sans virgule. « 1 » et « enter ».

— C'est tout ?

— Oui, c'est tout. Dites-lui d'insister et de nous tenir au courant dès qu'il a du nouveau.

Le colonel répéta mot pour mot, puis attendit. Sentant tous les yeux braqués sur lui, il mit sa paume sur le combiné.

— J'attends... Vous comprenez, je suis relayé à son unité, qui elle-même retransmet par satellite au commandant du SR-71.

Presque tous ceux qui étaient là, le général Kinney y compris, regardèrent encore leur montre, calculant le temps qui resterait après les quatre angoissantes minutes dont venait de parler le pilote.

A bord d'Air Force One, 19h26

L'avion présidentiel avait reçu les deux informations simultanément : la bonne, c'est-à-dire qu'un code simplissime permettait de désactiver la Méduse, et la mauvaise, à savoir que le 727 de ScotAir restait muet et injoignable. Depuis, le Président n'avait plus cessé ses allées et venues devant la longue table de la suite Star. Il ne s'arrêta qu'en voyant entrer, du côté de la Maison Blanche, son conseiller à la Sécurité nationale et celui aux Affaires extérieures.

— Il va falloir que je parle aux Russes dans quelques minutes. Ensuite les Anglais, les Français, les Allemands et le Premier ministre japonais. Je ne veux aucune panique au cas où le malheur se produirait. Les Russes détecteraient immédiatement une déflagration nucléaire grâce à leurs satellites, exact ?

Stanley Shapiro, le conseiller à la Sécurité nationale, opina du bonnet.

— Nous sommes enclins à le croire, oui, bien que nous ne soyons plus au temps de l'empire soviétique, guerre froide et gâchette facile ! Maintenant que nous sommes devenus amis-amis, le Kremlin suit tout simplement nos télévisions. Je suis persuadé qu'ils sont déjà au courant de cette histoire, dans ses grandes lignes. Ce qui leur manque, c'est le lieu probable de la détonation... A ce propos, monsieur, avez-vous pensé aux sous-marins ?

Le chef de l'Etat parut décontenancé.

— Sous-marins ? Quels sous-marins ? Pour essayer de joindre le Boeing, vous voulez dire ?

— Non. Je me demandais si vous aviez envisagé quelles seraient les répercussions si les gars de ScotAir larguent cette bombe en plein sur un submersible russe. Ou de n'importe quel pays, d'ailleurs.

— Grand Dieu, non ! Est-ce que la Navy n'a pas...

Stan Shapiro l'arrêta d'un geste apaisant.

— Ne vous en faites pas, monsieur. Je m'en suis occupé. Officiellement ou non, nous nous sommes assurés qu'aucun sous-marin russe ne croise dans ce coin pour l'instant. Le navire le plus proche de la zone à risque est un de nos porte-avions, en fait, au sud-est des Bermudes. Mais je voulais attirer votre attention sur un autre danger potentiel. Amis ou pas, si par un malheureux hasard ils perdent un de leurs sous-marins quelque part, au même moment, pour telle ou telle raison — et de nos jours elles ne manquent pas, depuis une mutinerie jusqu'à la négligence d'un officier oubliant de fermer la trappe avant la plongée ! —, eh bien ils sont tout à fait capables de vouloir faire porter le chapeau aux « amis » de Washington. Avec demande de compensations financières à la clé, évidemment.

— Ce qui signifie qu'on doit les prévenir sur-le-champ, c'est cela ?

— Oui, monsieur, mais je crains qu'il ne soit déjà tard. Même s'ils nous ont juré qu'ils n'avaient aucun bateau dans la zone, ils peuvent très bien dire, après : « Eh, vous nous avez donné la mauvaise localisation, vous venez de nous rétamer un sous-marin ! »

— Stan, la guerre froide est terminée ! Il n'y a aucune raison que ça se complique autant.

— Ah, c'est justement là que l'art de gouverner donne sa pleine mesure : en compliquant à l'extrême ce qui est trop simple !

— Mmoui... — Le Président adopta une expression indéchiffrable, tout en saisissant l'interphone à côté de lui. — Eh bien, s'ils font du foin, il n'y a qu'à dire que c'était un essai nucléaire français... Allô ? Préparez-moi une ligne rouge avec la présidence russe, aussi vite que possible. — Il leva les yeux sur ses deux conseillers. — Qu'est-ce qu'on oublie d'autre ? Il faudrait peut-être essayer les satellites ? J'ai appris qu'il ne faudrait pas compter sur la navette spatiale, mais si on a un satellite qui peut se rapprocher et tenter de les joindre sur fréquence VHF ? Au cas où il faudrait une autorisation spéciale pour qu'il modifie sa trajectoire, je la donne. Quel que soit le prix.

A bord de ScotAir 50, 19h27

Au fond de la cabine, la pile des boîtes et des appareils évacués des deux palettes s'élevait toujours plus haut alors que Jerry et Scott faisaient la chaîne pour en sauver autant qu'ils pouvaient. Linda McCoy, leur propriétaire, avait cependant d'autres soucis en tête : elle s'apprêtait à jouer les chirurgiens improvisés dans une carlingue rudement secouée par les turbulences.

Scott s'arrêta pour s'essuyer le front. Il lui restait à arrimer l'amoncellement de fortune avec un filet de protection, tâche qui n'avait rien de simple tant le Boeing sautait et tanguait. Avec l'aide de Jerry, il calcula que l'opération ne leur prendrait toutefois que deux minutes.

Entendant le gong du PA — l'interphone de cabine — résonner, il leva instinctivement la tête. Doc les appelait du cockpit.

— Scott ? Il faut que cette porte soit ouverte dans dix minutes, maintenant. Pas davantage.

Un peu plus vers l'avant, près de la bombe, Vivian Henry avait décidé que l'urgence de la situation lui commandait d'oublier sa décence : elle avait retiré à la va-vite son chemisier et son soutien-gorge, avait badigeonné de Betadine la surface de la peau sous laquelle se trouvait le pacemaker, un peu au-dessus du sein gauche, et s'était étendue pour attendre le retour de Linda.

La jeune femme s'agenouilla à côté de Vivian, repassa de l'antiseptique à l'endroit de l'intervention et s'apprêtait à disposer le chemisier de façon à couvrir tant bien que mal sa poitrine lorsque Vivian écarta le vêtement.

— C'est une petite folie que je m'étais permise, ma chérie, lui expliqua-t-elle, je n'aimerais pas qu'il soit taché de sang.

L'opération, lui avait-elle expliqué, était finalement

très simple : deux incisions, à quarante-cinq degrés, permettraient de dégager le pacemaker qui formait une petite protubérance aux bords bien repérables sous l'épiderme.

— Suivez le contour du boîtier métallique avec votre scalpel, lui conseilla-t-elle. De cette manière, la coupe sera nette et vous verrez tout de suite jusqu'à quelle profondeur aller.

— D'accord.

— Quand vous aurez dégagé la face inférieure, retirez le boîtier avec deux doigts, jusqu'à ce que deux fils apparaissent. Il y a du jeu, ne vous inquiétez pas.

— Les fils sont connectés en haut ?

— Oui, exactement. C'est pour qu'on puisse le sortir en le faisant glisser vers le bas.

L'absence de tout anesthésique ne cessait de tourmenter Linda, qui lui demanda à nouveau :

— Vous supporterez la douleur, Vivian ?

— Oh, ce ne sera pas si terrible ! Pas très agréable, d'accord, mais rien de plus.

— Un des garçons a peut-être de l'alcool, qui sait ? Vous voulez que je leur demande ?

Vivian fit non de la tête, énergiquement, puis reprit sur le même ton calme et posé :

— Laissez-moi en terminer avec les instructions, Linda. Donc, vous verrez ces deux petits fils. Ils sont assez longs pour que vous enleviez le pacemaker et que vous les débranchiez, mais il ne faudrait pas que vous tiriez plus que cela dessus.

— Oui... Pourquoi ?

— Ils sont implantés en intraveineuse. Ils vont directement jusqu'à mon cœur. Le ventricule droit.

— Oh, mon Dieu ! souffla Linda, une main sur la bouche. Oh, mon Dieu !

— N'ayez pas peur, la rassura Vivian en lui donnant une rapide caresse. A moins de vouloir les arracher ou de trop tirer dessus, ils ne bougeront pas.

— Je... je vais faire très attention ! Bien sûr ! — Elle s'interrompit, regarda Vivian de ses grands yeux. — Vraiment, ils vont *dans* votre cœur ?

— A l'autre bout, oui. Mais ne faites pas cette tête-là ! Vous allez seulement les déconnecter du boîtier, puis les replacer doucement à l'intérieur.

— Et s'ils se touchent ? Il n'y a pas de risques de choc électrique, que sais-je ? S'il le faut, je pourrais trouver du ruban isolant pour...

— Mais non ! la coupa Vivian avec un bon rire. L'alimentation provient du boîtier que vous allez enlever, du pacemaker en tant que tel. Après, les fils peuvent toujours entrer en contact l'un avec l'autre, cela n'a aucune importance ! Le seul point sur lequel j'insiste, c'est qu'il ne faut pas tirer dessus, ni avant ni après.

— Promis, juré ! Je vous assure.

— Parfait. C'était seulement pour que vous soyez informée.

— Et vous avez raison, Vivian ! Vous savez, je ne me sens pas à la hauteur. Je ne suis pas médecin, tout de même !

— Tout ira bien, Linda, j'en suis sûre.

— Et... est-ce que vous saignerez beaucoup, d'après vous ?

— Non, pas trop. Servez-vous des serviettes en papier que vous avez trouvées dans les toilettes, pour éponger. Essayez juste qu'elles ne touchent pas la plaie elle-même. — Elle s'aperçut que les mains de la jeune femme tremblaient. — Allons, du calme, ma petite. Je suis tranquille, alors vous devez l'être aussi. Ce n'est pas de la chirurgie à cœur ouvert, dites ! Un médecin fait exactement la même chose lorsqu'il doit remplacer les piles.

— C'est vrai ? Et cela arrive souvent ?

— Normalement, tous les cinq ans à peu près. Moi, c'était à intervalles plus fréquents... Maintenant, je sais pourquoi. Allez, assez perdu de temps. En plus, je commence à avoir vraiment froid !

Saisissant le scalpel, Linda en éprouva l'équilibre comme si elle s'apprêtait à le lancer sur une cible. Elle prit sa respiration, repassa dans son esprit tous les préparatifs, se demandant si, dans la mesure de ses moyens, elle avait suffisamment stérilisé l'environnement. D'une main désormais plus ferme, elle posa la lame au bord du renflement de chair qu'elle tenait de l'autre. Attentive à ne pas se laisser surprendre par les soubresauts de l'avion, elle sentit la pointe entrer aisément dans l'épiderme. L'incision avait commencé.

Seize mètres à l'avant, Doc Hazzard regarda encore sa montre et décida d'utiliser à nouveau le PA.

— Scott, plus que cinq minutes avant d'ouvrir la porte. Il faudrait que vous arrêtiez, avec ces palettes...

La solitude lui pesait d'autant plus qu'il n'avait pas entendu voix humaine depuis un quart d'heure. Privé du fond sonore des échanges radio auquel tous les pilotes sont habitués, il se sentait isolé, mal à l'aise. Il perdait son sang-froid, constata-t-il soudain, et cette conclusion ne lui plaisait pas du tout.

Aussi, ils tardaient trop, à l'arrière ! Ou était-ce parce qu'il paniquait ? Il éprouva un mouvement de colère contre lui-même, comme s'il y avait eu deux Doc Hazzard s'affrontant dans sa tête, l'un attaché à la logique la plus froide, l'autre en proie aux émotions les plus violentes. Et il avait envie de les agonir d'injures, l'un comme l'autre ! Tout au long de sa carrière, il avait été fier de sa réputation d'inébranlable flegmatique, jamais désarçonné par les situations les plus inattendues. « Dans les coups durs, ce n'est pas seulement que vous pouvez compter sur Doc, avait dit de lui un ami lors d'un petit speech à un dîner de l'Association des pilotes de ligne, c'est que Doc est plus dur que les coups ! »

Un autre souvenir lui revint, vieux de vingt ans déjà, au temps où Pan Am était encore une compagnie aérienne avec le vent en poupe. Il avait surpris une conversation entre deux jeunes pilotes, qui n'avaient pas remarqué sa présence. « Qui, Doc Hazzard ? avait lancé l'un d'eux. Ah, avec lui, c'est un vrai plaisir de voler ! Il est incroyable, ce type ! Si on avait l'aile droite qui se détachait, ce sacré Doc s'accorderait une autre tasse de café avant de te demander de peser à fond à gauche et de commencer la checklist d'urgence ! La seule chose qui puisse le remuer, c'est une nana sexy. Ça, les femmes, il est toujours partant ! »

Et je le suis encore ! pensa-t-il. *Mais pour le flegme, pardon, j'ai l'impression que c'est terminé...*

Il pivota sur son fauteuil pour lancer un coup d'œil irrité à la porte du cockpit, avant de revenir à ses instruments. Il s'efforça de se concentrer sur les commandes, mais il commençait à se fatiguer de surveiller les taches rouges sur l'écran météo. La tension trop longtemps accumulée se faisait sentir, maintenant. Il lança un regard de biais aux radios sur la console centrale, entre son siège et celui du pilote. Et s'il les rallumait ? La VHF numéro un était toujours branchée, se rappela-t-il. Machinalement, il chercha la seule fréquence qui puisse valoir la peine, au-dessus de l'Atlantique, dans la tempête : 121.5, la fréquence de détresse que les pilotes militaires appellent « la garde ».

Si on cherche à nous joindre, ce sera sur celle-là, et aucune autre, se dit-il.

Depuis un moment, depuis que les deux F-16 les avaient laissés, oui, quelque chose le tracassait, qu'il n'arrivait pas à définir. Quelque chose qu'il s'était promis de vérifier, mais...

Il braqua son regard sur les deux postes VHF, montés en regard.

Cette saloperie de VHF numéro un a le bouton de volume à gauche, se rappela-t-il en une illumination. C'était justement ce qu'il n'avait pas eu le loisir de contrôler. Or c'était celle qu'ils avaient laissée sur la fréquence de détresse, sur « la garde ». Bon sang ! Est-ce qu'on pourrait l'entendre, au moins ? A cause d'une bêtise pareille...

Jerry fit une entrée impétueuse dans le cockpit.

— Okay, vieux, on sera prêts dans une minute ! Linda s'occupe encore de Vivian, là-bas.

Doc vérifia que le pilote automatique était toujours branché, droit vers l'est, avant de faire face au mécano.

— Le compte à rebours est pratiquement fini ! Scott et toi, avez-vous au moins réfléchi à la configuration qu'il nous fallait ? Angle de vol ? Vitesse ? Position des volets ?

Il entendit sa propre voix, irritée, agressive, un accès de mauvaise humeur très inhabituel chez lui mais qu'il eut d'autant moins envie de réprimer que Jerry lui répondit par un regard indigné et, sans un mot, se pencha pour prendre un chiffon plutôt crasseux avec lequel il s'épongea le front. Il venait de prendre une bonne suée, visiblement.

— On n'a pas trop eu le temps de se parler, finit par lui expliquer Jerry. On a bossé comme des malades pour déplacer ce matos. On en a bougé bien plus que je ne pensais, d'ailleurs. On n'aura pas à jeter beaucoup du chargement de Linda.

— J'en suis positivement ravi, mais ce qui me ravirait encore plus c'est que cet avion garde son empennage. Et dans ce cas, on aurait peut-être besoin que tu sois là à potasser tes manuels et à faire des propositions constructives ! Ça pourrait changer pas mal de choses...

Jerry s'interrompit pour le regarder, déconcerté, avant de reprendre d'un ton plus appuyé :

— Je te reçois cinq sur cinq, Doc. Ça fait dix minutes que tu es là à t'acharner sur le PA, donc je me suis dit que tu y réfléchissais aussi, à tes moments perdus.

L'exaspération perceptible dans sa voix ne fit que hérisser un peu plus le copilote.

— Oh ! Si je m'« acharnais », pour reprendre tes mots, c'est parce que je n'avais pas envie que vous oubliiez le peu de temps qui nous reste, derrière !

— Pas de chance qu'on oublie !

— Ah, excellente nouvelle ! Alors, si vous voulez être toujours vivants dans dix minutes, il faudrait qu'on se prépare un peu plus sérieusement !

Jerry soupira d'un air ulcéré, leva le menton dans un geste de défi que Doc ne lui avait encore jamais vu depuis six mois qu'ils travaillaient ensemble et jeta son chiffon au sol.

— Doc, si ma façon de travailler ne te plaît pas, toi le grand pilote expérimenté de la Pan Am, tu n'as qu'à te proclamer seul maître à bord, pendant que tu y es !

— Qu'est-ce que ça signifie, bordel ?

— Ça signifie, hurla Jerry en montrant d'un grand geste le siège de gauche resté vide, ça signifie que c'est déjà toi qui commandes cet avion, que tu as réponse à tout, visiblement, et que donc je ne vais pas te faire de l'ombre, rassure-toi !

Scott McKay, qui avait entendu l'échange tonitruant de ses coéquipiers alors qu'il revenait au cockpit, s'interposa brusquement entre eux. Posant sa main sur l'épaule de Jerry, il se pencha vers Doc.

— Qu'est-ce qui se passe, ici ?

Doc eut un petit reniflement méprisant.

— Oh, rien, Scott. Les nerfs, simplement. Je m'inquiétais de l'heure, voilà.

Jerry montra le copilote d'un pouce vengeur.

— Et moi, je lui laissais toute la place pour qu'il puisse faire son cinéma sans...

— ARRÊTEZ ! TOUT DE SUITE ! aboya Scott à ces hommes qui étaient tous deux ses aînés. Ce qui se passe, c'est que cette tension est en train de nous prendre la tête ! Tant qu'on n'aura pas ramené ce Boeing entier à Denver, ou qu'on ne se sera pas volatilisés au-dessus de l'Atlantique, on forme une équipe, les gars ! C'est comme ça qu'on a commencé, c'est comme ça qu'on finira : comme une équipe, merde ! Bon, je ne vous propose pas de vous serrer la main et de faire la paix. Ce que je vous demande, c'est plus un seul mot de trop entre vous. Pigé ?

— Désolé, Scott. C'est de ma faute, commença Doc en se tournant vers Jerry, qui l'arrêta d'un signe.

— Allez, on oublie, Doc. Scott a raison. Je deviens dingue de trouille.

— Moi aussi, avoua le commandant. Et toi, Doc ?

Celui-ci lâcha un petit rire.

— Moi ? Eh bien, la légende veut que Doc Hazzard n'ait jamais peur. Mais la vérité, elle, m'oblige à dire que je fais quasiment dans mon froc !

— Alors, servons-nous de nos nerfs pour trouver la meilleure solution et balancer cette porte sans démolir la queue, d'accord ?

Jerry, qui avait déjà attrapé son manuel technique, se laissa tomber sur son siège.

— On y va. Bon, pour commencer, on ferait mieux de descendre et de dépressuriser.

— Quelle altitude tu dirais ?

— Moi, je verrais trois cents mètres.

Doc se redressa dans son fauteuil.

— Euh, les gars, avec le double je me sentirais plus à l'aise. Pour le cas où on perdrait momentanément le contrôle, vous comprenez ?

Scott consulta du regard le mécanicien, qui hocha la tête.

— Okay, six cents mètres.

Doc saisit aussitôt le palonnier pour lancer le Boeing dans la descente. A nouveau, l'irritante sensation d'oublier un détail important revint tourner dans son esprit, mais le moment de s'en souvenir était passé.

A sa gauche, le bouton de volume de la première radio VHF resta dans la position où Scott l'avait tourné par inadvertance vingt minutes plus tôt : fermé.

26

Condor 10, palier 650,
quatre cent quatre-vingts kilomètres de Myrtle Beach, 19h28

Un œil vigilant sur sa consommation et ses réserves de carburant, le commandant de l'un des deux derniers SR-71 encore en opération dans le monde pivota sa tête à l'intérieur du casque de sa combinaison entièrement pressurisée et entama un virage à cent quatre-vingts degrés à gauche, afin de rester dans la zone de recherches radio. Il avait déjà briefé le second pilote, enfermé dans son propre cockpit, quelques mètres derrière lui, à propos de cette mission inattendue. Avec la visière du casque et le faible champ de vision que laissait son étroit pare-brise, le commandant avait quelque mal à regarder autour de lui. Mais c'était un vétéran du Blackbird, pour qui la lourde combinaison de vol, très comparable à celle d'un cosmonaute, était devenue une seconde peau.

Il éprouva un mélange de fierté et de colère en pensant une nouvelle fois à la stupidité des décideurs lorsqu'ils avaient choisi de ne garder que deux Lockheed SR-71, pourtant à ce jour l'avion le plus rapide de la planète. Certes, il savait que les Etats-Unis mettaient au point un autre avion de reconnaissance supersonique, dont les essais avaient commencé dans le plus grand secret au Nevada. Mais comme ce programme rencontrait de sérieuses difficultés techniques, dès qu'on avait besoin de reconnaissances plus précises que les informations fournies par les satellites, on faisait sortir l'un des deux Blackbird de leur hangar pour qu'il reprenne du service.

La mission en cours, toutefois, avait un caractère d'urgence absolument unique.

Filant à plus de trois fois la vitesse du son dans l'atmosphère raréfiée, le SR-71 ne ressentait aucun des effets de l'ouragan Sigrid qui, à neuf mille kilomètres en contrebas, était en train de déferler avec des vents dépassant les cent quatre-vingts kilomètres à l'heure.

— Sur 343.0, rien du tout, Jim, le prévint le second pilote.

— Okay. Tu essaies la garde sur VHF ?

— Compris.

Le commandant dodelina un peu de la tête pour soulager les muscles douloureux de sa nuque. Il vérifia sa montre. On les avait prévenus d'une déflagration nucléaire possible dans un délai dangereusement court, mais avec leur sidérante puissance motrice ils n'auraient besoin que de dix minutes pour se mettre à l'abri en franchissant les quelque cinq cents kilomètres qui les séparaient de la côte.

Le 727 était quelque part en bas, sourd aux appels incessants du second. Ne les entendaient-ils pas ou ne pouvaient-ils répondre ?

— Je vais deux minutes au nord, ensuite demi-tour au sud, annonça-t-il à son coéquipier.

Sur un canal satellitaire, Air Force One et le Pentagone attendaient fébrilement leur réponse. Le commandant s'accorda encore un quart d'heure de recherches. Après, il faudrait filer au plus vite à l'ouest, avec juste assez de carburant pour parvenir au rendez-vous avec le ravitailleur en vol.

— J'ai quelque chose ! cria soudain le second dans l'interphone.

Le commandant monta le volume de sa radio VHF pendant que le second appelait à nouveau. Il y eut un silence, puis le bruit d'un micro qui se met en marche, puis rien. Encore un appel, et cette fois une voix répondit presque sur-le-champ :

— Oui, à vous. Terminé.

Les nerfs électrisés par l'espoir, le commandant entendit son second s'exclamer :

— Ah, ScotAir 50, c'est vous ? Ici Condor 10, qui a un message urgent pour vous.

— Euh... Vous appelez ScotAir 50 ?

— Oui. C'est vous, ScotAir ?

Encore une hésitation.

— Non, Condor 10. Ici l'USS *Eisenhower.* On est en train de les appeler sur la garde, nous aussi. Désolé.

Le commandant lâcha un soupir de déception. Il posait déjà le doigt sur la touche lançant une communication satellite lorsqu'il se ravisa. Trop tôt, décida-t-il. Trop tôt pour s'avouer battu.

A bord de ScotAir 50, 19h30

La souffrance transparaissait sur le visage de Vivian Henry, mais elle resta stoïque pendant que Linda, d'une main aussi assurée que le permettaient les turbulences, achevait l'incision. Si le boîtier glissa facilement hors de la chair, la jeune femme eut plus de difficultés qu'elle ne l'avait pensé à débrancher les deux fils. La plaie saignait plus qu'elle ne l'avait imaginé aussi, quoique dans des proportions contrôlables. Finalement, elle posa le pacemaker entre les seins de Vivian, repoussa délicatement les fils à l'intérieur, referma les lèvres de la plaie en appliquant du sparadrap directement dessus. Après avoir abondamment désinfecté l'incision et la peau autour, elle mit en place le pansement et demanda à Vivian de le maintenir pendant qu'elle l'aidait à se rhabiller.

Voilà, c'est fait, pensa-t-elle. Incroyable !

— Merci, Linda. Merci mille fois.

— Eh, corrigea la jeune femme en souriant, n'exagérons pas, c'était aussi pour moi ! Je n'aimerais pas que la bombe nous saute à la figure quand on va la pousser dehors !

Après ces longs moments passés assise ou couchée, Vivian se remit debout, les jambes un peu flageolantes d'abord, les yeux fixés sur la machine infernale.

— Avancez au cockpit, Viv. Je vous rejoins tout de suite.

Elle lui sourit, fit quelques pas hésitants dans l'allée, puis se retourna, un peu confuse.

— Linda, je vous en prie, ne vous fâchez pas. Vous allez me prendre pour une pimbêche, mais je préfère qu'on m'appelle Vivian. C'est mon vrai nom, pas Viv.

— Bien sûr, Vivian ! Pas de problème.

Restée seule, Linda nettoya le minuscule boîtier et le colla dans l'ouverture laissée sur le flanc lisse de la Méduse conçue par Rogers Henry. Elle se promit de bien recommander à ses compagnons de refermer la trappe avant de pousser la bombe dehors : de la sorte, le pacemaker ne risquerait pas d'être arraché par l'appel d'air.

— Une bonne chose de faite, dit-elle à voix haute en remarquant que ses mains ne tremblaient plus du tout.

Elle observa l'écran, sur lequel les secondes continuaient à disparaître inexorablement. A un bourdonnement dans les oreilles, elle sentit que la pressurisation de la cabine se modifiait. Elle avait à nouveau conscience du bruit des réacteurs, aussi.

Alors ce n'était que cela, la machination du scientifique aigri ? Un compte à rebours régulier, une déflagration sans précédent ? Aucune autre diabolique invention dans le but de martyriser sa femme ? Rogers Henry s'était certainement attendu à ce que les militaires tentent de désarmer sa bombe, mais rien de tel ne s'était produit, ni chalumeau ni explosifs... Dans sa logique démentielle, s'était-il convaincu que Vivian n'aurait d'autre choix que de conduire la Méduse au milieu du Pentagone, et les gradés de prendre leurs jambes à leur cou, laissant l'engin détruire Washington et son ancienne épouse ?

Elle se sentait de plus en plus encline à répondre oui à toutes ces questions. Non sans se demander, maintenant, ce que la Méduse leur réserverait encore quand l'heure fatidique approcherait : de nouvelles menaces ? d'autres exigences ?

Elle recula d'un pas, luttant contre la sensation dérangeante que cette chose, là, était en train de lire dans ses pensées. Et soudain elle n'eut plus qu'un souhait, être au plus vite dans le cockpit, avec les autres.

L'entrée de Vivian Henry, qui d'un pas mal assuré reprit son siège amovible et boucla sa ceinture, provoqua un soulagement très perceptible chez les trois hommes de ScotAir.

— Vivian ! Grâce à Dieu, vous voilà ! s'exclama Doc.

— Merveilleux, renchérit Jerry.

— Tout va bien, Vivian ? demanda pour sa part Scott qui ajouta après qu'elle l'eut rassuré d'un signe : Il faut qu'on termine de mettre la suite au point.

— Allez-y, les encouragea la passagère.

— Et où est Linda ? s'enquit Scott.

— En train de tout ranger. Elle arrive.

— On est au niveau des trois mille mètres, annonça Doc. Jerry, comment est la pression de la cabine ?

— A neuf mille huit cents, plus grand-chose. Quand on pourra y aller, elle sera pratiquement dépressurisée.

— Tu ouvriras la vanne de sûreté, quand même ?

— Oui, bien sûr. Sans pression résiduelle, on prendra moins de risques en ouvrant la porte.

Doc se pencha pour régler le signal du radar :

— Encore plus de turbulences devant nous, Scott. Il va falloir manœuvrer serré pour éviter toutes ces formations orageuses... Bon, tu es prêt à reprendre les commandes ?

Scott fit non de la tête.

— Ecoute, Doc, ça fait moins d'un an que je pilote cet avion. Avant, je n'avais jamais piloté de gros avions de transport comme celui-ci. Toi, les 727 et d'autres de cette catégorie, tu connais par cœur. Combien sur 727, quinze ans ?

— Ouais, au moins.

— Alors ce serait tout de même plus sensé que ce soit toi qui le gardes en main, non ? Surtout si on modifie sérieusement les caractéristiques de ce zinc ou qu'on se retrouve avec l'empennage en moins !

— Ça me paraît logique, glissa Jerry.

Doc regarda son commandant, un sourcil arqué.

— J'ai quand même besoin d'un empennage pour voler, Scott, mais pour le reste, ça se tient, en effet.

— Bon, c'est décidé. Maintenant, en ce qui concerne la porte : le mieux, c'est de ralentir à deux cent vingt nœuds, pas de volets. On est d'accord ?

— On est d'accord, confirma Doc.

— C'est ce qui semble le mieux, renchérit Jerry. De cette façon, le défilement de l'air sera assez dynamique pour l'enlever de ses charnières, et avec l'angle que nous aurons elle devrait passer à côté de la queue en partant. Enfin, c'est ce que j'espère.

— On parie très gros, là, soupira Doc, mais ça a l'air d'être de bon sens.

Le 727 entra de plein fouet dans une poche de grêle qui les projeta tous en avant sur leur siège, mais le fracas des grêlons sur la tôle ne dura que quelques secondes.

— Prêts ? demanda Scott en consultant sa montre.

Jerry se leva, repoussa son siège pour dégager le passage et ouvrit la porte du cockpit au moment même où Linda arrivait de l'autre côté. Elle sursauta.

— Attachez-vous bien, Linda, la prévint le mécanicien. On va faire sauter cette porte.

Elle s'effaça pour les laisser passer. Doc, qui avait débranché le pilote automatique et réduisait la vitesse, se retourna brusquement alors que Scott avait déjà franchi la porte.

— Hé, Scott, attends un peu !

Il repassa la tête par l'embrasure.

— Ouais ?

— Jerry peut le faire tout seul. Vous ne devriez pas vous mettre en danger tous les deux : ça fait peut-être plus baroudeur, mais c'est guère intelligent.

Scott le regarda un bref instant avant d'acquiescer :

— Tu as raison, Doc. Je vais prévenir Jerry. — Il disparut, pour revenir presque aussitôt. — Je lui ai dit qu'on lui donnerait le signal sur le PA dès qu'on aurait la vitesse requise.

Il laissa Linda regagner son siège, avant d'en faire de même et d'attacher son harnais de sécurité. D'un œil inquiet, il regarda Doc actionner avec précaution la manette des gaz et chercher l'angle convenu. Le Boeing se retrouva à environ huit degrés, nez relevé.

— Là, maintenant, Scott. Je crois qu'on est bons.

Attrapant le micro et prenant le canal du PA, Scott se tourna pour vérifier sur le tableau du mécanicien que la pression de la cabine était maintenant à zéro. Ils s'étaient presque habitués aux constants soubresauts de l'appareil, avançant d'une turbulence à l'autre.

— Okay, Jerry ! On est complètement dépressurisés, tu peux y aller ! — *Et que Dieu nous aide*, ajouta-t-il en son for intérieur. — Prêt, Doc ?

Celui-ci opina du bonnet, agrippant le palonnier des deux mains.

A cinq mètres de là, une courroie passée à la ceinture, Jerry assura la position de ses pieds et poussa la manette de la soute cargo en position ouverte.

A bord d'Air Force One, 19h30

Le commandant de Condor 10 dut se ressaisir quelques secondes lorsqu'il entendit la voix du chef de l'Etat sur le canal satellitaire.

— Vous m'entendez, Condor ?

— Oui, monsieur le Président.

— Vous avez réussi à les contacter ?

Relayés par satellites et antennes terrestres à plusieurs milliers de kilomètres de distance, entre deux appareils qui volaient respectivement à huit cents et trois mille deux cents kilomètres à l'heure, les signaux parvenaient avec un certain battement.

— Non, monsieur le Président, je suis désolé. Il doit être en dessous quelque part, nous avons tout essayé sur UHF et VHF, mais sans succès.

— Dieu du ciel.

— Pardon, monsieur ?

— Rien, commandant. D'ici vingt minutes, sans une intervention divine, je ne vois pas comment on pourra s'en tirer... Quel est votre nom, Condor 10 ?

— Jim Davidson, monsieur.

— Eh bien, Jim, merci pour votre aide, merci. Et maintenant, vous feriez mieux de dégager au plus vite.

— Monsieur...

— Oui ?

— Il nous reste encore un peu de temps. On continue tant qu'on peut. On va diffuser les instructions que vous nous avez données sur toutes les fréquences possibles.

— A vous de voir, mais gardez l'œil sur la montre et tenez vous prêts à décrocher sans tarder. Il ne faudrait pas que vous vous fassiez avoir si cet engin de malheur explose à l'heure dite.

— C'est donc si grave, monsieur ?

— On n'a pas dû vous briefer à fond, mais on risque une perturbation électromagnétique comme personne n'en a jamais vu, même en cauchemar. Oh, à propos, vous pouvez voler sans ordinateur, sur le Blackbird ?

— Oui, monsieur. Je ne préférerais pas, mais c'est faisable.

Le Président lui souhaita bonne chance et, désignant du doigt une autre ligne au Secrétaire d'Etat, demanda :

— C'est Moscou, là ?

— Lui-même.

Il appuya sur la touche puis, posant sa paume sur le combiné :

— Tout de suite après, ce sera le Premier ministre britannique. Comme je sais que c'est un grand ami à vous, je voudrais que vous lui parliez, vous aussi. — Il porta le téléphone à son oreille. — Monsieur le Président ? Absolument désolé de vous déranger à une heure pareille mais voilà, nous avons un problème grave, que je dois vous expliquer en détail.

27

A bord de ScotAir 50, 19h20

Jerry Christian avait bien entendu la pompe actionnant la lourde porte cargo se mettre en route dès qu'il l'avait déverrouillée. Cependant, durant un court instant, il ne se passa rien. Et puis, d'un coup, il vit qu'elle commençait à se détacher lentement du gros joint de sécurité qui en faisait le tour et à se lever vers l'extérieur.

Il n'y eut aucun choc, aucun appel d'air violent. Juste un rai de lumière grisâtre s'insinuant entre le bas de la porte et le plancher de la cabine. Mais il ne s'était pas attendu à un tel bruit, au rugissement assourdissant de l'air s'engouffrant à l'intérieur. Il lutta contre son envie instinctive de rabaisser le levier et de stopper ainsi l'ouverture.

La porte latérale du 727, la soute comme disent les navigants, n'était aucunement conçue pour supporter une telle pression. Le mécanicien savait qu'elle serait emportée, mais il ignorait à quel moment, à quel angle par rapport à la carlingue, et cette incertitude était effrayante.

L'écartement en bas atteignait maintenant une douzaine de centimètres et continuait à s'élargir. Lorsque la large surface se mit à dépasser du fuselage, il sentit que tout l'avion tremblait sous cette résistance inattendue, structurellement déstabilisante. Il vit qu'elle s'arrêtait, prise entre deux énormes forces contradictoires, celle du déplacement d'air qui la plaquait en position et celle du vent qui ne cherchait qu'à se ruer dans la carlingue.

Puis elle se remit à bouger, à une lenteur hypnotisante, comme si son ouverture en plein vol, finalement, avait été prévue par le constructeur. Le spectacle le fascinait tellement que la surprise fut entière lorsqu'elle s'éleva brutalement en pivotant sur ses supports et se rabattit avec violence sur la partie supérieure du fuselage.

En un clin d'œil, le 727 roula sur la droite et se déroba tandis que, au milieu de ce bruit infernal, Jerry percevait une sorte d'explosion qu'il fut incapable d'expliquer. Rouvrant les paupières, il se retrouva face aux nuages de la tempête et au tranchant de l'aile gauche. Face au vide. Happé par la gravitation, l'appareil penchait de plus en plus sur le côté et commençait à piquer du nez.

Résistant à l'attraction qui le tirait vers l'extérieur, Jerry raffermit sa prise sur la courroie et chercha à reculer de quelques centimètres dans la carlingue. Comme en transe, il voyait les aérofreins bouger sans relâche sur l'aile gauche, preuve que Doc et Scott, à l'avant, n'avaient pas complètement perdu le contrôle de l'avion et luttaient pour le stabiliser.

Il apercevait à peine le bord supérieur de l'encadrement mais n'osait pas avancer vers le vide pour mieux voir. En plissant les yeux, cependant, il réussit à distinguer quelque chose, et ce qu'il découvrit le remplit d'horreur : la porte, ou du moins une grande partie, était toujours là, battant violemment contre la carlingue, retenue dans un angle surprenant par les deux charnières postérieures qui n'avaient pas cédé. Elle n'était plus qu'une plaque de métal déchiquetée, que le vent avait déjà entièrement dépouillée de ses joints et de son habillage en plastique, mais elle tenait !

Ce constat était déjà atroce mais il y en eut aussitôt un autre, lorsqu'un éclat orangé apparut dans sa version périphérique, à l'arrière, dehors. *Le feu !* Sans même avoir besoin de réfléchir, il comprit d'emblée : un des réacteurs avait dû aspirer des fragments de la porte.

Il la regarda s'agiter le long du fuselage, créant un

incontrôlable effet de surface qui contrariait dangereusement les commandes normales de l'avion. Devant lui, les nuages défilaient, chargés de pluie et d'électricité. Ils avaient désormais toute la place pour jeter la bombe, mais aussi un réacteur en feu, sur un appareil gravement endommagé.

Le Boeing roula à nouveau à droite, encore plus violemment. Arrimé de toutes ses forces à la courroie, il sentit que ses pieds décollaient du plancher. Une seconde plus tard, il se retrouva tête en bas.

Une sensation très ancienne l'assaillit. Un jour, jeune enfant, il était monté dans un jeu de fête foraine dont les voitures se retournaient entièrement dans les airs. La terreur qu'il avait alors éprouvée était demeurée un souvenir cuisant. A cet instant, elle redevenait une réalité, qui lui coupait le souffle.

L'ouverture dans le fuselage était une énorme bouche, noire et béante. Qui voulait l'engloutir.

De son siège, Doc avait également ressenti la secousse initiale suite à l'ouverture de la porte. Il y avait eu une légère fluctuation de la pressurisation, un petit mouvement de roulis vers la gauche. Et ils avaient plongé dans l'enfer.

Instantanément, tous ses indicateurs lui avaient signalé qu'ils avaient perdu le contrôle de l'appareil. Il avait bien pensé que l'ouverture provoquerait une perte d'altitude, mais là le nez s'était brusquement abaissé tandis qu'ils roulaient à droite et semblaient partir en piqué. Malgré ses tentatives pour redresser en mettant pleins gaz, le 727 ignorait ses ordres et continuait de tomber, dangereusement penché à droite.

Pourquoi est-ce qu'il ne répond pas ? s'était demandé Doc, la peur au ventre. Qu'est-ce qui se passe, derrière ?

D'un geste, il avait ramené les trois manettes de gaz en position zéro. En moins d'une seconde, il avait décidé de laisser l'appareil effectuer un tour complet sur lui-même, un vrai tonneau, afin de retrouver l'alignement horizontal des ailes et de pouvoir ainsi reprendre sa bataille.

Afin d'accomplir la manœuvre, il bascula la pression des ailerons de gauche à droite. Entièrement concentré sur ses commandes, à peine conscient de la présence de ses trois compagnons dans le cockpit et du bruit assourdissant que faisait l'accélération de l'air contre la carlingue, il n'avait qu'une idée : redresser le nez du Boeing, désormais à trente-cinq degrés, sans remettre les gaz tout de suite, car autrement l'avion tomberait comme une pierre et se désintégrerait sans doute avant même de s'écraser sur la surface obscure de l'océan...

Entièrement retourné maintenant mais donnant toujours de la bande à droite, le Boeing cessa de piquer du nez lorsque Doc poussa le palonnier, projetant ses passagers contre leurs harnais de sécurité. Il commença à remettre les gaz, guettant le moment exact où il devrait inverser les commandes. Il ne quittait pas des yeux la zone bleue de l'indicateur d'altitude — la moitié qui symbolisait le ciel, la hauteur, et pour eux le salut — attendant qu'elle atteigne une inclinaison de quinze degrés. Il agissait et pensait dans un état second, l'esprit incroyablement clair, devançant chaque réaction de l'avion.

Maintenant !

Il bascula le palonnier à gauche, à fond, tout en écrasant son pied sur le gouvernail de gauche.

L'avion fit un lacet dans la même direction, redonnant plus de portée à l'aile droite. Tremblant de toute sa carlingue, il se stabilisa enfin.

Ils avaient retrouvé leur assise de vol.

Merci, mon Dieu ! se dit-il. *En pesant à gauche, je peux le garder stable. Mais qu'est-ce qui a pu clocher, derrière ?*

Il tira sur le palonnier, faisant remonter le nez du 727 à niveau. L'altimètre indiquait mille trois cents mètres.

A travers la porte, le rugissement de l'air ne suffit pas à couvrir un autre bruit, un gigantesque choc métallique qui fit résonner toute la cabine derrière eux. Aussitôt, alors que Doc essayait de comprendre de quoi il s'agissait, le Boeing se mit à partir dans ce qui ressemblait à un tonneau... à gauche ! Linda et Vivian poussèrent un cri étranglé, les yeux exorbités de Scott étaient posés sur lui, une alerte d'incendie retentissait quelque part dans son cerveau, puis il crut voir Scott tendre la main pour la couper. Il n'avait pas le temps de lancer une checklist d'urgence, ni même de contrôler les voyants lumineux : face au mouvement incompréhensible de l'avion, il envoya le palonnier à droite.

— C'est quoi ? parvint enfin à articuler Scott.

Grâce à sa manœuvre, Doc avait empêché le 727 de basculer davantage, mais il se trouvait déjà avec une gîte de soixante degrés à gauche. En se redressant lentement, l'avion donnait l'inquiétante impression de vouloir repartir à droite, comme s'ils étaient dans l'impossibilité de jamais retrouver leur stabilité.

Il y parvint cependant, comme auparavant, récupérant une altitude de mille deux cents mètres, et comme auparavant le scénario se répéta, annoncé par le même épouvantable « bang ».

Cette fois, Doc était prêt.

Palonnier et gouvernail à gauche, il fit cesser le roulis à droite et ramena le nez à l'horizontale, degré par degré. Et à nouveau, le son du métal cognant contre le métal, à nouveau la sensation de ne plus pouvoir orienter l'appareil...

— Ah, mais évidemment ! s'écria-t-il brusquement.

— Quoi ? demanda Scott qui avait sursauté.

— Cette merde de porte... Elle est toujours attachée... Et elle flotte dans le sillage !

Il parlait les dents serrées, se battant toujours avec l'avion pour revenir droit sans trop relâcher le gouvernail à gauche.

— Tu y arrives ? Tu veux de l'aide ?

Doc jeta un coup d'œil à la console centrale.

— Quand on est partis à gauche, c'était à cause de moi. Quand la porte s'écarte du fuselage, elle nous déséquilibre à droite. Je corrige à gauche, ce qui la fait retomber, et du coup on se barre à gauche, puisqu'elle n'agit plus contre le vent ! Et dès qu'on est stabilisés elle se remet à battre dans le vent, et on repart à droite... Scott, tu veux bloquer le trim de direction gauche ? Essaie à quinze degrés. Ensuite, il faudra qu'on aille voir comment va Jerry.

Scott positionna la commande située à l'arrière de la console, et ils se mirent à chercher la meilleure combinaison de forces possible. A force de regarder clignoter le voyant correspondant au réacteur numéro un, Linda sortit du silence qu'elle s'était imposé.

— Scott ? Cette lumière rouge, là, c'est important ?

Il suivit du regard son doigt tendu.

— Bon Dieu, j'avais oublié le feu de réacteur !

— Lequel ?

— Le un. Prêt pour intervention ?

Au signe d'assentiment de Doc, Scott déclina la checklist, changeant les interrupteurs de place et déclenchant un des extincteurs intégrés. Jerry fit alors irruption dans le cockpit.

— On a un feu, les gars !

— On sait, oui. Le numéro un.

Le voyant rouge continuait à clignoter, imperturbable. Cela signifiait que l'incendie n'était pas éteint.

— Trente secondes déjà, et ça continue. Je déclenche le deuxième extincteur.

— Vas-y.

Accroché au dossier du siège de Vivian pour ne pas être renversé par les soubresauts du Boeing, hors d'haleine, Jerry souffla :

— On a un énorme problème avec la porte. C'est pour ça que tu as tant de mal à le tenir...

— Elle se balade à chaque fois, c'est ça ?

— Ouais... Elle est esquintée, mais elle tient sur les charnières postérieures. Les autres ont été arrachées. On pourrait essayer de l'avoir à la hache, mais... Hé, les gars, ça continue à clignoter !

— Merde ! lança Scott en réexaminant toutes les commandes du réacteur numéro un. Non, attendez !

— Quoi ?

— Il ne nous donne aucune indication ! Ni rotation, ni température, rien !

— Peut-être que tous les circuits sont fichus ? avança Jerry. Moi j'ai vu une lumière orange, je me suis dit qu'il y avait le feu...

Scott se tourna vers le mécanicien, debout devant la console centrale.

— Tu peux jeter un œil ?

— D'accord, mais on a une porte grande ouverte derrière, n'oubliez pas ! Vous pouvez garder l'avion stable ?

— On a failli le perdre, répliqua Doc.

— Vous avez failli me perdre, moi ! Bon, je reviens... Enfin, j'espère. Doc, s'il te plaît, fais le max pour que ça ne bouge pas trop. Je veux dire, pas *vraiment* trop !

Moins d'une minute plus tard, il était de retour.

— Okay, je me suis avancé le plus possible pour regarder. Il n'y a plus le feu, mais il n'y a plus le réacteur non plus ! C'est... Voilà, le un a disparu. Envolé.

Tétanisés par la nouvelle, les deux pilotes virent que Linda se penchait vers eux.

— Est-ce qu'on peut s'en tirer avec seulement deux réacteurs ? interrogea-t-elle d'une petite voix.

Par-dessus son épaule, Doc lui adressa un vague sourire, qui se voulait rassurant mais qui rata son effet.

Les yeux de Jerry, qui parcouraient machinalement les cadrans, s'arrêtèrent sur l'altimètre.

— Dieu, on n'est même pas à quinze cents mètres, constata-t-il comme s'il se parlait à lui-même plus qu'aux autres. Si on n'avait pas commencé tout ça à trois mille, on serait déjà à la baille...

— Mais grâce à la clairvoyance du commandant Hazzard ici présent, qui a réclamé plus d'altitude, on est toujours vivants, admit Scott de bon cœur.

Toujours concentré sur ses instruments, Doc releva la tête avec un petit haussement d'épaules.

— En vieillissant, on finit par devenir un peu parano. Plus on est haut, plus Papy est content !

Scott, qui avait presque oublié la présence des deux femmes, se tourna dans leur direction.

— Comment ça va, toutes les deux ?

— Folle de peur, répliqua Linda, mais entière. Et vous, Vivian ?

— J'ai connu des vols plus paisibles, lança cette dernière d'un ton délibérément calme.

— Et ce n'est pas fini, j'en ai peur, constata Scott d'un air sombre, alors que le 727 subissait les assauts renouvelés de l'ouragan Sigrid. Combien de temps nous reste-t-il, Jerry ?

Le mécanicien baissa les yeux sur son poignet.

— La vache, j'ai dû la perdre là-bas ! — Il était encore sous le choc. — Il faut qu'on se débarrasse de ce qui reste de la porte et qu'on rapproche les palettes de l'issue. Vous savez... Ça ne va pas être simple de les balancer.

Scott était déjà debout.

— Allez, on y va. Doc, l'avion est à toi.

— Prévenez-moi seulement avant de commencer

quelque chose, lui lança Doc en mettant les gaz pour entamer une montée en douceur. Scott, d'après ma montre, on a encore vingt-neuf minutes.

— Je viens avec vous, annonça Linda en se levant à son tour. On ne sera pas de trop, derrière.

Vivian allait l'imiter quand la jeune femme l'arrêta en posant une main sur son bras.

— Non, vous ne devez pas bouger, ne serait-ce que pour une seule raison.

— Laquelle ? protesta Vivian.

— Vous venez de subir une opération sans anesthésie, vous êtes encore affaiblie.

— J'obéis à mon médecin, capitula Vivian en ébauchant un sourire. Mais si vous avez besoin de moi, appelez.

Scott n'avait pas eu le temps d'imaginer ce qu'il allait découvrir derrière la porte du cockpit. Même en cauchemar, cependant, il n'aurait pu concevoir un tel spectacle.

Sur quatre mètres cinquante, le côté gauche du 727 béait dans le vide. Dehors, la plaque de métal déchiqueté battait contre le fuselage mais restait plaquée à l'avion par la pression de l'air que créait Doc au-dessus de la carlingue en pesant à gauche. D'un geste, Scott arrêta Linda et Jerry. Il remarqua la courroie utilisée plus tôt par le mécanicien ; à moitié happée par l'ouverture, elle se tordait furieusement dans le vent, fouettant par intermittence l'embrasure et le plancher.

— J'AI LA HACHE AVEC MOI, SCOTT ! hurla Jerry pour se faire entendre malgré le bruit, lui aussi inimaginable.

— HEIN ?

Jerry s'avança derrière lui et lui cria pratiquement dans l'oreille :

— LA HACHE ! JE VAIS M'ATTACHER ET VOIR SI JE PEUX FAIRE SAUTER LES CHARNIÈRES !

— ON PEUT PASSER DEVANT CE TROU SANS SE FAIRE ASPIRER ? leur cria Linda, tétanisée par le vide.

— ON VA S'ATTACHER AVEC DES COURROIES ET FAIRE HYPER-GAFFE ! lui répondit Jerry qui s'avança devant ses deux compagnons et entreprit d'en arrimer une autour de lui, sous les bras, en veillant à ne pas laisser sa peur prendre le dessus.

A chacun des soubresauts imprévisibles de l'avion, des paquets de pluie se ruaient par la porte. Scott, qui n'avait jamais vu un tel spectacle à bord d'un avion en vol, observait les gouttes qui s'écrasaient sur le bord de l'aile gauche, un peu en contrebas de l'embrasure. Il fut tiré de cette contemplation surréaliste par Jerry, qui lui hurla à travers le vacarme :

— TU PEUX ATTRAPER L'AUTRE BOUT ET ME RETENIR PAR LA COURROIE ? SI TU VOIS QUE JE TRÉBUCHE OU QUE JE PERDS L'ÉQUILIBRE DEVANT LA PORTE, TU ME TIRES TOUT DE SUITE EN ARRIÈRE, D'AC ?

Se calant le mieux possible sur ses pieds, Scott enroula plusieurs fois la sangle autour de sa main. Il sentit que Linda venait se placer juste derrière lui pour saisir l'extrémité de la courroie et lui apporter ainsi un renfort qui lui donna chaud au cœur. Ensemble, ils surveillèrent Jerry qui s'approchait avec précaution du côté droit de l'issue, la hache dans une main.

Il glissa à plusieurs reprises sur le plancher mouillé de pluie, et à chaque fois la courroie se tendait, Scott et Linda se préparant à le retenir. S'agrippant de la main gauche à l'embrasure, il commença à attaquer les charnières à la hache, dont les coups faisaient naître des traînées d'étincelles.

Une turbulence le fit chanceler, dévia son bras. Il frappa dans le vide puis se rétablit sur ses pieds. Scott constata qu'il paraissait se fatiguer rapidement tant sa position était pénible, et qu'il était maintenant trempé par la pluie. Après un bref coup d'œil à sa montre, il se dit qu'il était temps de le relayer, mais il se ravisa aussitôt : changer de place leur ferait perdre des secondes précieuses. Alors, il donna quelques coups secs sur la courroie pour attirer l'attention de Jerry, qui se retourna vers eux, sourcils levés.

Répondant au signe de Scott, le mécanicien leva un doigt vers le plafond, comme s'il voulait dire que la porte allait bientôt céder. Puis, comprenant que Scott s'inquiétait de l'heure, il lâcha sa prise sur l'embrasure et fit un pas de plus vers le bord, au moment même où le Boeing faisait une violente embardée à gauche.

Surpris, Jerry en lâcha la hache, qui se coinça dans le métal. En s'avançant pour la reprendre, il fut déporté par une nouvelle secousse, rata le manche et perdit l'équilibre.

Soudain, il bascula vers l'abîme.

Sept mètres derrière, Linda et Scott aperçurent le long torse de Jerry commencer à glisser par la porte. Ils tendirent la sangle de toutes leurs forces, tirant sans ménagement en arrière le mécanicien qui se retrouva à plat ventre sur le plancher, devant eux, sain et sauf mais groggy.

Linda l'aida à se relever. Il resta un instant devant eux, tentant d'ébaucher un sourire. La jeune femme vit que ses mains tremblaient violemment.

— MERCI ! finit-il par crier. J'AI BIEN FAILLI Y PASSER.

D'un geste, Scott les invita à retourner dans le cockpit. Il referma la porte pour atténuer ce vacarme exténuant.

— Doc, il faudrait que tu essaies de secouer l'avion en t'aidant du gouvernail, jusqu'à ce que la porte se détache.

— Attendez ! intervint Jerry. Si tu fais ça, il faut que tu coupes les moteurs au cas où des débris seraient happés par les réacteurs.

— Compris, lança Doc. Vous devriez vous attacher, vous.

Se retenant à la console du mécanicien pour ne pas tomber, Scott fit non de la tête.

— On n'a pas le temps, Doc. Vas-y, essaie. On surveille la soute d'ici.

— Alors tenez-vous bien.

Coincé entre le strapontin et la cloison, Jerry entrebâilla la porte du cockpit. Toujours agrippé à la console d'une main, Scott passa son autre bras autour de la taille de Linda pour l'empêcher de tomber. La jeune femme regarda Vivian, qui semblait calme, quoique d'une pâleur effrayante, et qui ne quittait pas Doc des yeux.

Celui-ci appuya de toutes ses forces sur la pédale du gouvernail gauche.

— Attention ! cria-t-il par-dessus son épaule.

Rapidement, il passa à la pédale de droite. Le 727 fut déporté de droite à gauche, un mouvement qui leur donna la nausée mais porta ses fruits sans tarder : le bruit de la soute se décollant du fuselage fut immédiat. Et cette fois l'avion ne fut pas déporté à droite.

— Ça y est ! Elle est partie ! cria Jerry d'une voix soulagée.

— *Oui* ! renchérit Linda.

Les traits rassérénés, Scott regarda sa montre et prit aussitôt un air soucieux.

— Il faut faire vite, annonça-t-il en relâchant Linda et en se penchant au-dessus de Doc. Maintenant tu le maintiens stable, vieux, en pesant un tout petit peu sur l'aile droite, d'accord ? On a vraiment failli perdre Jerry, tout à l'heure.

— Je vais faire le maximum, mais soyez prudents, pour l'amour de Dieu !

— Quand on sera prêts à éjecter les palettes, je te préviendrai, poursuivit Scott. — Pendant que Doc ajustait les manettes des gaz, le pilote se tourna vers Linda et Jerry. — Voilà comment on s'y prendra. On s'attache tous. La première palette, il suffira de la pousser de côté vers la porte. Jerry, tu vas la détacher, on te tiendra. Ensuite, on s'y met tous les trois. Elle n'est presque plus chargée, donc elle risque de sortir de son roulement avant qu'on arrive au bout. Linda, vous nous aidez au début mais vous vous retirez tout de suite après. Jerry et moi, on poussera sur la distance qui restera.

— D'accord.

— Il faudrait que Doc incline l'avion sur la gauche quand on sera près de la porte d'une quinzaine de degrés, suggéra Jerry. Comme ça, elle partira sans doute toute seule.

— Excellente idée, approuva Scott.

— Bon, vous me donnerez le signal, dit le copilote. Et un signal que je puisse entendre, Scott ! Si vous criez là-bas, ça ne servira à rien.

Pensif, Scott posa son regard sur Vivian, qui réagit immédiatement :

— Mais oui, je vais rester à l'entrée du cockpit. Je passerai le mot à Doc.

— Impeccable.

De son poste, elle les observa passer les sangles que Jerry avait préparées et fixées à un crochet au sol.

S'il ne fut pas difficile de détacher la première palette, la pousser à gauche, en direction du trou dans la carlingue, se révéla une tâche ardue. Ils y parvinrent cependant, Linda et Scott d'un côté, Jerry les guidant de l'autre, et la charge se retrouva bientôt à cheval sur l'ouverture.

— PRÊTS ? hurla Scott.

Tous trois passèrent sur la face droite pour peser dessus ensemble. D'un signe, Scott prévint Vivian.

— ALLEZ, VIVIAN ! QU'IL BASCULE À GAUCHE !

Elle rentra dans le cockpit, pour revenir quelques secondes plus tard.

Ils sentirent que le plancher devant eux s'inclinait à gauche. Les gaz coupés, Doc actionna le gouvernail droit, ce qui modifia légèrement la gravité à l'issue et devait contraindre la palette à tomber dans le vide.

— MAINTENANT ! glapit Jerry.

Ils poussèrent de toutes leurs forces, ensemble. L'effet fut tel que la charge leur échappa littéralement des mains et partit vers l'extérieur de l'avion. Linda tomba sur les genoux. Jerry et Scott, près de perdre l'équilibre, se raccrochèrent l'un à l'autre.

Un court instant, la palette parut flotter à côté du 727, comme si elle disposait de ses propres ailes. Puis elle bascula un peu, s'inclina et fila dans l'abîme.

Scott s'était préparé à entendre un choc aux réacteurs ou à la queue du Boeing. Rien ne se produisant, il leva son pouce à l'intention de Vivian, qui alla aussitôt prévenir Doc.

Le bruit des moteurs reprit, l'avion retrouva son assiette.

Scott aida Linda à se relever. Tous deux rejoignirent Jerry, déjà occupé à détacher l'arrimage de la seconde palette. Celle-ci était beaucoup plus chargée que la première. Se glissant derrière, ils s'arc-boutèrent pour la faire avancer.

Elle bougea à peine.

Ils recommencèrent, tous leurs muscles bandés. Elle n'avança que de deux ou trois centimètres.

— Ça ne marchera pas, il va falloir incliner l'avion vers l'avant, constata Scott.

Il se faufila le long de la carlingue droite, le plus loin possible du trou béant, pour aller expliquer à Doc cette nouvelle difficulté.

— Si tu veux un angle important, je vais devoir perdre de l'altitude et sortir les volets, commenta Doc après l'avoir écouté.

— Eh bien, fais-le.

— Mais si les volets sont sortis, il y a un risque que les palettes les endommagent à gauche et qu'on ne puisse plus les rentrer ! Tu sais ce que ça voudrait dire, Scott : on serait limités en vitesse, on brûlerait davantage de carburant, on ne pourrait plus regagner la côte. On en serait réduits à un amerrissage en plein ouragan, sans canots de sauvetage.

Les mâchoires serrées, Scott réfléchit une seconde.

— Bon, alors au lieu de se servir des volets et de ralentir, pourquoi ne pas le faire piquer du nez un petit moment ? Dès que je te préviens, tu abaisses le nez et tu nous maintiens comme ça jusqu'à ce que tu entendes un grand bruit et que Vivian vienne te dire que la palette est arrivée devant l'issue.

— Oui, ça doit pouvoir marcher. Je pique juste le temps nécessaire, ensuite je remonte à trois mille pour préparer le troisième envoi, okay ?

En passant, Scott expliqua à Vivian Henry ce qu'il attendait d'elle, puis il repartit dans la cabine, sa courroie traînant derrière lui.

Une fois le trio de nouveau en place, Scott lui adressa le signe convenu. En un clin d'œil, moteurs coupés, le 727 partit vers le bas, incliné dans une abrupte descente. Il leur suffit d'une simple poussée pour faire rouler la palette jusqu'aux cales de l'issue.

Comme la première fois, ils lui donnèrent l'impulsion nécessaire et elle passa la porte en biais, parut hésiter devant les nuages noirs avant de plonger d'un coup, sur le bord de l'aile gauche.

Scott avait poussé un soupir de satisfaction et regardait encore une fois sa montre lorsqu'un choc soudain les précipita tous les trois en avant, face contre le sol.

Mon Dieu, pensa Scott, *elle a touché la queue !*

Alors que le Boeing se redressait brutalement, ils entendirent un autre fracas métallique qui résonna dans la carlingue et ils se sentirent tout aussi brusquement soulevés du plancher quand l'appareil repartit en piqué. A nouveau il se cabra vers l'azimut, puis repiqua du nez. A chaque fois que l'avion se cabrait de la sorte, le même bruit se produisait.

Scott eut l'impression que son cœur allait exploser. Il crut d'abord que la palette avait touché l'empennage et l'avait emporté. *Non,* se reprit-il, *si la queue avait été arrachée nous piquerions droit dans la mer ! Doc arrive encore plus ou moins à contrôler !*

Incapable de se remettre debout, il avança à quatre pattes en direction de Vivian, qu'il voyait accrochée de toutes ses forces à la porte, les yeux agrandis par l'horreur. Derrière lui, Jerry et Linda essayaient de le suivre dans la même position. Dès qu'il fut arrivé à la porte, il attrapa leurs sangles pour les tirer vers l'avant. A cet instant, l'avion tomba à nouveau vers le bas. Cette fois, Jerry et Linda furent arrachés du plancher et projetés vers le plafond. Scott tira de plus belle, redoutant qu'ils ne se blessent en retombant d'un coup à la prochaine ruade du Boeing. Tels deux cosmonautes en état d'apesanteur, ils volèrent vers lui, bras écartés, une expression hallucinée sur les traits. Il parvint à les saisir et tous trois boulèrent ensemble dans le cockpit.

S'aidant du siège pour se relever, Scott vacilla au-dessus de l'épaule de Doc, qu'il découvrit cramponné au palonnier, les yeux fixés sur ses cadrans.

— QU'EST-CE QUI S'EST PASSÉ ?

— Quelque chose bloque l'élévateur ! expliqua le copilote sans se retourner.

Cette pièce métallique, installée horizontalement sur l'empennage, était la surface de contrôle qui permettait d'intervenir sur l'inclinaison du nez de l'appareil.

Une nouvelle fois, ils eurent l'impression de ne plus peser aucun poids. Ils eurent le temps de se jeter dans leurs sièges respectifs et de s'attacher.

— Il est ou bien nez en haut ou bien nez en bas ! cria Doc au pilote maintenant assis à sa gauche. Entre les deux, je n'obtiens rien...

— Laisse-moi voir, dit Scott en attrapant le palonnier.

Il ressentit aussitôt une résistance, et l'élévateur changea encore de position en produisant un bruit désormais familier. Il tendit un doigt vers les nombreuses manettes de contrôle des systèmes hydrauliques alignées devant eux :

— Et si on essayait de l'isoler, Doc ? C'est peut-être un problème hydraulique ?

— Moi, je pensais que c'était mécanique, réagit le copilote, mais tu as peut-être raison...

— Je vais couper un des systèmes hydrauliques, le A.

Il avait à peine joint le geste à la parole que tout rentra en ordre. Les commandes réagissaient de nouveau normalement.

— Que tous les saints nous protègent ! s'exclama Doc en affectant un fort accent irlandais. Il répond au poil, maintenant ! Bien joué, commandant McKay !

Il posait un regard à la fois admiratif et amusé sur Scott, qui protesta modestement :

— Oh, c'est la procédure habituelle, tentée au pif...

— Oui, mais *moi*, pourquoi est-ce que je n'y ai pas pensé ?

— D'où l'intérêt du travail en équipe, constata Scott en dégrafant sa ceinture de sécurité. Bon, tu veux bien faire la checklist d'urgence pour les pannes hydrauliques et vérifier qu'on n'a rien oublié ? Moi, je retourne là-bas. On a encore une bombe à éjecter, avant qu'elle nous réduise en confettis.

Doc avala péniblement sa salive.

— D'ac, Scott, mais je t'en prie, ne balancez plus rien sur ce zinc. Il tiendrait peut-être le coup, lui, mais pas mon cœur.

28

Poste de commandement de l'US Air Force au Pentagone, Washington, 19h37

Le général Ralph Kinney s'était personnellement chargé de superviser les ultimes efforts en vue de rétablir le contact avec le Boeing de ScotAir. Alors que la dernière et fatidique demi-heure approchait de sa fin, le bilan de son action était accablant : échec total. Les yeux perdus sur la noria de téléviseurs et d'écrans d'ordinateur en face de lui, il était en train de ruminer ce qu'il allait devoir annoncer au Président des Etats-Unis lorsqu'une voix le tira de ses sombres pensées.

— Mon général ?

Un major avait surgi sans bruit et lui tendait un combiné téléphonique.

— Oui ?

— J'ai en ligne le commandant du 495e escadron à Seymour-Johnson, mon général. Il me pose une question que je ne comprends pas.

— Laquelle ?

— Il dit que leurs deux F-15 se sont mouillé les pieds à Mach un-six, comme prévu, et demandent des instructions pour leur rendez-vous.

— De quelle mission parle-t-il, enfin ?

— Je n'en sais rien, mon général. Je lui ai fait confirmer que les « pieds mouillés », cela signifiait qu'ils étaient au-dessus de l'océan. Mais moi aussi j'ignorais qu'on avait demandé des F-15.

Avec un grommellement menaçant, le général lui arracha le téléphone de la main.

— Ici Ralph Kinney. Qu'est-ce que vous êtes en train de nous chanter, colonel ?

Il écouta tandis que les personnes présentes dans la salle s'immobilisaient peu à peu, guettant ses traits sur quels la mauvaise humeur cédait peu à peu la place une stupeur aucunement simulée. Le sergent-chef qui devait l'accompagner à la suite Star attendait près de la porte, tendant l'oreille autant qu'il le pouvait sans paraître trop indiscret.

— Mais où sont-ils, vos gars, maintenant ? Et dans quel but ?... Hein ! Comment ça, *donner la chasse* ? Mais à qui, bon Dieu ? A *ScotAir* ? — Il se tourna pour faire signe à son aide de camp d'approcher, tout en pressant le combiné contre son oreille. — Ah, parce qu'ils l'ont localisé ?... A quelle distance vous dites ? Et ils sont à Mach un-six, c'est ça ? Ils ne tiendront pas longtemps une allure pareille. — En quelques gestes rageurs, il fit comprendre au sous-officier d'attraper un autre téléphone et de prendre des notes. Celui-ci s'exécuta sans tarder. — Mais non, sacré bonsoir, ils n'ont pas besoin d'être armés. C'est fini, ça. Tout ce que nous voulons maintenant, c'est communiquer. — Il jeta un coup d'œil hagard autour de lui. — Combien de temps il nous reste ?

— Vingt-quatre minutes avant l'explosion programmée, mon général, répondit le sergent-chef.

— Ils ont une autonomie de combien ? lança le général Kinney en reprenant en hâte sa conversation téléphonique, d'un ton haché et oppressé. En carburant, ils ont de quoi ? Bon... bon ! Alors dites-leur de mettre plein pot et d'essayer de les rejoindre pour un... euh... contact visuel ? Ah, je ne retrouve plus les termes exacts, mais vous voyez ce que je veux, hein ? Qu'ils s'approchent au plus près du cockpit et qu'ils se débrouillent pour que les connards du Boeing rebranchent leur foutue radio. On a essayé toutes les fréquences possibles et imaginables, mais ils ne répondent pas. Vous connaissez le message à leur faire passer, non ? — Il écarta d'une main excédée le papier que venait de poser devant lui le sergent-chef, sur lequel était écrit : « Le Président vous attend. » —

Okay, colonel, et maintenant la grande question comment se fait-il que nous n'ayons rien su à propos de vos gars, ici ?... De quoi ? Ah, pour ça, il y a un enfoiré quelque part qui ne nous a jamais tenus au courant de... Hein ? Mais *quel* ordre ? — Il posa sa paume sur le combiné pour vociférer au major : TROUVEZ-MOI QUI EST L'ABRUTI QUI A DEMANDÉ À CES F-15 DE DÉCOLLER SANS MÊME NOUS AVERTIR, NOUS ! — Il se redressa et tourna le dos au groupe d'officiers qui continuaient à le contempler, bouche bée. — Okay, colonel, okay, du calme ! Si c'est un ordre écrit, il n'y a rien à dire. Il a dû y avoir un cafouillage quelque part. Ce ne serait pas le premier de cette fichue journée ! Simplement... simplement on n'avait pas pensé que c'était encore possible, ici... Oui, les chances sont très réduites, de toute façon. Comment ? Oui, vos hommes courent un grand danger, ils pourraient y rester si ce machin explose. Bien sûr qu'on y avait pensé ! Ecoutez, puisqu'on vient seulement de s'en rendre compte et que tout le commandement de l'Air Force est dans le coup, maintenant, je vais vous demander de rester en ligne. Il faut que j'obtienne un feu vert définitif du Président. Je reviens tout de suite. — Il raccrocha et leva les yeux vers son aide de camp, qui venait de recevoir un nouveau message. — Bon, le Président attend toujours dans la suite Star ?

— Il attendait, mon général, mais on me prévient à l'instant qu'il a pris une autre communication.

— Ce sera long ?

— Peut-être cinq minutes. J'ai vérifié moi-même. Pour l'instant, Air Force One est injoignable.

— Je n'ai pas cinq minutes devant moi !

— Voulez-vous que je réessaie, mon général ?

Ralph Kinney hésita à peine, secoua la tête et reprit le combiné en se grattant le cuir chevelu de l'autre main. La décision lui revenait, l'heure ne lui laissait pas d'autre choix.

olonel, les ordres sont de continuer. Il n'y a 'à espérer qu'ils aient le temps de retrouver le g. Et à prier pour eux.

A bord de ScotAir 50, 19h38

Vivian ayant repris son poste à l'entrée du cockpit, Scott, Linda et Jerry repartirent au fond de la cabine pour la dernière phase de l'opération, la plus délicate, la plus angoissante aussi.

Dans la carlingue battue par le vent et par des rafales de pluie, il ne restait plus que la caisse et son sinistre contenu : une machine infernale de trois tonnes, la Méduse, l'enfant démoniaque de Rogers Henry. Elle était toujours tapie à l'emplacement de charge numéro cinq, quelques mètres à l'arrière du trou ouvert dans le fuselage.

— VÉRIFIEZ VOS SANGLES ! hurla Scott à ses deux compagnons par-dessus le rugissement du vent.

Ils acquiescèrent, puis s'approchèrent tous trois de l'énorme caisse. Jerry s'accroupit pour inspecter soigneusement le système de roulement de la palette. Ils allaient devoir lui faire parcourir six mètres sur les rails de chargement avant d'atteindre l'issue et de la basculer de côté dans le vide.

Ses vérifications terminées, Jerry vint les rejoindre devant la face arrière de la caisse. En se penchant un peu sur la droite, il apercevait Vivian à l'autre bout de la cabine.

— PRÊTS ? lança-t-il à Scott.

Satisfait, il fit à Vivian le signal convenu. Une nouvelle fois, ils entendirent le ronflement des réacteurs s'éteindre. Le nez de l'appareil s'abaissa.

— ALLEZ ! cria Jerry. ON POUSSE !

Même sur le plancher fortement incliné, la bombe ne consentit à bouger que sous une forte pression du trio. Une fois lancée, cependant, elle continua à avancer sur la pente que Scott estima à environ six degrés. Centimètre par centimètre, elle progressa vers l'avant, jusqu'au moment où elle heurta bruyamment les cales de l'entrée et s'immobilisa. Elle était parfaitement alignée devant l'emplacement de la porte cargo disparue.

Jerry se hâta de l'arrimer aux œilletons prévus afin de l'empêcher de repartir en arrière. Il se redressa ensuite pour lancer un autre signal à Vivian, qui repartit dans le cockpit. Presque simultanément, le Boeing retrouva l'horizontale.

— OKAY ! cria le mécanicien. VOUS DEUX, VOUS POUSSEZ À L'ARRIÈRE, MOI JE PRENDS CE CÔTÉ.

Il se plaça sur la face la plus proche du cockpit. Face au vide, Scott jeta un coup d'œil au ciel, toujours aussi chargé et qui s'obscurcissait à chaque instant. Comme encouragées par la nuit tombante, les averses avaient redoublé d'intensité et le Boeing entra dans une zone de très fortes turbulences. Pris dans une colonne d'air ascendant, l'avion se cabra si brutalement que Linda et Scott durent s'accrocher à la bombe elle-même.

De l'autre côté, Jerry avait été lui aussi surpris par les trous d'air, sa longue courroie entassée en désordre à ses pieds. Un nouveau sursaut du 727, d'une rare violence, souleva l'énorme masse des rails. Fasciné, Jerry vit la Méduse passer lentement au-dessus des cales de sécurité et s'ébranler en avant, dans sa direction. Il supputa à toute allure le meilleur moyen d'échapper au danger. En reculant jusqu'à la cloison du galley, pensa-t-il, il ne risquerait sans doute pas d'être atteint par la bombe.

Le sort voulut toutefois que sa courroie se fût enroulée à son insu autour d'une des cales. Telle une laisse élastique, elle le stoppa brutalement dans son mouvement de recul et le plaqua au sol.

La masse d'acier semblait flotter au-dessus de lui,

menacer son corps longiligne. En une fraction de seconde, alors que le Boeing retombait d'un coup sous l'emprise de la gravité, elle s'abattit sur lui.

N'ayant ni le temps de se libérer de la sangle ni les moyens de se jeter de côté, telle une souris qui voit le clapet du piège se refermer sur elle à une vitesse sidérante, il comprit que la Méduse s'écrasait sur ses jambes.

Jetés sur le plancher par la turbulence, Scott et Linda étaient en train de reprendre leurs esprits et de vérifier qu'ils n'avaient rien de cassé lorsqu'un son perçant les fit sursauter, un son que Scott prit d'abord pour une nouvelle alarme venue des entrailles de la bombe, d'une intensité incroyable. En regardant vers l'avant, pourtant, il comprit sur-le-champ d'où ce ululement inarticulé provenait, et la découverte lui coupa le souffle : le bas du corps coincé sous le monstre d'acier, Jerry gémissait comme un animal blessé. Déjà Linda contournait la palette et s'agenouillait près du mécanicien, en refoulant un cri d'horreur.

Il faut le dégager, tout de suite ! se dit Scott dont les yeux tombèrent sur Vivian, pétrifiée à l'entrée du cockpit. Sans plus réfléchir, il gagna d'un bond la porte et l'ouvrit à la volée :

— JERRY EST BLESSÉ, DOC ! IL EST PRIS SOUS L'AVANT DE LA BOMBE. ON DOIT LA BOUGER, VITE !

Doc tourna vers lui un visage décomposé par l'angoisse.

— HEIN ?

— PIQUE ET ACCÉLÈRE ! DONNE-MOI UNE GRAVITÉ NULLE QUELQUES SECONDES ET METS LES GAZ, IL FAUT QU'ON LA FASSE REPARTIR EN ARRIÈRE !

Sans attendre de réponse, il se rua dans la cabine. Linda, penchée au-dessus de Jerry pour tenter de lui apporter quelque réconfort, releva la tête en l'entendant crier près d'elle.

— DEBOUT, LINDA ! RELEVEZ-VOUS ! PRÉPARONS-NOUS À LA REPOUSSER EN ARRIÈRE !

Elle avait déjà obéi quand les réacteurs, lancés à plein régime, projetèrent l'avion dans une plongée vertigineuse qui fit décoller du sol la bombe et Linda, dont les pieds battaient l'air à la recherche d'un support. Scott, qui avait réussi à glisser une semelle sous le rail, pesa de tout son poids pour faire reculer la palette. Celle-ci glissa un peu de côté, mais pas suffisamment pour dégager Jerry. Dès que Doc devrait interrompre sa manœuvre radicale, il serait trop tard.

S'il te plaît, mon Dieu, s'il te plaît ! Scott réunit toutes ses forces dans une poussée désespérée qui sembla d'abord sans succès. Et puis, très lentement, la Méduse se remit à bouger et libéra enfin les jambes du mécanicien.

Au poste de pilotage, l'estomac noué, Doc avait attendu l'ultime limite pour arrêter la chute. Quelques secondes de plus et il lui aurait été impossible de redresser. Il actionna les aérofreins, coupa les gaz et remonta le nez de l'appareil, espérant de tout son cœur qu'il leur avait donné assez de temps avec une gravité nulle pour sauver Jerry. Venu de l'arrière, un bruit sourd lui apprit que la masse d'acier venait de s'abattre lourdement sur le sol.

Tombé à genoux, Scott lança un regard inquiet à Linda, qui paraissait terrorisée, mais indemne. Ensemble ils se jetèrent près de Jerry, dont les bottines écrasées se trouvaient encore à quelques centimètres de la palette.

Une mare de sang s'était formée sous sa jambe gauche, tordue et inerte. La droite semblait aussi très atteinte, mais sans hémorragie visible.

— JERRY ? TU M'ENTENDS, JERRY ?

Le mécanicien, convulsé par la peur et la douleur, tentait de s'aider de ses coudes pour reculer le plus loin possible du monstre d'acier, vers le refuge qu'était le cockpit.

— MES... JAMBES ! parvint-il à articuler. JE NE PEUX PLUS LES BOUGER !

Vivian s'était rapprochée, chancelante à cause des turbulences, moins fortes maintenant mais continuelles.

— VENEZ, ON LE PORTE DANS LE COCKPIT ! cria Scott aux deux femmes.

Linda et Vivian le prirent par les aisselles, tandis que le pilote tentait de protéger ses jambes des chocs. Jerry criait de souffrance à chaque mouvement. A l'évidence, il devait souffrir de multiples fractures, du pelvis jusqu'aux pieds. S'ils parvenaient à échapper à la bombe, son état allait nécessiter une intervention médicale d'urgence.

Vivian ouvrit la porte du cockpit d'un coup de coude et ils le traînèrent à l'intérieur, mais son grand corps ne pouvait tenir dans un espace si réduit et ils durent laisser le bas de ses jambes dépasser dans la cabine.

Bloquant la porte, Scott montra à Vivian un compartiment dans le galley.

— ALLEZ PRENDRE LA TROUSSE DE SECOURS ! IL Y A UNE SERINGUE DE MORPHINE.

— SCOTT, IL NOUS RESTE DIX-NEUF MINUTES ! le prévint Linda.

Le pilote jeta un coup d'œil au bloc d'acier. Il était maintenant de guingois, sorti des rails, un côté de la caisse contre la carlingue. La face avant, toutefois, était parfaitement alignée devant la soute. En la soulevant et en la faisant un peu pivoter, ils arriveraient à la projeter dehors.

Son regard revint à Jerry. Il avait la gorge nouée de voir son employé, son ami, dans un tel état. Dans le cas où ils seraient contraints de tenter un amerrissage, comment survivrait-il ?

Revenue avec la trousse, Vivian déballa rapidement la seringue et lui fit une injection dans le bras, à travers une déchirure dans la manche de sa chemise. La morphine lui fit un effet presque immédiat.

Scott ferma les paupières, se forçant à retrouver sa concentration. *Il n'y a que la bombe qui compte, maintenant ! Il faut que j'arrête de penser à Jerry tant que ce ne sera pas réglé !*

Il attira Linda près de lui pour se faire entendre d'elle sans avoir à crier.

— Il va falloir que Doc refasse la même chose et incline l'avion à gauche.

— On va y arriver, à deux ? interrogea la jeune femme.

— Oui, je crois.

Il enjamba le mécanicien pour mettre Doc au courant. Avec Linda, il repartit tout de suite après vers l'arrière.

— Je vais me mettre devant à droite, vous derrière moi. Quand Doc plongera, on la fera avancer vers la porte. Dès qu'elle sera sur le roulement, je crierai pour prévenir Doc. Et quand il basculera à gauche, nous allons pousser, pousser à fond.

— SCOTT ! — C'était la voix de Doc, amplifiée par le PA. — DONNE-MOI UNE OU DEUX MINUTES POUR REPRENDRE MES MARQUES. TOUT À L'HEURE, ON ÉTAIT DESCENDUS À TROIS CENTS MÈTRES ! IL FAUT QU'ON REPRENNE PLUS D'ALTITUDE.

Scott regarda sa montre, puis Linda en train de se mordre les lèvres jusqu'au sang. Il se pencha pour lui parler à l'oreille.

— Si elle explose en touchant la mer, on est fichus. Sinon... Et si elle ne saute pas avant l'heure dite, on aura le temps de dégager. Seulement il faut faire vite, très vite.

Sans un mot, Linda tendit la main pour rajuster la courroie du pilote. Il en fit de même pour elle. Côte à côte, ils sentirent que l'avion remontait rapidement à travers les rideaux de pluie et de brouillard qui noyaient d'eau le plancher devant la soute. La dernière épreuve approchait de sa fin. Et ils ne pouvaient s'empêcher de penser que la leur aussi était proche, affreusement proche.

29

Formation de F-15, nom de code « Lycaon », 19h43

A travers le front sud de l'ouragan Sigrid, les deux F-15 lancés depuis vingt minutes à la recherche de ScotAir 50 ne ménageaient pas leurs réserves de carburant. En se basant sur les coordonnées du Boeing au moment où les deux F-16 l'avaient quitté, telles qu'ils les avaient transmises à leur unité, le chef de l'escadrille avait aisément établi une estimation de leur position, qui se trouva confirmée lorsque le retour radar du 727 apparut sur leurs écrans au moment précis où ils s'y attendaient.

Plongeant dans la tempête, les deux chasseurs se rapprochèrent de leur cible en se servant exclusivement de leurs radars, de même que l'avaient fait les F-16 auparavant. A seize kilomètres du contact estimé, ils repassèrent sous la vitesse du son, continuèrent encore et se mirent à scruter le crépuscule tourmenté, guettant la massive silhouette de l'avion-cargo.

A dix-huit minutes de l'explosion programmée, les deux pilotes étaient conscients d'accomplir là ce qui risquait d'être une mission sans retour. Même s'ils échappaient à la déflagration, ils n'auraient peut-être pas le temps d'atteindre un ravitailleur en vol.

Mais le chef d'escadrille savait aussi que ce vol plus que risqué revêtait une importance historique : il s'agissait d'éviter une catastrophe d'ampleur continentale, aux conséquences incalculables. La clé d'un dénouement heureux était d'une simplicité renversante, en apparence : il suffisait que l'équipage du Boeing tape le chiffre « 1 » sur l'ordinateur de la bombe. Mais il fallait qu'ils le fassent avant l'heure fatidique.

A bord de ScotAir 50, 19h43

Les mains posées sur le flanc de la Méduse comme s'il s'agissait d'un être vivant, Scott McKay attendait que Doc donne le signal tant attendu.

Dans le cas où la bombe ne supporterait pas le choc en percutant la surface de l'Atlantique, il y aurait une lumière aveuglante, puis ils disparaîtraient dans le néant.

Il observa la femme aux traits purs et aux beaux cheveux noirs qui se tenait debout à côté de lui, également concentrée dans l'attente du dénouement, les traits figés par la tension nerveuse alors qu'elle contemplait le vide devant eux. Elle devait certainement se poser les mêmes questions que lui à cet instant, pensa-t-il : que ressent-on face à une mort aussi atroce ? A-t-on le temps de réaliser ? Qu'y a-t-il, « après » ?

Surprenant son regard, la jeune femme plongea ses yeux dans les siens et réussit à sourire. Elle tendit une main pour la poser sur le bras de Scott et, obligée d'élever la voix pour se faire entendre, elle affirma avec conviction :

— ON VA Y ARRIVER, SCOTT...

Il lui rendit son sourire, découvrant brusquement qu'il se devait, lui aussi, de la réconforter.

— UN PEU, OUI !

De nouvelles turbulences vinrent aussitôt contredire sa proclamation optimiste. L'idée que l'un d'entre eux pourrait à son tour se retrouver sous la masse d'acier le fit intérieurement frissonner. Une question, surtout, ne cessait de l'obséder : *Comment se fait-il que nous n'ayons pas trouvé une autre solution ?*

Il revit le petit écran et le clavier dans la trappe, désormais enfermés avec le pacemaker, mais qui lui suggéraient une hypothèse lancinante : il devait forcément exister une commande permettant d'arrêter le compte à rebours et de désactiver la bombe. Un code, peut-être assez simple, que Rogers Henry aurait choisi avec la conviction que personne ne le découvrirait. Il se corrigea mentalement : non, le savant n'aurait pas pris ce risque, aussi infime eût-il été.

Mais à quoi bon avoir prévu un clavier, sinon dans le but de rentrer des instructions suivies d'effet ?

L'interphone de cabine demeurait silencieux. Il n'y avait que les hurlements du vent, de plus en plus pénibles, et le vacarme de la grêle revenue fouetter la carlingue. Pour la millième fois, il consulta sa montre. Dix-sept minutes seulement.

La conviction intime qu'une solution devait exister forcément, logiquement, mettait son cerveau en ébullition. *Et si c'était un truc bête comme chou, le nom de sa femme, ou une simple combinaison de chiffres, « 42 » comme dans « Un été 42 », « 57 » comme la sauce Heinz, « 22 » pour « Catch 22 » de Joseph Heller, ou que sais-je encore ? Il y a dix mille possibilités, il faudrait un temps fou pour les tester... Et si j'essayais, tout de même ?*

— OKAY, SCOTT, ON EST À MILLE HUIT CENTS MÈTRES ET STABLES, JE RALENTIS MAINTENANT ! — Linda releva elle aussi les yeux. Ils remarquèrent tous deux que le rugissement des réacteurs faiblissait. —

SCOTT ? JE VAIS VOUS DONNER UNE GRAVITÉ NÉGATIVE LE TEMPS DE COMPTER JUSQU'À QUATRE. ET JE RESTERAI DROIT POUR QUE VOUS LA REMETTIEZ SUR LE ROULEMENT.

Scott leva son pouce à l'intention de Vivian qui, debout à côté de la forme prostrée de Jerry, se retourna pour crier la confirmation à Doc.

Progressivement, la force de gravité s'atténuait dans la cabine à mesure que le copilote abaissait le nez du Boeing. Le cube d'acier de la Méduse frémit sur la palette. Scott posa son épaule contre la face, attendant de la sentir bouger. Après un moment interminable, elle commença enfin à céder.

— ALLEZ !

Aidé de Linda, il poussa énergiquement vers la porte. Le bas de la caisse retrouva sa place sur le roulement alors que Doc tirait un peu sur le palonnier, cabrait légèrement l'avion et remettait les gaz, ce qui immobilisa la charge.

Scott approcha ses lèvres de l'oreille de Linda :

— Ça y est ! Au prochain coup, on la jette !

Elle hocha la tête et, en éprouvant à nouveau la caresse de ses cheveux sur le visage, il eut terriblement envie de l'embrasser, pulsion qu'il trouva incongrue dans cette situation et qu'il dissimula de son mieux.

— On va pousser ensemble, de toutes nos forces, mais ne rentrez pas sur la partie gauche de la cabine. S'il faut encore pousser à ce stade, je m'en chargerai.

Il se redressa et reprit sa place, les mains à plat sur la face de la bombe, les pieds en appui contre le bord de la carlingue à l'endroit où elle rejoignait le plancher. D'un coup d'œil, il s'assura que leurs courroies n'étaient pas emmêlées ni dans le passage de la palette, mais bien arrimées aux œilletons situés à l'avant de la cabine.

Un nouveau ralentissement, une nouvelle inclinaison de la cabine. Le sort en est jeté, se dit Scott. Une fois la bombe larguée, ils ne disposeraient que de quelques minutes pour s'échapper, et chaque kilomètre vaudrait des prières.

Au loin, Vivian lui lança un regard interrogateur, le pouce levé, guettant sa réponse. Il lui répondit par le même signe et il la vit passer à nouveau sa tête par la porte afin de prévenir Doc.

Scott et Linda entendirent le PA se connecter, puis la voix de Doc :

— OKAY, SCOTT. JE COMMENCE LE MOUVEMENT À GAUCHE MAINTENANT.

Formation de F-15, nom de code « Lycaon », 19h46

Emergeant des nuées obscures, la silhouette du 727 apparut en même temps aux pilotes des deux F-15.

— Il est droit devant à, disons, deux kilomètres, avertit le chef de la formation. Tu prends mon aile gauche. On va arriver par en dessous, à gauche.

— Compris.

Leur vitesse relative d'approche était de cinquante nœuds supérieure quand ils commencèrent à mieux distinguer les contours du Boeing un peu au-dessus de leur tête. Ils remarquèrent immédiatement les dégâts apparents sur l'empennage, à droite du stabilisateur horizontal, ainsi que les câbles et les plaques de métal tordues à l'emplacement du réacteur numéro un, disparu.

— Bon sang, il a perdu un moteur !

— J'ai vu, oui. Tiens, la porte cargo à gauche est ouverte... Non, elle a sauté, elle aussi !

Les deux chasseurs prirent un peu de champ pour mieux observer le trou sur la carlingue.

— Deux ? Tu avances pour te faire voir à la fenêtre gauche du cockpit, moi je vais me rapprocher pour examiner cette porte.

A bord de ScotAir 50, 19h46

D'un seul mouvement plein de souplesse, Doc Hazzard fit basculer le 727 d'une quinzaine de degrés à gauche tout en pesant sur le gouvernail droit pour maintenir l'appareil dans sa trajectoire initiale. L'effet produit était exactement celui que Scott et lui avaient escompté : à l'intérieur de la carlingue, tout ce qui n'était pas fixé se mit à glisser vers la gauche.

— MAINTENANT ! hurla Scott.

Sous leur pression conjuguée, l'arme de Rogers Henry commença à se mouvoir vers la porte, comme avec hésitation d'abord puis de plus en plus vite. Ils continuèrent à pousser, leurs pieds cherchant furieusement une prise solide sur le plancher.

La palette déjà prise dans l'appel d'air, Scott jugea que cela suffisait. Il la lâcha et tomba sur les mains et les genoux juste au milieu de la cabine. Linda l'imita, faillit perdre l'équilibre mais parvint à rester sur ses jambes. La charge allait passer la soute maintenant. Scott lança un regard soulagé à la jeune femme. Et c'est alors qu'il vit la courroie s'enrouler autour de sa cheville.

Ses yeux suivirent la sangle dans l'autre sens. Elle s'était prise à l'angle de la palette. Il se jeta en avant pour la détacher. Sa tentative échoua de quelques centimètres.

Sentant sa jambe droite tirée en avant, Linda lutta pour trouver un appui à son pied gauche et résister à cette traction inflexible. Soudain elle tomba sur le postérieur, au milieu des rails. Scott, qui dérapait sur le métal mouillé, tentait des efforts surhumains pour se relever et voler à son secours.

Dégagée de son plateau, la charge jaillit au-dessus de l'abîme avec une secousse brutale, entraînant Linda derrière elle.

Scott s'entendit crier un « NON ! » torturé. Il avait

déjà attrapé la jambe droite de Linda, serrant dans ses doigts le tissu de sa combinaison, mais malgré sa prise elle lui échappait, ses bras s'agitant en tous sens à la recherche d'un endroit où se retenir.

Alors qu'elle se faisait engloutir par le trou béant, ses mains trouvèrent celles de Scott et s'y accrochèrent désespérément.

Dans sa chute, la bombe libéra la courroie, qui se mit à flotter dans l'air.

Scott avait maintenant les mains et les poignets en dehors de l'avion, supportant tout le poids de Linda. Mais il était lui aussi en train d'être happé par le vide. Il tenta de coincer sa chaussure derrière une roulette au plancher, mais son pied glissa. Inexorablement, le corps de Linda l'entraînait vers l'abîme.

Ses pieds battaient le sol tandis qu'il continuait à chercher un appui, sans même penser à libérer une de ses mains pour s'aider car il savait d'instinct qu'il perdrait aussitôt la jeune femme, que le vent secouait comme une feuille au-dessus du vide.

Une seconde roulette échappa à sa chaussure, une troisième et enfin, alors que Linda agrippait ses mains encore plus fort pour résister au flux de l'air, sa chaussure trouva une prise dans un guide de roulement.

Muscles bandés, Scott s'accrocha à l'avion. Le poids de la jeune femme devenait difficile à retenir. La situation semblait désespérée puisqu'il n'avait pas la force de la tracter hors du gouffre alors qu'il ne devait lui-même son salut qu'à ses doigts de pied follement crispés sur leur prise.

La Méduse avait déjà disparu sous leur aile gauche lorsque Scott entendit un choc métallique et, au même moment, crut apercevoir en contrebas un avion qui ressemblait à un F-15. Quelque part, plus loin, la forme d'un second chasseur s'était imprimée sur sa rétine mais il ne pensait qu'à Linda, et les deux images s'estompèrent dans son esprit telle une fugitive hallucination. Dans les muscles de ses bras, il sentit que la jeune femme commençait à relâcher son emprise.

Elle leva les yeux vers lui, et le message silencieux qu'il y découvrit était clair : elle était en train de se résigner à disparaître dans l'abîme.

Le 727 se redressait lentement, récupérant peu à peu sa position horizontale.

Si Doc rétablit trop brusquement, je vais la perdre, c'est sûr...

Le plus atroce, c'était qu'il avait lui-même conscience de la fatigue dans ses mains. Il allait finir par lâcher prise, lui aussi.

Formation de F-15, nom de code « Lycaon », 19h46

Le chef de la formation des F-15 se tenait à une trentaine de mètres au-dessous du Boeing, un peu en retrait de l'aile gauche, et examinait la porte cargo arrachée lorsqu'il vit le 727 basculer soudain vers lui. Se dégageant légèrement en contrebas pour éviter une collision, il chercha des yeux le deuxième chasseur, parti en avant afin d'établir un contact visuel avec l'équipage de ScotAir.

Mais qu'est-ce qu'ils fabriquent ? se demanda-t-il. Il n'avait pas remarqué ce qui se passait à la porte, mais brusquement il vit une masse se détacher de l'avion et flotter dans l'air quelques centièmes de seconde, avant de plonger droit vers lui. Un juron étranglé dans sa gorge, une brutale manœuvre à gauche, il aperçut en un éclair la lourde palette heurter la face inférieure de l'aile du Boeing et passer tout près de son chasseur avant de disparaître dans les nuages.

A peine remis de ce choc, que son coéquipier ne devait pas avoir remarqué, il reporta les yeux sur la porte cargo du 727 pour découvrir avec effarement une forme malmenée par le vent dans l'embrasure.

Un des membres de l'équipage, dont le corps dépassait presque entièrement de l'appareil !

Dès que le Boeing reprit une position normale, le pilote du F-15 se rapprocha. C'était une femme qui flottait ainsi sur le côté de l'appareil, à peine retenue par un homme agrippé tout au bord de la carlingue et dont les forces étaient visiblement en train de s'épuiser.

Il pensa approcher encore plus près afin de leur porter une quelconque assistance, mais c'était impossible, une collision aurait été inévitable.

A moins de la prendre sur ma voilure... Mais si elle rate sa prise d'un millimètre, elle se fera happer par un de mes réacteurs !

Horrifié, le major de l'Air Force maintenait son chasseur à une dizaine de mètres en contrebas et encourageait l'homme et la femme de toutes ses pensées lorsqu'une terrible révélation fusa dans son esprit : la charge qui avait failli l'atteindre ne pouvait être que cette bombe inconnue, elle percuterait la surface de l'océan dans moins d'une minute et personne ne savait ce qui se produirait alors...

Ils avaient échoué dans leur mission, à l'évidence. Pourtant il entendait son coéquipier qui insistait toujours à la radio.

— ScotAir 50, est-ce que vous me recevez sur la garde UHF ?

Pas de réponse.

Le pilote du Boeing sait-il ce qui se passe derrière ? se demanda-t-il.

L'homme essayait de remonter la passagère à bord, mais il paraissait souffrir de plus en plus. Le pilote du chasseur apercevait leurs doigts entrecroisés, crispés dans une étreinte mortelle.

Le major fut pris d'une vague de désespoir telle qu'il n'en avait jamais connu tout au long de ses années d'entraînement et de pratique : sous ses yeux, deux êtres humains étaient en train de basculer dans la mort. Et lui, malgré toutes les ressources de son appareil ultra-perfectionné, ne pouvait rien pour eux.

Vivian Henry avait tardé à croire ce qu'elle voyait se dérouler à quelques mètres d'elle. Pétrifiée d'horreur, elle ne sut que décider : se jeter au secours de Scott ou prévenir Doc ? Finalement elle choisit la deuxième option, revenant au cockpit en enjambant le corps inanimé de Jerry.

Le copilote, concentré sur sa manœuvre, ne comprit pas tout de suite ce qu'elle lui disait.

— Ils sont *quoi* ?

— En train de tomber ! Linda est dehors, et Scott... Scott la retient, mais il n'en peut plus, ça se voit ! Qu'est-ce qu'on peut faire, mon Dieu ?

L'attention de Doc fut soudain distraite par ce que ses yeux venaient de surprendre à travers la fenêtre gauche du poste de pilotage : un F-15 volant à leur hauteur ! Il en fut tellement saisi qu'il s'aperçut que Vivian repartait à l'arrière alors qu'elle était déjà à la porte.

— NON ! N'y retournez pas sans vous être attachée !

Le pilote du F-15 montrait ses écouteurs avec des gestes insistants. Doc, lui, était plongé dans les affres de l'hésitation : fallait-il à nouveau lancer l'avion en piqué ? Ce choix signifierait-il un soulagement pour Scott, ou un terrible coup ?

D'une main tremblante, il se battit avec les boutons de la radio UHF pour sélectionner le canal d'urgence et entendit immédiatement dans son casque :

— ... me recevez, ScotAir ?

— Ouais, on est là ! On a un membre d'équipage par-dessus bord !

— Je la vois, oui. Un homme la retient. ScotAir, vous avez largué la bombe ?

Doc, en une fraction de seconde, venait de prendre sa décision : *Vitesse constante, pas d'accélération ! Il faut que je lui donne une gravité presque nulle, tout doucement, alors il pourra peut-être la tirer à l'intérieur !*

— F-15, je vais descendre un peu pour l'aider à la récupérer.

Il poussa le palonnier en avant, surveillant sa vitesse.

La main gauche de Linda glissa hors de la poigne de Scott. Un instant, leurs doigts griffèrent l'air tandis que Scott raffermissait sa prise à droite, au-delà de la souffrance. Il redoutait de la perdre maintenant, pourtant leurs mains se retrouvèrent à nouveau.

Malgré l'aide précieuse que Doc lui avait apportée en stabilisant l'appareil, il se savait incapable de hisser Linda à l'intérieur. Le fragile appui trouvé par son pied ne durerait plus longtemps. Ballotté par le vent, le poids de la jeune femme devenait insupportable.

Il sentit soudain son propre corps s'alléger lorsque Doc inclina le nez du Boeing. Instinctivement, il tenta de tracter Linda vers le haut : si seulement il pouvait lui faire franchir l'ouverture...

Du même coup, l'avion avait pris de la vitesse. Le flux entraîna violemment Linda vers l'aile gauche. Elle flottait le long du fuselage. Ses mains se refermèrent désespérément sur l'air glacé.

Voyant le Boeing perdre de l'altitude, le pilote du F-15 actionna ses aérofreins et l'accompagna dans sa descente. De sa nouvelle position, il constata que le 727 perdait du carburant par une fente ouverte en dessous de l'aile gauche. Il laissa son chasseur un peu en arrière et descendit encore pour avoir une vue générale de l'avion. Le second F-15 restait en formation avec le Boeing, près du cockpit, ainsi qu'il s'y attendait.

Ce fut ce qu'il ne vit *pas* qui le frappa en plein ventre : la femme suspendue à la soute cargo avait disparu.

Linda McCoy avait compris qu'elle allait mourir. Sentant ses mains se détacher de celles de Scott, elle se voyait déjà tomber dans le vide lorsque ses pieds touchèrent une surface solide.

Balayée en arrière par le vent de la descente qui soufflait à plus de trois cent vingt kilomètres à l'heure, elle n'était pas passée sous l'aile du Boeing : celle-ci, qui arrivait plus vite que la jeune femme, l'avait cueillie sur sa face supérieure.

Par un sursaut d'énergie vitale, Linda tâtonna à la recherche d'une prise. Mais elle ne trouva rien autour sinon des plaques de métal détrempé qui glissaient sous ses doigts. Le tranchant de l'aile disparaissait devant elle tandis qu'elle partait en arrière sur le ventre.

En une fraction de seconde, pourtant, elle éprouva un choc sous les aisselles et s'aperçut qu'elle ne bougeait plus, plaquée par le vent à l'endroit où l'aile et le fuselage se rejoignaient.

La courroie ! C'était elle qui venait de la retenir in extremis, après l'avoir entraînée dehors tout à l'heure.

Elle releva péniblement la tête pour regarder de côté, distinguant les hublots de la cabine juste au-dessus d'elle. Le vent de la course était insoutenable. Elle eut l'impression qu'il allait la scalper, lui arracher les paupières.

Mais la sangle tenait toujours, solidement arrimée au plancher de la cabine. Elle l'agrippa à deux mains, essayant d'avancer contre la force incommensurable qui la martyrisait. S'aidant de ses pieds et de ses genoux, elle parvint à ramper jusqu'au bord de l'aile.

Le 727 se redressait maintenant. La pression l'écrasait, ses oreilles bourdonnaient, mais elle arriva à entrevoir l'endroit où elle avait été suspendue. Scott se tenait dans l'embrasure, arc-bouté à la courroie. Il lui jeta un regard égaré, puis disparut de son champ de vision.

Elle tenta d'évaluer la distance vertigineuse qui séparait le bord de l'aile de la soute. Plus de trois mètres. Même au sol, elle aurait été incapable d'accomplir un tel saut. Sa seule chance de salut était de glisser à bas de l'aile et de se laisser pendre à la sangle, en priant pour qu'on arrive à la hisser dans l'avion.

Impossible ! Scott n'y arrivera jamais tout seul...

A cette idée, elle ferma les yeux et reposa sa joue sur le métal, fouettée par une averse aussi soudaine que brève. Quelque part à gauche, elle perçut un éclair et un coup de tonnerre. Elle pensa à la bombe, à la destruction finale. Mais ce n'était que la foudre.

Je vais mourir ici !

Elle plongea dans une détresse sans fond. Même si la courroie ne cédait pas, elle ne résisterait pas longtemps face au vent.

Après une seconde de stupeur lorsqu'il avait compris que la jeune femme s'en allait, Scott avait senti son cerveau se remettre follement en route quand il avait découvert qu'elle était plaquée sur l'aile gauche, retenue par la courroie. Un unique recours lui était apparu, aveuglant : l'issue de secours ouvrant sur l'aile.

Il s'y précipita, se rendant compte à cet instant qu'il ne s'en était jamais préoccupé depuis que le Boeing avait été transformé en avion de transport. Serait-elle encore en état de marche ? Si oui, c'était l'unique moyen de sauver Linda.

Le visage collé au hublot, il l'aperçut en contrebas, ou plutôt ses vêtements, incroyablement gonflés par le vent de surface. Avec une courte et silencieuse prière, il pesa sur le levier, en position ouverte.

La porte obéit. D'un seul geste, il la tira à lui et la projeta de côté. Elle s'écrasa bruyamment sur le plancher métallique, en plein milieu de la cabine.

A quinze mètres sur le côté, le chef de la formation des F-15 appela le second appareil sur sa fréquence.

— Oui, ici Deux.

— Appelle sur la touche cinq, le QG. Demande-leur d'envoyer le ravitailleur vers l'est à notre rencontre, niveau deux-cinq-zéro. Qu'il se rapproche le plus possible de nous. Avec une altitude et une vitesse pareilles, on va se retrouver réservoirs à sec.

— Compris.

Rejoint par le deuxième F-15, il repassa sous le Boeing, en arrière, afin d'examiner leur fuite à gauche. Alors qu'ils remontaient un peu, ses yeux se posèrent sur l'aile du 727 et ce qu'ils y découvrirent lui coupa la respiration. Son doigt était déjà sur le bouton de transmission.

— ScotAir, ScotAir ! La femme est accrochée à votre aile gauche, à la jointure ! J'ai cru qu'elle était tombée tout à l'heure, mais non, elle est là ! Elle tient ! Reçu ?

— Compris.

Suffoqué par la nouvelle, aucunement en mesure de savoir si Scott était lui aussi au courant, Doc se jeta sur le micro du PA. Sa voix retentit aussitôt dans toute la cabine.

— SCOTT ! LINDA EST ACCROCHÉE À L'AILE GAUCHE ! LE PILOTE DU F-15 L'A VUE !

Scott avait déjà passé le torse à travers l'issue de secours, résolu à ne pas perdre un instant : sur cette portion de l'aile, il en était conscient, Linda n'avait rien à quoi se raccrocher, sinon la courroie que le bord coupant de la porte était en train de taillader toron par toron.

Elle était là, juste un peu plus bas, couchée à plat ventre, les yeux clos.

Scott étendit ses jambes au maximum pour s'assurer une stabilité optimale, se pencha dehors et saisit la jeune femme par les épaules.

Elle releva la tête d'un mouvement brusque, stupéfaite par ce contact auquel elle ne s'attendait aucunement, regarda l'issue de secours et le pilote dont les mains cherchaient la boucle que formait la sangle autour de sa poitrine. Au moment même où Scott entreprenait de la tirer vers lui, la courroie céda à l'avant, bondit dans le flux d'air et se mit à battre en tous sens derrière eux.

En la voyant claquer dans le vent, Linda comprit instantanément : plus rien d'autre ne la retenait à l'avion que l'étreinte de Scott. Elle s'efforça de l'aider en se rapprochant de l'issue de secours, mais elle était frigorifiée, engourdie. Son compagnon commençait lui aussi à souffrir du froid, d'autant qu'il devait se pencher de côté pour la tenir puis faire pivoter son torse afin qu'elle passe par l'ouverture, en équilibre instable hors de l'avion.

Une forte averse l'aveugla momentanément. Il raffermit sa prise, parvenant à la tracter vers l'issue centimètre par centimètre, entourant maintenant sa taille. Les cheveux de la jeune femme dans sa figure, il réussit à la faire entrer à moitié dans la carlingue tandis que les jambes de Linda fouettaient désespérément l'air à la recherche d'un appui.

Reculant progressivement, il l'aida à trouver l'embrasure de ses mains, sur lesquelles elle se propulsa pour achever son entrée dans la cabine, si fort qu'elle percuta Scott et qu'ils se retrouvèrent tous deux au sol, côte à côte, les membres entremêlés.

Il la serra dans ses bras, soutenant sa tête dans ses mains. Et elle l'étreignit aussi, d'abord incapable de parler, frissonnante, claquant des dents, avant de hoqueter d'une voix rauque :

— Scott... Merci, merci. J'ai cru...

— Je sais !

— Elle n'a pas explosé !

— Comment ? s'étonna-t-il, ne voyant pas de quoi elle voulait parler.

D'une main tremblante, elle essuya la pluie sur le front du pilote. La gorge brûlée par le froid, elle éprouvait des difficultés à s'exprimer et, comme elle aurait été incapable de crier, elle pressa ses lèvres contre l'oreille de Scott pour murmurer :

— La Méduse. Il ne s'est rien passé.

— Oui ! Plus on sera loin, mieux ce sera. Si son horloge marche toujours, il nous reste quelques minutes.

Avec un haut-le-cœur, il se rendit compte que le bout de courroie encore attaché à Linda flottait à travers l'ouverture, comme s'il essayait toujours de l'entraîner au-dehors. Il le détacha en hâte avant de l'aider à se remettre debout. Elle arrivait à peine à bouger, ses jambes pesaient du plomb. Scott passa un bras autour de sa taille. Il la porta à moitié jusqu'au cockpit.

30

A bord de ScotAir 50, 19h52

— Il a ramené Linda ! annonça Vivian, des larmes dans la voix.

Doc se retourna pour lui jeter un regard incrédule.

— Ils sont sains et saufs tous les deux ?

— Oui, réussit à articuler Vivian, étranglée par l'émotion.

Doc amorça une légère remontée. Il venait de se rappeler la présence du F-15 à la gauche du Boeing lorsque le pilote du chasseur l'appela sur la radio.

— ScotAir, vous pouvez me répondre, maintenant ?

— Ouais, je suis là.

— Je dois savoir si vous avez bien largué la bombe, ScotAir.

Doc observa rapidement Vivian, qui s'était approchée de la porte du cockpit.

— Oui, tout à fait.

— ScotAir, ici Lycaon Un, intervint l'autre F-15. Je vous informe que vous avez une fuite de carburant à l'aile gauche. A peu près au tiers de l'aile, en partant de la jointure. Une déchirure à l'avant de la face inférieure, visiblement. Ça coule tout le temps.

Oh, merde ! s'exclama Doc en lui-même tout en se tordant le cou pour consulter les jauges sur la console de Jerry. De sa place, il n'arrivait pas à distinguer correctement la position des aiguilles.

Il pivota encore pour appuyer sur la touche de transmission.

— Ça paraît très mauvais, Lycaon ?

— Ça coule vraiment, vraiment fort, ScotAir. — Doc l'entendit marquer une pause avant de contacter son coéquipier. — Lycaon Deux, merci de me rejoindre sur mon aile droite.

— Compris, Un.

Doc réfléchissait rapidement. La bombe avait été éjectée et n'avait pas encore explosé. C'était une bonne chose, c'était fantastique, même ! Cela signifiait qu'il leur restait une chance. Il lui tardait de voir Scott réapparaître à côté de lui.

Il se mit à virer vers l'ouest. Avec deux réacteurs seulement et ce qu'il avait escompté en carburant, il avait d'abord pensé rejoindre la côte de Caroline du Sud. Mais maintenant que le réservoir numéro un fuyait, ils allaient se retrouver à sec au-dessus de l'océan.

C'est la palette de la bombe qui a dû esquinter l'aile, raisonna-t-il. En tout cas, qu'est-ce qui nous attend ? Un amerrissage en plein ouragan, sans canots de sauvetage, avec un appareil ouvert de partout. Très réjouissant !

— ScotAir, quelles sont vos intentions ? insista le chef de la formation de F-15.

— Euh, Lycaon, écoutez, avec une fuite on ne va jamais y arriver. Je me dirige vers la côte mais je crois... je crois qu'on va être forcés de tenter un amerrissage.

— Compris, ScotAir. On va rester avec vous tant qu'on pourra.

En un éclair, Doc se rappela qu'il pouvait limiter la fuite en transférant le carburant restant dans un autre réservoir. Il brancha le pilote automatique et se dégagea suffisamment de son harnais pour se retourner sur son siège et tendre la main vers les commandes des valves d'alimentation sur la console de Jerry.

Trop tard. La jauge indiquait que le réservoir numéro un était pratiquement vide.

Son regard se posa sur le visage exsangue de Jerry.

— Comment ça va, vieux ?

En entendant la voix de Doc, le mécanicien battit des paupières et ouvrit les yeux.

— Aaah... Avec la morphine, je... je souffre moins. Mais ça fait très mal, Doc !

— Tiens le coup ! lança le copilote en se rejetant dans son siège, l'esprit assailli par des dizaines de questions.

En cas d'amerrissage, de quelle hauteur seraient les vagues ? Pouvaient-ils amerrir près d'un navire ? Comment en trouver un, d'ailleurs ?

En apercevant les F-15 par le pare-brise, il comprit qu'il avait négligé un recours possible.

— Lycaon Un, ici ScotAir. J'aurais besoin que vous m'aidiez.

— Allez-y, ScotAir.

— Vous pourriez nous trouver un bateau, qu'on amerrisse près de lui ?

A bord d'Air Force One, 19h52

A une minute d'intervalle, l'avion de la présidence américaine reçut deux nouvelles de nature très distincte : la première était que l'ouragan Sigrid avait fait dérailler un train de passagers à la sortie de la gare principale de Washington ; la seconde, que les F-15 avaient enfin retrouvé le Boeing de ScotAir.

Rassuré quant au bilan du déraillement — quelques blessés légers —, le Président indiqua d'un geste qu'il voulait se concentrer entièrement à sa liaison directe avec le Pentagone.

— Ils ont le contact radio avec eux, alors ? Ils ont pu leur donner le code ?

— Non, monsieur le Président, expliqua le général de l'Air Force qui occupait l'écran, les chasseurs sont arrivés à sa hauteur quand ils avaient déjà largué la bombe. Elle est dans l'océan, maintenant.

— Et elle n'a pas explosé ?

— En tout cas, pas pour l'instant. Il est très possible

que son enveloppe ait résisté à l'impact et qu'elle soit en train de terminer son compte à rebours. Dans ce cas, la déflagration se produira à l'heure H.

— Oui... Mais comment diable ont-ils réussi à éjecter un machin pareil d'un 727 ?

— D'après nos informations, ils ont sacrifié leur porte cargo, qui leur a arraché un réacteur en partant.

— Ah ! Général, vous avez dit qu'elle peut encore exploser, mais là je n'arrive pas à comprendre. A quelle altitude étaient-ils lorsqu'ils l'ont jetée ? Enfin, du temps où je volais sur C-141, il m'est arrivé de larguer des charges en vol, mais si jamais un parachute ne s'ouvrait pas la palette était réduite en miettes !

L'officier supérieur eut une mimique embarrassée.

— Nous n'en sommes qu'aux suppositions, monsieur le Président. On nous a dit que la chemise de la bombe était hermétiquement scellée, en acier. Il n'est pas impossible que le choc ait seulement déconnecté l'alimentation du système de détonation. Si c'est ce qui s'est passé, c'est qu'elle est neutralisée et nous, nous sommes tirés d'affaire.

— Ce qui signifie que vous voudriez que la Navy aille la récupérer, c'est cela ?

Le général étudia l'expression du chef de l'Etat : elle n'était pas commode.

— Oui, monsieur... Je pense que oui, si c'est le cas.

— Dans combien de temps le saurons-nous ?

— Dans neuf minutes, monsieur le Président.

A bord de ScotAir 50, 19h54

Soutenue par Scott et Vivian, Linda McCoy contourna Jerry, toujours allongé au sol, et se laissa tomber sur le siège rabattable. Avant de reprendre son poste, Scott attacha la jeune femme et posa un manteau sur ses épaules. Comme les jambes du mécanicien les empêchaient de fermer la porte, un froid pénible régnait dans le cockpit et le bruit était presque aussi épouvantable que dans la cabine.

Vivian venait juste de resserrer la ceinture de sécurité qu'elle avait improvisée pour mettre Jerry à l'abri des turbulences et de s'asseoir en biais dans l'autre strapontin quand une voix masculine, tendue et insistante, s'éleva des haut-parleurs.

— ScotAir 50, je répète, ScotAir 50, ici USS *Eisenhower.* Vous m'entendez ? A vous.

Doc baissa les yeux sur le poste UHF, les sourcils froncés.

— Il appelle sur la fréquence de détresse. Je viens juste de la rebrancher !

— Je me demande depuis combien de temps il essaie de nous joindre...

— Eh bien... — Le copilote montra du doigt les deux F-15 qui continuaient à les suivre en formation. — J'ai demandé à nos potes, là, de nous trouver un bateau près duquel on pourrait amerrir. C'est peut-être la réponse...

Scott avait déjà empoigné le micro lorsqu'il s'arrêta, interloqué.

— Comment ça, « amerrir » ? C'est ce que tu as dit, Doc ?

— On n'a pas d'autre choix, Scott.

— Mais pourquoi ? Bien sûr que si ! Tu es devenu dingue ou quoi ? Bon sang, on n'a pas de canots, on a un trou comme ça dans la carlingue et toi tu...

— Scott ! — Par-dessus son épaule, Doc désigna de son pouce recourbé la direction de leur aile gauche. — Nous avons un gros problème. Plus assez de carburant. — Ouvrant de grands yeux, Scott l'écouta lui donner toutes les informations sur l'avarie au réservoir numéro un. — Je ne comprends pas quand ça s'est produit. Je n'ai pas senti de choc.

— Moi, si, mais à ce moment-là j'étais pas mal

occupé... — D'un ton altéré, il souffla à son copilote : Tu sais, nous n'avons aucune chance de nous en tirer, avec un amerrissage.

Tout en parlant, il fixait des yeux exorbités sur les jauges devant lui. Puis il se retourna d'un bloc vers la droite pour examiner celles de la console de Jerry. Plongé dans de rapides calculs, il finit par reporter un regard désespéré sur Doc en se renfonçant dans son fauteuil.

— Tu... tu as raison, oui. Quoi qu'on fasse, on n'a plus assez de jus.

— Le maximum qu'on puisse faire, c'est de se rapprocher à quatre-vingts kilomètres de la côte, et encore, en étant optimiste...

Scott eut un léger soubresaut en entendant la radio crachoter à nouveau.

— ScotAir 50, je répète, ScotAir 50, ici USS *Eisenhower*. Vous m'entendez ? A vous.

Tout en sélectionnant la bande UHF pour l'entrée de son micro, Scott lança à son copilote :

— Ce nom, ça ne te rappelle rien ? — Devant l'air perplexe de Doc, il reprit : Mon rafiot, dans le temps. Le porte-avions nucléaire sur lequel j'étais affecté il y a encore un an. Ils ont tout, tout ce qu'il faut : équipement de sauvetage, hélicoptères... Même un hôpital de bord. — Enfin, passant au micro : USS *Eisenhower*, ici ScotAir 50, qui vous reçoit cinq sur cinq.

— D'accord, mais ils sont où, exactement ?

— On va le savoir tout de suite.

Après un blanc, la voix répondit avec animation :

— Ah, ScotAir 50, nous aussi on vous reçoit au poil ! J'ai un message urgent pour vous. Vous devez vous rendre immédiatement devant le clavier de la bombe et taper le chiffre « 1 », puis « enter ». Ça devrait suffire à la désactiver. Ensuite, faites-nous un rapport. Mais allez-y, allez-y tout de suite ! Ceci est une consigne transmise par le Pentagone. J'attends.

— Quoi ? Qu'est-ce que cette histoire ? interrogea Doc, qui avait vu Scott se raidir et devenir blanc comme un linge tout en secouant la tête d'un air navré.

— Oh, je le savais, Doc... Quelques secondes avant de la larguer, j'y avais pensé, je m'étais dit qu'on pouvait la désactiver. Mais le code, lui, je ne le connaissais pas !

— ScotAir, vous m'avez bien compris ? insista l'opérateur de la Navy.

— La bombe n'est plus là, répondit Scott, la gorge nouée. Nous l'avons larguée il y a à peu près dix minutes.

Soudain le pilote du premier F-15 intervint sur la même fréquence :

— Euh, ScotAir, pardon de me mêler à votre conversation mais nous étions porteurs de ce message, nous aussi, seulement nous sommes arrivés trop tard...

Il y eut un long silence radio, finalement rompu depuis le porte-avions.

— ScotAir, ici USS *Eisenhower.* Donc, la bombe a été larguée... Est-ce que nous pouvons vous être utiles en quoi que ce soit ?

Scott étouffa un juron et roula des yeux furieux en appuyant sur le bouton de transmission.

— Un peu, oui ! Merci de me donner votre position exacte, *Eisenhower.* Si vous n'êtes pas trop long, on risque de devoir aller à la baille le plus près possible de vous. Autrement, il va falloir que vous montiez une intervention de sauvetage.

Une autre voix — celle d'un des officiers de quart, supposa Scott — se fit entendre :

— ScotAir, ici *Eisenhower.* Répétez, s'il vous plaît.

Scott s'exécuta, bouillant d'impatience alors que son interlocuteur tardait à répondre.

— Euh, ScotAir, et si vous nous donniez d'abord

vos coordonnées, vous ? Et aussi votre vitesse, altitude et cap ?

Doc allait exploser en imprécations mais Scott, les yeux rivés sur les indications affichées par l'ordinateur de bord, lui fit signe de se taire.

— Nous sommes actuellement à trente-trois degrés, quarante-cinq virgule quatre-vingt-cinq minutes nord, soixante-treize degrés, quarante et une virgule zéro-une minutes ouest. Nous volons à trois mille six cents mètres, cap deux-six-zéro magnétiques, à une vitesse de deux cent dix nœuds. Bon. Et maintenant, vous, comment on vous trouve, les gars ? — Sans relâcher tout de suite la touche de transmission, il se tourna rapidement vers Doc. — Ils vont demander l'autorisation du commandant avant de nous donner leur position. Et encore, ce sera peut-être seulement des vecteurs.

— Ah, raisons de sécurité, c'est ça ?

— Voilà.

Une trentaine de secondes s'écoulèrent.

— Okay, ScotAir, prenez le cap un-huit-cinq et gardez la même altitude.

Scott entra les nouvelles coordonnées de vol, fit un signe d'approbation à Doc qui virait déjà au sud et reprit l'échange radio.

— Compris, *Eisenhower*. Prévenez votre chef de pont que j'ai l'intention de tenter un amerrissage en vue de votre navire et que nous aurons besoin de secours immédiats. Nous sommes cinq personnes à bord, dont un grièvement blessé aux jambes, une autre nécessitant assistance cardiaque d'urgence.

— Euh, ScotAir, on a des vents à cent trente et quelques ici, et des creux de neuf mètres. Le chef de pont dort. Le pont est fermé, d'ailleurs : rien ne décolle de chez nous avec un temps pareil, pas même les hélicos !

Scott ferma les yeux un bref instant avant de se reprendre.

— Okay, *Eisenhower*, je vais être très clair. Vous êtes l'officier de quart, hein ?

— Affirmatif.

— Bien. Nous avons un réacteur en moins, une fuite de réservoir, un empennage amoché, et plus de porte cargo. Nous disposons d'un total de zéro, je répète, zéro canot. Vous me suivez ? Il y a des gilets de sauvetage pour nous cinq, mais le blessé n'est pas en état de nager, même avec. Avec la mer dont vous me parlez, j'ai peu de chance d'éviter de planter une aile et de capoter. En admettant que le zinc n'explose pas, il va couler à pic, avec le trou gigantesque que nous avons à gauche. Au cas où vous n'auriez pas compris, je vous parle d'un 727, ici, pas d'un hydravion dernier modèle ! Je résume ? Sans hélicos pour nous repêcher au plus vite, nous sommes fichus. Auriez-vous l'obligeance de passer le mot au pacha ?

— Compris, ScotAir.

— Votre commandant, c'est le même que l'an dernier ?

— Affirmatif.

— Alors dites-lui que le capitaine de corvette Scott McKay a urgemment besoin de son aide.

Un silence.

— Vous êtes de la Navy... mon capitaine ?

— Passé dans le cadre de réserve il n'y a pas longtemps. VF-142. Mon nom de code, c'était Tigger.

— Compris, Tigger, je répercute.

Scott rencontra les yeux de son ami, où se lisait une surprise très ironique.

— Oui, quoi ?

— Tigger ? C'est comme ça que tu t'appelais, Tigger ?

— Ouais, Tigger. Quand j'ai débuté, je rebondissais pas mal aux atterrissages, alors on m'a surnommé Tigger, tu vois, la queue comme un ressort... Pourquoi, ça te pose un problème ?

Il avait voulu prendre un ton railleur, mais le cœur n'y était pas.

— Non..., protesta Doc, qui luttait contre une forte envie d'éclater de rire.

Ils restèrent quelques secondes sans parler.

— Mais ? reprit Scott.

— Mais quoi ?

— Tu allais ajouter un « mais ».

— Non, non. Simplement, je commence à mieux comprendre ton style d'atterrissage.

Après un sourire un peu forcé, Scott se replongea dans ses pensées. Doc, absorbé par ses commandes, le surveillait du coin de l'œil et luttait pour ne pas se laisser aller à l'angoisse qui le rongeait.

Sur la nuque de Scott, il y eut le frôlement d'une mèche de cheveux mouillés. Linda lui parlait à l'oreille, la voix cassée, encore sous le choc.

— Un amerrissage, Scott, on peut s'en sortir ?

Il se retourna en essayant de faire bonne figure.

— On... on a une chance. Si on ne se retourne pas, le problème essentiel sera d'évacuer assez vite avant que l'avion coule.

— Mais on n'est pas certains de ne pas capoter, c'est cela ?

Il chercha ses yeux, sans articuler la réponse, évidemment négative. Linda posa la main sur son épaule.

— Dommage... — Elle s'éclaircit à nouveau la gorge. — Dommage qu'on ne puisse pas se poser sur le porte-avions, directement.

Il prit sa remarque très au sérieux.

— Non, Linda, c'est impossible. Notre envergure est beaucoup trop importante. Même s'ils arrivaient à dégager le pont arrière dans les temps, notre aile droite emporterait les superstructures du bateau et on finirait dans l'océan, en flammes...

L'officier de quart se manifesta à la radio.

— ScotAir ? Ici l'*Eisenhower*. Le pacha dit qu'il va nous mettre sous le vent pour permettre aux hélicos de décoller. On met au point un plan général pour vous, Tigger. Il faudrait que vous gardiez le même cap et que vous descendiez à mille cinq cents mètres, maintenant.

— Compris. Et merci, du fond du cœur ! On descend à mille cinq cents.

Surveillant l'écran du radar, Doc entama la descente en obliquant légèrement à gauche pour éviter une nouvelle masse orageuse.

A son tour, Vivian Henry se pencha vers Scott. Elle tapota le bras du pilote.

— Scott ?

— Oui ?

— Combien de temps jusqu'à la fin du compte à rebours ?

— Euh, c'est Doc qui gardait l'œil là-dessus...

— Un peu moins de deux minutes, Vivian, annonça le copilote en consultant sa montre-chronomètre. Si le système est toujours intact, évidemment.

— Et est-ce qu'on est... assez loin ? demanda Linda en faisant un geste vers l'arrière.

— Je ne sais pas, avoua Doc. On s'est éloignés de presque cent kilomètres, à ce point. Mais enfin, ce machin a peut-être été mis hors d'état en touchant la mer !

Linda remarqua l'air dubitatif de Vivian.

— Vous n'y croyez pas, Vivian ?

— Je... Ecoutez, Rogers n'avait certainement pas prévu que son prototype allait être largué d'un avion, mais il l'avait initialement conçu pour résister pratiquement à tout. S'il a respecté sa conception de base, la Méduse n'a pas été abîmée.

— Je ne saurais pas dire, Vivian, reconnut Doc en soupirant. Ce qui est certain, c'est qu'elle a percuté l'eau à, disons, cinq cent soixante kilomètres à l'heure, vitesse terminale...

Vivian écoutait à peine. Après un instant de réflexion, elle poursuivit :

— Pour moi, la question n'est pas là, Doc. La question, c'est : est-ce que vous arriverez à piloter cet avion sans outil informatique, tous les deux ?

31

Passerelle de l'USS Eisenhower, *19h59*

Avec sa fougue coutumière, le commandant du gigantesque porte-avions nucléaire entra dans le centre névralgique du navire en se faufilant entre les rangées d'ordinateurs, d'écrans et d'appareils ultrasophistiqués. Sans même laisser à ses yeux le temps de s'habituer à la semi-obscurité qui régnait à la passerelle, il lança adroitement sa casquette galonnée d'or, qui atterrit juste en face de l'officier d'action tactique, ou TAO dans le jargon de la marine de guerre américaine. Personne n'avait eu le temps d'annoncer, conformément à l'usage, l'arrivée du seul maître à bord après Dieu.

Posant une main robuste sur l'épaule du TAO, il désigna du menton un des écrans radar.

— Montrez-moi sa position actuelle. Et l'endroit où il a largué cette satanée bombe.

Le TAO s'exécuta, pointant aussi trois signaux clignotants qui descendaient vers le navire depuis le nord.

— Ici, le Boeing et les deux F-15, qui sont maintenant à environ cent dix kilomètres. Le largage de la bombe a eu lieu à peu près au double de cette distance, au nord aussi. Nous allons être alignés sous le vent dans trois ou quatre minutes, commandant. On va faire monter deux hélicos, le temps d'obtenir un vent de pont pas supérieur à quarante nœuds. Euh, commandant... Ils s'attendent toujours à une explosion ?

Son supérieur haussa les épaules.

— Personne ne sait vraiment. Pour ma part, je soupçonne fortement ce truc d'être une arnaque, de bout en bout. Cette onde de la Méduse dont ils parlent maintenant, je n'ai jamais eu le moindre briefing dessus. Et qu'un professeur Nimbus soit arrivé à assembler une arme pareille chez lui, tout seul, ça me paraît plus que loufoque !

— Mais la thèse officielle, c'est qu'il s'agit d'une vraie bombe, commandant ?

— Ouais... Le Pentagone en est convaincu, oui... En tout cas, si elle explose pour de bon, elle doit être à trois cents mètres sous l'eau à l'heure qu'il est, minimum, et ça suffira à protéger la côte. Nous, par contre... Eh bien, si c'est moi qui me trompe, nous allons avoir l'occasion de vérifier à quel point nos bâtiments sont protégés contre les perturbations électromagnétiques.

Le TAO médita ces réflexions, puis toussa discrètement.

— Commandant, d'après ce que j'ai compris, le pilote de ce Boeing, vous le connaissez personnellement ?

— Mr. McKay ! — Le « pacha » eut un petit rire amusé. — Bon élément, bon officier même si pilote... et redoutable sur le terrain de handball. Voilà ce que je connais de lui. Normalement, les acrobates du palonnier, je ne fréquente pas trop. Mais lui, il était le seul de tout le bateau que je n'ai jamais pu battre au hand !

Amusé, le TAO le regardait reprendre sa casquette

lorsqu'un phénomène étrange se produisit. Une brusque chute de tension, qui fit vaciller tous les écrans autour d'eux, suivie du bruit que faisait le système de conditionnement d'air en ralentissant.

— Mais... C'est quoi ? s'exclama le TAO.

Le commandant vit les radars et les ordinateurs se brouiller tandis que la vaste carte vidéo projetée contre une cloison s'éparpillait en une myriade d'images incohérentes.

— Merde, merde !

— Quoi, commandant ?

Le TAO finit par comprendre ce que signifiaient ces bips affolés et ces écrans en train de mourir : tout leur système informatique était devenu fou.

— Oh, merde ! murmura-t-il à son tour.

Ils avaient dit vrai, alors !

A bord de ScotAir 50, 20h01

Dans le cockpit du Boeing, Doc et Scott avaient sursauté ensemble à la plainte aiguë qu'émettaient leurs installations électroniques soudain touchées à mort. Et un frisson glacé les avait parcourus lorsque l'effrayante réalité s'était imposée à eux.

Dehors, il y eut un éclair d'une intensité surnaturelle, la foudre peut-être, et aussitôt le radar s'enflamma de rayonnements violents avant de devenir noir. L'écran de l'ordinateur de bord, lui aussi, s'était brusquement éteint.

Au moment même où Doc, sidéré, constatait que sa montre digitale n'indiquait plus aucun chiffre, deux des générateurs d'électricité se mirent hors tension, ne leur laissant plus que la faible lumière fournie par les accumulateurs.

— Panne d'alimentation, annonça Scott. Reste aux commandes, Doc ! Je vais voir sur la console de Jerry.

D'un bond souple, il s'arracha de son fauteuil et se faufila devant les cadrans du mécanicien de bord. Celui-ci ouvrit les yeux, essayant de comprendre pourquoi Scott s'escrimait sur les disjoncteurs du générateur numéro deux.

— Les accus flanchent aussi, Scott ! cria Doc. Je n'ai presque plus de jus !

— Attends !

Le poste de pilotage fut plongé dans une pénombre irréelle, traversée par les palpitations affolées des plafonniers de secours. Soudain, la lumière revint. Scott avait replacé en position l'interrupteur du deuxième générateur.

— J'en ai un qui marche de nouveau !

Il essaya de relancer le numéro trois et de le brancher en parallèle avec l'autre. Le disjoncteur refusa de reprendre sa position. Scott essayait de ne pas penser aux questions qui l'assaillaient : si la Méduse était la cause de tout cela, y avait-il eu une onde de choc, aussi, puisqu'il s'agissait d'une bombe atomique ? Et la radioactivité ?

Le disjoncteur principal du numéro trois se réenclencha enfin. Scott se hâta de réalimenter tous les circuits avant de lancer à Doc un « Ça tient ! » étranglé et de regagner son siège. Le résumé que lui fit Doc était accablant.

— Plus de radar, plus de pilote automatique, sans doute plus de radios, je ne les ai pas essayées.

Scott jeta un coup d'œil aux deux F-15, toujours à leur hauteur. Il pouvait apercevoir les deux hommes penchés sur leurs tableaux de bord, visiblement en proie aux mêmes difficultés qu'eux. Il s'assura que son micro était toujours connecté à la radio UHF.

— Lycaon, ici ScotAir. Vous nous entendez, les gars ? Est-ce que vous avez des problèmes d'équipement électronique, vous aussi ?

Il vit le casque du chef d'escadrille se relever.

— Affirmatif, ScotAir. — Les parasites, qui rendaient sa voix pratiquement inaudible, diminuèrent peu à peu. — Eh, je crois que c'est votre bombe qui vient de péter ! Mon ordinateur est HS, ici.

— Scott...

Les yeux de Doc étaient fixés sur le tableau en face de lui.

— Oui, quoi ? s'exclama Scott en suivant son regard.

— Il ne se repère plus. L'ordinateur délire complètement !

Scott examina l'écran informatique sur la console centrale, ainsi que le système de navigation inertielle. Tous deux affichaient une succession lancinante de chiffres inutiles.

— N'essaie pas de brancher le pilote automatique là-dessus, commanda-t-il.

— Pas de problème, répliqua Doc. D'ailleurs, il ne marche pas.

— Garde le cap un-huit-zéro tant qu'on n'aura pas reparlé à l'*Eisenhower*. Heureusement, il nous reste les instruments de base, compteur, altimètre... — Ils demeurèrent un instant sans parler, les yeux perdus dans le vide, puis Scott continua, presque en chuchotant : Mon Dieu, alors c'était vrai. Pendant tout ce temps, on a trimbalé une *vraie* bombe nucléaire...

— Moi non plus, je n'arrivais pas y croire entièrement, confia Doc, le visage cendreux. Bon, tu vas les appeler ?

— Quoi ?

— Le navire. Tu les appelles ?

— Ah oui...

Il porta le micro devant ses lèvres, passa sur la fréquence VHF et lança la transmission.

Pas de réponse.

Il essaya encore.

Toujours rien.

Il composa la fréquence de détresse sur l'une des deux radios de série, sans résultat.

— Doc, la VHF est morte.

— Mais pas l'UHF ?

— Non. Pourquoi ?

— Tu l'avais achetée au surplus de l'Air Force, non ?

— Ah, tu as raison ! J'avais oublié. C'est du matériel militaire, donc protégé, certainement.

— Oui, et c'est à mon avis le seul truc électronique qui fonctionne encore.

— Mais comment va-t-on faire pour retrouver l'*Eisenhower* sans instruments de navigation ?

— Pas la moindre idée. L'Atlantique, c'est grand... Si le radar marchait, on aurait pu les repérer à la surface. Dis, Scott, et si tu demandais de l'aide à nos copains ?

Scott réagit sur-le-champ.

— Lycaon, notre radar est nase. Et les vôtres ?

— Aussi, mais on essaie de les faire repartir.

— Vous êtes en contact avec votre PC ?

— Pas encore.

— Bon, on se disait que vous pourriez peut-être nous aider à repérer l'*Eisenhower*, parce que nous...

Scott entendit le pilote du F-15 prendre sa respiration.

— Euh, ScotAir, j'allais justement vous demander la même chose... On commence à être très juste en carburant, vous comprenez ? — Nous, les aider, avec ce zinc devenu sourd et muet ? pensa Scott, mais le chasseur enchaînait déjà : Non, excusez, je faisais du mauvais esprit ! Mais si nous ne trouvons pas une station d'essence volante d'ici trente minutes, on va être mal...

Passerelle de l'USS Eisenhower, *20h03*

Progressivement, les écrans du centre de contrôle reprenaient leur aspect normal.

— Où on en est, chef ? demanda le « pacha » au responsable de quart.

— Retour à la normale sur la plupart des équipements, mon commandant. On a encore quelques antennes qui ne répondent pas là-haut, et un radar. Mais les communications satellite ont repris. On vient d'avoir la confirmation orbitale de l'explosion, à ce propos.

— Monsieur Wilson ?

— Oui, mon commandant ? répondit un des officiers présents.

— Il est temps d'informer notre état-major. Transmettez au QG ce qui vient de nous arriver, voulez-vous ? Dites aussi qu'on prépare une opération de sauvetage pour l'avion de ligne... s'il existe toujours. Chef, les radios remarchent, on peut les appeler ?

— Oui, mon commandant, confirma le chef de quart en lui montrant un des microphones articulés, dont il s'empara aussitôt.

— Leur code, c'est ScotAir 50, exact ?

— Oui, mon commandant.

— ScotAir 50, ici l'USS *Eisenhower*, vous me recevez ? A vous.

— Cinq sur cinq, *Eisenhower*, grâce à Dieu !

— Commandant McKay ? Ici le skipper.

— Oh, bonsoir, commandant. Merci de nous venir en aide.

— Alors, Scott, il semble que votre petit colis a fini par sauter, hein ? Pas trop de dégâts chez vous ? — Le pilote lui fit un bref compte rendu. — Okay, je vais vous passer au chef de pont dans un moment. Il va vous donner vos vecteurs et se mettre d'accord avec vous. On va rester sous le vent pendant que vous amerrissez, autrement les hélicos ne pourraient pas sortir. C'est déjà limite, question météo.

— Compris, commandant.

— Bonne chance.

Abandonnant le micro, le « pacha » se tourna vers l'officier en charge de l'escadron de F-14 embarqué, qui venait d'arriver sur la passerelle.

— Alors, Bill, qu'est-ce que vous leur donnez, comme chance ?

— Eh bien, très franchement, Tigger est un bon pilote mais ce sera un miracle si on en récupère ne serait-ce qu'un de vivant. Il y a des creux épouvantables, vous savez.

— Ça se présente si mal ?

— S'ils ne cassent pas au contact, je serai étonné. Il faudrait qu'il arrive à attraper une crête avec une précision inouïe pour se laisser aller sur la vague, mais même dans ce cas, avec la soute cargo ouverte, ils vont couler à pic.

— Vous me dites que c'est sans espoir ?

— Non, non, pas sans espoir, mais presque. Leurs chances de survivre sont très, très limitées.

A bord d'Air Force One, 20h08

Pendant plus de deux minutes, l'équipement ultramoderne de la salle de téléconférence n'avait plus transmis que des bribes d'images incohérentes. Au sol, cependant, une noria de techniciens s'affairaient à réparer digitalement les relais satellitaires, qui reprirent peu à peu leur fonctionnement normal. Les traits crispés du chef de l'Etat réapparurent devant les responsables réunis au Pentagone.

— Okay, reprit-il sans préambule, bouillant de colère. Au rapport. Je viens d'avoir la confirmation, la bombe a explosé.

Le général Kinney se leva pour commencer à expliquer que des phénomènes extrêmement étranges avaient en effet été signalés.

— Non, général ! Allez à l'essentiel ! Est-ce que nos systèmes névralgiques sont toujours opérationnels ?

— Oui, monsieur.

— Donc, apparemment, les canaux militaires n'ont pas été endommagés ?

— Il y a eu de sérieuses perturbations, monsieur le Président, plusieurs connexions ont été affectées, dont celle-ci. Mais au niveau mondial nous restons opérationnels, effectivement.

— Okay.

— On ne signale pas d'équipements mis radicalement hors d'usage non plus. Enfin, de notre côté. Sur le plan civil, c'est difficile à dire. Là, les communications sont très mauvaises, c'en est même inquiétant.

Le Président s'assit et contempla fixement son interlocuteur pendant quelques secondes.

— Cette saleté se trouvait à des centaines de mètres dans l'océan, général. Comment expliquez-vous des effets pareils ?

— Ah, je ne sais pas, monsieur le Président, sincèrement je ne sais pas... C'est encore trop tôt. Mais ce n'est pas une explosion nucléaire ordinaire, j'en suis certain. Et si c'« était » l'onde de la Méduse, alors toutes nos chances d'étudier sa conception sont à l'eau, si j'ose dire.

Le chef de l'Etat fronça les sourcils.

— Oui, et si on vous avait laissé la tripoter à Seymour-Johnson, tout le comté de Goldsboro serait un deuxième Hiroshima à cette heure, si j'ose dire ! — Le général se contint pour ne pas répondre. — Quelle est la situation, pour le 727 ?

— L'*Eisenhower* se dirigeait vers Norfolk en essayant de contourner l'ouragan, lui expliqua Ralph Kinney après avoir détaillé les préparatifs d'amerrissage du

Boeing. C'est le seul bâtiment assez proche pour leur porter secours.

— Et les deux F-15 ne sont jamais arrivés à temps pour leur donner le code, hein ?

— Non, monsieur. Ils les ont retrouvés alors qu'ils venaient de larguer la bombe.

Le général préféra garder pour lui l'épisode de la passagère suspendue à une aile. Ce serait pour les éprouvants briefings qui ne manqueraient pas de suivre...

Le Président consulta quelques feuillets posés devant lui avant de relever la tête pour le fusiller du regard.

— Je veux que vous me préveniez immédiatement dès que vous aurez des nouvelles de l'opération. Et que vous demandiez au commandant de l'*Eisenhower*, en mon nom propre, de n'épargner aucun effort pour sauver ces gens.

— Bien, monsieur. A ce propos, je sais que le FBI attend toujours avec impatience de pouvoir appréhender l'épouse de Henry.

— Comment ? — Le chef de l'Etat parut désarçonné. — Mais je croyais que c'était remis en cause, cette histoire !

— Non, monsieur. C'est peut-être son mari qui a construit cette bombe, mais c'est elle qui l'a délibérément embarquée sur un avion civil dans le but de l'apporter au Pentagone. A mon avis, cette femme est numéro un sur la liste des personnes les plus recherchées par le FBI.

A bord de ScotAir 50, 20h08

Sans perdre un instant, mais tout en prenant soin de ne pas le déranger plus que nécessaire, Vivian Henry passa un gilet de sauvetage à Jerry Christian, toujours allongé sur le plancher. Encore tremblante de froid et de peur, Linda ouvrait de son côté les trois petits paquets orange destinés aux deux pilotes — qui s'étaient plongés dans leurs manuels de vol à la recherche de conseils supplémentaires quant à la procédure d'amerrissage d'urgence sur Boeing 727 — et à elle-même. Elle finissait de les aider à enfiler leurs gilets quand Scott fit signe aux deux femmes de se rapprocher de l'avant.

— Bon, il faut que nous soyons tous bien préparés à ce que nous allons faire.

— Vas-y, Scott, j'écoute, lança Doc sans quitter des yeux les commandes.

— Le point essentiel, c'est d'arriver à sortir assez vite de l'avion et de rester ensemble tant que les hélicoptères n'auront pas repêché chacun d'entre nous. Si c'était une mer calme qui nous attendait, j'aurais dit que le principal danger serait d'embarquer trop d'eau par la porte cargo et de couler. Mais comme il y a des creux énormes en bas, je vais tout faire pour nous poser sur le sommet d'une déferlante, en parallèle, et donc, si je réussis, ce sera la queue qui coulera en premier, puis les ailes, au fur et à mesure que la vague se déroulera. Que nous arrivions à surfer dessus ou que nous nous fassions renverser, cela, personne ne peut le prévoir. Il faut que nous soyons tous parfaitement attachés, y compris Jerry.

— Alors... alors le choc risque d'être très violent, si je comprends bien ? demanda Linda, la voix cassée.

Je vais être absolument franc avec vous, Linda : nous pouvons tous subir un tel choc que nous en perdions connaissance, et qu'il soit trop tard pour évacuer une fois revenus à nous. Si jamais un ou deux d'entre nous seulement restent en état de réagir, qui que ce soit, il aura ou ils auront quelques secondes seulement pour dégager les autres de leurs ceintures, tirer les cordons de gonflement des gilets et essayer de pousser tout le monde par la porte.

— Les gilets sont équipés de filins, intervint Doc. Tu ne crois pas que ce serait une bonne idée de tous nous attacher ensemble, dès maintenant, Scott ?

Repensant à ses fréquents entraînements de sécurité, le pilote opina du chef.

— Oui, ce ne serait pas mal, à condition de ne pas nous empêtrer les uns dans les autres lorsqu'il faudra quitter le cockpit.

— Et Jerry ? s'inquiéta Vivian.

Scott ne put réprimer un soupir. Les chances de dégager le blessé de la carlingue et de le hisser dans un hélicoptère de secours sans aggraver ses fractures lui paraissaient terriblement minces. Mais il n'était pas question d'exprimer à voix haute un constat aussi accablant.

— Eh bien, il va falloir que nous prenions tous soin de lui. Et ce sera le premier à monter dans les paniers.

— Les paniers ?

— Les filets que la Navy emploie généralement dans ce type d'opérations de sauvetage. Si c'est ce qu'ils nous envoient, montez dedans et ne bougez plus, sans trop vous crisper. L'équipage de l'hélico s'occupera du reste. — Il surprit le regard furtif que Linda lançait vers l'arrière, vers le petit tas de matériel scientifique qu'ils avaient pris tant de peine à épargner du sacrifice des deux palettes. — Désolé pour vos affaires, Linda. J'aurais tellement voulu qu'on les sauve, mais...

— Ça ira.

— Ce ne sera pas trop grave ? Sur le plan professionnel, je veux dire ?

— Non... Mais il faudrait d'abord que le petit bain qui nous attend ne soit pas mon dernier, pas vrai ?

— Scott ? risqua Vivian, qui s'était encore rapprochée. Honnêtement, comment croyez-vous que cela va se passer lorsque nous toucherons la mer ?

— Je ne fais que supposer, Vivian. Un amerrissage,

je n'ai jamais connu ça. Mais enfin, avec les volets et les trains sortis, en arrivant aussi lentement que possible, ça devrait faire le même effet qu'un atterrissage très dur, avec en plus le fait que l'eau va s'engouffrer immédiatement après dans la soute cargo. On a des vents à plus de cent dix kilomètres à l'heure, mais je ne peux pas me permettre d'arriver directement contre eux. Donc, en prévoyant un vent debout de, admettons, soixante-dix kilomètres à l'heure, si on arrive à pas plus de cent quatre-vingts, cela nous donne une vitesse d'à peu près cent dix kilomètres à l'heure au contact. On peut survivre à ça.

— Euh, Scott, tu as bien dit que tu voulais arriver avec les trains sortis ? s'étonna Doc.

— Je sais que les manuels conseillent le contraire, Doc, mais de cette manière ils nous freineront davantage sur l'eau, avant que le fuselage ne touche la surface.

— Oui, et ça peut provoquer un sacré tonneau, aussi.

— Exact, mais je trouve ma formule plus logique. Tu ne penses pas ?

— Jamais tenté d'amerrissage, moi non plus. Même chez Boeing, ils n'ont pas essayé, d'ailleurs... Tout ça, ce ne sont que des hypothèses.

Il y eut un bref silence, que rompit Vivian.

— Et vous avez dit qu'il n'y avait pas de canots à bord ?

— Non, il n'y en a pas, avoua Scott avec un soupir embarrassé. Vous comprenez, notre compagnie n'était pas censée assurer le moindre vol au-dessus de la mer. Ce sont des équipements très encombrants, coûteux en plus...

— La réglementation aérienne ne les exige pas, Vivian, même pour l'équipage, plaida Doc à son tour. Sauf pour des vols long-courriers, ce que nous n'avions jamais prévu de faire...

— Jusqu'à ce que j'apparaisse, moi, ajouta Vivian sur un ton navré.

— Ce n'est pas du tout ce que je voulais dire, Vivian, s'écria Doc, sincèrement désolé. Vous n'êtes pas responsable de ce qui nous arrive.

— Il a raison, renchérit Linda en posant sa main sur le bras de sa voisine. Nous l'avons vu et entendu, derrière, rien n'est de votre faute.

— Et vous n'avez pas à vous sentir coupable, Vivian, compléta Scott tandis que sa passagère hochait la tête en silence, les yeux fixés sur Jerry qui était retombé dans son sommeil chimique. Bon, pour finir, si nous commençons à couler, sortez du cockpit en nageant et essayez de trouver l'issue cargo. Même si elle est déjà sous l'eau, c'est encore le meilleur moyen de se dégager et de remonter à la surface. Et surtout, surtout, ne perdez pas espoir.

— Et puis, ajouta Doc, l'influence du Gulf Stream devrait se faire sentir, par ici. Ce qui signifie une température de l'eau, disons, supportable... Ce ne sera pas l'impression que vous aurez, évidemment, mais il faut se dire que, grâce à Dieu, ce n'est pas l'Atlantique Nord.

La voix de l'opérateur les appelant de l'USS *Eisenhower* vint les tirer de leurs pensées.

— ScotAir, merci de descendre maintenant à trois cents mètres, en venant sur la gauche, cap un-quatre-zéro. Vous serez bien en dessous du plafond nuageux, qui est à neuf cents mètres, pour vous présenter le long du bateau. Contactez-nous dès que vous nous avez en vue.

— Vous êtes à combien, *Eisenhower* ?

— Trente-sept kilomètres. Dès que vous nous rappellerez, on vous passera le chef de pont qui vous donnera les derniers détails pour amerrissage.

— Compris, *Eisenhower*.

Pont principal de l'USS Eisenhower, *20h08*

Tirés des profondeurs des hangars par le monte-charge avant, deux hélicoptères SH-60F Seahawk attendaient sur le pont. Lancé à plus de trente nœuds — soit cinquante-quatre kilomètres à l'heure — par vent arrière, le porte-avions ne subissait plus que des rafales de quarante à quarante-cinq nœuds, ce qui, malgré le roulis provoqué par les vagues gigantesques, rendait le décollage possible.

Au signal de l'officier d'appontage, les mécaniciens qui s'affairaient autour des appareils s'écartèrent et les pilotes lancèrent leurs rotors.

Non loin de là, un groupe d'officiers entourait le commandant du navire, penché sur un croquis à grande échelle de l'*Eisenhower*.

— Il faut que nous continuions à descendre sous le vent, expliquait l'un d'eux, mais s'il arrive à se poser juste devant nous et à dériver de notre gauche à notre droite, comme ça, le long des crêtes, avec un peu de chance nous l'aurons à moins de mille mètres de notre plate-forme.

— Et là, il sera à peu près à quarante-cinq degrés dans le vent ? interrogea le commandant.

— En effet. Actuellement notre cap est zéro-un-zéro, avec un vent arrière qui vient d'un-neuf-zéro degrés. En gros, la houle est orientée d'ouest-nord-ouest à est-sud-est. Donc, s'il se présente en approche finale à un-zéro-zéro...

— Est-sud-est, quoi ?

— Exactement... eh bien, dans ce cas, il sera aligné par rapport aux crêtes et en même temps contre le vent. S'il nous garde visuellement à droite, en se fixant un point de contact juste devant notre proue, il se retrouvera aussi près que possible sans que cela devienne trop dangereux pour lui, et pour nous.

Le commandant vérifia encore quelques calculs portés au crayon avant de se redresser.

— Entendu. Mais dites-lui de prendre une marge suffisante. Il ne faudrait pas que nous lui passions dessus une fois posé. Ça, ce serait le comble... — Le groupe se dispersait déjà lorsqu'il attrapa un des officiers par l'épaule. — Ah, encore une chose.

— Oui, commandant ?

— Prévenez les gars de notre studio TV et branchez toutes les caméras disponibles à bord. Il faut prendre cette opération sous tous les angles et la mettre en boîte correctement. Un amerrissage de 727, d'après moi, ça ne s'est jamais vu. Pour l'avenir, ce film sera très utile aux spécialistes de la sécurité. Quelle que soit l'issue de la manœuvre, d'ailleurs...

— Vous voudriez aussi une caméra dans l'hélicoptère de tête, commandant ?

— Oui, oui. Qu'ils filment tout, sans exception.

— Compris, commandant.

Il se tourna vers l'officier de quart qui venait d'arriver derrière lui.

— Quoi d'autre ?

— Un message protégé pour vous, commandant. Ça vient d'Air Force One.

A bord de ScotAir 50, 20h10

Doc avait stabilisé le Boeing à une altitude de trois cents mètres en jouant sur la puissance des deux réacteurs restants. Ses trois compagnons, les yeux écarquillés, fixaient la vaste étendue grisâtre sous eux, à la recherche de la silhouette du porte-avions. Le soleil couchant était dissimulé par les nuages, mais en raison de l'heure d'été il faisait encore assez jour pour arriver à l'apercevoir.

— Euh, Scott..., commença le copilote, le regard baissé sur ses instruments.

— Oui ? répondit Scott sans cesser de scruter l'horizon.

— Bon, voilà. Je préférerais que tu prennes les commandes, maintenant.

Scott observa avec surprise l'expression que les traits robustes du copilote avaient prise : il ne l'avait jamais vu si tendu.

— Mais pourquoi, Doc ?

— Ecoute, ni toi ni moi n'avons l'expérience d'un amerrissage, on peut le faire aussi bien l'un que l'autre. Seulement, de ta place, il te faut plus de temps pour actionner les volets, les trains, tout ça... Je préfère m'en tenir à mon rôle de copilote. Ce sera plus efficace.

— Mais tu as plus de bouteille que...

— Oui, je sais ! Je sais que j'ai passé des années et des années dans ce genre de zincs, mais crois-moi, à ce stade, il faut qu'on reprenne notre configuration d'équipe normale. Ton job, c'est de piloter, le mien de relayer tes instructions aussi vite que c'est humainement possible.

— D'accord, Doc, si tu avais vraiment à choisir, qu'est-ce que tu prendrais ?

— Merde, je piloterais, tu le sais pertinemment ! s'emporta Doc. Mais ce n'est pas la meilleure solution, j'en suis certain.

— Ecoute, je...

— Non, toi, tu écoutes ! Je suis sensible à la confiance que tu me portes, tu as le sens du travail d'équipe, tu ne surestimes pas tes capacités, d'accord, d'accord ! Mais réfléchis un peu ! S'il nous faut procéder à un ajustement d'urgence, le temps que tu trouves le bon levier ou la bonne touche, on perdra des secondes précieuses. C'est simple : de ma place, je suis dix fois plus rapide que toi pour les volets, les trains, les radios. Et tu sais parfaitement que c'est vrai. Alors, on y va ?

Scott étudia attentivement les yeux de Doc, se demandant si ce dernier argument n'était pas une sorte de prétexte. Mais son employé et ami paraissait profondément convaincu de ce qu'il soutenait.

— Okay, Doc, je le prends en charge, annonça-t-il en posant ses mains sur le palonnier.

32

A bord de ScotAir 50, 20h14

Alors que l'opérateur de l'*Eisenhower* lui donnait des vecteurs d'amerrissage à quelque huit cents mètres devant la proue du porte-avions, la masse d'acier dans laquelle il avait vécu et servi si longtemps apparut entièrement à Scott.

Par radio, les détails de l'opération finale venaient de leur être donnés.

Scott descendit à cent cinquante mètres afin d'étudier l'orientation et le comportement général des vagues. Le vent continuait à balayer inexorablement l'océan depuis le sud, mais le navire était lancé à plein régime vers le nord, réduisant ainsi l'influence des éléments naturels sur la plate-forme de décollage.

— Ils peuvent aller jusqu'à quelle vitesse ? interrogea Doc, impressionné.

— Secret militaire, mais ça se situe au-dessus de quarante nœuds.

Le copilote se retourna pour examiner les jauges de carburant.

— Il nous reste à peine plus d'une tonne de carburant, Scott.

Celui-ci enregistra l'information, puis pivota sur son fauteuil pour regarder Linda et Vivian.

— Jetez un dernier coup d'œil à Jerry, s'il vous plaît. Vivian, vérifiez que la porte du cockpit est bien bloquée en position ouverte. Ensuite, toutes les deux, vous vous attachez entièrement à vos sièges, harnais et tout.

Pendant qu'il parlait, un nouvel appel radio s'était produit.

— Ils veulent savoir si tu es prêt, Scott, expliqua Doc.

Le pilote s'humecta les lèvres, consulta encore l'altimètre.

— Okay, je vais faire le tour du bateau dans le sens des aiguilles d'une montre, volets et trains sortis. On va se présenter à la position convenue devant eux et on se pose.

— Combien de temps ça signifie ? Deux minutes ? Cinq ?

— Dis-leur cinq.

Après que l'information eut été transmise par Doc, les haut-parleurs retentirent à nouveau. C'était le chef de la formation de F-15.

— ScotAir, vous êtes en vue de l'*Eisenhower*, exact ?

— Affirmatif.

— Compris. ScotAir, on va devoir décrocher. Notre équipement de navigation refonctionne normalement, on pourra retrouver notre ravitailleur, mais il faut vraiment qu'on se procure du jus !

— Pas de problème, les gars. Et merci pour la compagnie !

En un clin d'œil, les deux chasseurs virèrent de bord et disparurent dans la couverture nuageuse.

— Allez, Doc. Volets sur deux.

— Compris. Volets sur deux.

Le copilote plaça le levier sur le premier cran de la crémaillère tout en surveillant la jauge quand les panneaux commencèrent à se déployer et à s'abaisser à l'arrière des deux ailes.

— Volets sur cinq, s'il te plaît, poursuivit Scott.

A nouveau, Doc s'exécuta, poussant le levier plus avant.

— Volets sur cinq.

— Trains sortis. Checklist d'atterrissage.

Doc fit mine d'obéir, puis se ravisa :

— Dis, Scott... Ça ne me plaît décidément pas, cette idée de se servir des trains.

L'autre lui lança un regard étonné.

— Mais je croyais que ça t'était égal, avec ou sans...

— Oui, c'est vrai, seulement j'y ai repensé, j'ai relu le passage à ce sujet dans le chapitre des urgences et j'ai compris pourquoi ils le déconseillaient absolument.

— Raconte.

— Il y a deux raisons. La première, c'est que ça expose des parties plutôt faibles dans la structure, au niveau des colonnes de train. L'eau risque de rentrer très facilement par là, donc on coulera plus vite.

— Ça se tient, oui.

— Secundo, comme ils sont derrière notre centre de gravité, ils peuvent nous envoyer tête la première dans les vagues. D'ailleurs, ils disent qu'il ne faut pas compter que l'avion franchisse plus de vingt mètres sur l'eau avant de couler. Et ça, sans les trains.

— Décélération gravitationnelle de trois à cinq, c'est ça ?

— Voilà.

Scott réfléchit rapidement.

— Okay, on oublie les trains. Ça me va.

— Merci.

— Mais n'oublie pas de débrancher l'alerte d'altitude, autrement on ne va plus s'entendre, tous les deux.

Doc s'était déjà levé. Contournant Jerry, il alla à la console du mécanicien, repéra le coupe-circuit correspondant et le tira. Puis il actionna plusieurs commandes sur le panneau et avertit Scott :

— Je vais faire un tour dans la cabine, okay ?

— Compris.

Peu après, il était de retour dans son siège.

— Voilà, c'est fait.

— On n'oublie rien ? Tu suis la checklist, hein ?

— Tout est prêt, Scott. J'ai éteint l'air conditionné et fermé les valves d'alimentation air, vérifié les réservoirs. Derrière, je me suis assuré que la trappe de queue était verrouillée, j'ai remis en place l'issue de secours, et les affaires de Linda sont toujours bien arrimées. Comme ça, même avec le trou que nous avons, on pourra peut-être rester à flot quelques minutes si, euh...

— Si on ne se désintègre pas en touchant, compléta Scott.

— Exact, reconnut brièvement Doc en portant son regard vers la droite.

En bas, il apercevait le porte-avions que Scott était en train de contourner par l'ouest et le nord. Bientôt, il pointerait le nez en direction est-sud-est et descendrait au ras des vagues jusqu'à se retrouver à l'avant dans la course du navire. Là, il faudrait décider, en un éclair, du meilleur point de contact avec l'océan.

Incroyable comme je suis calme ! pensa Doc par-devers lui. La perspective d'un amerrissage en pleine tempête n'avait pourtant rien d'encourageant pour lui : piètre nageur, il avait toujours évité la mer.

Il leva les yeux vers Scott, puis vers Vivian. Quelques heures plus tôt, ils n'étaient qu'un équipage affrété, au service de deux passagères inconnues. Et là, avec ces êtres, il se sentait uni comme s'ils avaient formé une famille.

Evidemment, poursuivit-il en pensée, il avait depuis le début éprouvé ce type de sentiment envers Scott, en qui il avait tendance à voir un fils, bien qu'ayant toujours pris soin de ne pas se laisser aller à une attitude paternelle.

Et Vivian ? Elle qui avait tant souffert, qui endurait maintenant le triste sort d'être à la fois victime et bouc émissaire. Instinctivement, il avait d'emblée ressenti le besoin de la protéger, un besoin de plus en plus présent en lui. Il ferait tout pour qu'elle reste en vie, se promit-il.

Prenant sa respiration, il se passa une main sur le crâne. Il devait se concentrer sur les mesures qu'il lui reviendrait de prendre dès que l'avion aurait touché l'océan.

Leviers de démarrage coupés, tirer les poignées coupe-feu, commencer l'évacuation.

Avec beaucoup, beaucoup d'espoir, se dit-il, cela serait aussi simple...

Sur le pont de l'*Eisenhower*, plusieurs paires de jumelles suivaient le 727 tandis qu'il virait au nord-ouest et se préparait à sa manœuvre finale. Prêts à décoller à tout instant, les deux SH-60F brassaient furieusement l'air de leurs rotors. La pluie s'étant interrompue, nombre de marins étaient sortis des coursives pour suivre la périlleuse opération, filmée sous plusieurs angles différents. Alors que l'énorme bâtiment luttait contre les vagues, sous le ciel plombé, chacun retenait son souffle.

— Okay, *Eisenhower*, prêts pour l'approche finale, annonça Doc.

— Compris, ScotAir. Les hélicos seront là une minute après votre amerrissage.

— Prêts ? demanda Scott à la cantonade.

Depuis un moment déjà, Linda avait abandonné sa main sur l'épaule du pilote. Il voulait lui dire de la retirer et de s'agripper fermement au dossier de son siège, mais ce contact lui faisait tant de bien qu'il décida d'attendre le tout dernier moment.

— Nous sommes prêtes, répondit la jeune femme.

— Allons-y, lança Doc.

— D'accord. On prie tous, hein ? Doc, volets à vingt-cinq, adapte la vitesse.

Ils entendirent à nouveau l'entraînement hydraulique des volets se déclencher sur les ailes, le fracas du vent s'engouffrant dans la porte cargo s'amenuisant au fur et à mesure que l'appareil ralentissait.

— Volets à trente, puis à quarante. Vitesse finale à un-zéro-huit nœuds.

Doc porta le levier en bout de course, surveillant les aiguilles de jauge qui réagirent normalement. Il entra la vitesse demandée.

— Je commence la descente, déclara Scott en réduisant très légèrement les gaz et en inclinant un peu le nez du Boeing vers le bas.

Descendu à soixante mètres d'altitude, l'appareil tangua sous les perturbations de surface, très ralenti par le vent brutal qui soufflait du sud. A cette distance, les vagues commencèrent à acquérir toute leur dimension dans le champ de vision des occupants du cockpit. Les creux étaient effrayants.

Scott maintint le nez du 727 à vingt degrés à droite du cap qu'il entendait prendre, résistant aux rafales afin de rester aligné à la houle.

L'USS *Eisenhower* arrivait sur leur droite à plein régime.

— Doc, tu me préviens quand on a dépassé le centre du bateau.

— Compris. On est tout près.

— Linda, Vivian ? Attrapez des deux mains le siège devant vous, calez votre visage dessus et préparez-vous au choc.

Il sentit la pression d'encouragement des doigts de Linda sur son épaule avant qu'elle ne lui obéisse.

— Ça y est, Scott, le prévint Doc.

Descendant encore à trente mètres d'altitude, le pilote surveilla les vagues qui se déroulaient au-dessous d'eux, de droite à gauche. Ils étaient à peu près à l'aplomb des crêtes, malgré le vent qui modifiait leur altitude et menaçait de les déstabiliser. Corrigeant sans cesse leur course au palonnier, Scott avait l'impression que le Boeing allait s'abattre d'un coup sur l'eau.

— Dix-sept mètres, Scott ! C'est une moyenne, l'altimètre n'arrête pas de bouger.

Vu du pont du porte-avions, le 727 était pratiquement entré dans les vagues. Tous ceux qui observaient sa trajectoire, les yeux écarquillés, s'attendaient à voir d'un moment à l'autre un geyser d'écume blanche ponctuer l'amerrissage. Contre toute attente, pourtant, le Boeing continua à glisser juste au-dessus de l'océan.

— On s'éloigne du bateau, Scott ! avait crié Doc. Il faut que tu y ailles, maintenant !

Le pilote n'était pas en état de répondre, trop occupé à calculer une option possible dans un contexte qui changeait d'aspect toutes les secondes. A chaque fois qu'il avait choisi un rouleau particulièrement monstrueux, mais régulier, et s'apprêtait à se poser sur sa bosse, une autre grosse vague surgissait, menaçant de les ensevelir.

Avec un vent de travers toujours aussi brutal, la décision était terriblement difficile à prendre. S'il touchait une vague déjà en train de déferler et non encore grossissante, l'avion se désintégrerait. Et même s'il n'était pas dévié dans sa course par les turbulences, le point d'amerrissage choisi avait changé d'emplacement le temps que Scott s'apprête à donner le coup de palonnier final.

Les muscles du cou douloureux à force de tension, il voyait du coin de l'œil l'*Eisenhower* commencer à disparaître sur la droite. Repérant un autre rouleau, il fut contraint de peser à gauche si rapidement qu'il se retrouva à l'avant et non à l'arrière de la crête. Grâce au gouvernail et à une petite remise de gaz, il repartit à droite, s'alignant cette fois correctement sur le dos de la vague après avoir compensé avec le gouvernail gauche.

Cette fois, la manœuvre avait réussi.

— Maintenant ! s'exclama Scott.

C'était un rouleau d'au moins douze mètres de haut, parfaitement défini, qui semblait étirer son dos noir jusqu'à l'horizon devant eux. Scott avait l'impression qu'il aurait pu toucher du pied l'écume qui moussait à la crête de cette montagne d'eau. En actionnant continuellement le gouvernail et les ailerons, il finit par équilibrer les ailes au-dessus de la masse mouvante.

Impossible de faire mieux !

Comme dans un rêve, l'avion descendait les derniers mètres au ralenti. Avec l'échappement du réacteur numéro deux, Scott amorça ce qui semblait devoir être une glissade relativement aisée à la surface de l'eau.

Commencée par un discret roulis sur la gauche, la poussée d'air soudaine qui s'engouffra sous leur aile droite prit le pilote entièrement au dépourvu.

En un instant, l'alignement avait été perdu. Le nez

trop à gauche, le Boeing se mit à accélérer sur la vague, l'aile gauche prête à couper l'avant de la déferlante !

— NON !

La gorge nouée de Scott avait pratiquement retenu son hurlement de désespoir. Instinctivement, il porta le palonnier à droite et remit les gaz à fond.

La réaction du 727 fut immédiate : le nez se releva et l'appareil vira à droite, en un mouvement de roulis, inverse cette fois mais beaucoup trop prononcé. Scott bascula son palonnier de l'autre côté, tandis que leur aile droite continuait à s'abaisser vers la crête qui se trouvait maintenant à leur droite et ne cessait de s'élever.

L'inclinaison de l'appareil s'accentua de façon surprenante et soudain ils ressentirent un choc venu de l'arrière : l'échappement du réacteur deux était entré dans la mer et commençait à les retenir, telle une ancre. Au même moment, l'aile droite pénétra dans les vagues de quelques centimètres, soulevant un panache d'eau salée et les déportant violemment vers la droite.

Scott était en train de perdre le contrôle de la situation.

Lancés à pleine puissance, les deux réacteurs restants parvinrent cependant à arracher la queue de l'appareil de la crête, qui passa juste sous le fuselage.

Ils étaient de nouveau en l'air, reprenant de l'altitude avec la rage de survivre.

A soixante mètres, Scott stabilisa. Encore tétanisé par l'horreur, Doc cherchait ses mots.

— Jésus-... Christ !

— On était mal présentés... Doc, c'était moins une !

— On va devoir refaire ça. Dieu !

— On est trop loin, maintenant ?

Doc regarda par la fenêtre de droite en hochant énergiquement la tête.

— Ah ça, oui !

— D'après toi, on fait le tour de quel côté ?

— Pars à gauche, Scott, répondit Doc, toujours penché pour distinguer le porte-avions. Le vent va nous porter au nord, suffisamment pour que tu puisses te réaligner sur le bateau et réessayer.

Scott reprit de l'altitude en virant à trente-cinq degrés sur la gauche.

— Bon, je reste à cent cinquante mètres.

— Que veux-tu que je leur dise ?

— Que nous revenons en cercle pour retenter le coup.

— Okay... Et tu veux garder les volets à quarante ? s'étonna Doc d'un air très inquiet.

— Oui, je fais juste un grand tour.

Après avoir transmis à l'*Eisenhower*, Doc resta à surveiller le porte-avions par sa fenêtre. La manœuvre parut durer une éternité, jusqu'à ce que le bâtiment réapparaisse devant, à environ cinq kilomètres au sud. Le 727 prit à l'ouest de la trajectoire prévue du navire, avant de remettre cap au sud-est et de repasser à l'est.

Avec un profond soupir, Scott raffermit sa prise sur le palonnier et les manettes de gaz.

— Okay. On y va. — A nouveau il descendit prudemment pour inspecter la surface de l'océan. — Tu comprends, Doc, le problème, c'est l'équilibrage. Avant cette rafale, tout se présentait au mieux. Je ne m'y attendais pas. Maintenant, si.

— Pas d'affolement et ça ira, Scott, le rassura le copilote.

— Ouais.

Une fois encore, les angles d'approche se révélaient d'une épouvantable complexité. Il tenta une première vague, une deuxième...

Doc se surprit à se demander si Scott y arriverait réellement. A force, allait-il consommer leur dernière réserve de carburant ? Ou bien, dans la tension de ces multiples tentatives, choisir le mauvais moment et les précipiter droit au fond de la mer ?

Et si je lui reprenais l'avion, finalement ? Il repoussa aussitôt l'idée qui lui était venue insidieusement. Non, c'était la responsabilité de Scott. Son devoir. Et lui, il devait avoir confiance dans le jugement et le savoir-faire du jeune pilote. L'exclamation de ce dernier le tira brusquement de ses réflexions.

— Ah, c'est trop bête, Doc ! Si je pouvais me poser face au vent, on serait bien assez lents pour... — Il s'interrompit, les yeux hors de la tête, laissant planer le Boeing à quelques mètres au-dessus des vagues. — Oh, mon Dieu ! — Sans préavis, il relança les réacteurs, faisant rapidement grimper l'appareil sous le regard stupéfait de Doc. — Pleins gaz, volets à quinze.

— Comment, à quinze ?

— Oui, merde ! A quinze, j'ai dit !

— On refait un tour ?

— Peut-être. Il y a peut-être une autre solution.

Replaçant les volets comme demandé, Doc se demanda quelle mouche avait bien pu piquer son compagnon. Il finit par s'emporter.

— Qu'est-ce que tu fais ? Qu'est-ce que je leur dis ? — Il le regardait avec insistance, mais le pilote semblait perdu dans ses pensées. — Scott ?

— Hein ? Ah, prends les commandes, d'ac ? Trois cents mètres, en attente à une distance raisonnable du porte-avions, volets rentrés, et ménage le carburant. Je vais leur parler, moi.

— SCOTT ! Tu prétends faire quoi ? On n'a pas assez de kérosène pour le gaspiller, protesta Doc.

— Contente-toi d'écouter, Doc... Ecoute bien. — Il marqua une pause, attendant de vérifier que Doc saisissait le palonnier en face de lui. — Ça y est, tu l'as en main ?

— Oui, mais... Mais pourquoi ?

Sans répondre, Scott attrapa précipitamment un

bout de papier et un stylo dans sa poche. Il griffonna quelques lignes de chiffres en hâte avant de rempocher le tout, puis saisit la radio.

— *Eisenhower*, ici ScotAir.

— Parlez, ScotAir. Vous refaites un tour, là ?

— Euh, dites... A combien sont les vents chez vous, maintenant ? Pas sur le pont, en général.

Le temps de contrôler ses anémomètres, l'opérateur était de retour en ligne.

— Nous avons un vent constant de soixante et onze nœuds à un-sept-zéro degrés, ScotAir.

— D'accord. Votre pacha, il est joignable sur ce canal ?

Encore un silence, puis une autre voix que Scott ne reconnut pas.

— Ici le chef de pont, ScotAir. De quoi avez-vous besoin, exactement ?

— Bon, écoutez-moi. Je sais le temps qu'il faut pour faire pivoter votre bâtiment à cent quatre-vingts degrés, sur le flanc. Eh bien, c'est ce que je vous demande de faire, maintenant. S'il vous plaît. Prenez un cap à un-sept-zéro. C'est important !

Il y eut plusieurs secondes de battement.

— Vous avez perdu la boule, là-haut ? On s'est positionnés de cette manière justement pour permettre aux hélicos de venir à votre secours ! Sacré nom d'un chien, si on changeait de cap à cette allure, on aurait des vents à cent cinquante nœuds sur le pont. Vous vous en rendez compte ?

Effaré, Doc vit le jeune commandant de bord attendre un peu avant de répondre. Il souriait, comme s'il savourait d'avance la phrase qu'il prononça enfin dans son micro.

— Oui, et c'est précisément ce que nous voulons.

La radio demeura silencieuse, mais Doc, lui, avait sursauté.

— Scott ! Où tu veux en venir, bon sang ?

Lui faisant signe de patienter, Scott rétablit la transmission.

— *Eisenhower* ? Avec notre poids actuel, notre vitesse d'approche est de cent quatre-vingts nœuds. Si vous vous mettez face au vent et que vous avancez de flanc, vous me donnerez un vent de cent cinquante nœuds sur le pont, exact ? Je sais que vous avez déjà mis en service votre nouvelle plate-forme. Je vous demande seulement de tendre votre filet avant et je me propose de poser ce zinc chez vous, comme un hélicoptère.

— Sainte Mère de Dieu ! Il veut se poser *sur* le porte-avions, maintenant ! s'exclama Doc, proche du gémissement.

Scott lui adressa un sourire sardonique.

— Tu préfères piquer une petite tête ?

— Non ! Surtout pas ! Mais... Mais enfin, tout à l'heure tu as dit toi-même qu'il était impensable de faire ça avec un aussi gros avion. Qu'on arracherait les superstructures et qu'on finirait en torche ! Quoi, tu ne te rappelles pas ?

— Si, parfaitement, Doc, et cela reste vrai. Mais à vitesse normale. Tu ne comprends pas ? Je n'avais pas pensé à la combinaison des forces ! Je calculais avec une vitesse d'atterrissage habituelle, plus trente ou quarante nœuds de vent contraire sur le pont, au maximum. Là, oui, on arriverait beaucoup trop vite ! Mais avec un vent debout de cent nœuds ou plus, mon vieux, on est carrément un avion à atterrissage vertical !

— En... en théorie, oui, peut-être.

— Non, en pratique ! Réfléchis...

Un nouvel interlocuteur radio l'interrompit.

— Allô, Scott McKay ? Ici le commandant. Dites, on perd un temps précieux, là. Je ne peux pas inverser ma course sans avoir d'abord rentré les hélicos, et si je fais ça vous êtes fichus. Sous aucun prétexte, vous m'entendez, aucun, je ne suis prêt à accepter qu'un appareil civil tente une approche sur ma plate-forme. Et vous le savez fort bien. Vous n'êtes pas un appareil agréé pour nos opérations. Je suis chargé de veiller sur un bâtiment de plus d'un milliard de dollars, moi !

Les yeux fermés, ayant retrouvé tout son sérieux, Scott se concentrait sur la meilleure argumentation possible et sur ce qui, d'après ses souvenirs, correspondrait le mieux au caractère du « pacha ».

— Ecoutez, commandant. Un amerrissage, pour nous, c'est impossible. Il faut admettre la réalité. Il y a des vagues... inimaginables. Je suis responsable de cinq vies humaines à bord de cet avion, sans parler de l'équipement scientifique de haute importance que je transporte. Tout cela est condamné si on essaie d'amerrir.

— Scott, je ne peux pas faire courir un tel risque au navire.

— Allons, commandant ! Un zinc comme le nôtre, à peine cinquante tonnes d'aluminium, ferait couler une forteresse flottante de trois cent trente mètres de long ? J'ai servi chez vous, n'oubliez pas !

— Alors vous connaissez les règlements et *mes* responsabilités, Scott ! Une seule erreur et nous nous retrouvons avec des débris en flammes partout, un incendie à bord, des victimes possibles sur le pont, et un bâtiment stratégique cloué au port pendant des mois !

— Commandant, je vous en prie, écoutez-moi ! C'est vous-même qui m'avez appris qu'il y avait des situations où il fallait savoir improviser en avançant. Je suis exactement vos conseils, en ce moment !

— Ah oui ? Eh bien moi, je vous le répète, McKay, il est hors de question que vous rameniez ce coucou sur mon bateau !

— S'il vous plaît, commandant, ne vous bouchez pas les oreilles ! Quand je me présenterai au-dessus de la plate-forme, ma vitesse relative sera d'à peine dix nœuds. MÊME PAS VINGT KILOMÈTRES/HEURE ! Vous et moi, on peut courir aussi vite que ça, en forçant un peu ! Je ne demande pas de câbles ni de crochet de queue. Le filet, devant, est capable de retenir un chasseur arrivant à cent nœuds. Vous connaissez mon poids, nos freins marchent au poil, je vous parie même une année de solde qu'on sera arrêtés *avant* le filet ! Je vous garantis que mes ailes ne s'approcheront à aucun moment des passerelles. Non, c'est du gâteau, vraiment !

— C'est suicidaire, Scott.

Mais il avait relâché la touche de transmission, ce qui pour le pilote n'avait qu'une signification possible : il était en train de soupeser sa proposition.

Scott croyait voir la scène qui se déroulait au même moment sur l'*Eisenhower* : plusieurs officiers supérieurs pétrifiés par ce qu'ils venaient d'entendre sortir des haut-parleurs, quelques-uns d'entre eux s'approchant du commandant pour lui donner toutes les raisons pour lesquelles cette opération ne pouvait ni ne devait être tentée. Il réappuya sur le bouton du micro.

— Commandant, avant de vous faire harceler par tous ceux que j'imagine déjà autour de vous à piailler que c'est une idée de fou dangereux, puis-je vous rappeler un point non négligeable ? Il y a quelques années, la compagnie Boeing a réalisé des essais pour voir si des 737 pouvaient se poser sur nos porte-avions. La réponse a été positive. Ils ont conclu que c'était faisable.

L'argument parut faire mouche.

— Eh bien, Scott, j'ignorais le résultat de ces essais, j'avoue.

— Positifs, commandant ! Croyez-moi, c'est possible. Et eux, c'était avec un 737 déboulant à cent trente nœuds, le bateau avançant à quarante, et une petite brise de quinze nœuds ! En d'autres termes, avec un appareil de quinze tonnes plus lourd que le nôtre, à une vitesse relative de soixante-quinze nœuds. Moi, j'irai à moins de dix ! Bon, c'est un 727 que nous avons, mais pour ce qui nous occupe cela revient exactement au même ! — Avec une grimace dégoûtée, il glissa en aparté à Doc : Tous les galonnés sont en train de lui bourrer le crâne avec leurs grandes phrases, j'en mets ma main au feu. « Un navire comme le nôtre, commandant, le fleuron de la Navy américaine ! C'est impensable ! »... — Il rétablit la communication. — Commandant, il faut faire vite ! Je vous en prie... Nous avons réussi à larguer cette bombe sans provoquer de catastrophe, et sans aucune aide des militaires non plus ! Je peux quand même attendre qu'on me soutienne un peu, maintenant !

— C'est assez gonflé de dire ça, McKay, avec tout ce que nous essayons de faire pour vous, hélicos, etc.

— Mais ça ne servira strictement à rien si nous touchons l'eau. Avec mon plan, par contre, nous avons nos chances.

— Dis-lui qu'il n'y a pratiquement pas de risques d'incendie, puisque nos réservoirs sont presque à sec, souffla rapidement Doc.

Scott répéta, puis attendit d'interminables minutes pendant que l'avion poursuivait son cercle au-dessus du porte-avions et reprenait vers le nord.

— Je ne suis pas habilité à prendre une telle décision, Scott, lança soudain le commandant de l'*Eisenhower*.

— Mais si, vous l'êtes ! Nous le savons très bien, vous et moi. Si vous renvoyez la balle au Pentagone, le temps qu'ils répondent quoi que ce soit, nous serons déjà en panne de carburant et au fond de l'Atlantique !

— On n'y arrivera pas ! s'écria le copilote.

— Doc, vite ! Vérifie les jauges !

Il allait détacher son harnais et se lever quand Linda l'arrêta d'un geste.

— J'ai déjà regardé, Doc. Le réservoir un est vide. Le numéro deux a trois cent cinquante kilos, le trois environ cinq cents. Il n'y a plus rien dans ceux marqués « Aux. ».

— Merci, Linda. Scott, à peine neuf cents kilos ! Autant dire que dalle !

Le pilote, qui s'était tourné vers la droite pour écouter Doc, plissa soudain les yeux pour regarder par la fenêtre. Le sillage laissé derrière lui par le porte-avions était en train d'obliquer nettement vers la droite. Le commandant avait donc donné l'ordre de changer de cap !

Pendant trente secondes, la radio resta muette. Puis la transmission fut rétablie, il y eut des chuchotements et la voix du « pacha » s'éleva de nouveau.

— Okay, Scott. Okay ! Je vais sans doute y perdre mes galons, mais bon, je suis assez fou pour vous suivre. — Ils entendirent un crissement, le bruit que faisait le commandant en posant sa main sur le micro. — Bon, voilà le marché. Je vais faire décoller les hélicos pendant que nous renversons la marche et que nous installons le filet. Vous aurez un homme pour vous guider par signaux sur le pont. En échange, pour être très clair : si jamais vous me bousillez ma plateforme, McKay, je me chargerai de vous envoyer à la baille, personnellement. Compris ?

Les traits illuminés par un sourire de triomphe, martelant doucement de son poing le bord du palonnier, Scott répondit dare-dare :

— Compris ! Il n'y aura pas de casse, promis, mon commandant. Et encore merci !

— Je vais vous passer maintenant le chef de pont, mon petit. Il est assez perplexe, c'est le moins qu'on puisse dire, mais préparez-moi correctement votre approche avec lui, sans perdre de temps. Les hélicos peuvent rester en l'air trente minutes, il nous en faut cinq pour changer de cap. Ça nous donne un créneau de vingt minutes pour vous accueillir à bord.

— Pas de problème, commandant ! De toute façon, il nous reste du carburant pour dix minutes, au mieux...

33

Passerelle de l'USS Eisenhower, *20h24*

Carré dans son fauteuil, le commandant du porte-avions *Eisenhower* contemplait l'agitation qui régnait autour de lui. En temps de paix, il n'avait encore jamais vu un tel branle-bas de combat sur un navire. Il avait encore du mal à y croire : jusqu'à la dernière minute, personne n'avait pensé à cette solution, pas même l'ancien pilote de chasse aux commandes d'un 727 endommagé qui jouait là sa vie.

Or, c'était le bon choix, même si les difficultés étaient légion. Contrairement à ce qu'avait prétendu McKay, ce n'était pas « du gâteau ». D'abord, ainsi que l'officier d'appontage le lui avait fait remarquer, il était exclu que le Boeing arrive sur la plate-forme à sa vitesse minimum : si le vent faiblissait d'un coup, à ce moment précis, ce serait l'accident. Il fallait compter dix à quinze nœuds de marge, soit vingt à vingt-cinq kilomètres à l'heure. Mais même en comptant sur le vent, le pilote devrait calculer son arrivée au centimètre près, et surtout réussir à maintenir l'avion aligné à un pont sérieusement affecté par tangage et roulis...

Il se souvenait des excellents états de service de Scott McKay, ou plutôt de « Tigger », mais il fit tout de même rechercher son dossier dans les archives de bord. En le parcourant, il se sentit rassuré. Pilote très doué, élément discipliné, apprécié de ses chefs et de ses camarades : la personnalité idéale pour un pari aussi risqué.

Et puis, il y avait ce message du Président lui-même, un câble écrit dont l'existence lui était presque sortie de l'esprit mais dont il mesurait maintenant l'utilité. Il demanda qu'une copie du document soit placée immédiatement dans le coffre de la passerelle. Si l'USS *Eisenhower* subissait des dommages importants, il pourrait toujours prouver qu'il n'avait fait, lui, que suivre à la lettre les ordres du commandant en chef des forces armées américaines.

Derrière la baie vitrée, il surveilla les derniers préparatifs sur le pont. En temps normal, par gros temps, toutes les activités extérieures étaient annulées, et il s'inquiétait de la sécurité de ses hommes, mais ceux-ci paraissaient bien résister aux furieuses rafales qui balayaient la plate-forme. Bientôt, le filet fut en place, assez haut pour retenir le nez du 727 et placé de telle manière que la superstructure du navire resterait à l'abri de son aile droite, quoi qu'il arrive.

Scott McKay et le chef de pont avaient convenu des ultimes détails par radio, alors que l'imposant bâtiment s'alignait sur son nouveau cap, un-sept-zéro.

— Tout est en ordre, commandant, lui annonça l'officier de quart.

— Très bien. Tous les moteurs en avant sur le flanc, spécifiez neuf-neuf-neuf.

— Euh... Neuf-neuf-neuf, commandant ?

— Oui, monsieur, tout ce que nous avons dans le ventre. Puisque nous allons créer un ouragan au milieu de l'ouragan, faisons-le dignement.

— Certainement, commandant. Tous les moteurs en avant sur le flanc, spécifiez neuf-neuf-neuf.

Tandis que sa consigne passait en salle des

machines, il saisit sa paire de jumelles et les régla sur le 727. A cent cinquante mètres d'altitude désormais, l'avion paraissait fondre sur la poupe tel un oiseau de proie. Il était à moins d'un kilomètre au nord.

Le commandant attrapa l'interphone pour joindre le chef de pont.

— Allons-y. Vous avez le feu vert.

— Bien, mon commandant.

— Et n'oubliez pas les caméras. Dieu sait comment ça va se terminer, mais ça restera dans l'histoire !

A bord de ScotAir 50, 20h28

— Scott, il faut le faire maintenant. On est vraiment à sec.

— Okay. Si on a une mauvaise surprise, la panne sèche avant d'avoir les roues au-dessus du pont, je balance à gauche et je le pose dans le sillage du bateau.

— Compris.

— Dis-leur qu'on entame l'approche, Doc. — Scott remit un peu de gaz pour positionner l'appareil à l'angle de descente qu'il cherchait sur son horizon artificiel. — Trains sortis, checklist d'atterrissage.

Doc accomplit la procédure habituelle. Une fois encore, le voyant indiquant un train principal droit défectueux s'alluma.

— Ignore-le, Doc. Il a tenu le coup à Seymour-Johnson.

— Compris.

— J'arrive en vol plané. Tu me donnes l'altitude par paliers de quinze mètres, d'ac ? Juste au-dessus du pont, l'altimètre devra donner trente-six mètres, à peu près.

— Bien. Là, on est à cent cinquante mètres.

— Okay, je ralentis à cent vingt nœuds spécifiés.

— Bien.

— Pas de rétrofreinage, hein. Rappelle-moi de ne pas inverser les réacteurs. Avec ce vent, on sortirait du pont en marche arrière vite fait.

— Je dois aussi te faire penser à ne pas couper les gaz, tu t'en souviens ?

— Merci, oui, j'allais oublier. On garde la même poussée tant qu'ils ne nous ont pas arrimés. Dès qu'on touche, palonnier en avant, volets levés, aérofreins sortis.

— Pourquoi les aérofreins ?

— Quoi, il ne faut pas ?

— Pas la peine, Scott, garde-le juste nez en bas.

— Ah oui, d'accord.

— Cent trente-cinq mètres.

Propulsé par ses turbines nucléaires à plein régime, le vaste porte-avions apparut devant eux, tanguant dans la tempête. Prévoyant les dangereux effets de turbulences que risquait de provoquer le vent en contournant les hautes superstructures, Scott privilégia le côté gauche dans son vol plané tout en guidant le 727 dans sa descente. L'étrange combinaison de vitesses contradictoires ne cessait de le désorienter : ils allaient à cent vingt nœuds en l'air, à cinquante sur la surface, mais à moins de vingt seulement par rapport au navire ! Les pulsations de son cœur résonnaient dans ses oreilles comme un tambour.

Le pont changea brusquement d'inclinaison, l'obligeant à modifier sa course d'une légère pression sur le palonnier et d'une infime remise de gaz.

— Cent vingt mètres, Scott.

En fait, ils étaient encore plus bas, relativement à la hauteur du pont principal de l'*Eisenhower*.

Ils entrèrent brusquement dans une zone de turbulences qui contraignit Scott à manœuvrer rapidement son palonnier pour rééquilibrer. Il se rendait compte de l'effet peu rassurant que leurs mouvements d'ailes devaient provoquer au personnel du porte-avions, en premier lieu à l'opérateur de signaux d'atterrissage campé au milieu de la plate-forme.

Comme il s'y attendait, leur aile droite fut prise dans les vents secondaires créés par la passerelle du porte-avions, déportant un peu l'appareil à droite. Scott joua encore du gouvernail pour rester centré sans perdre son angle de vol plané.

— Quatre-vingt-dix mètres, Scott.

C'est-à-dire à peine soixante par rapport au pont, se rappela le pilote.

Il voyait plusieurs marins plaqués au sol autour de la zone d'atterrissage, prêts à bondir, et le filet bombé vers eux par le vent incroyable que provoquait le navire dans sa course. Il avança d'un cheveu le palonnier afin de maintenir sa glissade, puis réajusta, car il ne devait surtout pas piquer trop vite.

La proue de l'*Eisenhower* se redressa face à la houle. Scott maintint son cap, s'attendant à ce que le pont revienne à l'horizontale. Prétendre s'adapter à chaque embardée du porte-avions ne pouvait que conduire à la catastrophe. Et il lui fallait surveiller le centre du pont d'un œil, son horizon artificiel de l'autre.

Palonnier en avant et freinage à fond dès qu'on touchera, se remémora-t-il. Pas de rétrofreinage, pas d'aérofreins.

— Soixante-quinze mètres. Vitesse curseur plus quinze, annonça Doc.

Des années plus tôt, il avait pris les commandes d'un hélicoptère en approche du pont, un Sea King. L'impression était très comparable à ce qu'il ressentait maintenant. Mais il lutta contre ce souvenir, cette comparaison. La méthode de pilotage était radicalement différente. Il avait entre les mains un 727 qui avait besoin d'être propulsé en avant dans son vol plané. Il ne se posait pas, il glissait vers un point de contact.

— Soixante mètres.

La poupe se leva dans son champ de vision, trembla puis s'abattit de nouveau. Du coup, sa trajectoire prévue se trouvait maintenant trop en avant sur le pont. Il se retint de la corriger, se disant qu'elle finirait par se redresser. Et il arrivait si lentement qu'il pouvait attendre...

— Quarante-cinq mètres. On y est presque !

La poupe tardait à revenir, tardait tellement que Scott finit par céder à la tentation d'ajuster sa course vers l'arrière du pont. Au même moment, la proue de l'*Eisenhower* s'engagea dans un creux gigantesque et tomba en avant.

A une vitesse qu'il n'avait pas prévue, le pont se souleva dans leur direction. L'extrémité arrière se tenait maintenant à un angle qui menaçait de barrer la route au train avant du Boeing. De seuil à franchir pour trouver le salut, elle se transformait à vue d'œil en une barrière menaçante.

Il remit les gaz trop brutalement, faisant reprendre à l'appareil une quinzaine de mètres. Mais sa course n'était pas compromise pour autant.

Parvenue à son apogée, la poupe s'abaissait de nouveau quand le nez et le train avant du 727 arrivèrent à l'aplomb de la plate-forme. Et là, inexplicablement, il sentit l'appareil partir à droite.

Non, c'était le porte-avions qui se déplaçait sur la gauche !

Les turbulences créées par la superstructure saisirent l'aile droite de plein fouet. Scott tenta de répliquer en basculant à gauche. Sa réponse avait été exagérée : il vit le pont arriver vers lui à une vitesse effrayante.

Scott remit les gaz et tira sur le palonnier juste à l'instant où l'opérateur de pont lui faisait signe de renoncer à son approche. L'avant du Boeing se releva, pas assez vite cependant pour empêcher les roues des trains principaux d'entrer brutalement en contact avec la plate-forme, à gauche d'abord, puis à droite.

Sous cet impact inégal, l'avion s'éleva tant bien que

mal dans les airs, guidé par Scott qui pesait à gauche pour se placer parallèlement au pont.

— Scott, nous n'aurons pas assez de carburant pour un deuxième tour ! s'écria Doc.

— Je... je vais juste décrocher... sur... le côté... pour revenir, expliqua Scott, encore sous le choc.

— On se repositionne ! cria Doc dans son micro. On reprend tout de suite l'approche !

— Remontez, ScotAir. Faites un tour et réentamez.

— Non, pas le temps ! On n'a plus de carburant !

Scott stabilisa l'avion à quelques dizaines de mètres au-dessus du porte-avions, sur la gauche, baissa les gaz jusqu'à atteindre un peu moins de cent quatre-vingts nœuds. Sous leurs yeux, à droite du cockpit, le bâtiment semblait virtuellement immobile, l'extrémité arrière du pont plus ou moins alignée sur les trains principaux du Boeing. Scott descendit à une quinzaine de mètres, surveillant la poupe en train de s'abaisser.

— J'attends qu'elle remonte au maximum, je me déplace dessus et je me pose à gauche, affirma-t-il.

— Compris, mais dépêche-toi, Scott ! Je n'ose même pas regarder les jauges !

La voix à moitié hachée par le vent dans son micro, l'opérateur de pont intervint à la radio.

— Vous ne pouvez pas vous poser depuis cette position, ScotAir. Décrochez et réentamez.

— Ça va être une approche d'hélico sur le quart gauche du pont, les gars. Faites-vous à cette idée et tenez-vous prêts. On n'a pas le choix.

La poupe approchait de son point le plus haut. Par un délicat mouvement de palonnier, Scott fit dériver l'appareil sur la droite, le plaçant au-dessus du pont, à une vitesse relative à peu près nulle.

Pris dans un équilibre hallucinant sous l'effet des poussées contradictoires de ses réacteurs et du vent debout, Scott aurait presque été tenté de faire durer l'expérience afin d'analyser à loisir les réactions de l'appareil. Mais ils continuaient à risquer leur vie, et il se décida à pousser le palonnier en avant pour faire descendre l'avion. A cet instant, le réacteur numéro trois, à court de carburant, s'éteignit d'un coup.

Le navire, qui leur paraissait immobile, commença à s'éloigner devant eux, très lentement d'abord, mais inexorablement.

Les deux pilotes comprirent ensemble ce qui était en train de se passer. A peine Doc avait-il eu le temps de crier « Panne carbu ! » que Scott poussa à fond les manettes de gaz. Quelques secondes encore et les trains d'atterrissage se retrouveraient en dehors du pont, à l'arrière du porte-avions, et ce serait la chute.

S'aidant judicieusement du palonnier, Scott abattit son appareil sur la plate-forme.

L'opérateur de pont avait vu le 727 se profiler dangereusement au-dessus de sa tête. La respiration coupée, il s'était attendu à un choc affreux lorsque, rouvrant les yeux, il s'était aperçu que l'imposante masse d'aluminium flottait, littéralement, à quelques mètres de la plate-forme !

Soudain, le Boeing s'était mis à reculer, s'éloignant de la zone d'atterrissage à une cadence de plus en plus alarmante. Il allait connecter son micro pour exhorter le pilote à mettre tous les gaz lorsqu'un double *boom* caverneux fit résonner le sol sous ses pieds : les roues avaient touché, ils s'étaient posés.

Les trains se trouvaient à moins de trois mètres du gouffre béant à l'arrière, mais ils étaient posés ! Il se tournait déjà vers son équipe pour lui faire signe d'arrimer le Boeing lorsque son regard se figea sur l'appareil, incrédule puis horrifié : l'avion était en train de rouler en arrière.

Dès qu'ils eurent touché la plate-forme, Scott poussa le palonnier à fond, dans le but de plaquer le nez vers le pont et de résister ainsi au vent déferlant sur eux. Il décida de maintenir leur seul réacteur restant pleins gaz pour avancer prudemment en avant, mais à ce moment le réacteur deux, à son tour, s'éteignit avec un bruit sec, définitivement privé de carburant.

Désormais privé de toute force motrice, le Boeing céda peu à peu du terrain au vent, surtout lorsqu'une nouvelle crête arriva et souleva très haut la proue. Ils reculaient, vers la fin du pont, vers leur mort.

— FREINS ! vociféra Doc.

Scott pesait déjà des deux pieds sur les pédales, imité par Doc. Pourtant, ils reculaient toujours.

— La... pression ! articula péniblement le copilote en montrant du doigt une petite jauge devant lui.

En un éclair, Scott comprit et réagit dans un état proche de la transe. Ne disposant plus de pression hydraulique pour actionner les freins, il ne leur restait plus que la commande de secours des aérofreins. Il voyait confusément des hommes courir vers eux en agitant les bras, entendait qu'on leur criait à la radio de freiner, de freiner, mais la proue se relevait encore, les entraînant toujours plus vite vers l'abîme. Il fit sauter la sécurité du levier et le poussa à droite, de toutes ses forces. D'un coup, il se rappela ce que disaient les manuels : la pression pneumatique n'agissant pas immédiatement, il fallait compter quelques secondes avant que les freins ne s'enclenchent. Où seraient-ils, eux, dans deux, trois secondes ?

L'opérateur de pont contemplait la dérive du Boeing vers l'arrière. Il était trop tard, maintenant. Son équipe n'aurait pas le temps de tendre un câble autour d'un des trains, ni la possibilité d'installer une barrière en bout de plate-forme...

Il restait cependant un faible espoir : si les roues partaient dans le vide, le ventre du 727 tomberait sur le bord, ce qui stopperait peut-être l'appareil dans sa chute.

Mais la plus forte probabilité, il le savait, était que le vent soulève le nez de l'avion et l'envoie impitoyablement par-dessus bord.

Franchissant une série de valves et de pistons, l'air de la bouteille de secours pulsé dans les circuits de freinage finit par se frayer un chemin jusqu'au liquide hydraulique, qui retrouva ainsi la pression nécessaire pour bloquer les roues.

A travers la soudaine averse qui s'était abattue sur le pont, Scott vit plusieurs hommes s'agiter en contrebas, traînant de lourdes cales et charriant des câbles en acier. Au brusque ralentissement qu'il ressentit, il déduisit que le commandant de l'*Eisenhower* avait ordonné de mettre en panne le navire, à l'évidence dans le but de les soulager quelque peu des terribles attaques du vent.

En bas, on était en train d'arrimer le train avant à la plate-forme lorsque la radio se mit à crachoter :

— ScotAir, ne relâchez pas vos freins et surtout n'ouvrez pas votre porte arrière. Vous avez toute la queue qui dépasse au-dessus de l'eau.

— Compris, répondit Doc.

De puissants projecteurs balayaient maintenant le pont, perçant l'obscurité épaissie par la pluie. Au loin, derrière un amas de nuages toujours menaçants, le soleil couchant risquait quelques rayons. Scott avait l'impression de n'avoir jamais quitté *son* navire, de revivre l'un de ces nombreux soirs où il était rentré de manœuvre aux commandes de son F-14.

Il était de retour, certes, mais cette fois à bord d'un avion de ligne en équilibre sur l'abîme.

Comme pour ajouter à cette ambiance surnaturelle, deux marins casqués et engoncés dans leurs cirés venaient de faire irruption dans le cockpit. L'un d'eux aboyait des ordres dans son talkie-walkie, l'autre avait posé un genou au sol et s'escrimait à libérer Jerry de ses attaches.

Les yeux dans le vide, Scott laissa s'écouler ce qui lui parut une éternité. Il revint à la réalité en sentant la main de Linda caresser son épaule. Sans se retourner, il posa sa paume dessus, attendant de l'entendre détacher sa ceinture pour en faire de même. Enfin, il pivota lentement vers elle, et ce fut une vague de tendresse, de chaleur féminine, qui déferla sur lui lorsqu'elle l'entoura de ses bras, sa joue pressée contre celle du pilote, frissonnant de tout son corps harmonieux.

— Vous avez réussi ! murmura-t-elle passionnément. Oui, oui, oui ! Oh, c'était incroyable !

Lentement, il passa ses bras autour de la jeune femme. Avec un long soupir, Doc venait de reculer son siège et de se pencher pour prendre la main que Vivian lui tendait.

Un troisième sauveteur apparut alors que les deux premiers installaient précautionneusement Jerry sur une civière.

— Allez, vous tous ! On doit vous faire sortir de là ! TOUT DE SUITE !

Suivant les deux femmes, maintenant enveloppées dans d'épaisses vareuses militaires, Scott et Doc se dirigèrent vers l'entrée avant, devant laquelle une échelle métallique était maintenue par plusieurs hommes. Dehors, le vent restait d'une violence inouïe, moindre cependant au fur et à mesure que l'*Eisenhower* perdait de la vitesse.

Linda et Vivian étaient déjà entraînées vers la passerelle lorsqu'un des hommes saisit les deux pilotes par le coude et les obligea à se tourner dans la direction qu'il leur montrait du doigt.

— OUI, QUOI ? cria Scott dans la tourmente.

— LE COMMANDANT VOULAIT ABSOLUMENT QUE VOUS VOYIEZ ÇA, MONSIEUR ! expliqua le marin en désignant l'arrière du 727.

En attendant qu'un tracteur vienne le remorquer, le train avant avait été assujetti au pont par plusieurs chaînes. Mais les trains principaux, eux, se trouvaient dans une position tellement sidérante que Scott crut d'abord à une illusion d'optique : les roues paraissaient immobilisées sur le rebord extrême du pont, à un cheveu du gouffre qui s'ouvrait au-dessus du sillage.

En plissant les yeux, il resta tétanisé par sa découverte : non, il ne s'était pas trompé, il restait moins de trente centimètres entre les pneus et le vide.

EPILOGUE

A bord d'Air Force One, base aérienne Wright-Patterson, Ohio, 11h15 le lendemain matin (20 septembre)

Entrant d'un pas pressé dans la suite Star de l'avion présidentiel, le chef de l'Etat salua la brochette d'officiers supérieurs réunis au Pentagone.

— Messieurs, pendant que nous étions à Wright-Patterson, je sais que vous venez de passer une nuit affreuse là-bas, à Washington. Mais j'ai appris avec soulagement que l'ouragan n'avait provoqué aucun dommage irréparable dans vos foyers.

Le chef de l'état-major adjoint lança un coup d'œil à ses collègues avant de répondre d'un ton prudent :

— A quelques exceptions près, c'est exact, monsieur le Président. Beaucoup d'entre nous ont eu de gros dégâts chez eux... Comme vous, d'ailleurs.

— Oui, en effet, on m'a dit que l'aile ouest de la Maison Blanche avait été pas mal inondée... Mais à part quelques fenêtres cassées et quelques tapis mouillés, je crois que rien de valeur historique n'a été perdu. — Il s'interrompit, observant les visages défaits en face de lui. — Bien, je viens de passer une heure avec la cellule de crise à recenser les conséquences de Sigrid. Cette réunion, elle, sera entièrement consacrée à la Méduse. Donc, on peut y aller. John, vous êtes prêt ?

Le chef de l'état-major adjoint fit un petit geste vers le responsable du poste de commandement de l'Air Force.

— Oui, monsieur. Mais puisque le fardeau de la bataille a reposé avant tout sur les épaules du général Kinney, hier, je lui ai demandé d'assurer ce briefing.

L'intéressé se leva en passant une main nerveuse dans ses cheveux et en jetant un regard inquiet sur ses notes. Il n'avait pas oublié l'explosion de colère du Président la veille, les reproches qu'il avait adressés à la hiérarchie militaire. Il était aussi conscient de sa propre fatigue, après trente heures de tension permanente. Prenant sa respiration, il évita de regarder le siège laissé vide par le chef d'état-major de l'armée de l'air, non loin de lui. Ce dernier avait été limogé vers minuit, sans sommation.

— Monsieur le Président, comme vous le savez déjà, le cœur de la bombe que nous avons retrouvée était bien ce que prétendait celui qui l'a fabriquée : une charge thermonucléaire de vingt mégatonnes. Reste la question essentielle : cette arme était-elle également capable de créer une perturbation électromagnétique d'une ampleur jamais vue ?

— Et la réponse est...

— En deux mots, la réponse est que nous ne savons pas encore. Après la déflagration, il s'est produit des phénomènes très, très étranges, que nous n'arrivons tout bonnement pas à comprendre ni à caractériser.

— Dites-m'en plus, général, demanda le Président en se redressant dans son fauteuil.

— Eh bien, monsieur, si une tête nucléaire classique avait explosé à quelques mètres de la surface, et à la même distance de la côte qu'hier, il aurait fallu s'attendre à une perturbation électromagnétique suffisante pour perturber maints équipements non protégés. C'est exactement ce que nous avons subi sur la côte est, à terre, dans l'air et en mer. Rien de particulièrement extraordinaire, le prévisible : tous les composants électroniques exposés ont souffert, dans les avions et les navires comme dans toutes les villes de New York à Charleston. Le système de téléphone et de télécommunications a été très atteint, nombre d'ordinateurs de tous gabarits ont été mis hors d'état, ou du moins déconnectés. La liste est déjà longue, mais en raison des coupures d'électricité provoquées par l'ouragan il ne sera possible de mesurer les effets réels de la bombe que quand les bureaux, les banques, les administrations reprendront le travail et essayeront de relancer leurs systèmes. Je ne vais pas rentrer dans les détails ici, laissez-moi seulement préciser que les mesures préventives que vous avez demandées en matière de trafic aérien se sont révélées très utiles. On ne nous a signalé qu'un seul incident en vol, un Airbus 340 d'Air France en approche sur Kennedy et dont les quatre réacteurs ont cessé de répondre d'un seul coup. Heureusement, ils se sont débrouillés pour les faire repartir. Autrement, tous les appareils étaient en sécurité au sol à l'heure H. Idem pour les trains. Les aiguillages et les feux sont devenus dingues, mais comme il n'y avait personne sur les voies cela n'a pas prêté à conséquence.

— Bonnes nouvelles, approuva le Président. Pour résumer ce que vous êtes en train de suggérer, cela signifie que cette bombe a produit une perturbation électromagnétique « habituelle », non l'onde de la Méduse à laquelle nous nous attendions, pour reprendre le jargon scientifique ?

— Ah, monsieur le Président, j'aimerais pouvoir le dire, en effet, mais ce n'est pas aussi simple. Nous n'avons pas subi l'énorme catastrophe électromagnétique que nous redoutions, certes, mais nous avons eu un phénomène assez nouveau et inexplicable pour ne pas nous laisser dormir tranquilles. Voilà, immédiatement après la déflagration et pendant au moins trente secondes, il y a eu un brouillage du spectre électromagnétique absolument sans précédent, d'une amplitude telle qu'il a déconnecté tous les ordinateurs en ligne jusqu'à Saint Louis à l'ouest, et qu'il a provoqué des chutes de tension jusqu'en Californie. Nous ne connaissons pas d'appareils capables de provoquer une perturbation aussi énorme, et cependant elle s'est produite, c'est un fait.

— Donc..., reprit le chef de l'Etat qui semblait abasourdi, donc la bombe a bel et bien produit un effet Méduse, mais plus faible que prévu ?

Le général Kinney jeta un coup d'œil aux deux spécialistes assis à côté de lui avant de poursuivre :

— Méduse ou pas, monsieur le Président, ce qui s'est passé n'aurait pu en aucun cas être occasionné par une bombe nucléaire telle que nous les connaissons. Une EMP classique, me dit-on, n'aurait jamais porté aussi loin que la Californie ou le Midwest. J'ai près de moi deux experts de la Commission de contrôle nucléaire, ils peuvent vous donner toutes les explications que vous désirez si...

— Un instant, général, un instant ! Vous avez dit tout à l'heure que la bombe avait explosé pratiquement à la surface de l'océan. Que je sache, ce satané engin avait été largué du 727 au moins, disons, un quart d'heure plus tôt ? Pourquoi n'a-t-il pas coulé à pic, avec un poids pareil ?

L'un des deux experts se leva pour développer l'hypothèse selon laquelle l'enveloppe en acier était restée intacte et avait été conçue pour être insubmersible.

— D'accord, messieurs, mais est-ce seulement possible ? s'étonna le Président. Quoi, vous me dites qu'elle aurait fait une chute d'aussi haut sans être endommagée et qu'en plus elle aurait flotté ? Mais elle était plombée, à ma connaissance. Comment aurait-elle pu se comporter comme une coquille de noix ?

Le deuxième expert proposa à son tour une explication encore moins convaincante. Finalement, le général Kinney leur fit signe de s'asseoir et reprit la parole :

— Permettez-moi de résumer la pensée de nos deux amis ici présents, monsieur le Président. Ils savent que leurs théories ne sont pas entièrement satisfaisantes, mais ils n'en voient pas d'autres, et virtuellement il n'y en a pas d'autres ! Voyez-vous, si la bombe s'était enfoncée ne fût-ce que de cent mètres ou un peu plus, l'eau aurait fait tampon, nous n'aurions enregistré pratiquement aucune perturbation à terre. Et à deux cents mètres cela aurait été encore plus net, puisque le plateau continental nous aurait complètement protégés. Monsieur le Président, on m'a certifié qu'aucune arme atomique existante ne serait assez puissante pour créer une perturbation à de pareilles profondeurs. En conséquence, vu les effets de la bombe en question hier, nous sommes obligés de conclure qu'elle a explosé à la surface.

— Ou bien, renchérit le chef de l'Etat, c'est qu'elle était assez puissante pour provoquer ces effets même très loin sous l'eau ! Ce qui validerait l'hypothèse que la Méduse est une réalité...

La parole avait déjà été donnée à un colonel de l'armée de terre qui se mit à décliner la liste complète des dommages subis et les mesures prises pour remettre en route le système de transports. Le Président se rencogna dans son fauteuil, n'écoutant que d'une oreille.

— ... Sur les aéroports, c'est la confusion totale, avec des appareils et des équipages dispersés dans tout le pays. Les autorités compétentes estiment qu'il leur faudra trois jours avant de ramener la situation à la normale. Pour les chemins de fer, même chose, trois ou quatre jours. A part sur la côte est, les compagnies téléphoniques devraient reprendre leur service habituel d'ici vingt-quatre heures... — Il s'interrompit en entendant des conversations étouffées à l'entrée de la salle du Pentagone. — Bien... En ce qui concerne la marine, tous nos sous-marins, et ceux d'autres puissances que nous avons pu repérer dans la zone, sont RAS.

Il s'arrêta encore, surpris de découvrir un nouveau venu, un homme en civil qui s'était approché à pas vifs et chuchotait à l'oreille du général Kinney. Quelque peu agacé, le colonel reprit :

— Pour terminer, monsieur le Président, vous avez demandé un bilan précis des conséquences calculables d'une part sur notre économie, d'autre part sur l'écosystème marin près de l'épicentre de l'explosion. Ces deux rapports vous seront communiqués le plus vite possible. Nous nous attendons à quelques radiations, en effet, mais...

Le général Kinney avait bondi de son siège et, d'un geste impérieux, intimait au colonel l'ordre de se taire.

— Excusez-moi, monsieur le Président...

— Eh bien, général ?

— Donc... Nous avons ici un spécialiste du Centre de recherche géologique, le docteur... le docteur Pierson. Il est porteur d'informations que vous devriez entendre... euh, tout de suite.

Le Président se pencha lentement en avant.

— Je vous écoute.

Un papier à la main, le représentant du Centre de recherche s'approcha de la table, attendant l'autorisation du général Kinney, qui lui fit signe de s'exprimer sans tarder.

— Monsieur le Président, effectivement, nous avons une évaluation très précise de la position de la bombe au moment de la déflagration d'hier.

— C'est-à-dire de la distance par rapport à la côte ? Latitude et longitude ?

— Non, monsieur. De la profondeur.

Le chef de l'Etat leva les sourcils.

— Je croyais que cela s'était passé à la surface, docteur Pierson.

— Non, monsieur. Nous avons opéré des recoupements grâce à des relevés sismiques à l'échelle mondiale. Elle se trouvait bien en dessous de la surface lors de la déflagration.

— A quelle profondeur, enfin ?

Le chercheur hésita, avala sa salive, puis releva les yeux vers le Président.

— Sept... sept cent vingt mètres, monsieur.

Washington, le 23 avril (sept mois plus tard)

Doc Hazzard sortit de la Lincoln banalisée qui venait de le déposer à l'entrée de la Maison Blanche. Il s'étira, le regard braqué vers le ciel d'un bleu intense. C'était un matin de printemps très frais pour la saison. Une brise d'ouest faisait défiler quelques cumulus au-dessus de lui.

— Commandant Hazzard ? Vous voulez me suivre ?

Après un rapide cheminement à travers halls et corridors, il se retrouva face à Charles Fortner, le chef de cabinet du Président.

— Ah, Doc ! Mais vous avez une mine superbe, mon vieux !

— C'est gentil, sénateur. Et merci d'avoir envoyé une voiture pour moi à l'aéroport.

— C'est bien le moins, c'est bien le moins. Vous savez, quand le Président vous a demandé de ne pas hésiter à nous appeler si vous aviez besoin de quelque chose, tous les trois, il ne parlait pas en l'air... — Il invita Doc à s'asseoir dans un fauteuil richement sculpté. — Alors, que puis-je faire pour vous ?

— Ce n'est pas pour moi, sénateur. C'est pour Vivian Henry.

— Ah, comment va-t-elle ? D'après ce que j'ai entendu, elle vit dans le Colorado. Elle est directrice commerciale chez vous, à ScotAir, c'est cela ?

Doc eut un large sourire.

— Oui, c'est exact. Vous savez, c'est une période formidable pour nous. Grâce à l'intervention du Président, et à la vôtre, nos contrats ont été renouvelés et les affaires marchent très, très bien maintenant. Scott est même à la recherche d'un autre 727 à louer, ce qui nous en fera trois.

— Et Vivian, donc ?

— Eh bien, sénateur... Vous vous rappelez pourquoi toute cette histoire de bombe a commencé, je pense ? Le début du début ?

— Doc, je vous en prie, appelez-moi Charlie ! Je ne suis plus sénateur depuis des lustres, de toute façon...

— D'accord... Charlie.

— Oui, bien sûr, le testament de son ex-mari ! Elle perdait tout si elle n'acceptait pas de remplir sa dernière volonté. Correct ?

— Oui, c'est en gros cela. Finalement elle a eu gain de cause, même si l'avocat de la compagnie d'assurances a fait traîner les choses plusieurs semaines. Voyez-vous, monsieur pensait qu'il y avait vice de forme puisqu'elle n'avait pas RÉELLEMENT livré la bombe au Pentagone... et rayé Washington de la carte, du même coup !

— Non, pas possible !

Doc éclata d'un rire bref.

— Si, hélas. Et c'est pourquoi j'ai besoin de votre aide. Il a fallu un arrêté du tribunal pour faire revenir sur terre ce diable d'avocat.

— Alors, qu'est-ce qui n'a pas été réglé, encore ?

— Sa pension de veuvage. Vous savez que la Direction des ressources humaines s'était acharnée sur elle, n'est-ce pas ? Ils sont allés jusque devant la cour d'appel, et elle a perdu. Tout ça parce que son jugement de divorce avait été rédigé n'importe comment.

— Et vous vouliez voir si je pouvais faire quelque chose pour elle ?

— J'ai étudié son dossier, monsieur. J'ignore ce qui serait faisable, mais c'est injuste, de bout en bout. A cause de punaises de prétoire et d'un petit minable sur lequel elle n'avait aucun contrôle et qui a bâclé son travail, elle se retrouve sans ressources. Que l'administration traite de cette manière une femme aussi gentille, aussi merveilleuse, qui a vécu toutes ces années abominables, je trouve que c'est...

La tête penchée, Charles Fortner étudiait en souriant les traits de Doc, qui perdit peu à peu contenance.

— Eh bien, eh bien, commandant Hazzard, il me semble que cette dame ne vous laisse pas insensible !

Doc ne put s'empêcher de lui sourire en retour.

— Vous l'avez dit, monsieur ! Je l'épouserais dans la seconde, si elle se décidait.

— Vous insistez, j'espère ?

— J'essaie, oui. Je n'arrête pas, même.

Fortner baissa les yeux sur l'épaisse chemise que son visiteur avait posée sur la table, puis les releva vers quelqu'un qui était entré sans bruit dans la pièce, derrière Doc.

— Ecoutez, Doc, j'ai lu pas mal de choses à propos de ses déboires avec la Direction des ressources humaines. Pour le moment, je ne suis pas certain que nous puissions...

Une voix qu'il connaissait fit sursauter le pilote.

— ... mais nous ferons tout ce qui est en notre pouvoir. Moi non plus, la bureaucratie, je ne supporte pas !

Doc se retourna et sauta hors de son fauteuil.

— Monsieur le Président !

— Asseyez-vous, Doc. Vous aussi, Charlie. — Le chef de l'Etat serra la main au pilote et attrapa une chaise qu'il tira près de lui. — Dans une minute, je veux que vous m'expliquiez en détail tout ça, ensuite nous vous gardons à déjeuner. Auparavant j'aimerais éclaircir un point avec vous.

— Monsieur ?

— Lorsque je vous ai fait venir tous les cinq dans le Bureau ovale pour la cérémonie, je n'avais encore que les résultats préliminaires de l'enquête interne que j'ai ordonnée sur la conduite du FBI durant toute cette crise. Leur prétention à arrêter Vivian Henry après vous être posés sur l'*Eisenhower* était une stupidité sans nom, qui m'a obligé à intervenir personnellement avant votre arrivée à Norfolk. Mais il y avait une question que, visiblement, nous étions incapables de tirer au clair : sur quoi le FBI s'était-il fondé pour croire dur comme fer, pendant cette terrible journée, qu'elle en voulait à mort au gouvernement des Etats-Unis ? Vous, Doc, vous avez une idée ?

— Non, monsieur. Vivian s'est dit que c'était peut-être à cause de son passé dans la recherche nucléaire, et nous-mêmes avons fini par penser la même chose.

— Oui, cet aspect-là a joué. En fait c'est la DRH qui a semé la confusion. — Il résuma l'erreur commise par l'employée, qui avait confondu Vivian avec une femme qui l'avait menacée de faire sauter ses bureaux. — Presque tout de suite elle s'est rendu compte qu'elle les avait mis sur une fausse piste, mais elle a préféré ne rien dire. Alors le FBI est devenu dingue.

— Cette mythomane, soit dit en passant, a été éjectée sur-le-champ, l'informa Charles Fortner.

— Ah, je ne suis pas mécontent de l'apprendre. Je le dirai à Vivian.

— A propos, reprit le Président, comment va votre mécano ? Jerry Christian, c'est bien cela ? J'ai été content qu'il assiste à la cérémonie, même sur une chaise roulante, mais il avait l'air encore mal en point.

— Merci de prendre de ses nouvelles, monsieur. Jerry sera heureux de le savoir. En fait, jusqu'il y a une semaine, les médecins se demandaient s'il pourrait remarcher. Et puis, un beau matin, il nous a tous épatés : il a jeté ses cannes dans un coin et il s'est mis à avancer ! On croit même qu'il sera en état de reprendre du service d'ici un mois.

— Magnifique, s'exclama le Président tandis que Charles Fortner opinait du bonnet. Transmettez-lui toutes mes amitiés, voulez-vous ? Et à Scott aussi, évidemment.

— Je n'y manquerai pas.

— Et... Miss McCoy ? Linda, que devient-elle ?

Le sourire de Doc s'élargit.

— Ah, là, monsieur, je crois que nous allons avoir des surprises...

Snowmass, Colorado, le 18 mai

Autour d'Aspen, dans l'air raréfié des Rocheuses, l'arrière-saison était chaque année une dure période pour les hôteliers de la région, mais une véritable aubaine pour les administrations désireuses d'organiser des séminaires dans la nature sans trop grever leur budget. Sur un thème particulièrement d'actualité après l'ouragan Sigrid, le réchauffement de la planète, deux cents chercheurs de niveau international et leurs plus proches collaborateurs avaient donc été invités en hâte à une conférence au milieu de ces sites grandioses.

Linda McCoy venait de passer trois jours à écouter une sidérante variété de conclusions, de thèses, de controverses entre ses collègues qui se poursuivaient jusque sur les parkings et, tard le soir, autour des cheminées des bungalows retenus pour l'occasion. Un consensus était en vue, mais le chemin pour y arriver, comme elle l'avait lancé la veille non sans ironie, était des plus tortueux.

Elle lança un coup d'œil impatient à sa montre. Dix-huit heures. Il y avait une séance de nuit à laquelle elle avait promis d'assister, mais elle se sentait étourdie par tous ces mots, l'esprit confus. Dans un tel état, elle ne reconnut pas tout de suite le jeune homme qui paraissait attendre quelqu'un, adossé à un mur de la réception, seul.

Il la regardait avec tant d'insistance que, l'espace d'une seconde, elle crut qu'il s'agissait encore d'un journaliste scientifique en quête d'une interview entre deux portes.

— Faites excuse, m'dame ! Vous ne sauriez pas où un brave gars de mon genre pourrait s'trouver un brin de compagnie pour la soirée, par ici ? Une jeune et jolie dame comme vous, elle refuserait peut-être pas de dîner avec un malheureux galérien du ciel ?

— Scott !

— Eh oui ! constata-t-il avec un sourire un peu hésitant.

Ils ne s'étaient pas revus depuis trois mois, quand ils avaient déjeuné ensemble à Boulder, aussi tendus l'un que l'autre, avant qu'il n'essaie de l'embrasser avec une maladresse de collégien en la raccompagnant à sa voiture. A le découvrir devant elle, elle fut assaillie d'émotions qu'elle avait voulu refouler durant tout ce temps ainsi que du regret de s'être montrée aussi distante. Etait-ce le tapage médiatique qui avait suivi leur odyssée, les plaisanteries oiseuses de ses collègues qui la voyaient déjà tomber dans les bras du jeune et séduisant pilote dont la bravoure avait sauvé le pays d'un grave danger... en tout cas, elle n'avait pas cherché à le revoir. L'expérience unique qu'ils avaient partagée dans l'avion avait scellé une amitié, mais de là à s'abandonner à une relation amoureuse... Cela lui avait paru trop attendu, trop facile. Pourtant, depuis la pénible rencontre de Boulder, elle avait espéré chaque nuit qu'une chance se représente.

C'était le cas, ici, à cet instant.

Sans un mot, elle alla vers lui en souriant, l'attira contre elle et lui donna un baiser passionné. Il répondit à son étreinte, sa main s'égarant dans la chevelure soyeuse de la jeune femme. Pendant une courte éternité, ils furent seuls au monde. Lorsque Scott finit par se dégager, un petit groupe de congressistes qui se trouvaient dans le hall se mirent à les applaudir chaudement.

Dans tout autre contexte, Linda aurait été embarrassée par cette bruyante manifestation d'intérêt public, irritée, même. Au contraire, elle se tourna vers eux, radieuse.

— Messieurs, désolée, mais vous ne me compterez pas parmi vous ce soir.

— Et pourquoi ? demanda Scott avec une feinte innocence.

— Parce que nous avons dix mille choses à nous dire, tous les deux, et parce que j'ai dans ma chambre une superbe cheminée que je me languissais d'essayer !

Santa Fe, Nouveau-Mexique, le 21 mai

Posant son café sur la table à côté de lui, le Dr. Louis Benedict s'assit avec précaution dans son large fauteuil et, attrapant la télécommande, entreprit de zapper au gré des bulletins d'informations du matin. Il avait soixante-treize ans depuis deux jours, mais n'avait rien fait pour s'en réjouir ni pour le déplorer. L'ancien directeur administratif de Los Alamos, veuf depuis dix ans après un mariage resté sans enfants, ne voulait pas se laisser abattre par sa solitude.

Reconnaissant brièvement un visage, il revint sur la chaîne qu'il venait de passer. C'était celui de Pete Cooke, du *Wall Street Journal*, interviewé à « Good Morning America » à l'occasion de la sortie de son livre. Le retraité eut un petit sourire amusé. Il était cité à plusieurs reprises dans ce récit journalistique qui se vendait comme des petits pains : *Face à face avec la Méduse*, un compte rendu haletant de la crise précipitée par la haine incoercible de Rogers Henry. Après l'avoir interrogé chez lui, à Santa Fe, Pete lui avait adressé un mot de remerciement et le vieux scientifique s'était rué dans la première librairie en apprenant que l'ouvrage était sorti. En le feuilletant avidement, il avait constaté que ses propos n'avaient pas été déformés et que le reporter traçait un portrait de lui tout à fait honorable.

Il reporta son attention sur l'écran au moment où le présentateur, Charles Gibson, demandait au reporter s'il avait des nouvelles des cinq occupants du fameux Boeing.

— Jerry, le mécanicien, est divorcé et vit maintenant près du siège de sa compagnie, dans le Colorado. Il a eu une convalescence difficile, sa jambe droite notamment avait été très touchée, mais j'ai bon espoir qu'il recommence bientôt à voler.

Pete détailla rapidement la situation présente des quatre compagnons d'infortune de Jerry, avant que Gibson ne rebondisse sur une autre question :

— Et ce directeur des opérations à Miami, Pete ? Dans votre livre, vous soutenez qu'il a délibérément menti au commandant de bord en l'accusant de s'être trompé de chargement. Où en est-il, lui ?

— Il a été licencié après avoir encore menti, cette fois à la commission du Congrès qui enquêtait sur cette affaire. Et il va devoir maintenant rendre compte de ses mensonges devant la justice.

— Je vois... Alors, Pete, quelle conclusion tirer de tout cela ? Comme vous le montrez très bien dans ce livre, que je n'ai même pas besoin de conseiller à tous nos auditeurs, nous sommes passés très, très près de la catastrophe, et la technologie mise en œuvre reste pour nous un mystère, sur de nombreux points. Comment s'y est pris ce sinistre physicien, tout seul, dans son coin, nous n'en savons rien, finalement !

— Effectivement, Charles, et j'ajoute que tout être doué du moindre bon sens ne peut avoir qu'un souhait : que personne ne tente encore de fabriquer cette arme, encore moins de l'utiliser. Malheureusement, comme il fallait s'y attendre, nos dirigeants sont maintenant en train de faire des pieds et des mains pour découvrir le secret de la Méduse, après l'avoir eux-mêmes écrasée dans l'œuf il n'y a pas si longtemps ! Et pour se justifier, l'argument qu'ils avancent est à mon avis assez dérisoire : ce serait que nous devons arriver à la mettre au point avant que quelqu'un d'autre ne nous prenne de vitesse. Qui, comment ? Là, silence complet.

L'interview se termina avec les formules d'usage, mais Louis Benedict n'écoutait déjà plus. Un souvenir, ténu mais obsédant désormais, venait de lui revenir.

Il posa sa tasse, se leva et se dirigea à pas lents vers la pièce où il entreposait ses anciens dossiers. Il s'était rappelé que l'enveloppe que lui avait jadis adressée Rogers Henry, outre le croquis détaillé de son détonateur révolutionnaire, contenait une disquette informatique, du modèle utilisé alors, vingt et un centimètres. Un jour, il avait vérifié qu'elle contenait les mêmes plans et calculs que ceux couchés sur le papier par le savant, mais il n'était pas allé plus loin. Il n'avait pas pensé à inspecter toute la surface.

La disquette n'était pas lisible sur les ordinateurs modernes. Par chance, il avait conservé un vétuste Model II de Radio Shack, qu'il brancha pour l'y insérer.

Une nouvelle fois il parcourut les fichiers listés, qui concernaient tous le détonateur. Mais un détail le poussa à chercher encore : alors que la machine indiquait que la disquette était pleine, tous les fichiers accessibles n'occupaient que le tiers du volume. Il y en avait donc d'autres, cachés, qui n'apparaissaient pas sur le directoire...

Faisant appel à sa mémoire, il retrouva peu à peu les commandes à utiliser pour ouvrir des documents de ce type. Enfin, il tomba sur un fichier de grande dimension, qu'il appela aussitôt.

C'était une succession de lignes de codes, page après page. La matinée s'achevait quand il découvrit le programme de transcodage, enfoui dans un autre vieux classeur poussiéreux. Il se rassit devant l'écran pour opérer la conversion. Des croquis, des diagrammes surgirent sous ses yeux, ainsi qu'un message qui lui était personnellement adressé !

« Félicitations, Louis ! Vous venez de découvrir le code. Rien de très compliqué, de vous à moi... Les informations qui suivent sont ultraconfidentielles, connues de moi seul. Il s'agit des notes qui m'ont servi à établir, indubitablement, le fondement théorique de l'effet dit de la Méduse. Je vous demande de ne pas copier ni imprimer ce matériel, mais de le conserver précieusement sur ce support. S'il m'arrive quoi que ce soit, vous serez la seule personne au monde à détenir la clé. Faites-en bon usage, et n'oubliez jamais par quoi nous avons dû en passer pour parvenir à ce résultat. »

Le cœur battant à tout rompre, Louis Benedict arracha la disquette de l'ordinateur et l'éteignit. Tous les services officiels concernés étaient désormais lancés à la recherche de ce qu'il tenait dans sa main. S'ils parvenaient à leurs fins, l'humanité vivrait sous une nouvelle menace, peut-être plus accablante encore que les précédentes. En replaçant la disquette dans son enveloppe, il tremblait de tous ses membres.

L'après-midi s'écoula avec une insupportable lenteur. Il le passa à faire les cent pas entre son salon et son bureau, incapable d'arrêter une décision. Fallait-il prévenir Pete Cooke ? Ou le Pentagone ? Qui mettre dans le secret, et quand, et par quel biais ?

A vingt heures, il lui fut impossible de se coucher comme il le faisait d'habitude. Et puis, à minuit, devant un feu de cheminée, ses hésitations s'envolèrent. Il alla dans la pièce obscure, attrapa le classeur et l'enveloppe, revint dans le salon. Un instant, il resta plongé dans ses pensées, avant de se baisser pour écarter le pare-feu. Il se redressa et jeta le paquet dans l'âtre.

Les flammes commencèrent à ronger les bords jaunis. Fasciné, le Dr. Benedict observait le feu en train de s'attaquer au symbole de tant d'années d'espoirs et de déceptions, de tous les efforts qu'il avait vainement déployés afin d'aider Rogers Henry à trouver la clé. Elle était là, devant ses yeux, et elle serait bientôt réduite en cendres...

Soudain il s'ébroua. C'était intolérable.

D'un geste rapide il écarta l'enveloppe du foyer, éteignit les bords entamés, l'ouvrit pour voir si la disquette n'avait pas souffert. Non, elle était intacte.

Sans hâte, il retourna dans son bureau et replaça le paquet de Rogers Henry dans sa boîte. Il éprouvait maintenant une manière de sérénité à savoir que la Méduse resterait à l'abri. Et inutilisée.

DU MÊME AUTEUR

Aux Éditions Albin Michel

L'HORLOGE DE PANDORA

Le Livre de Poche / Thrillers

Ambrose *David*
Cyber killer

Attinelli *Lucio*
La Chute de l'épervier

Benchley *Peter*
Les Dents de la mer

Brown *Sandra*
Le Cœur de l'autre
Faux-semblant

Brussolo *Serge*
La Main froide
Le Sourire noir
La Fille de la nuit
Le Murmure des loups
Le Château des poissons
Les Enfants du crépuscule

Camp *Jonathan*
Trajectoire de fou

Carré *John Le*
Comme un collégien
La Petite Fille au tambour

Carson *Paul*
Scalpel

Child *Lee*
Du fond de l'abîme

Clancy *Tom*
Octobre rouge
Tempête rouge
Jeux de guerre
Le Cardinal du Kremlin
Danger immédiat
La Somme de toutes les peurs
Sans aucun remords
Dette d'honneur
Tome 1
Tome 2
Sur ordre
Tome 1
Tome 2

Coatmeur *Jean-François*
Des feux sous la cendre

Cook *Robin*
Vertiges
Fièvre
Manipulations
Virus
Danger mortel
Syncopes
Sphinx
Avec intention de nuire
Naissances sur ordonnance
Vengeance aveugle
Phase terminale
Cure fatale
Risque mortel
Contagion

Coonts *Stephen*
Le Vol de l'Intruder
Dernier Vol
Le Minotaure
État de siège
Le Cavalier rouge
Les Guerriers du ciel

Corbin *Hubert*
Week-end sauvage
Nécropsie

Cornwell *Patricia*
Mémoires mortes
Et il ne restera que poussière
Une peine d'exception
Postmortem
La Séquence des corps
Une mort sans nom
Morts en eaux troubles
Mordoc

Cruz Smith *Martin*
L'Étoile Polaire
Red Square

Cussler *Clive*
L'Incroyable Secret
Panique à la Maison Blanche
Cyclope
Trésor
Dragon
Sahara
L'Or des Incas
Onde de choc

Daley *Robert*
L'Homme au revolver
Le Prince de New York

Le Piège de Bogota
Trafic d'influence
En plein cœur
La Fuite en avant

Davies *Linda*
L'Initiée

Deaver *Jeffrey*
Dix-Huit Heures pour mourir

Deighton *Len*
Prélude pour un espion
Fantaisie pour un espion
Fugue pour un espion

Dershowitz *Alan M.*
Le Démon de l'avocat

Devon *Gary*
Désirs inavouables
Nuit de noces

Dimercurio *Michael*
Opération Seawolf
Le Sous-marin de l'apocalypse
Seawolf, la mission

Dibdin *Michael*
Coups tordus
Cabale
Piège à rats
Lagune morte

Dickinson *William*
De l'autre côté de la nuit
(Mrs Clark à Las Vegas)

Diehl *William*
La Stratégie de l'hydre

Dorner *Marjorie*
Plan fixe

Dunne *Dominick*
Une femme encombrante
Une saison au purgatoire

Easterman *Daniel*
Le Septième Sanctuaire

Fast *Howard*
La Confession de Joe Cullen

Feinmann *José Pablo*
Les Derniers Jours de la victime

Fielding *Joy*
Qu'est-ce qui fait courir Jane ?
Ne me racontez pas d'histoires

Follett *Ken*
L'Arme à l'œil
Triangle
Le Code Rebecca
Les Lions du Panshir
La Nuit de tous les dangers
L'Homme de Saint-Pétersbourg
Comme un vol d'aigles
Le Pays de la liberté

Folsom *Allan*
L'Empire du mal

Forsyth *Frederick*
Le Quatrième Protocole
Le Négociateur
Le Manipulateur
Le Poing de Dieu
Icône

Frye *Alexandra*
Une épouse et une mère parfaite

Gardebled *Serge*
Sans homicide fixe

Gernicon *Christian*
Le Sommeil de l'ours

Gerritsen *Tess*
Donneur sain

Gilstrap *John*
Nathan

Giovanni *José* et **Schmitt** *Jean*
Les Loups entre eux

Graham *Caroline*
Meurtres à Badger's Drift

Grangé *Jean-Christophe*
Le Vol des cigognes

Hartzmark *Gini*
Le Prédateur
La Suspecte
La Sale Affaire

Hayes *Joseph*
La Maison des otages

Heywood *Joseph*
L'Aigle de Sibérie

Hiaasen *Carl*
Cousu main

Higgins *Jack*
Solo
Exocet
La Nuit des loups
Saison en enfer
Opération Cornouailles
L'Aigle a disparu
L'Œil du typhon
L'Aigle s'est envolé
Confessionnal
Opération Virgin
L'Année du Tigre
Mission Saba
L'Ange de la mort

Higgins Clark *Carol*
Par-dessus bord
L'Accroc
Bien frappé

Higgins Clark *Mary présente*
Mauvaises manières

Higgins Clark *Mary*
La Nuit du renard
La Clinique du docteur H.
Un cri dans la nuit
La Maison du guet
Le Démon du passé
Ne pleure pas ma belle
Dors ma jolie
Le Fantôme de Lady Margaret
Recherche jeune femme aimant danser
Nous n'irons plus au bois
Un jour tu verras
Souviens-toi
Douce Nuit
Ce que vivent les roses
La Maison du clair de lune
Joyeux Noël, Merry Christmas
Ni vue, ni connue

Highsmith *Patricia*
L'Homme qui racontait des histoires

Huet *Philippe*
Quai de l'oubli
La Main morte
La Nuit des docks
Cargaison mortelle

Hunter *Stephen*
Target

Japp *Andrea H.*
La Femelle de l'espèce

Kelman *Judith*
Le Rôdeur

Kerr *Philip*
Cinq ans de réflexion

King *Stephen*
Dead Zone

Klavan *Andrew*
Jugé coupable

Klotz *Claude*
Kobar

Koenig *Laird*
La Petite Fille
au bout du chemin

La Plante *Lynda*
Coup de froid

Lenteric *Bernard*
La Gagne
La Guerre des cerveaux
Substance B
Voyante

Le Roux *Gérard* **Buchard** *Robert*
Fumée verte
Fumée rouge

Loriot *Noëlle*
L'Inculpté
Prière d'insérer

Ludlum *Robert*
La Mémoire dans la peau
Le Cercle bleu des Matarèse
Osterman week-end
L'Héritage Scarlatti
Le Pacte Holcroft
La Posaïque Parsifal
La Progression Aquitaine
La Mort dans la peau
Une invitation pour Matlock
Sur la route de Gandolfo
La Vengeance dans la peau

McDermid *Val*
Le Chant des sirènes

Macdonald *Patricia J.*
Un étranger dans la maison
Sans retour
La Double Mort de Linda
Petite Sœur
Une femme sous surveillance
Expiation

Martini *Steve*
Principal Témoin

Mason *David*
Tempôte sur Babylone
La Cible

Meigs *Henry*
La Porte des Tigres

Melnik *Constantin*
Des services "très" secrets

Morrell *David*
La Fraternité de la rose
Le Jeu des ombres
Les Conjurés de la pierre
La Cinquième Profession
Les Conjurés de la famme
Usurpation d'identité
In extremis
Testament
Démenti formel
Totem

Noll *Ingrid*
Rien que pour moi

Oriol *Laurence*
Le Domaine du Prince

Palmer *Michael*
De mort naturelle

Patterson *James*
Le Masque de l'araignée

Patterson *R. North*
Degré de culpabilité

Perez-Reverte *Arturo*
Le Tableau du maître flamand
Club Dumas

Podrug *Junius*
Un hiver meurtrier

Puzo *Mario*
Le Quatrième K

Raynal *Patrick*
Arrêt d'urgence
Né de fils inconnu

Ryck *Francis*
Le Nuage et la Foudre
L'Honneur des rats

Ryck *Francis* et **Edo** *Marina*
La Toile d'araignée *dans le rétroviseur*
L'Autre Versant de la nuit

Sanders *Lawrence*
Les Jeux de Timothy
Manhattan Trafic

Schneider *Joyce Anne*
Baignade interdite

Smith *Murray*
Aux portes de l'enfer

Smith *Rosamond*
Le Département *de musique*

Smith *Scott*
Un plan simple

Spillane *Mickey*
L'Homme qui tue

Taylor Rosenberg *Nancy*
La Proie du feu

Thierry *Danielle*
Mauvaise Graine

Topol *Edward*
La Substitution

Turow *Scott*
Je plaide coupable

Walker *Mary Willis*
Statues de sang

Wallace *Marilyn*
Un ange disparaît

Wambaugh *Joseph*
Le Mort et le Survivant

West *Morris*
Le Mystère Strassberger

Woods *Stuart*
Échange mortel
La Veuve noire
Piège à flic

Composition réalisée par NORD COMPO

Achevé d'imprimer en Europe (Allemagne)
par Elsnerdruck à Berlin
LIBRAIRIE GÉNÉRALE FRANÇAISE - 43, quai de Grenelle - 75015 Paris
Dépôt légal Édit. : 1054-03/2000
ISBN : 2 - 253 - 17118 - 2

31/7118/8